东方文学史通论

王向远文学史书系

Literary History Book Series by
Wang Xiangyuan

王向远 —— 著

九州出版社
JIUZHOUPRESS

图书在版编目（CIP）数据

东方文学史通论 / 王向远著 . --北京：九州出版
社，2021.7
ISBN 978－7－5225－0149－9

Ⅰ.①东… Ⅱ.①王… Ⅲ.①文学史—东方国家—高
等学校—教材 Ⅳ.①I109

中国版本图书馆 CIP 数据核字（2021）第 113716 号

东方文学史通论

作　者	王向远　著	
责任编辑	周弘博	
出版发行	九州出版社	
地　址	北京市西城区阜外大街甲 35 号（100037）	
发行电话	（010）68992190/3/5/6	
网　址	www.jiuzhoupress.com	
印　刷	三河市华东印刷有限公司	
开　本	710 毫米×1000 毫米　16 开	
印　张	28.5	
字　数	395 千字	
版　次	2021 年 9 月第 1 版	
印　次	2021 年 9 月第 1 次印刷	
书　号	ISBN 978－7－5225－0149－9	
定　价	99.00 元	

本书内容简介

《东方文学史通论》是我国第一部由个人著述的东方文学史著作，运用比较文学及区域文学、世界文学的观念与方法，从文化学特别是审美文化的立场出发，将东方各国文学作为一个相对独立的文学区域予以把握，寻求区域联系性与内在统一性，建构了较为严整独特的东方文学史体系，实现了东方文学史著作由以往的社会学模式向文化学模式的转型。全书将专著的学术品位与教材的教学适用性结合起来，多年来一直被多所大学列为外国（东方）文学史教材、教参、推荐书目或必读书。

《东方文学史通论》由上海文艺出版社1994年出版第一版，1997年第二版，2005年第三版，各版均多次重印；2007年由宁夏人民出版社收于《王向远著作集》，是为第四版；2013年高等教育出版社出版增订版，是为第五版，亦多次重印。此次收于《王向远文学史书系》时，对以上旧版加以校勘，调整了序言、前言或附录，补充了若干脚注和新译版本信息，是为第六版。

目　录
CONTENTS

代序：中国的东方文学理应成为强势学科^①

中国是一个东方国家，无论从哪个意义上说，东方文学及东方文化作为学术研究的一个领域和部门，理应成为一个受到普遍重视的强势学科。但是，事实并非如此。长期以来，无论是在我们的外国文学翻译、研究中，还是在我国大学的文学学科的教育教学中，都明显地存在着重西方，轻东方的偏向。

先从文学翻译上看，我国的外国文学翻译开始于清末时期，从一开始，就已经显示了东西方文学译介的不平衡。以当时影响最大的林纾译小说为例，在他所翻译的三百多种外国小说中，除了一两种日本小说外，东方文学绝无仅有。林译小说在选题上的这种倾向性，很大程度地预示并决定了此后一百多年中国的外国文学翻译选题上的倾向性。读着林译小说成长起来的五四新文化、新文学的建设者们，谈论最多的是西方文学，最喜欢谈论的是西方现代文学新作家、新思潮、新流派，虽然其间周作人等留日出身的作家对日本近代文学也做了一定的研究评论，但大都是将日本文学作为西方文学影响东方的一种现象来看待的。印度、朝鲜、东南亚，及中东各国文学，在五四新文化时期很少得到介绍。鲁迅等一批有识之士，曾提倡大力译介与研究弱小民族的文学，但可惜所选定的"弱小民族"

---

① 本文原载《广东社会科学》2007年第2期。

主要是在东欧、北欧地区，基本未能超出西方的范围。1920 年代前期，印度的近代文学才首次进入中国文坛的视野。东方文学在中国的弱势，到了 1940 年代已经发展得极为明显。到了 1940 年代末期，西方 19 世纪上半期之前的西方文学古典作品，相当一部分都有了中文译本，俄罗斯文学、法国文学、英国文学、德国文学、美国文学的主要作家作品，已经得到了较多的翻译，并有了不少评论与研究文章，乃至研究专著。而东方文学翻译，相比之下仍然萧条。其中在此前译介最多的日本文学，由于日本发动侵华战争而未能持续，其他东方国家的文学译介，仍处于零零星星的状态。新中国成立后，时任国家文化部部长的茅盾在 1954 年召开的关于翻译工作全国性会议上，也不得不承认东西方文学译介的这种不平衡状况，他说："……和我们有两千年文化交流关系的印度，它的古代和近代的文学名著，对我们几乎还是一片空白。传诵全世界的阿拉伯的《一千零一夜》……我们也没有一部完整的译本。日本的《万叶集》《源氏物语》，至今还是只闻其名……。"① 尽管意识到了这一点，由于种种原因，"文革"前十七年的东西方文学翻译与研究，仍然存在巨大的反差。十七年中，欧洲古典名著大多译完，并且有了复译本，但东方文学的翻译投入的人力相当有限，当年应冷战形势的需要，曾提出过非常政治化的"亚非拉"口号，这个口号一定意义上也推动了东方文学的翻译，可惜在政治意识形态的主导下，所翻译的大多是反帝、反美之类的缺乏文学性的应景应时的作品，对东方文学的研究也难有实质性的促进。伴随着二十多年的改革开放，我国的东方文学的翻译与研究有了很大的进步，东方各国的最重要的古典作品大都有了中文译本。但是，与西方文学相比，落差没有缩小，在有些方面反而进一步加大了。这主要表现在，在西方文学方面，在主要语种英、法、德、俄的文学译介上，我们已经进入了古典作品大量复译、译本多样化、对当下文坛及作家作品同步跟进、及时反应和及时译

---

① 茅盾：《为发展翻译事业和提高翻译质量而奋斗》，原载《译文》，1954 年 10—12 月。

介的阶段；而在东方文学方面，除了日本文学外，古典作品的翻译尚且不齐，当代文学的译介完全是支离破碎的状态，我国读者对东方国家的文坛，基本处在雾里看花、模糊不清、支离破碎的隔膜状态，缺乏对当下东方各国文坛即时反应的能力。

东西方文学在中国的这种不同待遇与境遇，也表现在中国大学的文学学科课堂教学中。20世纪初，具有近代色彩的新型大学的文科，便开始将外国文学课程化，但除了梁启超、陈寅恪在清华大学所开始的以佛教为主题的佛经文学课外，进入大学课堂的外国文学，只是西方文学。1906年，王国维在《奏定经学科大学文学科大学章程书后》一文中，给中国和外国文学科目，都拟定了"西洋文学史"的课程。王国维没有西洋留学的经历，但曾两次赴日本求学，在学术创作上受到日本很大影响，但这样的学术背景仍不能使他拟定出包含东方文学在内的"外国文学史"，而是将东方文学完全摒弃于大学课程之外。连王国维都是如此，那些留学西洋的其他学者教授的选择就不言而喻了。大学教育中的这种以西方文学为中心、忽视东方文学的情况，在新中国成立后的相当长的历史时期仍然延续下来。1961年，在掌管国家文化宣传工作的周扬的直接支持下，编纂出了一部高等学校文科教材《欧洲文学史》，并在全国各大学的中文系的"外国文学史"课程中广泛使用，但相应的，有关部门及领导人却没有提出要将完整的、包括东西方文学在内的世界文学史的知识教给学生。出现这种情况的原因，仍在于"欧洲中心论"的观念。这一观念在1962年9月18日周扬关于《欧洲文学史》教材的座谈会后表述得很清楚。他说："资本主义文化，欧洲带有典型意义，当时的资本主义文化是世界的高峰，我也是反对欧洲中心论的，但欧洲曾经是中心，曾经是世界文化的中心，有的东西已经成为世界财富，人人都要知道。"① 但周扬的这番话虽能表明了他本人的"欧洲中心论"观念，却不能说明不讲东方文学的理

---

① 转引自龚翰雄：《西方文学研究》，福建人民出版社2005年版，第382-383页。

由。而且"欧洲曾经是中心，曾经是世界文化的中心"这一表述本身就很成问题，因为世界文化从来都是多中心的，多体系的，多个文化圈、多元的。在这种观念的主导下，1950—1960年代的几年间，只有北京师范大学等极少数大学的有关教师不满于"西方中心"的状况，开设"东方文学史"课程，并编纂出版了《外国文学参考资料》的东方卷，但势单力薄，加之后来爆发了"文革"，写作《东方文学史》教材的计划不得不放弃。改革开放后，我国的东方文学学科建设、翻译与研究有了长足的发展。在东方文学翻译方面，经过翻译家的努力，出现了一些标志性的成果，由于季羡林、陶德臻等老一辈东方文学专家的支持与努力，各种东方文学史教材编写出版，各种外国文学史教材有了东方文学的内容，此前教材的"欧洲中心论"倾向有所纠正。但是尽管如此，在今天的中国，东方文化、东方文学，还没有全面地进入我国的大学教育体制。直接原因是主讲东方文学的专职教师长期缺位。而有关大学及有关院系的决策者，由于知识结构的欠缺，由于学术视野的狭隘，或者由于学科上的习惯与偏见等等原因，对东方文学缺乏应有的重视，不愿引进和补充东方文学方面的师资。1980年代初，在北师大陶德臻教授等老一辈东方文学专家的据理力争之下，教育部曾颁布了一个《外国文学教学大纲》（北京师大出版社出版），规定东方文学应占三分之一的比重，但到了90年代中期的新大纲中，却表现出了明显的倒退，西方中心的偏向再次强烈显露出来，东方文学的比重只占整个外国文学史的五分之一，而且就这五分之一，在许多大学的课堂教学中也没有得到真正落实。如今，除二十几所学科建设学科齐全的大学外，大部分大学的文学院或中文系没有东方文学教师，不能开设东方文学课程。有的大学以前曾经有东方文学教师，老教师退休后却后继无人。于是，所谓"外国文学史"实际上成了"西方文学史"，一个立体浑圆的文学地球，被人为地切割为残缺的半球体。本来，"外国文学史"作为中文系的重要基础课，其宗旨就是要把全面系统的外国文学、世界文学的知识教给学生，使他们形成完整的世界文学的知识结构与广阔视野。

实现这一宗旨和目标，不但是这门课程的必然要求，也是新时代人材培养的必然要求，是文学院或中文系人材培养的必然要求。

事实上，在中文系本科生的"外国文学史"基础课中不讲东方文学，已经或必将带来了一些消极后果。这主要表现在：

首先，由于历史上东方各国文学与中国文学具有种种密切的联系，因此，不懂印度文学东南亚文学，就不能深刻地了解中国文学。例如，不懂印度文学，就不能深刻了解中国文学所受印度的影响；不懂日本文学、朝鲜文学、越南文学，就不能深刻了解中国古代文学对东亚邻国的影响。站在中国文学的角度上看，学习东方文学，正如学习西方文学一样，是为了更好地学习中国文学，是为了给中国文学在世界文学中的定位和定性，寻找出参照系和坐标系。这个参照系和坐标系，必须置于包括东、西方文学在内的三维立体空间中。

第二，1998 年后，教育部规定在中国语言文学学科的本科高年级开设"比较文学"的基础课。而"比较文学"这门课开设的前提，是学生们已经具备了中外文学史的系统全面的知识。没有完整的"世界文学"观念，"比较文学"作为以寻求人类文学共通规律和民族特色的一种文学研究，就根本无从谈起。常见某些人的某些文章，只在"中西文学比较"之后，就做出种种结论，以中国代替"东方"，以"西方"代替世界，然而一旦接触到东方文学，这些结论便往往不攻自破。没有包括东方文学在内的完整的世界文学知识体系，就没法搞比较文学；而缺少了"东方文学史"的"外国文学史"课程，会直接妨碍"比较文学"基础课的学习。当初设立"比较文学"课程的基本目的，是在本科学生学完中外文学史之后，再用"比较文学"这门课做一个综合与提升。如果说中外文学的系统知识仿佛是一座大厦，而"比较文学"则是给大厦封顶。倘若大厦本身存在结构上的欠缺——东方部分欠缺——大厦的封顶就不可能，也无意义。

第三，在中国语言文学学科开设外国文学史课程，是用中文来讲授外国文学，本质上是一种广义上的"翻译"。用中文讲述外国文学，外国文学便在中文、中国文化的语境中受到过滤、得到转换、得以阐发，也就是化他为我。伴随着我们自己的学习、理解和阐述，我们在逐渐地吸收外国文学，使其成为自身肌体的一部分，外国文学已不是外国文学了。用中文讲述外国文学，这一行为本身就是中外文学与文化碰撞和融合。① 根据这样理解，在中文系所讲授的外国文学，是包含着东方文学在内的全面完整的世界文学，还是以只有西方文学的不完整的世界文学，事关我们的学生的文化营养是否均衡，文化心理是否健全、健康的大问题。

东方文学的弱势在硕士博士层次的人材的培养中也同样存在，目前设在中文系的"比较文学与世界文学"博士点已经有十几个，但设有东方文学或东方比较文学研究方向的只有四五家，博士导师的总人数也只有六七人而已。照例说，有一个包括东西方文学在内的完整的世界文学知识结构，对比较文学专业的博士硕士生来说，比其他专业更为必要和必需。因为要对文学现象、文学规律加以理论探讨，要做东西方文学的比较研究，要做各国文学交流史、关系史的研究，要做世界文学的总体研究，就必须具备完整的、包括东方在内的世界文学的修养，为此，东方文学必须进入比较文学与世界文学专业的学位课程中。但是令人遗憾的是，现在的几十个"比较文学与世界文学"硕士点、十几个博士点的学位课程中，绝大部分都将东方文学置之门外。像这样没有东方文学在场的中外文学比较，也只能是"中西比较"。而以"中国"代"东方"，以"西方"代"世界"，然后就大胆做出"文学怎样怎样"的结论，几乎已经成为我国比较文学的主流倾向。

在外文系情况也是一样。同英语等西语相比，东方语言文学学科的弱势同样十分明显。20世纪前半期，在我国各大学的外文系中，除了日语外，几乎都是清一色的西方语言文学专业，印度、阿拉伯、波斯、朝鲜等

---

① 详见王向远：《从"外国文学史"到"中国翻译文学史"：一门课程面临的挑战及其出路》，原载《中国比较文学》2005年第2期。

东方语言文学专业均属空白。20世纪中叶，北京大学、北京外国语学院、上海外国语学院等大学均开设了东方语言文学专业，但教师缺乏，专业规模偏小，招生人数很少，所培养的人材首先是为了满足政治、外交、商务等使用领域的急需，愿意从事，并能够从事东方语言文学研究的人凤毛麟角。由于社会上普遍存在的急功近利的心理，愿意报考东方语言文学专业的优秀学生不多，造成了有关大学的东方语言文学专业招生出现困难。一些东方语言文学专业只好被当作"小语种"，通过提前招生等手段，来保证稳定的、较好的生源。由于招生名额受限（有的语言语种专业每届只能招收十几个本科生），与实际的社会需求量相去甚远，并造成了东方语言文学专业的办学效益普遍欠佳，从事东方语言文学教学与研究的大学教师由于种种的原因，另择高校的跳槽现象时有所闻，造成了本来就已稀缺的东方文学教学与研究人材队伍的流失与不稳定。可以说，目前我国在外国语言文学学科，所设立的语种专业及学生比例，存在着相当严重的失衡现象，绝大多数的学生选学英语，英语专业好似滚雪球，越滚越大；所谓东方"小语种"不见增多，反而有萎缩的危险。外语教育最能体现文学选择的倾向，对东方语言文学的严重忽视，不但从根本上制约了今后我国东方学、东方文学研究人材的培养，也不利于今后我国真正的、全方位的对外开放。久而久之，东方文学研究、东方文学学科，就越来越曲高和寡，知音难求，只有红花，缺少绿叶，无法形成深广的社会文化基础，反过来就会制约精英学者的学术研究。

这种情况是由历史、政治、文化等多方面原因造成的，而最直接的，是由我国文学界、学术界根深蒂固的"西方中心"论的观念所造成的。这种观念的错误，主要在于把西方的在军事、经济、政治上的强势，直接地延伸到文学领域来；换言之，认定近代以来西方在政治、经济、军事上的强大和先进，必然在文学上也强大和先进，这种看法貌似有理、实则既不符合事实，也不符合逻辑。马克思在《经济学手稿·导言》中，以欧洲文学史为例，指出了历史上物质生产的发展与艺术生产的不平衡关系的事例。他说："关于艺术，大家知道，它的一定的繁盛时期决不是同社会的一般发展成比例的，因而也决不是同仿佛是社会组织的骨骼的物质基础的一般发展成比例的。"马克思认为，某一历史阶段都有后来人所不可模仿与重复的伟大艺术，并不是社会物质产生越进步、越强大，文学艺术也越进步、越强大，因而他认为古老的希腊文学艺术至今都是不可企及的范本。1845 年，恩格斯在《德国状况》中谈到当时的德国在欧洲属于落后国家，却涌现了歌德、席勒那样的世界一流的大诗人，并对欧洲其他国家的文学产生了很大影响；恩格斯在 1890 年 6 月 5 日致保尔·恩斯特的一封信中，谈到 19 世纪 70 至 80 年代的挪威和俄国，说这两个国家生产发展水平上远远落后于英法德诸国，但文学却出现了十分繁荣的局面，并影响到了欧洲其他先进国家。马克思、恩格斯所指出的是在欧洲各国文学、西方文学内部存在的这种文学与社会物质水平不平衡的情况，同样适应于解释近代西方文学与东方文学之间的情况。近代以来，东西方在物质生产水平上出现了较大差异，东方落后了，但我们却不能机械地用这一差异来衡量文学成就和文学水平。有人认定东方近代文学落后了，很大程度上是用西方文学的标准加以衡量的结果。跨文化交流和交往的基本原则，就是必须以尊重多元文化为前提，不能用一种文学的价值尺度，来衡量另一种文学并作出价值判断。无论是用西方文学的价值尺度衡量东方文学，还是用东方文学的价值尺度衡量西方文学，都是不公正的。例如今天的一些阿拉伯国家，以伊斯兰文化和伊斯兰的标准来衡量美国文学及西方文学，必然得出美国以及其他西方文学腐朽堕落的结论。做出这种结论者固然有着自己足够的理由和依据，但美国人、其他西方人能接受吗？同样，以西方文学的价值标准衡量东方文学，得出西方中心、东方边缘，西方先进、东方落后的结论，凡具备东方文学、世界文学常识的人也无法接受。况且，如果硬要说"中心"，那么在近代以前的数千年间，文化和文学的"中心"大多是在东方，而不是在西方。中世纪欧洲文学在神学的钳制下，岑寂、黯淡了一千多年，那时的东方却有汉文学、日本文学、朝鲜文学、印度文学、阿拉伯文学、波斯文学、东南亚、中亚各国文学等，犹如十日并出，灿烂辉煌。后来，在西方侵入东方的两三百年间，东方作家、东方文学在传统与现代、本土与外来的剧烈的文化冲突中，在民族存亡的血与火的历练中，记录了社会的巨大变迁和心灵的剧烈震荡。古人云，诗可以怨，又云，文章穷而后工。巨变、震荡、苦难、挣扎与奋斗，恰恰是文学发达所必需的气候与土壤，往往比承平日久的文学更有魅力。在这种背景下产生的东方近代文学，不但具有西方文学所不具备的独特的美学价值，也具有西方文学所不具备的重大的文化价值与文献价值。对此，中国的文学研究者们没有理由予以轻视。

由于西方中心论、西方文学中心论，既不符合史实，也不符合逻辑，而只是一种文化成见或文化偏见。所以，在西方中心观念主导下忽略东方文学的情况，再也不能继续下去了。况且，在今天继续忽略东方文学，与我国作为一个东方大国的地缘政治地位也很不相称，与东方国家在经济政治上重新崛起也不相称。随着东方各国改革开放的深入，许多东方国家的经济发展速度已经或正在超过西方。中国作为一个东方国家，应该对东方邻国，特别是与中国有着深刻历史文化渊源的国家的历史文化有更多的了解，以适应东方国家的快速发展和崛起。我国的东方学研究、东方文学研究也应该适应这一客观现实。这也是我国的东方文学学科成为文学研究中的强势学科的时代要求。

我国的东方文学成为文学研究中的强势学科，虽有种种消极不利因素，但也具有不少独特的优越条件。这主要表现为两个方面：一个是东方文学学术资源的丰富，一个是已有研究的水平与起点很高。

在涉外研究中，所谓"学术资源"，可以分为两种情形：一种是研究者淡化或超越自身的民族文化背景，而直接将异国文化作为研究对象。例如一个中国学者淡化或超越中国文化背景，像美国学者一样直接研究美国问题。这种学术资源正如阳光与空气，对全世界的学者来说都是共同享有的，对哪一类研究者而言，都无所谓多寡。另一种情况则有不同，就是一些学术资源带有强烈的地理、历史、文化的印记，只有某一特定文化背景的学者，才能在研究上具有得天独厚的天然优势。以世界比较文学学术史上的史实为例：比较文学能够在19世纪前期的法国率先兴起，是因为法国文学长期领导了欧洲文学的潮流，并对欧洲各国文学有广泛的传播与影响，研究这个问题，无论从主观意愿还是客观条件上看，都是法国学者的优势，这方面的研究导致了以法、欧文学关系史研究为特色的欧洲比较文学及比较文学"法国学派"的诞生。对于中国学者的外国文学、比较文学研究来说，具有得天独厚之优势的领域，更多地存在于东方文学及东方比较文学研究中。一方面，中国学者可以拥有的东方文学研究资源的矿藏极为丰富，这类研究资源的形成与储藏，是由中国与东方各国源远流长的文化关系史的积淀所决定的。由于历史上中国与周边的东方各国的历史文化关系，在其长度、广度、深度、密度上，都大大地超过了我们与遥远的西方国家的关系，在这方面遗留下来、积淀起来的学术资源，也大大多于中西历史文化关系领域。这类研究资源中包含着大量的对中国学者来说是得天独厚的研究课题。它的发掘和利用，有利于充分发挥中国学者的民族文化优势。

而且，中国的东方学、东方文学学科，虽在数量上缺乏规模，但在质量上却早已显示了一流的学术水平，为今后东方文学成为强势学科准备了很高的学术起点。笔者曾在《东方各国文学在中国》《中国比较文学研究二十年》、在与乐黛云先生合著的《20世纪中国人文学科学术研究史·比较文学研究》等一系列学术史性质的著作中，对东方文学、比较文学的学术研究的历史现状做了系统的研究评述，同时也将我国的东方文学与西方文学、中西比较文学与东方比较文学做了一些比较分析。综观近百年来的学术史，学者辈出，但学术大师、学术泰斗级的人物有限，而在学术大师与泰斗式的人物中，从事东方学、东方文学、东方比较文学研究的人却占了大半。有一个现象很值得注意，就是在前辈大学者中，许多是靠印度研究、东方学研究起家或成名的，如近代的章太炎、梁启超、陈寅恪、汤用彤、季羡林等，都是以学习梵语、研究中印关系而知名的。换言之，在学术史上，专门搞印度研究的虽然在数量上所占比例很小，但在学术上胜出的比例却非常高。历史学家周一良教授在一篇文章中曾写道："并世学人当中，学识广博精深（非一般浮泛）而兼通中外（包括东方、西方）者，我最佩服的三位：就是季羡林、饶宗颐、王元化三位先生。"① 众所周知，周先生所说的这三位学者中，季羡林和饶宗颐两位都是研究东方学为主的。再以比较文学学科为例，平心而论，在我国当代现年五六十岁的中年学者中，著作最多、原创性最强、学风最扎实的头几位学者，似乎更多地出自东方文学与东方比较文学领域，例如以文学人类学研究而知名的叶舒宪先生，中日比较文学领域中的严绍璗先生、王晓平先生等。东方文学出身，东方学、东方文学、东方比较文学领域的学术大家们，不仅给今后的东方文学研究确立了高水平的学术起点，也树立了学术上的楷模和榜样。

但是，东方文学学科要成为强势学科，光靠这些还不够，还要各方面做许多切实有效的工作。

政府的教育行政管理部门、大学的有关领导，在学术管理上的主要职责就是运用行政管理手段对学科加以宏观调控、合理布局。我国的大学和研究机构多属国家所有，在社会主义的体制下，政府的导向作用尤其重大。过去我国的东方文学在大学教育体制中的弱势，很大程度上与政府的重视不够、支持不力有关。政府的有关部门要通过必要的行政管理手段，防止大学中的学科本位主义及某一学科的畸形膨胀与发展，以确保各学科的协调均衡。因此郑重建议今后教育部在进行本科教育教学评估检查时，课程标准要进一步细化和具体化，不只是看有没有"重点学科""研究基地"，也不能只看各个二级学科是否健全，更要看二级学科内部构成（三级学科）是否合理和健全。以中文系的"比较文学与世界文学"二级学

---

① 周一良：《季羡林与二十世纪中国学术·序》，北京大学出版社2001年版。

科为例，重要的是要看这个二级学科中，东西方文学两部分是否齐全、有没有东方文学教师、基础课中是否设有东方文学课程等等。

同时，要使东方文学成为强势学科，不仅要有政府的支持推动，还需要全国同行们的共同的努力。在这方面，成立于1983年的民间学术团体"全国高校东方文学研究会"（后改称"中国外国文学学会东方文学研究会"，二十多年来开展了多种活动，做了大量工作，今后还要发挥更大的作用。

我国的东方文学要成为强势学科，是一个复杂的时代与文化课题，存在种种困难和挑战。西方中心主义、西方文化与西方文学优越论，在我国有着相当强大的历史惯性与深厚土壤，99%的中国学生学习英语，年轻人对西方物质文化的崇尚与追慕、主流知识阶层对西方文化的崇拜与追慕，作为时代潮流，在相当长的时期内尚难扭转。但是唯其如此，使东方文学成为强势学科就更显示出其必要性和紧迫性。目前我国东方文学的相对弱势，并非表现在学者的研究成果方面，我国的东方文学及东方比较文学研究成果是突出的、高水平的，但问题是，只有为数寥寥的精英学者，还不能使一个学科成为具有坚实的社会文化基础的强势学科，精英学术也必须具有相当数量的受众，精英学术必须向下渗透、融入并影响主流的社会，才能形成精英学术与社会文化的良性互动。因而，现在最迫切的问题，是如何扩大东方文学教学与研究的队伍，如何通过学术研究与教学教育的手段，使东方文学进一步真正落实到我国的文学教育体制中，造就更多的关心东方文学、了解东方文学的年轻受众，使东方文学研究的成果为更多的人所关注，以便有助于扭转在我国的外来文化受容中长期存在的"西方中心"、忽略东方的偏颇，有助于造就真正全面而不是片面地对外开放的格局。只要我们坚持不懈地努力，使中国的东方文学逐渐成为更多的人所注目的强势学科，应该是完全可能的。

绪论　东方、东方文化与东方文学

　　所谓"东方"首先是一个地理学上的概念。按照国际上的规定，以西经 20° 和东经 160° 的经线圈把地球划分为东、西两个半球。这样，亚洲、非洲的大部分地区都属于"东方"的范围。同时，"东方"又是一个历史文化学上的概念。这个概念起源于东方某些民族和国家被罗马帝国所占领的时代。由于这些国家都在罗马帝国的东部，便被称为"东方"。这一概念被约定俗成地一直保留了下来，并被近、现代学者们所使用。总之，"东方"这个概念是综合地理、历史文化等各方面要素，并与西方相对而言作出的一种划分和概括。它的范围包括亚洲的全部和撒哈拉大沙漠以北的非洲北部地区（但不包括黑非洲地区）。

　　我们知道，西方各民族自古希腊、古罗马到中世纪、文艺复兴，再到近代资产阶级革命和现代资本主义，有一条清晰的发展线索，具有很强的文化整体性。他们有源于同一系统的宗教信仰，有着共同的语系语族和大体一致的历史发展进程。尽管西方各国的情况并非完全一致，也时有冲突和抵牾，但西方—欧洲文化体系是一以贯之、没有中断的，它的社会历史文化的一致性始终是显而易见的。

　　与此相反，"东方"世界看上去却是一个纷纭芜杂的世界。这个世界在地理上相对分散和阻隔，种族上形形色色，宗教信仰上各不相同，语族语系较多，这一切都造成了东方文化的多元性特征。一般认为，在东方，有三个相对独立的未曾中断过的文化体系存在。这就是：中国文化体系、印度文化体系和阿拉伯—伊斯兰文化体系。或者说，东方有三大历史文化圈：以中国文化为中心的包括朝鲜、日本、越南等国在内的东亚文化圈；以印度文化为中心的南亚、东南亚文化圈和由波斯文化、犹太文化、阿拉伯文化构成的中东文化圈。这三大文化圈相互间存在很大的差异。例如中国文化圈基本上是以伦理道德为中心的世俗文化，印度文化圈和中东文化圈基本是以宗教为核心的文化。但印度文化是多神教的文化，中东文化则基本上是一神教的文化；印度文化的总体倾向是出世的，中东文化的总体倾向是入世的。而且中东文化中的犹太文化后来融入了西方文化，成为西方文化的一部分。这些情况表明，东方文化并非铁板一块，而是存在着许多深刻的内在差异。例如，在民族性格与思维方式上，日本人崇尚感觉与情绪，中国人推崇理性与理智，印度人喜欢内倾的苦思冥想，阿拉伯人习惯于外倾的情感与想象。而在有些方面，东方与西方之间却更为接近。例如，埃及文化与希腊文化关系极密切，尤其是在"希腊化"时期，埃及文化几乎被希腊文化所同化；印度语言与欧洲语言作为拼音文字同属于印欧语系，印度和古希腊在史诗和戏剧方面的特征多有相似；中世纪阿拉伯与欧洲的关系，比阿拉伯与东方其他各国的关系更密切，15—18世纪的英国和日本，在社会发展的某些方面有着更多的相似，等等。

但是，尽管有着诸如此类的内在差异，从整体上看，东方社会还是在差异性中存在共通性，在多元性中存在统一性的。特别是在与西方文化的比较中，东方文化内部的这种共通性和统一性就更为明显。

长期以来，历代中外学者，特别是西方学者对东西方文化的差异、东方文学的共通特征等问题，做了大量的研究论述，提出了许多看法。对今天我们认识东方的历史文化不无价值。综合他们的意见，东方历史文化的共通性表现在几个方面。即表现在政治制度上就是"东方专制主义"，表现在经济制度上就是所谓"亚细亚生产方式"，表现在文化意识形态上是所谓"东方意识形态"。

　　首先是"东方专制主义"。在西方，最早注意东方专制政治制度的是古希腊哲学家亚里士多德。他在《政治学》一书中，以古希腊的奴隶制民主政治为标准，批评东方人（主要是波斯帝国）对专制皇权的崇拜。古希腊著名史学家希罗多德在他的巨著《历史》中，也对许多东方民族和国家包括埃及、吕底亚、腓尼基、叙利亚、波斯等的政治专制作了描述。16世纪，欧洲第一个专制主义理论家让·波丁提出了"东方专制主义"这一概念，并对此作出了分析。16世纪下半期起，西方的学者对东方专制制度给予了高度注意，并试图加以借鉴。1748年，法国哲学家、法学家孟德斯鸠在《论法的精神》的著作中虽然批判了东方专制主义，但对此并未全盘否定。他认为专制制度本身是最坏的政府形式，但对东方国家又是最适合和最必要的政治制度。他曾用地理环境来解释东方专制制度的起源。启蒙主义思想家如伏尔泰、狄德罗等人对东方专制制度，特别是中国儒家的专制统治理论十分赞赏。哲学家莱布尼兹甚至希望让中国的皇帝去帮助治理西方国家。18世纪末资产阶级革命以后，西方学术界转而对东方专制主义进行否定和批判。法国人 J·赫德尔在1784年写的《人类历史的哲学概述》一书中认为，农业文明是产生专制制度的基础，而"亚洲专制主义"是一种最保守禁锢的政治形式。德国哲学家黑格尔也进一步分析了东方专制主义造成的社会停滞和衰落。英国古典政治经济学派理查·琼斯等人对东方专制主义作过系统分析和批判。琼斯不仅论述了印度、波斯、土耳其，而且还分析了埃及和中国。他认为：1. 国王是土地的唯一所有者，这是东方专制主义的基础；2. 灌溉性的农业是东方专制主义的重要条件；3. 东方城市不存在共同的基金，不存在欧洲那样的自治城市。这些看法，对马克思和恩格斯有很大影响。马克思、恩格斯在许多著作中使用"东方专制主义"这一概念并对此作了进一步分析。马克思基本上是通过对印度的研究来认识东方社会的。他认为自给自足、相互封闭的村社是专制主义的牢固基础，认为在东方，国家是真正的土地占有者，不存在土地私有制，这是"了解东方天国的一把真正的钥匙"。①
现代美国学者魏特夫在《东方专制主义》一书中进一步认为东方社会是
一种"治水社会"，并提出了"治水工程—国家—东方专制主义"的"东
方专制主义"起源论。

尽管由于历史条件的限制，上述思想家、学者对东方专制主义的分析
和解释具有种种局限、片面甚至错误，但有一点是可以肯定的，东方，尤
其是古代东方的政治制度不同于西方的政治制度。东方各国都有一个至高
无上、不受任何监督和约束的独裁王权或皇权，而且这种王权往往被神
化，因而它既是世俗的统治者，又是精神上的信仰与支柱。希腊式的民主
政治、欧洲中世纪的教权与世俗政权之间、近代西方的封建阶级与资产阶
级之间在政治上的相互牵制，乃至现代资产阶级的议会民主政治，在东方
从未存在过。东方国家的社会"革命"多表现为改朝换代或称"易姓革
命"，而并不意味着社会结构和社会制度的根本进步和变革。

其次，在经济制度上，东方世界所共有的是所谓"亚细亚生产方
式"。这个概念是马克思在《政治经济学批判》（1857—1858 年草稿）第
二编《资本主义生产以前的各种形式》以及《资本论》中提出来的。对
这个提法，国内外学术界有过许多争论。虽然这个提法在运用于东方不同
国家时，有些细微问题尚待完善，但它的基本论点是抓住了东方社会的根
本特征的。马克思把亚细亚生产方式同"古典古代"（即古希腊罗马）的
生产方式作了比较和区别。归纳起来讲，其基本精神是：

第一，在亚细亚生产方式中，土地是公有的，土地在名义上属于最高
统治者，即所谓"普天之下，莫非王土"。个人只是土地的占有者和使用
者，而不是主权者。与此不同，在"古典古代"的生产方式中，在公有
的土地之外，存在着个人私有制。第二，在亚细亚生产方式中，农业和家
庭手工业是结合在一起的。那是一种自给自足的自然经济，商品交换难以

① 《马克思恩格斯文集》第 10 卷，人民出版社 2009 年版，第 112 页。

发展。而在"古典古代"的生产方式中，手工业作为下贱的职业由释放的奴隶、被保护民、外地人所独立承担，从而使手工业独立发展起来，这也有利于商品交换的发展。第三，在亚细亚生产方式中，单个人对村庄来说不是独立的，和"古典古代"的生产方式比较，它的自由民几乎不存在。第四，东方在进入奴隶制社会之后，大量地保存了原始公社的血缘关系制度、习俗和风尚。由于原始氏族制度的大量遗留，导致东方各国在进入阶级社会后的等级划分，仍然和血缘关系紧紧地结合在一起。印度的种姓制度、日本的氏姓制度、中国的封建宗法制度等，都以各自的方式表现了阶级等级关系与氏族血缘关系的结合，这是古代东方的突出特点。相反，西方的古希腊在进入阶级社会后，很快地彻底清除了氏族制度，建立了以地域（而不是以部落）和财产为基础的奴隶主民主制国家。"亚细亚生产方式"的总特点是社会发展的缓慢性甚至停滞性。马克思在谈到印度社会历史时曾指出印度社会的特点是几千年来没有变化。这一论断同样也大体适合于中国等东方其他国家的情况。和西方相比，近代以前的东方传统社会没有明显的线性发展的阶段性，而呈现出循环往复的特点。

专制主义政治和亚细亚生产方式，决定了东方的文化意识形态有别于西方的特征，形成了一种较为普遍的"东方精神"或称"东方意识形态"。专制主义的政治体制造成了东方人根深蒂固的王权崇拜、家长崇拜意识，以及权威主义、"官本位"思想。皇权崇拜是专制主义政治的必然产物，家长崇拜是皇权崇拜的必然延伸和社会基础。在东方，服从皇权是最高的伦理道德，许多情况下，由于皇权被神化，而往往与宗教信仰合一。皇权崇拜造成了人们的公民意识和政治意识的淡薄，人不是亚里士多德所说的"政治的动物"，而是伦理道德的动物。宗教意识形态在东方占有重要地位。正如马克思所说，"东方的历史表现为各种宗教的历史"。[①]宗教（包括儒教这样的"准宗教"）成为东方文化意识的核心，而西方

---

① 《马克思恩格斯文集》第 10 卷，人民出版社 2009 年版，第 111 页。

意识形态的核心（中世纪除外）却不是宗教伦理而是法律与科学。在东方，伦理高于法律，甚至伦理等于法律，以氏族或宗族血缘关系为根基的伦理道德——中国和日本的仁义礼智信忠孝的儒家伦理，印度的印度教和波斯祆教的种姓伦理，阿拉伯伊斯兰教教旨，都在东方社会的意识形态中占有重要地位。由于专制皇权、宗教伦理、血缘关系等长期禁锢和束缚，在东方，个人强烈地依附于社会和群体，个人只有作为群体的一员才能生存与发展，个人的职责就是不断地巩固和强化这个群体。个人意志、个性自由和个人主义在东方不但得不到承认和发展，反而备受压抑。在这样一种文化背景中，东方人长期以来形成了一种普遍的东方式的心理状态。他们一般注重求同，而不尚异；更多地看到事物的同一性，而不是矛盾性和差异性。在思维上不重视冲突、对立和矛盾，而重视和谐统一，因而其思维方式基本上属于综合型而不是分析型的。在人与自然的关系上，力求顺从大自然，追求人与自然合一，而不是企图驾驭和改造自然；在人与社会的关系上，倾向于个性服从于社会性。与西方人比较，东方人似乎容易得到满足，而缺乏持续不断的开拓和进取精神。知足常乐、保守内倾是东方人普遍存在的社会心理特征。这些心理特征反映在文学艺术上，主要表现为悲剧意识的淡漠、矛盾冲突的淡化、对"大团圆"结局的偏好、理想人物形象的泛道德化、对大自然的亲近、对宁静的心境或静观的态度的追求，等等。

以上对东方专制主义、亚细亚生产方式和东方精神的说明难免笼统和抽象。谈这些的目的是为了表明近代之前的东方世界所具有的高层次上的统一性。（至于到了近代，由于东方各国普遍受到西方的冲击，面临着同样的政治、经济、社会、文化问题，东方世界的共通性、统一性就更显而易见了。）只有当我们确认了这种统一性，我们才能理解为什么把东方作为一种整体加以研究，为什么有"东方学""东方美学""东方文学"这样的学科成立并发展起来。

"东方学"是欧洲人自19世纪初建立起来的。这门学科的主要任务是在考古发掘的基础上，系统地研究东方的政治、经济与文化。"东方文学"则是"东方学"的一个组成部分。整个 19 世纪的东方文学研究基本上处于发掘整理材料、识读东方古文字阶段。东方的一些古老的、业已湮灭和死亡了的文字，如埃及象形文字、古巴比伦和古波斯的楔形文字等，都是由西方人发掘和识读出来的。20 世纪初前后，西方人开始以他们所独创的"文学史"这种著作样式来研究东方文学（主要是东方传统文学），他们写的东方国别文学史的各种著作陆续问世，最早的《中国文学史》、最早的《印度文学史》、最早的《阿拉伯文学史》等，都是由西方学者写出来的。同时，英国学者威廉·琼斯、俄国学者图拉耶夫等，都曾尝试将东方文学作为一个整体加以综合研究。虽然西方人对东方文化与文学的研究做出了很大的贡献，但他们的研究不免带有"欧洲中心主义"的印记。东方学及东方文学研究在有些学者那里是纯学术的研究，但在另一些学者那里，却也带有为当时的殖民主义服务或以西方文化的价值观对东方文学加以猎奇、扭曲的文化帝国主义动机。

1950 年代末，我国一些大学的教学科研工作者着手进行东方文学的学科建设，并开始把东方近代、现代文学纳入研究范围，后由于历史原因而被迫中断。1978 年以后，东方文学的教学与研究又恢复和发展起来，东方文学作为外国文学的一个重要组成部分已被列入大学中文系外国文学专业基础的教学大纲。近十年来我国翻译出版了大量的东方文学作品，发表了许多有关的学术研究论文，合作编写出了数种专著和教材，这些都为我国东方文学的教学与科研作出了贡献，为东方文学学科建设奠定了基础。本书努力的目标是在吸收、消化已有学术成果的基础上，继续推进和深化东方文学的学科建设和学术研究。

东方文学是多民族、多国别的地区性的文学集合体，对东方文学史的研究属于区域文学史的综合的、整体的研究，这一点就决定了它本身就是比较文学的研究，可以说是"东方比较文学史"或"东方总体文学史"的研究。在研究中必须充分运用比较文学的观念与方法，否则就会流于东方各国文学现象的简单拼凑。然而迄今为止，国内出版的有关东方文学史的著作和教材，却未能充分体现东方比较文学或东方总体文学的学术理念。在东方文学史的构架上，均按长期以来我国流行的历史断代法（古代、中古、近代、现代、当代）作为文学史的发展线索，用时序的自然演进和社会发展阶段论、形态论来代替文学史发展规律的探寻。这样做固然可以突出社会政治经济对文学的支配和制约，但文学自身发展的规律却难以充分、准确地揭示出来。由于东方文学的构成相当复杂，涉及多种不同的语言文本，单个的作者要全面地掌握有关的材料十分不易，因而不得不采取由国别文学研究者分头执笔的方式，为了方便分头执笔撰写，势必要削弱东方文学史框架结构的内在逻辑联系。在这种情况下，严格地说，已有的东方文学史著作与教材虽然给我们提供了丰富的东方文学史的知识与资料，但仅仅从框架体系看，大都只是以时序为纵线、以国别和地区为板块的较简单的合成，还不是比较文学意义上的真正的区域文学史和比较文学史。

东方文学史作为区域文学的综合的总体的研究虽然要以国别文学的研究为基础和出发点，但它不同于一般的国别文学史的研究。它不应孤立地描述某国文学的发展历史，而应注重揭示东方各国文学之间的内在与外在的联系性与相通性。一方面是东方各国文学之间、东方文学与西方文学之间的相互传播与相互影响的关系，一方面是东方各国文学之间在一定范围和一定意义上的对照和比较。通过这种比较，既可以揭示东方文学在总体上有别于西方文学的东方特色，也可以在对照中显示东方各国文学的民族风格、民族特色。而这一切都是为了探索和总结东方文学的特点和东方文学史的发展规律。正如季羡林先生在《必须加强对东方文学的研究》一文中所说，"研究任何一门学科，都要找出它的规律性。研究东方文学也是如此"；"只有找出它的规律，东方文学才能真正成为一门具有独立体系的新的学科"。

基于这种认识，本书设计了自己的框架体系，力图写成一部有着自己独特的结构体系的东方区域文学史和东方比较文学史。在框架体系上，本书把东方文学发展史划分为"信仰的文学时代""贵族化的文学时代""世俗化的文学时代""近代化的文学时代"和"世界性的文学时代"五个先后相继的文学时代。然后，从每个时代中抽绎出占主导地位的、反映该时代文学本质的文学样式或文学思潮，进行分章论述之（参见本书目录）。这种结构体系庶几可以突破一直流行的阶段论社会学的文学史模式，克服那种按历史年代将东方各国、各民族文学加以简单排列的机械性，某种程度地疏离东方文学史对东方社会学史的学科依附性，既可以强化文学的文化背景，又可以突显文学自身的独特的发展规律。从研究方法上看，本书作为东方比较文学史的著作，无论是理论框架的建立，还是具体文学现象、作家作品的分析评论，都是建立在比较研究的基础上的。在东方各民族文学之间的比较中，既注重描述它们之间的共通性，也注意反映它们之间的差异性。使东方各国、各民族文学在本书的理论体系里各得其位，各有所归，从而确立它们的独特地位。另外，本书也十分注重东方文学与西方文学之间的比较，虽然由于论题范围的限制，不可能将这种比较展开来谈，但本书对东方文学的各个方面所作的理论概括，都是以西方文学为参照系的。同时，作为一部理论性学术专著，本书特别注重"史"与"论"的密切结合，尽可能地减少一般化的叙述，尽可能多地反映个人的理论见解和学术观点。在具体作品的研究分析中灵活运用各种批评方法，从哲学、文化学、美学、宗教学、心理学等诸角度考察文学现象，以突破单一的社会学批评模式。同时，本书又力避为新方法而新方法的时髦与浮躁，从实际出发，力求创新、慎重求证、辩证分析，稳妥立论。

　　本书力图通过这种比较研究，表明长期以来许多学者、读者对西方文学的过分推崇和对东方文学的过分冷漠是不合理不正常的。事实上，这种冷漠已经给我们的学科教学及学术研究带来了消极影响。众所周知，"外国文学史"是大学中文系的一门重要的基础课程，1980年代初，教育部就明确把"东方文学"作为"外国文学"的重要组成部分列入了教学大纲，但由于种种原因，除少数大学外，至今大部分大学的中文系没有教授或无法教授东方文学史，"外国文学史"课程实际上只是"西方文学史"。这种以西方文学覆盖东方文学、以西方文学代替世界文学的做法势必会造成受教育者的知识结构的不完整，妨碍了学生对世界文学史的完整了解和把握。这种情况在学术研究领域也有表现，就是搞东方文学研究和教学的人不能不知道西方文学，然而搞西方文学研究的，似乎可以不知道东方文学。这就容易造成学术立场、视角和观点上的偏颇。比如在比较文学领域，方兴未艾的"东西方比较"，有许多只是"中西方比较"。当以"中"代"东"，采用归纳法作出一种带规律性的学术结论的时候，无视东方其他国家文学的存在往往是不周延、不全面、不科学的。今天的时代是世界性的时代，尽快在我们头脑中形成一个完整的立体的地球，这一点比以往任何时候都显得重要。我们不必以压低西方文学来抬高东方文学，也不是要简单地否定作为一种纯学术观点的"欧洲中心论"。从本书的论述中就可以看出，在近代以前的几千年间，东方文化与文学是"出口"大于"进口"，一向是维持"顺差"的。如果非要说"中心"，那就应该说，那时的"中心"是在东方。欧洲中世纪一千多年的文化萧条时期，正是东方文学光辉灿烂的时期。只是到了近代，东方相对滞后了，西方文化与文学又转而对东方产生了决定性影响。那几百年，"欧洲中心"（只要不是为文化殖民主义制造口实）并非无稽之谈。但即使在近代，东方也产生了泰戈尔、夏目漱石、鲁迅等一大批具有东方民族特色的、堪称世界第一流的作家。问题在于，我们不能因东方几百年的落后就对几千年发达繁荣的文学视而不见，妄自菲薄。特别是近几十年来，世界性的文学时代已充分形成，文学的"中心"越来越淡化，从而走向多极化、无中心。在这种情况下，再坚持"欧洲中心论"就不合时宜了。

本书的总体意图便是以科学的、实事求是的态度，评述、研究东方文学，让源远流长的光辉灿烂的东方文学在世界文学中占有它不可剥夺的地位。由于东方文学是一个广阔而复杂的学术领域，本书只能是对这个领域的一个尝试性探索，难免有粗陋、不当之处。好在学术界已有一批从事该学科研究的专家和同行，更有许许多多关心和喜爱东方文学及比较文学的青年学子，相信他们是本书的最好的批评者。著者热切期望从他们那里获取教益，并愿和他们一道，为弘扬东方文化与文学持续不懈地努力。

第一编 信仰的文学时代

"信仰的文学时代"包括神话和史诗两种文学形态。

这里所说的神话是一种"前文学"现象，是在史前人或原始人中长期流传的一些神奇故事。严格地说，原始神话不存在文本形态，今天我们所知道的看上去比较系统的神话，大都是后人根据各种文物和文献整理、构拟和"还原"而成的。

神话是人类文化的源头，也是人类文学的源头，其根本特性是它的"信仰"性质。由于原始人还分不清人与自然的界限，分不清心理世界与物理世界的界限，分不清思维与现实的界限，分不清个体与群体的界限，因此，在原始人那里普遍存在着生命的泛化、"自然界的精神化"或"人化"现象。他们不但把没有生命的客体看成是有生命的，而且认为这种生命与人的生命性质完全相同。现代英国人类学家泰勒把这种现象简练地概括为"万物有灵论"。"万物有灵论"是原始思维的重要特征。"万物有灵"是不能被理性分析，更不能被科学证明的信念，是原始人普遍的、根本的信仰。从文化形态学角度看，原始文化是信仰的文化；从文学史学的角度看，人类最早的文学是信仰的文学，因而文学原始时代可以称为"信仰的文学时代"。

神话是"信仰的文学时代"的第一种文学形式。正如B·马林诺夫斯基所说，神话的作用和功能是能够"表现、提高和整理信仰"。神话所显示的是人对自然界的第一次超越，原始人企图解释客观世界，解释人自身，解释他们所触到的一切事物的来源。这样，神话就部分地满足了原始人初次萌动起来的求知欲。神话又具有记事的功能，它把人类遥远的过去曾发生过的事情世代相传下去，以保持人们对这些事情的记忆。神话满足了人的精神渴求，为原始人提供了情感宣泄和精神寄托的对象。神话还具有一系列的实用功能。它是巫术、图腾、祭祀与仪式等被广泛运用的一种功能形式。它起到了联系和传达集体精神与协调集体行为的工具作用，甚至还是原始教育的一种途径和形式。总之，神话产生于原始人特有的信仰——万物有灵、图腾与巫术、灵魂与鬼神等等，它是原始思维、"原逻辑思维"的产物。同时，从这些信仰中产生出来的神话又反过来成为原始人的信仰对象。他们虔诚地相信这些神话故事是神圣的、实在的，他们在情感上依赖和崇拜神话，在行为上努力贴近神话所提供的行为规范。

我们之所以把东方神话看作是最早的文学形式，是因为神话除具备上述功能外，还具备了审美的功能。尽管这些神话主要是为了建立崇拜对象而创造的，但作为人类心灵的综合性产物，先民的审美心理必然会渗透于神话当中，崇拜对象中的审美因素自然是不可缺少的。除日本神话外，总体上看，东方神话的基本美学风格是崇高。创造之神是崇高的表征，神与魔的生死搏斗也是崇高壮美之表现。这一点有别于西方的希腊神话。希腊神话基本美学风格是细腻而优美。正如黑格尔所说，在东方神话中，"神是宇宙的创造者，这就是崇高本身最纯粹的表现"。古埃及神话的金字塔般的雄浑、粗朴、凝重和斯芬克斯式的神秘，巴比伦神话中生界与死界的剧烈交锋和死亡阴影的沉重压力，印度神话中有关三大神的创造、保护、毁灭的巍然扛鼎之势和他们的奇功伟业，波斯神话中光明神与黑暗神的尖锐对立与惊天动地的搏斗，希伯来神话中无处不在、无所不知而又渺不可见的全知全能的上帝，为人们展现的都是神的至上至能和无穷的威力。它们缺乏希腊诸神那种温馨的人间气息、世俗性格和明快的色调、优美的形象，东方神话要表现的是泰山压顶般的崇高。

史诗是信仰时代的第二种文学形式。作为信仰时代的文学，神话与史诗既有相同性，也有差异性。神话为史诗提供了丰富的创作素材，许多零散而缺乏系统的神话在史诗中得到了整合和创造性的加工发挥。神话与原始宗教，即自然宗教密不可分，与图腾崇拜、巫术礼仪密不可分，史诗则与体系宗教，即人为宗教或神学宗教紧密相连；神话所描写并信仰的对象是神，史诗所描写并信仰的对象是人类英雄，即具有相当神性的伟人或超人，表现的是先民朴素的英雄史观；神话的中心主题是颂神，史诗的中心主题是对人类英雄的神化和讴歌；神话表现的是人与自然力崇拜，反映的是先民企图改造、驯服和利用自然力的强烈愿望，史诗则主要表现不同的人类社会集团，包括部族与氏族之间的血与火的交锋和痛苦的融合；原始思维是神话创造的决定性思维动力，而史诗中的原始思维的作用逐渐减少，甚至出现了理性思维的端倪。

第一章　东方古代神话

本章把东方神话分为"原生态神话"与"次生态神话"两种类型，用两节分别加以论述。古埃及神话、古印度神话、华夏原始神话、巴比伦神话是最早自发产生的、没有或很少受外来影响的神话系统，属于原生态神话，它所依托的是原始（自然）宗教。第二种类型是次生态神话。次生态神话受到了原生态神话的影响，多产生于受文明中心影响和辐射的文明边缘地区，并依托于体系（人为）宗教。

第一节　原生态神话

非洲北部尼罗河岸的古代埃及是人类最早的文明发祥地，同时也是东方文学乃至世界文学的最早发祥地。古埃及神话是世界上最早、最原始的神话。

古埃及神话故事①保留在古埃及象形文字文献，特别是《亡灵书》等

---

① 古代埃及神话经现代学者整理并翻译出来的有 190 篇，中文译本主要有倪罗译《埃及古代故事》，作家出版社 1957 年版；符福渊、陈凤丽编译，《埃及古代神话故事》，国际文化出版公司 1989 年版；魏庆征编《古代埃及神话》，山西人民出版社、北岳文艺出版社 1999 年版；金寿福译注《古埃及〈亡灵书〉》，商务印书馆 2018 年版；郭丹彤译注《古代埃及象形文字文献译注》（上中下），东北师范大学出版社 2015 年版。

文献中，与古埃及宗教有极为密切的关系。史前的埃及人盛行动物图腾崇拜，那时的神都是各种各样的动物的形象。埃及文字——象形文字也主要是由动植物图案演化而来的。在古王国时期（前3200—前2280年），人兽同体的神的形象开始大量出现，并已出现一些人形神。埃及虽然有统一的王国，但地方区域，即"诺姆"（相当于州）具有较大的独立性和相当程度的封闭性，因此埃及各地存在着地区性文化的差异。不同地区、不同时代都有特定的最受尊崇的神，所以古埃及的宗教也就是多神崇拜的宗教。埃及人认为神创造了一切，也能支配一切，神告诫人们怎样行动，神能够奖善惩恶，神不仅能决定凡人的生死命运，也能决定国王的权力。围绕这些宗教观念，古埃及人创造了一系列神话。

创世神话表现了埃及人对宇宙起源的最原始的理解。埃及有许多创世之神，几乎每个地区都有自己的创世神话。古王国以后，由于中央统一政权的建立，创世神的数目自然减少，其中一个著名的神话描绘了宇宙的形成：地神该伯斜卧在地上，他上面是女天神努特。努特四肢撑地，弯腰而成天穹。她浑身满是星斗，被空气神苏两手托起。这幅创世图是在地下的一口棺材上发现的。与此相似的一个神话，说天地原本连成一体，后来天地的子女们觉得压抑，于是群起反抗，把天母、地父强行分开了。还有一种创世神话说，在世界被创造之前，是一片混沌，后来，在这混沌状态中露出了一座山，山上出现了一个蛋，太阳神从蛋中破壳而出，由他着手整顿世界。

太阳崇拜的神话在埃及神话中占重要地位。太阳神被称作拉神或阿蒙神（又译阿通、阿顿）。最初，太阳神的作用表现在自然方面。太阳神被认为是生命的源泉，整个埃及的最伟大的统治者。后来，太阳神逐渐被赋予社会功能。许多法老都声称自己是太阳神之子，法老名字前面要冠上"拉神之子"的头衔。他们热衷修造太阳神庙，竖立巨大的方尖塔以示崇敬。对太阳神的突出崇拜表明了埃及神话由多神信仰向主神信仰的过渡。对太阳神巨大威力的神化，也是对法老绝对权力的神化，从而体现出东方最早的君权神授思想。

与太阳一样，尼罗河也是埃及人生命的源泉，因此受到古埃及人的热烈崇拜。事实上，在埃及，尼罗河与太阳神具有同等的地位。与尼罗河相联系的是最著名的奥西里斯的神话。这个神话最为详细，流传很广。奥西里斯首先是尼罗河神，是尼罗河周期性的枯水与泛滥、两岸植物周期性枯荣的一种神格化的象征。关于奥西里斯的神话讲道：奥西里斯受诸神派遣统治人间。他秉性善良，政治贤明。他受智慧与司书之神托司的启示，和妻子伊西丝一起教会埃及人播种、耕作、栽培果树和酿造美酒。他的功德深受人们的敬仰，但却遭到他的弟弟——恶神塞特的嫉恨。塞特决心杀掉哥哥取而代之。有一次，塞特带一只金箱子去参加诸神的聚会。他说谁躺在箱子里正合适，就把金箱送给谁。结果奥西里斯中计而被关进箱中，并被抛进了尼罗河。塞特篡夺了王位。伊西丝闻讯，悲痛欲绝，沿河寻找丈夫的尸体，终于在春季到来时找到，并把尸箱暂时藏在一个隐秘的场所。但被塞特在行猎时发现。又碎尸 28 段（一说 40 段），并随风播撒。伊西丝再次寻找碎尸，把奥西里斯的碎尸制成干尸木乃伊。不久，她生下了一个遗腹子，即战神贺拉斯。为了让贺拉斯继承王位，伊西丝四处奔走。贺拉斯也多次找到塞特决斗，为父报仇，最后终于打败塞特。以苏为首的"九神会"判定塞特有罪，并让贺拉斯继承了王位，奥西里斯自己则在阴间复活，成为统治下界的冥王。他主管人的死后审判，死者在冥界都要在他的监视下在天平上称其心脏。心脏放在天平一端，另一端是象征真理的羽毛。只有被宣布为"清白"的死者才可升到天堂并得到永生。恶人的心脏会当场即被天平旁边的豹神吃掉。这个相对完整的神话，是埃及人糅合各种神话片断改编而成的，因此具有全埃及的代表性。它形象地反映了埃及人的自然观念、宗教观念、王权观念和伦理道德观念。奥西里斯是尼罗河水涨落、植物枯荣有序的人格化象征。由此推衍开去，埃及人认为人的死亡也像自然界的事物一样，并不意味着生命的真正的结束，他既可以复活，也可以进入他界。这个神话还表明了埃及人已建立起人间、天堂和地狱的三层宗教宇宙观，并由此生发出善有善报、恶有恶惩的宗教道德观。这个神话客观地反映了古埃及的社会状况：人世间的权力斗争，血缘家庭关系的确立，忠于丈夫、为父报仇的道德意识，长子继承制的胜利，等等。

　　需要注意的是，这个神话所反映的古埃及人对于冥王奥西里斯的崇拜，实际上是死者崇拜的一种突出的反映。而这个神话的广泛流传又逐渐强化了死者崇拜。死者崇拜既是埃及宗教的基础，又是埃及神话的最基本的母题之一。这种死者崇拜在新王国时期（前1570—前1090年）产生的《亡灵书》（又译《死者之书》）①中得到了最集中的反映。《亡灵书》是古埃及神话与咒语最集中、流传最广的一部。内容极为丰富，其中所载神名多达五十个以上。埃及人把《亡灵书》用麻布包好放进石棺里，供死者阅读。埃及人相信，这本书可以成为死者到达冥国的指南，保护亡灵在冥界幸福生活，避免各种困厄。它能帮助死者顺利地应付冥王奥西里斯的审判，平安地到达"真理的殿堂"，在五谷丰登、凉风习习的上界与神同往，也可以有幸和奥西里斯一样再生。第125章里记述了对死者的死后审判并描述了用天平称量心脏的情况，还记述了死者对在世时所犯二十四种罪过的否认。在第三章里，死者恳请自己的心脏在死后的法庭上不要作不利于他的证明。《亡灵书》强烈地表达了古埃及人酷爱生命、热爱生活、渴望永生的愿望。为了追求永生，普通的古埃及人都把尸体精心地炮制成木乃伊，或者在木乃伊毁坏后用石雕像代替，以保证死者的灵魂不死，求得复活。古埃及的国王死后，则要把有关奥西里斯的神话重新表演一遍。首先是寻尸仪式，因为奥西里斯的尸体是寻找到的。在"寻尸"结束后，还要由王后和王子"验明无误"。第二步就是洁身仪式，解剖尸体，制成干尸木乃伊，因为奥西里斯的尸体也曾被肢解过。第三步就是把木乃伊及其祭品安放进巨大的墓殿——金字塔。金字塔既是至高无上的王

---

　　① 《亡灵书》的中文译本有锡金译《亡灵书》，吉林人民出版社1957年版；罗臣译《埃及亡灵书》，京华出版社2001年版。

权的象征，那方尖形的造型，又象征着对有限生命的超越和向永恒天国的升腾。诚然，木乃伊、金字塔表明了古埃及人的死者崇拜、王权崇拜和灵魂信仰，但同时不也是一个个不用文字表达的生动美妙而诡秘的神话吗？

随着历史的向前发展，古埃及神话的世俗色彩和现实因素也逐渐增加了。如产生于新王国第十九王朝的《两兄弟》，叙述了阿努比斯神（墓地之神）和兄弟巴塔的故事。另外还有一些更世俗性的故事，神话色彩较淡。

古代埃及神话作为最早产生的多神信仰的神话体系，对东西方的宗教、神话和文学艺术都产生了深远的影响。西亚、中东的许多神话就是从埃及神话中演变发展而来的；古希腊史学家希罗多德坦率地承认：古希腊的"几乎所有神的名字都是从埃及传入希腊的。……除去我前面所提到的波塞东和狄奥斯科洛伊，以及希拉、希司提亚、铁米斯、卡利铁司和涅列伊戴斯这些名字之外，其他的神名都是在极古老的时候便为埃及人所知悉了"。①

巴比伦神话②产生于西亚的底格里斯河和幼发拉底河之间的冲积平原，即美索不达尼亚。这里曾经有过苏美尔—阿卡德、巴比伦、亚述等古代国家，而以巴比伦文明最有代表性，因此也将这一地区的文明统称为巴比伦文明，将他们的神话统称为巴比伦神话。他们都使用楔形文字，用泥板作书写材料，到了现代才由西方考古学家陆续发掘并识读出来。

在公元 4000 年前，这里最早的居民苏美尔人和阿卡德人几乎与古埃及人同时创造了自己的丰富的神话。苏美尔神话认为：宇宙万物和它们的秩序是由水神（又是智慧之神）恩基创造和确立的。那时，众神在生活上尤其是在食物方面面临种种困难，于是怨声四起，而水神恩基深居水中

---

① 希罗多德：《希罗多德 历史》，王以铸译，商务印书馆 1985 年版，第 133 页。

② 巴比伦神话的中文译本主要有：李琛编译《古巴比伦神话》，湖南少儿出版社 1989 年版；魏庆征编《古代两河流域与西亚神话》，山西人民出版社、北岳文艺出版社 1999 年版。

毫无所闻。他的母亲宁玛赫将众神的怨言转告了他，希望他赶快"为众神造出奴仆"。于是恩基邀请来一群"善良、高尚的创世者"，使深渊里的泥土凝聚，并赋之以神的形态，创造了最初的六个"人"。但这六个人形态各异，不合规矩，宁玛赫为此对儿子恩基大加抱怨。可想而知，这些不合规矩的人最终不会成为众神们满意的奴仆，于是众神便决定惩罚和灭绝人类，由此产生了著名的洪水灭世的神话。但遗憾的是记载这一神话的泥板只发现了三分之一块。其中谈到人被创造，动植物的由来，王权天授，发洪水之前五座城市的建设与命名，虔诚敬神的君主济乌苏德拉如何躲过大洪水等。

阿卡德人流传最广的神话是《埃努玛·埃立什》。这是一个著名的创世神话。它刻在七块泥板上，由泥板上第一句话"埃努玛·埃立什"而得名。神话说：太初之始，天地水相连而无天地之别，深渊中的女妖蒂阿玛生下许多妖魔鬼怪。她率领这些妖怪、蛇、恶龙、狂犬和人蝎等，向诸神发起进攻，诸神惊慌失措。大神安夏尔派遣儿子马尔都克应战。马尔都克杀死蒂阿玛，又把她的尸体一分为二，上为天，下为地，形成宇宙。然后又创造了日月星辰和走兽游鱼。最后，他杀死蒂阿玛的儿子金古，用他的血渗入泥土，缔造了人类。马尔都克因此而被诸神赞美并被推为众神之王。比起苏美尔的创世神话，阿卡德的创世神话有力地突出了宇宙间善恶两种力量的斗争，善对恶所取得的胜利。这显然是阿卡德专制政治权威的建立与道德意识加强的一种曲折反映。

阿卡德人的《伊什塔尔下降冥府》神话，是对苏美尔人的《英安娜下降冥府》神话的一种改造。伊什塔尔下降冥府的原因不像英安娜那样去争夺冥界权力，而是去拯救不幸落入地狱的植物神坦姆兹。伊什塔尔过了七重狱门，会见了坦姆兹，但无法再回到人间。在这两位神祇被囚在地府期间，大地上生命停止，一片混乱。诸神放回二神之后，春回大地，万物生机盎然。人间也为坦姆兹的复活而欢呼。在这里，苏美尔神话中英安娜神身上的暴戾、嫉恨、自私和凶残的野蛮性为伊什塔尔的崇高的献身精神和正义之举所代替。坦姆兹的死而复生，象征着阿卡德人对季节变换的一种形象化认识。伊什塔尔也因此成为阿卡德人虔诚崇拜的女神，并成为王权的庇护者。另一则神话说，阿卡德闪族国家的缔造者萨尔贡因得到伊什塔尔的垂青，做了阿卡德的国王。

阿卡德人还在神话中更为明确地表明了对永恒生命的探求。神话《阿达帕》写智慧之神埃阿的儿子阿达帕的故事。南风吹翻了阿达帕的小船，阿达帕便以折断南风的翅膀作为报复，因而受到大神阿努的审判。阿达帕按照父亲的指点去天庭，得到了诸神的同情与怜悯。阿努本想毒死阿达帕作为惩罚，后来回心转意，赐给他长生不死的食物。但阿达帕却不敢吃，以致失掉了永生的机会。神话《埃达那》也表现了同样的主题。埃达那听预言说，他的儿子将成为国王，于是就乘雄鹰飞上天空，去寻求长生不死之草和王笏，但不幸从鹰背上坠地而死。这两则神话表明：阿卡德神话的兴趣已由诸神而转向人，由描述神迹、神性而转向描述人对超越宿命的探求及不可避免的失败。后来，这一思想更为系统、更为明确而集中地反映在巴比伦史诗《吉尔伽美什》里。

巴比伦人的神话继承了苏美尔—阿卡德，而最主要的是关于英雄吉尔伽美什的故事，这一故事群后来形成了史诗《吉尔伽美什》（详后）。

古代印度神话在东方原生态神话中最丰富、最有代表性。

公元前3000多年，南亚次大陆上的印度河流域产生了由原始居民达罗毗荼人创造的古老文化。公元前2000年中叶，许多操印欧语言的雅利安人从中亚高原南下，直达印度河中下游一带，征服了达罗毗荼人并把他们赶到南方。现存印度文学遗产的大部分是由雅利安人创造的。

印度雅利安人留下的最古老的典籍被统称为《吠陀本集》（简称《吠陀》）。《吠陀》中的许多内容很久以前便在印度雅利安人中间流传。大约从公元前1500年前后开始，掌握了文化特权的宗教祭司便陆续把这些文献整理加工，并收辑编订在一起。他们称这些文献为"吠陀"，意即"神圣的知识"。并把《吠陀》作为他们最古老的宗教——吠陀教——的神圣的经典。这些经典主要依靠师徒之间代代严格的口耳相传的方式传承保存下来。所以为了便于朗读、传授和记忆，《吠陀本集》大都使用诗体，而其所使用的语言则叫"吠陀语"。它是世界上最古老的拼音文字之一，从左到右横写，属印度——欧罗巴语系，也是印度古典梵语的前身。

《吠陀本集》共分四种，即《梨俱吠陀本集》《娑摩吠陀本集》《夜柔吠陀本集》和《阿闼婆吠陀本集》（分别简称《梨俱吠陀》《娑摩吠陀》《夜柔吠陀》和《阿闼婆吠陀》）。① 其中，《梨俱吠陀》形成最早，里面收集了 1028 首诗，一般分为 10 卷。"梨俱"即是该诗集所用诗体的名称。《梨俱吠陀》向来被认为是古代印度第一部诗歌总集。《娑摩吠陀》是一部颂神歌曲集，"娑摩"的意思是"祭祀用歌曲"。里面共收有 1800 多节配曲调演唱的歌词。其中除第七、八、十节外，都是《梨俱吠陀》中已有的。《夜柔吠陀》是祭祀用书，包括一些经文和祭祖说明。《阿闼婆吠陀》是产生较晚（前 500 年左右）的一部诗歌集，共收有 731 首诗，其中七分之一的诗是《梨俱吠陀》中已有的。

《吠陀》，尤其是《梨俱吠陀》保存了丰富的古代印度原初神话的资料。虽然由于诗体的限制，《吠陀》并没有系统地叙述神话情节，而只是大量提到了当时人所共知的神话人物和片断事迹，却为后来出现的两大史诗和大量的民间神话传说（《往世书》）奠定了基础，也涉及了神话所能涉及的一切方面，如创世神话、生殖神话、英雄神话、自然神话等。

在《梨俱吠陀》所涉及的创世神话中，第四卷的两首诗（第 90 首和第 129 首）较有代表性。第十卷第 90 首诗认为，所有的牲畜都是"天神们"在祭祀时创造的。而且，"人"（"布卢沙"）和整个宇宙都由"天神"产生：

婆罗门（祭司）是他的嘴，

---

① 《吠陀》中的《梨俱吠陀》和《阿闼婆吠陀》有节译本，见金克木译《印度古诗选译》，收入金克木《梵竺庐集·天竺诗文》，江西教育出版社 1999 年版。

两臂成为罗阇尼耶（王者），

他的两腿就是吠舍（平民），

从两足生出首陀罗（劳动者）。

月亮由（天神的）心意产生，

太阳由两眼产生，

由嘴生出因陀罗（天神）和阿耆尼（火），

由呼吸产生了风。

由脐生出了太空，

由头出现了天。

地由两足，［四］方由耳，

这样造出了世界。①

　　这首诗被现代的《吠陀》研究者引证最多。它明确宣称天地宇宙是天神创造的，人也是天神创造的，而且天神用身上的不同器官分解成不同的四种人，这一点成为日后婆罗门教四个种姓划分的最古老的依据。

　　《梨俱吠陀》第十卷第129首诗，描述了创世之前的混沌状态，"那时既没有'有'，也没有'无'；既没有空中，也没有那外面的天"；"当时没有死，没有不死，没有夜、昼的标志"；"起先黑暗由黑暗掩藏，那全是没有标志的水"。这种对创世之前混沌状态的描述与世界其他民族（如希伯来）颇为相似。但该诗不同于上一首诗的特点在于它具有中国屈原《天问》那样的怀疑与探索精神——创造"是从哪里来的"？"谁知道"天神们"是从哪里出现的"？

　　神话除解释宇宙人类的起源外，还要描述、歌颂神的事迹。《吠陀》

────────────────

　　① 金克木译文，参见《比较文化论集》，三联书店1984年版，第11-12页。

中的神话也不例外。在《吠陀》中，凡日月星辰、雷雨风暴闪电、山河草木都被幻化成神。如天神伐楼那、雷神因陀罗、太阳神苏利耶、火神阿耆尼、风神伐由、黎明神乌莎斯、酒神苏摩（苏摩本是一种可榨酒的植物）、死者之王阎摩等。一些人类文化中的能工巧匠也被神化了。如手工艺神陀湿多和毗湿竭摩、发明创造之神利普（共三个利普，组成一组）等。其中，描述因陀罗的诗句最多（约250首）。因陀罗是一个有胡须的天神，能够变化形状。他手持金刚杵（雷杵），乘坐战车作战，迅疾无比。他特别嗜好饮"苏摩"酒，酒量极大，饮酒可增强他的战斗力。他用两块石头生出了火，是火的创造者，因此火神是他的亲密伴侣。他从不孤立作战，有成群的暴风神（摩录多）帮助他。由于因陀罗具有这些特征，后来人们把他看成是雷神。因陀罗的最大战绩是杀死围困住大水的巨龙弗栗多（阻碍者），劈开了大山，使水奔腾着流向大海。他还用金刚杵掘开了水渠，使七条河水奔流，可见因陀罗治水的神话与中国大禹治水的神话也颇为相似。因陀罗的另一个著名称号是"破坏城堡者"。他劈开了弗栗多的99座城堡，还杀死或赶走了许多黑皮肤、"无鼻子"（可能是"塌鼻子"的夸张说法）的"达沙人"，并把夺来的牲畜给了雅利安人。因陀罗的形象在《梨俱吠陀》中虽然是片断地杂乱出现的，但总的来看他的形象仍比较完整、清晰。他是在古代印度最早受到雅利安人集中崇拜的自然神、英雄神和战神，经常下凡解救危难，后来佛教把因陀罗说成是护法神之一，称之为"帝释天"。

在《吠陀本集》编订之后，又陆续出现了许多对《吠陀本集》进行解释和发挥的著作，这些著作被统称为"吠陀文献"。吠陀文献是印度最早的一批散文作品。最早出现的著名的吠陀文献有《梵书》（或译《婆罗门书》）、《森林书》（因在森林中秘密传授，故名），后来又出现了大批《奥义书》（又称《吠檀多》）[①]。奥义书的内容十分驳杂，充满着玄学思

---

① 《奥义书》，徐梵澄译，中国社会科学出版社1984年版。

辨，主要表现了"宇宙即梵，梵即自我"的"梵我合一"的哲学观点。由《梵书》《森林书》《奥义书》构成的吠陀文献，基本上是婆罗门教①祭司积累起来的，主要是阐述婆罗门教的宗教哲学思想，充满了大量枯燥神秘的说教。但吠陀文献对《吠陀本集》中的许多神话作了进一步的具体发挥和改造，同时也收进了一些新的神话故事，因此具有一定的文学价值。例如，在《梨俱吠陀》中，天神也叫"阿修罗"，但到了《梵书》中，阿修罗成了与天神敌对的魔鬼（后来的佛教也用"阿修罗"来称呼魔鬼），并具体地描述了天神与阿修罗争夺地、空、天三界的斗争。又如，《梨俱吠陀》中有一首诗（第十卷第95首）描写了国王补卢罗婆娑（洪呼王）与天女优哩婆湿（广延天女）的对话，但故事情节很不明晰，到了《百道梵书》，却发展成为一个完整的人间国王与天女的爱情故事。这个故事在情节结构上与我国的董永与七仙女"天仙配"的故事、牛郎织女的故事有些相似。它为后来的印度作家所喜爱，公元4—5世纪时的著名诗人迦梨陀娑还把这个故事改成诗剧《优哩婆湿》。

以"吠陀"为中心的印度古代原生态神话在印度文学史上具有重要的开创性意义。印度传统文学在很大程度上可以说是"神话的文学"，神话是印度传统文学的源泉和基础。后来的印度两大史诗和民间传说《往世书》都是在吠陀神话的基础上发展起来的。

第二节　次生态神话

东方地区的次生态神话的产地，多是受埃及、印度、巴比伦、华夏等

---

① 婆罗门教由吠陀教演化而成，约形成于公元前7世纪，以《吠陀》为经典，主张吠陀天启、祭祀万能、婆罗门至上三大纲领，坚持种姓制度，即把人分为婆罗门（祭司）、刹帝利（武士），吠舍（农民和工商业者）、首陀罗（苦力劳动者）四个种姓。

古代文明中心影响和辐射的周边文明地带，其神话的形成和书面记载较晚。次生态神话与后世产生的民间传说、历史故事这两种形态常常密不可分，并依托于体系性的宗教，带有强烈的后世人为性与说教的痕迹。例如，在中东地区，后来被编入基督教《圣经》的《旧约》部分的希伯来人的神话，就受到了巴比伦神话的明显影响，如《旧约·创世记》中的上帝创世造人的神话，主要是希伯来人借鉴巴比伦神话创作而成的。中东地区最重要的文明古国波斯的神话是为宣扬琐罗亚斯德教（又称拜火教、火教、祆教）而创作的，主要保留在拜火教的圣书《阿维斯塔》中，这是古代波斯的诗文总集，由于历时久远及战乱等原因，流传至今的只有八万来字。讲的是光明之神，也是至善之神阿胡拉·马兹达为了抵御黑暗世界的魔王阿赫里曼的侵犯，在一片虚空中创造出一个充实的物质世界，并用泥土造出了人类的始祖，击败了阿赫里曼的进攻。但阿赫里曼入侵带来的各种灾难和丑恶一时难以消除。马兹达就派遣琐罗亚斯德灵体下凡，宣示神意，传播教义，引导百姓走上避恶扬善、弃暗投明的正途，以恢复世界原有的光明与纯洁。波斯神话赞美火、光明、清净、创造和生，并以此为善；诅咒黑暗、恶浊、不净、破坏和死亡，并以此为恶，清楚地表明了祆教的善恶二元的神学目的论，充满了宗教教义和哲理，成为波斯宗教与文学的源头。

东亚、东南亚各民族的神话起源于晚近时期，都受到华夏神话传说与印度婆罗门神话、佛教神话传说的影响。例如，朝鲜最古老的神话《檀君》《朴赫居世》《驾洛国》都是关于朝鲜的族源神话和建国神话，其中既带有朝鲜民族的对熊、虎的图腾崇拜的印记，也明显受到中国文化中帝王观念的影响。再如，越南现存的最古老的神话传说故事集是《越南幽灵》和《越南摭怪》，其中不少神话故事来自越南民间，也有相当一部分源自中国古代典籍。例如《越南幽灵》中的《女娲的传说》《幡竿的传说》就与中国的女娲传说有渊源关系。又如，东南亚各国神话，普遍受到印度与中国这两个中心文明的影响。中国的有关"龙"的故事传说在越南、老挝、柬埔寨、缅甸都有不同的变体；同时，通过印度教、佛教在东南亚的传播，印度神话对东南亚的神话也有明显的影响。印度两大史诗《摩诃婆罗多》和《罗摩衍那》与《佛本生故事集》中的情节和人物是东南亚宗教神话的主要来源。

在次生态的神话中，日本神话保存较早、较为完整，也有代表性。日本神话主要靠日本最古老的文献《古事记》和《日本书纪》部分地保存下来。《古事记》① 成书于公元 712 年。全书共分上、中、下三卷。上卷全是神话和传说，中、下卷记述从神武天皇到推古天皇之间的帝后之事。《日本书纪》②成书于公元 720 年，全书共 30 卷，全用汉文写成。其中"神代卷"的内容与《古事记》大致相同。研究者们通常把以这两部文献为中心构成的神话群系，称为"记纪神话"。

日本古代的创世神话是生动有趣的。它说天国的"伊邪那岐命"和"伊邪那美命"二神降到岛上，树起"天之御柱"，建立起"八寻殿"。他们不仅是天国的第六、第七代神，而且还是一对兄妹；他们既是日本国土诸岛的创造者，也是日本民族的祖先。

据《古事记》"神代卷"记载，兄妹二人是这样结婚生子的：

> 二神降到岛上，建立天之御柱，造成八寻殿。于是伊邪那岐命问其妹伊邪那美命道：
>
> "你的身子是如何长成的？"她回答道：
>
> "我的身子已长成，但有一处未合。"伊邪那岐命说道：
>
> "我的身子都已长成，但有一处多余。今以我所余处填塞进你的未合处，产生国土，如何？"伊邪那美命答道：

---

① 《古事记》有两种译本：周启明译本，人民文学出版社 1963 年版；邹有恒、吕元明译本，人民文学出版社 1979 年版。

② 《日本书纪》有王孝廉编译本《岛国春秋——日本书纪》，台北时报文化出版企业有限公司 1988 年版。

"好吧"……①

但他们第一次却生出了一个怪胎——水蛭，所以二神决定去请教天神，天神让他们占卜神意。神意认为原因是女人先说话了，不好，要回去重新说。这样，他们回去重新交合，生出了许多岛屿国土，然后，又生诸神。共生岛屿14个，生神35个。

这个创世神话，表现了日本人对岛国和民族生成的最原始的理解。男女交合生产国土，这个情节象征性地预示着日本文学中存在的强烈的性意识。从兄妹内婚的情况看，这个神话的来源是比较原始的。兄妹二人的第一胎是怪胎，这既是日本先民对近亲结婚的不良后果的一种认识，同时也是日本社会由母权制向夫权制过渡，从而确立以"夫权"为中心的"夫唱妇随"的伦理观念的一种反映，所以认为不能由女性首先主动地表达交合时的快感，否则就是不吉利。另外，有的研究者也指出，这种观念是中国秦汉时代的伦理思想影响日本的结果。

伊邪那美命继而生下海神、波涛神、山神等，最后生火神。她在生火神时病死。伊邪那岐命悲痛万分，他到黄泉国去想请妻子重新回到地面，但见伊邪那美命浑身蛆虫蠕动。伊邪那美命硬要丈夫留在黄泉，伊邪那岐命拼命逃脱。最后，夫妻俩立下决绝的誓言：

伊邪那美命说道："我亲爱的兄，因为你如此行为，我当每日扼你的国人扼死千名！"伊邪那岐命答道：

"我亲爱的妹，你如这样，我每日建立产室千五百所！"因此一日之中必死千人，一日之中也必生千五百人。②

---

① 〔日〕安万侣：《古事记》，周启明（周作人）译，人民文学出版社1963年版，第3页。版本下同。
② 〔日〕安万侣《古事记》，周启明（周作人）译，第8页。

　　这段神话形象地揭示了人间与"黄泉"、生与死、光明与黑暗的对立，同时也奠定了日本人的死亡观、女性观的基础。日本的传统宗教神道教，将死者的尸体视为不洁之物，不在神社中安葬遗体，只供奉死者名簿，与"死体污秽"的观念有关。另一方面，可以把这段神话看作是日本人女性观的根源。日本人把女人看成是圣洁与污秽、温柔娴淑与嫉妒报复、伟大的母性与丑恶的魔鬼的矛盾统一体，这种女性观在后来的文学作品中不断得到表现。这个神话还对人的生死交替现象作了有趣的解释，它表明人是要不断发展的，生必然多于死。

　　由于触及了黄泉国的死亡的污秽，伊邪那岐命想清净一下身体。他在洗浴时又生下了许多神。最后，伊邪那岐命洗左眼时化成的神，名叫天照大御神（太阳女神），也称天照大神；洗右眼时化成的神，名叫月读命（月神）；洗鼻子时化成的神，名叫建速须佐之男命（英雄神或暴风神，在《日本书纪》中叫作素盏鸣尊）。伊邪那岐命吩咐天照大神去治理"高天原"（天界），吩咐月神治理夜之国，吩咐素盏鸣尊治理海洋，但素盏鸣尊不从命，只是嚎哭不止，说要到母亲所在的黄泉国去。伊邪那岐命勃然大怒，把他赶走。素盏鸣尊到高天原向姐姐天照大神辞行，但到了那儿他却大闹一场，毁坏了天照大神所造的田埂，填平了田里的沟渠。天照大神在清净的机房里看织女织神衣时，素盏鸣尊拆毁机房的屋顶，把天斑马剥了皮，扔进机房里，致使织女受到惊吓，被梭子击中而死。

　　在上述神话里，素盏鸣尊作为暴风雨神的特性得到了很生动的刻画。他本生于伊邪那岐命的鼻孔，便使他一开始就与"气""风"联系在一起，可以说，他的一切行为都是暴风雨，包括雷电的具体的人格化。长期哭闹不止，毁坏田埂屋顶，并击死织女，这显然是雷雨闪电的特征性行为。所谓"把天斑马剥了皮，扔进屋里"，这其中的"天斑马"，更是雷电的形象化说法。他的撼动山川国土的威力，桀骜不驯的暴烈性格也就是暴风雨的性格。作为暴风雨神，他也必然与作为太阳神的天照大神产生相反相成的对立统一关系。暴风雨神产生于天空，不得不与天照大神相互面

29

对，产生抵牾。暴风雨也必定要渗于地下黄泉，所以神话中素盏鸣尊表示想到亡母的黄泉国去。伊邪那岐命命令他去管理海洋，但事实上他不可能做到，他离不开"苇原中国"——日本诸岛国土。总之，这是一个很富有魅力的神话形象，其中蕴含了日本先民对暴风雨神的敬重、畏惧而又无可奈何的矛盾心情，但主要是赞美他的威力。因此他既是一个暴烈的破坏者，又是一个英雄。"记纪神话"中描写了他在出云国的肥河智斩吃人的大蛇，为民除害的英雄壮举。那条大蛇每年都要吃人，素盏鸣尊设法把大蛇用酒灌醉，用"十拳剑"把大蛇斩成数段，蛇血染红了滚滚的肥河水。

素盏鸣尊击毁织女房，把在那里的天照大神吓得躲了起来。她关上天石屋的门，藏在了里面。于是高天原一片漆黑，"苇原中国"（日本）也变成了漫漫长夜。凶神们的叫喊声响彻世间，各种灾祸一齐发作起来。八百万众神聚集于天安河原，设法让天照大神出来，众神们在那里做种种热闹的游戏表演，齐声哄笑，使高天原大受震动。天照大神觉得奇怪，便出来观看，结果被隐藏在门旁的男神抓住手拉了出来。顿时，高天原和苇原中国立即大放光明。这段太阳神去而复返的神话，是日本宇宙神话的高潮。它可能反映了久阴不晴、阴雨连绵之后的太阳复现，或是日食之后太阳重放光明。不过，这段神话的深层意蕴则是表达了日本先民对太阳永久普照人间大地的一种强烈愿望，表达了日本人对太阳神的崇拜。这种崇拜日后成为日本传统宗教——神道教教义的基础。"记纪神话"还讲述了天照大神平定苇原中国的许多凶神叛乱，派天孙下治"苇原中国"的故事。这样，历代的日本天皇都自命为天照大神的后裔，声称君权神授。天照大神当然也就成了神道教所崇拜的主神了。

总的说来，日本神话的基本因素、基本结构、基本意蕴是在外来文化的影响之下形成的。"记纪神话"的诸神，分别生活在"高天原"（天界）、"苇原中国"（地上）、和"黄泉国"（地下）三个层次上。有些研究者认为：日本神话的这一宇宙结构模式的形成与中国昆仑山系统的神话有一定的关系。这一神话并没有反映出日本先民的居住环境的突出特征，即没有充分反映出海洋生活环境的特征。① 这种三层宇宙结构模式，以及内含的诸种观念，是在通古斯人的萨满教、中国汉族的古典哲学和经由中国与朝鲜而传入日本的印度佛教等多种文化观念的综合影响之下形成的。具体地说，三重宇宙结构模式与东北亚地区的通古斯人的宇宙观几乎完全相同，其中日本神话对"高天原"的生动构思和描绘，得益于佛教关于"天界"的观念。中国的阴阳哲学，影响到日本原初两大男女祖神——伊邪那岐命和伊邪那美命的创世与生殖的神话。这个神话又与中国西南少数民族伏羲与女娲的神话多有相似。日本神话是朴素自然而形象真切的，它带有明显的世俗色彩，基调是轻松诙谐的，缺乏善恶两极对立所带来的紧张、压抑而又不可调和的悲剧感。这是日本神话的一个显著特征。

---

① 参见〔日〕寺尾善雄：《中国伝来物语》，东京河出书房 1982 年版。

第二章　东方古代史诗

关于"史诗"的概念，学术界的理解与界定很不一致。本章所说的"史诗"，属于狭义的史诗，指的是继神话之后的第二种文学样式，属于古代文学的范畴，它既是一种文体概念，更是一种文学史概念，它是东方文学特定历史阶段——信仰的文学时代——的文学样式，是全民族共同创造、长期流传的以民族英雄为主人公的韵文故事。根据这样的界定，中世纪出现的由作家个人撰写的具有史诗性质的长篇叙事诗（如波斯的《列王纪》等），不属于本章的史诗范畴；形成于近世、至今还以口头方式流传的史诗——藏族的《格萨尔王传》、蒙古族的《格斯尔王传》、柯尔克孜族的《玛纳斯》等，由于在产生与流传的时间上与古代史诗存在巨大落差，不在本章论述的范围内。

从全世界文学、东方文学范围来看，由于历史、文化、宗教等多方面的原因，史诗的布局与发展具有明显的不平衡性，并非每个民族在文学史上都有"史诗"这种文学样式并且流传下来。只有处在古代文明中心的若干民族产生了史诗并以种种方式得以保存至今。在西方，希腊是欧洲文明的中心，严格意义上的史诗是古希腊的《伊利亚特》和《奥德塞》；在东方的南亚、西亚、东亚三大文明中心当中，作为南亚文明中心的印度有两大史诗《摩诃婆罗多》和《罗摩衍那》，在西亚古代的文明中心巴比伦也有史诗《吉尔伽美什》。而在以汉民族文化为中心的东亚地区，我们却找不到严格意义上的史诗。究其原因，最根本的一点在于汉民族过早地确立了以高度理性、智性为基轴的文明，因而也过早地结束了"信仰的文学时代"。而史诗得以形成和流传的一个最基本的心理条件是整个民族要从史诗中找到崇拜和信仰的对象，把神话阶段对神的信仰转移到对英雄的信仰与崇拜上，并以此作为整个民族精神的凝聚力。汉民族的儒家思想占统治地位后，原始信仰便不能再进一步发展并趋于系统化和文艺化。汉民族及其影响之下的东亚其他国家和民族，并不缺乏史诗产生的历史条件和社会素材，相反，这种条件和素材还是十分丰富的。春秋战国时期本应是产生汉民族史诗的最佳时期，然而，可作为史诗的素材却被理性化为以帝王将相为中心的带有一些文学色彩的编年史或断代史了。这样，汉民族与东方其他地区和民族的史诗相对应的作品就是《春秋》及其"三传"，《战国策》直至《史记》等。我们也不妨把它们看作是汉民族特有的"史诗性"作品，但这些作品本质上是理性的记事，缺乏基于信仰的澎湃而神圣的激情和浪漫无羁的想象力。所以黑格尔的话是不无道理的，他说："……中国人却没有史诗，因为他们的观照方式基本是散文性的。从有史以来的时期就已形成一种以散文形式安排的井井有条的历史实际情况。他们的宗教观点也不适宜于艺术表现，这对史诗的发展也是一大障碍。"①

本章分两节重点论述巴比伦史诗《吉尔伽美什》和印度两大史诗。巴比伦史诗和印度史诗在东方文学中的地位就好比荷马史诗在西方文学中的地位，它们可以较大程度地反映东方史诗的特色与风貌。

---

① 〔德〕黑格尔：《美学》第 3 卷下册，朱光潜译，商务印书馆 1982 年版，第 170 页。

第一节 巴比伦史诗

《吉尔伽美什》① 是迄今为止所发现的世界上最早的一部完整的史诗。这部史诗的情节曾在公元前 3000 年的苏美尔人中间流传。公元前 2500 年左右，苏美尔诸城邦先后被来自北方闪族的阿卡德人所吞并，到了公元前 19 世纪，另一个闪族的游牧部落重新统一了这一地区，以巴比伦城为中心，建立起了奴隶制国家。史诗《吉尔伽美什》就是在上述背景中逐渐形成编定的。它的最初的完整定本约出现在巴比伦的第一王朝时期。全诗共三千余行，用楔形文字记述在十二块泥板上。由于发掘出的泥板多有残损，因此缺漏的诗行和脱字较多，但基本情节是完整的。它描写的是乌鲁克国王吉尔伽美什与野人恩奇都由相互交战到结交为友，然后合力杀死巨妖芬巴巴和危害人间的天牛。又因杀死天牛触怒天神，天神使恩奇都患病而死。吉尔伽美什面对好友的死亡，十分悲伤，远走他乡探求永生的奥秘，结果失望而归。

《吉尔伽美什》是一部具有巨大文化内涵、文化容量的史诗作品，自被发现以来引起了许多研究者的注意，并力图多角度地对它作出阐释。要正确地解读这部史诗，可从四个方面入手：一、史诗所反映的人同自然的关系；二、史诗所体现的两种文明的冲突与融合；三、史诗对人的生命奥秘的探求；四、宇宙运行规律与人的生命规律的关系。

史诗中所描写的吉尔伽美什和恩奇都征服芬巴巴和天牛的故事，是人类同自然斗争的反映。吉尔伽美什征讨芬巴巴是人类欲征服自然的强烈愿望的集中反映。史诗把自然界的水、火、气等集于芬巴巴一身，使芬巴巴

---

① 《世界第一部史诗〈吉尔伽美什〉》，赵乐甡译，辽宁人民出版社 1981 年版，译林出版社 1999 年增补新版。

成为自然威力的象征。值得注意的是，芬巴巴还是大神恩利尔的属下，这样，吉尔伽美什杀死芬巴巴就不仅仅具有向自然界宣战的意义，也有忤逆神的权威的意义，尽管他们有时还需要借助神的权威。尤其是吉尔伽美什不但拒绝了两河流域地位最高的女神伊什塔尔的求爱，而且还"历数"了她的"恶德"，"列举"了她的"坏处和那些愚蠢的过错"，这不是人对神的大不敬和公然蔑视吗？接下去，吉尔伽美什和恩奇都又毫不留情地杀死了大天神阿努制造的报复他们的天牛，这就由蔑视变为挑战了。在这里，史诗第一次反映了对人的潜在力量的自觉与肯定，反映了人的主体性的初步觉醒，人力与神力的矛盾抗衡。由此，这部史诗也就与神话观念，即无条件地信仰、崇拜和服从神祇的观念，实行了第一次分离，从而体现了史诗与神话的实质性差异。

　　吉尔伽美什与恩奇都的关系也是意味深长的。在史诗中，吉尔伽美什是乌鲁克城邦国家的国王，他以修建了无与伦比的城墙而自豪，他的一个称号是"拥有广场的乌鲁克国王"，这些都是城市文明的标记和荣耀。因此可以说他代表的是当时已经发展到了城邦奴隶制国家水平的高层次文化。与此相对，恩奇都却是个浑身长毛、与兽类为伍的野人，他显然是当时尚处于游牧生活的野蛮部落的文化的代表。然而，就是这样一个野性未脱的人，一旦同吉尔伽美什派来的神妓结合，一旦与吉尔伽美什交战，就奇迹般地迅速地文明开化，并与吉尔伽美什化干戈为玉帛，结成莫逆之交，并肩合力斩妖除魔。这一戏剧性情节，不正形象地反映了古代两河流域两种不同的文化的冲突与融合吗？他们的决斗与和解不正是苏美尔人的城市文化同闪族的阿卡德人、巴比伦人的游牧文化之间痛苦融合的一个缩影吗？事实上，这种冲突与融合正构成了古代两河流域的文明发展的主线。而且，吉尔伽美什在与恩奇都结交后，由一个残暴的君主转变为一个为民除害的英雄，由遭人民诅骂到受人民赞颂。这种转变意味着在与恩奇都结交之前，吉尔伽美什实行的是一元化的奴隶主军事极权专制，在权力上没有制约力量；与恩奇都结交后，恩奇都把他所代表的原始的平等思想带了进来，同时，融合进来的武力征服者成为政治上的一种势力，有效地遏制了原有城邦奴隶制国家的集权与专制。这是两种文明融合后带来的政治上的开明与宽松。其中也反映了史诗创作者的政治、道德与人格理想。

恩奇都活在世间时，给吉尔伽美什以建功立业的力量；恩奇都死亡，又给了他"死的恐惧"。他从此把注意力由人间转向死亡世界，转向对死亡奥秘的探求。他企图超越无情的死亡，获得永生的幸福。自然，他的探求不可避免地遭到了失败。但是，从人类认识的发展史上看，吉尔伽美什的探求与失败却具有重大的意义。他的探求打破了永生的幻想，标志着人类对生命的正确认识已经开始确立。人是世间唯一在死亡前就知道自身必然会死亡的生物，死亡意识推动着自我意识和理性意识的觉醒。他的探求又是人类正确地认知自身、评价自身的一个起点。

有些《吉尔伽美什》的研究和评论者还从结构主义方法和原型批评的角度，去挖掘这部史诗中潜在的具有象征性意义的原型模式。他们认为：这部史诗在叙事层次之后还暗含着一个象征层次。全诗记载在十二块泥板上，恰与巴比伦历法中一天十二时辰和一年十二个月吻合。太阳在一天的正午时分，一年的仲夏时节运行到曲线的顶点，随后便开始下降。主人公吉尔伽美什的命运也以第六块泥板为界由喜转悲，由盛及衰，到了第七块泥板，吉尔伽美什像午后的太阳逐渐消沉，到了最后一块泥板，他就像行将隐没的落日，把全部注意力转向阴惨惨的地下世界了。这就是以自然循环现象为基础的"英雄—太阳"的对应性原型模式。史诗中多次提到吉尔伽美什与太阳神舍马什的关系：是太阳神"授予他的英俊的面孔"，给他以"厚爱"，又是太阳神帮助他杀死芬巴巴，并在众神会上为吉尔伽美什杀死天牛辩护，等等，表明英雄与太阳从表层到深层结构都有对应关系。① 这种推测和假设是饶有趣味的，它为史诗中残留的原始的"互渗律"（列维-布留尔语）提供了一个论据。同时也进一步表明史诗中

---

　① 　参见叶舒宪《探索非理性的世界》第 5 章，四川人民出版社 1988 年版。

的英雄既以别的英雄为对象反观自身，同时又以自然物（太阳）为对象反观自身。由太阳运行规律的不可逆转，认识到人的生死不可抗拒，太阳每天都重新升起，而人的生命也在不断地更新和代谢。这种对人与太阳的关系的认识，不是一种神秘的类比，而是人的一种科学认识的萌芽。现代科学的研究已经证实太阳活动与人的生命健康之间有对应关系。史诗的创作者并没有奢求个体的永生，而只是希望人类能像太阳一样，加入起起落落、生生死死的宇宙大循环之中。

《吉尔伽美什》史诗对日后的东西方文学都产生了巨大而深远的影响。它不但在两河流域不断辗转流传，影响到古代希伯来文学，而且对希腊神话和荷马史诗也有影响。因此可以说，这部史诗是东西方文学的一个共同源头。

第二节　印度两大史诗

《摩诃婆罗多》① 的成书年代在公元前 4 世纪到公元 4 世纪的八百年间。传说作者是广博仙人（毗耶娑）。他既是史诗的作者又是史诗中的人物——婆罗多族的祖先。实际上广博仙人至多不过是史诗的编订者之一。"摩诃婆罗多"的意思是"伟大的婆罗多族的故事"。它以一部完整的英雄史诗为主干，杂有大量的中、小故事（插话）以及政治、伦理、法律、哲学、宗教等非文学的成分。全书共十八篇，约十万颂（每颂两行，每行十六个音），是世界上已有写本的最长的史诗。

《摩诃婆罗多》的主干故事是写婆罗多的后代堂兄弟之间为争夺王位和国土而进行的斗争和战争。瞎眼的持国在哥哥般度死后继任国王。持国

---

① 《摩诃婆罗多》中文全译本共分六卷，黄宝生等译，中国社会科学出版社 2006 年版。

有一百个儿子，称俱卢族，长子叫难敌；般度有五子，称般度族，长子叫坚战，老二名怖军，老三阿周那。两族堂兄弟共同跟随伯祖父毗湿摩学习武艺。坚战成年后，持国指定他为王位继承人。难敌兄弟们对此不满，一再设法陷害般度族五兄弟。般度族兄弟逃往般遮罗国，他们合娶国王的女儿黑公主为妻，以此同般遮罗国结盟。持国得知此情后不得不将一半国土分给他们。五兄弟在分得的荒芜的国土上建起天帝城。此间，阿周那多次访问毗湿奴大神的化身黑天，并娶黑天之妹为妻，结下姻亲。面对般度族的日益强大，难敌十分嫉妒，就向般度族提出用掷骰子的办法赌博。般度族在赌博中输掉了一切，五兄弟和妻子黑公主也沦为俱卢族的奴隶。在后来的一次赌博中，般度族又失败并被放逐森林十三年。十三年后，般度族要求归还那一半国土，但难敌背信弃义，拒绝归还，于是双方的战争不可避免。印度西北部的民族和部落都分别成为双方的盟军。坚战和难敌同去黑天大神那里请求帮助。黑天把自己的军队给了俱卢族，他本人则在般度族一边作军师。两军列阵于一望无际的"俱卢之野"。黑天坐在阿周那的战车上，在战斗中他不断地向阿周那讲述超验哲学理论。这些抽象深奥的长篇理论说教集中于史诗中的《薄伽梵歌》里。战争持续了十八天，双方著名的英雄一个个战死。俱卢族兄弟只剩三人，般度族兄弟幸免于难。大战过后，两族的幸存者实行了和解。坚战在众人的扶持下登基，但不久他决定入山修道。年迈的国王和妻子也隐居净修林，不久死去。坚战五兄弟及妻子黑公主都升入了天堂。

这部史诗描写的中心是一场无益而可怕的毁灭性战争造成的悲剧。史诗始终贯穿着婆罗门教的基本教义，并试图用生动的艺术形象和抽象的哲学语言这两种方式阐述这些教义。般度族和俱卢族堂兄弟进行战争，不只是世俗意义上的战争故事。这个故事被投射到一个宇宙的大背景上。婆罗多大战是天神们与阿修罗（妖魔）之间永恒的不断斗争过程中的一个片断。根据史诗的说法，婆罗多大战表现了两个世界的对峙，一个是化身为般度族的天神的道德世界，一个是化身于俱卢族的阿修罗的非道德的世界。在史诗的《初篇》中，几乎所有的主要角色都分别在天神和阿修罗中间找到了位置。作为毗湿奴大神化身的黑天站在般度族一边，般度族长子坚战是所谓"达磨"神——正法之神的化身，他的称号是"正法之王"。老二怖军代表风神伐由，老三阿周那代表大神因陀罗，孪生子无种和谐天代表双马童神。般度族与俱卢族之间的斗争，也就是"正法"与"非法"的斗争。所谓"正法"或"法"（达摩）是印度哲学中的一个概念。在史诗中，"法"是作为国家社会乃至整个宇宙的结构秩序，同时也是每个人所应遵循的行为标准。印度人把"法"作为一个绝对的抽象原则来看待，尽管般度族兄弟，尤其是怖军、阿周那有许多言行与世俗伦理相悖，但他们仍是"法"的象征和"法"的维护者，因为他们不会被一般的世俗道德所限制。婆罗多大战最后的结局，说明"法"一定能战胜"非法"。

根据印度学者苏克坦卡尔的看法，《摩诃婆罗多》不但具有上述伦理学上的含义，而且还具有超验哲学上的含义。[①] 那场在神圣的"俱卢之野"发生的婆罗多大战，就是人内心最高的自我与经验的自我这两种自我的冲突在普遍的历史背景上的一幅投影。难敌及他的九十九个兄弟，总起来都象征着一组以经验的自我（即肉身的自我）为中心的欲望和感情。贪婪、仇恨、好色、易怒、嫉妒、骄傲、虚荣等经验的自我所具有的卑下欲望和情感统治着他们。而黑天大神所支持的坚战、阿周那兄弟代表的是超越了经验自我的人，是超人。他们受代表最高的自我[②]的大神黑天指引，也就意味着他们的精神世界为最高的、超越了经验自我的自我所支

---

① 参见〔印〕苏克坦卡尔：《论〈摩诃婆罗多〉的意义》，见季羡林、刘安武编《印度两大史诗评论汇编》，中国社会科学出版社 1984 年版。
② 在《薄伽梵歌》第 10 章第 20 颂中，黑天说："阿周那呀，我即是自我，那居于众生心中的自我。"参见张保胜译《薄伽梵歌》，中国社会科学出版社 1989 年版。

配。史诗作者非常清楚地暗示"俱卢之野"就是人的内心世界的象征。①于是，婆罗多大战也就是个人内心世界中的最高的自我与经验的自我之间的一场战斗。因此，在大战即将展开之前，黑天大神坐在阿周那的战车上，对阿周那进行了有关自我的哲学问题的长篇大论的说教，使阿周那认识到目前的这场战争绝不仅仅是堂兄弟之间的互相仇杀，他所面对的堂兄弟们是低级的、卑下的自我的代表，是最高自我的敌人，也是他自己的敌人。他的责任就是去消灭他们。在印度人的心目中，没有什么东西比征服自我更艰巨更伟大了。崇高的自我要战胜卑下的自我就像般度族战胜俱卢族那样，需要经过剧烈的搏斗和付出沉重的代价。

但是，《摩诃婆罗多》所表现的印度宗教哲学精神的宗旨与其说是冲突，不如说是和谐。和谐是这部大史诗所要弘扬的理想。根据大史诗中的《薄伽梵歌》的理论，和谐统一就是瑜伽。瑜伽就是要求人们以理性、情感和行动去领悟自我与宇宙的和谐统一性，实现人与最高自我的结合。实行了瑜伽的人就会使理智、情感和行为互相协调，既履行人生的责任义务，又能超越人生。俱卢族的统帅毗湿摩就是瑜伽和谐精神的典范。他完美地实现了作为族长的义务，作为武士的职责，作为婆罗门的超脱，认识到一切结局都是自己一生的行为——"业"的结果，因此面对痛苦和死亡才那样的安详和坦然。他在临死前，对他的敌方般度族兄弟，包括杀死他的、曾经是他学生的阿周那毫无怨恨，充满了宽容与慈爱。婆罗多大战后，双方的幸存者都领悟了人生与宇宙的奥秘，明确了自己和对立的一方同出于一个绝对的本源——"梵"，于是他们实行了和解，实现了生命的自我之间的和谐。但最高的和谐，也就是最终的归宿是超脱这个世界，退出人生这个舞台，复归于无限的宇宙之中，从而实现永恒的最高的和谐。这种和谐也就是美。获得这种美的途径就是"修"。所谓"修"，作为印度宗教、哲学、美学的基本概念，指的是人生历练的全部过程。它以

---

① 《薄伽梵歌》第13章第2颂说："这身体……被人称为'原野'。"参见《薄伽梵歌》中译本。

"苦修"为基础，以"修行"为起点，以破除各种"修惑"为标志，以"修道"为旨归，从而实现人生最高理想。婆罗多大战的战死者不必说，幸存者也最终以这种"修"实现了最高理想，达成了最高的美。

总之，《摩诃婆罗多》通过婆罗多的后代堂兄弟之间的战争，不但表现了"正法"与"非法"的伦理斗争，而且还象征性地表现了最高的自我与经验的自我的斗争，弘扬了印度人在斗争中寻求和谐统一、寻求超脱、寻求与最高本体合一的生活理想。由黑天对阿周那所作的哲学教谕所组成的《薄伽梵歌》是史诗的真正的思想核心，史诗的情节和人物都是对《薄伽梵歌》的具体的、形象化的阐发。整部史诗集中体现了以婆罗门教的瑜伽哲学为中心的印度精神。在这个意义上，《摩诃婆罗多》才成为印度人民的圣书，婆罗门教和印度教的经典。只用文学的眼光看，这部史诗毫无疑问显得过分庞杂。但是，从表现印度精神这一角度看，婆罗多大战的核心故事以外的插话以及伦理、哲学等方面的内容，都是一个有机统一体，都从不同侧面说明同一个思想。

印度的另一部伟大的史诗《罗摩衍那》① 的主要情节取自《摩诃婆罗多》的一个插话《罗摩传》，它所表达的思想与《摩诃婆罗多》是完全一致的。

《罗摩衍那》也是在长期的民间流传中形成的。它的编订者传说是蚁垤（音译"跋弥"）。"罗摩衍那"的意思是"罗摩的漫游"。全书共七篇五百章，总共两千四百颂。史诗以英雄罗摩和其妻子悉多一生的悲欢离合为主要情节线索。史诗叙述说：在阿逾陀城有个叫十车王的国王，通过祭祀求子，大神毗湿奴化身为四，托生为十车王的四个儿子。其中长子罗摩，老二婆罗多，老三罗什曼那。罗摩娶弥提罗城国王的女儿悉多为妻。十车王因自己年迈，决定立罗摩为太子继承王位。小王后吉伽伊想让自己生的婆罗多继承王位，并要求流放罗摩 14 年。在此之前，十车王曾许下

---

① 《罗摩衍那》中文全译本七卷八册，季羡林译，人民文学出版社 1980—1984 年陆续出版，后收入《季羡林文集》第 17-24 卷，江西教育出版社 1998 年版。

诺言，可以答应吉伽伊提出的两个要求，于是只好决定流放罗摩。罗摩为了不使父亲食言，甘愿去森林流放。妻子悉多和弟弟罗什曼那决心与罗摩同往。十车王因流放长子，忧郁而死。婆罗多不同意继承王位，他到森林来劝哥哥回去执政，罗摩没有答应，婆罗多只好代兄摄政，等待罗摩归来。在森林中，楞伽城十首罗刹王劫走了悉多，悉多坚贞不屈而被魔王囚禁。罗摩同猴王联合，在神猴哈奴曼的帮助下，带领军队，开往楞伽城，消灭了魔王，救出了悉多。但罗摩怀疑悉多的贞洁，悉多投火自明，火神在烈焰中托出悉多，证明了她的纯洁。然而罗摩执政后，听信谣传，遗弃了怀孕的悉多。蚁垤仙人收留了她，后来领着她的两个孩子去罗摩宫中吟唱《罗摩衍那》。罗摩终于发现这两个孩子就是自己的儿子。蚁垤仙人再次证明了悉多的贞洁，但罗摩仍坚持说他无法让人民相信，悉多不得已求救于地母，大地顿时裂开，悉多投入大地母亲的怀抱。最后，罗摩升天还原为毗湿奴大神，并与妻儿在天上团圆。

作为婆罗门教、印度教的经典和印度人民的圣书，《罗摩衍那》同《摩诃婆罗多》一样，表明了印度人关于宇宙统一性的观念。天上、人间和大地是相互沟通的，天神、人和其他动物是互相转化的，人间的英雄与天神本质上是同一的，整个宇宙处于一种生死流转的循环状态。而人世间则是天神导演下的一个人生大舞台。在这个舞台上不断上演着一幕幕的人生戏剧。首先，"正法"与"非法"、善与恶的冲突是这个"戏剧冲突"的中心。在《罗摩衍那》中，这个冲突集中表现在罗摩与十首魔王之间。史诗赞扬了捍卫正义的战争，谴责了掠夺和危害他人的非正义战争。罗摩降魔救妻得到了天启神助，经过无数艰难曲折终于取得了胜利，而魔王罗波那夺人之妻，受到了应有的惩罚。这里体现了印度人所一贯具有的善一定能战胜恶的坚定信念。其次，人生舞台上的冲突还能表现在高尚的人格与卑下的人格之间。罗摩及其妻子兄弟是高尚人格的代表，他们没有被自我的卑下欲望所囚禁，宽容、大度、牺牲、奉献、尽职尽责是他们所奉行的生活原则。而小王后吉伽伊则是一切以私利为中心的经验的自我的象征。最后，人生的更内在的矛盾冲突是在人的心灵内部展开的。这种内在的矛盾突出地表现在十车王和罗摩身上。履行诺言还是坚持对长子罗摩的公正待遇？两者不能兼顾的心理痛苦折磨着十车王并使他丧生；罗摩则不能协调爱妻子与理解同情妻子两者之间的矛盾，这使他在人间永远失去了夫妻之爱。总之，在这人生的舞台上，"正法"与"非法"之间、高尚的人格与卑下的人格之间、人的内心世界的不同情感之间充满着错综复杂的矛盾斗争与不和谐，从而使人生充满着痛苦。《罗摩衍那》这部史诗教导人们，要超越这种矛盾、不和谐和由此造成的痛苦，就要超脱人生的舞台，回归那最高实在的怀抱之中，那里才是人生的真正归宿。印度人把这种理想的归宿寄托在神所居住的天堂。

显然，《罗摩衍那》没有《摩诃婆罗多》那样古老。有人认为，《摩诃婆罗多》反映的是印度西部比较原始的文化，《罗摩衍那》则是展示了印度东部比较进步的文化。站在文明进化的角度看，《罗摩衍那》所反映的一夫一妻制、宗法制家庭关系及其道德理想和《摩诃婆罗多》相比是一种进步；站在文学角度看，《罗摩衍那》也不像《摩诃婆罗多》那样夹杂了那么多的非文学成分。印度人当然清楚地看到了这一点，因此，他们称《摩诃婆罗多》为"历史传说"，而称《罗摩衍那》为"最初的诗"。《罗摩衍那》作为"最初的诗"，为此后的各种叙事性文学的素材与内容提供了范例。它对政治（主要是宫廷斗争）、爱情（主要是生死离别的爱情）、战斗（人与人、人与神、人与魔、神与魔之间）、风景（各个季节的自然景色和山川、城堡、宫殿）等的描述，在艺术上均达到了相当高的水平。而政治、爱情、战斗和风景这四个方面的内容成了后来的印度文学，尤其是叙事文学的不可缺少的四种因素。

总之，印度两大史诗《摩诃婆罗多》和《罗摩衍那》不仅在印度文学史，而且在东方文学史上占有崇高的地位。作为信仰的文学时代的第二种文学形式，两大史诗确立了对天神化身的英雄或者说超人的崇拜，确立了印度人民带有浓厚的信仰色彩、宗教色彩的基本的宇宙观、世界观和人生观。作为印度人民长期共同创作、长期流传的经典著作，两大史诗是印度人民心灵的一面镜子，也是印度精神的一面镜子。

两大史诗不但开辟了印度文学的新时代，还极大地影响了日后印度文学的发展，成为文学创作的光辉典范的取之不竭的灵感与题材的源泉。从古至今，从迦梨陀娑到泰戈尔，无数诗人和作家都从这两大史诗中吸取营养。他们有的改编，有的缩写，有的翻译，相关作品层出不穷。史诗的故事和人物，还广泛地进入了印度的音乐、舞蹈、绘画、雕刻等艺术领域。两大史诗已经渗透于印度人民精神生活的各个方面，成为他们思想信仰和道德规范的圣典。史诗中的黑天、罗摩、悉多和哈奴曼等形象，早已被虔诚的婆罗门教徒和印度教徒供上祭坛，受到人民的狂热崇拜。而且，两大史诗还远播到南亚和东南亚各国，成为那些国家的文学艺术的启蒙、借鉴和再创作的范本。史诗中的许多故事，在15至16世纪传入西亚地区。18世纪后，又被陆续译为欧洲各种文字，使西方学者眼界大开，并成为许多学者潜心研究的对象。两大史诗也被介绍到了中国。季羡林先生的《罗摩衍那》全译本和黄宝生等的《摩诃婆罗多》全译本已经出版。围绕两大史诗，我国学者正在进行比较文学、美学和东方文学等多方面的研究。

第二编　贵族化的文学时代

　　上述信仰时代的文学是整个部族、民族在很长的历史时期内的集体创作。那个时期个人作家、职业作家尚未出现或尚未普遍出现。随着历史的发展和阶级关系的形成，出现了垄断文化的贵族文人阶层。从总体上看，这一时代的文学是以贵族文人为创作主体的文学，贵族文人的创作决定了这一时代文学的基本性质和方向。所以，我们称这一文学时代为"贵族化的文学时代"。

　　贵族文人作为一个文化阶层，在东方各国，在各个不同的历史时期，其构成成分有所不同。但这一时期的中国、印度、波斯、日本、阿拉伯帝国等大多数国家的贵族文人作家，大都出身于宫廷或依附于宫廷。他们是以写作为主的职业作家和诗人，他们与宫廷政治有密切关系，有的间或从政。因此，东方大多数国家的贵族文人文学都与宫廷文学有密切关系或具有宫廷文学的性质。另一方面，由于这一时代贵族化文学占统治地位，一些不是贵族文人创作的民众的作品，也往往要托名于贵族文人才得以保存流传。这种情况在希伯来和印度尤为多见。被划归为于这一时代的中国和日本的一些作品也属于民众的创作（如《诗经》《万叶集》中的许多诗篇），但那些作品或经贵族文人记录整理形诸文字，或经他们删改编订成书。

　　贵族化文学时代作为东方文学发展史上的第二个时代，标志着东方文学的一个历史性进步。这种进步主要表现在如下几个方面：

第一，到了这一时代，东方文学才从上一个时代的神话与史诗的文化混合体中分化出来，从而确立了文学的主体性和独立性。文学作为人类精神文化中的一个独立的领域是从这一时代开始形成的。随着文学独立性的确立，文学所特有的审美观念也随之自觉化了。审美的要求、审美理想的实现成为文学创作的内在动力。审美价值已成为这一时代文学的主导的、本质的价值。而且，东方各个主要民族均在这一时代出现了不同程度的唯美倾向。与文学的审美价值相适应的是文学的典范样式在这一时代的形成和确立。东方各主要民族的古典诗歌、古典散文、古典戏剧的典范样式是在这一时代形成的。同时，东方各主要国家在这一时期出现了较为系统和成熟的文学美学的理论。其中，中国、日本、印度的文学美学理论自成体系、独具特色，在世界文学美学理论格局中占重要地位。这些典范的文学样式和文学美学理论的形成是这一时期东方文学审美自觉的基本的标志。从这个角度看，也可以把"贵族化的文学时代"称为"古典文学的时代"。

第二，这一时代文学进步的另一个显著表现是文学中的理性意识的增强。上一时代的文学基本特征之一是非理性、神秘性的信仰，而这一时代的文学则充满了对宇宙、对社会、对人生的理性思索。哲理诗和散文的发达是理性意识高涨的最突出的产物。宗教对这一时代的文学的影响仍是巨大而深刻的。但同时也应当看到，东方各大宗教，如婆罗门教、佛教、犹太教、伊斯兰教等，在它们成为体系化的宗教之后，是以更为理性、更合逻辑的思辨方式阐述和宣扬其信仰的。所以，东方的哲学往往就包含在宗教中。也就是说，在东方，宗教信仰与理性意识的增强并不矛盾，理性思索最深刻的文学往往是与宗教联系最密切的文学。而且，东方的各大宗教，尤其是佛教、婆罗门教、犹太教与文学艺术具有一种天然的亲缘关系。宗教的繁荣与文学的繁荣常常是相辅相成、协调一致的。像欧洲中世纪那样使文学成为神学的婢女，从而压制了文学成长的情况在东方是不存在的。从总体上说，这一时代的东方的宗教信仰有助于、起码是无碍于文学中理性意识的增长。

第三，个性意识的强化也是这一时代文学进步的一个重要方面。上一个时代的文学表现的是民族意识和集体意识。那个时代的神话和史诗的主要功能是强化人们的社会性和群体凝聚力。而这一时代的文学主要是作家或诗人的个人的创作，所以文学中的个性观念占有重要的地位。虽然这一时代占统治地位的文学是贵族文人的文学，他们的创作存在着大体一致的贵族化倾向，或歌功颂德、歌舞升平，或讽喻劝诫，或逍遥自娱，或风花雪月，但这种一致性并不能淹没创作的个性。应该说，大多数贵族文人作家在当时来看具有比较深刻的思想和比较突出、独立的人格。这一点明显地反映在他们的创作中。作家个性观念的形成和强化给文学带来的变化是促进了文学风格的个性化、多样化和复杂化。东方文学发展到这一时代，文学才开始成为个人独立思考的表达方式，成为表现个人喜怒哀乐等各种思想感情的手段。

第三章　东方古典诗歌

　　古典诗歌是继史诗之后获得空前繁荣的一种文学样式，是群体文学发展到个人文学的必然产物，也是民族语言成熟到一定程度的必然产物。在东方，每一个民族都有自己的诗歌传统，但文明起源与发达的先后有所不同，古典诗歌也呈现了不同的样相。其中，中国、印度、阿拉伯、波斯的古典诗歌，是东方古典诗歌中源远流长的、辐射力最强的四大古典诗歌体系。

　　在东亚，受中国影响，汉诗在相当长的历史时期内是朝鲜、越南①古典诗歌中的主要体裁。在朝鲜，汉诗汉文一直是文人们应举求官的必修主课，汉诗写作在文人中形成普遍风气，从现存最早的汉诗——公元前17年的高丽琉璃王的《黄鸟歌》——一直到19世纪，形成了一个悠长的汉诗创作传统。1444年朝鲜民族文字"训民正音"创立后，朝鲜民族书面语言开始走向成熟，当时被称为"谚语"（通俗语言），在此基础上兴起朝鲜语的"时调"（一种格律诗体，分三四、四四音节）与"歌辞"（在时调和谚语基础上发展起来的叙事诗体），虽与汉诗并驾齐驱，但风格上偏于通俗。越南的情况也大体相似，10世纪前越南属于中国的一部分，

---

　　① 越南在地理上属于东南亚地区，但在文化上则划入以中国汉文化为中心的东亚文化圈。

48

汉字也是全国通用文字。汉诗创作的繁荣一直保持到19世纪初，是越南古典诗歌的主体。13世纪越南人根据汉字创制了名为"字喃"的文字，并在15世纪兴起了使用越南文字"字喃"创作"六八体"诗（字数六八相间、句句押韵的叙事诗体）、"双七六八体"诗（在"六八体"诗的基础上产生，四句一组，各句字数依次为七、七、六、八）的风气，但在题材内容上也受到中国文化与文学的强烈影响，而且风格通俗，基本不属于贵族化的"古典诗歌"，而属于通俗化的市井文学。在南亚东南亚地区，印度梵语古典诗歌，特别是两大史诗，是爪哇语古典诗歌、马来古典诗歌的源头，而缅甸、泰国、老挝、柬埔寨等佛教国家的诗歌，又受到印度佛教及佛教文学的巨大影响。在中东地区，由于历史上阿拉伯帝国版图的庞大，阿拉伯古典诗歌在空间分布上十分广阔，并对后来的各伊斯兰国家产生很大影响。波斯古典诗歌的影响则主要辐射于中亚地区，中亚各民族语言文化及古典诗歌都与波斯文化和波斯古典诗歌有密切的关联。

根据以上的情况，本章并非平均地论及东方各民族的古典诗歌，而只是重点论述印度、阿拉伯、波斯这三大具有辐射力的古典诗歌体系。此外，日本的古典诗歌虽受到中国的很大影响，汉诗创作也有一千年的传统，但以"和歌"为中心的民族诗歌成熟早，创作繁荣，特色突出，在受中心文化（汉文化）影响的民族诗歌中最有代表性，故本章将日本的古典诗歌单列一节。

第一节　印度古典诗歌

印度古典梵语诗歌一般被分为"大诗"和"小诗"两大类。"大诗"指的是叙事诗，一般取材于两大史诗以及古典神话与历史传说，不外乎于爱情、战斗、政治、风景这几项内容，缺乏创造性；在形式上注重文采，讲究修辞雕琢，风格华丽铺张，具有较强的抒情性，也有严重的形式主义倾向。"大诗"的典范之作是迦梨陀娑的《罗怙世系》①和《鸠摩罗出世》。另外还有婆罗维（约生于 7 世纪初）的《野人和阿周那》、摩伽（约生于 7 世纪后半叶）的《童护的伏诛》等。"小诗"指的是抒情诗。它起源于吠陀诗歌和两大史诗中的抒情诗。"小诗"在内容上可归纳为四类：艳情诗、风景诗、颂神诗、格言诗，其中最多的是艳情诗。"大诗"与"小诗"的区分是相对的。事实上，"大诗"中也有较强的抒情成分，有些"小诗"也有一定的叙事性。

印度最伟大的诗人是号称"诗人之王"的迦梨陀娑。他大约生于公元 330 年至 432 年之间，生平事迹不详，是个著名的宫廷诗人和戏剧家。署名迦梨陀娑的作品很多，但许多是伪托之作或其他同名作者的作品。一般公认的迦梨陀娑的作品有七部，其中有两部"大诗"，一篇抒情长诗《云使》，一部抒情诗集《时令之环》，还有《沙恭达罗》等三部诗剧。

迦梨陀娑的第一部长篇叙事诗是《鸠摩罗出世》，取材于古代神话传说，着重描写湿婆大神与喜马拉雅山女儿优摩的情爱生活。构思行文大都按照印度的一部关于爱欲生活的经典《欲经》中规定的格式，有大量充满官能刺激的艳情描写。他的第二部长篇叙事诗是《罗怙世系》，也取材于古代传说。罗怙是史诗《罗摩衍那》中的罗摩的曾祖父。《罗怙世系》描写了罗摩的祖先及后裔的历史，内容无甚创新。但由于文采斐然、韵律铿锵，被视为印度古典诗歌中的名篇佳作。

迦梨陀娑的风景抒情组诗《时令之环》（又可译作《六季杂咏》）②，共分六章，分别描绘印度一年六个季节（夏、雨、秋、霜、寒、春）的自然景色和男女欢爱。第一章《夏季》，诗人描绘了夏天的炎热，人们因

---

① 《罗怙世系》，黄宝生译，中国社会科学出版社 2017 年版。
② 《时令之环》现有两种中文译本：罗鸿、拉先加译注《迦梨陀娑〈时令之环〉汉藏注译与研究》，中国藏学出版社 2010 年版；黄宝生译《六季杂咏》，中西书局 2017 年版。

此而"情欲减退",以至兽类也在炎热中变得性情温良。狮不猎象,孔雀不吃蛇,蛇不吃青蛙,象、牛、狮等都成为朋友,共同去找水等等。诗人以高妙的手法描绘了夏季印度大自然的宁静、和谐与恬淡。在第二章《雨季》中,诗人描绘了乌云、闪电、雷鸣、大雨、急流。在雨季中,万物萌发生机,动物发情,而人们的情欲也被激发起来,男女互相渴求。在第三章《秋季》中,诗人将成熟的秋季比作"可爱的新娘"。他描述了缓缓流动的河流、碧波荡漾的池塘、沉甸甸的低垂的稻穗、盛开的花朵、清凉的晨风和美丽的秋夜。在第四章《霜季》和第五章《寒季》中,诗人描绘稻谷成熟,莲花凋谢,寒凉的天气正适合于男女欢爱,因此这时世间"充满纵情的欢爱,爱神大显身手"。在第六章《春季》中,诗人描绘了缀满红芽的芒果树、红花盛开的无忧树、迎风摇曳的蔓藤、低声鸣啭的杜鹃、嗡嗡飞旋的蜜蜂和春心荡漾的男女。《时令之环》把对自然风光的出色描绘与对男女爱情的生动叙述密切地结合在一起,表现了大自然与人的息息相关与和谐统一,其中大量的对男女肉欲的描写成为印度艳情诗的先驱。

抒情长诗《云使》是迦梨陀娑的代表作,是非常优美动人的抒情名篇。《云使》共有一百二十五节诗,每节四行。全诗分为"前云"和"后云"两部分。"前云"部分描述一个名叫药叉的小神仙,他是财神俱毗罗的侍从,因失职受到财神诅咒,被贬谪到远离家乡的罗摩山的森林,被迫与家中的爱妻分离一年。在被流放了几个月后,正值雨季来临。有一天,他仰望天空,看到一片雨云从南向北飘游,不禁意动神驰,于是就委托雨云,让它转达自己对爱妻的思念之情。这位药叉小神仙对雨云详细讲述了北去的行程路线,借此一一介绍了途中美丽的山川名胜和富庶繁荣的田野城镇,为下文赞美自己的家乡阿罗迦城和妻子作了铺垫。"后云"部分写药叉想象雨云来到阿罗迦城,见到他的妻子并向她传递消息的情景。其中描绘了阿罗迦城的热闹繁华,城中女人的美丽和她们放肆的恋爱,从而衬托出药叉的寂寞和夫妻分离的不幸。当云使飘游到药叉的家,药叉请它在院内假山的峰顶上就座，以便观看屋内他那可爱又可怜的娇妻：

> 那儿有一位多娇，正青春年少、皓齿尖尖。
> 唇似熟频婆，腰肢窈窕，眼如惊鹿，脐窝深陷。
> 由乳重而微微前俯，因臀丰而行路姗姗，
> 大概是神明创造女人时首先将她挑选。
>
> 她由忧思而消瘦，侧身躺在孤眠的床上，
> 像东方天际只剩下一弯的月亮。
> 和我在一起寻欢作乐时良宵如一瞬，
> 在热泪中度过的孤眠之夜分外悠长。
>
> 云啊，那时她如果得到了睡眠的幸福，
> 请在她身边停下，不发雷声，等候一个时辰；
> 不要让她在难得的梦中见我这爱人时，
> 突然我又从那嫩枝般手臂的紧抱中离分。①

《云使》的中心形象是"云"。它是爱的使者和爱的象征。诗人依靠神奇美妙的想象，在雨云的自然属性的基础上，又赋予它以人性和人情，借雨云的缓缓推进，歌颂印度中北部美丽的自然风光，抒发了爱的思念、焦灼与渴望。《云使》风格幽艳，感情浓烈，构思精巧，词句华美，堪称印度抒情诗的典范，代表了古典梵语抒情诗的最高艺术成就。《云使》问世后，不断出现模仿之作，如《风使》《鹦鹉使》《蜜蜂使》《天鹅使》

---

① 〔印〕迦梨陀娑：《云使》，金克木译，载《云使·沙恭达罗》，人民文学出版社1956年版，所引分别为《云使》第82节、89节和97节。《云使》另收金克木译《印度古诗选》，湖南人民出版社1984年版；《梵竺庐集·天竺诗文》，江西教育出版社1999年。晚近的新译本有罗鸿译《云使》（梵文、藏文、汉文对照本），北京大学出版社2011年版。

《月儿使》《杜鹃使》《孔雀使》等等，形成了一种所谓"信使体"的诗体。

继迦梨陀娑之后出现的古典梵语抒情诗人有伐致呵利、阿摩卢、毗尔诃纳、牛增、胜天等。

伐致呵利（约生于公元 7 世纪）是著名抒情诗人，生平事迹不详。他的诗集《伐致呵利三百咏》（简称《三百咏》或《三百妙语集》）①在印度流传很广，各种抄本极多，成为印度历来学习梵语的人最熟悉的读本之一。这部诗集分《正道百咏》《艳情百咏》《离欲百咏》三部分。每一部分各由内容大致相同而韵律不同的一百首左右的短诗构成，分别表达诗人对社会问题、男女爱情和弃世的看法。如果根据《三百咏》本身的内容来判断，作者伐致呵利是一位得不到宫廷赏识、怀才不遇而愤世嫉俗的落魄诗人。在《正道百咏》中，诗人满怀激愤地揭露了世态的炎凉，还讽刺了帝王权贵。他反对卑躬屈膝，颂扬贫士傲骨。这种直接批评社会、发泄对世道不满的诗，在印度是不多见的。在《艳情百咏》中，伐致呵利描写了女性的娇美和爱情的甜蜜，表现了在女色和情爱中寻求寄托的倾向，但也强调了贪恋女色的害处。在《离欲百咏》中，诗人劝导人们摒弃俗世欲望，出家修行，寻求精神解脱。

与伐致呵利大约同时代的另一位著名的抒情诗人是阿摩卢。他的抒情诗集《阿摩卢百咏》流传也很广，有好几种传本，包括一百首左右的艳情诗，专门描写情人或夫妻之间的情爱生活，主要刻画相思或欢爱中的女人。每首诗都描写一种具体的情况。还有一部艳情诗集叫《毗尔诃纳五十咏》②，相传作者为毗尔诃纳（约生于 11 世纪），这部诗在印度颇受一些人称道，我国学者金克木称之为"表现色情的庸俗作品"。

梵语古典抒情诗的最后一位著名诗人是胜天。他生活于 12 世纪，是东印度孟加拉的宫廷诗人。他流传下来的作品除了歌颂帝王的短诗外，最

---

① 《伐致呵利三百咏》，金克木译，人民文学出版社 1982 年版。
② 《毗尔诃那五十咏》，傅浩译，中西书局 2016 年版。

重要的是抒情长诗《牧童歌》①。《牧童歌》分为 12 章，取材于早已流传民间的神话传说（"往世书"），描写牧童黑天（克里希纳）和牧女罗陀的爱情。传说黑天是毗湿奴大神的化身之一。这首长诗把颂神与男女欢爱结合起来，但诗中很少描写黑天的神性。诗人笔下的黑天完全是人世间多情的风流公子。他从小放牧，在牧女中间长大。许多牧女追求他，他也喜欢与她们调情。而他最爱的是一位名叫罗陀的牧女。但黑天的多情泛爱却让罗陀嫉妒痛苦。长诗集中描绘了黑天与罗陀之间的爱情纠葛、恩恩怨怨。从热恋到妒忌、分离，再到相思、嗔怒、求情、和好、欢爱，将一个当时人人皆知的爱情故事写得跌宕起伏，摇曳多姿，既具有浓烈的抒情性，也有较强的戏剧性因素。《牧童歌》吸收了民间歌唱艺术的手法，在形式上也有所创新。《牧童歌》是印度古典梵语诗歌艺术的殿军，标志着古典梵语艺术的最后一个高峰。这首长诗对古老传说故事的依赖性，以歌颂大神为主题的宗教性，对梵语古典文学衰亡后兴起的各种地方方言俗语文学影响很大。

在 12 世纪前后兴起的印地语、孟加拉语、乌尔都语等十几种语言的诗歌，均不能跳出梵语古典诗歌的框子，诗人们一再从两大史诗神话传说中取材，不厌其烦地仿效梵语古典诗人。因此，梵语古典文学衰落后直到近代之前的八九百年间的印度各种方言诗歌乃至全部文学，由于缺乏应有的创造性，可以略而不论。

印度古典诗歌创作的高度成熟和发达，与印度古典诗学理论的成熟是相辅相成的。印度古典梵语诗学在长期的历史发展过程中，产生了印度古典诗学理论。主要有四个流派，即庄严论、风格论、味论和韵论，形成了世界上独树一帜的理论体系。季羡林先生认为它是世界三大文学理论体系（欧洲、中国、印度）之一。印度古典文论的重要文本也被陆续译为中文

---

① 《牧童歌》，葛维钧译，中西书局 2019 年版。

出版发行。①

　　古典诗学的第一部重要的著作是 7 世纪婆摩诃的《诗庄严论》。在这里，"诗"是指广义上的诗，即纯文学。"庄严"这个译词沿用的是汉译佛经中的译法，意思是修饰或装饰。这部著作与 8 世纪优婆托的《摄庄严论》和楼陀罗吒的《诗庄严论》共同构成了梵语诗学中的庄严论派。庄严论派认为诗是一个需要装饰的身体。诗的身体由音和义两种基本因素构成，所以，诗歌的装饰（庄严）可以依次分为"音庄严"和"义庄严"。婆摩诃在《诗庄严论》中论述了 39 种庄严。其中包括谐音、叠音两种"音庄严"和隐喻、明喻、夸张、奇想、双关等 37 种"义庄严"。婆摩诃认为："庄严就是音和义的曲折表达。""曲折表达"就是要使用所谓"曲语"（曲折的话语），而不能直接陈述事实。这里所谓的"曲语"实际主要是指含蓄。婆摩诃还论述了诗与"经论"（哲学）在表达方式上的区别。虽然诗也表达哲学真理，但诗采用的是曲折表达的方式，而不直接采用逻辑推理。总的来看，诗庄严论比较清楚地区别了诗的语言（文学语言）与普通语言的差异，认为"庄严"是诗的本质特征。这是一种探讨诗歌语言修辞和诗歌形式美的理论，它划分了诗（文学）与宗教、哲学等非文学的界限，并由此而确定了文学的独立性。

　　与婆摩诃同时代的诗学理论家檀丁在诗庄严论的基础上，提出了"风格论"。他的诗学著作《诗镜》将当时的诗分为南方派（毗陀湿派）和东方派（乔罗派）两种风格，并推崇南方派。他认为南方派有十种风格特点，即十项"诗德"：一是"谐和"，主要是语言上的轻重、长短等的配合与谐调；二是"清晰"，对所写事物要清楚明白；三是"均匀"，句中所用词语的刚柔、搭配等要匀称；四是"文雅"，用词要雅，不用粗话；五是"甚柔"，句中用词要柔和、温柔敦厚；六是"意明"，意义明显，易于理解；七是"含蓄"，不可直露，要给人以回味的余地；八是

① 见金克木译《古代印度文艺理论文选》，人民文学出版社 1981 年版；黄宝生译《梵语古典诗学论著汇编》（上下），昆仑出版社 2008 年版。

"简练"，主要指使用缩写词语；九是"华丽"，要使用华词美藻；十是"比拟"，指使用比拟手法。檀丁还列举了与十项诗德相对立的十项诗病（或译"诗过"）。风格论在8世纪伐摩那的《诗庄严经》中进一步系统化了。伐摩那认为："风格是词汇的特殊组合，而这种特殊性是诗德的本质。"风格是诗的灵魂，而诗歌修辞（庄严）只是外在的装饰，属于诗歌的身体。

与庄严论比较，风格论由庄严论单纯孤立地强调语言修辞而发展为注重诗的总体艺术特征——风格，这显然是梵语诗学的一个进步。但风格论对风格，尤其是诗德的划分、概括仍完全建立在语言学、词义学的基础上，所谓"风格"，也主要是指语言风格。

《诗镜》很早就被介绍到我国的西藏。13世纪初期，贡噶坚赞在他著作《学者入门》一书中，介绍了《诗镜》的大体内容。13世纪后期，在八思巴的支持和赞助下，《诗镜》被译成藏文，在西藏传布甚广。西藏的文人学士按照藏族的语言特点和创作实践，对此进行了补充、改造和创新，对藏族文学产生了重大影响。

9世纪和10世纪是印度梵语诗学发展的鼎盛期。产生了两位杰出的理论家欢增和新护。9世纪时的欢增（音阿难陀伐弹那）著有《韵光》，10世纪时的新护著有《韵光注》和《舞论注》。他们的诗学分别以韵论和味论为中心。

欢增在《韵光》中提出了"诗的灵魂是韵"的命题。"韵"这个词借用的是梵语语法术语。按照梵语语法理论，一个词由几个音构成，其中个别的音不能表达意义，只有几个音联结在一起才能表达某种意义。这种能够表达某种意义的声音就叫"韵"。《韵光》依据梵语语法理论，认为词汇有三重意义，即"字面义"（一译表示义）、"领会义"（一译引申义）和"暗示义"，而诗的语言不同于一般语言的根本特征就在于它具有暗示义。欢增将诗中暗示的因素或暗含的内容称作"韵"，或将具有暗示性的诗称为"韵诗"，并且认为，伟大的诗人之所以能成为伟大的诗人是

56

由于他善于运用词的暗示义。欢增的韵论派理论是对庄严派理论提出的"曲语"的一种发展和修正。"曲语"只是强调不要直接陈述，而要曲折地表达，也就是强调语言的含蓄蕴藉。"韵论"则强调语言之外的暗示，也就是"言外之意"。这种主张与我国司空图《诗品》中提出的"象外之象"，"韵外之致"，"不著一字，尽得风流"颇为相似。它要求诗歌必须提供比字面语句更多更深远的东西。

欢增还继承了公元 2 世纪印度梵语戏剧理论著作《舞论》中的关于"味"论的理论。《舞论》认为，"味"是作品对读者的审美效应，是读者对作品的体味。"味"产生于人的各种感情（"常情""不定情"），并由戏剧表演传达给观众。欢增把戏剧理论中的"味"论引入诗学理论。他认为：诗歌之"味"传给读者的途径和方式是"暗示"。欢增还在《舞论》提出的八种"味"（艳情、滑稽、悲悯、暴戾、英勇、恐怖、厌恶、奇异）之上又加了一种味——"平静"。他指出：九种"味"中的有些"味"在某些诗中可能是冲突的、不协调的，在一个作品中应该有一个主要的"味"贯穿其中，其他的"味"则附属或衬托主要的"味"，以保持"味"的统一。

新护在他的《韵光注》和《舞论注》中，继承并发展了前人（主要是欢增）的观点。他对"味"作了更深刻的阐释。按照新护的观点，每个人都具有与生俱来的基本感情（常情）。这些感情在一般情况下大都沉积在人们的心中。诗人所描写的人物和故事，会激起和唤醒读者心中潜伏着的感情，读者也就品尝到了诗歌之"味"。所以，诗人描写的虽是特殊的、具体的人物事件，但它所传达的却是普遍化的感情。新护在这里所论及的实际上是以个别表现一般、以具体表现普遍的艺术规律和艺术特性的问题。

到了 11 世纪，梵语诗学进入了对前人成果加以注释和综合的时候。和梵语诗歌创作一样，这时期的理论也处于停滞状态。总之，梵语诗学理论在世界诗学中自成一体，形成了自己的一套概念和术语，独具特色。它基本上属于我们通常所说的"形式主义"文论的范围，更多地从语言学、音韵学的角度研究诗学。由于大部分著作用诗体写成，因而存在着许多表意含糊不清，甚至玄虚神秘之处。同时，对庄严、韵、味、风格、"诗德""诗病"等都作了数字分类，如韵就被分成了5355类、7420类或10455类。这是印度人的"数字分类癖"，有时不免烦琐。

印度古典梵语诗歌在创作上十分丰富，理论上自成体系。在漫长的历史发展中形成了特有的传统，具有区别于其他民族的古典诗歌的显著特征。

第一，印度古典诗歌具有很强的史学功能和文化传承功能。这种传统功能来自《吠陀》神话传说和印度两大史诗。两大史诗之后的"大诗"是由史诗发展演变而来的叙事诗。而且，后来出现的一大批历史传说集（即"往世书"，详见本书第五章）也大都采用诗体的形式。印度诗歌长期以来是印度人的主要记事手段和文化传承方式。这些诗取代了中国、日本、波斯那样的历史著作，从而取消了历史学在印度存在和发展的可能性。然而，这些具有叙事功能的诗歌并不反映和记载客观真实的历史，它们所记载的是由神话和传说构成的奇诡而神秘的印度独特的"历史"。所以它并没有历史科学的价值。在阿拉伯、中国，诗歌的记事功能和文化传承功能是较弱的，但可以根据蒙昧时代的诗歌研究阿拉伯蒙昧时代的历史，可以根据杜甫的"诗史"研究中国的中唐社会，而印度古典诗歌在史学研究中的价值却很小。这样，印度古典诗歌就存在着一种矛盾现象：一方面具有很强的记事与传承功能，以至这种功能取代了历史学；另一方面，诗歌的记事与传承只有观念上的真实，而没有科学上的可靠性。

第二，印度的古典诗歌同印度宗教密不可分。没有一个国家的诗歌像印度诗歌那样将诗歌的题材、意象等完全建立在宗教神话传说的基础上。印度的诗歌是宗教宣传的一种重要手段。叙事诗大多以宗教神话传说为题材，即使在一些反映世俗生活题材的抒情诗中，也渗透着宗教思想、伦理。如抒情诗的主题通常被分为"正道""艳情""离欲"三部分，这与印度教所提倡的人生四大目的"法"（道德）、"利"（财富）、"欲"（情欲）、"解脱"是相吻合的。而且，每个教派都有每个教派的诗歌，每个教派的诗歌都以歌颂自己教派所崇拜的大神为最常见的主题。

第三，情诗——印度称为"艳情诗"——高度发达，在印度古典诗歌中占有十分重要的地位，其数量约占全部印度古典诗歌的一半左右。而且这些诗充满了大量的官能刺激的、色情的描写。现代印度作家普列姆昌德的长篇小说《仁爱院》中的一个情节很能说明这一点：信奉印度教的拉耶老爷为款待刚从美国归来的青年普列姆，请了两位祭司给他朗诵古诗。作者写道："那分明是低级下流的淫乱之词……对人体的那些害羞处作如此露骨的、令人作呕的描述。"那些诗竟使在场的三个妓女都羞得低了头。而拉耶先生正是要用这些诗的不断刺激来淡漠色欲，超越欲望，达到瑜伽修行的目的。这很能表明印度人对艳情诗的功能的独特认识。除印度外，在东方各主要古典诗歌体系中，阿拉伯、波斯的古典诗歌也有相当一部分情诗，但阿拉伯的情诗对女人的描述以回忆与幻想为主，重在情感抒发；波斯的抒情诗"嘎扎勒"基本上是爱情诗，但主要描写男女相思的苦恼。它们都没有印度艳情诗的肉感。八、九世纪的有些阿拉伯诗人（如柏萨尔、艾布·努瓦斯等）写成了许多淫词荡语，但他们原本是波斯人。波斯文化与印度文化交流甚多，印度的艳情诗影响到波斯，又影响到阿拉伯是极可能的。拿印度与中国比较，则差别更大。正如朱自清先生在《中国新文学大系·诗集》的导言中所说："中国缺少情诗，有的只是'忆内'、'寄内'，或曲隐隐指之作，坦率地告白爱恋者绝少，为爱情而歌咏的更是没有。"日本的和歌虽然有一类所谓"有心"体的诗，主张表达浓郁的情味，但实则非常含蓄。印度艳情诗的高度发达，与印度的文化传统、宗教伦理是密切相关的。

第二节　阿拉伯古典诗歌

阿拉伯古典文学的主要遗产是古典诗歌。本节所涉及的内容是蒙昧时期、伊斯兰时期、伍麦叶时期和阿拔斯时期先后共约六七百年间的诗歌。①

阿拉伯半岛在伊斯兰教创立之前有 150 年左右文字记载的历史时期。这一时期处于氏族社会阶段，主要信奉原始宗教，史称"贾希利叶时期"或"蒙昧时期"。人口由两部分组成，一小部分是半岛南部（今也门一带）比较开化的过定居生活的居民，被称为"哈达拉"人（意即文明者、开化者），另外的大部分是半岛中、北部沙漠中的游牧人，被称为贝杜因人（意即逐水草而居的人）。现存蒙昧时期的文学主要是贝杜因人的文学。除极少量的散文外，这一时期的文学形式是诗歌。

蒙昧时期贝杜因人的诗歌是在广阔的沙漠中产生和发展起来的。诗既是他们感情宣泄的工具，也是部落的喉舌和舆论宣传工具，同时还是部落历史的记录。因此诗歌在贝杜因部落中有着崇高的地位和极大的影响。诗人的社会地位十分显赫，按照德国东方学家诺尔德凯（1836—1931 年）的说法，诗人是"部落的先知，和平的领袖，战争的英雄，寻找新牧场均要征求他的意见，搭起帐篷或收起帐篷，全凭他一句话。他就像一个带领一群焦渴者寻找水源的向导……"事实上，诗人有时甚至比部落首领更有权势。现代黎巴嫩学者汉纳·法胡里说："诗人的一行诗就可以提高

---

① 阿拉伯古典诗歌的中文编译本有：仲跻昆译《阿拉伯古典诗选》，人民文学出版社 2001 年版、作家出版社 2019 年版；开罗艾因·夏姆斯大学与北京语言文化大学合作编译《阿拉伯古代诗文选》，北京语言文化大学出版社 1997 年版。

或贬低一个部落的声誉。"①

蒙昧时期形成的阿拉伯古典诗歌的基本形式是"卡色达"（一译"格西特"）。一首诗一般长二十至一百行左右，每首诗都有一个通篇一致的尾韵。典型的"卡色达"大致有一个基本套路：开头是全诗的引子，写诗人来到昔日情人的旧址，睹物思人，抒发情感，接着写他骑上骆驼或骏马继续奔波。这时，诗人往往赞美自己的骆驼或马，然后转入中心。中心部分由彼此有联系的若干主题组成，这些主题包括赞美、矜夸、讽刺、爱情、悼念等。后来，一首诗也常常集中表现一两个中心主题，便形成了赞颂诗、矜夸诗、讽刺诗、爱情诗、悼念诗、颂酒诗等诗歌门类。

赞颂诗专门颂扬蒙昧时期人们所认为的美德和功绩，被赞颂的对象一般是部落首领和骑士们。这些赞颂诗有的可能出于诗人对赞颂对象的真正崇敬，但更多的赞颂诗是在部落首领和骑士们的授意下创作的，是他们的喉舌和宣传工具。同时，诗人又往往利用这种诗向权贵阿谀奉承，肉麻吹捧，以此牟取私利。

矜夸诗与赞颂诗密切相关。但矜夸主要出自诗人内心的一种自豪感和优越感。贝杜因阿拉伯人生性好大喜功，争胜好强，喜欢自诩和标榜。其矜夸诗一般是夸耀诗人自己或自己部落的光荣历史和美好现实，以此在他人或他部落面前显示优越。

贝杜因诗人是部落之间进行唇枪舌剑的勇士，讽刺诗是阿拉伯诗歌中比较重要的门类。讽刺诗产生于各部落间经常不断地相互敌视、攻击、抢劫和侵犯，其内容充满了对敌对部落的尖刻讽刺、咒骂、贬斥和威胁。

爱情诗表现了蒙昧时期阿拉伯人的爱情生活和情感世界。贝杜因人的游牧生活使得男人与女人接触很多，沙漠、草地为谈情说爱提供了广阔的场所，而不断的搬迁和战争冲突又使得有情人不断地生死离别。于是，爱情诗在贝杜因人中颇为流行。蒙昧时期的爱情诗有两种情形：一类是健

---

① 〔黎巴嫩〕汉纳·法胡里：《阿拉伯文学史》，郅溥浩译，人民文学出版社 1990 年版，第 34 页。

康、真挚和质朴的，诗歌只叙述对情人的思念、回忆和由此带来的惆怅感伤；另一类是粗俗的调情诗。调情诗的作者大多是贵族纨绔子弟，尤其是半岛南部定居地区的贵族子弟。这类诗充满淫词荡语，恬不知耻地叙述自己放荡冒险的恋情体验。

悼念也是常见的诗歌主题。由于频繁的部落战争经常造成死亡，于是就产生了较多的悼亡诗。悼亡诗的主题就是哀悼本部落被害或战死的英雄或亲属，回忆和赞美他们生前的事迹，号召人们为他们复仇。

阿拉伯人性喜饮酒。他们自己不会酿酒，酒是从邻近地区传入或抢来的，因此价格十分昂贵，但喜欢享受口腹之乐的阿拉伯贝杜因人中的富贵者或部落首领们却喜欢大斟狂饮。诗人们一边酗酒，一边得意地对酒加以描绘和赞美，因此产生了颂酒诗。颂酒诗较集中地体现了蒙昧时期的阿拉伯人喜欢享受、刺激和趋向放浪的性格。

蒙昧时期的阿拉伯人缺乏书写工具，他们的诗歌主要依靠代代口耳相传。当时，每一个诗人都有一个传诗人。传诗人跟随诗人，就像徒弟跟随师傅一样，传播诗人的诗歌。流传至今的蒙昧时期的诗歌大都是由历代文人学者搜集整理成书的。在流传至今的蒙昧时期的诗歌中，最有代表性的是七首长诗，即所谓"悬诗"。

"悬诗"即"悬挂的诗"之意。据载，蒙昧时期的阿拉伯人崇拜偶像，因此，每年都要到麦加朝觐天房。朝觐之前在麦加附近的欧卡兹进行集市贸易活动，并举行赛诗会。会后，经公认的著名诗人仲裁评选出优秀之作，并将其用金水抄写在麻布上，挂在城墙上，供人阅读观赏，故称之为"悬诗"或"描金诗"。① 有七位诗人的七首诗被认为是蒙昧时期阿拉伯诗歌的不朽杰作。这七位诗人是乌姆鲁勒·盖斯、塔拉法、祖海尔、拉比德、阿慕尔、哈里斯、昂泰拉。其中最重要的悬诗作者是昂泰拉。

昂泰拉·本·舍达德（525—615 年）是阿布斯部落的一位声名远扬

---

① 《悬诗》已有两种中文译本：王复、陆孝修译《悬诗》，五洲传播出版社 2015 年版；仲跻昆译《悬诗》，商务印书馆 2019 年版。

的骑士和诗人。他是父亲与一个黑人女奴所生，起初受到父亲和正统阿拉伯人的歧视，他与堂妹阿卜莱的爱情也因此屡遭磨难。但他凭他的武功一次次地保护了他的部落，因而受到族人的尊敬，最后被敌人的暗箭射死。历代阿拉伯人都津津乐道于他的传奇经历，到了 10 世纪，形成了长篇民间故事《昂泰拉传奇》（详见本书第五章第二节）。流传至今的昂泰拉的诗有一千五百行。诗集的主要内容是表达自豪的激情和对阿卜莱的痴情。其中最有名的是他那首约七十九行的悬诗。昂泰拉在诗中遵循古诗人的传统，先是描述缅怀遗址，描写沙漠、战马、骆驼，抒发他对阿卜莱的爱情。全诗以矜夸为中心，诗人夸耀自己宽容、大度、慷慨、坚忍的高尚品德，自由而勇敢的天性和无坚不摧的力量。昂泰拉的悬诗最集中地表现了阿拉伯沙漠骑士的性格。

7 世纪初阿拉伯半岛统一前后，出现了反映对外征战的征伐诗，还有为政治和宗教服务的政治诗与宗教诗。公元 661—750 年的伍麦叶王朝时期，政治诗仍很兴盛，但这一时期诗歌中的突出现象是情诗作为一个独立的门类而更加繁荣。这时期的情诗与蒙昧时期的情诗有所不同，蒙昧时期通篇都描写爱情的诗不多，那时的情诗只是把描写情人旧址、思念情人的部分放在一首诗的开头，以便过渡到下面的正题，类似中国古典诗歌中的"兴"。而伍麦叶王朝的情诗是独立的情诗，一般由两行至七行组成，并可配曲歌唱。从内容上看，虽有一些描写纯真爱情的诗篇，但表现放荡的色情诗比蒙昧时期大大增多。这些诗一般出自城市和宫廷。代表这种色情倾向的诗人是欧默尔·本·艾比·拉比尔（664—711 年）。欧默尔出身于富商权贵之家，自幼过着纸醉金迷的生活，喜欢与贵妇名媛歌伎女优交往，常在朝觐路上与女客调情，他流传至今的有一大本诗集，全是关于女人的内容。他几乎把当时当地所有漂亮的女人都赞美遍了。这些女人都是出身高贵、富有修养的。他以描写芳香的气味、华丽的衣着首饰来表现她们的美，有的不免粗俗。欧默尔的诗与当时伍麦叶王朝的享乐风气正相吻合，因此在许多青年中广为流传。与欧默尔的艳情诗在内容上相对的、描写忠贞爱情的诗叫做"贞情诗",也曾在伍麦叶王朝时期的有些地区流行。

伍麦叶王朝之后的阿拔斯王朝是阿拉伯历史上最为强盛、文化最为发达、维持时间最长(750—1258 年)的一个王朝。阿拔斯王朝大量吸收巴比伦、腓尼基、印度、古希腊罗马,尤其是波斯的文化精髓,大规模地组织翻译这些民族和国家的文化科学和文学著作。由于外来文化大量涌入,以前以贝杜因人的文学为核心的纯阿拉伯文学受到外来文化和文学的深刻影响。阿拉伯诗歌在这一时期由旷野沙漠转向城市和豪华的宫廷,虽然在诗歌形式上还保持着一首诗从头至尾始终用一个韵脚、一个诗律的古老的"卡色达"传统,虽然还有许多具有崇古、复古倾向的诗人不断出现(如艾布·泰玛姆、伊本·鲁米等),但这时期的诗歌出现了明显的革新,古诗的一些传统被突破,如艳情诗、颂酒诗歌不再是长诗中的一个组成部分,而可以独立成诗。诗歌主题发生了变化,政治诗作为一个诗歌门类消失了,哲理诗得到繁荣,由于歌功颂德和阿谀奉承的需要,赞颂诗继续大量出现。矜夸诗所夸耀的不再是部族,而是民族(阿拉伯民族或非阿拉伯民族)。艳情诗更加淫靡,出现了专以娈童为调情对象的诗,诗人在艺术表现技巧上也更为成熟。

阿拔斯王朝前期的重要诗人是出生于波斯的盲诗人柏萨尔·本·布尔德(714—784 年),他是波斯与希腊的混血儿,据说柏萨尔生来形貌丑陋,双目失明,而且品行恶劣。由于残疾,他产生了一种仇恨人类、有意作恶的阴暗心理,以超越一切公认的美德和传统习俗为乐事。他放荡纵欲,贪婪地享受生活。他的大量诗歌就是他个人生活和心理的忠实表现。他第一个打破了他之前的大部分诗人的泥古倾向,将诗歌与日常的生活紧密结合在一起,为阿拉伯诗歌开辟了更广阔的创作领域。后来因行为放纵、诗歌内容出格,甚至讽刺哈里发,被哈里发下令鞭笞致死。

继柏萨尔之后的著名诗人是艾布·努瓦斯(762—813 年),他出生于波斯贫寒之家,从小迁居巴士拉,后写颂诗攀附权贵,三十岁时进入宫廷，成为哈里发侧近的宫廷诗人，由于生性放浪，富有诗才，精通玩乐之道，颇得宫廷人士的欢心与宠幸，也因为放荡不羁而受到哈里发的斥责。艾布·努瓦斯现存诗歌一万多行，他被称为阿拉伯诗歌史上的"酒诗魁首"。他一生放纵饮酒，凡与酒有关的一切他都写过、赞美过、议论过。他在诗中品评了各种各样的酒，用许多美妙的比喻来形容各种酒的味道、颜色和饮酒时的巨大快感，他使咏酒诗成为阿拉伯诗歌中的一个独立门类。

阿拔斯王朝中期的著名诗人是艾布·塔依布·穆太奈比（915—965年）。他出身于伊拉克库法城的贫寒之家，但少有大志，富有诗才。曾自命先知，鼓动贝杜因人造反，因而被囚禁。获释后曾一度依附小朝廷，写颂诗歌颂国王，但不久获罪离开，四处流浪，成为典型的流浪诗人，后被人杀害于流浪途中。穆太奈比恃才傲物，感情激越。他的诗兼有赞颂诗、矜夸诗、讽刺诗、哲理诗、情诗等各种传统诗歌题材，其中自我夸耀的诗尤多。他自比昂泰拉，说自己是祖先和部族的"自豪"和"骄傲"，认为自己处于国王和先知的等级，高于一切人，并集中了人的全部美德。无疑，穆太奈比是阿拉伯矜夸诗的集大成者和登峰造极者。另外，他的哲理诗历来为人称道。他的哲理诗教导人们积极入世，轰轰烈烈地去获得生活。穆太奈比流传至今的诗歌有三千多首，多少年来，穆太奈比的突出的个性思想和诗歌才能吸引了无数读者和研究者。他是阿拉伯古典诗歌的集大成者，许多人称他为伟大的诗人，并以能够模仿他为自豪。

阿拔斯王朝后期的最著名的，也是阿拉伯古典诗歌史上的最后的一位重要诗人是艾布·阿拉·麦阿里（973—1058年）。艾布·阿拉·麦阿里生于叙利亚的一个小城，童年时因患天花而双目失明，但他勤奋好学、博闻强记，在黑暗孤独的世界中专心致志地写作。他的诗歌和散文著作达七十部之多，内容涉及文学、语言、哲学、宗教、社会等各个方面。其中，著名的是哲理诗集《燧火》和《祖鲁米亚特》。他的诗虽然也不出传统的诗歌题材的范围，但充满着对社会与人生的思索，具有很强的哲理性，因此被誉为"哲学家诗人和诗人哲学家"。他推崇精神生活，推崇理性，否定物欲，并流露出悲观主义和怀疑主义情绪。总之，他的诗歌写得并不太美，但却有阿拉伯诗歌前所未有的理智和思索的深刻性。

阿拔斯王朝后期，还兴起了名为"苏菲主义"的诗歌创作思潮。所谓"苏菲"，是阿拉伯语中的"穿羊毛衣（粗糙衣物）的人"之意，这些人反对王朝贵族的奢靡风气，主张甘于清贫、禁欲与苦修，以追求与真主的合一，被人称为"苏菲派"。这一思潮最早产生于8世纪，11世纪初被理论化和系统化，从而进入伊斯兰教的正统的信仰体系中，影响逐渐扩大，文学创作中也出现了苏菲派诗歌。其中代表性的诗人是伊本·法里德（1181—1234年），信奉苏菲教义，曾去麦加苦修十五年，被时人尊为"圣徒"。他的长诗《酒颂》表达了自己避世苦修、以求与真主合一的神秘体验。诗人以男女的苦恋来暗喻和象征人神之恋，赞美所爱伊人的美丽、美德、高尚、伟大，抒写了爱而不可得的苦恼，包括单相思、失眠、憔悴、梦呓，在形式上吸收了伍麦叶王朝时期"贞情诗"与"劝世诗"的手法，来表达自己对真主的仰慕与追求。作为伊斯兰教诗歌的一种重要样式，苏菲派诗歌对后来的波斯古典诗歌也产生了不小的影响。

阿拔斯时期诗歌中值得一提的还有阿拔斯王朝初期逃亡到西班牙南部地区的伍麦叶人所创作的诗歌，即"安达卢西亚诗歌"。伍麦叶人在那里建立了后伍麦叶王朝，直到1492年被西班牙人收复为止。在此期间，他们受到当地民谣的影响，创造了一种不同于阿拉伯本土的诗体——"彩诗"（阿拉伯语念"穆瓦舍赫"，意即佩带上的彩色条纹，既有变化又有规则，故称），在10世纪广泛流传。彩诗不像阿拉伯本土诗歌那样一首诗只能押一个韵，它的韵律变化比较自由，并可用于吟咏歌唱。

1258年，蒙古人攻陷巴格达，阿拔斯王朝被推翻，阿拉伯帝国从此崩溃，阿拉伯古典文学，包括古典诗歌实际上也从此终结。蒙古人大肆破坏阿拉伯文明，诗人遭蹂躏，图书被焚烧。1517年，土耳其奥斯曼人入主阿拉伯，压制阿拉伯语言文化，强制推行土耳其语。阿拉伯文化、文学处于停滞状态，直到 19 世纪近代文学时代才开始复兴。

综观具有六七百年悠久历史的阿拉伯古典诗歌，我们可以看到阿拉伯诗歌有别于其他民族诗歌的一些显著特点。

首先，阿拉伯古典诗歌充满古代阿拉伯人特有的强烈的个人主义、自由主义精神。他们的诗歌是他们桀骜不驯、好斗、豪迈性格的反映。世界上没有一个民族像阿拉伯那样，有那么发达、那么多的自我炫耀的矜夸诗。

第二，与其他民族比较，阿拉伯诗歌具有很强的即兴性、冲动性和思想的肤浅性。他们的诗人不愿作也不善作认真仔细的思考，他们不是字字推敲地写诗，而是即兴吟诗。因此，阿拉伯诗歌往往是神经质的、情绪化的，语言多于思想，情感多于理智，冲动多于克制。他们不能对事物和现象作全面的观察与思考，眼有所见，心有所感，便发为诗歌，因此他们的诗没有严密的逻辑结构和思想脉络。一首诗如从中删去几行，或打乱它们的顺序，都无关紧要。主题也散乱不集中，所谓赞颂诗、情诗、讽刺诗、矜夸诗等的分类是后人所为，在阿拉伯诗歌中，这些内容往往交叉出现在同一首诗中。逻辑构思能力的欠缺使阿拉伯人未能创造出结构规模较大的长篇叙事诗。即便在感情抒发和描写方面，也缺乏广度和深度，没有丰富细腻的感情描写，没有对心理活动的解释。不过，这种特点的另一方面却使他们的诗歌明朗清晰，浅显易懂，发自肺腑，不矫揉造作。

第三，阿拉伯诗歌缺乏丰富的想象，这大概是由于单调的沙漠环境限制了诗人的想象力。他们的诗歌的意象通常由他们最熟悉的几种东西构成，即沙漠、小草、骆驼、马等。狭窄的想象使他们的诗歌缺乏新鲜生动的比喻，主题、题材、风格也被一代代重复，显得单调。

第四，阿拉伯诗歌具有很强的实用性、功利性。蒙昧时代的诗歌兼用来记事，宣传诗人自己，团结鼓动部落，讽刺打击敌人，用来谈情说爱，用来进行社会交往。帝国统一后的诗歌，又密切服务于政治和宗教。诗人为获取名利，竞相用诗歌阿谀奉承、投机钻营。这种诗歌工具化的倾向，妨碍了阿拉伯诗歌的进一步发展。

第三节　波斯古典诗歌

　　波斯古典诗歌的历史传统可以追溯到公元前五六世纪的《阿维斯塔》①。那部袄教圣书不仅记载了波斯的神话传说，也保存了一些宗教赞美诗。公元前331年，古罗马亚历山大大帝攻占波斯，波斯文化遭到毁灭性破坏，古代文学典籍包括诗歌资料荡然无存，古波斯语也随之衰亡，中古波斯语（帕列维语）继之兴起。安息王朝（公元前247—公元224）和萨珊王朝（224—651年）时期，波斯文化开始复兴。但又由于公元651年阿拉伯人入侵而使波斯文化发展的进程发生转变，绝大多数波斯人由信奉袄教改信伊斯兰教，波斯成为阿拉伯的一个行省，波斯文化也随之伊斯兰化了。帕列维语也受到阿拉伯语的冲击，形成了融入大量阿拉伯语词汇的新的达丽波斯语。波斯诗人正是使用这种语言创作了辉煌的诗歌作品。另一方面，由于波斯文化及文学传统远比阿拉伯悠久和发达，波斯人对阿拉伯文化及文学的影响和贡献也是巨大的。阿拉伯帝国的科学、学术、文学艺术工作主要是由波斯人承担的。公元9世纪以后，随着哈里发国家权力的逐渐衰弱，波斯相继形成了一些可以处理自己世俗政务的相对独立的地方王朝。如萨法尔王朝（公元867—903年）、萨曼王朝（874—999年）等，许多著名诗人被延揽到宫廷，成为专事吟诗的宫廷诗人。从此，达丽波斯语的古典诗歌创作迎来了黄金时代。

　　波斯古典文学的基本体裁是诗歌。9世纪前后，波斯诗人借鉴波斯传统诗歌、民谣和阿拉伯的某些诗体和格律，创造了如下几种诗体：

---

　　①　《阿维斯塔》，元文琪译，商务印书馆2005年版。

1."嘎扎勒"（又译"加宰里"）诗体，是一种抒情诗体。一般认为诗人萨纳依（1072—1141 年）是这种诗体的创始人。这种诗体的诗行数量没有严格限制，大多在 5 至 15 个联句（即双行诗，波斯人称为"别特"）之间。每行字的多少没有严格规定，一首诗押同一个尾韵。全诗不一定要有一个完整的中心主题，通常是一联或两联构成一组意义。"嘎扎勒"诗基本上以男女爱情为主题，一般采取以第一人称"我"抒情的方式。许多诗人喜欢把自己的名字写在最后的一两个联句中，如诗人哈菲兹的一首嘎扎勒诗体的诗最后两联是："请君切莫看到，哈菲兹表面的贫穷；那爱情的宝库呵，深埋在他的心中。""嘎扎勒"诗体对中亚和西南亚国家的诗歌产生了一定影响，阿拉伯、土耳其、阿富汗以及我国的新疆维吾尔族，都借鉴了这种诗体。维吾尔族将"嘎扎勒"读作"格则勒"，在 16 至 19 世纪出现了许多"格则勒"诗人。

2."鲁拜"（又译"柔巴依"）诗体。由 10 世纪的诗人鲁达吉首创。这种诗体只有四行诗，第一、二、四行押韵，节奏鲜明紧凑，颇似我国的四行绝句诗。诗人们多用这种诗体表达一种情感或阐明一种哲理。从内容上看，有的属爱情诗，有的属哲理诗。

3."卡斯台"诗体。这种诗体可能由阿拉伯的"卡色达"演变而来。波斯诗人多用来颂赞、哀悼或讽刺。其韵律结构形式均同阿拉伯的"卡色达"相似。

4."玛斯那维"诗体，即叙事诗体。篇幅可无限长，用以叙述历史上重大事件或神话、传说故事等。韵律特点是两行一韵，之后可变韵，共有十九种韵体可供采用。

5.双行诗，也就是组成以上四种诗体的基本单位——联句。每一首波斯诗歌均由若干联句构成。每个联句，包含着两个对称的短句。联句亦可独立成诗。

公元 10 至 15 世纪，是波斯古典诗歌的黄金时代。在这五六百年的时间内，波斯诗坛名家辈出、争奇斗妍、绚烂多彩，在东方文学史乃至世界文学史上蔚为壮观。西方的文学史家、比较文学学者们普遍承认，在东方古典诗歌中，对西方古典诗歌影响最大的是波斯的诗歌。尤其是德国的古典诗人们，对波斯诗歌更为推崇和赞赏。歌德称波斯为"诗国"和"诗人之邦"。他的著名诗集《一个西方作者的东方诗集》（简称《东西诗集》）深受波斯诗歌的启发和影响。他曾说过："据说波斯人认为他们在五百年间产生的众多诗人中，只有七位是出众的。但是，就是他们所不取的其余诗人中，仍有许多人是我所不及的。"

一般认为，歌德所说的七大诗人是鲁达基、菲尔多西、海亚姆、涅扎米、牟拉维、萨迪、哈菲兹。

波斯文学史上的第一位著名诗人是鲁达基（940 年卒）。他是萨曼王朝的宫廷诗人，自幼双目失明，但聪明过人，精通阿拉伯语言文学、希腊哲学和天文学。据说他一生共创作诗歌 130 万行以上，现只存 2000 余行。[①] 他的诗大力吸收民间文学，特别是民谣的营养，奠定了波斯古典诗歌的基础。因此后人称鲁达基"波斯诗歌之父"。他的诗常常讴歌爱情、青春以及美丽的大自然，有些诗充满了哲理意味，显示了诗人对社会、人生的深刻观察和认识。

继鲁达基之后，波斯又出现了一位著名的叙事诗诗人菲尔多西（约940—1020 年）。他在民间神话传说的基础上，用 35 年时间写成了史诗性长篇叙事诗《列王纪》（一译《王书》）[②]。《列王纪》相传有 12 万行，现存 10 万行左右。它从远古神话传说中的国王写起，一直写到萨珊王朝末代国王为止，叙述了 25 代王朝、50 多个帝王的故事，列举了历代王朝的文治武功，赞扬了道德高尚、公正勇敢、尊重知识、体恤下情的明君，鞭笞了好大喜功、残暴贪婪、昏庸无能的暴君。《列王纪》还歌颂了历史

[①] 鲁达基诗歌的中文译本有《鲁达基诗集》，张晖译，新疆人民出版社 1988 年版；又载《波斯经典文库·鲁达基诗集》，湖南文艺出版社 2001 年版。

[②] 《列王纪》选译本《列王纪选》由张鸿年译，人民文学出版社 1991 年版，全译本《列王纪全集》共六卷，张鸿年、宋丕方译，收入湖南文艺出版社《波斯经典文库》。

上抗击异族侵略的民族英雄。其中武士鲁斯坦姆的故事写得最为感人。但这些故事中往往流露出较明显的泛伊朗主义的民族主义倾向。在阿拉伯人对波斯进行武力征服和文化渗透的历史时代，《列王纪》在维护波斯历史传统，激发人民的爱国热情，团结人民抗敌御侮方面发挥了巨大作用。对波斯文学也产生了深远影响。从11—13世纪，许多诗人以《列王纪》为范本进行创作。15世纪之后，出现了阿拉伯文、土耳其文和德文、法文、俄文、日文、拉丁文等四十多种《列王纪》译文。

菲尔多西逝世后三十年左右，在菲尔多西的故乡霍拉桑地区又诞生了另一位伟大诗人欧玛尔·海亚姆（一译莪默·伽亚谟，1048—1122年）。[①] 海亚姆在世时不以诗歌著名，而是一位学者、哲学家和科学家，多才多艺犹似中国的张衡。他擅长哲理短诗"鲁拜"的创作，他流传下来的诗作不多，只有几千行，但他的影响，尤其是在英语世界的影响却非常巨大。19世纪英国诗人费兹杰拉德最早成功地翻译海亚姆的诗歌，并促成了世界范围的海亚姆热，使海亚姆成为世界经典诗人。海亚姆的诗歌充满着对宇宙、社会、人生的哲学思索，具有强烈的社会批判和怀疑主义色彩，体现出反抗时俗、及时行乐、自由洒脱的浪漫主义的人生态度，因而能够引起现代社会读者的普遍共鸣。在艺术上，他把鲁达基创造的四行诗体"鲁拜"推向了高度成熟完美的境界。

涅扎米·甘贾维（1141—1203年）是波斯著名的诗人。出生在今阿塞拜疆。他的主要作品是《五卷诗》，包括《秘密宝库》（1180年）、《霍斯陆和希琳》（1181年）、《蕾丽和马季农》（1188年）、《七美人》（1196年）、《亚历山大故事》（1200年），[②] 都是以爱情为主题的带有强烈抒情性的叙事长诗。其中《蕾丽和马季农》最有代表性。这部长诗的主要情

---

① 海亚姆的诗歌最早的汉译本是1924年出版的郭沫若根据费氏英译本翻译的《鲁拜集》，黄杲炘也根据费氏英译本翻译了《柔巴依集》。张鸿年根据波斯文翻译的《鲁拜集》收入湖南文艺出版社《波斯经典文库》。

② 涅扎米诗歌的中文译本有张晖译《涅扎米诗选》，新疆人民出版社1988年版，张鸿年译《蕾丽和马季农》，中国文联出版公司1984年版，人民文学出版社1986年再版。

节取自阿拉伯民间故事。诗中叙述蕾丽和吉斯这一对青年男女，自幼同窗就读，青梅竹马。及至情窦初开时，两人之间产生了爱情，因而招致了周围人们的责难与非议。蕾丽的父亲拒绝了吉斯的求婚，并迫使蕾丽退学，从此两人分离。吉斯无限痛苦，终日在蕾丽住处周围徘徊，逐渐丧失理智，被人们称为"马季农"（疯子）。后来，他又流落到荒山，与野兽为伍。其间蕾丽被迫出嫁，但婚后不与丈夫圆房，仍一心想念吉斯，最后抑郁而死。这是一幕催人泪下的悲剧，反映的是自由的爱情与社会习俗道德之间的不可调和的矛盾冲突。诗中表现了爱情的炽烈、高尚和伟大，感情对男女主人公的巨大支配力量。为了爱，他们没有向社会妥协，而是做了传统道德的叛逆者和爱情的殉道者。

到了 13 世纪，波斯出现两位伟大诗人：莫拉维与萨迪。

伊斯兰教中的强调出世超脱、崇尚清心寡欲的神秘主义宗派苏菲派及苏菲派诗歌产生于阿拉伯地区，但传到波斯后被发扬光大。最早利用诗歌宣扬苏菲思想的是萨纳伊（1080—1140 年），随后是阿塔尔（1145—1121 年），而其集大成者，是著名苏菲长老、大学者和大诗人莫拉维（欧洲人称为鲁米，1207—1273 年）。他的诗歌代表作是六卷《玛斯纳维集》（叙事诗集）①。这部诗集共六卷，两万五千多个联句，诗中的基本素材取自《古兰经》《圣训》和伊朗、阿拉伯的民间寓言故事，诗人用优美隽永的诗的语言重新讲述这些为人熟知的故事，并在其中蕴含了深奥的苏菲主义哲理，囊括了苏菲主义的理论精华。诗人提倡人们反省自修，根绝欲望，达到精神上的完美境界，他还常常通过男女爱情的描写，委婉含蓄地、象征性地隐喻神与人的关系，具有浓厚的神秘主义色彩。这部卷帙浩繁的诗作在当时和之后获得了高度评价，被誉为"波斯语的《古兰经》"。1990年代以后，莫拉维所提倡的超脱潇洒的生活方式在美国年轻人中重又引起了强烈共鸣，《玛斯纳维》英译本在美国成为少见的畅销书。中国也在莫拉维诞辰八百周年之际（2006 年 10 月）在北京大学举办了专题纪念会暨

① 中文全译本《玛斯纳维》全六卷由穆宏燕、元文祺、张晖等译，湖南文艺出版社 2001 年版。

学术研讨会。

著名诗人萨迪（1208—1292 年）出生于波斯南方名城设刺子。由于蒙古人入侵，连年战乱，他一生颠沛流离，足迹遍及埃及、摩洛哥、埃塞俄比亚和中国的喀什噶尔。他历经磨难、见多识广，为后来的创作奠定了深厚基础。他的名著《果园》《蔷薇园》①都是道德训诫式的作品。《果园》是诗体，《蔷薇园》则是散文和诗相结合的文体。一般是散文部分讲一个小故事，然后用诗对故事含义加以概括、阐发和总结。《蔷薇园》全书共分八章：一、记帝王言行；二、记僧侣言行；三、论知足常乐；四、论寡言；五、论青春与爱情；六、论老年昏愚；七、论教育的功效；八、论教育之道。全书广泛涉及社会政治、宗教、道德伦理、教育等各个领域，在每一卷里都有在今天看来仍有借鉴意义的格言警句，体现了诗人对世界、人生的敏锐观察，充满理性、智慧的思想光辉。他提倡仁政，反对暴君，说"暴君不可以为王，豺狼不可以牧羊"，认为"国王是保护百姓的，不是百姓应该侍候国王"，表现了他的民本思想。他赞美知识和智慧，说知识是"取之不尽的源泉，用之不竭的财富"，并同时强调"无论你腹中有多少知识，假如不用就是一无所知"。诚然，《蔷薇园》也宣扬了一些陈腐的观念，如歧视女人、倡导体罚式的教育方式等。但它毕竟是用理性的分析和思索全面考察了人生社会的各个方面，这在波斯文学中也是很有特色的。《蔷薇园》虽然是道德训诫式的作品，但我们读它并不觉得枯燥，却有妙趣横生之感。萨迪善于寓深刻的哲理于生动具体、活泼浅显的小故事中。用他自己在该书《跋》中的话说："我用美丽的辞彩的长线串着箴言的明珠，我用欢笑的蜜糖调着忠言的苦药，免得枯燥乏味，使人错过了从中获益的机会。"

波斯另一个抒情诗人沙姆斯丁·穆罕默德·哈菲兹（1327—1390 年）在世界文学中具有很高的知名度。他是最成功地运用"嘎扎勒"诗体的

---

① 《果园》由张鸿年翻译，北京大学出版社 1989 年版，后收入《波斯经典文库》。《蔷薇园》有两种译本：一是水建馥译自英文的《蔷薇园》，人民文学出版社 1980 年版；一是张鸿年根据原文译出的《蔷薇园》，收入《波斯经典文库》。

抒情诗大师。① 哈菲兹的"嘎扎勒"诗最集中、最常见的主题是通过对女人、美酒以及春天、鲜花、夜莺等的歌颂，表达自己追求人格独立、个性自由、蔑视权贵、否定既成伦理道德的离经叛道的精神，宣泄了对社会的不满和愤懑。但也时常流露出"对酒当歌、人生几何"式的享乐主义情绪。哈菲兹以卓越的诗篇使他的名字传遍了世界。恩格斯曾对马克思说过：读放荡不羁的老哈菲兹的音调十分优美的原作，是令人十分快意的。诗人歌德在一首诗中说："哈菲兹呵，除非丧失了理智，我才会把自己和你相提并论。你是一艘鼓满风帆劈风斩浪的大船，而我则不过是海浪中上下颠簸的小舟。"

波斯古典诗歌的最后一位大诗人是贾米（1414—1492年），他学识渊博，在文学、科学研究方面多有建树。他全面地继承了波斯古典诗歌的优秀传统，兼善各种诗体，无体不工。最有名的是他仿效涅扎米的《五卷诗》创作的七部长诗《七卷诗》（又称《七星座》）。贾米在当时名气很大，被称为"诗人之王"和"智慧大师"。他集波斯古典诗歌之大成，但也有明显的仿古倾向，标志着波斯古典诗歌由盛及衰。贾米之后，一直到18世纪末，波斯诗歌处于停滞状态。

总的来看，波斯古典诗歌在长达五六百年的时间里，创造了堪称世界第一流的诗歌作品，并产生了广泛的影响。波斯古典诗歌繁荣于波斯宗教文化与阿拉伯伊斯兰教文化冲突而又融合的时代，既受到了阿拉伯诗歌的影响，同时又植根于波斯悠久的历史文化和民间文学叙事传统，形成了鲜明的民族特色。能歌善舞、喜欢繁缛与华美的民族根性，使波斯古典诗歌不同于阿拉伯诗歌的自然、简单与粗放，而显得精致而又繁复。在社会的剧烈变动时期，诗人们或被豢养于宫廷而成为宫廷诗人，写作华丽堂皇的颂歌以歌舞升平；或流离于权力体制之外，辗转放浪，吐露愤世不平之气。不同的出身和境遇，造就了不同禀赋、不同风格的诗人及作品，有的

---

① 哈菲兹诗中文译本有邢秉顺译《哈菲兹抒情诗选》，外国文学出版社1981年版；邢秉顺译《哈菲兹抒情诗全集》（上下卷），收入湖南文艺出版社《波斯经典文库》。

为民族国家撰写史诗，有的为个人书写情怀，有的探求宇宙与人生的奥秘，有的为芸芸众生作道德说教；有时大肆提倡纵情享乐，有时极力主张清心寡欲，从而将诗坛装饰得五彩缤纷。但无论是哪种情况，波斯古典诗歌最常见的两大意象是美酒和美女，波斯诗人正是通过对美女和美酒的执着追求和深深的沉溺，显示了诗人所特有的生存方式，表现了他们的自由、豪迈、直率、洒脱、风流、浪漫和澎湃的激情。对波斯诗人来说，美色与美酒是人生痛苦的主要消解和宣泄方式。同样是写女人，日本诗人朦胧疏淡，中国诗人含蓄拘谨，印度诗人香艳直露，阿拉伯诗人往往淫荡而不知羞耻，欧洲诗人优雅而造作，波斯诗人则是敢想、敢爱、敢怨、敢说，胸襟坦荡、披肝沥胆，活脱脱的多情男子的风范。同样是写酒，中国诗人是文朋墨友，相聚一堂，或祝愿，或饯别，或解愁，或求成仙，或激发灵感，日本诗人浅斟低吟、消遣解忧，阿拉伯人则大谈口腹之乐，津津乐道于酒杯和酒的色、香、味，而波斯诗人却喜欢独自一个踅进酒馆。由美丽的"萨吉"（酒馆女侍）陪伴，将美酒美色合为一体，侃侃而谈，显示出中亚细亚高原居民豪放洒脱的气派。

第四节　日本古典诗歌

日本诗歌的最早渊源是《古事记》《日本书纪》中的歌谣。到了 8 世纪中叶，日本文人们编纂了一部大型诗集《万叶集》①。它在日本文学史上的地位相当于中国的《诗经》。《万叶集》共收入四千五百多首诗，分

---

① 《万叶集》的第一个选译本《汉译万叶集选》由钱稻孙翻译，1959 年由日本学术振兴会在东京出版，后更名《万叶集精选》，中国友谊出版公司 1992 年版。第一种汉文全译本由杨烈翻译，湖南文艺出版社 1984 年出版。几年后，有李芒的选译本《万叶集选》，人民文学出版社 1998 年出版。赵乐甡的全译本，金伟、吴彦的全译本，分别由译林出版社、人民文学出版社于 2002 年、2008 年出版。

为二十卷，题名"万叶"含有"万言""万世相传"之意。《万叶集》的诗原本用汉字标记而成，即以汉字标记日语的发音，被称为"万叶假名"。这种文字后人很难读懂，于是后来的学者诗人不断加以注释，终于形成了目前所见的日语文言诗体。

《万叶集》中的诗歌体裁叫"和歌"，是一种有严格规范的日本古典格律诗。分长歌、短歌、旋头歌等几种形式，均由五、七音节相配交叉而成。如长歌的形式是"五七五七"音节交替反复多次，最后以"五七七"音节结尾；短歌由"五七五、七七"共三十一个音节构成；旋头歌则以"五七七、五七七"三十八个音节构成。其中，短歌是最基本的形式，约占四千二百首，就内容来说可分为相闻、挽歌、杂歌三类。"相闻"是互相闻问的意思，是表示长幼相亲、男女相爱等内容的作品；挽歌是哀悼死者的作品；杂歌范围很广，包括不属于上述两类内容的其他作品。另外还有日本关东地区的民谣"东歌"。《万叶集》的作者也非常广泛。署名的作者，上至帝王后妃、公卿将相，下至渔农戍卒、妓女乞丐，包括了社会各个阶层。其中著名的诗人有柿本人麻吕（？—708）、山部赤人（665—731年）、大伴家持（718—785年）、山上忆良（660—733年）等。《万叶集》作为日本诗歌的第一部总集，其主导倾向是吟叹人生的苦闷悲哀，抒发诗人对外在事物，尤其是自然景物的细腻的主观感受。它初步奠定了日本诗歌的重主观情绪、重感受、重宣泄苦闷悲哀的审美基调。

与《万叶集》同时出现的还有《怀风藻》等汉诗集。这些汉诗在当时被认为是高雅的官方正统文学，也是八、九世纪日本大量吸收汉文化的产物。但这些汉诗实际上是中国诗歌的一个延伸。

到了10世纪初，纪贯之（约868—945年）等人奉敕命编造了《古今和歌集》（简称《古今集》）①。这是继《万叶集》之后最有名的和歌集，也是第一部用刚创造不久的日本文字——假名文字写成的和歌集。它

---

① 《古今和歌集》的全译本有两种，一杨烈译本，复旦大学出版社1985年版；一是王向远、郭尔雅新译本（日汉对照），上海译文出版社2018年版。

的出现使和歌压倒汉诗而主霸诗坛。《古今和歌集》收录了《万叶集》未收歌与新作歌 1110 首，共分二十卷。在这二十卷中，前六卷是以春、夏、秋、冬四季题名的、以吟四时为中心的歌。卷七为贺歌，是祝贺应酬之作。卷八为离别歌，卷九为羁旅歌。卷十题为"物名"，大多是以双关语为中心的语言游戏。卷十一至十五是恋歌，卷十六为哀伤歌。以下十七至二十卷为杂歌、大歌（类似我国乐府诗，是民俗节日所用歌曲）等。《古今集》所收歌体除五首长歌、四首旋头歌外，其余都是短歌。《古今集》的著名歌人除主要编纂者纪贯之、纪友则外，还有在原业平、僧正遍昭、小野小町、大伴黑主、文屋康秀、喜撰法师等。这六人因卓越的诗才而被尊称为"六歌仙"。

《古今和歌集》表现出了与《万叶集》不同的歌风，这种歌风被称为"古今调"。其特点是：题材更为狭窄，不外乎四季风物、风花雪月、男女之情；风格纤巧流丽，精镂细刻；立意、用语考究，多不直抒胸臆，而求寓情于景，且多用比喻、双关、枕词①等修辞技巧。日本的一些现代学者诗人对"古今调"评价不高，认为是"万叶集"和歌之末流，文学价值比不上《万叶集》。实际上，《古今和歌集》标志着和歌的全面成熟，真正代表了日本和歌的基调和风格，而且艺术性更强。《古今和歌集》对后来出现的和歌集的影响也超过了《万叶集》。

《古今和歌集》是敕撰和歌集的鼻祖。在其问世以后直到室町时代（1392—1573 年）中期这五百多年中，历代天皇都曾下诏编纂歌集，所以和歌集不断涌现。其中，1205 年编就的《新古今和歌集》（简称《新古今集》）与《万叶集》《古今和歌集》并称三大和歌集。

《新古今和歌集》②的编纂者是镰仓时代（1192—1333 年）的藤原定家等五位著名歌人。《新古今集》收录作者的总数为 396 人，既有《万叶集》《古今集》等以往歌集中的古代歌人，更多的是当时的歌人。在编纂

---

① 和歌中冠于某些特定词语之上的单纯的装饰语，一般为五个音节。
② 《新古今和歌集》，王向远译，上海译文出版社 2021 年版。

体例上模仿《古今集》，所收歌体均为短歌，这对后世短歌的流行起了很大作用。《新古今集》之后，长歌、旋头歌等形式很快消亡，所谓和歌就是短歌。

《新古今和歌集》的新出的主要作者有：西行、慈圆、藤原良经、藤原俊成、藤原定家、藤原家隆等。

藤原定家（1162—1241 年），是宫廷显官、镰仓时期的歌坛盟主。其父藤原俊成（1114—1204 年）也是著名诗人。藤原定家子承父业，在歌集编撰、和歌创作与和歌理论上均很有建树。他的一系列和歌理论著作，如《近代秀歌》《每月抄》《咏歌大观》《定家十体》等，是日本乃至东方古典诗学的经典著作。他的《每月抄》在前辈理论家（如壬生忠岑、藤原公任）的有关理论的基础上，进一步明确了和歌十体的规定和划分，即把和歌按其风格特色分为十种（十体）：幽玄体、会心体（原文"事可然体"）、艳丽体、有心体、崇高体（原文"长高体"）、见体（意即平谈体）、面白体（意即滑稽、趣味体）、有一节体（意即歌中某一句节有新奇立意的歌体）、浓体（巧致的歌体）、鬼拉体（意即气势强烈的歌体）。和歌十体的划分与中国的二十四诗品，特别是印度诗学中的十项诗德的划分具有惊人的相似，都是对诗歌风格的一种美学理论上的概括。在这十体中，藤原定家尤其推重"幽玄"和"有心"。"幽玄"是日本古典诗学中的一个十分重要的概念。藤原定家之父俊成已把"幽玄"作为和歌的最高审美理念。定家和父亲俊成说的"幽玄"包括象征的美、含蕴的美、寂静的美和古典的美。它含有崇尚并力图恢复以《古今和歌集》为代表的平安王朝和歌传统的美学意图。后来，"幽玄"这一概念被不断地发挥和发展，成为日本和歌、戏剧的审美理想的核心。藤原定家在《每月抄》中认为"有心体"更能代表和歌的基本精神，主张作歌应"深彻于心，完全进入和歌的境界中去"。也就是说，"有心体"的和歌要求作者有一个审美的心胸，真正沉浸在艺术创造的境界中，主观心灵与客观物象融合为一（物我合一），并在这种艺术创作的精神状态中自然咏出和歌。因此这里说的"有心"决不等于用心遣词造句、"故弄智巧"。他主张，不仅是有心体的和歌需要"有心"，其他九体的和歌也都需要"有心"。"有心"的主张表现出了当时的贵族文人向往达到艺术境界的唯美倾向。此外，藤原定家还提出"词不出《三代集》"，主张"歌咏他人未咏之心"，"给古人的语言以新生"。为此，他提出了所谓"本歌取"的和歌作法，即利用古代的名歌，改写局部，赋予新意。这种作歌方法对后世影响较大。它在引导人们崇尚古典的同时又强化了和歌的超现实性与唯美性。总之，"幽玄""有心"的和歌审美理想与"本歌取"的作歌方法在思想上是一脉相通的，都表现了一种崇古的、唯美的、唯艺术的倾向。

与《古今集》相比，《新古今集》的和歌审美意识更为明确和自觉，它集中体现了中世纪贵族文人的以"幽玄""有心"为核心的审美理想，体现了他们力图超越现实、超越世俗、浪漫、崇古、唯美、出世的倾向。《新古今集》标志着和歌这种艺术形式已达到烂熟的和总结性的阶段。

《新古今集》之后直到17世纪的江户时代，和歌成为贵族一代代家传的技艺，只是一味保守地尊重传统。其间虽出现了许多和歌集，但在本质上没有任何发展。这种情况实际上意味着和歌的衰落。

早在平安时代初期，就有两人共同吟咏一首和歌的娱乐游戏。一般是第一人咏前句（五、七、五），第二人咏后句（七、七），称为连歌。平安末期至镰仓初期，又出现了多人围坐在一起，吟咏和歌的游戏。由第一人咏五、七、五，第二人咏七、七，第三人再咏五、七、五，第四人再咏七、七，如此反复，通常以咏满百句为止。这种多人联合吟咏的连歌被称为"长连歌"或"锁连歌"，以区别于在此之前由二人联合吟咏的"二人连歌"或"短连歌"。到了室町时代末期（16世纪后期），连歌因"四道九品"等许多规矩而变得过分呆板拘谨，于是出现了"俳谐连歌"（有时也简称"俳谐"）。"俳谐"二字源出于我国的《史记·滑稽列传》中"滑稽如俳谐"一语。俳谐连歌力图摆脱连歌的严谨格律，用朴素易解的语言表达诙谐、幽默、轻松的内容。俳谐连歌可由一人单独吟咏，而不必像连歌那样必须由两人或两人以上联咏。其中最大的革新者是井原西鹤，他一人连续吟咏俳谐，据说曾创造了一昼夜四千多首、两万三千五百句的记录，因速度快，称为"矢数俳谐"。

在长连歌和俳谐连歌中，第一句"五、七、五"被称为"发句"。"发句"最为重要，往往由座中才学最高者吟咏。由于其重要性，山崎宗鉴、荒水田守武、松永贞德等人常将俳谐连歌中的"发句"独立出来，并在其中加上与四季时节有关的词句内容，使"发句"成为一种独立的新的诗歌样式，这就是最早的俳句。①此后的松永贞德等人吟咏了不少"发句"，对其最终的独立起了很大作用。

俳句的发生演变过程可以表示为：

和歌→连歌→俳谐连歌→俳句（发句）

俳句有三条基本的规则：1. 一首俳句由十七个音节构成。这十七个音又分五、七、五共三个音段。在日语中，一个音并不等于一个实词，一个实词一般需要两个以上的音段。这样，一首俳句的十七个音节实际上只有几个词构成，可以说它是世界上最短的格律诗之一。2. 每首俳句都必须有一个"季语"。季语就是与四季有关的标志和暗示，要让读者一看便知这首俳句所吟咏的是哪个特定季节的事物。一首俳句不能有两个以上的季语。3. 用"切字"——即放在句中或句末的感叹助词，主要目的是为了凑成"五七调"的音节。如果一首俳句中没有切字，即视为省略。

日本俳句总是与松尾芭蕉的名字联系在一起。他是日本古典俳句艺术成就最集中、最完美的体现者。

松尾芭蕉（1644—1694 年），本名宗房，出身于伊贺上野（今三重县

---

① "俳句"当时即称"发句"，直到近代诗人正冈子规发起俳句改革，力主使用"俳句"这一名称，"俳句"一词遂被普遍使用。在日语中，这两个词的发音都是"はいく"。

上野市）的一个下等武士家庭，自幼跟随名师北村季吟学习俳句，对书法、汉学、佛学、和学都很精通。三十岁时开始结庐隐居，并改名为芭蕉。芭蕉在这里一面拜禅师参禅，一面悉心创作俳句。后半生他四处云游，足迹踏遍日本各地，成为典型的东方式的"行吟诗人"。他身体力行地体验佛教禅宗的"孤绝"精神，并把这种精神贯穿于俳句创作中。芭蕉后来病逝于旅途中。他的主要著作有俳句纪行集《奥州小路》、俳句文集《幻住庵记》等，后人把芭蕉与弟子们（史称"蕉门弟子"）创作的俳句编为《俳谐七部集》。

芭蕉最著名的俳句是写于 1687 年的《古池》：

> 古老池塘啊，
> 一只蛙蓦然跳入，
> 池水的声音。

这首俳句在日本流传甚广，家喻户晓。有人认为《古池》给 17 世纪的俳坛敲响了革新之钟。芭蕉本人也以它为平生得意之作。这首俳句也成为世界名句，欧洲主要语言中有上百种不同的译文，中国从 20 世纪初至今，也有十几种译法。后人评论芭蕉，认为他的基本艺术风格是"闲寂"和"优雅"，《古池》可以说最能代表他这种风格。古池四周只有极静，青蛙跳入水中才能发出清晰的响声，作者的心境只有极为恬然闲适，才能由青蛙跳入水中触发诗兴，引起内心的激动。在这种幽静、安闲的气氛中却表现出了一种富有生命觉醒和冲动的、生机勃勃的春天的气息。近代印度大诗人泰戈尔 1916 年访问日本时读到这首俳句，赞不绝口，他说："够了，再多余的诗句没有必要了。日本读者的心灵仿佛是长眼睛似的。古老而陈旧的水池是被人遗忘的、宁静而黝黑的。一只青蛙跳入水里的声音，清晰可闻，可见水池是多么的幽静！"① 郁达夫曾在《日本的文化生活》一文中说："芭蕉的俳句专以情韵取长……余韵余情，却似空中的柳浪，地上的微波，不知其所始，不知其所终，飘飘忽忽，袅袅婷婷。"

　　这是从纯粹诗学的角度对《古池》的理解，若从佛学禅宗的角度来看《古池》，则《古池》又是一首禅趣盎然的俳句。我们知道，佛教禅宗对事物的理解和把握，极力摆脱概念，排斥说明，超越阐释，认为"无言"的境界是"悟"的最高境界。但是有时觉悟者需要把自己的体悟传达出来，于是就出现了打哑谜式的所谓"禅宗公案"。除了公案之外，诗是禅宗教徒常用的表达悟性的方式之一，称为"禅诗"。而日本俳句中，很多诗就属于禅诗。日本现代著名禅学大师铃木大拙认为：俳句本身并不表达任何思想，它只用表现去反映直觉，它是最初直觉的直观反映，是直观本身。俳句的意图，在于创造出最恰当的表象去唤醒他人心中本有的直觉。而读者也必须调动自己的直觉的悟性，去体味俳句中的意象所包蕴的直觉真理。这种体味与佛教的悟禅具有相同的性质。对于芭蕉的《古池》，我们应该通过古池、青蛙入水、水声这些平凡的事项罗列，来体味芭蕉对宇宙真理的直观表现和把握。② 从禅学角度看，《古池》对于禅宗精髓的把握，主要体现在对佛教的"绝对的同一性"的领悟上。所谓"绝对的同一性"，就是过去、现在、未来的时间的同一性，就是大自然中各种不同质的事物的同一性。冬眠醒来的青蛙，象征着蓬勃鲜活的"现在"；沉沉的古池，凝结着神秘的、幽深的"过去"，就在青蛙跳入水中的一刹那，"现在"与"过去"在人的直觉顿悟中融合在一起，统一在一起了。末句"水声"所具有的余韵，又向茫茫的未来无限地延伸。在这里，芭蕉正是通过"青蛙跳水"的意象，直觉地表现了时间的同一性，

---

① 〔印〕克里希纳·克立巴拉尼：《泰戈尔传》，倪培耕译，漓江出版社 1984 年版，第 316 页。

② 参见〔日〕铃木大拙：《禅与日本文化》，陶刚译，生活·读书·新知三联书店 1989 年版。

现在、过去和未来都统一于、弥漫于佛教眼中的无差别的"空"的世界中了。就在这"空"的世界中，却包含着生命的无限的可能性，那古老的水池是生命之本源。冬眠醒来而跃入水中的青蛙是生命复苏的象征，也是个体的生命向永恒实在（古池）回归与合一的象征。芭蕉在这里直觉地表现了佛教所希冀的理想的境界，反映了他对宇宙与个体生命之关系的深刻理解与洞察。在这首俳句里，诗人完全没有出现，但它所表现的却是诗人所观察、所体悟的自然，是耳中的自然，也是诗人心中的自然。于是，在这首俳句中，自然与诗人同一了，自然与自我同一了，小宇宙与大宇宙同一了。这就是禅宗教徒所追求的虚静的、忘我的、主观合一的状态。用芭蕉的俳谐美学的观念来说，就是"寂"（日文假名写作"さび"）的境界。

芭蕉的另一首著名的俳句是《蝉声》：

闲寂呀！
渗入岩石中的
蝉声

这也是一首很有禅味的诗。这首诗和《古池》一样，最大特色是表现宇宙之"空"，"空"也就是"寂"，但是，"空"不是"无"，"寂"也不是无声。这首俳句表现的与其说是外在宇宙之寂静，不如说是诗人内心的宁静。只有内心的宁静，才能超越声音的物理真实，将一种单纯的声音幻化为弥漫整个宇宙、渗透整个天地的声音。俳句中的"寂静啊"和后面的"蝉声"似乎前后矛盾，但这里恰恰体现了一种禅宗趣味。尖啸的蝉声渗入坚硬的岩石，是芭蕉的一种主观感受。他在极静中写蝉声，造成了强烈的动静对比的效果。禅宗的信徒们经常以自相矛盾的方法，超越事物的差异而把握其同一性。他们经常动中取静、水中取火、雪中觅春、南辕北辙。正如铃木大拙所说："所谓的禅，是背心求心，面南而望北。"

宗白华说："禅是动中的极静，也是静中的极动，寂而常照，照而常寂。动静不二，直探生命的本源。"① 《蝉声》这首俳句，说不上写的是动还是静，而是动与静的同一。即"动静不二"，动因静而显，静因动而更静。白居易诗云，"此处无声胜有声"，而这里却是"此处有声胜无声"。在这首俳句里，"静"的是那安卧的岩石和蝉所栖息的树林。梁宗岱认为，松尾芭蕉的俳句《古池》"把禅院里无边的宁静凝成一滴永驻的琉璃似的梵音"。其实这话用在《蝉声》上也很贴切，不管是"水声"还是"蝉声"，都是自然之声，是天籁，是"梵音"，是不言之言，不语之语，是宁静的喧闹、有声的无声。人的心灵是宁静的、闲寂的，但心的宁静、闲寂却又是为了倾听大自然。古老的岩石和深邃的树林代表的是亘古悠久的、无始无终的宇宙背景，蝉的鸣叫声则象征着生命跃动的节奏。于是，活生生的蝉声与古老的岩石在这里便开始了交流和回应。这首俳句真切地传达出了永恒的宇宙对个体生命的包容，表明了宇宙中不同质的事物的相互渗透与相互沟通。

以上作品，乃至松尾芭蕉为中心的所谓"蕉门"俳谐的全部创作，其核心的审美理想是所谓"寂"，又称"风雅之寂"。"寂"是一个含蕴非常复杂微妙的审美范畴，在蕉门弟子向井去来的《去来抄》、服部土方的《三册子》等"蕉门俳论"中得到了集中的阐释。② 分析起来，"寂"在外层或外观上，表现为听觉上的"动静不二"的"寂声"，视觉上以古旧、磨损、简素、黯淡为外部特征的"寂色"。在内涵上，"寂"当中包含了"虚与实""雅与俗""老与少""不易与流行"（亦即"不变"与"变"）四对子范畴，构成了"寂心"的核心内容，所表示的是俳人的心灵悟道、精神境界与审美心胸。"寂"表现于具体俳谐作品上，则是"寂姿"，是一种柔枝般的美感表现，即所谓"枝折"；"枝折"将这上述四对

① 宗白华：《美学散步》，上海人民出版社 1981 年版，第 65 页。
② 向井去来的《去来抄》、服部土方的《三册子》等"蕉门俳论"见王向远译《日本古典文论选译》古典卷（下），中央编译出版社 2012 年版。

范畴分别呈现、释放出来，从而使俳谐呈现出摇曳、飘逸、潇洒的美。总之，从外在的"寂声""寂色"，到内在的"寂心"，再到外在的"寂姿"，构成了一个入乎其内、超乎其外、由内及外的审美运动的完整过程。①松尾芭蕉以其出色的创作实践把俳句从贞门派、谈林派由文字游戏所造成的困境中解放出来，以"寂"作为"俳人"的审美追求，使俳句成为一种充满"俳味"的雅化、美化生活的艺术形式。芭蕉的丰富多彩的俳句创作构成了日本俳句史上的黄金时代，并为后来的俳句创作提供了典范，因而他被历代的日本人尊称为"俳圣"。他的俳句风格被称为"蕉风"，又被奉为"正风"，是日本古典俳句的正宗。

松尾芭蕉生前有一大批门人，其中向井去来、宝井其角、服部土芳、森川许六等十人被称为"蕉门十哲"。但芭蕉去世后，由于门徒互不服气，俳坛发生分裂。18世纪上半期的享保年间（1716—1736年），俳句日趋庸俗化和游戏化。到了18世纪后期，与谢芜村等俳句大家出现，力主恢复芭蕉风格，使一度衰微的俳坛再度中兴。与谢芜村（1715—1783年）既主张"复归芭蕉"，又不单纯模仿芭蕉，而是自由地发挥自己的艺术个性。与谢芜村在绘画上也颇有造诣，自成一家，所以他的独特的艺术风格就是俳句与绘画相融通，用俳句表现绘画的艺术境界，清新淡雅，景中有情，情中有景。他生前死后均有不少门人模仿他，形成芜村流派。近代俳人正冈子规对芜村评价甚高，并效法芜村提倡用写生方法创造俳句。

芜村之后，俳坛日趋寂寥，只有小林一茶（1762—1827年）的俳句尚有特色。一茶三十岁左右由弥太郎改名为"一茶"，入道为僧，一茶取"观人生如一杯茶"之意。他的俳句特点：一是孩子气，赤子之心；二是广博的同情心，同情弱者，珍惜生命，哪怕是苍蝇；三是淡泊平易，诙谐洒脱，这一点对近代俳句影响甚大。四是极度生活化，化丑为美，处处是

---

① 关于"寂"，可参见王向远的论文《论"寂"之美——日本古典文艺美学关键词"寂"的内涵与构造》，原载《清华大学学报》2012年第2期；又可参见大西克礼等著、王向远译《日本风雅》，吉林出版集团2012年版。

诗。他写苍蝇，写身上的虱子，写蝗虫，写蜗牛，写蚊子，均趣味盎然。如写虱子——"虱子呀，放在和我味道一样的石榴上爬着"。一茶自注云："捉到一个虱子，将它掐死太狠心，扔在门外任它挨饿也不忍，我忽然想到我佛从前给鬼子母的东西。"日本人以石榴似人肉，故此云。一茶的俳句意象朴实，具有较强的生活情趣，并有强烈的同情弱者的意识，如："瘦蛙，莫败退，这里有一茶"；"来和我一块玩吧，没有爹娘的麻雀"。周作人在《〈俺的春天〉》一文中评价说："一茶的俳句在日本文学史上是独一无二的作品，可以说是前无古人，大约也不妨说后无来者的，他的特色在于他的所谓的孩子气……一方面是天真烂漫的稚气，一方面却又是倔强的皮赖，容易闹脾气的，因为这两者是小孩的性格，不足为奇。"在《日记与尺牍》一文中，周作人又说："我喜欢一茶的文集《俺的春天》，但也像他的日记。虽然除了吟咏之外只是一行半行的纪事，我都觉得他尽有文艺的趣味。"

从松尾芭蕉到与谢芜村、小林一茶，再到近代的正冈子规等，日本俳句已经成为日本民族诗歌的典型样式和创作传统，对世界诗歌也产生了一定影响，在英语、法语、德语和汉语中，都产生了所谓"英俳""法俳""德俳"和"汉俳"等新的诗体。此外，在江户时代后期，还从俳句中产生了"川柳"这样一种变体，以创始者柄井川柳（1718—1790 年）的名字命名。川柳在形式上与俳句一样，但没有"季题""切字"等限制，也不刻意追求蕉风俳谐"寂"的闲寂趣味，以善意的讽刺谐谑、机警潇洒为主调，形式和内容上更为自由，更为通俗，更为日常化和生活化，作为一种大众通俗讽刺短诗，一直流传至今。

日本民族是一个在文化上很有特色的民族，日本的古典诗歌也极富特色。虽说中国文化文学对日本的文化文学有一定影响，但两国文学、两国诗歌的基本精神却存在很大差异。与中国之外的其他民族和国家相比，日本诗歌的独特性显得更为突出。

第一，日本古典诗歌主要是小巧的、抒情性的、非叙事性的。古典诗歌的基本形式和歌、俳句都非常短小，根本不具备叙事功能。所以日本没有真正的叙事诗。这一点与中国相比有些类似，但比中国更甚。诗人们有意在简单中见精微，以一当十，以少胜多，追求一种无言之美，含蓄之美。有的俳人甚至连十七个音都嫌多嫌长，如松尾芭蕉的一首歌咏松岛的俳句——"松岛呀，啊啊，松岛！"只是一个名词"松岛"加感叹词，但正如郭沫若所说，这种简单至极的近于原始的诗却最富于诗意，"在简单的形式中含着相当深刻的情绪世界"。日本古典诗歌的抒情方式是日本人独有的，其特点是感受性、情绪性、柔弱性、淡雅性。诗人们只是抒发对客观外在事物的一种感受。这种感受是细腻轻柔的，绝无阿拉伯诗歌的那种粗犷狂放，也无中国诗歌所推崇的"风骨"精神。

第二，这种止于表现感受的诗歌，自然导致了诗歌本身的非说理性、无逻辑性和无思想性。日本古典诗歌中没有哲理诗、格言诗，诗人从不把说明、表达某种思想作为写诗的任务和目的。中国的古典诗歌，波斯、印度的古典诗歌，还有欧洲的古典诗歌常常在诗歌中说理。例如在中国，一首诗哪怕是最短的绝句，如不表达一个思想是不能成立的，而日本诗歌却只是写一景致或表达一种感受，这只相当于中国诗歌中的"比""兴"的部分。所以日本不少歌人、俳人只根据中国一首古诗的头一两句或其中一两句改写一下，即可写成一首好和歌或好俳句。如藤原定家和慈园各根据白居易《长恨歌》中的"夕殿萤飞思悄悄，孤灯挑尽未能眠"两句、"行宫见月伤心色"一句、"夜雨闻铃肠断声"一句，分别写成了和歌。这些单独孤立的一两句诗根本不可能表达什么思想和逻辑，也不能说明一个什么问题。

第三，这种无思想性又导致了日本古典诗歌具有很强的超现实性、消遣性和唯美倾向。日本诗人们一直努力地使诗与现实保持最大限度的距离。研究者们若想根据日本古典诗歌表现的内容去研究当时的历史变迁、社会思潮、政治斗争等，将不会有多大收效。日本诗人们甚至也不在诗歌中直接地披露和反映自己。他们认为与现实贴得太近就会走向庸俗，削弱艺术价值。他们把写作和歌看成是一种艺术修养,一种高雅的怡情养性的消遣,所以,历代诗人们关心和讨论的不是诗与现实、诗的思想内容等问题,而只是一些在我们看来是属于艺术形式方面的问题。因此,在某种意义上可以说,日本的古典诗歌是一种高级的语言艺术游戏。

第四,与这种无思想性、超现实性、消遣性和唯美倾向相联系的,是题材的单纯性。日本诗歌的题材绝大多数无非是四个季节、风花雪月、生死离别、恋爱应酬,其他题材不受重视。但是单就俳句而言,题材的单纯性中又蕴涵着丰富性,俳人们很善于在细微处发现诗情,很善于和客观事物建立一种审美关系,即使是原本缺乏诗意的事物,如马撒尿,狗生崽子,甚至是身上的跳蚤、虱子以及苍蝇、蚊子,甚至于路旁的牛粪,都可以入诗。他们把大自然中的一切都诗化了,所以周作人才认为日本诗歌的特点之一是"诗思的深广"。

第四章　东方古典戏剧与古典散文

古典戏剧和古代散文也是东方贵族化文学时代的重要的文学样式。从东方各国文学发展史看，古典戏剧与古典散文作为重要的文学样式是在神话、史诗、古典诗歌之后产生并发展起来的，其成熟和繁荣晚于古典诗歌。东方古典散文和戏剧的成熟与繁荣与贵族文化的繁荣密切相关。是贵族文人把散文语言由普通百姓的生活语言提炼并发展为文学语言，也是贵族文人将原始的宗教仪式、祭神、歌舞加工成为严格意义上的古典戏剧。而且东方大多数国家的古典戏剧都是在宫廷或贵族府邸中臻于精致和完善的。因此，东方古典散文与戏剧文学在总体上和本质上属于贵族化时代的文学。

和欧洲戏剧相比，东方古典戏剧具有多元性和民族性，由于历史文化和地理等原因，欧洲各民族未能形成自己特有的、外民族没有的戏剧样式，起源于古代希腊的欧洲戏剧主要有话剧、歌剧和芭蕾舞剧三种基本形式，虽然每一剧种也有不同风格和流派，但戏剧的基本形式是相同的，而东方各主要民族却都形成了自己独特的古典戏剧样式。东方各民族的古典戏剧起源各异、风格多样，与各自民族的传统文化艺术和审美观念密切相关，大体上以印度文化圈和中国文化圈为中心，形成了两大戏剧系统，即受印度戏剧文化影响的南亚、东南亚戏剧，受中国戏剧文化影响的东亚戏剧。这两大戏剧圈内的各民族的戏剧有一定的交流和影响，但同时也保持了各自的民族风格。

　　散文作为一种文体，在不同民族的文学史上，内涵与外延各有不同，叙事性、议论性、抒情性的不同偏重，常常使散文介于实用文体与文学文体之间，所以诗歌发达、以"诗"等同于"文学"的民族，往往将散文划在纯文学范畴之外。散文文学作为一种贵族化的、古典文学的样式，在以汉文化为中心的东亚文化圈中尤其发达。其中，日本平安王朝贵族"物语"作为以叙事为主的长篇散文样式，在东方古典散文叙事文学中较有代表性。

第一节　印度文化圈的古典戏剧文学

　　印度古典戏剧（因文学剧本使用梵语，又称梵剧）在东方古典戏剧中发达最早、影响最大。早在公元前后，印度就产生了一部比较成熟的戏剧美学专著《舞论》（又译《戏剧学》）①。作者相传是婆罗多仙人。这是一部诗体著作，只在很少地方夹杂散文化的解说。它把戏剧作为一种综合性艺术，从戏剧文学理论到戏剧演出实践都进行了全面论述。其中包括戏剧的美学性质，戏剧的功用，戏剧的分类、基调和风格，剧本的结构、体裁、诗律、语言、修辞，演员的表演程式，舞台设计，化妆，音乐，演员表演与观众的关系，等等。

　　《舞论》戏剧理论的核心是"味"。所谓"味"，是指戏剧艺术对观众的审美效应，也就是观众在观剧时体味到的审美快感。《舞论》认为，人类都有与生俱来的基本感情——"常情"（"固定的情"）。这种"常

---

① 金克木译《古代印度文艺理论文选》中有《舞论》的节译，《舞论》的全译本见黄宝生《梵语诗学论著汇编》上册。

情"有八种，即爱、笑、悲、怒、勇、惧、厌和惊。当观众在欣赏戏剧演出时，心中潜在的"常情"便被激发起来。《舞论》把这种激发起观众"常情"的戏剧情节和舞台气氛称之为"情由"①，即观众的审美情感产生的原因。能激发观众"常情"的戏剧情节和舞台气氛必须通过演员的具体表演（语言和动作）才能实现，《舞论》称这种具体表演为"情态"。另外，还有辅助"常情"的三十三种变化不定的具体感情，如忧郁、嫉妒、羞愧、傲慢等，《舞论》称之为"不定情"。这些不定情又有各自的情由和情态而被激发起来，其他不属于八种常情的"不定情"也同样被激发。这样，戏剧舞台与观众便进行着审美情感的回应。正如人们吃饭时品尝食物的美味一样，观众也从戏剧中品尝到"味"。于是，《舞论》总结说："味产生于情由、情态和不定情的结合。"

《舞论》认为，"味"有八种，即艳情味、滑稽味、悲悯味、暴戾味、英勇味、恐怖味、厌恶味、奇异味。这八种"味"分别产生于上述八种"常情"。这样一来，《舞论》就把感情的表现和传达作为戏剧艺术的宗旨和核心了。只要把人的各种感情表现、传达出来，能激起观众的情感共鸣，那么，戏剧之"味"便实现了。

《舞论》中的"味"论较早地从作品与观众的关系的角度，也就是接受美学的角度，对文学艺术中的审美情感及审美效应作了比较深入的探讨。自成体系，别具一格，在世界古典美学和文学理论中占有重要地位。美国现代美学家苏珊·朗格就称赞说，古代印度批评家"对戏剧感情的各个方面的理解"，"远远超过其西方的同行"。②

古代印度既然有了像《舞论》这样成熟的戏剧理论著作，也就足以表明在《舞论》成书之前印度古典梵语戏剧就已有了长期的积累和发展。

---

① 金克木在《古代印度文艺理论文选》中将"情由"和"情态"分别译为"别情"和"随情"。此从黄宝生先生说。
② 〔美〕苏珊·朗格：《情感与形式》，刘大基等译，中国社会科学出版社1986年版，第374页。

但流传下来的古典剧本并不多。1909 年在南印度发现了十三部佚名作者的剧本。据研究，作者是公元 2—3 世纪之间的戏剧家跋娑。这些剧本被统称为"跋娑十三剧"。其中有六部（包括《仲儿》《五夜》《黑天出使》《使者瓶首》《迦尔纳出任》《断股》）取材于史诗《摩诃婆罗多》；两部（包括《雕像》《灌顶》）取材于大史诗《罗摩衍那》。另外五部（包括《神童传》《负轭氏的誓言》《惊梦记》《善施》《宰羊》）均取材于其他古代传说故事。跋娑十三剧代表了早期梵剧的成就，并对后来的梵剧产生了深远的影响。尤其是其中的《惊梦记》（直译《梦见仙赐》）① 取材于故事集《故事海》，以爱情与政治（战争）为主题，将优填王的缠绵的爱情故事与激烈的战争背景结合起来，情节紧凑，结构严谨，代表了跋娑戏剧的最高水平。

代表古典梵剧最高成就的是迦梨陀娑的剧作。这位伟大的诗人同时又是杰出的剧作家。他传世的剧本共有三部。一部是反映古代国王火友王宫廷艳史的《摩罗维迦与火友王》。这个剧本描写火友王与一位姿色非凡的宫娥摩罗维迦怎样在弄臣的帮助下冲破王后的阻挠，玉成好事并结婚的故事。思想平庸，但剧情曲折，结构严谨，是迦梨陀娑早期创作的一出初露才华的宫廷喜剧。第二个剧本是《优哩婆湿》②，其构思与第一个剧本基本相同，写的是国王补卢罗婆娑与天宫歌女优哩婆湿的恋爱故事，中间也穿插了王后的嫉妒。不过，迦梨陀娑对古代的有关传说作了较大改造。作为天女的优哩婆湿对人间的国王如此贪恋，表明作者明确肯定了人间是有比天堂更富有吸引力、更现实和更美妙的生活，从而把神话与史诗时代的理想的王国从天上搬到了人间。这表明了印度文学描写视点的巨大转变。

迦梨陀娑最著名的作品是《沙恭达罗》。这部诗剧为他赢得了世界声誉。和上述两个剧本一样，该剧也以国王与美女的爱情为主题。其基本情节取自大史诗《摩诃婆罗多》和《莲花往世书》。本来简单枯燥的故事在

① 《惊梦记》，韩廷杰译，中国戏剧出版社 1983 年版。
② 《优哩婆湿》，季羡林译，人民文学出版社 1962 年版。

迦梨陀娑笔下成为充满强烈的印度精神的高度完美的典范性作品。

《沙恭达罗》全剧共分七幕，基本情节是描写男女主角的爱情，写他们从钟情、思念、结合到离异，复又团圆的曲折而浪漫的经历。这是一出纯粹印度式的戏剧。它从剧情、人物到戏剧冲突和戏剧风格都体现了《舞论》所规定的"味"论的美学准则。也就是说，《沙恭达罗》是一出着意表现和传达"味"的戏剧。

其中，第一至第三幕基本的"味"是"艳情"。也就是说，"艳情"之"味"在一至三幕是作者表现的中心。在美丽清新、鸟语花香的净修林中，豆扇陀听到净修女的娇娇话语，便心动神摇起来，想在这里找到后宫没有的天生丽质的美女。当沙恭达罗的倩影出现在他视野中的时候，豆扇陀立即情不自禁了。他关注沙恭达罗那被"树皮衣遮住了的隆起的乳房"，暗自赞美她"下唇像蓓蕾一样鲜艳，两臂像嫩枝一般柔软。魅人的青春洋溢在四肢上，像花朵一般"。在第二幕豆扇陀与丑角的对话中又盛赞沙恭达罗的美丽：

　　（她）是一朵没人嗅过的鲜花，是一个没被指甲掐过的
嫩芽，
　　是一颗没有戴过的绿宝石，是没有被尝过香味的鲜蜜，
　　……我不知道，什么样的人才能够有享受她的运气。①

在第三幕里，豆扇陀不断地称沙恭达罗为"圆腿的女郎""细腰的女郎""秋波令人陶醉的女郎"，并用手抬起沙恭达罗的头，说："这可爱的樱唇，它的温柔还没有人尝过，它微微抖动，仿佛是允许我到里面解渴。"

这些大胆直率近乎露骨的台词，都是为了强化"艳情味"。为了强化

---

① 〔印〕迦梨陀娑：《云使·沙恭达罗》，季羡林译，载《云使·沙恭达罗》，人民文学出版社 1956 年版，第 36 页。

对艳情之味的表现，作者按照《舞论》的要求，把净修林作为舞台的背景。《舞论》中规定："艳情是绿色。"① 净修林正是绿色的王国，是体现"艳情"所不可或缺的一个舞台背景。《舞论》又说：男女爱情的"欢乐产生于季节、花环……到花园行乐"，② 而净修林正是最富季节感的、花环簇集的一座天然大花园。在前三幕中，净修林中那郁郁葱葱的绿叶、艳丽的鲜花与蓬勃美好的青春爱情互相衬托、互为象征，"艳情"之"味"也因此而显得更为浓烈。

显而易见，这种"艳情"是带有强烈的肉欲色彩的爱情，即印度人所谓的"爱欲"。而"爱欲"则被印度人视为人生的三大目的——正法、财富、爱欲——之一。《舞论》说：戏剧中表现的"有时是正法，……有时是财利，……有时是爱欲"；又说：戏剧"对于履行正法的人（教导）正法，对于寻求爱欲的人（满足）爱欲"。③ 爱欲在印度的现实生活中表现为实际上的纵欲和狂欢，在文学艺术中表现为对爱欲故事的渲染和描绘。对《沙恭达罗》中的"艳情"或"爱欲"的表现和描写，我们不能简单地视为低级情欲的表现和宣泄。实际上，它是印度人的宗教观和人生观的一种体现。正如马克思所说，那种宗教观、人生观既是纵欲享乐的，又是自我折磨的；既是禁欲的，又是崇拜生殖的，是一个淫乐的世界和一个悲苦的世界的奇妙的结合。④ 从迦梨陀娑的一系列作品中可以清楚地看出，作者是一个湿婆大神的崇拜者。崇拜作为生殖之象征的湿婆大神的印度人历来认为，禁欲与纵欲是对立的统一，逃避欲望并不是真正的禁欲，禁欲应是出污泥而不染，在肉欲的满足中保持精神上的超越和心灵上的纯洁崇高。他们往往把对神的虔诚信仰与男女之爱合为一谈，常常在男女交合中体现人与神合一的神圣而快乐的境界。这样一来，本是低级的男女私

---

① 《古代印度文艺理论文选》，金克木译，人民文学出版社 1980 年版，第 7 页。版本下同。

② 《古代印度文艺理论文选》，金克木译，第 8 页。

③ 有的再加"解脱"，并称为"四大目的"。

④ 参见《马克思恩格斯选集》第 2 卷，人民出版社 1972 年版，第 62 页。

情便具备了超越世俗的神圣性。请注意，《沙恭达罗》中女主角沙恭达罗本不是一个凡人，她是天女与仙人结合所生，具有半神半人的性质。豆扇陀与她结合，也就是人与神（或半神）的结合，这本身就具有神秘超凡的意义，与印度的宗教道德和文学表现的常规是一致的。这样，在婆罗门教徒修行的净修林中发生豆扇陀与沙恭达罗这样的风流艳事，并为林中修行者所支持和帮助，也就是我们所不难理解的了。

第四幕到第六幕描写的中心是离情别绪。其基本情味也由"艳情"转为"悲悯"。《舞论》中认为"艳情"和"悲悯"两种"味"是相互联系和相互转化的。"艳情"又属于"悲悯"之情，因为"艳情"由欢爱和相思两种因素构成。① 相思之苦自然会转化为悲悯。还说，"悲悯起于受诅咒的困苦、灾难、与爱的人分离……"。② 《沙恭达罗》中的"悲悯味"就产生于沙恭达罗与爱人豆扇陀的分离，产生于沙恭达罗受大仙人诅咒及由这个诅咒带来的挫折与痛苦。对诅咒灵验的信仰是印度人信仰修行功果的一种表现，他们认为经过刻苦修行的人（仙人）就可以获得语言上的巨大魔力。迦梨陀娑的《云使》《优哩婆湿》等都写到了诅咒。《沙恭达罗》也遵循了古典文艺美学理论的要求，把诅咒作为强化戏剧情节的曲折性和体现"悲悯"之味的一种艺术手段。第四幕大仙人对沙恭达罗的诅咒是整个剧情的转折点。它既写沙恭达罗因痴情而被诅咒，又写沙恭达罗与净修林的亲朋好友和鸟兽花草忍痛别离，是写得最美、最动人的一幕，历来为人称道。这一幕巧妙地把沙恭达罗内心复杂的矛盾情感表现出来：思念丈夫，渴望见到丈夫，同时又对生她养她的净修林难舍难分。这样，"悲悯"之情就在这种情感的矛盾纠葛中得到了强化。在第五、六幕，仙人的诅咒应验了，豆扇陀不认沙恭达罗，沙恭达罗因此而悲愤交加，"悲悯"之味也就达到了极致。

诗剧《沙恭达罗》就是这样把表现"艳情"和"悲悯"之味作为戏

----

① 《古代印度文艺理论文选》，金克木译，第8页。
② 《古代印度文艺理论文选》，金克木译，第8页。

剧的美学追求的中心。正如美国的一位东方文学研究者所说：印度古典戏剧拒绝讨论所谓"内容"，"内容"就包含在"味"之中。① 迦梨陀娑运用古老的、一再被重复的沙恭达罗与豆扇陀的故事来表现被理论化的印度人关于"味"的审美理想。在这个意义上，我们说诗剧《沙恭达罗》是体现印度传统审美观念的程式主义戏剧文学的一个典型范例。

《沙恭达罗》在戏剧美学中的典范性不仅表现在戏剧之"味"的体现上，还表现在戏剧结构的安排和戏剧人物的设置方面。在印度，像《沙恭达罗》这样的剧本被称为"英雄喜剧"。这种英雄喜剧除了上述的从现成的古籍中撷取题材并表现各种"味"之外，在戏剧结构上还要求表现天上和人间两种场景。《沙恭达罗》的前六幕的场景主要是在地上人间，第七幕的场景则在天堂神界。剧中的地上人间和天堂神界的相互往来、相互转化，表明了印度人关于宇宙的联系性、统一性和循环性的思想。沙恭达罗与豆扇陀由一至六幕悲欢离合的纠葛挫折到第七幕团圆于天堂，是印度人关于事物在矛盾中经过一番必要的"修"，必归于和谐这一哲学观点的形象诠释。对和谐理想的追求，使剧本回避了悲剧性的不可调和的人物性格或社会矛盾的冲突，而着意表现男女之间、世俗世界与净修林之间、人与天神之间的沟通与交流。而这种和谐是早在印度的信仰的文学时代就被反复表现过的最高的理想境界。《沙恭达罗》就是这样采用先定的天上人间的戏剧结构并以此来体现古老的、传统的和谐理想。

不仅如此，根据印度古典戏剧理论规范，"英雄喜剧"中的男主角必须是帝王贵胄或降凡神仙，女主角必须是皇后公主或天仙神女。《沙恭达罗》中的女主角沙恭达罗是天女的女儿，男主角豆扇陀是国王，其戏剧人物的设置也是这种"英雄喜剧"的范例。沙恭达罗这个人物也属于古典戏剧理论中所说的"天真无邪"这一类型。作者将她描绘成一个一尘不染、天生丽质的人，将她安排在秀丽优美、繁花似锦的自然怀抱中，烘

① 参见〔美〕埃德温·杰罗：《〈沙恭达罗〉的情节结构与味的发展》，刘建译，载《印度文学研究集刊》第 2 集，上海译文出版社 1986 年版。

托出她的秀色天成，并且成功地把一个情窦初开的少女的恋爱心态刻画和表现出来。她的美丽、钟情、贞洁集中地体现了印度人对女性所持有的最高的审美与道德的规范。男主角豆扇陀也应属于戏剧理论中所说的"善于向女人献殷勤、一个人同时爱几个女人，而以其中一个为主"的那种人物类型。① 在这里，豆扇陀主要是作为一个爱情戏剧中的主人公，而不是现实政治生活中的国王被描写和塑造的。因此，我们不可机械地、过多地对这个人物作"阶级分析"。作者把豆扇陀写成了理想的爱情主人公、一个"情种"。为了突出"艳情"之味，作者着重渲染了他对沙恭达罗美丽肉体的迷恋，但并无意谴责他的好色。他因失去记忆而不认沙恭达罗，是外在力量强制的结果，而且豆扇陀生怕无意间染指他人之妻，因此对沙恭达罗登门认夫采取了一种审慎的态度，一旦当他恢复记忆，便自责自悔，强烈思念沙恭达罗。第七幕还写到豆扇陀应因陀罗大神之邀征伐妖魔，大获全胜，表现了印度人理想的英勇男儿的本色。

《沙恭达罗》标志着古典梵剧的高度成熟，它集中体现了古典梵剧艺术的一般特征：一、古典梵剧基本上是贵族宫廷戏剧，风格华丽铺张，具有不同程度的脂粉气；二、古典梵剧基本上是科白剧，戏文韵散杂糅，诗歌约占全部戏文的一半，因此，梵剧与诗歌的关系极为密切；三、从剧本结构上看，剧本有开场献诗，然后是序幕，由舞台监督介绍剧本作者和主要剧情，引出剧中人物。幕与幕之间常有插话，向观众介绍幕后正在发生或已经发生的事情；四、剧情一般以大团圆收场，因此古典梵剧大多是喜剧或悲喜剧，而缺少真正的悲剧。无论从戏剧之"味"的表现，还是从戏剧结构的安排、戏剧人物的设置等方面来看，诗剧《沙恭达罗》都是一部集中体现上述印度古典梵剧的艺术特征，体现印度传统的审美观念的作品。它具有明显的程式主义倾向。而这种程式主义又不等同于僵化的、无创造性的形式主义。这种程式主义是对印度民族精神和文学艺术传统的

---

① 参见季羡林：《中印文化关系史论文集》，三联书店 1982 年版，第 389 页。

最大程度的凝聚、包容和表现。正因为如此,《沙恭达罗》在印度古典梵剧史上具有一种登峰造极的完美性。它不仅成为此后梵剧艺术的楷模,而且在世界上也产生了深远的影响。早在18世纪末,《沙恭达罗》就被译成英文和德文。德国诗人赫尔德、歌德和席勒等人都对此剧赞不绝口。歌德写过一首优美的诗赞颂沙恭达罗。据说他的诗剧《浮士德》的舞台序曲,就是受了《沙恭达罗》的启发才写上去的。席勒在一封信中断言:"在古代希腊没有一部诗剧能够在美妙的女性的温柔方面,或者美妙的爱情方面与《沙恭达罗》相比于万一。"从歌德和席勒起,欧洲许多人试图将《沙恭达罗》搬上舞台。在我国,1950年代和1980年代曾几度上演《沙恭达罗》,并取得了成功。

迦梨陀娑之后,印度比较重要的剧作家还有戒日王(590—647年)。他是印度历史上的著名帝王。中国唐代高僧玄奘在访问印度期间曾与他有过交往。他的剧本主要有三部:《钟情记》《璎珞传》和《龙喜记》。其中《龙喜记》较有特色,我国早在1956年就出版了中文译本。① 这个剧本的前三幕的中心是爱情。无论从情节安排、背景设置还是从表现手法看,前三幕都承袭了以迦梨陀娑为代表的古典梵剧的基本程式。如:男女主角身边都有随从,男女主角邂逅,一见钟情。一个倾诉相思,一个躲在一旁仔细聆听。静谧、美丽、鸟语花香的树林是谈情说爱的环境,后又因误会使女主角绝望悲痛,但误会一旦过去,便更加情深意浓。从这些情节可以看出,印度戏剧由公元四五世纪经迦梨陀娑为标志的黄金时代发展到戒日王时代,已陷于程式主义的"轮回"之中。尽管《龙喜记》在某些方面突破了传统规范的束缚,如在舞台上表现杀伤、沐浴、更衣等传统"英雄喜剧"所不允许的情节,但基本上承袭了旧有的规范。《龙喜记》的后两幕主要取自佛教故事《本生经》,写的是男主角云乘太子在新婚燕尔之际,不惜抛却爱妻而舍身救龙。其主旨是宣扬佛教的同情、利他和自

———————————

① 《龙喜记》,吴晓铃译,人民文学出版社1956年版。

我牺牲精神。为此后的梵剧利用戏剧宣扬宗教哲学首开风气。

古典梵剧史上的最后一个重要戏剧家是薄婆菩提。他大约生于7—8世纪，是个宫廷诗人。现存他的剧本有三种：《大雄传》《茉丽与青春》和《罗摩后传》①，情节皆取自史诗《罗摩衍那》。他的代表作是《茉丽与青春》。"茉丽"和"青春"分别是某国宰相的女儿和另一国大臣的儿子。剧本描写了他们冲破家长阻挠，大胆地自由结婚的故事。整个剧本情节跌宕起伏，充满悬念和巧合。人物心理表现细腻，艳情之"味"浓烈，文辞华丽繁缛，有时显得矫揉造作。

从薄婆菩提开始，古典梵剧明显走向衰落。衰落的主要标志是：在题材方面一味依赖于两大史诗和"往世书"（传说故事），模仿迦梨陀娑，有的则热衷描写宫廷艳史。在人物塑造、情节设置上，一味守旧的模式，造成了陈陈相因、东施效颦的形式主义的恶性循环。并且还忽视戏剧艺术的特点，用戏剧炫耀诗才，玩弄词藻，或利用戏剧图解宗教和哲学。9至12世纪的剧作家王顶、牟罗利、克里希那弥湿罗等人的剧作皆是如此。12世纪之后，由于梵语衰亡，古典梵剧也随之衰亡了。

东南亚地区的泰国、缅甸、老挝、柬埔寨、印尼各国的古典戏剧均受到印度佛教文学艺术和以印度两大史诗为中心的印度传说故事的深刻影响，特别是在起源时期，都与印度传入的佛教、印度教密切相关，戏剧题材也大多来自印度两大史诗及佛经故事。另一方面，东南亚各国戏剧又与本民族文化艺术传统密切相关，其不同于印度古典梵剧的主要之处在于：东南亚戏剧的各类剧种都与音乐、舞蹈等艺术形式结合在一起，具有很强的艺术综合性，主要形式是舞剧或音乐剧。例如泰国的古典剧种"孔"剧，即融舞蹈、音乐、诗歌、绘画和皮影戏为一体。演员全佩戴假面，以丰富复杂而又确定的手语和舞姿来表演，另有歌唱者以"孔"曲、诗歌、韵白来唱和并说明剧情。"孔"剧专门表演印度大史诗《罗摩衍那》——

---

① 《罗摩后传》，黄宝生译，中西书局2018年版。

传到泰国后被称为《拉玛坚》——中的故事。"孔"剧可在宫廷剧场演出，也可在露天广场演出，风格华美典雅、富丽辉煌。印度尼西亚的"哇影戏"（又称"哇扬皮影戏"）产生和兴盛于爪哇岛，这是一种皮影戏。皮影戏在东方许多民族都曾有过，但大都是一些粗陋的民间娱乐方式，由于印尼的皮影戏受到封建帝王的喜爱和大力扶植，才成为一种融文学、音乐、舞蹈、绘画于一体的具有很高艺术水准的古典剧种——"哇影戏"。印尼"哇影戏"的许多剧本取材于印度两大史诗《罗摩衍那》和《摩诃婆罗多》，也有一部分取材于爪哇历史传说和阿拉伯传来的故事。

第二节　汉文化圈的戏剧文学

在东亚戏剧圈中，中国戏剧历史最为悠久，剧种最为丰富，艺术上也最为成熟，并对其他东亚国家的戏剧产生了一定影响。其中，属于汉文化圈的日本、朝鲜、越南，其传统戏剧文学的起源，都与中国文化，特别是中国戏曲文化有深刻的联系，同时在发展过程中逐渐形成了自己民族的古典戏剧样式。

其中，朝鲜戏剧在三国时代（前 1 世纪末—676 年）、新罗时代（676—935 年）的乐舞深受汉唐乐舞的影响。接下来的高丽时代（918—1392 年）相当于中国的宋元时期，两国在文学艺术方面的交流也相当频繁，宋元杂剧传到朝鲜，元朝剧团常到朝鲜演出，出现了朝鲜史所记载的"元之男女倡优，来朝呈百戏"的盛景，此时期的高丽的"傀儡子"也与中国的傀儡戏有密切关系。高丽末期，在吸收消化中国戏曲文化特别是傩与傩戏的基础上，朝鲜产生了较为成熟的戏剧形式——"处容剧"。所谓"处容"是朝鲜特有的民间信仰。相传新罗第四十九代王宪康曾遇见东海龙王之子处容，请他为大臣辅政，并赐美女为妻。有一个瘟神因慕处容妻子美貌而勾引她并与之私通，处容回家发现后没有恼怒而是载歌载舞地退出，瘟神为此感到羞愧，并表示："今后凡贴有公之画像的人家，我决不进其门。"于是百姓便张贴处容画像以避邪。这个传说明显受到中国的道教门神、钟馗传说的影响，有关处容信仰的歌舞后来进入朝鲜的傩与傩戏中，并发展成为一种固定的假面舞剧，后来又在处容剧的基础上，衍生出题材内容更广泛的假面剧（又称"台山剧"），主要内容是讽刺两班贵族和僧侣，揭露社会与人间的不公，而且有了专业演员、演出舞台、戏剧情节、戏剧冲突与角色分工，并在不同地区形成了不同的流派。到了朝鲜王朝时代（1392—1910 年）后期的 18 世纪，朝鲜出现了名为"盘嗦哩"的说唱艺术形式。"盘嗦哩"有两个人物，一个歌手，一个鼓手，根据脚本击鼓说唱，在说唱内容和表现形式上，都受到中国文化的影响。在此基础上，19 世纪末出现了集大成的民族戏剧样式——唱剧。唱剧以歌舞为主，唱白结合，有文学剧本，而且由众多演员分别扮演不同角色，很像中国的京剧，事实上也确实与中国的京剧有一定渊源关系。清朝后期，朝鲜的汉城华人居住的"清人街"，常常在戏楼中上演京剧，朝鲜戏剧家常去观摩，受到启发。而且唱剧在题材上也受到了京剧的影响，根据京剧翻译改编的剧目就有《赤壁之战》《霸王与虞美人》《万里长城》等。

越南古典剧种有嘲剧和口从剧两种形式。嘲剧是一种调笑、谐虐为主的简单的戏剧形式，在中国南方戏曲的影响下产生于 11 至 13 世纪的越南北方，陈朝后期传入宫中。口从剧形成于陈朝陈仁宗在位时期（13 世纪），其产生也与中国有密切关系。据越南 15 世纪的史学家吴士连在《大越史记全书·本纪卷七》中记载：当时越南军队在与元朝军队的战争中，俘获了一个名叫李元吉的艺人，便把他送到王宫为越南皇帝献艺，大获赏识，后来李元吉在宫中向越南俳优传授中国戏曲，"诸世家少年婢子，从习北唱。元吉作古传戏，有《西方王母献蟠桃》等传，其戏有官人、朱子、旦娘、拘奴等号，凡十二人，着锦袍绣衣，击鼓吹箫，弹琴抚掌，闹以檀槽，更出迭入为戏，感人令悲则悲，令欢则欢，我国有传戏始此"。这就是中国戏剧传入越南的最早记载，也就是"口从剧"。口从剧的"口从"是越南字母"字喃"①字，由"口"字加"从"字构成，似含有模仿、学习之意。口从剧以中国元杂剧等戏曲形式为基础，同时也吸收了越南民间歌舞戏曲的传统，其文学剧本基本上用越南的字喃写成，在当时的宫中及上层社会大受欢迎。王宫贵族纷纷"养戏班"，演出口从剧，蔚为时尚，朝廷有意辅助口从剧，下令嘲剧不得在宫中演出，到15世纪时，口从剧本逐渐取代了此前的形式与内容都较为简陋的"嘲剧"。此后，历代宫廷都喜爱口从剧，建立了专门的剧院，到19世纪，口从剧发展进入了鼎盛时期，王公贵族甚至皇帝从事演出和剧本编写者也不乏其人。口从剧的剧目多从中国话本、章回小说（特别是《三国演义》《水浒传》《西游记》等）和戏曲中取材，主要上演忠臣孝子、才子佳人的故事。演员的服装、脸谱乃至动作也与中国传统戏剧酷似，伴奏乐器也使用中国的京胡、唢呐、锣鼓、三弦等。进入近现代后，口从剧的题材上有了革新，形成了与"古典口从剧"有所不同的"现代口从剧"。作为一种高雅的艺术，口从剧一直倍受珍视。

除中国外，东亚国家中日本的戏剧产生较早。日本的戏剧是在中国早期民间戏曲（如唐代的参军戏、宋代的杂剧和南戏、元曲等）的影响下，在日本固有的民间歌舞的基础上产生和起步的。到了14世纪末15世纪初，便开始形成了成熟的戏剧样式——能乐和狂言。

能乐是由一种名为猿乐的歌舞发展而来的。猿乐形成于平安时代（794—1192年）末期，其前身是奈良时代（710—794年）吸收进来的唐朝的散乐。能乐形成之后，长期被称为"猿乐之能"，直到19世纪后期才改称能乐。猿乐发展为能乐，曾经历过所谓"延年舞"的过渡形式。"延年舞"是以歌舞的形式宣扬佛教，后来加进了一些连贯的情节，才逐

---

① 字喃是在汉字基础上，运用形声、会意、假借等方式形成的复合体的方块字，每个字喃由两个或两个以上表音和表意的汉字构成，笔画很多，写起来极为麻烦。18世纪后越南语实行拉丁化，字喃遂告消亡。

渐走向戏剧化，当时称之为"风流"，后逐渐演进为能乐。能乐已经具备了戏剧文学（剧本）、表演艺术、音乐、舞蹈、舞台美术等各种因素，但它主要还属于一种歌舞剧，台词、对白较少，而以歌舞为主，所以尽管剧情都很简单，一出能乐也可上演一小时左右。剧中人物以主角（"仕手"）为中心，另有配角（"胁"）三四人，歌舞都集中在主角身上。演员的舞台歌舞动作都有一套固定的洗练和程式。角色中的老人、妇女、神鬼精灵，都戴面具。除了这些程式化的、象征性的体态动作以外，还要靠演员的"念""唱"表达剧情，有时也用合唱队的伴唱来渲染气氛和说明剧情。

能乐的文学剧本叫作"谣曲"。其中有科白也有唱词，并且均有一定格律。唱词大部分直接引用现成的和歌或汉诗。"谣曲"的基本结构历来被分为"序""破""急"前后三部分。"序"交代剧情，"破"是情节的发展，"急"是情节的高潮。

日本现存能乐的传统剧目约 240 余种。日本人一般按照内容把它们分为五类。第一类叫作"胁能"或"祭神戏"，是表示祝贺的。一般形式是神灵显灵、载歌载舞。这类戏多来源于民间歌舞（如《高砂》《朱生岛》等）。第二类是"修罗能"，剧情一般是古时阵亡的武士，经过僧侣的超度重新出现，叙述自己激战的情景，其中情节多取材于《平家物语》（如《赖政》《忠度》等）。第三类叫"假发能"。因主角是女性，男演员演出时须戴假面具和假发，故名。剧情多半是《伊势物语》《源氏物语》《平家物语》等文学作品中的女性人物显灵，表演优美的歌舞（如《熊野》《井筒》《东北》等）。第四类是"世话能"，即新戏。主人公是现实生活中的人物，其中最有特色的是"狂女能"，大多是表现女性因遭受灾祸打击而发疯的故事（如《隅田川》《三井寺》等）。第五类是"鬼畜能"，以鬼怪、动物为主角（如《罗生门》《红叶狩》等）。

日本能乐的最著名的作家、表演艺术家和戏剧理论奠基人是世阿弥（1363—1443 年），原名结绮元清。他出身于梨园世家，其父观阿弥（结绮清次）就是著名演员和剧作家。世阿弥从小随父学艺，二十多岁时已成为著名演员。他善于吸取前辈的艺术传统，同时不断革新创造，成为能乐艺术的集大成者。在现存二百四十多种传统剧目中，就有一百多种出自世阿弥之手。同时，他还写了一系列戏剧理论著作。如《花传书》（又译《风姿花传》）、《至花道》、《能作书》、《花镜》、《游乐习道风见》、《九位》、《六义》、《拾玉得花》、《申乐谈仪》①等，它们被现代学者公认为世界古典戏剧理论中罕见的自成体系的著作。这些著作涉及能乐与现实生活的关系、观众与演员的关系、能乐的审美理想、演员的艺术修养和演技、能乐剧本写法等戏剧艺术的各个方面。世阿弥把能乐的最理想的境界和效果称为"花"。他认为，正如各种花草随季节变化而开放，每次开放都给人新鲜的趣味一样，能乐不断给观众以"新鲜感"和"情趣"。"花"也就是美感、新鲜感和情趣的有机统一。因而他主张能乐要经常推陈出新，要能够演出各种风格（"风体"）的剧目。他把"幽玄"作为能乐的最高审美理想。"幽玄"本是日本古典诗学和戏剧美学中的一个重要的审美观念，世阿弥把"幽玄"②看成是各种题材和风格的能乐均应具备的美。他在《花镜》中提出要"以'幽玄'为最高境界"，要"入幽玄之境"。他认为，能乐表演要模仿现实生活，即"物真似"。但"物真似"必须是"幽玄的'物真似'"。因此所谓"物真似"不只是如实地模拟现实生活，而是要比现实生活"更幽玄"，也就是追求一种委曲婉转、暧昧含蓄、缥缈神秘、幽暗冷寂、间接、深远而又超现实的美。后来，世阿弥的女婿金春禅竹（约 1405—1470 年）在《五音三曲集》《六轮一露记》③等著作中，对"幽玄"论做了进一步阐发。

---

① 这些能乐论著均收入王向远译《日本古典文论选译》古代卷（下），中央编译出版社 2012 年版。

② 关于"幽玄"这一审美概念，可参见王向远《释"幽玄"——对日本古典文艺美学一个关键词的解析》，又可参见能势朝次和大西克礼著、王向远译《日本幽玄》，吉林出版集团 2011 年版。

③ 金春禅竹的这些论著均收入王向远译《日本古典文论选译》古代卷（下），中央编译出版社 2012 年版。

　　"幽玄"的审美理想表现在"能乐"的方方面面。能乐的曲目从一般所划分的五类内容上看，大部分是超现实的，其中所谓"神能""修罗能""鬼畜能"这三类都是神魔鬼畜，而所谓"假发能"又都是历史上贵族女性人物以"显灵"的方式登场的，仅有的一类以现实中的人物为题材的剧目，却又是以疯子，特别是"狂女"为主角的，也有相当的超现实性。这些独特的超现实题材是最有利于表现"幽玄"之美，最容易使剧情、使观众"入幽玄之境"。在表演方面，在西洋古典戏剧中，演员的人物面部表情非常重要，而能乐中的人物为舍弃人的自然表情的丰富性、直接性，大都需要戴假面具，叫作"能面"，追求一种"无表情""瞬间固定表情"，最有代表性的、最美的"女面"的表情被认为是"中间表情"，为的是让观众不是直接地通过最表面的人物表情，而是通过音乐唱词、舞蹈动作等间接地推察人物的感情世界。这种间接性就是"幽玄"。能乐的舞台艺术氛围也不像欧洲和中国戏剧那样辉煌和明亮，而是总体上以冷色调、暗色调为主，有时在晚间演出时只点蜡烛照明，有意追求一种超现实的幽暗，这种幽暗的舞台色调就是"幽玄"。在剧情方面，则更注意表现"幽玄"。例如在被认为是最"幽玄"的剧目《熊野》（作者世阿弥）中，情节是女主人公、武将平宗盛的爱妾熊野，听说家乡的老母患病，几次向宗盛请求回乡探母，宗盛不许，却要她陪自己去清水寺赏花。赏花中熊野看见凋零的樱花，想起家中抱病的老母，悲从中来，当场写出一首短歌，宗盛接过来，看到上句——"都中之春固足惜"，熊野接着啜泣地吟咏出下句——"东国之花且凋零"。宗盛听罢，当即表示让熊野回乡探母……此前熊野的直接恳求无济于事，而见落花吟咏出来的思母歌却一下子打动了宗盛。这种间接的、委曲婉转的表述，就是"幽玄"。"幽玄"固然委婉、间接，却具有动人的美感。

　　按照能乐内容的分类，像《熊野》属于以优雅的女性为主角的"假发戏"。主角熊野是历史记载中的能歌善舞的女子，配角平宗盛是个贵族化的风流倜傥的武士首领，这与世阿弥在其戏剧理论著作中提出的贵胄佳人式的角色配置原则相一致，表明了作者所要表现的是贵族化的古雅的审美情趣——"幽玄"。从戏剧情节上看，《熊野》虽有一定的戏剧冲突，但作者没有展开冲突，毋宁说作者是将一个本来带有一定对立性冲突的情节淡化了、平和化了。因为"幽玄"美是一种柔和的美，强调戏剧冲突势必要影响甚至破坏这种"幽玄"的境界。世阿弥在《花镜》中曾强调："唯美而柔和之风姿，乃幽玄之本体。"在世阿弥的戏剧理论著作中，讨论戏剧冲突的文字殆无所见。这很能表明世阿弥对戏剧冲突的淡漠态度。不过，《熊野》虽然没有严格意义上的戏剧冲突，但却着意渲染一种悲剧性气氛。这种悲剧性主要体现为一种心理上的、内心世界的悲哀情感。日本人是很重感情的，《熊野》所抒发的母子之情、思乡之情，很容易打动人心，尤其是熊野听到母亲病危的消息后沉痛而焦急的心情，更能牵动观众的情怀。事实上，能乐的抒情也是"幽玄"的抒情，其感情不是豪迈激昂、慷慨悲壮，而是含蓄蕴藉、柔肠百转。在这一点上，它显然接受了王朝物语文学特别是古典和歌的抒情传统。世阿弥在《风姿花传》中就曾提倡，应将一些优雅的和歌、汉诗安排在剧本的关键之处。《熊野》中的大部分唱词是古典和歌的联缀，有些汉诗佳句，如"春前有雨花来早，秋后无霜叶落迟"，"花随流水香来疾，钟隔寒云声到迟"等等，都被镶嵌在唱词之中，从而有效地强化了剧中人物的委曲婉转、凄凄切切的内心情感。同时，"幽玄"的抒情又不是直抒胸臆，而是寓情于景、以景见情，或烘托，或象征。在《熊野》中，作者利用落花时节惜春伤逝这一巧妙的构思，以象征人老如落红，一去不复返，象征熊野的病危的老母正如即将谢枝落地的樱花，由此引起观众对人生的伤感，对熊野的同情和共鸣。而剧中配角平宗盛也并非无情之木石，听了熊野吟咏的和歌后，便慨然答应熊野回乡探母，从而表现出贵族式的善解风情的典雅。

　　如果说《熊野》主要是通过贵族化的风雅情调，通过美丽女子的优美表演来表现"幽玄"的，那么世阿弥的另一出名剧《赖政》① 则以男性武士将领为主角，用另一种风格和情调来表现"幽玄"。《赖政》在能

──────────

　　① 《赖政》中文译本见《日本谣曲狂言选》，申非译，人民文学出版社 1985 年版。

乐中属于以亡灵为主角的"修罗戏"。它在舞台上打破了过去与现在、生界与死界的界限，有效地发挥了虚与实、表现与再现、叙述与表演相交错的手法，在凄壮婉艳之上，又蒙上了一层徜徉迷离的色彩。因此这种能乐又被称为"梦幻能"。《赖政》取材于《平家物语》等古籍，在内容上属于历史剧，但它不是在舞台上再现历史片断，而是发思古之幽情。由于"幽玄"的审美理想的要求，《赖政》不可能在舞台上再现激烈的战争和打斗场面。如果那样，"幽玄"所要求的柔和、典雅、优美和缥缈的情趣就不复存在了。所以我们在《赖政》中看到的听到的只是由名胜古迹、古代传统所构成的典雅的戏剧氛围，由优美的和歌台词所抒发的思古之幽情，一种在佛教的无常观统御下的对人生真谛的领悟，一种在强烈的非现实的梦幻状态中的超脱意识。

总之，世阿弥的"幽玄"是一种具有日本民族特色的、贵族化的审美理想。因此他得到了当时贵族武士的扶植和支持。整个能乐艺术也正是在贵族武士的扶植和支持下走向精致和成熟的。

与能乐同时产生的日本另一个剧种是狂言。狂言是一种滑稽短剧，属于科白剧类型。"狂言"一词，据说来自汉语的"狂言绮语"，意为夸大不当之辞。经此来称呼这种戏剧形式，无非表明它是诙谐逗趣的，而不是严肃的题材。狂言与能乐相比有许多特点。能乐有剧本"谣曲"，狂言一般是即兴表演，只是到了后来才有剧本；能乐以唱为主，戏文典雅，狂言则全是通俗的对白；能乐具有一定的悲剧性、庄重性，狂言则只表现喜剧性的生活片断；能乐多写往事，狂言则主要反映现实生活；能乐主要从正面表现贵族武士，而狂言常常以他们为嘲弄的对象。

狂言是作为幕间戏夹在能乐的演出空隙上演的。一出能乐演完后，紧接着演狂言，可调节一下能乐演出造成的悲剧气氛。一般是一次上演五出能乐，夹演四出狂言。每出狂言大约需要演十至十五分钟。狂言虽以科白为主，在演出中却也结合着能乐所固有的歌谣、舞蹈和伴奏。狂言情节简单，是独幕戏，不分场，一般有两三个角色，剧本结构也分"序、破、急"三段。不过序段较长，破段较短，收场也快。狂言的戏剧冲突比较尖锐而且十分集中，有鲜明对峙的正反两方面的人物。而且配角必是主角的对手。

《两个大名》①　在古典狂言中是颇有代表性的。两个武士大名相约同去京城。半路上，他们硬要一个过路人替他们拿佩刀，因为侯爷出门时总要带仆人，让仆人拿刀以显派头。过路人无奈，只好答应。但他把刀拿到手后，胆子壮了起来，突然要把两个侯爷"拦腰斩断"。两位侯爷连喊"饶命"，坐在了地上。过路人又把他们的腰刀缴过来，彻底解除了他们的武装。然后，就逼他们学斗鸡。他们也顾不上什么武士派头了，张开双袖，上下抖动地学斗鸡，"咯咯嗒，咯咯嗒"地叫个不停。过路人又让他们扒去外衣，只剩下衬衣裤衩，让他们"汪汪汪"地学狗打架，还让他们学不倒翁，一边哼唱流行小曲，一边左歪右倒。最后，过路人持刀扬长而去。两位侯爷连呼"别让他跑了，别让他跑了！"剧情到此结束。在这个狂言中，蛮横而又胆怯的侯爷在充满勇气和智慧的过路人面前出尽了丑。在观众的一片笑声中，日常生活里不可一世的武士贵族体面丧尽、威风扫地了。和"能乐"的"幽玄"不同，狂言所追求的是"滑稽"的审美趣味，追求的是谐谑、讽刺、夸张、通俗活泼的喜剧性。狂言所具有的鲜明的庶民性，表明在当时贵族武士的文化和文学占主要地位的同时，民众的文化和文学已经开始兴起了。

第三节　东方各国古典散文

这里所说的"散文"文学是与韵文（诗歌）、戏剧文学相对而言的广

---

① 《两个侯爷》的中文译本，见周启明（周作人）译《日本狂言选》，人民文学出版社 1955 年版；另见周作人译《狂言选》，中国对外翻译出版公司 2001 年版。

义上的散文文学。

东方各国古典散文的布局和发展是很不平衡的。以印度为中心的南亚、东南亚各国的古典散文一直未能形成一个独立的纯文学的样式。吠陀文献中的散文作为印度最早的散文缺乏文学的审美特质，属于宗教哲学的范围。印度古典散文的不发达与印度婆罗门贵族文人过分注重语言的音韵修辞、鄙夷日常用语很有关系，诗歌的高度发达也限制了散文的发展。

在阿拉伯地区，散文文体的确立与伊斯兰教经典《古兰经》及各种阐释《古兰经》的"圣训"的流行有密切关系。《古兰经》原意为"颂读"或"读本"，使用有一定节奏韵律的散文文体写成，从文学角度看，也是阿拉伯文学史上第一部最有影响的散文著作，许多虔诚的穆斯林认为，《古兰经》是真主的启示，是由天使迦伯利口授给穆罕默德，再由他宣谕出来。另一方面，学者们也多认为，《古兰经》是穆罕默德在创立和传布伊斯兰教的二十多年间，以天启的形式，在不同场合针对不同的听众、为回答不同问题而发表的一系列的言论，后来被人默诵、回忆、记录整理，汇编成书。中国的造纸术和印刷术传入阿拉伯后，《古兰经》在11世纪首次在巴格达印行。据我国现代学者、《古兰经》汉文译者马坚认为："研究阿拉伯文学史的人，必须研究《古兰经》，因为公元第六世纪和第七世纪初期，阿拉伯人的理性生活和文艺生活，都表现在《古兰经》里，在那个时期中，典雅的文章，各种旨趣和文体，都是以《古兰经》为先导的。《古兰经》具有一种新奇美妙的文体，既不是依照韵律的，又不是以若干押韵的短节来表达一个意义的，也不是没有节奏和韵脚的散文。"[1] 鉴于《古兰经》是一种有着一定韵律的独特的散文，现代中国学者林松翻译出版了《古兰经韵译》，关于《古兰经》的文体，他在该译本后记中指出："《古兰经》的经文是韵味颇浓的散文，只要熟悉它那参差不齐、长短相间的语句，便可知它不是诗，而是一种有奏节、有韵律、有

---

[1]　马坚：《古兰经简介（节录）》，载《古兰经》马坚译本，中国社会科学出版社1981年版，第1页。

感染力的特殊文体。"①事实上，《古兰经》对阿拉伯文学影响巨大，是阿拉伯文学的修辞与灵感的源泉，历代作家、演说家都努力模仿它的风格，引用其中的经文与故事，从而推动了阿拉伯古典散文的发展。在《古兰经》之后，还出现了对《古兰经》进行阐发、补充的散文著作《圣训》。《圣训》是 8 世纪下半叶编辑的有关先知穆罕默德的言行录，其中也涉及穆罕默德的弟子的一些言行内容，不同的教派有不同版本的《圣训》，它在宗教上的权威仅次于《古兰经》。从文学角度看，《圣训》生动地反映了伊斯兰教创立时期阿拉伯社会的各个方面，语言简洁有力，对作家的创作有不小的影响。

古代阿拉伯人在残酷的部落斗争、政治斗争中，形成了能言善辩的传统，《古兰经》也对穆斯林的能言善辩予以鼓励和肯定，先知穆罕默德及其后继者哈里发们，都是著名的演说家，大部分名人也都擅长演说，这就为阿拉伯人的演说的繁荣奠定了基础，演说成为阿拉伯散文文学中的重要文体之一。一些演说家的精彩的演说文流传了下来。例如，在谢里夫·穆尔太迪（966—1044 年）所编的《修辞坦途》收录了哈里发穆罕默德·阿里的言论及演说文，文采飞扬，言辞精辟，很有感染力。

散文文学在阿拔斯王朝时代获得了进一步繁荣，主要有两个方面的因素造成了这种繁荣。第一，8 世纪中期至 9 世纪中期的阿拔斯王朝初期，由于帝国版图的扩大和巩固，容纳了不同民族与不同的文化，统治者在文化上采取了兼收并蓄、广采博取、宗教宽松、思想自由的策略，大量的波斯古典、印度古典，希腊与罗马哲学、科学、学术与文学作品，被翻译成阿拉伯文，阿拉伯散文也在翻译中趋于完美和成熟，形成了阿拉伯文化与文学的黄金时代。第二，阿拔斯王朝后期，虽然大帝国面临解体危机，地方割据严重，但很多王宫贵族的文化修养很高，其中不少人是诗人、学者，他们为了巩固自己的利益，实现自己的声威，常常笼络招徕各方诗人

---

① 林松：《古兰经韵译》，中央民族学院出版社 1988 年版，第 1160 页。

作家学者，诗人作家们的来去有了更多的自由选择，创作上的自由也较多，包括散文创作在内的文学创作也持续繁荣的局面。这一时期最著名的散文作家首推伊本·穆格发（724—759年）。他编译了印度故事集《五卷书》（详后），还以散文文体创作了箴言集《大礼集》和《小礼集》，以优美机智的语言宣扬穆斯林的道德规范。另一个著名的散文作家贾希兹（775—868年）是一个百科全书式的人物，著作等身（据说有三百多种），传世的代表作有《动物书》《吝人传》《修辞达意书》等，将哲学、宗教、科学、社会学、文学熔为一炉，内容博大精深、文笔摇曳多姿。到了阿拔斯王朝后期，散文文学趋于雕琢、精致和艰深，主要作家有伊本·阿迷德（970年卒）、迦迪·法迪勒（1134—1199年）等。尤其是著名诗人艾布·阿拉·麦阿里的《宽恕书》（1032年），以来信和复信的形式、梦游天堂地狱的奇特构思，表达了作家对人生、宗教、哲学问题的思考，想象诡丽，文笔犀利，思想深刻，是阿拉伯古典散文的精品。此外，由于中世纪阿拉伯同周边各民族各国家交流与来往密切，出现了许多旅行家及其游记作品，在阿拉伯散文文学中独具一格。著名的有马苏第（公元9世纪后期出生于巴格达），他曾在三十多年的时间里游历了中亚、印度、锡兰、东南亚等许多地方，并写成了《黄金草原》等多部游记作品，但大部分遗失，现存《黄金草原》①记录了东方各地的历史文化宗教与风俗民情，具有重要的史料与学术价值，历来为东方史研究家高度重视，也具有一定的文学价值。另一部著名的游记作品是《伊本·白图泰游记》。作者伊本·白图泰生于公元14世纪初，他一生有三次长时间的旅行，大部分时间在旅行中度过，足迹遍及西亚、北非、中非、中亚、印度、锡兰、中国、南欧等地方，晚年他的秘书将其口述记录整理出来，那就是《伊本·白图泰游记》②，该作品对各地的历史文化、奇闻逸事、珍稀动植物等做了生动细致的描绘，其中对印度的描述尤为引人入胜。

---

① 《黄金草原》中文译本由耿升根据法文译本转译，青海人民出版社1998年版。
② 《伊本·白图泰游记》，马金鹏译，宁夏人民出版社2000年版。

波斯人与印度人一样也把诗看成是最正统的文学样式，但散文在史学与文学、哲学伦理学与文学相交叉的非纯文学的领域，也较为发达。在流传至今的著名作品中，萨迪的《蔷薇园》（详见本书第三章第四节）被认为是一部散文作品，但其中夹杂了大量的韵文和诗歌。波斯文学史上享誉较高的散文著作是昂苏尔·玛阿里（1021—1082年）的《教诲录》①。这部散文著作是作者晚年为教育自己的儿子而撰写的。全书共分44章，采用父亲对儿子讲话的形式，从宗教信仰、伦理道德、政治军事、文化修养，谈到饮食起居、日常生活，内容十分广泛。其中心主题是教诲儿子如何为人处世。全书逻辑严谨，阐述明晰。虽然《教诲录》主要是伦理道德方面的著作，但它在教诲、议论中夹有许多有趣的故事和格言警句，颇有文学价值。宫廷诗人内扎米·阿鲁兹依（生卒年不详）的《四类英才》② 于1155年成书，是一部关于著名学者作家的传记及逸闻趣事的散文集，分四章共42个故事，描述了12世纪之前四个方面（文书、诗学、天文学、医学）的伊斯兰文人学者的生平事迹，全书语言生动幽默，知识丰富，具有重要的文学与史学的价值，被文学史家称为波斯散文文学中的第一流的典范作品。

东亚汉文化圈的中国、朝鲜、日本、越南的散文文学尤其发达。在中国，从先秦诸子始，到唐宋时代形成了散文创作的高峰。中国古典散文的作者大多属于贵族文人（士大夫）阶层，既包含了与政治、哲学、伦理和日常实用密切结合的散文，也有纯粹的艺术散文。这些散文使用的是中国的古典雅语——文言文，讲究章法布局和立意，言简意赅，篇幅短小，以抒情写意为主，也兼叙事。在中国的文学传统中，不存在重韵文轻散文的倾向，这与印度"文学即诗，诗即文学"的观点很是不同。中国人区分文学与非文学的标准不是看其是否是韵文或散文，而是看其是否有文采。所以，虽然诗歌在中国文学中十分繁荣，但散文并没有因此而遭到

---

① 《卡布斯教诲录》，张晖译，商务印书馆1990年版。
② 《四类英才》，张鸿年译，商务印书馆2005年版。

压抑。

　　中国散文对朝鲜、日本、越南的散文产生了直接影响。在相当长的历史时期内，这些国家的文人在民族语言之外，还创作了不少汉文的散文作品。其中，除日本古典散文（详见下节）之外，朝鲜的古典散文文学成就也较大，而且主要体现在用汉文创作的散文中。在15世纪中期朝鲜民族文字创立之前，朝鲜文学的主要载体是汉字和汉语。其中，汉文散文创作起步于三国时代，经过7至9世纪的新罗时代的铺垫，在公元10至14世纪的高丽时代呈现繁荣局面。高丽王朝以汉文开科取士，汉文在文人学子中得以迅速普及，在汉诗繁荣的同时，汉文散文创作也盛行起来，著名的汉诗诗人往往同时又是优秀的散文作家。在文体上，朝鲜古典散文受到中国唐宋散文，特别是韩愈、柳宗元的影响，朝鲜汉语散文中出现了一种颇为流行、颇有特色的小品文体。其中有些作品题目中总带有一个传记的"传"字，而"传"的对象却是某一事物，而不是人，作者将其作拟人化的讽刺调侃的描写，文学史家们称之为"拟人传记"或"假传"，与韩愈的为毛笔做传的《毛颖传》如出一辙。"假传"的重要的作品，高丽时代有林椿的为美酒做传的《麴醇传》、为钱做传的《孔方兄传》，李奎报的写酒的《麴先生传》，写乌龟的《清江使者玄传》，写螃蟹的《无肠公子传》，李谷的写竹席的《竹夫人传》，均借物喻人，寄托作者的讽喻之意。除"假传"外，高丽时期朝鲜汉文小品文中，还有一种以议论说理为主要内容的文体，这些小品文的特征之一是都在题目中有一个"说"字，主要代表性作家是李奎报，其著名作品有批判官场贪污贿赂的《舟赂说》，以修理房屋比喻治国的《理屋说》，嘲笑酗酒好色的《慵讽说》，以丑者不爱照镜而讽刺不能直面自我的《镜说》，等等，均能入木三分。此外，高丽时代的散文还表现在历史文学方面，12世纪初金富轼（1075—1151年）编纂的《三国史记》是一部正史，在体例上借鉴司马迁的《史记》，在朝鲜文学史上的地位相当于中国文学史上的《史记》。全书有本纪二十卷，年表三卷，志九卷，列传十卷，其中列传中记载了三国时代及新罗时代朝鲜历史上的各方面有代表性的人物，富有文学色彩。1444 年，朝鲜文字"训民正音"① 创制完成，朝鲜从此有了自己独立的标记字母，民族语言逐步走向成熟，朝鲜国语的文学创作也随之繁荣起来。在散文创作领域，以论说为主的小品散文走向衰落，继之而起的是朝鲜国语小说的繁荣，朝鲜文学也由贵族时代进入了世俗化的文学时代。

第四节　日本散文文学与《源氏物语》

　　日本的散文文学在东亚各国乃至整个东方文学中都具有十分重要的地位。日本散文在假名文字创制之前，公卿贵族使用汉字汉文写作，主要是实用性的文牍，缺乏文学价值。日本假名文字创制之后，在非实用性的、个人化的写作领域，如日记、随笔中首先被使用起来，而使用日文写作的，主要是那些衣食无忧、生活悠闲而又不免苦闷的宫廷贵族妇女们。宫廷妇女都具有很好的文化教养和悠闲的生活环境。同时，由于一夫多妻制和较原始的婚恋习俗，她们又常常陷于感情的旋涡，心有所感，情有所动，不能与人沟通，便写日记聊以自慰或寻求宣泄。此外，当时的贵族妇女没有公开学习和使用汉文的权利，而刚刚创制的日本假名文字被认为是最适合妇女使用的。于是，她们便用自己民族的语言创立了日本的散文。日本语本身也在贵族妇女的写作运用中逐渐成熟起来，宫廷妇女就成为日本散文乃至日本文学的主要创立者。贵族妇女的著名日记文学流传至今的作品有《蜻蛉日记》《和泉式部日记》《紫式部日记》《更级日记》等。

---

　　① "训民正音"是朝鲜国王作为语言法律颁布实施的一套文字方案，开头写道："国之语音，异乎中国，与文字不相流通，故愚民有所欲言而终不得伸其情者多矣，余为此悯然。新制二十八字，欲使人人易习，便于日用矣。"然后详细规定并解释了二十八个字母的发音方法。

在这种风尚下，作为男性的纪贯之（详见本书第三章第四节）用日本文字写成的《土佐日记》中也只好假称自己是女人。

日记之外，平安王朝时期散文文学的主要文体是随笔，随笔的代表作是宫中女官清少纳言（生卒年不详）的《枕草子》①。这部作品与紫式部《源氏物语》齐名，被誉为平安朝妇女文学的双璧。"枕草子"这一书名的含义，似可理解为"放在枕头边的供随时翻阅的书册"。全书由三百余段互相独立的文字构成。内容可分为三个部分：一是根据当时的列举文（"物尽"）写成的类纂性的东西，把不同的景物或事物分类聚到一起加以描写；二是日记随想；三是回忆录性质的文章。在《枕草子》里，我们可以看到由作者的敏锐感受所构成的美的世界。它在描写自然与人物时的印象的鲜明性，具有别的作品所不能企及的独特风采。一段段优美的文字致力于对客观对象的直观的写照，颇像现代电影中的一组组特写镜头。其中又渗透了作者强烈的、富有个性的主观精神。清少纳言不像紫式部那样通过内省去发掘自己的内心世界，描绘人生，而是着意捕捉事物的刹那间的美。人们可从这里充分体会到日本人的审美情趣。它和《源氏物语》一道，为日后日本文学发达的细腻的感受力奠定了基础。

物语是日本散文文学的一种很独特的样式。它是一种叙事性散文的统称。不同时期的物语性质有所不同，有的相当于传奇故事，有的相当于轶闻趣事，而成熟的物语则是真正意义上的古典小说。

日本最早的物语是《竹取物语》②，约产生于 10 世纪初。它叙述一个从竹心里生出来的美貌绝伦的赫映姬姑娘，先后用巧妙的手段摆脱了五个如痴如狂的求婚者，并在月圆之夜升天的故事。这个作品在民间故事的基础上进行加工润色和虚构，情节上具有较强的统一性。这种传奇故事式的

---

① 《枕草子》，周作人译，见《日本古代随笔选》，人民文学出版社 1988 年版；或见林文月译本，译林出版社 2011 年版。
② 《竹取物语》，见丰子恺译日本古典物语集《落洼物语》，人民文学出版社 1984 年版。

物语被称为"传奇物语"或"虚构物语"。"传奇物语"的另一部比较有代表性的作品是《宇津保物语》。这是一部情节极为错综复杂的长篇故事，比较全面地反映了贵族社会的面貌，描绘了各式各样的人物及其性格，但在情节上缺乏联系性和统一性。中篇"传奇物语"《落洼物语》①，约成书于 10 世纪末。它通过讲述一个继母虐待女儿的故事，以批判的态度浅显通俗地描写了贵族的家庭生活，其中有一些情欲的描写。这部作品完全摆脱了《竹取物语》那样的超自然的传奇性而牢牢扎根于现实的日常生活之中，但尚停留在追求通俗趣味上而缺乏更深的开拓。

与"传奇物语"相对的一种物语叫作"歌物语"。其代表作品是产生于 10 世纪初的《伊势物语》②。这部作品将一个好色的贵族写的许多"恋歌"敷衍成相对独立的若干风流小故事，其特点是以和歌为中心，情调缠绵悱恻，情真意切，生动地展现了一个落魄的贵族到处漂泊，不断相思、失恋的孤独的精神史。与《伊势物语》同属"歌物语"这一类型的还有《大和物语》。

11 世纪初，女作家紫式部（约 973—1014 年）写的长篇杰作《源氏物语》标志着日本平安朝物语文学创作的最高成就。它在"传奇物语"和"歌物语"的基础上，使物语成为逼真地描摹人情世态，细腻地抒发情感的具有近代心理小说性质的独具特色的文学体裁。

紫式部是日本平安朝杰出的女作家，也是日本古典文学中首屈一指的作家。关于她的生平活动，由于缺乏资料，今人知之不多。③ 紫式部留世的作品有《紫式部集》《紫式部日记》和《源氏物语》。《紫式部集》是作者的和歌集，共收入各个时期创作的和歌 128 首。《紫式部日记》写于

① 《落洼物语》，见丰子恺译日本古典物语集《落洼物语》，人民文学出版社 1984 年版。

② 《伊势物语》，见丰子恺译日本古典物语集《落洼物语》，人民文学出版社 1984 年版；或见林文月译本，译林出版社 2011 年版。

③ 关于紫式部的生平创作情况，可参见王向远《日本古代杰出的女作家——紫式部》，载《文学知识》月刊 1985 年第 8 期。

1008 年以后的几年间，这部作品以彰子皇后分娩为中心，比较详细地记录了宫廷生活，尤其是书中的回忆、感慨和议论部分，是后世研究紫式部生平思想的珍贵资料。同时，《紫式部日记》语言流畅，文辞华美典雅，记事状物生动明晰，具有较高的文学价值，也是平安时代日记文学的代表作品。

使紫式部名垂千古的伟大作品是她的长篇物语《源氏物语》①。此书约成书于 11 世纪初，是描写贵族生活的平安王朝物语文学中最杰出的一部，并被公认为是世界上最早出现的完整的长篇散文体小说。全书共分 54 卷（帖），约合中文 80 万字，卷帙浩繁，场面复杂，时间跨度长达 70 年。登场人物有名有姓者就达四百余人。贯穿全书的主要人物是源氏和他的儿子熏君。作品主要描写的是源氏、熏君与众多女人的恋情。

《源氏物语》的作者紫式部在书中反复强调"作者女流之辈，不敢侈谈天下大事"，表示专写宫中风花雪月、儿女情长的风流韵事。的确，《源氏物语》的主观创作意图就是描写贵族男女的恋情，并把这种恋情作为当时贵族男女的主要人际关系，作为贵族社会的"人性"与"人情"来加以表现的。一句话，《源氏物语》的世界是一个"人情的世界"。日本是一个十分重视人情的民族，并且有意把人情世界与道德世界等其他领域分开。以研究日本国民性著称的美国学者本尼迪克特曾正确指出，包括忠、孝、义理、仁、人情等方面的日本人的人生观就像地图上的各个地域一样被明确地划分成几个部分，用日本人的话说，人生是由"忠的圈子""孝的圈子""义理的圈子""人情的圈子"等组成，而这几个"圈子"是相对独立的。即踏进"忠"的圈子可不顾"人情"，踏进"人情"的圈子也可不顾忠、孝、义理等道德规范。② 《源氏物语》即是集中描绘贵

---

① 《源氏物语》重要译本有两种：丰子恺译本，人民文学出版社 1980—1983 年初版，此后再版；林文月译本，台北中外文学月刊社 1979 年版、洪范书店 2000 年新版、2011 译林出版社简体字版本。

② 参见〔美〕鲁思·本尼迪克特：《菊与刀——日本文化的诸模式》，吕万和等译，商务印书馆 1994 年版。

族社会的"人情圈子",因而,它不对人情作道德伦理的善恶评价。由此我们可以理解,为什么作者把源氏这样一个一生尽干通奸、强奸、乱伦等勾当,在我们看来是道德罪人的人写成了一个理想人物,对他倍加赞美。作者在第二回一开头就说源氏因好色行为,"一生遭受了世间许多讥评",但是,作者本人在以后的行文中并没有对源氏作道德上的批评,毋宁说对他的好色行为是津津乐道、充满同情的。事实上,在日本,当时的贵族社会还没有建立起关于男女关系的稳固的道德观念。由于一夫多妻制的流行,使老夫少妻、壮妻幼夫的情况普遍存在,私通在一定程度上得到同情,甚至乱伦也并非不可原谅。乱伦关系即使被发现,女方也可以出家方式躲避议论。就像书中藤壶妃子所做的那样。史学家确信,寻花问柳之术是当时贵族男子的一种必备修养,渔色高手不以为耻,反以为荣。氏族社会遗留下来的落后的婚姻制度——访婚制,仍是当时流行的婚姻方式。访婚制表现为男方到女方家夜宿,白天离去,以后是否成家,要看继续交往的情况如何而定,这是一种十分松散的婚姻关系。源氏与大多数女人的关系,即表现为宿花眠柳式的访婚制形式。这是一种对女人不太负责任的性关系,许多女人因此成为男人始乱终弃的对象。而源氏对与他发生过关系的女人一生不忘,在生活上予以关心照顾。这在作者看来就是颇值得那些女人感激,也是很值得赞美的了。

我们说《源氏物语》是一部视混乱的性行为为人情范围而不加善恶评判的作品,那么,是否就可以认为这是一部宣扬色情的诲淫之作呢?当然不是。《源氏物语》虽然通篇描写男女关系,但并不着重描写色情场面,也不像一般色情文学那样故意渲染性快乐和性享受。作者对性行为的描写是相当含蓄和有分寸的,只是轻描淡写地让人心领神会即可。如果要问:作者既以男女恋情为题材,又不是为了渲染色情,那么她的写作宗旨何在呢?对于这个问题,日本18世纪的著名学者本居宣长(1730—1801年)在他的著作《紫文要领》《源氏物语玉小栉》等著作中,以"物哀"

这一概念对《源氏物语》做了前所未有的全新解释。① 他认为，长期以来，人们一直站在儒学、佛学的道德主义立场上，将《源氏物语》视为"劝善惩恶"的道德教诫之书，而实际上，以《源氏物语》为代表的日本古代物语文学的写作宗旨是"物哀"和"知物哀"，而绝非道德劝惩。从作者的创作目的来看，《源氏物语》就是表现"物哀"；从读者的接受角度看，就是要"知物哀"。本居宣长指出："每当有所见所闻，心即有所动。看到、听到那些稀罕的事物、奇怪的事物、有趣的事物、可怕的事物、悲痛的事物、可哀的事物，不只是心有所动，还想与别人交流与共享。或者说出来，或者写出来，都是同样。对所见所闻，感慨之，悲叹之，就是心有所动。而心有所动，就是'知物哀'。""物哀"及"知物哀"就是从自然的人性与人情出发，不受伦理道德观念束缚，对万事万物的包容、理解、同情与共鸣，尤其是对思恋、哀怨、寂寞、忧愁、悲伤等使人挥之不去、刻骨铭心的心理情绪有充分的共感力；是对自然人性的广泛的包容、同情与理解，其中没有任何功利目的。在本居宣长看来，"知物哀"是一种高于仁义道德的人格修养，特别是情感修养。

在《紫文要领》中，本居宣长进而认为，在所有的人情中，最令人刻骨铭心的就是男女恋情。在恋情中，最能使人"物哀"和"知物哀"的是背德的不伦之恋，亦即"好色"。本居宣长认为："最能体现人情的，莫过于'好色'。因而'好色'者最感人心，也最知'物哀'。"《源氏物语》中绝大多数的主要人物都是"好色"者，都有不伦之恋，包括乱伦、诱奸、通奸、强奸、多情泛爱等，由此而引起的期盼、思念、兴奋、焦虑、自责、担忧、悲伤、痛苦等，都是可贵的人情。只要是出自真情，都无可厚非，都属于"物哀"，都能使读者"知物哀"。由此，《源氏物语》表达了与儒教佛教完全不同的善恶观，即以"知物哀"为善，以"不知物哀"者为恶。看上去《源氏物语》对背德之恋似乎是津津乐道，但那

---

① 《紫文要领》，王向远译，载《日本物哀》，吉林出版集团 2010 年版。

不是对背德的欣赏或推崇，而是为了表现"物哀"。本居宣长举例说：将污泥浊水蓄积起来，并不是要欣赏这些污泥浊水，而是为了栽种莲花。如要欣赏莲花的美丽，就不能没有污泥浊水。写背德的不伦之恋正如蓄积污泥浊水，是为了得到美丽的"物哀之花"。因此，在《源氏物语》中，那些道德上有缺陷、有罪过的离经叛道的"好色"者，都是"知物哀"的好人。例如源氏一生风流好色成性，屡屡离经叛道，却一生荣华富贵，并获得了"太上天皇"的尊号。相反，那些道德上的卫道士却被写成了"不知物哀"的恶人。所谓劝善惩恶，就是写善有善报，恶有恶惩，使读者生警诫之心，而《源氏物语》绝不可能成为好色的劝诫。总起来看，本居宣长要阐明的是：《源氏物语》不是以道德的眼光来看待和描写男女主人公的恋情行为，而是为了借这个题材使人兴叹，使人感动，使人悲哀，即表现出"物哀"，让内心的情感超越这污浊的男女恋情得到美的升华，也让读者由此而"知物哀"，把人间情欲升华为审美的对象。

的确，在当时那样的宫廷社会，对于紫式部这样一个破落贵族出身的寄人篱下的寡妇来说，还会有什么比男女关系更使她深切地体味到人生之悲哀的呢？她所经历的，她所耳闻目睹的还有什么比贵族男女的恋情更多、更叫人感而叹之的呢？在《源氏物语》中，人生的坎坎坷坷、曲曲折折、喜怒哀乐、酸甜苦辣，贵族社会不同身份地位的男男女女的各种各样的悲剧都在他们的恋情中体现出来，而这一切无不包含着"物哀"——使人感喟、使人动情、使人悲凄。

先看源氏，他从追求第一个女人空蝉开始，每得手一个女人，就多一份悲哀愁苦，短暂的欢娱带来的是长久的哀愁，他得到的女人越多，精神上的负担也就越重。他先是为情欲所煎熬，为女人的回避而苦恼，为女人的怨恨和嫉妒而不安，又为担心隐私被发现而惶惶然，更为乱伦的背德行为而受良心的谴责与折磨，最后为自己的后代重蹈自己的覆辙而感到轮回报应的可怕、人生的可悲和虚幻，终于在万念俱灰中丧命于中年。

再看源氏的儿子薰君，虽地位显赫，但一开始他就像源氏死后的替身，像西下的太阳一样日益消沉。他为自己的出生秘密而苦恼，又为情场上连连败北而痛心。总之，他比源氏更消沉，其命运的悲剧色彩也更浓厚。

既然连一味追求情欲享乐的源氏父子的命运尚且如此惨淡，那么，处于猎物地位的众多的贵族妇女的命运就更是雪上加霜了。

空蝉是个老地方官的妻子。源氏的钟情，引起了她理智与情感的矛盾，一则认为自己是有夫之妇，二则认为自己身份地位与源氏不配，这给她增添了无限痛苦。她努力克制自己，回避源氏，但她丈夫前妻的儿子又来纠缠求欢，迫使她落发为尼。

六条妃子是个寡妇，与源氏私通招来许多非议，使她不得安宁。而源氏对她越来越冷淡，更使她恼恨不已。加上宫中到处传说她善于嫉妒，其灵魂常在源氏结识的其他女人处作祟，这些流言蜚语令她难堪。最后，只好随同女儿到伊势神宫侍奉神灵去了。

末摘花是个落魄贵族的孤女，被源氏染指后，因自己的容貌丑陋而遭到源氏讥讽。在源氏流放期间她差点被人拐骗为奴，后来虽被源氏接到宫中，但源氏及其他妇女不过将她视为取笑的对象而已。

源氏的继母藤壶妃子与源氏发生乱伦关系后，便从此在悔恨忧虑和恐惧中度日。而源氏又不断地去纠缠她，最后她只好落发，遁入空门。

三公主则是政治婚姻的牺牲品。父亲朱雀帝为了依附于源氏这个政治靠山，把十四岁的她嫁给了四十岁的源氏作妾。三公主在不明事理的情况下与柏木私通，并生下一子，因而忧虑万分，难以在宫中容身，只好出家为尼。

紫上作为源氏后续的正妻，从小受到源氏宠爱，但实际上她并不幸福。她对源氏到处渔色很是不满和嫉妒，但还要努力不把内心的痛苦流露在外。在源氏迎娶了三公主后，她更加苦恼，以至悲痛伤身，心力交瘁，几次要求出家源氏不许，不久早夭于英年。

浮舟的命运就像她的名字所喻示的那样，颠沛飘零、前途茫然。她是亲王和宫女的私生女，从小被父亲遗弃，跟随母亲到处漂泊。她在异母妹中君的劝说下作了薰君的情妇，但她过分好色，嫌薰君不能同她干出"不堪入目的游戏"，便倾心于匂亲王。但同时逢迎两个男人，使她觉得十分痛苦，终于企图投水自尽，被救起后出家为尼，而且拒绝了薰君让她还俗的要求。

纵观《源氏物语》里这些在欲海中漂游的男男女女，均以满足情欲开始，以沉沦、死亡或出家遁世告终。这的确是一部充满"物哀"情调的作品，由于选取日常男女私情而不是政治斗争这样一个角度来表现人物的命运，就使得作品能够从最细微处着手，详尽细腻地刻画人物的性格，表现他们的可悲结局。"物哀"也恰恰只能在这种看上去十分琐屑的日常情感生活中得到体现。"物哀"表现的是主体对客体的敏锐的感受，而这种感受是直观的、情感化的、非逻辑的。与此相适应，《源氏物语》采用的是所谓"并列式"的结构。全书的情节没有逻辑化的交叉和相互关联，每一卷（帖）都具有相对的独立性，而没有环环相扣的情节张力，只有这样，才不至于让通常所谓的"故事情节"冲淡乃至淹没细腻的情感体验、敏锐的心理感受，从而影响"物哀"的传达。感受神经迟钝的读者、性急的读者不会在阅读中体味到"物哀"的妙处。我们要使得自己的神经同作者、同书中的人物一样敏感和善感，既以物喜，又以物悲，风花雪月，皆系心肠；儿女之情，皆牵魂魄；生死离别，皆撼胸臆。书中的一景一物无不是情感的对象化，一人一事，无不是悲苦的体现者。虽有欢娱，却倏忽而逝、乐极生悲；虽有荣华，却好景不长，转福为祸。这样，我们就不能不为书中人物的命运而心动，而感叹，由此我们便抓住了书中的精髓，体味到了所谓"物哀"。

"物哀"实质上是日本式悲剧的一种独特风格。它不像古希腊悲剧那样有重大的社会主题、宏大的气魄、无限的力度和剧烈的矛盾冲突，它也不像中国悲剧那样充满浪漫的激情和深重的伦理意识，而是弥漫着一种均匀的、淡淡的哀愁，贯穿着缠绵悱恻的抒情基调，从而体现了人生中和日常生活中的悲剧性。由于平安王朝佛教盛行，紫式部本人也笃信佛教，这就使得这种悲剧性建立在了佛教悲观主义、虚无主义的基础之上。它努力表现"前生自业""前世因缘""因果报应"和"轮回"等佛教观念。作品中的人物都是"苦"的化身，但缺乏真正的悲剧中的那种对痛苦命运的奋力而壮烈的抗争，而是自认前世注定而无可奈何地消极承受，书中的主要人物到头来大都以出家遁世或死亡作为最终的解脱。如果说"物哀"作为一种悲剧风格，也表现为悲剧冲突，那主要就是现世的情欲享乐与深层意识中的悲观主义、虚无主义意识的矛盾冲突。这种矛盾冲突是内向化的，冲突的舞台就在人物的精神世界里。"物哀"所奠定的这种独特的感受性、抒情性、悲剧性的美学风格，成为日本传统文学的一大特征，并被近现代的作家所继承下来，我们在日本近代"私小说"，在川端康成、三岛由纪夫等人的作品中可以明显地看到这种美学风格的影响。

总之，"物哀"是《源氏物语》审美理想的核心。它不但是正确地理解《源氏物语》的一把钥匙，也是理解日本传统美学的一把钥匙。美学家们已把"物哀"看作是日本文学美学的一个基本概念，《源氏物语》则是说明这个概念的最好的作品。

《源氏物语》之后的平安王朝末期，物语的创作数量日益增加，但总的看来没有出现《源氏物语》那样的高水平的作品。长篇作品《狭衣物语》《夜半醒来》《滨松中纳言物语》和《松浦宫物语》等，都在某些方面模仿《源氏物语》，描写的是贵族男女哀感顽艳的恋爱故事，并继承了"物哀"的美学风格。其中，《浜松中纳言物语》（一般认为作者是菅原孝标之女，约成书于11世纪）描写了主人公源中纳言的跨越日本和中国（唐朝）的恋爱传奇故事，将现实梦境、转世等交织在一起，表现了当时日本人的中国想象。此后又出现了以日本和中国唐朝为舞台的《松浦宫物语》（一般认为作者是藤原定家，成书于 12 世纪后期），描写了主人公橘氏忠的跨国恋情，充满了汉文化、汉文学色调。以上物语被学者们称为"渡唐物语"，是研究中日关系的不可多得的文本。

　　在王朝物语文学衰落后，日本古典散文值得一提的是镰仓时代的两位散文作家——鸭长明（1155—1216 年）和吉田兼好（1282—1350 年）。他们两位都是出身没落贵族的隐逸遁世的佛教文人。鸭长明的随笔集《方丈记》①，以简洁严整的日汉混合体的文字谈到了人生的虚幻，记录了当时的天灾人祸，提倡遁世闲居。吉田兼好的《徒然草》② 也是一部随笔集。全书由 243 段文字组成。与《方丈记》相比，内容更为复杂。作者站在佛教世界观的角度，对世界与人生发表了坦率的见解和议论。《徒然草》使用的是典雅细腻的日文，从立意布局到文字显然都受到《枕草子》等平安王朝文学的影响。在文学史上它与《枕草子》齐名，被誉为日本古典随笔文学的双璧。中国现代作家郁达夫对《徒然草》评价较高。他曾谈道："我在日本受中等教育的时候，亦曾以此书为教科书。当时志高气傲，以为它只拾中土思想之糟粕，立意命题，并无创见。近来马齿加长，偶一翻阅，觉得它的文调谐和有致，还是余事；思路的清明，见地的周到，也真不愧为一部足以代表东方固有思想的哲学书。"当代翻译家申非先生在《日本古代随笔选·译本序》中写道："……要了解日本人精神面貌的来龙去脉，这简直是一部小小的百科全书。自从它问世以来，所有后来的作品，无论是什么体裁，无不受它的影响。后世的作家虽然有种种仿作（如井原西鹤的《俗徒然草》、清水春流的《续徒然草》等等），但它们就思想和文笔而论，都远逊于此书。"事实上，在吉田兼好之后，由

---

　　① 《方丈记》，李均洋译，载《方丈记·徒然草》，河北教育出版社 2002 年版。
　　② 《徒然草》，王以铸译，收《日本古典随笔选》，人民文学出版社 1988 年版；又见李均洋译《方丈记·徒然草》，河北教育出版社 2002 年版。

于市井文化和市井文学的兴起，日本古典散文逐渐衰亡了。

到了江户时代，市井散文由俗入雅，出现了将俳句与散文杂糅在一起的"俳文"，主要俳文作者有松尾芭蕉、小林一茶、宝井其角、向井去来、与谢芜村等，将古典性与近世庶民性结合起来，风格细腻清新，风格机智潇洒，富于"俳意"与"俳味"。

第三编　世俗化的文学时代

　　"世俗化的文学时代"是东方文学发展史上的第三个时代。所谓世俗化，既是相对于第一个文学时代的宗教信仰的性质而言的，又是相对于第二个文学时代的贵族化的性质而言的。"世俗化"也就是非宗教化和平民化。一方面，世俗化时代的文学不像信仰的文学时代那样以创造神和英雄这两种信仰对象为主要特征，使文学从属于宗教信仰；另一方面，世俗化时代的文学是民众性的，它与贵族化时代的文学迥然不同。总之，从非宗教化和民众化这两种意义上讲，这个时代的文学是世俗化的文学。

　　东方文学由"贵族化的文学时代"发展到"世俗化的文学时代"，是社会历史发展和阶级关系变化的必然结果。在贵族化的文学时代，文化教育和书面文学创作被统治阶级所垄断，民众的口头创作要依靠贵族上层文人的记录和编纂才能定型和流传。那时的民众文学还没有成为占主导地位的文学，不能构成一个文学时代。随着东方各民族贵族阶级在文化上的衰落，民众就成为文化创造的主导力量，也成为文学创作与文学欣赏的主体。东方各国相继迎来一个崭新的文学时代——世俗化的文学时代。在东亚，中国的世俗文学始于宋代，兴盛于明末清初。这时期贵族化的诗词的主导地位逐渐为民间市井的传奇、话本、戏曲、小说等取而代之。日本自12世纪之后贵族阶级衰落，武士阶级兴起，作为贵族宫廷文学的和歌、汉诗和王朝物语逐渐为民间市井的"战记物语"、连歌、俳句、谣曲、净琉璃、歌舞伎和小说（浮世草子）所取代。朝鲜随着封建社会的日益腐朽，16 世纪以后小说创作得到繁荣，19 世纪出现了《春香传》等著名的市井小说，原有的诗体"时调""歌辞"也转而表现民间市井内容，多歌颂商业、金钱和男女之爱。在印度的梵语文学和后来兴起的各种方言文学中，民间文学与宫廷贵族文学始终是并驾齐驱、互相推动的。正如季羡林先生所指出的那样：印度古代文学有两条发展道路，一条是婆罗门祭司的文学，也就是统治阶级的文学，一条是老百姓创造的民间文学。[①] 民间文学在宫廷贵族文学失去创造力之后，就成为印度古代文学的主流。东南亚各国文学受印度文学的影响，但在其发展后期便逐渐摆脱印度文学的束缚，民间和市井文学也因此得到繁荣，从 15 世纪到 19 世纪，民间传奇小说在马来文学中占有重要地位。19 世纪的越南出现了《金云翘传》那样的市井小说。在阿拉伯各国，民间文学在 8 至 9 世纪开始兴起，到 16 世纪形成了长篇民间故事《昂泰拉传奇》，大型民间市井故事集《一千零一夜》等著名作品。总之，在东方各民族和地区，世俗化的文学继以宫廷贵族的文人文学为创作主体的贵族化的文学时代之后，逐渐地发展起来，形成了一个"世俗化的文学时代"。"世俗化的文学时代"又可划分为民间文学和市井文学两个阶段。

---

① 季羡林：《中印文化关系史论文集》，三联书店 1982 年版，第 436-439 页。

第五章　东方民间文学

　　民间文学作为一种文学类型，与文人文学、作家文学相对，在任何时代都可以产生。古代的神话、史诗，中古时代乃至近现代的非个人创作的歌谣、故事、叙事诗，都属于广义上的民间文学。本章所论述的民间文学，是一个狭义的历史的、文学史的概念，指的是东方传统文学（近代之前）中产生于农民阶层、表现农民生活与意识的、有写本传世的文学作品，而不包括纯口头状态的原始的民间文学。近代之前就有写本传世的民间文学作品，原本多为民间口头创作，因故事本身流传较广、影响较大，一些宗教僧侣为了方便传教和说教，就对这些故事加以整理改造和书写；一些艺人、文人作家，也因为种种原因对有关民间故事加以记录、编订。东方文学史上的有文字写本的民间文学的经典作品，大都是这样形成的。

　　传统民间文学中占主导地位的是故事体文学，其主要特点是口头性和易传播性，在内容上的主要特点是教训性和娱乐性，即"寓教于乐"。"教训"是指民众在日常生活中积累的生活经验、为人处世的诀窍、民众的道德观念和行为模式。这些教训多数只停留在一种日常性的直观经验的层次上，但有些也达到了形而上的哲理高度。同时，这些"教训"从本质上看大多属于落后的封建的意识形态。因为封建统治阶级的思想也就是民众的思想，民众不可能拥有自己的思想体系。皇权崇拜意识在东方民间文学中普遍存在，婆罗门教、佛教、伊斯兰教、儒教等宗教意识形态深深渗透在东方民间文学之中；封建的等级观念、贞操观念、宗法制家庭观念不同程度地反映在民间文学里。虽然民间文学中也有与正统的封建观念相抵牾的东西，但绝没有达到从整体上否定封建意识形态的程度。正因为认识不到民众与封建统治阶级的本质上的对立，民间文学中也就不可能有真正的悲剧性冲突，而只是些抽象的善恶伦理的冲突。于是，东方民间文学通体洋溢着一种质朴憨厚的乐观主义精神。他们相信善必战胜恶，善有善报，恶有恶惩。他们不喜欢把实际生活中的悲剧事件现实主义地反映到文学创作里，而是常常把这种素材加以浪漫化的改造，从大团圆的结局中享受到现实中所缺乏的满足，得到心理上的抚慰和补偿。因此，在东方，民间文学中多见的东西在现实中却很少见。只有日本的民间文学稍有例外，它较多地接受了佛教悲观主义的影响，对虚幻的大团圆并不热心，但悲剧性在作品中也被大大地调和淡化了。

民间文学中的艺术形象普遍存在着程式化、脸谱化、雷同化、类聚化的倾向。在东方民间故事的最早形式——民间寓言中，作为形象体系的各种不同的动植物都被按照其"类"的特性赋予了固定不变的性格：比如狐狸的狡猾、猴子的聪明伶俐、牛的憨直和勤恳、蛇的阴险毒辣等。这表明，民间文学的创造者们还缺乏全面描写人本身的能力，只有从他们所熟悉的动物身上简单地反观人类自身。寓言故事之后的民间传奇和民间故事，人成为主角，但对人的外显行为给予了过多的注意，对人物复杂的内心世界却表现不够，开掘不深，往往极端化地表现人物的善与恶、勇与怯、美与丑，而缺乏对善恶美丑的矛盾转化和复杂性的深刻描写。同时，还存在着重事不重人，即以事件为中心，而不以塑造人物为中心的创作倾向。总之，东方民间文学中普遍存在着人物形象缺乏个性化的问题。

但是另一方面，民间文学却洋溢着其他文学所缺乏的天然清新的芳香，健康素朴的幽默感，耐人寻味的智慧，蓬勃向上的生命力，驰骋无羁的艺术想象力。这一切，都极大地惠及了后来的文学，启发着一代代文学家们的灵感。民间文学虽流于程式化，但毫无矫揉造作；虽代代传承，但毫不苍白僵化，因为它深深地植根于民众生活的土壤中。因此，民间文学往往比文人文学更能集中准确地反映一个民族的风俗文化、民族精神。

　　东方各民族都有着丰富多彩的民间文学。按空间分布，基本上可以分为三大中心：第一是印度。印度民间故事是东方各国乃至世界各国民间故事的主要影响源之一，其特点是具有强烈的宗教性。第二是阿拉伯中东各国。阿拉伯民间故事将亚洲、欧洲、非洲各国的民间故事融会起来，形成了以阿拉伯阿拔斯帝国为背景的庞大的民间故事集群，其特点是伊斯兰教信仰与商业文化的统一。第三，是以中国为中心的汉民族及各少数民族的民间文学。特点是以儒家文学为基础，以人伦道德的教训为基本内核。除上述的三大中心之外，东南亚各国的民间文学也相当发达。其中，东南亚各国的民间故事，著名的如爪哇岛以英雄班基为中心的历史传奇故事"班基故事"（流传到泰国、缅甸、柬埔寨等国被称为"伊瑠故事"）、马来传奇故事"希卡雅特"等，先是受印度两大史诗和佛经故事强烈影响，后来又受到阿拉伯、波斯传奇故事的影响，同时也具有浓郁的东南亚风土风俗的特征。包括蒙古、朝鲜、日本等在内的东北亚地区的民间文学，也具有很强的民族风格，同时受到中国各族民间文学、印度佛教故事的影响。在东亚各国民间文学中，尤其以日本的民间故事文本形成较早，而且最为系统和丰富。

　　本章分三节，分别对印度、阿拉伯和日本的民间文学加以评述。

第一节　印度民间文学

　　印度民间文学拥有悠久的传统，在东方文学中最为发达，影响也最大。流传在世界上的许多寓言故事都起源于印度。印度民间文学流传下来的作品非常丰富，其主要原因是：第一，产生于印度的各种宗教（如婆罗门教—印度教、佛教、耆那教）纷纷借助民间传说故事，宣传、弘扬或阐释抽象深奥的宗教哲学思想。宗教人士竞相采集、加工、编订民间故事，并把它们纳入各种经典之中。第二，印度人特别重视精神生活，崇尚玄奥与浪漫，一方面擅长抽象的哲学思辨，另一方面善于艺术的想象与创造。一般百姓不但愿意听故事，也愿意创作故事和讲故事。第三，印度人的人生哲学的基本取向是不重现世重来世、不重人生时间而重宇宙时间，因此他们不重视人生历史的记录，这就导致了历史学的极度萎缩。可以说，近代以前的印度人没有一本自己写的真正的历史著作，代替历史书的是史诗和传说故事，于是造成了故事传说的极度的、畸形的发达。长期以来，他们把代代相传的故事传说看成是真实无疑的东西。总之，民间文学在印度不仅具有通常的娱乐和教育的意义，更兼有宗教哲学、史学等多方面的功能和意义。

我们可以把印度民间文学分为三类：一类是属于婆罗门教—印度教系统的民间故事传说，即"往世书"；一类是属于佛教系统的佛经故事；再一类是不从属于宗教的更世俗的寓言故事，如《五卷书》等。

"往世书"是一种印度民间神话传说的总称。因为印度人把这些神话当作历史，如同把大史诗《摩诃婆罗多》当作历史一样，因此"往世书"也有"历史传说"的意思。而且，"往世书"在形式上模仿《摩诃婆罗多》，作者也被说成是广博仙人。它主要采用诗体，也有部分散文。全部采用对话形式，分段标明某某人说，诗的格律与史诗基本相同。不同的是"往世书"篇幅差别较大，有的"往世书"的篇幅达到大史诗的一半左右。

尽管"往世书"中的神话传说可以上溯到史诗时代，且有许多内容与两大史诗重叠，但它们被系统地编写成文献并广泛流行却是从纪元前后不久一直到公元 10 世纪左右，因此在时间上它属于民众文化已经勃兴的世俗化的文学时代。尽管"往世书"长期以来被作为婆罗门教—印度教的经典之一，但它的民间的世俗性是显而易见的。其中的神话传说主要是在《梨俱吠陀》的基础上丰富和发展起来的，因此不属于原初神话传说，已失去了信仰文学时代的神话和史诗那样的古朴性和神秘性，而具有民间特有的世俗化性质。

往世书现存十八部，其中，最重要的是《毗湿奴往世书》《湿婆往世书》《薄伽梵往世书》《鱼往世书》等。"往世书"中的民间传说故事的中心形象是"三大神"，即大梵天、毗湿奴和湿婆。《往世书》中讲到创造之神大梵天如何创造世界；保护之神毗湿奴如何化身下凡救世，斩妖除魔，其中毗湿奴的化身黑天少年时代浪漫的牧童生活历来为印度人津津乐道；还讲到了破坏之神湿婆的苦行生活，他如何承受天上的银河水而使之成为地上的圣河——恒河，等等。

除"往世书"外，印度大量的民间故事还保留在佛教徒所积累的庞大的文献典籍中。因为佛教典籍有一个普遍特点，就是为了吸引民众，常常采用通俗的寓言故事或生动的譬喻阐发教义，这样，民间文学就与佛教结下了不解之缘。

佛教形成于公元前 6 世纪的印度。其创始人相传是乔达摩·悉达多，他被后来的教待尊称为"佛陀"或"佛"（意即"觉悟了的人"），又被称为"释迦牟尼"（意即"释迦族的圣人"）。佛教典籍中有专门讲述释迦牟尼一生经历的故事，这类故事被称作"佛传故事"。现存讲述佛传故事的主要经典《大事》、《神通游戏》（汉译《普曜经》）和《佛本行经》、《佛所行赞》等，原文皆是梵文。这些经典大多讲述佛陀的神奇的出生，青少年时代的生活，他的出游和对人生痛苦的思索，逾城出家，访师求道，六年苦行，菩提树下悟道成佛，初转法轮（第一次向人们宣讲佛法），游方传教，最后涅槃入天。不少佛传故事围绕这些情节敷衍铺陈，把许多已有的民间传说故事融于其中。叙事夸张、想象丰富、色彩纷呈，具有民间文学特有的艺术魅力。"佛传故事"在南亚、东南亚、东亚各国影响极大，不少佛教的壁画、雕塑均以佛传故事为题材。

"佛本生故事"或称"本生故事"是佛经故事中数量最多、最有代表性的一类故事。佛教认为，释迦牟尼在成佛之前只是一个菩萨，还跳不出轮回。他必须经过无数次转生，在每次转生中行善积德，才最后成佛。这些讲述释迦牟尼成佛之前无数次转生的故事就叫"佛本生故事"。最迟在公元前 3 世纪，佛教徒就开始收集、改编大量的民间寓言故事，把那些寓言故事中的正面主角说成是佛陀的前生，以佛陀前生的所作所为，形象地阐明佛教教义。这类"佛本生故事"，是佛教经典"经"（佛陀的言论事迹）、"律"（教律）、"论"（佛经宗教哲学著作）所谓"三藏"中的"经"的一个专门部类。被收录于《阿含经》《六度集经》《佛本生经》等许多典籍中。其中，保存民间寓言故事数量最多、最有代表性的是印度巴利语（梵语方言的一种）的《佛本生经》（或简称《本生经》）。

《佛本生经》① 共收有 547 个寓言故事（内有重复），它是世界上最古老、最庞大的寓言故事集之一。每个寓言故事的主要角色或正面角色都被说成是成佛前的释迦牟尼（菩萨）在不同时期中的转生形象。这些形象或表现为不同身份的人，如国王、大臣、王子、祭司、法官等；或是神，如树神、天神帝释天等；或是各种动物，如狮子、豺狼、兔子、鹿、牛、大象、狮子、公鸡、乌鸦、天鹅、鹌鹑等。每个故事都有一个固定的模式，都由五个部分构成：1. 今生故事，即点明佛陀讲述自己前生故事的地点和缘由；2. 前生故事，是故事的主体，讲述佛陀前生故事；3. 偈颂诗，一般插在前生故事中，具有总结故事的论点，点明主题的作用；4. 注释，解释偈颂诗中的词义和含义；5. 对应，将前生故事中的故事角色与今生故事中的人物对应起来，指明前生故事中的某某人或某某动物就是佛陀的前身。显而易见，《佛本生经》中的前生故事绝大多数是流行于古代印度民间的寓言故事。佛教徒只是采集来，予以删改，加上头尾，用来

---

① 《佛本生经》的现代汉语选译本有《佛本生故事选》，郭良鋆、黄宝生译，人民文学出版社 1985 年版。

宣扬佛法。这些故事篇幅不太长，情节紧凑生动，形象鲜明，主题突出，寓教于乐。故事本身的情节有相当一部分是与佛法教义本身相符合的。如讲究处世的智慧，嘲笑愚蠢鲁莽不动脑筋的行为，反对执着于物质欲望，主张恬淡寡欲、弃世修行、广济博施，提倡忍辱负重、谨言慎行，反对骄傲逞能；主张不与恶人交往，不以强凌弱、以大欺小，不忘恩负义、以怨报德；提倡尊重老人长者、遵守交友之道，反对种族歧视；主张众生平等；宣扬女人是祸水，女人淫荡不贞等等。但也有一些故事并不与佛教教义相符或不完全相符。如不少故事宣扬对恶人施以惩罚直至杀掉（见《猫本生》《法幢本生》《精通脚印青年本生》等），还可以以牙还牙，以智慧杀死强敌（见《鹌鹑本生》）。有的故事宣扬要珍惜生命，不可轻易舍生（见《驴儿子本生》）；有的故事也为女人唱赞歌，赞美其聪明可爱和忠贞（见《商波拉本生》）。这些与佛教的大慈大悲、不杀生等教义并不一致。由此可见民间寓言故事的世俗性、多层次性和主题倾向的复杂性。这种世俗性和复杂性是佛教教义难以改造和统括的。

在佛教故事中，还有一类更世俗性的通俗寓言故事，称为"譬喻经"。"譬喻经"的数量很多，较重要的有《百句譬喻经》《天譬喻经》《杂喻经》《本生蔓》等。原文为梵文。其中最有名的是《百句譬喻经》，简称《百喻经》，一译《痴华鬘》，相传《百喻经》为古印度僧人僧伽斯所撰，早在南北朝时期就由来华印度僧人求那毗地翻译成汉文，我国现代作家鲁迅对《百喻经》很是赞赏，1914年他曾对汉译《百喻经》作了校正和断句，并出资刻印发行。所谓"百喻"，是指全书共收集了近百个故事，用譬喻的形式来解说佛教的道理。实际上，许多故事本身与佛教教义关系很小。这部寓言故事集共收了九十八则故事，篇幅比较短小，却能以小喻大，生动风趣、诙谐幽默。其中的一些故事典故在我国已广为人知。如《三重楼喻》，说有个愚蠢的富翁见别人盖了一栋三层的楼房，很羡慕，便请来工匠，让他们也盖三层楼。匠人们忙着测量地基，垒砌砖台。这位富人看见匠人们干活，迷惑不解地问道："你们想要修建什么样的房

屋?"匠人回答说:"修建三层楼房。"富人却说:"我不要下面两层,要
先为我做最上层。"《奴守门喻》中讲的是一个仆人"看门"的故事。有
一个人准备出远门,临走前嘱咐仆人说:"你好好看守家门,同时看管好
驴和绳子。"这个主人走后,仆人想到邻村看戏,但离开家门又觉得不放
心。想了一会儿,便把门取下来用绳子捆好,放在驴子背上,赶着驴子听
戏去了。仆人离家之后,家中财物全被盗贼偷走。主人回家后问:"家里
的财物哪里去了?"仆人回答说:"老爷原先叫我守好门,并且看管好驴
子和绳子,除此之外,我就不知道了。"《百喻经》中类似的故事很多,
如《乘船失釪喻》(这个故事与我国《吕氏春秋·察今》中的《刻舟求
剑》的故事相仿)、《欲食半饼喻》、《驴翁俱失喻》等。这些故事均有深
刻的讽喻意义,或令人回味无穷,或令人忍俊不禁、捧腹喷饭。还有一些
故事寄寓了深刻的生活哲理。如《送美水喻》中讲:从前有个村庄,距
京城有五由旬(印度长度单位)。村中有个甜美的甘泉,国王命令村民每
天送泉水进城。村民为此痛苦不堪,都想迁移到别的村去。这时,村长对
大家说:"你们不要迁走,我一定告诉国王,把五由旬路改为三由旬,使
送水的路程缩短。"国王批准了这一要求。村民们听到后,十分高兴,不
再打算迁移了。这个故事与我国《庄子·齐物论》中的"朝三暮四"的
故事相仿。五由旬改为三由旬,说法不同,实际距离一样,而村民们的前
后反应却截然不同,由此可见人们的主观意念、主观感觉的重要作用。生
活中有许多问题总是实质未变,但只要提法或名称变了,人们就往往会忽
略问题的实质。

　　上述印度的佛经故事,随着佛教在东方各国的广泛传布,对南亚、东
南亚各国的文学艺术产生了巨大而深远的影响。如巴利语的《佛本生经》
在斯里兰卡、缅甸、泰国、老挝、柬埔寨、印度尼西亚流传甚广,深入人
心。佛本生故事不仅是东南亚文学艺术的启蒙作品,而且也是他们的文学
艺术的创作灵感和创作素材的重要来源。中国早在东汉时期就开始翻译佛
经,及至六朝、唐代,佛经翻译十分鼎盛,构成了中国翻译史上的黄金时

代。佛经故事对中国文学影响也较大，六朝时的志怪小说就是在佛经故事的影响下形成的，有的志怪小说就是直接由佛经故事改写而成。佛经故事极大地启发了受儒家理性哲学束缚的中国文学家的艺术想象力，使中国文学风格在六朝时为之一变，并一直影响了从唐传奇到明清神魔小说的创作。日本文学通过中国所译的印度佛经故事，也大量吸收、借鉴佛经故事进行创作，如奈良时代的民间传说故事集《日本灵异记》、平安时代末期的大型民间故事集《今昔物语集》等都吸收改造了大量的佛经故事。

上述往世书、佛经故事中的印度民间神话寓言传说故事，都是分别依托于婆罗门教和佛教而流传于世的，因而不同程度地受到了宗教人士的加工修改。除此之外，印度还有一些不凭借宗教而流行的完全世俗化的民间寓言故事、传说故事集。在流传至今的这类故事集中最主要的是《五卷书》。

《五卷书》在印度有好几个传本。其中较早的传本大约形成于公元2—3世纪，最晚的约形成编订于公元12世纪。据季羡林先生说，《五卷书》在印度被认为是一部"正道论"或译"世故论"，它是"一部教人世故和学习治国安邦术的教科书。它的前提是，主张人们不必避世成仙，而是留在人类社会中，用最大的力量获取生命的快乐"。① 关于这一点，《五卷书》的"序言"也讲得很明白：说是一个国王有三个愚蠢的王子，为了教育他们，大臣出主意请了一位婆罗门，这位婆罗门保证在六个月内让他们精通"事论"（即修身处世、统治天下的学问）。他的方法确实灵验，六个月后，三个蠢儿子果真聪明起来了，原来他的绝招就是编写一部又有故事又有教训的寓言作教材。他编写的这部教材分为五卷，取名《五卷书》。

作为民间文学，《五卷书》没有宣扬宗教道德、虔诚信仰、神灵威力、解脱涅槃，而是贯穿着民间特有的彻底的实利主义态度，赤裸裸地宣

---

① 季羡林：《五卷书》译本之《再版后记》，人民文学出版社1981年版。

传追求物质利益和生活享受。在印度传统哲学所提倡的人生四大目的"正法""财富""爱欲"和"解脱"中，这里只强调追求"财富"和"爱欲"，也就是中国所谓的"食色，性也"，而不顾"正法"和"解脱"。《五卷书》的主导倾向就是为了达到获取利益和爱欲的目的可以不择手段。作者特别关心交友之道，通过动物之间的关系反映村社中的人际关系，指导个人在集体中如何避害而趋利，如何生存；集团与集团、国家与国家之间如何相互提防，相互牵制和利用。在很多故事里，把欺骗诡诈当作聪明智慧，把不劳而获当作荣耀和幸运。强调对一切人和事谨慎小心，提倡不轻信和不冒失，害人之心不可有，防人之心不可无，尽量结交对自己有利的伙伴，尽量避开或讨好有势力者，提倡弱小者团结一致，共同对付强敌，等等。总之，这里反映的主要是民众的智慧和世故。这种智慧和世故是基于对实际生活的观察而总结出来的，因此具有明显的直观性、经验性、日常性和功利性的特征。在艺术形式方面，《五卷书》集中运用了印度民间故事所常用的大故事套小故事的所谓"连串插入式"①结构，开篇有一个总故事，贯穿全书，这就像一个大树干。每一卷各有一个骨干故事，贯穿全卷，就好像是大树干的主枝。然后再把许多中小故事一一插进来，就好像粗枝上的细小枝叶。这样大大小小、主主次次地环环相套，错综复杂，镶嵌穿插，浑然一体。这种结构方式通过《五卷书》的传播极大地影响了东方其他民族的民间故事，不仅此后出现的印度的民间故事集继续延用这种形式，而且阿拉伯的民间故事、中国少数民族的民间故事等都仿效此法，使这种形式成为东方最具有代表性的民间故事集的结构模式。

继《五卷书》之后，印度又出现了不少模仿《五卷书》的故事集。如10世纪前后出现的《嘉言集》，在全书结构、故事内容上都承袭《五卷书》。《嘉言集》在印度东部曾广泛流传，常被作为学习梵语的初步

---

① "连串插入式"从季羡林先生说。

读物。

除了《五卷书》这样的民间寓言故事外，印度民间还有一些以古代帝王为中心的故事传说。如阿育王、优填王、健日王等帝王，常被作为这些故事传说的中心人物。印度人对这些帝王的确切生平不感兴趣，也不追究，却津津乐道于有关他们的传说。其中有较大影响的是以健日王（或译超日王）为中心的故事集《宝座故事三十二则》和《僵尸鬼故事二十五则》等。

民间故事数量的不断增加和更为广泛的流行，促使了民间故事编纂规模的扩大，出现了不少具有民间故事大全性质的大型类书。据记载，在11世纪以前较长的一段时期内，曾有一部用俗语写成的卷帙浩繁的故事总集，书名叫《伟大的故事》。据信，这部书可能囊括了印度流行的所有民间故事。可惜在11世纪之后，这部大型故事类书就失传了。但这部书的部分内容保存在文人用梵语改写编纂的一些诗体故事集中，得以流传下来。如《故事海》《大故事花簇》《大故事摄》等。其中，月天编纂改写的《故事海》① 较有代表性。全书共21000颂，分为18卷、124章，采用的仍然是印度流行的大故事套中小故事的结构模式。其中，第一卷以德富的《伟大的故事》的写作缘起的传说故事为主干故事，讲述了《伟大的故事》的由来，属于印度一般叙事文学的老套子。第二、三卷以优填王两次婚姻为主干，第四卷到第十八卷以优填王的儿子那罗婆诃那达多的生平经历为中心，从他的诞生，到一次次地娶亲结婚，到成为持明王为止。在优填王及其儿子的主干故事之外，又穿插了大大小小350多个故事。故事的内容类型十分广泛，包括神话传说、寓言童话、宗教说教故事、宫廷故事、爱情故事、冒险故事、智慧故事等，像《五卷书》《僵尸鬼故

---

① 《故事海》有中文选译本《故事海选》，黄宝生、郭良鋆、蒋忠新译，人民文学出版社2001年版。

事》①那样著名的民间故事集的全部内容都被收入其中。因此，《故事海》
也可称作"印度古代故事大全"了。

第二节　阿拉伯民间文学

印度的《五卷书》在阿拉伯的译本叫《卡里来和笛木乃》②。据该书
的序言讲，本书首先是由一个名叫白尔才外的波斯医师、文学家奉国王之
命从印度"偷出"，并译成波斯语的。波斯语译本现已失传，8 世纪时，
又由伊本·穆格发从波斯语转译成阿拉伯语。伊本·穆格发（724—759
年），原是波斯人，信奉祆教，后皈依伊斯兰教，是阿拉伯文学史上著名
的散文家、翻译家和改革社会的思想家。在他看来，像《五卷书》这样
的作品，是匡正时弊、规劝讽喻君王和教育老百姓的理想作品。这也是他
翻译该作品的动机。

《卡里来和笛木乃》并不是对原文的忠实移译。译本以书中的《狮子
和黄牛》《笛木乃的审讯》两章中的两只狐狸卡里来和笛木乃的名字作为
书名。《五卷书》的许多故事被删掉了，同时又加上了其他印度故事、波
斯故事和译者自己编写的故事。全书共有十五章，以哲学家白得巴向印度
皇帝大布沙进谏为线，收录了近五十则寓言故事，篇幅不及《五卷书》
的一半。和《五卷书》相比，《卡里来和笛木乃》的道德教训性很强。如
上所述，《五卷书》中的许多故事是不讲道德而讲功利的，而《卡里来和
笛木乃》却突出宣扬道德，主要是君王应有的品行素质如体察下情、宽

---

① 《僵尸鬼的故事》又译《尸语故事》，曾流传到了藏族和蒙古族地区，并有多种
藏语与蒙语的不同版本。

② 《卡里来与笛木乃》已有两种中文译本：林兴华译《卡里来与笛木乃》（选译），
人民文学出版社 1988 年版；李唯中译全译本《凯里来与迪木奈》（有插图），
中国文联出版公司 2016 年版。

容、理智、制怒、主持正义、赏罚分明、品行端正、任人为善、勤于政务等，还有朋友之间的交往、友谊。故事特别强调知识和理智的重要性，认为"知识与生命，两者不可分离"，"理智是万善之因，是幸福之钥匙"，理智在生活中比武力更重要。事实上，《卡里来和笛木乃》全书充满着理智，译者把生动的寓言故事与冷峻的理智说教、充满哲理的格言警句统一了起来。如译者借印度哲学家白得巴之口讲了一个故事：

> 有一次，中国、印度、波斯、大秦的帝王会聚一堂，每人都想说一句可以留传后世的箴言。中国皇帝说："收回我没有说过的话比收回我说过的话更容易。"印度皇帝说："我不明白那些爱说话的人，说了于他有利的话，就果然带来好处？但说了于他有害的话，必定招来祸殃！"波斯皇帝说："我说了一句话，这句话就控制了我；倘若我不说这句话，我就能支配它。"大秦皇帝说："没有出口的话，我从来不后悔，可是说过的话，我却常常后悔。"①

为了强调慎言，译者一连用了四个精辟的格言警句，给人留下了深刻的印象。从强调理智这一点上看，《卡里来和笛木乃》的确不是地道的阿拉伯人思想和性格的产物。它与阿拉伯人本有的易于激动、崇尚武力、轻视理智、惯于凭感觉和情绪行事的民族性格相去较远。只是因为译者伊本·穆格发是波斯人，又是个虔诚的祆教徒，而传统的波斯人历来是十分推崇理智、长于理性思维的。

印度的《五卷书》之所以流行世界，主要得益于它的阿拉伯译本《卡里来和笛木乃》。11世纪初，《卡里来和笛木乃》被转译成希腊语，12世纪初被转译为希伯来语和波斯语，以后又通过这三个译本辗转译成

---

① 〔阿拉伯〕《卡里来和笛木乃》，林兴华译，人民文学出版社1988年版，第9页。

拉丁语（1263 年）、德语（1483 年）、西班牙语（1493 年）、意大利语（1546 年）、法语（1556 年）、英语（1570 年）以及其他各种语言。

《卡里来和笛木乃》属于阿拉伯的译介故事。除译介故事外，阿拉伯还有许多在民间土生土长的传说和故事。这些传说故事的内容大都取材于蒙昧时期阿拉伯游牧民的生活，有历史故事、英雄传记、爱情故事、战争故事等。最著名的有《昂泰拉传奇》《赛福·本·热·叶琼国王的故事》等。其中最有代表性的是长篇传奇故事《昂泰拉传奇》。

《昂泰拉传奇》① 是 9 世纪阿拉伯民间艺人根据古代骑士、著名诗人昂泰拉的民间传说整理加工而成的。此后在阿拉伯世界广泛传唱，历代民间艺人不断地用奇闻轶事丰富故事情节，加以渲染和夸张，直到 14 世纪才最后定型。

这部长篇传奇故事中的昂泰拉是蒙昧时期阿拉伯半岛上的游牧民的理想形象。这个形象集中体现了阿拉伯人的价值观念、行为方式和性格特征。故事把昂泰拉的传奇经历与一个接一个的战斗场面结合在一起。由于这些场面过度密集而使人有目不暇接之感。这些场面又不同程度地散发出血腥气味，明显地表现了阿拉伯人的尚武精神。部族与部族之间的无休止的互相抢杀掠夺，构成了故事情节的基本因素。主人公昂泰拉的英雄本色，正是具体地体现在这些抢杀掠夺的战斗之中。昂泰拉作为一个英雄，就在于他的战无不胜的刀马功夫，而阿拉伯人最钦佩的也恰恰是这一点。尽管昂泰拉不是纯种的阿拉伯人，是个黑奴，但由于他有超群的武功，故事便把他塑造成部族的象征和保护者。可见在故事的作者和听众看来，比起血统门第，武功更为重要。这种武功至上的价值观，是蒙昧时期的阿拉伯游牧民，甚至也是此后相当长历史时期中的阿拉伯人特有的生活、生存方式的产物。事实上，作为英雄的昂泰拉，一方面是保护部族百姓、击退敌人侵犯的英雄，另一方面又是抢劫和进犯别的部族的英雄。他对本部族的人慷慨大度，而对外部族的人却是能抢即抢，该杀便杀。从昂泰拉身

---

① 《昂泰拉传奇》有两种译本：俞山译《沙漠骑士昂泰拉》，外国文学出版社 1981 年版；根弟译《沙漠骑士安特尔》，新华出版社 1981 年版。

上，可以看出当时阿拉伯人的强烈的部族主义、部落主义倾向。

《昂泰拉传奇》出色地表现了阿拉伯人编故事、讲故事的能力。它把英雄征战故事与爱情故事完美地糅合在了一起。昂泰拉建立武功的动力来源于对阿卜莱的爱情，或者说，他是为了取悦自己所爱的美女而战。大概正因为这一点，西方的东方学家常常把《昂泰拉传奇》与荷马史诗《伊利亚特》相比较，把《昂泰拉传奇》誉为"阿拉伯的《伊利亚特》"。当然，《昂泰拉传奇》不是史诗，它是夹杂着一些诗歌的散文故事，但它确实具备了质朴、庄严的史诗风格。

笑话也是阿拉伯伊斯兰民间文学的一大门类。阿拉伯人生性乐观幽默、性格外向。他们喜欢听笑话，也喜欢讲笑话，传播笑话。其中流传最广、影响最大的是集结在霍加·纳斯列丁名下的一系列笑话。

霍加·纳斯列丁也就是我国人民所熟悉的阿凡提。"霍加"和"阿凡提"都是突厥语中对男人的尊称，相当于汉语的"先生""老师"等。曾有一些学者认为纳斯列丁是民间笑话中的一个人物形象。但据苏联、土耳其和欧洲的一些学者研究，阿凡提并非虚构的历史人物，他是土耳其人，生于13世纪。他曾做过农民，当过伊玛目，还在宗教学校教过书，是个有学问的、头脑机灵、能言善辩、幽默风趣的人。

纳斯列丁的笑话有一个逐渐形成的过程。纳斯列丁笑话的前身是有关朱哈的笑话。相传朱哈是10世纪阿拔斯王朝时代的人，出生在库法（今伊拉克境内）。在10世纪巴格达目录学者纳迪姆编辑的《图书目录》中，最早提到了《朱哈笑话集》，其他学者和诗人也曾提到或援引过朱哈的笑话。朱哈的笑话后来传遍了西亚、北非的整个阿拉伯地区。当它们传到土耳其后，经土耳其人的加工改造，便成了纳斯列丁某些笑话的基础和原型，并与纳斯列丁的许多笑话混合在一起。而且，纳斯列丁笑话的流传范围和影响都大大超过了朱哈的笑话。[①]

大凡笑话，总以让人发笑为宗旨，追求滑稽与幽默的趣味。有关纳斯

---

① 参见戈宝权：《霍加·纳斯列丁和他的笑话》，载《纳斯列丁的笑话》，中国民间文艺出版社1983年版。

列丁的成功的、有代表性的笑话，主要使用了以下几种手法来制造"笑"的效果。

第一，巧设语言圈套，使人陷入其内并愚弄之。如《在清真寺讲道》的笑话，说的是纳斯列丁一走上讲台就问道："信徒们，你们知道我要跟你们讲什么？"大家回答："我们不知道。"霍加接着说："既然都不知道，那我还有什么可跟你们讲的？"于是走下讲台，扬长而去。下一次，霍加一上台又提出了同样的问题，大家一齐回答："我们全都知道。"霍加却说："既然你们全都知道，我就没有再讲的必要了。"第三次，众人商量好，回答说："我们当中有些知道，有些人不知道。"霍加就说："这可太好了，那就让你们当中知道的人讲给不知道的人听吧。"

第二，顺水推舟，以其人之道还治其人之身。《锅死掉了》的笑话，讲的是霍加从邻居家借了一口锅，还锅的时候在锅里面又多放进一口小锅。锅的主人问道："这是什么呀？"霍加说："这是你那锅生下来的。"贪心的邻居就把小锅也收下了。过了不久，霍加又去借那锅，借来却老是不还。邻居上门催要，霍加却说："告诉你一个不幸的消息，你那口锅已经去世啦。"邻居惊讶地反问："谁听说过锅还会死？"霍加回答他："假如你以前相信大锅会生下小锅，那么你为什么不相信锅会死掉？"类似的笑话还有《明天就是世界末日啦》《霍加贤明的判决》等。

第三，大智若愚，口吐愚痴之言以解嘲。如有个笑话讲：霍加的一头驴子丢失了，他一边寻找驴子，一边讲着感谢真主的话。有人问他：为什么要感谢真主？霍加回答："我感谢真主，是因为我没骑在驴子上，不然我也丢了。"此笑话愚痴中包含着机智的幽默。还有个笑话叫《老婆的精细计算》，讲的是霍加对刚结婚三个月的老婆就要分娩感到迷惑不解，因为他听说结婚九个月以后才会生孩子。他老婆生气地说："你这是什么意思？难道没过九个月吗？我嫁给了你三个月，你娶我三个月，一共六个月。加上怀孕的三个月，一共九个月。"霍加想了又想，最后说："你是对的。我没动脑子这样精细地计算。请你原谅我，我弄错了。"在这个笑话中，聪明的霍加受到老婆的愚弄，自有一种滑稽的效果。

第四，背谬常理，口出怪论却令人张口结舌。有个笑话讲：有一次霍加从屋顶上摔下来，朋友们围上来问他："出了什么事，你怎么躺在地上?"霍加回答："要是你们有谁从屋顶上掉下来，谁就知道这是怎么回事了。"还有一个笑话讲：霍加在十年中一直跟人说自己四十岁，人们指责他说假。霍加说："一个真正的人从来不会否认自己讲过的话。要是再过二十年你来问我，无疑地我会同样地答复你。"

纳斯列丁的笑话内容十分丰富，也很复杂，不同的笑话表达了不同的思想倾向。有的笑话充满道义感，有的笑话则对诡辩、无赖和耍滑头津津乐道；有的笑话是积极健康的，有的笑话则显得粗鄙无聊，充满乡间市井的俗气，唯取笑料而已。这些正是民间文学所特有的现象。

纳斯列丁的笑话在阿拉伯伊斯兰地区、中亚地区，都有十分广泛的影响。可以说，这些笑话是上述地区的人民在几百年间的共同创作。16 世纪以后，这些笑话才被文人学者陆续记录成文，一直流传到现在，成为阿拉伯民间文学宝库中弥足珍贵的财富。我国在 20 世纪 50 年代以后陆续出版了数种有关纳斯列丁的笑话集。尤其在我国的新疆维吾尔地区，纳斯列丁·阿凡提的笑话故事更是妇孺皆知。

第三节　日本民间文学

日本民间文学也具有悠久的历史。以上提到的物语的"开山鼻祖"《竹取物语》就是日本较早的长篇民间传奇故事。奈良时代的弘仁末年（822—823 年）前后，出现了一部民间故事集，题名为《日本灵异记》，共三卷 116 个故事，是由出家僧人景戒（生卒年不详）收集编纂的。编者在上卷自序中称编纂此书的目的是劝人"避恶而入正，莫作诸恶，奉行诸善"。他力图通过当时书中的传说故事（说话）宣扬佛教的轮回报应。有少数故事是从印度和中国引进的，多数是对日本民间流行的传说故事的整理记录，一些故事并无佛教教训的意味。如上卷第二个故事《娶狐狸为妻生子缘》就是一个男人与动物化身的美女结婚的质朴的民间故事。

进入 12 世纪后，平安王朝贵族文化开始衰落，王朝贵族文学也走向僵化和堕落，民间文学则继之兴起并显示出新鲜活力。贵族文人也深感王朝贵族文学的式微，而把注意力转向民间文学，佛教僧侣也借鉴印度与中国的做法，利用民间文学进行说教。于是，自 12 世纪末 13 世纪初开始，收集、编纂民间"说话"（包括寓言、童话、故事、传说等）的风气十分盛行。民间文学受到重视，在相当长时期内成为日本文学的主流。这一时期民间物语的集大成之作是《今昔物语集》。这部故事集约形成于 12 世纪中叶，编者和编辑过程均不详。全书共 31 卷①，收有一千多个故事，译成中文可达近一百多万字，可以说是日本的《一千零一夜》了。《今昔物语集》共分为天竺（印度）、震旦（中国）、本朝（日本）三部分，实际上囊括了当时日本人视野中的全世界范围的传说故事。从内容上，又可分为佛教故事和世俗故事两部分，其中佛教故事最多，约占一半以上。但这些来自印度和中国的佛教故事在很大程度上被日本化了。世俗故事的内容也很丰富，所描述的人物从皇族贵人、僧尼、学者、武士、农民、商人直到盗贼乞丐，社会各阶层无所不包，还有各种动物、植物、神灵妖怪的故事。

《今昔物语集》中的天竺部分（一至五卷）所载的印度故事，并不是根据梵文或其他印度文字翻译改写的，主要依据的是汉译佛经文献和中国

---

① 其中，第八、十八、二十一卷今不传，其他各卷也有残缺。中文选译本《今昔物语集》上中下卷，北京编译社译，周作人校，新星出版社 2006 年版；中文全译本《今昔物语集》（三卷），金伟、吴彦译，万卷图书出版公司 2006 年版；北京编译社译《今昔物语集·本朝部插图本》（上下卷）由人民文学出版社 2008 年出版。

僧侣编写的类书和著作。如《生经》《六度集经》《百喻经》《法苑珠林》《大唐西域记》等。震旦部分（六至十卷）的180篇故事都是根据中国的历史、哲学、文学、佛经等方面的材料翻译改编的。这些材料包括：《左传》《史记》《汉书》《后汉书》《韩非子》《庄子》《列子》、六朝志怪、唐传奇、白居易的叙事诗等。

《今昔物语集》对印度、中国的故事并不兼收并蓄，求其完备，而是经过一番选择的。对于日本本国的故事，则似乎务必求全。因此，本朝部分共二十卷，是《今昔物语集》的中心和重点。可以说，它已尽力搜集到了当时流传于日本民间的各种寓言童话、传说故事。许多故事情节清晰完整，人物形象鲜明，具有明朗质朴的艺术风格。有些故事不仅有很高的可读性，而且含义丰富、耐人寻味。如山芋粥的故事，讲的是一个年老武士，穷得连最喜欢喝的山芋粥也喝不上，因此十分渴望能饱饱地喝上一顿。有个富翁听说此事，便在家中支起五六口可以煮五斗米的大锅，煮好山芋粥招待那个老武士。但那个武士面对这么多的山芋粥，平素的欲望竟一下子消失，甚至连一小碗也喝不下去。这个故事除了将贫富作了戏剧性的对比描写外，还隐含着更深的含义：人的欲望在追求不到时最为强烈。近代作家芥川龙之介曾根据这个故事写了著名的小说《山芋粥》。

《今昔物语集》在日本文学史和东方文学史上都具有重要的价值和意义。它引进、翻译改编了许多中国和印度的故事，是日本与中国、印度进行文化与文学交流，吸取和借鉴外来文化的结晶和见证。它收集和记录了大量的日本民间故事，从而冲破了此前王朝贵族文学的桎梏，使民间世俗文学登上文坛，显示了它的新鲜活力。它创造了所谓"和汉混合体"的崭新风格的日语，取代了王朝文学那种柔弱纤细的假名文体。这种文体成为近代日本俗语、口语（白话）的源头。现代日本学者和有识之士越来越认识到了《今昔物语集》的价值。他们认为，《今昔物语集》与印度的《五卷书》、阿拉伯的《一千零一夜》、意大利的《十日谈》相比毫不逊色，许多故事已算得上成熟的短篇小说。

在《今昔物语集》之后，日本不断出现民间寓言故事、传说、佛教故事、中国和印度故事的集子。比较重要的有 12 世纪末形成的《古本说话集》《宝物集》；13 世纪初形成的《撰集抄》《发心集》《宇治拾遗物语》；13 世纪中后期形成的《十训抄》《古今著闻集》《沙石集》《唐物集》（中国故事集）等。这些故事集在篇幅上都小于《今昔物语集》，有些在选目、编排上也模仿《今昔物语集》。

日本人把上述以《今昔物语集》为代表的民间寓言、传说、故事等文学称为"说话"。日本民间文学除这些"说话"外，还有一种重要的样式，叫作"战记物语"。"战记物语"形成于 13 世纪，均取材于 12 世纪日本不同武士集团之间的战争。"战记物语"意思是记录、讲述战争的物语，属于民间集体创作的一种篇幅较大的历史演义小说。因此作为物语，"战记物语"与上一时代的"王朝物语"在内容、风格上均有较大差异，与内容庞杂的短篇"说话"也很不同。在当时，"战记物语"主要不是供人阅读，而是由民间艺人（一般是僧装的艺人，即所谓"琵琶法师"）一边弹琵琶，一边说唱的。在这一点上，它类似中国的评书、鼓词或话本。13 世纪先后出现的"战记物语"有《保元物语》《平治物语》《平家物语》《源平盛衰记》，14 世纪初出现的"战记物语"有《太平记》《义经记》《牛若物语》《判官物语》和《曾我物语》等。标志"战记物语"最高成就的代表作是《平家物语》① 和《太平记》。

《平家物语》描绘的是 12 世纪下半期贵族政治向武士政治过渡时期的社会面貌。全书以平氏家族为中心，描述了源氏、平氏两大武士集团为争夺中央政权而进行的争斗和征战。对于中国读者来说，重要的不是靠这部书去认识日本的真实的历史事件，也不是拿它与历史资料相对照，去印证其史学价值，因为它毕竟是历史演义小说。重要的是从《平家物语》中去发现它所反映的产生于那个历史时期的日本人的民族精神。

---

① 《平家物语》已有两种主要译本，一种是周启明（周作人）和申非译本，人民文学出版社 1984 年版；另一种是王新禧译本，上海译文出版社 2011 年版。

　　首先，《平家物语》突出反映了日本人的佛教的无常观。这种无常观弥漫于整个作品中。作者把历史的变迁、家族的兴亡、人物的沉浮，统统归因于佛教的无常。全书开篇的一首充满佛教意味的诗，可以说起到了统御全篇、提纲挈领的作用。诗曰：

　　　　祇园精舍钟声响，诉说世事本无常；
　　　　沙罗双树花失色，盛者必衰若沧桑。
　　　　骄奢主人不长久，好似春夜梦一场；
　　　　强梁霸道终殄灭，恰如风前尘土扬。①

　　这种盛者必衰、诸行无常的佛教的宿命观，在平安时代的《源氏物语》中已有所表现，由于《平家物语》的作者、说唱者是僧侣，所以书中的佛教无常观念被大大强化了。如果说《源氏物语》是由内省所体悟到的无常，那么，《平家物语》则是由外察所看到的无常。为了表现无常，作者特别强调偶然性事件的作用。如说源赖政之所以起兵攻打平家，主要是因为他儿子仲纲的一匹有名的骏马被平宗盛强行要去，宗盛在马身上烙上了仲纲的名字，又骑又打，借此污辱仲纲。此事促使源赖政起兵兴事。而平家烧掉了著名寺院兴福寺，也成了他们衰微的契机。因为古代的圣武天皇曾有御笔诏书曰："我寺兴福，则天下兴福；我寺衰微，则天下衰微。"又因为到了所谓"佛法末世"，才有平氏作恶，天下动荡，等等。总之，《平家物语》没有建立起科学的历史观，对历史变迁的解释是佛教宿命论的。人们通常说，"日本人没有哲学"。其实，佛教的无常感和宿命论就是他们的哲学。《源氏物语》渗透着这种哲学，《平家物语》又宣扬了这种哲学，直到此后的隐逸文学，再到江户时代的松尾芭蕉、近松门左卫门和井原西鹤的作品，无不在诉说人世的无常。可以说，"无常感"

---

　　① 《平家物语》，周启明、申非译，人民文学出版社1984年版，第1页。

以及由无常感所带来的感伤、悲哀已成为日本民族精神的最内在的特征。

由于作者把平氏家族的衰亡、源氏家族中的源义仲和源义朝的因功受祸看成是无常的宿命、虚幻的人生的例证，所以作者主要不是站在儒家的善恶道德伦理的角度描写和评论人物事件（虽然书中也有一些儒家思想的痕迹），而是从佛教的慈悲、怜悯出发，对弱者、对失败者表现出了深深的同情。不管弱者、失败者值得不值得同情，仅仅因为他们是弱者、失败者就予以同情。本来平氏家族坏事做尽，遭受惩罚理所应当，但作者却不惜笔墨，对落魄后的平氏家人大加悲叹，极力渲染其悲哀凄切的气氛，其缠绵低回大有"王朝物语"之遗风。

这种佛教式的无原则性的普遍的同情心还使得《平家物语》缺乏明确的政治倾向性，或者说它具有一种超政治性。本来作品的题材是政治军事斗争，然而作者却没有自陷其内，而是最大程度地超脱其外。对平氏，尤其是平清盛的恶行固然也予以批评，却又在他死后为他开脱；作者说平清盛是个恶人，但又说他是德高望重的慈慧僧正的转世，又借人物之口说："清盛公虽然作恶多端，却也做了不少稀世难得的善行，使天下维持了二十余年的安宁。"作者把源氏兴兵讨伐平氏看成理所必然，但又对胜利后的源氏将领颇多微词，讥讽源义仲的粗野无文，暗写源赖朝的残酷无情。对法皇在源赖朝和源义经之间出尔反尔，造成两兄弟相互结仇也大发慨叹："朝三暮四，世上不安，实在可悲。"总之，我们在书中很难看出作者倾向于哪派，也很难看出作者把哪个人物写成了可憎的恶人。正如西方学者所说："日本人似乎在某种程度上缺乏辨认恶的能力，或者说他们不想解决这个恶的问题，善恶斗争观念与日本人的道德观格格不入。"①由《平家物语》可知这种观点是不无根据的。这种超政治性、超善恶性与《源氏物语》一脉相承，决定了日本传统文学的最大特点。造成《平家物语》的超政治、超善恶的原因，主要在于它是由远离名利场的政治

---

① 〔美〕本尼迪克特：《菊花与刀》，孙志民等译，浙江人民出版社 1987 年版，第 160-161 页。

局外人——僧侣所创作的，因此它具有与朝廷贵族的政治利害保持较大距离的民间文学作品的旁观性和超越性，又具有佛教僧侣所特有的无原则、无是非性的慈悲心肠。

但是，超越具体的政治斗争、超越伦理学上的善恶观念并不意味着可以超越民族精神和时代精神。相反，《平家物语》对日本中世纪所特有的时代精神的描写和表现是相当突出和明确的。这种精神集中体现为武士道精神，而武士道精神又是日本民族精神的一个相当重要的方面。作者在书中对武士道精神的正面描写和赞扬是随处可见的。武士道精神在这里具体表现为忠、勇、风雅三方面。所谓忠，首先是忠于皇室。尽管当时的天皇政治已经衰弱，但它在观念上的神圣性在源氏、平氏武士心中仍是不可动摇的。在作者笔下，平氏家族的恶行主要在于平清盛置皇室权威于不顾，独揽朝政，私自废立天皇，流放或囚禁皇室成员，肆意侮辱公卿贵族，因而失去了人心。而源氏举兵之所以成功，也在于借法皇颁下钦旨，以保护朝廷、讨伐朝廷逆贼的名义出征。源赖朝曾堂而皇之地说："我决不认为平家是我一人的私敌，一切都是听从皇上的旨意。"而源义仲最后的可悲结局，也正在于他得罪了法皇，冲犯了日本皇族政治的观念，才被源赖朝以"无法无天"为口实杀害。其次，武士的忠还表现在忠于主子。在《平家物语》中，武士们之所以在战场上英勇奋战、出生入死、视死如归，就在于忠于主子、服从主子的指挥，甘愿为生子卖命。之所以甘愿为主子卖命，又是为了报"恩"。在武士们看来，自己蒙受主子的关照、信任、委托和重用，这就是一种"恩"，臣从者应努力"奉公"报恩，争立新功，以便取得更大的"恩赏"，用书中人物的话来说，"知恩的才是人，不知恩的可谓禽兽"。因此，他们重面子、重名声、重廉耻，在战场上如不能取胜，即不能报答主子之恩，那么，为了名声和雪耻，他们宁愿以武士特有的方式剖腹自杀。《平家物语》有许多描写这种剖腹割头的场面，极力渲染那血淋淋的惨烈的壮举。

与此相关的是武士道精神的另一方面——勇，即勇敢尚武。《平家物语》中以赞叹的笔触大量描写了武士们在战场上跃马挥刀、前仆后继、置生死于度外的战绩。他们以割下敌人的首级为最大荣耀，每砍下一头，便大声炫耀，以壮勇武之气。平氏家族中的老将平实盛年过七十，仍染黑头发，装扮成青年人上战场，最后被源家武士手塚太郎取了首级。木曾义仲等人见这个被杀死的敌人原来是七十多岁的老将平实盛，都为这位勇武的敌人欷歔赞叹不止。在《平家物语》里，尚武精神就是这样不分敌我，被所有武士所钦佩，并以此为武士的基本行为规范。但也有相反的例子，就是大臣平宗盛被逮捕后贪生怕死，向源义经请求说："即使流放到阿伊努人居住的千岛也好，但望能苟延岁月……"作者接着明确地评论说："此话出乎平家首脑之口，未免可憾。"这足可见作者评论人物是以武士规范为标准的。

就在武士们野蛮屠杀的腥风血雨中，却也有着武士道精神的另一面——风雅。所谓风雅，就是风流典雅、善解风情，通晓和歌诗文、琴棋书画。这是日本武士对王朝贵族文化修养的一种仿效，但武士自有武士的风雅。首先起兵讨伐平氏的源赖政兵败后，在战场上请求他的属下割下他的头，属下不忍下手，源赖政只得自杀。在自杀前，他作了一首和歌："叹我如草木，永年土中埋，今生长已矣，花苞终未开。"然后"以刀尖刺入腹部，伏下身去，穿透而死"。作者接着写道："这种情况哪是作歌的时候，因他自幼酷好此道，所以到了最后关头仍不忘作歌。"平家武士平忠度在源氏军队眼看就要杀进京城之际却不急于逃命，而是向歌人藤原俊成交了一本自己的和歌草稿，求他把自己的和歌收在敕选和歌集中。他说："即使收录一首，我在九泉之下也会感到高兴。"藤原俊成则为平忠度的"风雅之情""禁不住感动得流泪了"。后来平忠度在战场上被取了首级，作者赞叹地写道："真可怜呀，这位精通武艺又擅长诗歌的人，了不起的大将军。"有的评论者举平忠度为例子，说明平氏武士为贵族阶级的"腐朽文弱习气所彻底侵蚀"，"是儿女情长、英雄气短"的表现。① 其实未必如此。如果说平氏一族的人为这种习气所侵蚀尚可解释得通，那么我们

① 刘振瀛：《试评日本中世纪文学的代表作〈平家物语〉》，载《国外文学》总第6 期，1982 年。

上面提到的慷慨悲壮、视死如归的源氏骁将源赖政的风雅也是被贵族习气侵蚀的结果吗？问题在于风雅不只是贵族习气，也是武士道精神的一个重要方面。忠、勇是"武"的方面，风雅则是"文"的方面，日本武士道精神就是"文武两道"，就是"菊花"（象征风雅）和"刀剑"（象征尚武）、"和魂"与"荒魂"两方面性格的统一。在《平家物语》中，文与武、柔与刚、残暴的屠杀与同情的眼泪往往奇怪地并列在一起。一边是举刀砍头，一边是欷歔感叹；一边是英勇无畏，一边是凄凄惨惨。

总之，《平家物语》所描写的以忠勇、风雅为核心的武士道精神，不仅是那个时代武士这一特定阶级的精神观念的一种表现，而且也是日本民族传统精神的一种表现。今天阅读《平家物语》，可以帮助我们形象地了解日本武士道精神乃至整个日本民族精神的渊源、形成及其特征。如果说《源氏物语》表现的主要是日本人的风雅，即"菊花"的一面，那么《平家物语》除继承《源氏物语》的风雅精神之外，又表现了日本民族尚武的即"刀剑"的一面。

《平家物语》对日本后来的文学产生了巨大深远的影响。后世取材于本书的作品，包括各种类型的戏剧和小说，不下数百种。它在日本文学史上的地位相当于《三国演义》在中国文学史上的地位。在日本民间，了解和阅读《平家物语》的人一直多于《源氏物语》。

14世纪至16世纪中期的室町时代，一种新的文学样式"御伽草子"在民间广泛流行。"御伽草子"是供人消遣的一种通俗性的故事读物，相当于我国宋代的平话。"御伽"是对对方的尊称，"草子"即书册，"御伽草子"的意思是"使尊敬的读者消遣解闷的书"。有的研究者认为御伽草子是通俗的大众短篇小说。这类作品的数量在当时达五百篇以上。它比起上述的"说话""战记物语"更注重大众性和趣味性，题材也更为广泛。有以平安王朝的历史为主题的王朝故事，有佛教僧侣故事，有武士故事、恋爱故事、动物寓言故事等。但更主要、更重要的是反映当时平民百姓生活和理想的作品。这类作品以农民、商人、手工业者等为主人公，大都讲述身份地位低下的乡下人，依靠个人的才能或运气，一跃进京，立身发迹，过上幸福显赫的生活。如《文正草子》中的主人公文太本是个仆人，被主人赶出后以煮盐为生，赚得巨额财富，改名"文正"。养了两个漂亮女儿并嫁给了贵族，自己也当上了"大纳言"。这个故事在当时被视为吉祥故事，新年伊始时，人们都需要读读它。

御伽草子中也有一些故事并不表现《文正草子》那样的乐观主义，而是表现民众对生活本质的一些较深入的思考。其中有一个很有名的故事叫《浦岛太郎》。这个故事写一位善良的渔夫浦岛太郎，出海打鱼时几次放走捕上来的一只乌龟。乌龟为了报恩，带他到海底龙宫做客。在那里，乌龟化为美丽的龙女热情地侍奉他。三年后，浦岛思念家乡老母，向龙女辞行。临走时，龙女让他带上一个宝匣。浦岛太郎回到家乡，发现一切都面目全非。一位老人告诉他："听说我爷爷那辈有个叫浦岛太郎的人去了龙宫，一直没有回来。"龙宫三载，人间百年，浦岛太郎感到困惑、茫然。他打开那只宝匣，宝匣中冒出一股白烟。霎时间，浦岛太郎由一个青年变成了一个白发苍苍的老人。这个故事至今仍在日本民间广泛流传。它表现了日本人民对人与时间的关系、对幸福时光的虚幻性、对人生易逝等问题的思索，充满了日本文学中特有的淡淡的伤感情调。日本近代初期的作家坪内逍遥曾据此写成了戏剧《浦岛》。这个故事在其他国家也有较大影响。埃及现代戏剧大师陶菲格·哈基姆在他的名剧《洞中人》中通过剧中人之口，详细地引述了浦岛太郎的故事，更深刻地强化了人同时间的搏斗及其失败的悲剧性主题。

第六章 东方市井文学

　　市井文学是指封建社会后半期的文学。这一时期是东方封建社会由昌盛走向没落以至崩溃的时期。随着封建社会城市的繁荣和商品生产的出现，封建阶级日益呈现衰败趋势，新兴的市民阶层成为社会的有生力量。于是，前期的民间文学逐渐为市井文学所取代，并出现了市井专业作家和封建文人所写的市井文学作品。

　　东方市井文学的基本主题是反封建。和西方不同，东方市井文学的反封建的矛头主要不是指向宗教教权，而是指向封建等级、封建特权、封建伦理道德。由于东方各国的城市中几乎不存在西方那样的市民自治城市，城市只不过是封建官僚的居住地和军事重镇，因此市民没有成为一个独立的阶级，而只是依附于封建肌体上的非独立的阶层。这就决定了东方市民阶层没有明确的政治意识和政治目标，也不会产生反封建的思想体系，他们仅仅是依靠优越的经济实力立身于社会，自觉不自觉地造成对传统封建权势、封建思想意识的触犯和抗逆。这一点在东方市井文学中有着广泛而生动的反映。和民间文学比较，市井文学没有过多地受到封建道德和宗教意识的束缚。作品中的人物或以经商活动来改变低下的社会地位，或追求放肆的情爱和生活享受以冲破传统的禁欲主义，或追求自由自主的爱情以冲破封建的门第等级观念，或讽刺调侃达官贵人来表现他们对统治者的蔑视和愤恨。不过，市民文学的这种反封建带有很大的本能性和盲目性。它没有提出全面打破封建桎梏的要求，只把追求物质利益、追求官能享受、追求个人幸福作为最终目的。这种反封建的不彻底性有助于我们理解，为什么东方各国的市民阶级没有像西方那样发展成为近代资产阶级，反而被封建阶级所侵淫和同化。

东方市井文学在内容上的这些特点，决定了其基本的创作方法是写实主义或游戏主义的。它与市井巷陌的生活十分贴近，比较真实细致地反映了寻常百姓的生活。作品中的教训性比民间文学大为减少，娱乐性、游戏性成为文学的首要功能，刺激性成为审美快感的主要来源。对人物个性的刻画比民间文学有所加强，但人物大多属于"扁平人物"，性格仍流于类型化和简单化。有些出自封建文人之手的市井文学作品虽没有正面肯定市井生活方式，但又多了些封建主义的陈腐意识。他们表现了市民阶层与封建阶级的尖锐冲突，同时又把得救和幸福的希望寄托在清官或做官上。

总之，市井文学是过渡时期的文学。它在思想上的革新与守旧都体现了由传统到近代之间的过渡时期的矛盾，但它毕竟为下一时代的文学近代化准备了一定的条件。在这个阶段，市井百姓成为文学中新的主人公。随着商业和经济的发展，还出现了以前的文学所不曾有过的商业经济生活的题材。而且，小说这种重要的文学样式是在这一阶段获得普遍成熟和繁荣的。这就为小说成为下一时代首要的文学体裁并获得新的繁荣奠定了基础。

第一节 印度的市井文学

印度的传统社会，是由农村公社（简称村社）和封建城市两部分组成的。印度的封建城市建立得很早，但它同整个村社一样，近代之前近千年来城市的结构、性质缺乏变化。因此在印度，产生于村社的民间文学与产生于城市的市井文学是同时并存、相互渗透的。在民间寓言故事集《五卷书》中，就有一些市井文学的成分。尤其是晚出的民间故事集，如《故事海》等，就多方面地表现了当时的城市生活、市井习俗和市民的思想感情。其中很多故事的主人公是城市的贵族子弟、落拓王孙、发家致富的商人、靠手工艺吃饭的工匠、依附王公贵族的文人清客、江湖骗子和市井流氓，等等。因此，《故事海》的许多故事属于市井故事。

除了故事文学外，印度市井社会还拥有属于自己的戏剧，即市井剧。这种市井剧在印度被称为"极所作剧"。"极所作剧"是与以迦梨陀娑的创作为代表的贵族宫廷剧（"英雄喜剧"）相对而言的，在印度梵剧中占有重要地位。市井戏剧的著名代表作是《小泥车》①。

《小泥车》的作者相传是首陀罗迦，但生平事迹不详。根据这个剧本所反映的内容来看，首陀罗迦绝不是一个宫廷贵族作家，而是一个具有一定的平民思想意识的平民作家。首陀罗迦的生卒年代尚无定论，但《小泥车》很显然是宫廷贵族文化衰落、城市平民文化繁荣时期的产物。据此推测，首陀罗迦要晚于迦梨陀娑。

《小泥车》是一部十幕剧。剧情相当复杂。全部事件发生在五天内，有两条情节线索交错展开。一条是穷商人善施和妓女春军的恋爱故事；一条是牧人出身的奴隶阿哩耶迦组织的反抗八腊王暴政的起义斗争。《小泥车》作为市井剧有三个显著特点。这三个特点与《沙恭达罗》等贵族宫廷剧（"英雄喜剧"）比较一下就更为清楚了。首先，英雄喜剧的题材一定要从古典名著中摭取，而市井剧《小泥车》主要是取材于现实生活。虽然《小泥车》中推翻八腊王暴政的故事取材于《伟大的故事》中所记载的历史传说，但它主要的基本的情节均是剧作者的创造。由于很大程度地摆脱了历史典籍的束缚，剧作者就能够着力表现现实的市井生活。与《沙恭达罗》等英雄喜剧的带有神话色彩的神秘的理想主义、浪漫主义相

---

① 《小泥车》，吴晓铃译，人民文学出版社1957年版。

比,《小泥车》是现实主义的。第二,"英雄喜剧"的男主角必须是王侯将相、贵胄神仙,女主角必须是皇后、公主或天仙。一句话,它的男女主角必须是贵族人物或神圣人物。而作为市井剧的《小泥车》,男女主角均是城市下层居民。善施是家道中落的穷商人,春军则是卖身的妓女。次要人物则主要有侍女、赌徒、小偷、按摩匠、车夫、帮闲、刑吏、刽子手、僧人等,几乎包括了市井社会的各个阶层。第三,"英雄喜剧"用的是华丽典雅的梵语,而《小泥车》用的却是俗语。因此可以断言,这个戏显然不是在宫廷或贵族府邸中上演的,而是在市井上演的。总之,《沙恭达罗》那样的剧本属于贵族化的文学,而《小泥车》则属于世俗化的文学。

作者不但全力表现市井生活,而且是站在城市平民的角度,用城市平民的审美理想、价值观念来塑造人物的。剧本把男主人公、贫穷商人善施写成了一个乐善好施、轻财好义、心地善良、讲义气、重友情的理想人物;把女主人公———一个出身最低种姓首陀罗的妓女塑造成一位道德高尚、品行纯正,为了争取做人的权利,追求自由的美好的爱情而敢于反抗强暴的女性形象。从而一反"英雄喜剧"所确立的贵族式的王侯将相和天仙宫女的理想人物模式。特别值得称道的是,《小泥车》正面地描写和赞美了"犯上作乱"的人民起义,揭露了国王的昏庸腐败、国舅蹲蹲儿的刁钻古怪、凶狠贪婪,表现了爱憎分明的政治倾向。这里根本看不到前此印度文学中普遍存在的对王权的诚惶诚恐的崇拜和歌功颂德的美化,体现了一种难能可贵的反抗性和人民性。这在印度文学中是罕见的。只有站在城市平民的立场上才能达到这样的创作高度。同时我们还要注意到,《小泥车》虽然立足于城市平民的倾向,但并没有去表现和赞美城市平民中实际存在的诸如见利忘义、背信弃义、欺骗奸诈、享乐主义等等市井习气。它表现并树立了理想的市井道德,似乎有意与宫廷贵族的腐败道德形成鲜明对比。总之,在《小泥车》中,城市平民是作为一个个健康而又生气勃勃的形象而活跃于舞台上的。

公元6—7以后,印度的古典梵语小说产生并发展起来。就世界各民族文学发展史的一般情况来看，小说是城市市民文化的特殊产物。它不同于主要靠口头传播的民间故事，它需要专业作家的创作和专门的书肆坊间之类的印刷发售机构的印制、传播。这一切都有赖于商业交换的繁荣。现存印度古典小说的商业性特征是显而易见的。它们都注意从传统古典文学和民间文学中汲取题材，注重通俗性、可读性和写作技巧。同中国古典小说一样，浪漫的恋爱（相当于中国的才子佳人小说）、历史上帝王将相的故事是印度古典小说的最常见的题材。公元 6 世纪时的小说家苏般度的《仙赐传》和公元 7 世纪时的小说家波那的《迦丹波利》是浪漫的爱情小说的代表作。其中，波那的《迦丹波利》写的是一对男女青年生死相爱的三世姻缘的故事，情节曲折复杂，有些描写近乎荒诞不经，但想象力十分丰富，是爱情小说与神魔小说的混合。其主题是赞美自由的爱情，文字修辞上相当考究，在印度历来被认为是文章典范。

7 世纪另一位小说家檀丁的长篇小说《十公子传》（又译《十王子传》）① 是印度文学史上的名著，已被译成多种西方语言。从书名上看，《十公子传》本应是十个公子的故事连在一起的。但现在的传本没有头尾，只有八章，讲了八个公子的故事，并且其中的章节也缺头少尾。后来有许多本子为它作补。后人补的开头讲到故事的缘起：一位王子和九个公子征伐世界，中途失散，后来相聚时，各人叙述自己的奇遇。这些奇遇，主要是"艳遇"，不外是与公主私自成婚，与他人之妻通奸，或用盗窃、骑术娶了公主，等等。《十公子传》是一部市井生活大观，对情爱的描写类似中国的"狎邪小说"和日本的市井小说中的"好色物"。它以主人公的游历见闻为故事线索，又相近于欧洲早期的流浪汉小说。书中主人公的身份虽说是公子哥儿，实际是一帮鸡鸣狗盗之徒。他们到处偷香窃玉、拈花惹草。书中还大量充斥着对女人的官能的详细描写，努力把女性的肉体感官化和艺术化，这显然是受了已流传数百年的印度性爱方面的经典

---

① 《十公子传》的中文译本有：季羡林节译本，收入《季羡林文集》第 15 卷；黄宝生的全译本，中西书局 2017 年版。

《欲经》的影响。

总之，由于印度传统社会的保守与停滞，由于印度市民只是传统社会中的一个阶层，并不具备作为一个阶级的独立性，因此，印度的市井文学的发育是不充分的。

第二节 阿拉伯市井文学

随着阿拉伯帝国的建立，阿拉伯人在商业上获得了极大发展。商业的发展促进了城市的昌盛和市民阶层的成长，市井文学由此得到繁荣。在阿拉伯，市井文学的主要形式是故事和说唱。

阿拉伯市井文学的集大成的作品是故事集《一千零一夜》（旧译《天方夜谭》）①。它是由中东、近东各民族、各地区的民间市井艺人、文人学上在公元8—9世纪至16世纪长达数百年的时间内收集、加工、整理而成的。书中共三百来个故事，包括神话传说、历史故事、现实故事、道德训诫故事、笑话、童话等。但从故事的背景、内容和人物来看，占主导地位的是市井商人故事。

在很大程度上可以说，《一千零一夜》的世界是商人的世界，以商人为主人公的故事约占全书一半以上。在故事里出现的人物中，商人约占百分之八十以上。但这种现象并不说明《一千零一夜》仅仅是描述商人这一特定社会阶层的书，因而缺乏全面体现阿拉伯民族精神的涵盖性。事实上，阿拉伯民族本质上是个商业民族。由于阿拉伯半岛土地沙漠化，绝大

---

① 1920年代至今，《一千零一夜》的各种选译本、转译本、改写本、盗版本极多，估计在三百种以上。从阿拉伯文直接翻译过来的全译本有两种：纳训译六卷本，人民文学出版社1982—1984年版；李唯中译八卷本，花山文艺出版社1998年版。

多数地区不宜务农，又因为地处亚非欧三洲交汇地带，具有得天独厚的地理条件，所以阿拉伯人自古以来便有经商为生的生活传统。统一的阿拉伯帝国的建立，又为商业经济的发展提供了有力的基础和条件，使阿拉伯商业到了公元 10 世纪达到全盛状态。当时的阿拔斯王朝各地有许多世界著名的商业贸易中心。《一千零一夜》中多处描写了巴格达、巴士拉、亚历山大等重要商业城市的繁华。与商业的高度繁荣相适应的是社会上的浓厚的重商风气。《一千零一夜》的不少故事表明商人在社会上具有很高的地位，是享有殊荣的社会阶层。哈里发对商人的尊重和兴趣在世界其他各民族的统治者中是罕见的。不少哈里发愿意与商人为友，还常常装扮成商人微服私访，以便与商人交往，寻欢作乐。而且不惜对商人们委以重任，封以高官厚禄。商人们成为国王驸马的事情在《一千零一夜》中屡见不鲜，王侯将相均以与商人攀亲为荣耀。如此之类的描写未必都有事实依据，但起码可以表明商人对本身优越的社会地位的夸耀、社会上对商人阶层的崇敬与羡慕的心理。在这种社会风尚之下，人们判断一个青年人有无出息就看他能否外出经商，用故事中人物的话说："一个人敢于出去经商谋利，四海为家，那才是富商巨贾的儿子们夸耀争雄的本领呢！"①

就在《一千零一夜》这个以商人为主角的全景式的大舞台上，活动着为了满足对异域的求知欲和获取金钱财富美女而紧张忙碌、四处出动、远涉重洋、返往不倦的商人们。他们对物质金钱有一种执着的向往。许多故事讲到商人们为此目的远离家乡、历尽艰险、出生入死。著名的《辛伯达航海旅行的故事》就是这类故事的杰出代表。在这类故事中，阿拉伯人发挥了惊人的想象力。他们善于把耳闻目睹的异域风物加以渲染和夸张，凭想象构筑出一个个神奇的、诱人的世界，突出地表现了阿拉伯民族作为一个喜欢行动的民族所具有的开放好奇的民族心态。东方文学史上恐怕还没有一部书像《一千零一夜》这样对外部世界投入如此大的兴趣。

---

① 《一千零一夜》，纳训译，人民文学出版社 1982—1984 年版，第 2 册第 402 页。

他们外出经商，往往凭一种强烈的冲动，不像中国古典小说集"三言二拍"中的商人那样仔细推敲论证，力求万无一失。他们表现出一种依靠直觉而行动的探险性。正因为追求这种探险性，故事对通过正常的、平淡无奇的途径得来的财富不感兴趣，而津津乐道于偶然地、意外地失去一切，又偶然地、意外地获取比失去的多得多的东西。这类飞来之福在现实中未必常有，但却清楚地表现出阿拉伯人对现世幸福的源泉——金钱和女人——朝思暮想的渴望。《一千零一夜》中几乎不描写积少成多、熬年头逐渐积累式的小本经营，谨小细微的精打细算、省吃俭用的节约。最受赞佩的是那些凭冒险、凭机遇和偶然性而成暴发户的人。《一千零一夜》对这类情节的着意渲染无非是为了表明：成功与失败是命定了的，靠神保佑得到的意外之财才最值得夸耀。也许就是在这种心理的支配下，《一千零一夜》才不喜欢过多描述现实中肯定会有的商人的失败和落魄，而喜欢描写穷困落魄者如何时来运转、大发其财、苦尽甘来。就整部作品来看，一贫到底的商人很少能成为故事的主人公。从中可以明显地感受到阿拉伯民族以贫为耻、以富为荣的价值观念。

《一千零一夜》中的商人的全部生活无非由两项构成：一是获取，二是享受。辛辛苦苦地获取、舒舒服服地享受；享受尽了，再去获取，然后再享受；子承父业，不断循环。这就是故事中所表现的商人的生活理想。这种对于获取与享受的现实主义的认识使《一千零一夜》形成了最有代表性的"获取—享受"的故事模式。他们努力挣得财富，但绝不做财富的奴隶。除用一部分钱做施舍、救济贫弱者之外，其余全部用来享受。作者对商人们享受生活的描写兴趣决不亚于描写他们传奇式的获取。我们处处都可以看到对富商豪华奢侈生活的不无夸张之意、不无艳羡之情的描述。有的商人的衣食住用甚至使哈里发叹为观止、自叹弗如。① 商人们灯红酒绿、纸醉金迷、养婢纳妾、纵情声色。《商人讲述的故事》中写到有

---

① 有关故事见《一千零一夜》纳训译本，第 3 册第 230 页，第 2 册第 502 页。

个商人将其全部家产——三十艘商船及一百万金全部花在了妓院里。我们在《一千零一夜》中看不到吝啬鬼和守财奴，商人们都具有"千金散尽还复来"的慷慨和达观。这就是阿拉伯民族的气概，他们对来世充满美好的憧憬，也决不因此而放弃现世的亨受。

因为《一千零一夜》是阿拉伯帝国上升和全盛时期的产物，它所体现的阿拉伯民族精神只能是历史的，而不是恒常不变的。由于阿拉伯商业只是一种贩运贸易而没有建立在商品生产的基础上，由于 15 世纪以后西方工业文明的兴起和世界海上航道的畅通，阿拉伯文明衰落了。但是，《一千零一夜》却永远保持着它的生命力，它向后人昭示着阿拉伯历史上最值得自豪的时期，并为阿拉伯的民族精神建立了一座"最壮丽的纪念碑"（高尔基语）。

《一千零一夜》作为一部民众创作的大型故事集，除结构上承袭了《五卷书》那样的故事套故事和诗文相杂的方式以外，最突出的是它浓郁的丰富的浪漫主义的想象，大胆的夸张，离奇的情节和生动、形象、优美的语言。故事中常常出现有神奇力量的宝物，例如能从中取出各种食物的鞍袋，能日行一年路程的神骑，能自由飞翔的鸟、木马、飞毯，能隐身的头巾，神奇的手杖，魔戒指，神灯，等等，五花八门，应有尽有，充分显示了阿拉伯人民驰骋无羁的艺术思维能力。但是，《一千零一夜》在艺术上也有很明显的缺陷。比如，有些故事结构不够严谨，缺乏艺术剪裁，显得拖泥带水。不少故事具有雷同化倾向，情节大同小异。有些故事主题不鲜明，中心不突出，为情节而情节，显得平庸肤浅。从文学修辞技巧上来说，它的语言虽生动形象、明白晓畅，但却不够精练，等等。不过从某种意义上讲，《一千零一夜》的这些缺点同时也是它的特点。

《一千零一夜》在世界各地广泛流传，产生了深远的影响。大约在十字军东征时期，《一千零一夜》的故事就已经传到了欧洲。意大利薄伽丘的《十日谈》、英国乔叟的《坎特伯雷故事集》、德国莱辛的诗剧《智者那旦》、西班牙塞万提斯的《堂·吉诃德》以及莎士比亚的一些剧本都直接或间接地受到了它的影响。19 世纪德国著名童话作家豪夫的作品，大多取材于《一千零一夜》。1704 年法国学者首次正式发表了十二卷本的《一千零一夜》译文，几年后又有英文等各种文字的译本出现，这部奇妙的东方故事集顿时轰动了西方世界。法国学者伏尔泰说，读了四遍《一千零一夜》，算是尝到了故事体文学的滋味。法国著名作家司汤达甚至希望上帝让他忘掉《一千零一夜》的情节，以便再读一遍时重新获得乐趣。当代西方学者 E·O·豪泽承认："自从这一迷人的东方传奇集锦于 270 年前传入西方后，在西方读者的印象中，很少有书能与之媲美。事实上，我们西方人对于神秘而浪漫的东方所具有的根深蒂固的观念主要来源于这本可爱的传奇。"① 我国的阿拉伯文学家纳训先生，一生致力于《一千零一夜》的译介工作，从 1930 年代到 1980 年代，出版了数种选译本，到 1984 年终于翻译出版了六卷全译本。纳训的各种译本仅在新中国成立后即发行了数百万册，由此可见中国读者对《一千零一夜》的喜爱。

《一千零一夜》在中国、在全世界声名赫赫，而阿拉伯的另一部故事集《一千零一日》，长期以来却被人淡漠和忽视了。

《一千零一日》是《一千零一夜》的姐妹篇。据传说，这部故事集是一个波斯大学者从印度故事中翻译、选编成波斯语的，后来传遍了整个阿拉伯。17 世纪由一位法国学者首次选译成法文介绍到西方。香港学者杜渐先生于 1981 年首次在我国出版了中文选译本。《一千零一日》的结构同《一千零一夜》相似，也有一个统驭全书的框架故事。这个故事讲很久以前，克什米尔地方有一个名叫法鲁克娜的公主。有一天她在花园中散步，突然一阵风吹来，公主赶紧闭上眼睛，再睁眼一看，发现自己置身于一个长满野花的广阔的草原上，身后有一位英俊的男子，采了一束野花送给她。两人一见钟情，正想交谈，忽然间又是一阵风吹来，公主一闭眼，等再睁眼时，发现自己又回到宫中花园。从此公主害了相思病，不思饮

---

① 《〈天方夜谭〉里的迷人世界》，原载《名作欣赏》，1980 年第 1 期。

食，奄奄一息。公主的老奶妈请求国王允许她用讲故事的方法使公主忘掉
忧愁，活转过来。老奶妈说：

> 我知道很多很多故事，多得我都计算不清。有讲好神和邪魔
> 的；有讲龙蛇和怪物的；有讲神秘的宝藏的；有讲寻宝的冒险家
> 的；有讲穿山过岭的跋涉旅程；有讲使人着魔的妖术；有讲聪明
> 漂亮的少女；有讲被妖咒禁锢的男子；有讲坏心肠的后娘；有讲
> 穷人变成富有，伤心人变得幸福；还有很多很多！……①

于是老奶妈讲了一千零一日，终于把公主从垂死中救了过来。最后公
主终于同那位青年——埃及太子——结成了良缘。

《一千零一日》中的故事同《一千零一夜》的故事一样，丰富多彩，
其中大多属于市井故事。许多故事曲折生动而精彩，但也存在着一定雷同
化倾向。总之，要全面了解阿拉伯故事文学，《一千零一日》是不可忽
视的。

阿拉伯市井文学中还有一种比较重要的形式——"玛卡梅"（一译
"麦嘎马特"）。"玛卡梅"的原意是"集会"，此处引申为在集会上说唱
的故事。它大约形成于公元10世纪，兴盛于阿拔斯王朝时期。"玛卡梅"
故事虽属散文体，但具有一定的节奏韵律。"玛卡梅"的篇幅不太长，因
此可称之为"短篇说唱故事"；又因为在说唱时有较强的表演因素，所以
有的学者称它为"故事剧"。② 它在这一点上与中国的弹词和说书相似。
每一篇"玛卡梅"都有一位主人公。这个主人公一般都是市井流浪汉，
他的全部活动不外乎行乞、欺骗和计谋。"玛卡梅"在内容上流于千篇一
律，但形式上讲究文辞，注重音韵，风格诙谐轻快，很合市井听众的口

---

① 《一千零一日选译》，杜渐译，辽宁人民出版社1981年版，第8页。
② 〔英〕汉密尔顿·阿·基布：《阿拉伯文学简史》，陆孝修、姚俊德译，人民文
学出版社1980年版，第106页。

味。一般认为，"玛卡梅"的创始人是帕迪尔·宰曼·哈玛扎尼（960—1007 年）。哈玛扎尼是个出色的说唱艺人，传说他写了四百篇"玛卡梅"，今存五十篇。①"玛卡梅"的另一位著名作者是哈里里（1054—1122 年），他写的五十篇"玛卡梅"被认为是这一文学样式的绝顶佳作。

第三节　日本、朝鲜、越南的市井文学

明治维新之前德川幕府统治时期的近三百年，在历史上被称为"江户时代"或"德川时代"。这一时期，随着城市的发展和繁荣，一个新的社会阶层——町人阶层，即商人和手工业者阶层诞生了。新兴的町人不但在城市中拥有大量财富，也成为创造新文化的主导力量，而那些脱离了生产的封建武士阶级已丧失了文化的创造力，因此，这个时期日本文学的核心和主流是町人文学，即新产生的市井平民的文学。

日本市井文学的主要形式是市井戏剧和市井小说。

日本市井戏剧有两大剧种：一是歌舞伎，一是净瑠璃。歌舞伎形成于 17 世纪初。江户幕府创立时，出云这个地方有个名叫阿国的女巫创作了一种"念佛舞"。阿国的"念佛舞"是歌舞伎的最初形式。它以歌舞为主，中间夹以滑稽表演，打破了前一时期民间戏剧中的能乐与狂言的界限，融悲剧、喜剧于一体。这种戏剧迅速在全国城镇推开，各地出现了不少歌舞伎剧团。他们吸收能乐、狂言等民间戏剧的因素，使歌舞伎臻于定型。这时的歌舞伎以女扮男、男扮女为趣，观众主要看男女姿色，而不太重视演技本身。剧团中虽有男有女，但演出时以女角为主，故称"女歌舞伎"。

---

① 哈马扎尼的"玛卡梅"中文译本有仲跻昆译《玛卡梅》，商务印书馆 2019 年版。

　　在"女歌舞伎"盛行的同时，大约是 1624 年前后，在京都由青少年组成了"若众歌舞伎"，即"美少年歌舞伎"。演员全为男性，男扮女装专演妓女和嫖客的各种故事。1652 年，官方以伤风败俗为由，下令取缔"若众歌舞伎"。后经剧团班头请求，经官方同意，演员都像当时下层平民一样剃去前发，将后面的头发梳成一发髻，叫"野郎头"。剃这样的发型，目的是使他们不再做下流的表演。从此，歌舞伎逐渐成为严肃的戏剧了。进入 17 世纪 80 年代后，歌舞伎发展到成熟阶段，并开始出现了文学剧本。

　　"人形净瑠璃"是与歌舞伎同时产生的一种日本独特的木偶戏，简称净瑠璃。净琉璃原是指用三弦伴唱的一种曲子，称为净瑠璃曲。17 世纪初，盲艺人目贯三郎等人最初把净瑠璃曲与木偶戏（"人形芝剧"）结合起来，创立了所谓"人形净瑠璃"这样一个新剧种，受到广大市民阶层的欢迎。17 世纪戏剧音乐家竹本义太夫（1651—1714 年）创制"义太夫节"（"节"意为曲调），使"人形净瑠璃"焕然一新。以此为界，划出"古净瑠璃"与"新净瑠璃"两个阶段。以"义太夫节"伴奏伴唱的新净瑠璃一直流传到现代，成为日本传统戏剧的主要样式之一。由于大正年间（1912—1924 年）大阪的净瑠璃剧团"文乐座"继承新净瑠璃并发扬光大，故近代以后又将"人形净瑠璃"称为"文乐"。

　　在净瑠璃（文乐）发展史上，剧作家近松门左卫门起了至关重要的作用。近松门左卫门（1653—1724 年）本名杉森信盛，别号巢林子、不移山人，出身于武士家庭。幼年曾在近松寺为僧，还俗后在一个朝臣家供职。后辞职而从文，改名为近松门左卫门，致力于剧本写作，与竹本义太夫合作，使"人形净瑠璃"走向完善。他一生共写了文乐剧本 110 多部，还写了歌舞伎剧本 28 部，是日本市井文学时代最大的剧作家，有人称之为"日本的莎士比亚"。

　　近松门左卫门的剧作，按内容可分为历史剧、现实剧两大类。他在

51 岁之前主要写历史剧。历史剧的代表作是 1686 年的《景清》①。《景清》取材于《平家物语》。主人公景清是平家的后裔，他企图刺杀他的仇人源赖朝，不料他的情人阿古屋在其兄唆使下告发了他。本来景清可以脱险，但因害怕连累自己的妻子而投案自首坐了牢。阿古屋后来觉得自己做错了，来到景清牢前谢罪，她没有得到景清的谅解。为了赎罪，她将景清与自己生的两个孩子刺死，然后自杀。阿古屋的哥哥十藏来到牢前责骂景清。景清一怒之下，冲破牢门打死了十藏，然后返回牢房。源赖朝下令砍掉景清的头，但景清没有死，拿出去示众的却是景清所信仰的观音的头。源赖朝见此情景，便释放了景清，并授予俸禄。景清虽然感谢源赖朝的宽大之恩，但平氏家族仇恨未报，仍不甘心。他终于在极度矛盾痛苦中挖掉了自己的双眼，以断执迷之念。他从此出家为僧，为平氏家族祈求冥福。

由以上情节概要中可以看出，《景清》是一出富有戏剧冲突和悲剧色彩的好戏，标志着日本文学中严格意义上的悲剧的诞生。在此之前的能乐虽然具有悲剧性，但由于追求"幽玄"的审美趣味，制约了悲剧冲突的激化与深化。《景清》之前的净琉璃一直没有摆脱从外部来叙述事件的说书讲唱的性质，及至近松的《景清》，不仅注意展现事件本身的复杂性，更注意人物内心的悲剧性冲突，从外部事件的推进与内心情感的纠葛两个方面来塑造人物。对平氏家族的忠诚与对源赖朝的感恩构成了景清的悲剧情结；爱情与嫉妒、报复与忏悔则构成了阿古屋的悲剧情结。

在我们看来，主人公景清的悲剧正在于违背历史发展的潮流，恪守传统武士的忠诚与复仇的道德观念，企图为早已覆灭了的平家王朝献身尽忠。但是，作者的主观意图却是渲染悲壮的武士风范，弘扬"有勇有义有仁""仁义忠勇兼无缺"的武士美德。作者近松本人出身于武士，也做过武士，传统的武士精神制约着他的创作。从《景清》这个剧本我们可以看出，武士精神发展到江户时代，已经蜕化为丧失历史进步性、追求抽

---

① 《景清》中文译本见钱稻孙译《近松门左卫门、井原西鹤选集》，人民文学出版社 1987 年版。

象的武士道德的腐朽的东西。然而，剧本《景清》绝不是站在历史的高度看待和评价人物的。正如英国人伊凡·莫利斯在《源氏世界》中所指出的，日本英雄几乎每每为注定要失败的事业而战，越是注定失败的事业，其动机看来就越纯洁，越真诚，自然也越为人们所赞赏。事实上，在日本文学中，被作者推崇的主人公大多是理应被历史和时代淘汰的人物。景清的所作所为，在我们看来只是徒劳，然而作者正是把徒劳本身作为悲剧之所在。同近松的其他剧作一样，《景清》也充满浓厚的佛教色彩。在这个剧本中，甚至出现了观音显灵使景清不死的情节，其意在于宣扬信佛的灵验，从而在现实主义的描写中加上了宗教浪漫主义的点缀。

近松 1703 年写的《曾根崎情死》① 是净瑠璃史上的第一部现代戏。在此之前，净瑠璃只描写武士豪杰的世界，而从这部剧开始，才反映现实的市井生活。《曾根崎情死》的男主人公是从农村来到城市的伙计，女主人公是出卖肉体、地位低下的妓女，背景则是当时的市井社会。和"能乐"相比，近松的这类写男女殉情的净瑠璃剧本才可称得上真正的悲剧。《曾根崎情死》把剧情的重心放在男女主人公的死亡上。作者注意展现把主人公逼向死亡境地的社会因素：东家无视德兵卫的内心感情，强制实施包办婚姻，不成则又要把他赶出门外；市井流氓背信弃义、以怨报德、仗势欺人。在"情死剧"中，近松笔下的男主人公往往是弱男子，德兵卫也是如此。这种软弱的性格与其低下的身份地位是相一致的。同时，近松以这样的人为主角，意在表现面对严酷的等级社会，人对自己的命运是无能为力的。在这个剧本中，作者继承了《源氏物语》以来以死亡为悲剧美学的审美极致的文学传统，在对死亡的描写中表现出强烈的悲剧性。在这里，死亡既是主人公一种绝望的抗议，也是一种对社会的消极的超越。德兵卫和阿初是把情死作为获取"来世"爱情幸福的途径，梦想着借情死使他们的爱情永恒化。不过，作者并不是简单地把死亡诗化或审美化。

---

① 《曾根崎情死》中文译本《曾根崎鸳鸯殉情》，见钱稻孙译《近松门左卫门、井原西鹤选集》，人民文学出版社 1987 年版。

他很注意表现男女主角的生命意识与死亡意识之间、对生的留恋与对死亡的向往之间的深刻的内心冲突，从而深化了剧本的悲剧性。

《曾根崎情死》作为净瑠璃中的第一部现代"情死剧"，赢得了当时和后来的日本观众的喜爱。据说，这出戏连同作者其他几出情死戏（如《天网岛情死》《女杀油地狱》等）出台后，浪漫的殉情自杀成了一件时髦的事情，为此遭到了德川幕府的干预。因为在"士农工商"四民制等级森严的德川时代，自杀是武士阶级的一种特权。《曾根崎情死》所反映的不仅是当时的一种社会悲剧，而且还是日本人的一种文化观念。双双自尽以实现最终的结合，这在日本文化传统中是根深蒂固的。直到现在，还有各种文学艺术形式乐于表现它。可以理解，对于重人情、重人性的日本民族来说，没有比死亡、比双双情死更能引起观众和读者深切的感动和崇高的审美享受了。

近松之后，净瑠璃在歌舞伎的挤压下逐渐走向衰落。许多净瑠璃作家转向写作歌舞伎剧本。著名的净瑠璃作家竹田出云（1691—1756 年）和另外两人共同创作的歌舞伎剧本《忠臣藏》（全名《假名手本忠臣藏》）是从净瑠璃剧本改编移植的，是日本歌舞伎中影响很大的优秀剧目之一。这出戏取材于历史事件，描写的是 47 个武士为自己的主人报仇雪恨的故事，表现了日本人的"人情""义理""忠诚"等道德规范之间的悲剧冲突，是研究日本人国民性的很好的参考材料。歌舞伎的优秀作家作品还有鹤屋南北（1755—1829 年）的《四谷怪谈》、河竹默阿弥（1816—1893年）的《三个吉三青楼情话》等。

市井小说是日本市井文学中一种重要的文学样式。日本市井小说最初的一种形式叫"假名草子"。因为读者是文化水平不高的一般町人，所以作品几乎全用假名书写，很少用汉字汉词，故称"假名草子"。这类小说的题材很广泛，有名胜游览记，有写恋爱的，有品评妓女的，还有拟古的作品。其中，乌丸光广（1579—1638 年）的《仁势物语》在拟古的作品中反映现实生活，浅井了意（1611—1690 年）的《浮世物语》以赞美的态度描写了市井人物的放荡享乐。

市井小说的最有代表性的大作家是井原西鹤（1642—1693年）。他出生于大阪的一个富商之家。青年时代曾热衷于俳谐创作。中年丧妻，从此终身未续，旅游各地，过着自由放浪的生活。他逛遍各地花街柳巷，广收奇闻轶事，积累了大量写作素材。井原西鹤的市井小说被称为"浮世草子"。"浮世"即尘世、现世之意，"草子"即书册。"浮世草子"就是描写现实生活的市井小说。他的市井小说从内容上可分为艳情小说（"好色物"）和经济小说（"町人物"）两大类。发表于1682年的长篇小说《好色一代男》（可译为《一代风流汉》）① 是西鹤的第一部市井小说，也是艳情小说的代表作。《好色一代男》分8卷54章，以编年体形式描述了主人公世之介一生爱欲生活的经历。世之介是一个色鬼与岛原的太夫（高级妓女）的私生子。七岁就懂得恋爱。在那年夏天拽着一个女佣的袖子说："你不明白恋爱要在暗处搞吗？"从这时至十九岁期间，他与上了年纪的女佣人、表姐、有夫之妇及各种妓女发生关系。十九岁那年，父亲因见他放荡过度，一气之下断绝了父子关系。世之介一边做些小买卖，一边浪迹四方，追求色情享乐。34岁时，父亲去世，世之介回家继承了巨额家产。其后凭借金钱的力量，更加为所欲为。在京都、大阪、江户三城与第一流的名妓结交。60岁时，他已对狭小的日本失去兴味，便约好友七人，乘所谓"好色丸"船，到"女护岛"追求新乐去了。

对这样一部通篇描写肉欲的作品，简单地否定它，并不解决问题。我们必须对它作历史的、辩证的分析和研究。日本町人阶级是在江户时代从发展到一定程度的商品经济中产生出来的。在士农工商"四民制"和其他等级制度的束缚、压抑之下，町人在政治上毫无地位，处于社会的最下层。然而他们却拥有较大的经济实力，是一个生气勃勃的阶级。町人无权参与管理和改造社会的事业，因而他们奔腾的生命力便不可能在社会上找

---

① 《好色一代男》中文译本载王向远《浮世草子》（井原西鹤小说集），上海译文出版社2016年版。

到一个有价值的实现场所，于是就必然把这种生命力转移到感官的刺激与享乐，以便在这种官能享乐中寻求人生的意趣与安慰。同时，江户时代尤其是元禄年间安定的社会环境，以及町人优越的经济条件，更强化了这种享乐意识。而深深地浸润于日本国民心中的人生无常的佛教观念，与日本国民原有的重视现世生活的思想意识结合在一起，又给这种及时行乐提供了宗教上、心理上的依据。幕府政权的思想统治以及对庶民实行的愚民政策，使当时的町人阶级未能产生出明确的反等级制度的思想，而仅仅是依照本能、靠着自己的经济实力，首先实现了情感行为上的放纵享乐。据史籍记载，日本当时的各种游乐场所——冶游场、剧场、茶馆等——达到了历史上的鼎盛时代。这可以与西鹤的描写互为印证。像《好色一代男》这样的作品所体现的反道德的享乐倾向，在那个时代也是有一些积极作用的。正如恩格斯所说："……恶是历史发展的动力借以表现出来的形式。这里有双重的意思。一方面，每一种新的进步都必然表现为对某一神圣事物的亵渎，表现为对陈旧的、日趋衰亡的，但为习惯所崇奉的秩序的叛逆，另一方面，自从阶级对立产生以来，正是人的恶劣的情欲——贪欲和权欲成了历史发展的杠杆。"① 西鹤所描写和表现的固然是一种"恶劣的情欲"，但从历史发展的角度看，这显然是对江户时代作为官方哲学的儒家伦理道德的一种反逆和冲击，与欧洲文艺复兴时期的《十日谈》、中国明代的一些言情小说一样，具有大体相同的时代价值。

继《好色一代男》之后，西鹤又发表了《好色二代男》（1684 年）、《好色五人女》（1686 年）、《好色一代女》（1686 年）、《男色大鉴》（1687 年）等艳情小说。其中《好色五人女》② 收有五个短篇，有四个短篇以当时社会上发生的真实事件为素材，描写了主人公的爱情和婚姻悲剧，比较深刻地触及了町人阶级的生活欲望与现实之间不可调和的矛盾。

---

① 《马克思恩格斯选集》第 4 卷，人民出版社 1972 年版，第 227 页。

② 《好色五人女》中文译本载王向远译《浮世草子》（井原西鹤小说集），上海译文出版社 2016 年版。

《好色一代女》① 则描述了一个女人充满辛酸的卖笑史。井原西鹤的这些好色小说，特别是以花街柳巷为背景的作品，除了表现町人社会的生活风俗之外，还体现出了以"意气"以及"粹""通"等概念为中心的审美理想，就是不以家庭婚姻而以纯爱为指向，精神与肉体结合，有性别张力和引力的、反俗、时尚、不功利、不胶着、潇洒达观的性爱美学和身体美学。②

发表于 1688 年的《日本致富经》（原文《日本永代藏》）③ 是西鹤著名的经济小说。全书共五卷二十章，由许多小故事合成。其主观意图是讲述町人的成功诀窍及失败教训，以供世人借鉴。在西鹤看来，町人要发家致富，首先必须经商，这表现了他浓厚的重商主义思想，这是与传统的封建农本主义思想相对立的。在日本，重农抑商的观念根深蒂固，直到西鹤之后的 18 世纪上半期，"石门心学"的创始人石田梅岩在理论上明确提出商业活动和追求利润的正当性。西鹤是日本第一个用文学形式较早较全面地提出重商主义思想的人，这在日本思想史上也应占有一定的地位。西鹤认为，善于经商是立身之本，处世之第一要谛，也是町人最可贵的才能。作为町人，即使对各种雕虫小技十分精通，也无益于生计。只有会拨算盘、记好账目、能识别银质好坏才有出息。

整部《日本致富经》集中反映了町人阶级的思想意识。这种思想意识的积极方面是勤奋节俭、精打细算和聪明才智。"勤奋节俭"作为日本

① 《好色一代女》中文译本载王向远译《浮世草子》（井原西鹤小说集），上海译文出版社 2016 年版。

② "意气"（日文假名作"いき"），次级概念有"粹"（すい）、"通"（つう）等，是日本江户时代的最重要的审美观念。参见《日本"意气"论——"色道"美学、身体审美与"通""粹""意气"诸概念》，收入王向远著《日本之文与日本之美》，新星出版社 2012 年版；又可参见〔日〕九鬼周造、阿部次郎著，王向远编译《日本意气》的译本序，吉林出版集团 2012 年版。

③ 《日本永代藏》的中文译本有钱稻孙译《日本致富宝鉴》，见《井原西鹤、近松门左卫门集》，人民文学出版社 1987 年版；王向远译《日本永代藏》，见《浮世草子》（井原西鹤小说集），上海译文出版社 2016 年版。

的民族精神是在西鹤时代开始形成的。《日本致富经》充分表明它在当时已成为日本町人的经世哲学。西鹤笔下的成功者都是从点滴做起，靠勤奋节俭逐渐致富的。破产者也是由于奢侈过度、吃喝嫖赌所致。勤奋节俭的精神，为日本人民世代发扬光大，成为日本实现现代化并跃入发达国家的重要因素之一。"精打细算"即所谓"算盘精神"，也是由日本町人阶级首创，并在《日本致富经》中得到集中具体的反映的，它已成为日本国民性格的一个重要的组成部分，并深深地影响了现代日本人。美国文化人类学家本尼迪克特（Ruth Benedict）认为日本人具有"菊花"与"刀剑"两重性格；① 台湾学者杨懋春认为日本国民性格还应包括第三个方面，即精打细算的"算盘"性格。② 皆言之有理。其实，精打细算的"算盘精神"与重视个人的聪明才智是相辅相成的。福泽谕吉指出，古来日本人所谓道德，涵义非常狭窄，不包括聪明才智在内。③ 把聪明才智作为对町人的一项基本要求大加提倡而首先发声者，或许就是西鹤了。强调个人的才智，也就是强调个人的作用和价值，本质上是与封建的等级身份观念不相容的。日本武士阶级不讲个人的独立精神，这种精神在町人阶级身上才初露端倪。

《日本致富经》所反映的町人思想意识的消极方面主要表现为等级思想和保守观念。西鹤不厌其烦地反复提醒町人莫忘自己地位低下，因此不可过分奢侈，否则即与身份不符。这就表明西鹤正面接受了封建等级思想，身居"四民"之末而心安理得。保守观念表现为墨守成规，尊重先法，缺乏开拓精神。西鹤一再劝诫年轻人不要改变祖传职业，他极力通过具体事例的描写证明年轻人一旦脱离祖法，必然倾家荡产。

由于町人阶级的幼稚性，其思想意识尚处于形成和建设时期，其积极

---

① 〔美〕本尼迪克特：《菊花与刀——日本文化的诸模式》，孙志民等译，浙江人民出版社 1987 年版。
② 杨懋春：《社会学》，台北商务印书馆 1925 年版。
③ 〔日〕福泽谕吉：《文明论概略》，北京编译社译，商务印书馆 1959 年版，第 75 页。

因素与消极因素往往是互相包容，相反相成的。在《日本致富经》中，西鹤一方面对等级制度所规定的町人的无权地位坦然接受，麻木不仁，一方面把追求金钱和发家致富作为町人的奋斗目标大加提倡，提出："家世和血统无关紧要，对町人来说，只有金银才是氏系图"（卷六）。他希望町人在金钱的世界中找到自己的位置，以便与特权阶级抗衡。同时，他却找不到町人阶级在经济上的独立发展的道路。西鹤看到了金钱的巨大作用和威力，他指出那个时代是"银生银"的时代，也详细描写了放债、借债及利息，还有交易所、兑换所等方面的情形，并对高利贷资本赢利予以肯定，但他尚未看到高利贷资本对町人社会的消极作用，他的有关主张只是为少数上层町人服务的。西鹤所提倡的伦理道德观，基本上是以获得金钱作为价值标准的。这样，他一方面主张"正直"，谴责不义之财和投机取巧；另一方面又认为靠正常手段不能致富，津津乐道于运气、机遇、偶然性和旁门歪道。他既主张町人要靠自己劳动，又认为家里不雇佣人不体面，表现出剥削意识；他既主张勤奋努力，不得懈怠，又认为四十五岁以后可以闲居，吃喝玩乐，颐养天年；既提倡技术改良与发明创造，又认为像研制钟表那样耗费三代人时光，对过日子不合算，还反对购买和开采矿山，表现出浓厚的小农意识和实惠主义观点。如此等等的积极与消极、进取与保守的矛盾，充分反映了日本町人阶级的特质，反映了历史时代的局限性。从发展的观点看，这些矛盾的两个侧面往往不能保持稳定的平衡。町人阶级的软弱性、寄生性，必然使西鹤陷入悲观主义和宿命论。西鹤有时由肯定情欲、物欲而肯定人生，有时又由否定情欲、物欲而否定人生。他在《日本致富经》开头就说："人之寿命，看起来长久，也许翌日难待；想起来虽短暂，抑或今朝可保。所以有人说：'天地乃万物逆旅，光阴为百代过客，浮世如梦。'人若一命呜呼，金钱在冥土有何用处?! 不如瓦石……"总起来看，《日本致富经》已远远超出了作者的教训意图，它开拓了新的文学领域。像这样全面集中地反映商人、手工业者经济生活的作品，在日本乃至世界的古典文学中都是罕见的。它对我们了解日本町人阶级的产生、发展及其特质，具有十分重要的认识价值。此外特别值得指出的是，西鹤在这部作品中表达了对我国人民的好感，赞扬我国商人"正直"，批评日本某些商人在对我国的贸易中投机取巧、弄虚作假的行为。他还提到了我国的农副业技术对日本的吸引力和影响力。

　　1692 年，西鹤发表了另一部描写町人经济生活的作品《处世费心思》（原文《世间胸算用》）①。这是西鹤晚年的不朽名著，标志着他在创作上的新的飞跃。小说由五卷二十个故事构成，副标题是"除夕日一日值千金"。小说以一年中经济生活的结算日——除夕日为背景，描写了町人，主要是中下层町人的生活情景。除夕前后对町人来说是一道难以逾越的关口。他们要在此间进行收支结算，要收回或支付利息和欠账，还要花钱购物准备过新年。总之，这是町人生活中最重要的日子，也是颇"费心思"的日子。西鹤抓住了这个典型环境，也就是抓住了为金钱所左右的町人社会生活的核心。

　　《处世费心思》是《日本致富经》在逻辑上的必然发展。如上所述，《日本致富经》强调"银生银"的高利贷的作用，并把它作为致富的主要手段之一，这当中包含着不可回避的矛盾。《外世费心思》对由此产生的矛盾进行了集中而具体的揭示、描写和反映。在这里，首先是债主与债户双方的矛盾斗争。讨债者四处出动，有的态度强硬、咄咄逼人，有的精心策划、巧施计谋、欲擒故纵、无孔不入。而债户更是狡如兔狸，绞尽脑汁对付债主，或蛮不讲理、赖账不还；或外出躲避、逃之夭夭；或施偷梁换柱之计，互换男主人以蒙骗要债者；或夫妇佯装吵架以拒债主于门外；或磨刀霍霍、装疯卖傻借以吓人。债主与债户的金钱之战，在西鹤笔下绘声绘色，精彩生动。这一切都说明，高利贷资本固然对传统生产方式起了一定程度的破坏和瓦解作用，但它加剧了町人阶级的贫富两极分化。正如西

---

　　① 中文译本见钱稻孙译《家计贵在精心》，载《井原西鹤·近松门左卫门集》，人民文学出版社 1987 年版；王向远译《世间胸算用》，载《浮世草子》（井原西鹤小说集），上海译文出版社 2016 年版。

鹤所指出的，这世界是穷人的地狱，富人的天堂。虽有家藏万贯的富商大贾，但更多的是穷得难度年关的下层町人。小说中有贫困潦倒而耍无赖的"浪人"（失去主子的流浪武士）之妻；也有为了糊口丢下婴儿而给人家当乳母的妇女；有铤而走险、拦路抢劫的浪人，也有因借不到钱而被妻子赶出家门的跑脚商。总之，高利贷资本必然使少数人的发家致富建立在大多数人的穷困破落的基础之上。高利贷者占有了生产者的剩余劳动，使借债仅能用于糊口而不能用以再生产，从而剥夺了劳动者的劳动条件，因此不利于生产力的发展。它又使债主靠食利生活，限制了他们的创造精神，还会因此滋生如第1卷第4个故事中的老太婆那样的赤裸裸的拜金主义。贫富悬殊与社会矛盾的激化，最终助长了抢劫、偷盗等犯罪活动和娼妓的泛滥，从而使封建末期的社会更加腐朽不堪。《处世费心思》所反映的当时日本的社会现实证明了马克思的论断："在亚洲的各种形式下，高利贷能够长期延续，这除了造成经济的衰落和政治的腐败以外，没有造成别的结果。"[1]

井原西鹤在日本古典文学史上是个成就斐然、独具特色的作家。他的"浮世草子"继平安时代的《源氏物语》、镰仓时代的《平家物语》之后，形成了日本古典小说的最后一个高峰，产生了很大影响。西鹤之后重要的"浮世草子"作家是江岛其碛（1666—1735年）等。接着，陆续产生了"读本""滑稽本""洒落本""人情本""草双纸"等名目繁多的小说样式，拥有众多的读者。其中，"读本"是一种不带插图、纯供文字阅读的、在中国明清小说影响下产生的传奇小说，都贺庭钟（1718—1794年）的《英草纸》是以中国的"三言"为蓝本翻改而成的，《繁野话》则以本国古代故事为题材，都为读本小说的创作奠定了基础。上田秋成（1734—1809年）的读本《雨月物语》[2]，以阴森可怕的鬼怪故事吸引读者；山东京传（1761—1816年）的《忠臣水浒传》受《水浒传》的影

---

① 马克思：《资本论》第3卷，人民出版社1975年版，第675页。
② 《雨月物语》，阎小妹译，人民文学出版社1990年版。

响，是江户时代最早的长篇读本小说；泷泽马琴（曲亭马琴，1767—1848年）的长篇读本巨著《八犬传》① 在构思上也受中国《水浒传》的影响，是一部以理想的武士道德为主题的传奇小说，《三七全传南柯梦》则受中国《搜神记》《槐官记》等作品的影响。② "滑稽本"是以滑稽趣味为主的小说，代表作家作品有式亭三马（1776—1822年）的《浮世澡堂》和《浮世理发店》③、十舍返一九（1765—1831年）的《东海道徒步旅行记》④ 等，都精细地反映了市井的风俗人情，也充满了一些无聊的揶揄和笑料。"洒落本"是受中国明清艳情小说影响的、以花街柳巷为舞台的、追求谐谐谑趣味的小说，最早的是丹波屋利兵卫的《游子方言》，代表作是山东京传的《通言总篱》。与"洒落本"相近的是"人情本"，以细腻描写花街柳巷中男女"人情"为其特色。"人情本"的代表作是为永春水（1789—1843年）的《春色梅历》等，对男女之情的刻画细致入微，心理描写非常精到。"洒落本"和"人情本"使井原西鹤的"好色物"中表现的"意气"及"粹"的审美理想走向成熟，表现了男女交往中的风流、时尚、潇洒、善解人意、不卑不亢的风度之美。

差不多是日本市井小说的发达的同时，朝鲜和越南的市井文学也发展起来，并在 17 世纪后进入了市井文学时代。而两国最典型的市井文学样式则是市井小说。

朝鲜的市井小说的源头可以上推到 15 世纪出现的金时习（1435—1493年）的《金鳌新话》。这是一部收有五个短篇传奇故事的集子。小说使用汉文写成，且受到中国唐传奇和明朝瞿佑的《剪灯新话》的影响，内容大都是恋爱故事和鬼仙故事。这部小说集为此后朝鲜市井小说的发展

① 《八犬传》（全四册），李树果译，南开大学出版社 1992 年版。
② 以上读本小说，载李树果译《日本读本小说名著选》（上下编），收《英草纸》《繁野话》《雨夜物语》《忠臣水浒传》《曙草纸》《三七全传南柯梦》等，天津人民出版社 2005 年版。
③ 《浮世澡堂·浮世理发店》，周作人译，人民文学出版社 1989 年版。
④ 《东海道徒步旅行记》，鲍耀明译，山东画报出版社 2011 年版。

奠定了基础。及至 17 世纪初，出现了一系列用朝鲜国语写成的小说，迎
来了市井通俗文学的繁荣。长篇历史演义小说《壬辰录》①。《壬辰录》
取材于 16 世纪末日本侵略朝鲜的"壬辰战争"，是在历史文献与民间传
说的基础上逐渐成熟的，记述了日本对朝鲜的入侵，刻画了爱国将领李舜
臣的形象，也揭露了国内祸国殃民、腐败无能的官吏，还反映了中国明朝
军队抗日援朝的情况。尽管在艺术上还不成熟，但由于表达了强烈的爱国
主义思想和民众的情感倾向，所以长期以来在朝鲜民间市井流传不衰。

接着，市井小说家出现了。其中，许筠（1569—1618 年）创作的
《洪吉童传》中的洪吉童是一位传奇式的人物。他是朝廷宰相洪某与一位
侍女所生，因而从小就受歧视。吉童不堪忍受这种歧视，立志发奋，苦学
兵书、武术与法术，长大后离家出走，在各地聚众劫富济贫，还多次击败
前来捉拿他的官兵。为逃避国王陷害，吉童在一海岛上自立为王，在位
30 年。后来他与两位王妃被一位仙翁带往天上。《洪吉童传》具有强烈的
反对封建身份制度，反对贪官污吏，要求社会改革的思想倾向。其主题与
题材颇似中国的《水浒传》。这部小说是朝鲜文学中的经典名著，直到现
在还一再被改编成戏剧、电影，影响很大。

17 世纪后半期的金万重（1637—1692 年）是一位在理论上明确强调
朝鲜国语通俗文学的重要性，在创作上成绩卓著的小说家。长篇小说
《谢氏南征记》② 以中国北京为背景，描写了一个贵族家庭内部的矛盾斗
争。这部小说以劝善惩恶为基本主题，客观上也揭露了封建家庭和朝廷政
治的丑恶内幕，思想上并无多少创建。但其结构严整、线索清晰，近二十
个主次人物大都个性鲜明，文词通俗易懂而不失于粗陋，标志着朝鲜国语
长篇小说在艺术上的成熟。金万重的另一部长篇小说《九云梦》③ 也以中

---

① 《壬辰录》有汉语与朝鲜语两种版本。朝鲜语的中文译本由韦旭昇翻译，见
《韦旭昇文集》第二卷，中央编译出版社 2000 年版。
② 《谢氏南征记》的汉语译本由金春泽译、韦旭昇校注，中州古籍出版社 1987 年
版。
③ 《九云梦》汉文版本由韦旭昇校注，北岳文艺出版社 1986 年版。

国唐朝为背景,写的是年轻书生杨少游宦途得意,以及他先后与八个女子恋爱的经过。杨少游的前世是来中国传道的天竺高僧六观大师的弟子性真,八个女子的前世则是神仙南岳卫真君娘娘的侍女。八个仙女下凡转生后,各以不同的奇妙经历与杨少游巧遇、相识、定情,先后成为他的妻妾。此间杨少游"武定祸乱、文致太平",位至显官。在充分享受了现世荣华富贵之后,杨少游及八个妻妾看破了红尘,感于现世虚幻、世事无常,于是皈依佛门。《九云梦》以其情节的离奇,人物描写的生动和词藻的丰美而吸引了无数读者。这部小说全面表现了儒、释、道三家思想的综合影响,既肯定了现世的功名利禄和享乐,又把仙道和佛境作为现世之上的永恒归宿。它成功地把才子佳人小说与神怪小说融为一体,表现了受中国传统文化影响的朝鲜人的世界观、人生观和审美趣味。《九云梦》对朝鲜小说的发展产生了很大影响。此后出现的一些书名带"梦"字的小说如《玉楼梦》《玉麟梦》等,都是以传奇式的爱情与功名利禄为内容的。

18世纪以后,朝鲜的城市商业有了进一步发展,市井文化和文学也更繁荣。市井文学繁荣的显著表现是说唱文学的发达。18世纪说唱文学的主要形式是曲艺弹词。到了19世纪,著名说唱艺人申在孝(1812—1884年)将弹词发展成为包括文学、音乐、舞蹈、表演等在内的综合性的戏剧样式——唱剧。现存许多著名的市井小说,如《春香传》《沈清传》《兴夫传》《裴裨将传》等都曾是弹词或唱剧的脚本。这些作品的素材大都取材于民间口头故事,由不同的说唱艺人在演唱过程中不断修改、加工和润色。所以,它们大都保留了许多说唱文学的特点。又因为说唱这种艺术形式所具有的广泛的普及性和大众性,说唱体小说在市井大众中的影响是其他文学形式所不可比拟的。

《春香传》① 是朝鲜最有名的中篇说唱体小说。早在18世纪中叶,《春香传》就以说唱的形式在民间流行,经过申在孝的整理而趋于完善。

---

① 《春香传》,冰蔚译,作家出版社1956年版。

这部小说歌颂了官宦子弟李梦龙与艺妓之女春香之间的真挚爱情。这种爱情冲破了门第等级观念，因此具有反封建的积极意义。尤其是春香与企图霸占她的封建官吏卞学道之间的冲突，实际是个人的爱情自由与封建强权压迫之间的冲突，民众的情感倾向与恶官淫威之间的冲突。小说对春香的坚贞不屈予以热情的赞美，对卞学道的荒淫无道进行了否定的批判，结局的大团圆表达了市民阶层的美好愿望。本来《春香传》的故事原型是当事人春阳被封建官僚杀害的悲惨事件，《春香传》作了与此相反的艺术处理，表明了市民阶层所具有的恶必被除、善必有善终的乐观信念。但是同时，《春香传》又跳不出封建时代市民阶层的局限，把除恶扶正的希望寄托在封建清官身上，没有也不可能从市民阶层中找到反封建的力量。而且，它也没有摆脱传统文学中那种才子佳人式的爱情的老框子。在艺术上，《春香传》克服了过去的小说叙述过多、描写过少的弊病，通过人物的行为和人物之间的对话，塑造了具有鲜明个性的人物形象，具有很强的可读性。整个作品适合说唱特点，散文韵文相间，散文一般用于叙述描写，韵文用于抒情写景，朗朗上口，为朝鲜人民所喜爱，至今吟唱不绝。

除上述说唱文学和说唱体小说以外，18和19世纪的市井文人的小说创作也很活跃。文人小说大体可分为言情小说、军功小说、家庭伦理小说、讽刺小说等，作者大都不详。在文人小说中，尤以李朝后期的文学家朴趾源的作品最为出色。

朴趾源（号燕岩，1737—1805年）是实学派的代表人物。在封建社会日趋腐朽没落、城镇商业和手工业进一步发展的新形势下，他对陈旧腐朽、空谈性理、难以推动社会前进的儒家思想产生了怀疑，主张研究有利于国计民生和社会进步的实用的学问。他对由中国传来的西欧资本主义科学技术和精神文明很感兴趣，他用汉文写的记述在中国所见所闻的《热河日记》①，介绍了西欧的先进科学，引起了朝鲜国内学者的震动。他还

① 近年来中国出版了朱瑞平校点的《热河日记》（上海书店出版社1997年版）等数种校点本。

用汉文创作了许多短篇讽刺小说,表达他对社会问题的一系列看法。其中重要的短篇小说有《两班传》《虎叱》《许生传》《秽德先生传》等。《两班传》① 对走向衰落的封建贵族——"两班"(文武两班之意)作了极其辛辣的讽刺性描写。一位不事生产、只知死读书的"两班"在穷困潦倒时愿意出卖自己的"两班"称号。一个财主看到买卖契约中"两班"的资格和"特权"不过是四体不勤、不劳而获、横行霸道之类,大失所望,再也不愿买"两班"的称号了。这里入木三分地勾画出了走向穷途末路的"两班"贵族的可怜又可憎的面目。《虎叱》则是讽刺"两班"中的儒生的。北郭先生饱读经书,著作等身,满口仁义道德,却和一个寡妇私通。有一天被寡妇的儿子碰见,仓皇逃出时跌进粪坑。他带着一身臭屎爬出,正遇上一只老虎。北郭先生向老虎苦苦哀求饶命,老虎却说道:"儒子臭矣!"竟不屑吃他。《许生传》说的是儒生许生读书七年,贫困交加,一无所成。于是决定去经商。五年之中,获利百万。他将这些钱分给生活在海边的衣食无着的"群盗",让他们娶亲买牛,去荒岛上开辟生路。自己仍回家,清贫度日。大官僚李浣以许生为奇才,欲向朝廷荐举,却不采纳许生的治国建议。许生大怒,拔剑要杀李浣,李逃走。次日再去访问许生,许生已不知去向。这个作品包含着相当丰富的实学思想。它表明了实学派重效用、重实际,尤其是重商业的思想。对李朝统治者扼杀人才、顽固保守、不思改革表示了极大的不满,也发泄了有能之士不得重用的愤懑。他的小说为 19 世纪末、20 世纪初的朝鲜近代文学的产生开辟了道路。

越南市井文学出现较晚。19 世纪初叶以后,是越南市井文学产生并发展的时期。女诗人胡春香(具体生卒年不详)的字喃诗勇敢地向封建礼教提出挑战,无情地嘲讽那些封建卫道士和伪善者,大胆揭露了封建婚姻制度的丑恶,是第一个具备市民思想意识的诗人。同时,市井小说也大

---

① 《两班传》全文收季羡林主编《东方文学作品选》上册,湖南人民出版社 1986 年版。

量出现，均用字喃写成，其中的经典作品是阮攸的《金云翘传》①。

阮攸（1765—1820 年）出身名门世家，由于仕途坎坷和较多接触下层人民，成了一个为平民写作的作家。1812 年，阮攸出使中国，其间进一步接触中国文学，对当时流行于市井的"才子书"颇感兴趣。由于这些小说所反映的中国明代的社会现实，与当时越南的社会状况极为相似，于是，阮攸回国后，即借用中国的"青心才人"编著的《金云翘传》的题材，以具有民族特色的"六八体"诗的形式，写出了反映越南社会面貌的诗体小说《金云翘传》。《金云翘传》通过一个封建员外家庭的破产和没落，反映了封建贵族崩溃在即的历史趋势。翠翘及其全家既受害于封建官僚的专横暴虐，又受害于新兴商人的贪婪狠毒。市井社会的种种丑恶势力——豪强、官吏、商人、纨绔子弟、地痞流氓、人口贩子、妓女老鸨——接连不断，串通一气地使翠翘从一个"名门闺秀"沦落为妓女、侍妾、奴仆和尼姑，从精神到肉体无不横遭摧残。《金云翘传》在这些描写中渗透了强烈的批判性，尤其是正面描写了起义领袖徐海，把他写成锄强扶弱、除恶去暴、为民伸冤的英雄人物。但同时也表现了他作为农民起义领袖所具有的不可避免的局限性。这种局限性在翠翘身上表现得也很突出。她以"夫贵妻荣""忠君报国"的封建观念劝夫招安投降，结果害了徐海，也害了自己。作品结局的大团圆，更是落入了传统文学的老套子，说明作者阮攸仍摆脱不掉封建文人的俗气，也表明了市井读者的庸俗的欣赏趣味。

---

① 《金云翘传》，黄轶球译，人民文学出版社 1959 年版。

第四编　近代化的文学时代

东方文学史发展的第四个时代是近代化的文学时代。

东方国家进入近代社会的时间普遍比西方要晚三百年左右。由于自然经济占统治地位和封建社会末期日益严酷的政治统治，东方各国社会的发展相当艰难和缓慢。荷兰、西班牙、英国、法国等西方殖民者从 16 世纪之后相继来到东方，18 世纪开始武装侵略，19 世纪以后逐渐取代了东方大多数国家的封建统治者而实行殖民统治。19 世纪中叶以后，除了个别国家（如日本）外，东方各国皆沦为殖民地和半殖民地。西方殖民者入侵一方面给东方人民带来了灾难，另一方面也给东方人民带来了先进的西方近代文明。他们用战舰、刀枪、先进的工业产品和近代资产阶级文化打开了东方长期封闭的大门，使东方封建社会的"木乃伊"迅速腐烂，东方各国的封建政权从此土崩瓦解。东方各国自觉或不自觉、情愿或不情愿地吸收了近代西方物质与精神文明的成果，在一个崭新的背景和起点上发展和建立东方近代文明。反殖斗争使长期受政治愚弄的东方人民的主人翁意识、参与意识和民族意识焕发出来，从而导致了人们思想上的一场深刻的革命性变动。正是在这些意义上，马克思正确地指出，不管殖民主义干出了多大的罪行，"它造成这个革命毕竟是充当了历史的不自觉的工具"。①

---

① 《马克思恩格斯选集》第 1 卷，人民出版社 1995 年版，第 766 页。

在这个时代，文学既是社会近代化进程的启蒙工具和舆论先导，又是近代化过程中各种社会状况、社会思潮和作家个体意识的忠实反映和表现。这个文学时代上起于19世纪初，下至20世纪50年代前后。在这一百五十来年的较短的时间内，东方近代化时代的文学取得了巨大的历史进步，在学习借鉴西方文学、批判继承传统文学的基础上，形成了崭新的近代文学。

文学思潮是东方文学近代化的推动力。在文学近代化的转型时期，东方各国普遍形成了启蒙主义与民族主义这两大文化与社会思潮，在文学上表现为启蒙主义文学与民族主义文学。启蒙主义文学侧重吸收借鉴西方文化与西方文学，对传统文化与文学采取批判与反省的态度，以开放性、反思性为主要特征；民族主义文学也是在西方影响下产生的，但它主要是对西方侵略与殖民统治的应对，侧重救亡图存，守卫传统文化，以对抗西方殖民文化，以保守性、抗拒性为主要特征。启蒙主义与民族主义两种文学思潮对立统一，相反相成，从不同侧面推动了东方文学近代化的进程。

启蒙主义和民族主义文学思潮之后，西方文学思潮——主要是现实主义和浪漫主义文学思潮——对东方近代作家产生了很大影响，现实主义与浪漫主义成为东方各国文学中的两大文学主潮。由于文学传统、社会现实、时代思潮等种种原因，东方现实主义与浪漫主义文学与西方文学呈现出诸多不同，从而实现了现实主义与浪漫主义的东方化。

在启蒙主义与民族主义文学思潮的推动下，在现实主义、浪漫主义文学思潮的洗礼中，东方近代文学摆脱了传统文学的桎梏，清除了以王侯将相、才子佳人、英雄仙女为主人公的旧文学，建立了再现生活、探索人生，体现时代精神、作家个性和以平民大众为主角的崭新的文学。出现了传统文学中从未有过的新的主题和人物，全面地体现了近代意识的觉醒与成长。在形式上突破了陈旧、僵化的文学样式，创造了新的文学样式。近代小说成为最主要的文学体裁，新诗取代了传统民族诗歌的统治地位，话剧、诗剧等新型戏剧也被移入东方并获得迅速发展。总之，从内容到形式，近代文学都实行了一场革命。它学习和借鉴西方文学，逐渐形成了既具有世界性，又具有民族性的新文学。从本质上看，近代化的文学不是西方化的文学，因为东方作家都保持着各自的民族精神，置身于民族文化的氛围，积淀着民族的审美意识，汲取过传统文学的养分。在这个意义上讲，东方近代文学的兴盛也是东方文学在新的历史条件下的复兴。

第七章　近代化初期的两大文学思潮

　　启蒙主义与民族主义并不是纯文学思潮，而是社会文化思潮在文学上的直接反映。启蒙主义与民族主义思潮贯穿于整个东方近现代史，但作为文学思潮的启蒙主义与民族主义，则主要兴盛于东方文学近代化初期。近代东方启蒙主义文学与18世纪西方文学中以宣扬自由、平等、人权、科学与理性的启蒙主义有相似之处，又有很大不同。东方文学中的启蒙主义文学发生于传统与近代的转折时期，主要宗旨是吸收借鉴西方文化，反省、批判传统文化，开发民智，促使独立自主的个性意识、国民意识的觉醒，其性质与功能更类似中世纪末期和文艺复兴时期西方文学中的反封建运动。如果说东方启蒙主义文学是对内的，那么东方民族主义文学则是对外的，是东方各国抵制西方列强入侵、反抗西方殖民统治在文学上的直接反映，其宗旨是民族独立意识的觉醒、国家意识的强化。启蒙主义文学的国民意识与民族主义文学的国家民族意识，共同构成了东方文学近代化的两种基本的推动力量。

第一节　启蒙主义

　　"启蒙主义"本来是一个西方概念，用这个词来概括东方近代文学思潮，指的是从传统向近代转型时期，在西方文化与文学的影响下，反省与批判传统文化与传统文学、主张社会改良与文学革新的一种思潮。但由于国情的不同，不同国家的启蒙主义文学的产生与发展先后不同、程度不一、影响大小不等。一般地说，一些国家的启蒙主义文学发育较为充分，其原因有二：一是没有沦为西方列强殖民地，如日本和泰国，在这些国家对西方文化与文学的抵触势力相对较小；二是在地理上与西方接近、历史上与西方文化关系密切，如土耳其、埃及等国。而民族主义文学最发达的国家，如印度、菲律宾等，启蒙主义常常与民族主义异质而同体，启蒙主义文学蕴含于民族主义文学之中，也就是通常所谓的"反帝"又"反封建"。

　　东方各国的启蒙主义文学与翻译文学运动的兴起有着直接的关系。所有东方国家在近代文学产生之初都掀起过一场翻译、介绍西方文学的热潮。英国的莎士比亚、笛福、司各特，法国的凡尔纳、大仲马和雨果，俄国的屠格涅夫、托尔斯泰，挪威的易卜生等人的作品，为东方各国文坛和读者打开了一个新的世界。文学翻译贯穿于东方整个近代文学时代，并成为近代启蒙文学的一个重要组成部分。19世纪初叶，埃及成立了阿拉伯语言学院，它专门翻译介绍西方的学术和文学，在阿拉伯地区有很大影响；日本明治初年翻译小说的盛行，打开了文坛的眼界；中国的新文学初期，也产生了较大声势的翻译热潮，出现了以林纾为代表的一批文学翻译家。许多著名作家，如鲁迅、郭沫若、茅盾、谢冰心、郑振铎等人，同时又是翻译家；从19世纪中期开始，印度也广泛译介西方文学；朝鲜和越南在近代文学初期，都较多地翻译西方、日本和中国的作品，在近代文学时代的约一百五十年中，西方文学名著在东方的各大语言中大都有了译本。东南亚一些国家的新文学是从西方文学的翻译改编起步的。当时的翻译文学并非严格忠实于原作的翻译，而是普遍存在着审译、改译、编译的倾向，将原作中的人名、地名本土化，甚至大量增删情节，以适应当时读者的阅读趣味。这就使得翻译与创作有时难以区分，并由此出现了对西方作品的拟作或仿作，成为东方各国文学启蒙的一种重要途径和方式。

　　作为有组织的、有理论的、有传播阵地和实际活动的东方启蒙主义运动首先发生在印度。在宗教传统强大的印度，近代启蒙主义是以宗教改革的形式产生并发展起来的。印度启蒙思想家罗姆·摩罕·罗易 1814 年开始从事宗教和社会改革活动，在加尔各答创办了印度最早的民族报纸《明月报》和《镜报》，创办了传授科学知识的近代学校——印度学院，并于 1828 年成立了致力于宗教和社会改革的组织"梵社"。除"梵社"之外，印度启蒙运动的团体和组织还有以亨利·狄洛吉奥为代表的"青年孟加拉派"，达耶难陀·婆罗室伐底创立的"圣社"，辨喜主办的"罗摩克里希那教会"等。这些启蒙思想家大都接受过西方教育或去西方进行过考察，受到了西方文化的深刻影响。启蒙主义者也不满西方的严酷的殖民统治，但又把英国人的统治管理及对印度宗教思想与社会的西方化改造，看作印度振兴的希望。这种想法在印度语作家、近代印地语戏剧之父帕勒登杜（1850—1885 年）的创作中表现得较为典型。帕勒登杜一方面不满于英国殖民者对印度的掠夺和压迫，但又不把英国的统治看作是印度悲惨现状的唯一原因，在《爱的世界》（1875 年）、《印度惨状》（1876 年）、《印度母亲》（1877 年）等剧本中，作者表现了王公贵族的腐败堕落，民众愚昧无知、懒惰涣散，对印度国民性的弱点做了讽刺、反省和批判。启蒙主义与矛头对外的民族主义文学的最大不同就在于此。但由于历史现实上的种种原因，印度近代文学中并没有形成明显的启蒙主义文学团体或流派。但反思与批判落后国民性的启蒙主义精神，在后来的作家如普列姆昌德、安纳德等现实主义作家的作品中，得到了进一步发展。

　　在东南亚国家近代文学初期，启蒙主义的因素常常包含在民族主义文学中。其中，马来文学中的启蒙主义发育比较成熟。19 世纪后，由于瓜分马来半岛的英国与荷兰殖民者实行了以发展经济、推行西方文化的新殖民政策，许多马来知识分子有机会与西方殖民者接触，对西方人及西方文化产生了某种程度的认同感，并以西方文化为参照，反省和批判本民族的落后文化，启蒙主义文学在马来文学中开始形成。其中，第一位重要的启蒙主义作家是阿卜杜拉·蒙西（1796—1854 年），代表作为长篇自传性小说《阿卜杜拉传》（1840 年）。作者将自己大半生中与英国人合作共事所看到、所感受到的西方先进文明，与本民族的愚昧落后加以对比，在赞扬英国人勤奋能干、文明礼貌的同时，抨击马来封建主乃至宫廷王室的荒淫暴虐，批评马来人的懒惰、陋习与迷信落后。作品的崇洋倾向十分突出，但这和那些向殖民者邀宠的媚外文字根本不同，而是表现了忧国忧民的危机意识和催人猛醒的启蒙动机。在写法上，《阿卜杜拉传》也与传统马来文学的传奇、怪异、宫廷文学的无个性的陈词滥调明显不同，用通俗自然的马来语，表现了鲜明的主体意识与写实风格，这使阿卜杜拉成为马来近代文学的奠基者。

在中东地区，阿拉伯国家的启蒙主义文学在黎巴嫩与叙利亚①产生最早，这一地区早在中世纪就接触西方文化，有相当一部分人信仰基督教。法里斯·希德雅格（1804—1888 年）、布特鲁斯·布斯塔尼（1819—1883 年）、弗郎西斯·麦拉什（1835—1874 年）、艾迪布·伊斯哈格（1856—1885 年）等黎巴嫩启蒙主义文学先驱者都受西方文化与文学的影响，反对西方列强侵略和土耳其奥斯曼帝国的统治，积极翻译西方作品，引进西方思想、创作观念与新文体，同时力图复兴阿拉伯中世纪的诗歌传统。在黎巴嫩、叙利亚之外，由于地理、历史、现实等种种原因，埃及成为近现代阿拉伯文学的中心。埃及的启蒙主义也和印度一样，最早表现为宗教改革思潮，宗教改革家哲马伦丁·阿富汗尼及其弟子穆罕默德·阿卜杜提倡伊斯兰教与西方文明的结合，诗界也出现了不少宣传伊斯兰改良主义的诗歌，卡塞姆·阿明（1865—1908 年）则在《妇女解放》和《新女性》等书中，提出了伊斯兰教社会中最为敏感的妇女解放的问题。进入 20 世纪后，这些改良宗教与改良社会的启蒙思潮，也反映在文学创作中，其中塔

---

① 第一次世界大战前，黎巴嫩和叙利亚为一体，称"沙姆"地区，亦称大叙利亚地区。

哈·侯赛因的启蒙主义思想动机最为鲜明。

塔哈·侯赛因（1889—1973 年）是著名作家和学者。在文学和学术研究领域都卓有建树，成为一代宗师，被人们誉为"阿拉伯文学泰斗"。塔哈出生于上埃及尼罗河岸的一个贫穷的农村家庭。由于医疗条件落后，他三岁双目失明。但他自幼聪颖好学，博闻强记。十三岁时入爱资哈尔大学学习经训和法律。1908 年转入新成立的埃及大学，学习历史、文学和外语。毕业论文一鸣惊人，获埃及大学第一个博士学位。此后去法国留学。回国后任大学教授、校长、教育部长、阿拉伯语言学会会长、埃及作家协会主席等职。塔哈对近代新文学的贡献、他的启蒙工作首先表现在文学研究和文学评论方面。他以西方近代哲学思想和哲学方法为标准，对阿拉伯古典文学进行深入的、科学的考证和研究，表现了大胆疑古的倾向。1926 年，他发表了专著《蒙昧时期的诗歌研究》。该书根据笛卡尔学派的考证法对蒙昧时期的诗歌作了认真的分析考证，认为蒙昧时期有许多诗歌是后人伪造的，是假古董。他的这一观点极大地震动了学术界和思想界，甚至是国民议会，引起了以塔哈为首的革新派与保守派之间的激烈争论。这是新的文学观念与旧的文学观念之间的交锋，争论集中在是盲目地崇拜古代文学还是科学地研究和对待它，是对古代文学抱残守缺还是批判地继承发展。此后，塔哈又发表了《和穆太奈比在一起》《再念艾布·阿拉》《文学与文艺批评论述》等一系列专著、论文，为近代新的文学观念、批评观念的确立和巩固，作出了很大的贡献。在小说创作方面，塔哈·侯赛因也表现了鲜明的启蒙主义意识。他的代表作、长篇自传体小说《日子》（全书共有三卷，最重要的是第一、二卷，分别写于 1929 年和 1939年）①，以真挚而坦率的态度、细腻而优美的笔调描述了主人公——"我的朋友"——从一个出身贫苦农民家庭的盲童，成为一个闻名阿拉伯的著名学者和作家的艰辛历程。塑造了一个勇于同命运抗争，在刻苦的学习

---

① 《日子》第一部有中文译本，秦星译，人民文学出版社 1961 年版。

和求知中征服黑暗，获得内心光明和喜悦的强者形象。这样的人物形象在本世纪的阿拉伯文学中尚属首创。《日子》中的主人公的成长史，就是以个人的不懈努力，冲破社会环境的制约，超越传统观念的束缚，战胜生理缺陷，不断追求、不断发展和前进的个人奋斗史。无数个人的奋斗就会形成推动社会向前发展的巨大合力，也往往会成为社会变革的巨大推动力。从这个意义上说，《日子》中的主人公是埃及社会由传统向近代转变过程中的第一批思想觉醒者、个性解放者、自我实现者、社会推动者的典型代表。作品把主人公的个人经历与当时的埃及社会现实紧紧地结合在一起，描写了新一代的成长，新的思想意识同保守的社会势力、同传统的思想观念之间的冲突与较量，更强化了作品的时代性和社会性。在中篇小说《鹬鸟声声》（1934年）① 中，塔哈描写了一个敢于同传统势力挑战，为追求自我的幸福和尊严而顽强抗争的青年女性。出身贫苦的胡迪娜在一位青年工程师家当佣人时失去贞操，为此她被守旧而残忍的舅舅亲手杀死。她的妹妹——书中主人公"我"为了夺回姐姐应有的一切，想尽了种种办法终于获得了使姐姐失贞的那位青年工程师的爱情。"我"的行为虽不高尚，但决不卑鄙。这是一个女人对自己的命运的抗争，对自己应有的权利的争夺，表明了埃及近代女青年决不愿再像胡迪娜那样成为传统等级制度、伦理道德的牺牲品，她们的独立人格已经确立。这篇小说写得十分精致、完美，在严谨的叙事中渗透着深刻细腻的心理描写和精神分析。它尤其体现了作者非凡的语言功力。即使在汉语译本中，我们也可以欣赏到那诗一般的优美的语言，浪漫的抒情和那"亲爱的小鸟"的低声鸣啭。同时代的大诗人穆特朗写了一首诗赞美说："这部著作奇迹般从天而降，／给人教诲，引人入胜。／不愧是当代文苑中的一朵奇葩，／多么娇艳、多么新颖！／散文的形式，诗的意境，／诗歌也要妒忌散文的才能。"②《鹬鸟声声》借鉴了欧洲的浪漫主义感伤小说的写法，使用的却是优美而地道的

_____

① 《鹬鸟声声》的中文译本由白水等翻译，中国盲文出版社1984年版。
② 《鹬鸟声声·引首》，白水、志茹译，中国盲文出版社1984年版，第3页。

阿拉伯语，描绘了埃及特有的文化氛围和风土人情，这使它成为反封建传统习俗的阿拉伯启蒙主义文学的经典之作。

日本是第一个自觉自愿地、大规模地系统输入西方文明，并确立了资本主义制度的东方国家。闭关锁国近 270 年的日本面对异彩纷呈的西方文明，表现出了其他东方国家所缺乏的大规模输入的热情。从政府到一般国民，都"相信否定过去的旧传统，模仿外国，那就是文明开化，就是建设日本的方法。因而便无条件地、无批判地模仿西洋的东西"。① 福泽谕吉的《文明论概略》《劝学篇》，坪内逍遥的《小说神髓》以及森鸥外、正冈子规等人的文学批评，分别在政治思想与文学思想方面对日本启蒙主义文学影响甚大。

在小说领域，启蒙主义文学的最初的样式是所谓"政治小说"。"政治小说"是从英国学来的以小说宣扬政治主张的一种文体，以矢野龙溪（1850—1931 年）的《经国美谈》（1883 年）、东海散士的《佳人奇遇》（1885 年）为代表，用传统的才子佳人的爱情故事宣扬自由民权思想。日本文学的启蒙主义在政治小说之后，表现出了软弱性、弥漫性的特征，这一点使它与东方其他国家的启蒙主义文学有所不同。所谓"软弱性"，表现为启蒙主义文学虽然也委婉地表现了传统文化的负面，但总体上没有明显的反传统倾向，对传统表现了更多的认同和眷恋。由于日本自上而下的近代化没有像亚洲其他国家那样遭遇到阻力，作家们也没有必要以激进的方式推动近代化。相反，却对西化（当时称为"文明开化"）过程中出现的弊端给予了更多的关注。因此，与日本的启蒙思想家比较而言，日本启蒙作家总体上思想偏平和保守，对近代新思想的追求与对传统的眷恋，矛盾地交织在一起。与此相联系，日本的启蒙主义也不是作为文学运动，而是作为一种思想倾向，均匀地弥漫于不同作家的创作之中。例如，政治小说之后出现于文坛的大作家幸田露伴（1867—1947 年）的创作，

---

① 〔日〕吉田精一：《现代日本文学史》，齐干译，上海人民出版社 1976 年版，第 5 页。

善于在传统文化的浓厚氛围中，表现旧式人物身上的近代个性主义、自我实现意识和理想主义追求。中篇小说《五重塔》（1890 年）① 的背景是传统的东方佛寺，主人公十兵卫也是旧式的手工艺人，十兵卫建起的五重塔既是他我价值实现的象征，也是独立的、坚强不屈的个性的象征。为了实现自己的理想，十兵卫不敬权威，不从成见，不顾徒弟对师傅顺从与谦让的传统，甚至拒绝接受师傅的帮助和恩赐，体现了鲜明的独立精神。作者为平民小人物树立了丰碑，肯定了个人的理想、创作和不朽，表现了对创造和建设的赞美和确认，体现了近代启蒙精神。与幸田露伴的传统文化教养不同，日本启蒙主义的另一个代表人物森鸥外（1862—1922 年，原名森林太郎）更多接受的是近代西学教育，他在译介西方文学、西方美学，推动日本文学近代化方面具有启蒙之首功，但在文学创作上却也表现出近代人格与传统人格的矛盾性。森鸥外根据自己的亲身经历写出了著名的短篇小说《舞姬》（1890 年）②。描写了受政府派遣到德国留学的日本青年太田丰太郎与一位德国舞女爱丽丝的恋爱悲剧。丰太郎在欧洲大学的自由氛围里，不仅冲破了门第等级观念，也冲破了民族隔阂，与贫困的舞女爱丽丝建立了爱情。两人同居，爱丽丝怀了孕。但是就在此时，丰太郎的朋友劝他与爱丽丝断绝关系，以便回国后取得高官厚禄。丰太郎经过痛苦的矛盾斗争，离开了即将分娩、痛苦欲绝的爱丽丝返回日本。这篇小说集中表现了第一批具有近代意识的青年，在个人的自由爱情与传统的显身扬名的封建观念之间的矛盾冲突。虽然丰太郎最终服从了后者，但小说毕竟真实地反映了觉醒的青年内心痛苦的挣扎。中篇小说《雁》（1912—1913年）③ 也是森鸥外的名作。出身贫苦的阿玉姑娘迫不得已做了财主末造的小妾，但她渴望摆脱这种屈辱的境地。她偷偷地爱上了一个每天都从她窗

① 《五重塔》，文洁若译，漓江出版社 1987 年版。
② 《舞姬》的中文译文见隋玉林译《舞姬》（森鸥外小说集），浙江文艺出版社1988 年版。
③ 《雁》的中文译文见隋玉林译《舞姬》（森鸥外小说集），浙江文艺出版社 1988年版。

前经过的大学生冈田。行动不自由的阿玉，想方设法创造了一个机会，要对冈田表示爱情，可是恰恰是这一天，故事的讲述者"我"拉冈田到外面吃饭去了，阿玉便失去了这难得的机会。阿玉的希望和命运就像被冈田无心抛出的石子击中的那只大雁一样，毁于这偶然中的必然。这篇小说表现了女主人公在封建观念压抑下的正常人性的觉醒，却并未表现主人公的大胆行动。森鸥外在西化启蒙与囿于传统的矛盾痛苦中，曾有十几年放弃写作，后期则专心创作带有理智主义倾向的日本历史题材的小说，表明了向传统文化的回归。

　　日本在甲午中日战争特别是日俄战争后，受欧洲社会主义思潮的影响，出现了所谓"社会小说""社会主义小说"等，继承了早期政治小说的以宣扬政治思想为主题的写作方法，可以说是启蒙主义文学的"左翼"，代表人物德富芦花（1868—1927 年）早年受过自由民权运动的影响。1885 年开始信奉基督教。他的长篇小说《黑潮》（1902 年）① 以两条故事线索分别从官场和家庭两个方面揭露和抨击了明治新官僚的政治腐败和道德堕落。小说近乎指名道姓地直接抨击当时的伊藤博文首相和其他政府要员，其勇气和胆略令人钦佩。但另一方面，作者所正面描写的主人公东三郎是封建幕府的遗臣，他不是站在新时代的前列，而是站在旧时代的废墟上看待和批判当时的社会政治的。同样，作者把贞子写成了贞与美的化身，表明他也是从传统的家庭道德出发来批判资本主义家风堕落的。他的成名作《不如归》（1898—1899 年）反映了由家长一手造成的爱情与家庭悲剧，具有批判封建家长制的启蒙主义色彩，但小说着力表现的是女主人公的悲惨命运本身，而对封建家长制的批评则十分暧昧委婉。类似的作品还有伊藤左千夫（1864—1913 年）的中篇小说《野菊之墓》（1906 年）② 。作者以农村优美的自然风光为背景，生动地描绘了一对纯真的少男少女牧歌式的爱情故事，描写了男女主人公的纯真爱情萌芽如何

---

　　① 《黑潮》，金福翻译，上海译文出版社 1978 年版。
　　② 《野菊之墓》，仰文渊译，湖南人民出版社 1986 年版。

被传统意识顽固的家长们不经意地给扼杀掉了。但作者的宗旨并非对这种状况表示批判和抗议，而是以感伤和凄惨的笔调渲染悲剧气氛，以引起读者的哀叹和怜悯。对传统文化的疑惧、对青春与爱情的讴歌——这些启蒙主义思想因素弥漫在日本短歌式的低回缠绵的余韵中。

日本近代启蒙主义思潮在传统的和歌与俳句领域也有表现。与谢野宽（1873—1935 年）在 1894 年 5 月发表了题为《亡国之音——斥现代无丈夫气的和歌》的论文，第一次发出了革新和歌的呼声。他对一直延续下来的萎靡纤弱的传统歌风大加鞭挞，提倡创作气势轩昂的短歌，并按这个原则出版了短歌集《东西南北》（1896 年），因此被誉为"虎剑派"，推动了和歌的近代转型。正冈子规（1867—1902 年）在《獭祭屋俳话》《芭蕉杂谈》（1893 年）、《俳谐大要》（1895 年）① 等文章中，对江户时代的俳谐的陈腐风格痛加批判，也批评了俳人将松尾芭蕉偶像化，又在《俳人芜村》（1896 年）中发现并推崇长期被忽略的与谢芜村俳谐中的写生之美，在此基础了提出了俳句"写生"的主张。在正冈子规俳谐理论和创作的启发下，近代俳坛进一步换发了生机。

20 世纪初，在日本与中国文学的双重影响下，朝鲜产生了启蒙主义文学。日本的政治小说、中国以梁启超为代表的"小说界革命"及其理论主张，都对朝鲜近代文学转型起了相当大的推动作用。当时，朝鲜的文人作家普遍能够阅读汉文，当时的一些政治小说、西方名人传记先是传入汉文原本，后来为扩大阅读面而转译为朝鲜文。清末民初文坛的"小说界革命""诗界革命"等理论主张，也通过安国善（1873—1926 年）、申采浩（1880—1936 年）等启蒙作家译介到朝鲜，给朝鲜文学提供了直接的参照。同时，一些留日作家通过日本了解并译介了西方文学，"新小说"的创作由此起步。代表作有李人植（1862—1916 年）的长篇小说《血之泪》《雉岳山》《鬼之声》（均为 1906 年）等，反映了新旧思想的

---

① 《芭蕉杂谈》《俳谐大要》的译文载《日本古典文论选译》（近代卷上），王向远译，中央编译出版社 2012 年版。

对立，对传统思想与习俗做了批判，宣扬先进的"开化"思想。李人植之后，李光洙（1890— ）使启蒙主义文学进一步推进，他的长篇小说《无情》（1917 年）通过对三角恋爱故事的描述，表现了对传统旧思想的怀疑、否定和对人情人性的肯定，也充满了启蒙主义理想主义精神，被认为是朝鲜近代小说成熟的标志性作品。

第二节 民族主义

民族主义作为一种思潮是外部势力威胁、外来文化挑战在文化思想上的必然反映，具有本民族（本国）中心、本民族（本国）优越论的保守、排外倾向。在各国文学史上或多或少地存在着，但作为东方各国普遍兴起的大规模的文学思潮，民族主义主要发生在东西方文化剧烈冲突、东方文学由传统向近代转型的时期，即东方文学近代化的初期，是这一时期与启蒙主义文学相反相成的两种文学思潮之一。与西方列强进攻型的民族主义不同，东方民族主义大都属于防卫型的民族主义。东方民族主义文学思潮在东方各国的发生与发展的程度，与各国所遭受的西方侵略与殖民的严重程度密切相关。民族主义文学在完全沦为殖民地的国家和地区，表现最为突出，半殖民地地区次之，日本、泰国等未遭受西方侵略的国家则较为微弱。与此同时，民族主义文学又与东方国家内部的民族矛盾与民族问题有着错综复杂的关系。

印度是近代东方最先遭到西方列强入侵和殖民的国家。早在 16 世纪，西班牙、葡萄牙、荷兰、英国、法国就相继入侵印度。到了 18 世纪中叶之后，英国通过东印度公司等商业和军事手段，取得了在印度的优势，到 19 世纪中期之后，印度全面沦为英国的殖民地，进入 20 世纪后爆发了三次剧烈的民族独立运动。印度的民族主义运动与思潮，正是在反殖民统治的背景下兴起和展开的，而文学中的民族主义思潮，又是政治思想领域中民族主义思潮的直接反映。由于历史文化、宗教信仰和社会现实上的种种原因，印度近代民族主义文学思潮形成了几个突出的特点。第一，就是印度国家意识的自觉。在漫长的历史中，印度始终都是一个松散的文化统一体，地域主义、教派主义和政治统治上的松散，使得一般印度人只有宗教、教派、种族、民族，而缺乏"印度"的概念，国家意识极为淡漠。英国的殖民统治，促使印度国家意识的觉醒。印度的思想家、文学家、诗人们开始歌颂作为一个国家的印度，许多诗人将印度比作"母亲"，例如马拉雅拉姆诗人瓦拉托尔（1878—1958 年）的《母亲颂》，把祖国印度比作最伟大的神，将印度人习惯的对神的崇拜转换为对印度母亲的热爱。在近代印度的民族主义诗歌中，"祖国""印度"成为出现频率最多的关键词。例如印度语诗人古伯德（1886—1964 年）的长达两千五百行的长诗《印度之声》（1912 年）热情讴歌了印度古代文明，为印度的现状而忧伤，并憧憬印度美好未来。他的诗集《祖国之歌》《印度教徒》等也表达了同样的思想。此外，泰米尔语诗人巴拉蒂（1882—1921 年）的《向祖国致敬》《祖国》《我的母亲》，乌尔都诗人恰克伯斯特（1882—1926 年）的诗集《祖国的黎明》、奥利萨语诗人高伯本图·达斯（1877—1928 年）的《印度母亲》、梅赫尔（1862—1924 年）的《印度的向往》等，都饱含着"印度"的国家意识。

印度民族主义文学思潮的第二个特点表现为强烈的传统主义，而传统主义又以印度教、伊斯兰教等宗教信仰为中心，带有强烈的文化守护意识。作家们以坚守传统的宗教文化，来对抗殖民文化，并试图在传统文化、民族精神的更生中寻求印度的出路。为此，民族主义作家特别喜欢从印度古典中撷取题材，大量取材于两大史诗、"往世书"、佛经等古典作品，与取材于史诗和"往世书"的中世纪文学不同，这些作家的作品除宗教内涵外，或明或暗地含有民族主义思想意识。上述的巴拉蒂的长诗《黑公主的誓言》（1912 年）、《黑天颂》（1917 年）都借《摩诃婆罗多》

的题材和人物的再描写、再塑造，表现印度的苦难与拯救的主题。古伯德的长诗《萨格德》（1918 年）通过对《罗摩衍那》中的罗什曼那的妻子优哩米腊的咏歌，表现人物的忍受苦难、坚韧不拔、无私奉献的精神，以佛陀故事为题材的《耶输陀罗》（1933 年），则塑造了佛陀的妻子耶输陀罗在忍耐与苦难中的奉献精神，这些作品都以印度古代伟大女性的形象来彰显甘地主义者所崇尚的印度教精神主义，并以此作为印度传统的民族精神加以弘扬。在这种以精神主义为特征的民族性格中，也包含着浓厚的宗教神秘主义倾向。如近代英语诗人室利·奥罗宾多（1872—1950 年）主张民族主义是至高无上的最神圣的宗教，并以信徒般的热情亲身投入民族运动，他的长达 2400 行的长诗、取材于《摩诃婆罗多》的《莎维德丽：传说与象征》，从 1890 年开始写作，到 20 世纪中期全部发表，全诗借女神莎维德丽下凡人世并与双目失明的国王的儿子萨蒂梵生死离别的故事，隐喻了宇宙的奥秘、人生的宿命、印度的苦难与再生等主题，充满了印度教的象征性与神秘主义风格。

在现实题材的作品中，印度民族主义文学则更多地表现传统与现代、印度与西方之间的种种冲突。这方面最有代表性的作家是被称为"孟加拉语小说之父"的般吉姆·钱德拉·查特吉（1838—1894 年）。般吉姆从小就受传统文化熏陶，其主要思想来源是《薄伽梵歌》，主张崇拜毗湿奴大神的化身黑天，因为这位大神能够拯救苦难；他还主张崇拜雪山神女的化身之一、湿婆大神的妻子、降魔女神迦黎女神（又译"难近母"），把印度视为"母亲女神"，因为"难近母"是威严不可战胜的女神。般吉姆在 1860 年代末，成立了一个名为"新印度教派"的宗教团体，与主张西化的另一个宗教改革团体"梵社"对立，主张严格遵守印度教的一切传统，反对西洋文明，试图以此来保卫印度的文化传统，重构印度人的民族意识。般吉姆早期的虚构的历史小说，其意图都在说明印度历史上并不总是任人欺压的，借以展现印度光辉的历史，长印度人民的志气。以现实为题材的小说也同样表现了传统主义的价值取向。如长篇小说《毒树》（1873 年）① 虽然客观地反映了由传统的家庭婚姻习俗所造成的悲剧，进而对传统文化的负面作了某种程度的提示，但是作者对这些悲剧的社会根源——传统的落后的家庭婚姻制度和观念——并没有提出怀疑和批判，反而从印度传统的宗教禁欲主义出发，把这一系列悲剧的产生归结于人的欲望，认为恰恰是这欲望使人们走上了死路。因此作者把纵欲比作"毒树"。为了证明这一观点，作者让情欲煎熬下的琨德南迪妮、茜拉、代宾德罗死去，而让摆脱了情欲的那坎德罗、苏尔雅穆琪活下来。作者在小说中甚至直接宣扬宗教禁欲主义，宣扬自我克制、修行和解脱。般吉姆的民族主义意识还表现在后期创作的以反抗英国殖民统治为题材的小说中。如长篇小说《钱德拉谢克尔》（1875 年）、《阿难陀寺院》（1882 年）等集中反映了民族主义情绪。《阿难陀寺院》取材于 1772 年发生于孟加拉的真实事件，描写的是阿难陀寺院的出家人为抢夺送往英国的东印度公司的租银而进行的一场暴动，具有强烈的反对英国殖民主义的倾向。同时，又把祖国加以非理性的宗教神秘化。他把威严的"难近母"看成是印度的象征，并让出家人向"难近母"顶礼膜拜。书中的一首诗《母亲，向你致敬》，带有强烈的宗教狂热性，在当时广为流传。

值得注意的是，印度文学中的民族主义，不仅仅是对英国殖民者而言的民族主义，也表现为在印度内部的民族主义，这是一种狭隘的民族主义。印度原本就是多民族、多宗教的国家，印度内部民族与宗教的冲突经常爆发，在很大程度上削弱了反抗西方殖民者的总体力量，也使印度的民族主义问题变得非常复杂。这一点在文学中也有所反映。上述般吉姆的小说《阿难陀寺院》既反映了出家人与英国殖民者的斗争，也反映了这些印度教出家人与穆斯林之间的矛盾冲突。泰米尔语大诗人巴拉蒂达桑（1891—1964 年）在诗作中就具有强烈的泰米尔种族意识，他对雅利安人

---

① 《毒树》，石真译，湖南人民出版社 1988 年版。

的印度主流文化十分反感和痛恨，声称《罗摩衍那》中的十首魔王罗波那是他的伟大的祖先。而出身印度穆斯林家庭的诗人、思想家穆罕默德·伊克巴尔（1877—1938 年）①在错综复杂的印度民族主义思潮及民族主义文学中具有相当的代表性。伊克巴尔在其创作早期，是一个具有强烈的印度民族主义思想的穆斯林诗人，他的诗集《驼队的铃声》（1924 年）中的《喜马拉雅山》《印度之歌》《印度儿童的国歌》等诗篇中，谴责印度教与伊斯兰教的狭隘的民族宗教对立，将印度视为一个完整统一的国家，称"我们是印度人，印度是我们的家乡"。在《新湿婆庙》一诗中，他呼吁穆斯林和印度教徒要以印度的国家利益为重团结起来："把猜忌的迷帐扯去，让隔离的人民团聚，使分歧的裂痕消失。"但后来严酷的民族分裂的现实使他放弃了印度教徒与伊斯兰教徒共生于一个国家的想法，他的民族主义由印度民族主义，演变成为伊斯兰民族主义。他在后期的社会活动和诗歌创作中，努力宣扬在印度的西北部建立一个独立的伊斯兰国家。伊克巴尔的这一设想终于在 1947 年成为现实，因此他被巴基斯坦称为"国父"。伊克巴尔中后期的诗歌创作，包括哲理诗集《自我的秘密》（1915 年）、《无我的奥秘》（1918 年）等，将西方的康德先验主义哲学与伊斯兰教苏菲主义的神秘主义思想结合起来，旨在构建穆斯林民族理念和人格规范，反映了印度民族主义文学的一个独特的侧面。

在中东地区伊斯兰文化圈的阿拉伯文学、伊朗文学、土耳其文学中，民族主义文学都有发生。

从 18 世纪末拿破仑入侵埃及起，阿拉伯各国先后沦为西方列强的殖民地或半殖民地，阿拉伯国家进入"近代"历史时期，阿拉伯文学也开始了近代化的进程。同印度等东方国家一样，民族主义文学也是阿拉伯近

---

① 伊克巴尔的诗歌的中文译本有：《伊克巴尔诗选》，邹荻帆、陈敬容据英文译本转译，人民文学出版社 1958 年版；《伊克巴尔诗选》，王家瑛据乌尔都语翻译，人民文学出版社 1977 年版；《自我的秘密》，刘曙雄译，北京大学出版社 1999 年版。

代文学的最初表现形式，但也有自己的显著特点。特点之一，阿拉伯的民族主义思潮主要是针对 16 世纪初入主阿拉伯的土耳其奥斯曼帝国，其次才是针对西方殖民者。在土耳其奥斯曼帝国的统治下，阿拉伯文化、阿拉伯语言文学遭到压抑和歧视，由于强制推行土耳其语，阿拉伯语沦为次语言，文学创作的传统几近中断。18 世纪西方的入侵，在政治和文化上都削弱了土耳其奥斯曼在阿拉伯的统治，也促使了阿拉伯人民族意识的高涨。许多阿拉伯人，尤其是阿拉伯的知识阶层，将民族主义的矛头首先指向土耳其奥斯曼人，在后期则逐渐转向西方殖民者。阿拉伯的民族主义文学，也不像印度那样主要以反西方殖民主义为主要背景，而是以“文学复兴运动”的面目出现。阿拉伯文化及文学在公元 8 到 10 世纪的数百年间十分繁荣昌盛，一度成为世界文化的汇合地和中心之一，有着值得骄傲和自豪的辉煌灿烂的历史。但从 13 世纪始一直到 18 世纪末，阿拉伯地区先后受到蒙古人和土耳其奥斯曼人的野蛮的破坏和冲击，阿拉伯文化遭到了持久的浩劫，异族的暴虐统治、频繁的战乱窒息和扼杀了文学。因此，近代阿拉伯文学家的神圣责任就是在新的历史条件下复兴阿拉伯文学，荡涤土耳其奥斯曼帝国统治时期留下的僵化死板的文学，恢复他们古代曾经有过的骄傲和自豪。

由于政治、经济、文化发展的不平衡，阿拉伯各国的近代文学的发展也很不平衡。黎巴嫩、埃及文学起步最早，成就最大，伊拉克、叙利亚和北非马格里布各国次之，半岛地区各国的新文学起步则较晚。而作为民族主义文学运动的“文学复兴”运动，也最早肇始于黎巴嫩和埃及。19 世纪后期，纳绥夫·雅齐吉（1800—1871 年）、布鲁斯特·布斯塔尼（1804—1888 年）等在黎巴嫩展开了启蒙主义文学运动。埃及的民族主义文学复兴运动在 19 世纪末形成了一个诗人群体和流派，文学史上称为复兴派（亦称保守派、古典派、承启派）。阿拉伯埃及的文学复兴派是由传统文学向近代文学过渡时期的一个流派。由于受先进的欧洲文学的刺激，埃及诗人们对土耳其奥斯曼统治时代的陈腐僵死的诗歌感到不满。他们主张革新，认为新文学不能割断与过去的联系，应该借鉴西方文学，但也应保留阿拉伯的文学风格。他们在阿拔斯王朝、伍麦叶王朝，甚至蒙昧时代的古典诗歌中看到了文学的典范，力图复兴阿拉伯的传统诗歌。著名诗人巴鲁迪（1838—1904年）是阿拉伯埃及民族主义文学的代表人物，他一方面是反抗英国殖民统治的政治活动家，参与过1881至1882年反抗英国占领的"拉奥比"革命，并担任过革命政权的首相，失败后被英国殖民当局流放到锡兰岛长达十七年之久。无论在什么样的境遇下，巴鲁迪作为诗人都不停地创作。早期创作中他崇尚蒙昧时期和阿拔斯王朝时期古典诗歌那种奔放、质朴的风格，力图恢复古典诗歌的昌盛和荣耀。作为一个政治家诗人，他使诗歌完全成了民族解放的喉舌和弘扬民族文化的手段。他的诗关心国家、民族超过关心自己。由于其民族主义文学的保守立场，巴鲁迪的不少诗歌是对阿拉伯古代诗歌的摹仿，但因并没有突破古诗的形式而显得保守。哈菲兹·易卜拉欣（1871—1932年）则以巴鲁迪为榜样，他的诗体现了巴鲁迪那样的豁达豪放的复古风格。他除了写一些以仿古为题材的诗，如情诗和颂酒诗外，绝大多数诗歌是表现爱国主义、阿拉伯民族主义思想的。贫苦的家庭出身、卑微的社会地位，使他的诗歌更多地继承了阿拉伯古代诗歌的讽刺传统，他的许多诗歌都以反对英国殖民统治、争取民族独立为题材。他的名诗《埃及》（1925年）回顾了尼罗河文明数千年的辉煌历史，表现了民族的自豪感。还有不少诗篇（如《阿拉伯语的倾诉》，1903）将阿拉伯语拟人化，倾诉了阿拉伯语的不幸处境，呼吁珍视阿拉伯语言。哈菲兹·易卜拉欣在继承阿拉伯古典诗歌艺术上作出了非凡的贡献，能够熟练运用多种古典格律形式和不同的风格。复兴派的另一位著名诗人、被誉为"诗王"的艾哈迈德·邵基（一译邵武基，1869—1932年）出身贵族并有土耳其血统，政治上具有亲土耳其的立场，具有泛伊斯兰主义的色彩。邵基曾在埃及阿巴斯二世的宫廷里任御前诗人达二十年之久，并写了大量与古诗无甚区别的宫廷颂诗、悼亡诗和情诗。阿巴斯二世被英国人废黜之后，邵基受牵连流亡到西班牙，四年后回到埃及。从此，他由宫廷诗人转向民族诗人，开始表现国家、民族的愿望和人民的现实生活。和复兴派的其他诗人一样，他的诗歌采用了阿拉伯古典诗歌的格律形式，同时又具有新的时代内容。他的民族主义思想表现为爱国主义，以及对埃及从殖民统治下获得独立的渴望。他的长达 290 联的长诗《尼罗河谷大事记》（1894 年）缅怀了埃及从法老时代到近代穆罕默德·阿里的辉煌历史，《尼罗河啊》《狮身人面像》《阿蒙》等长诗，均歌颂了古老而灿烂的埃及文化。

在小说创作中民族主义倾向表现最鲜明的，是著名作家陶菲格·哈基姆（1898—1987 年）的长篇小说《灵魂归来》（1933 年）[1]。《灵魂归来》以 1919 年埃及人民反抗英国殖民统治的民族大起义为背景，描写了埃及人的团结与觉醒，呼唤古老的埃及文明的复兴。小说的主人公、中学生穆哈辛，以及同住一处的从事着不同职业的叔叔、姑姑们，他们都来自农村，身居城市却保留着传统埃及农民家庭的生活习惯。他们住在同一间房子里，穆哈辛和叔叔们都共同爱上了邻居家的漂亮姑娘苏妮娅，并相互争风吃醋，一同遭受了失恋的痛苦。大起义爆发后，他们振作起来，投入到起义中……作为思想型的作家，哈基姆的总体创作有相当明显的象征主义倾向，《灵魂归来》的人物与情节也具有一定的象征性：女主人公苏妮娅似乎是美丽的埃及女神——埃及精神的象征，穆哈辛及叔叔们对她的爱而终不可得，似也表明现代埃及人与埃及传统精神的疏离；投身民族起义后摆脱失恋痛苦，找到新的生活目标，则象征了埃及人的觉醒。作家通过不同人物之口或直接议论，抨击西方工业文明，期望古老的埃及文明的再生，呼唤"灵魂归来"——传统的东方精神、古老的埃及文化的复归。虽然这一主题的表达与作者所设计的人物情节及其象征，具有某种牵强生硬的痕迹，但注重象征本身，就具有埃及传统文化乃至东方传统文化的特点，而且"灵魂归来"作为具有强烈民族主义色彩的小说的主题也是十

---

[1] 《灵魂归来》有两种中文译本：陈中耀译，人民文学出版社 1979 年版；王复、陆孝修译，湖南人民出版社 1985 年版。

分鲜明的。

由于语言文化、历史传统上的原因，同处中东地区的伊朗文学的民族主义与阿拉伯国家有些相似，民族主义文学主要表现为对传统文学的继承与保守的态度，这一点和近代阿拉伯的"文艺复兴运动"有些近似，但伊朗未能形成有规模的、打出旗号的民族主义文学运动或团体流派。最有代表性的近代大诗人巴哈尔（1886—1951 年）①，其父是宫廷诗人，十八岁继承了父亲的"诗王"称号，但他并没有作宫廷诗人，而是积极参与19 世纪末 20 世纪初的立宪运动，创作了大量以反封建专制、反外国侵略与干涉的诗歌，成为立宪派的代表诗人。在对待古代文学传统上，巴哈尔具有一定的民族主义、保守主义的倾向，他严格遵守波斯古代诗律与套路，崇拜古代诗人，认为萨迪等诗人的作品是今人所不可企及的典范，并与革新派展开论战。他用传统的旧形式表现了时代的新内容，创作了六万多行各种体裁的诗歌，在伊朗近代诗歌中独占鳌头。

土耳其的民族主义文学也有自己鲜明的特征。土耳其的前身是奥斯曼帝国，在 16 世纪时成为横跨欧亚非的庞大帝国，进入 19 世纪后彻底衰落，虽然面临着受列强染指和瓜分的威胁，但并没有沦为殖民地，加上土耳其地处东西方文化的交接地带，对西方文化具有很强的亲和感，整个近代化过程就是学习西方、不断改革的过程，民族主义文学也不是针对西方列强，而是重振奥斯曼帝国雄风的"奥斯曼主义"、主张所有穆斯林都以土耳其为中心团结起来的"泛伊斯兰主义"。当发现这一愿望事实上难以实现的时候，又出现了试图将中亚、西亚的操突厥语的各民族整合起来的"泛突厥主义"，并在 20 世纪初成为土耳其民族主义文学的核心理念。以诗人齐亚·戈尔卡普（1876—1924 年）为首的持"突厥主义"理念的一批文人作家，打出了"民族主义"的旗号，主张兴起"民族文学"，成为土耳其新文学的起点。民族主义文学主张"我是一个土耳其人，我的宗

---

① 巴哈尔诗歌的中文译本有邢秉顺译《巴哈尔诗选》，外国文学出版社 1987 年版。

教、种族至高无上"（诗人尤尔达库尔的诗句），反对文学创作使用波斯文体而主张使用纯朴的民族语言，重视民间文学，作品中或明或暗地宣扬突厥主义，在思想层面上具有相当的保守性，但同时在文学创作上也学习借鉴西方文学，这也是土耳其民族主义文学的一大特点。土耳其民族主义文学一直延续到1930年代，产生了广泛的影响。

东南亚各国在地理与历史文化上有很强的相关性，近代又先后沦为西方列强的殖民地（泰国除外），以反侵略、反殖民主义为主题的民族主义文学同样成为东南亚文学近代化的推动力量。其中，民族主义文学最为发达的是在东南亚国家中最早沦为殖民地的菲律宾，菲律宾民族主义作家大都同时也是投身民族斗争的战士。例如著名诗人、在现代菲律宾家喻户晓的爱国名诗《对祖国的爱》的作者安德列斯·波尼法秀（1863—1897年）、菲律宾国歌歌词的作者何塞·帕尔马（1876—1903年），被誉为菲律宾民族英雄的黎萨尔等。其中，菲律宾近代新文学的创始人、为民族解放而献出年轻生命的何塞·黎萨尔（1861—1896年）是菲律宾、东南亚乃至整个东方近代民族主义文学的代表性作家，他的长篇小说《不许犯我》（一译《社会毒瘤》，1887年）和续集《起义者》（1891年）[1] 描写了菲律宾人民在西班牙殖民统治下的种种苦难及其悲壮的反抗，是东方最早的以反殖民主义为题材的小说。书中的主人公伊瓦腊是19世纪末觉醒的爱国者的典型代表。他对民族解放出路的探索经历了采用合法、和平的方式和进行秘密的暴力恐怖活动这两个发展阶段。伊瓦腊的探索失败了，这是革命的先驱者们所付出的沉重而有意义的代价。他的探索和失败打破了殖民地人民对殖民统治的幻想，同时也表明单枪匹马、个人冒险和恐怖手段行不通。作为献身民族解放的文学战士，黎萨尔是东方各国最早描写和反映殖民地人民幻想的破灭与悲壮的反抗的著名作家，也是东方最早以文艺为武器唤起民族觉醒、推动民族解放运动发展的著名作家。他在被殖

---

[1] 这两部作品均有中文译本。《不许犯我》，陈尧光、柏群译，人民文学出版社1977年版；《起义者》，柏群译，人民文学出版社1977年版。

民当局执行死刑前写下的诗篇《我最后的告别》（1896 年）① 是一首扣人心弦的爱国主义壮歌。正如鲁迅所说，从黎萨尔的作品里我们可以听到"爱国者的声音""复仇和反抗"的呐喊。

越南在 19 世纪后期完全沦为法国的殖民地，在朝廷内部抗法主战派的带领下，形成了以勤王派的领导者、爱国将领、仁人志士为主体而展开的民族主义运动——勤王运动及勤王运动文学（又称"文神运动"），涌现了阮春温、阮光碧、潘廷逢将领诗人及阮廷炤（1822—1910 年）、潘佩珠（1867—1940 年）那样的民族爱国主义诗人，用汉文古诗和越南的字喃诗"六八体"的形式，激励国民的抗法斗争，并推动了越南文学由传统向近代的转型。

在印度尼西亚，1820—1830 年代，民族主义文学在"一个祖国、一个民族、一种语言"的口号下形成高潮，民族主义作家的创作以强化印尼国家民族意识、抵抗殖民文化渗透为主要特征。阿布杜尔·慕依斯（1883—1959 年）的创作集中体现了这一特征。他的著名长篇小说《错误的教育》（1928 年）②，通过对男主人公汉纳菲与柯丽爱情悲剧的描写，反映了东西方民族与文化存在着的巨大鸿沟，表明两种文化的融合是何等艰难，根深蒂固的文化传统与成见，阻碍了东西方的结合。汉纳菲的同族人以其东方式的保守和民族防卫心理不赞成他与柯丽的婚姻，而荷兰人更以对东方人的歧视和种族优越感而仇视柯丽与汉纳菲的结合。汉纳菲的悲剧，在于他在接受西方文化的同时丧失了民族的灵魂和民族精神，在东西方文化的冲突中成了西方文化的俘虏，变为洋奴。他追求真正的爱情无可指责，崇洋也未必不对，问题在于他过分激进和偏颇了，与整个时代进程和社会环境形成了过大的反差。同时他自身又不自觉地潜在地保留着传统的夫权观念和大丈夫主义，因此结果只能是害己而误人。作者在描写和剖

---

① 《我最后的告别》的中文译文由凌彰翻译，见周南京等编、香港南岛出版社2001 年版《黎萨尔与中国》一书，第 325—328 页。
② 《错误的教育》的中文译本由白云据俄文本转译，花山文艺出版社 1984 年版。

析汉纳菲时，并不是从狭隘的民族主义立场出发的。他反对奴化的"错误的教育"，同时主张在接受西方文化时不要丢掉民族精神，不要脱离民族文化环境。作者的理想寄托在柯丽这个人物身上。柯丽是东西方的混血儿，是东西方结合的象征。她既没有西方的种族偏见和东方的传统保守观念，也不顾社会压力，毅然与汉纳菲成婚。她追求的是爱，是人格的自由独立。然而，时代容不下这个东西方的产儿，她像一朵鲜花在早春的寒风中凋零了。作者慕依斯通过这个作品，对奴化教育的后果表示了深深的忧患，同时又在东西方文化冲突的历史条件下探索了民族精神自新的道路。作者最后让汉纳菲自杀，并在临死前痛苦地忏悔，其意图是让汉纳菲的灵魂重新复归于自己的民族，正如作者所说："石头抛得再高，还是落到地面。"

缅甸作家吴腊（1866—1921 年）的长篇小说《瑞卑梭》（1914 年）也塑造了一个留洋归来的洋化了的缅甸青年貌当佩的形象，反映了与慕依斯的小说相同的主题。而集中体现缅甸文学中的民族主义倾向的，是吴龙（1875—1964 年，笔名德钦哥都迈），他是缅甸民族主义团体"我缅人协会"的名誉主席，在从事爱国独立斗争的同时，使用缅甸传统佛学注解佛经的韵文与散文杂糅的"注"的形式，写了如《洋大人注》（1914 年）、《孔雀注》（1918 年）、《猴注》（1922 年）、《狗注》（1924 年）等一系列作品，鞭挞了英国的殖民统治，讽刺了缅甸人的崇洋媚外，反映了缅甸民族独立斗争的历程。

东亚国家，包括中国、朝鲜、日本的民族主义文学，各有自己的表现形态。在中国，清末时期的民族主义文学以洋务派、同盟会等政治团体、南社等政治文化团体为中心展开，既有针对西方列强的民族主义，也有针对"鞑虏"的民族主义。19 世纪后期产生的朝鲜的民族主义文学，既有摆脱中国文化及汉语言文学影响的民族主义，也有反对日本入侵和占领的民族主义，前者谋求"驱逐汉语汉字"的"纯正朝鲜语"及朝鲜文学，后者则谋求民族独立。日本的民族主义在幕府末期和维新初期盛行一时，以"爱国攘夷"为基本诉求，以汉诗汉文为主要文体样式，但随着西方威胁的解除、"脱亚入欧""文明开化"的启蒙运动的由上而下地展开，而且基本没有受到任何阻力和反抗，整个日本形成了西方文化一边倒的局面，作家们对"文明开化"带来的一些负面影响也有不满，但在文学创作的层面上并没有发展到必须用保守文化传统来对抗西方文化的程度，近代初期日本的民族主义文学未成气候便很快消融于启蒙主义文学之中。"日清战争"（甲午中日战争）后，日本的民族主义衍生出"日本主义""亚细亚主义""大东亚主义"等理论形态，由近代初期的防卫型民族主义转变为向亚洲邻国侵略扩张的进攻型民族主义。伴随着每一次对外侵略，都有大量相关题材的文学作品出现，如"日清战争文学""日俄战争文学"等。1920 年代后期以降直到 1945 年日本战败投降，更出现了形形色色的侵华文学，大多数作家都积极协力侵略战争，日本的民族主义文学恶性膨胀也达到了极点。①

---

① 参见王向远著《"笔部队"和侵华战争——对日本侵华文学的研究与批判》，北京师范大学出版社 1999 年初版，昆仑出版社 2005 年再版。

第八章　西方文学思潮的东方化

　　本章所谓"西方文学思潮"，是指 18—19 世纪欧洲现代中相继兴起的两大思潮——现实主义（旧译写实主义）与浪漫主义。两大文学思潮以作家创作为基础，以批评家的文学批评与文学理论为标榜，推动了欧洲文学从崇尚古典、注重审美规范的古典主义文学，向崇尚理性与个性、主张自由与自然的现代新文学的转变。欧洲的这两种思潮与东方文学由传统向近代的转型内在要求相契合，从创作与理论两方面对东方文学产生了很大影响，同时也使东方文学中的现实主义与浪漫主义带有不同于西方文学的独特性质，这个过程也是西方文学思潮东方化的过程。

第一节　浪漫主义

　　浪漫主义和现实主义是近代西方两大文艺思潮，通过种种途径传到东方，对东方近代文学的发展进程产生了至关重要的影响。其中，西方浪漫主义文学本质上是思想解放运动在文学上的体现，在近代东方文学中，浪漫主义也发挥了同样的作用和功能。浪漫主义文学在东方各国中都有不同程度的表现，但由于历史与现实的种种原因，各国浪漫主义文学的发育与发展并不平衡。总体上看，受西方文学影响较为直接的地区（如西亚北非地区）浪漫主义文学较有声势，近代化程度较高的国家（如日本），其浪漫主义文学较为发达，持续时间较长，文学团体较多。其他国家（如中国、印度等大部分东方国家与地区）的近代文学中，浪漫主义文学都有所表现，但持续时间较短，规模有限，发育不太充分。

在东方近代文学中，作为东方第一个全面引进西方文化并实现了近代化的国家，日本的浪漫主义文学最为发达。日本近代文学史上第一个浪漫主义文学运动是由以北村透谷为中心的一群文学青年发起的。这些青年于1893年创办了《文学界》杂志。杂志的同人有北村透谷、岛崎藤村、樋口一叶等。这些青年文学家大都信奉基督教或受基督教的影响，对欧洲浪漫主义文学有深深的共鸣。他们主张个性自由，追求独立人格，倾注全部的热情与努力，企图建立尊重和发展个性、确立自我价值的真正意义上的近代文学。

《文学界》的核心人物是北村透谷（1868—1894年）。他曾参加过反对明治专制政治的自由民权运动，运动失败后转向文学。1889年，他在拜伦的长篇叙事诗《耶路撒冷的囚徒》的启发下写下了长诗《楚囚之诗》，这也是日本近代文学史上的第一部长诗。作为《文学界》杂志浪漫主义的唯一理论指导者，北村透谷在文坛上的声望主要是由他的文学评论形成的。他连续发表了《厌世诗人与女性》（1892年）、《内在生命论》《明治文学管见》《万物之声与诗人》（均1893年)[1] 等论文，努力阐述并弘扬近代的自我、个人主义、理想主义、自由主义，呼吁摆脱文学对封建观念和近代反动政治的依附性。在《厌世诗人与女性》中，他从近代新的个性自由的观点出发，热情洋溢地赞美爱情和纯洁的女性，并把爱情和女性看成是诗人理想生活的象征、文学创作的源泉和动力，借以同丑恶的现实相对抗。在《内在生命论》中，他强调自由与民主，强调个人尊

---

[1] 这几篇文章的译文见王向远译《日本古典文论选译》（近代卷下），中央编译出版社2012年版。

严，并且把表现个人的自由、尊严、感情、人性，即表现和阐释"内在的生命"作为近代文学的核心。因此他排斥了江户时代的庸俗的游戏主义、功利主义文学。在《何谓干预人生》中，他反对当时的为"国家主义"服务的所谓"干预人生"的功利主义文学，认为文学应高举起理想的旗帜，同现实的虚伪和非人性进行斗争。北村透谷提出的这些浪漫主义文学主张，比较集中地体现在他创作的三幕诗剧《蓬莱曲》（1891）中，诗剧的主人公柳田素雄是一个对自由平等充满了无限憧憬的青年。他憎恨没有思想自由、没有平等与爱的社会，加上失恋，他消沉、厌世与颓唐。他认为，一个人被社会剥夺了自由，还不如以死来摆脱这个黑暗肮脏的世界。于是，他便来到传说中的蓬莱仙境寻求死亡，渴望死后的灵魂在那迷人的蓬莱仙境中得到自由超脱和安宁。终于，柳田素雄怀着对现实的厌恶和对恋人、对理想之境的向往之情而自杀身亡。死后，他的灵魂得到复活，在远离尘世的另一个世界里，他与日夜思念的情人——一个美貌绝伦的仙女露姬重逢。他们在湖中泛起小舟，划向理想的彼岸。显而易见，北村透谷的理论和创作代表着真正的近代浪漫主义的自由精神。但同时也应指出，由于受西方基督教的世界观和东方老庄哲学的影响，他的思想和创作存在着精神至上和神秘主义的倾向，最后滑向了宿命论的虚无主义。当他的理想在现实中破灭的时候，他也像《蓬莱曲》中的柳田素雄一样自杀了，年仅26岁。

在《文学界》同仁中，继承北村透谷浪漫主义精神的是青年诗人岛崎藤村。岛崎藤村（1822—1943年）在1897年出版了抒情诗集《嫩菜集》（1897年），是日本浪漫主义文学运动中划时代的一部诗集，它的问世标志着日本新体诗这种近代诗歌形式已摆脱了对西方诗歌的模仿而臻于成熟。日本文学史家吉田精一指出："在日本抒情诗的历史上，《嫩菜集》被看作是一部揭开了序幕的著作……它把西洋的近代诗体和日本传统的情调融化在一起，因而使日本人的感情开始在这种新型的诗体上扎下了根。"① 在藤村的《嫩菜集》里，到处洋溢着奔放的青春热情，讴歌青春、向往自由、赞美爱情，构成了这部诗集的抒情基调。但同时也表露出所谓"近代的悲哀与烦闷"，从而反映出北村透谷自杀后日本浪漫主义文学的软弱无力。在《嫩菜集》之后发表的《一叶扁舟》（1898 年）、《夏草》（1898 年）、《落梅集》（1901 年）这三部诗集里，充满青春气息的抒情风格逐渐枯萎了，所展现的是远离社会现实的、充满自然风光的世界，更多地表现了旅人的哀愁和游子的悲伤。

1898 年 1 月，随着《文学界》杂志宣布停刊，以《文学界》为中心的浪漫主义运动也宣布结束。此后，青年诗人与谢野宽于 1899 年创立"东京新诗社"，次年创办了该社的机关刊物《明星》。以《明星》杂志为中心的一批年轻诗人形成了日本近代诗坛的另一个浪漫主义团体——明星派。属于明星派的著名诗人有高村光太郎、北原白秋、石川啄木、佐藤春夫等人。这个团体致力于和歌（短歌）的近代化，努力使和歌成为新的近代抒情诗体。明星派中最具有浪漫主义气质的诗人是后来成为与谢野宽妻子的与谢野晶子（1878—1942 年）。1901 年，她出版了第一部短歌集《乱发》。在这部收有 399 首短歌的诗集里，野晶子以自由奔放和无拘无束的语言，解放了受陈规束缚的短歌，大胆地抒发了女性的热情。

> 这柔嫩的皮肤你不来抚摩，
> 却死守着伦理道德，
> 岂不觉得无聊寂寞？
>
> 春光短暂，
> 春光中有蓬勃的生命，

---

① 〔日〕吉田精一：《现代日本文学史》，齐干译，上海人民出版社 1976 年版，第42 页。

去抚摸你所渴望的乳房吧!

野晶子的诗歌就是这样对传统的封建道德提出了挑战。这些大胆地宣扬性享乐、充满叛逆精神的青春之歌,出自一个年轻女性之手,在当时实在是振聋发聩、令人吃惊,因此受到了社会上许多保守人士的咒骂和非议。野晶子不仅在短歌创作中,而且在个人生活中也贯彻了这种浪漫主义精神。她曾不顾家庭反对,只身跑到东京跟她崇拜的有妇之夫与谢野宽结合,在当时引起过一场风波。显而易见,野晶子的这种浪漫主义带有强烈的个人主义的、官能解放的、唯美的色彩,而且在她以后出版的许多短歌中,视野越来越狭窄,转而憧憬以《源氏物语》为代表的古代平安朝文化,浪漫主义的激情也随之消退了。

日本文学浪漫主义精神的衰退,突出地表现为浪漫主义作家由抒发浪漫的激情逐渐过渡到客观冷静的写实。这使日本的浪漫主义最终演化为日本的自然主义。处于浪漫主义与自然主义之间的作家是樋口一叶。樋口一叶(1872—1896年)属于《文学界》同仁女作家。她在短短几年的创作生涯中,不仅写有大量的诗歌,还创作了《埋没》(1892年)、《大年夜》(1894年)、《青梅竹马》(1895年)、《浊流》(1896年)、《十三夜》(1896年)等一系列优美精致的中短篇小说。① 其中,中篇小说《青梅竹马》被公认为不可多得的不朽名作,堪称世界中篇小说中的第一流作品。《青梅竹马》以一条胡同里的几个正值思春期的少男少女的生活和心理活动为题材,描写了他们朦胧的青春觉醒和由此带来的淡淡的哀伤。这些孩子中有红妓女的妹妹,天真活泼、爱说爱闹的美登利姑娘;有性格内向、不多言语,而内心情感却十分丰富细腻的龙华寺方丈的儿子信如;还有出身于高利贷者家庭的天真幼稚而又善良的正太郎。这些少男少女家庭出身不同,性格各异,他们在未成年之前常在一起打闹玩耍,虽然常有冲突和摩擦,也有生活的阴影和重压,但他们青梅竹马,在情窦似开未开的朦胧

---

① 樋口一叶的作品中文译本有《樋口一叶选集》,萧萧译,人民文学出版社1962年版。

中一起度过了浪漫而美好的少年时光。然而，光阴和生活却无情地把他们推向成年人的世界。美登利在第一次体验了由少女向成熟的女人的质的突变之后，"又愁又羞"，以至"用被子掩住脸，无声地啜泣起来"，从此判若两人。她的未来充满了阴影，等待着她的很可能是她姐姐那样的卖笑生涯。心里暗暗爱着美登利的信如因平日怕同学议论，故意冷落美登利。现在他就要到外地上学了。临行前，他悄悄地把一朵纸水仙花丢进了美登利家的院子里。……整部小说就是这样贯穿着一种纯洁的抒情，表达了平民家庭的孩子在即将走向现实人生时的那种不可名状的忧郁、惆怅和悲哀。樋口一叶擅长从日常的平凡的生活中发现、捕捉人物那水一般淡然的情感波动，然后以静观的态度和表现力极强的语言写出抒情性很强的凄婉动人的小说。

进入 20 世纪初，日本文学中的浪漫主义在表现形态上发生了一些改变，激情澎湃的浪漫主义消退了，而以人道主义与理想主义为核心的浪漫主义的根本精神，又在白桦派这一文学团体创作中承续下来。所谓"白桦派"指的是以《白桦》杂志为中心的同仁作家，主要有武者小路实笃、有岛武郎、志贺直哉等。他们大都是贵族家庭出身，在贵族学校"学习院"受过良好的教育，生活优裕，对人生抱着天真、明朗和坦率的态度。他们不满于自然主义对日常丑恶生活的客观的、沉闷的描写，而在自己的作品中宣扬近代人道主义、个人主义和自由主义的理想，因此他们的文学又被称为"理想主义文学"或"人道主义文学"。

白桦派的核心人物和理论家武者小路实笃（1885—1970 年）深受托尔斯泰人道主义的影响，主张个性和自我的尊严，既要个人意志的发挥，又要彼此理解和互爱。他看重伦理修养，认为善比单纯的美更美。他的中篇小说《天真的人》（1911 年）和《不懂世故》（1912 年）探索了恋爱、失恋与保持个性、人格之间的关系问题。这两篇小说虽然也如实地告白了自己的私生活，但没有自然主义的阴暗和绝望，表现了主人公对自我的信心。1919 年发表的著名中篇小说《友情》①　是这一主题的进一步展开。《友情》描写的是两位好友野岛、大宫同杉子姑娘的三角恋爱。但这里没有一般三角恋爱中常见的争风吃醋、勾心斗角，也没有失意者的悲观和消沉。野岛和大宫都是德才兼备的好青年。他们有理想、有追求，相信自己的力量和才能。当大宫得知野岛也在爱着杉子时，便极力克制自己对杉子的感情，故意冷淡和回避杉子。在友情与爱情的矛盾中，他作出了最合人情也最合人道的选择。野岛不仅执著地追求自己之所爱，而且以爱情为动力，进一步发展自己、完善自己。失恋后，他没有消沉，而是决心"在事业上决斗"，"要更加倔强地站立起来"。在追求与失恋的过程中，他始终自尊自信和自重。女主人公杉子追求的是真正的、由衷的爱。不虚伪、不造作，更不卖弄风骚。总之，三个人物都体现了作者的理想：强烈的个性意识，执著地追求自我价值的实现，自我中心、自我主体性与托尔斯泰式的邻人之爱的合情合理的调和。整部作品结构严谨，文脉畅通，一气呵成，文采飞扬。这部小说与其续篇《爱与死》后被合在一起改编成电影（中译名《生死恋》）。影片上映后，无论在日本，还是在我国，都引起了普遍的好评和较大的反响。

　　白桦派的另一个重要作家有岛武郎（1878—1923 年）不像武者小路实笃那样宣扬理想的人生道德，他的作品充满了强烈的无政府主义、自由主义和个人主义的色彩。他的成名作短篇小说《该隐的后裔》（1917 年）中的主人公仁右卫门是个贫苦的农民。他蛮横、凶残、嫉妒、通奸、强奸、打人、赌博、桀骜不驯。他的性格及其罪过就像《圣经》里因嫉妒而杀死弟弟的该隐。作者以粗犷的笔触成功地描写了受本能驱使的仁右卫门在艰难的环境中的强烈的生存欲望和对环境的消极挑战。作者在小说中宣扬了主人公那不受约束的自由、粗犷的个性，但同时也表现了这种个性存在的艰难。而集中表现个人的自由、本能欲望与社会环境的矛盾冲突的

---

①　《友情》，周丰一译，人民文学出版社 1984 年版；另有冯朝阳译《友情》，青海人民出版社 1984 年版。

杰出作品是他的代表作《一个女人》①。这是一部结构严谨的具有西方风格的近代长篇小说，是日本近代长篇小说中的最高杰作之一。《一个女人》中的主人公叶子是一个个性觉醒的新女性。在她身上，传统日本女人的道德观念——贤淑、温顺、忍让、贞洁等——几乎荡然无存。她才色兼备，心高气傲，热情奔放，形成了强烈的自主自由意识。在爱情方面，她的欲望是牢固地占有男人，而不是让男人占有她。她和青年记者木部离婚，就是因为木部视她为附属物，从而取消了她在爱情中的个性。由于叶子卸掉了一切道德观念对个人的束缚，所以她的本能要求就格外强烈和难以自制。她在赴美国与木村成婚的轮船上，与粗野健壮的事务长仓地非法同居，沉溺于无度的纵欲中。而最终，叶子却被仓地所抛弃，导致她精神与肉体上的全面崩溃。临死之前，叶子回顾自己的短暂的一生，悔恨不止：“错了，悔不该照这样来世上走了一趟。可是，这又是谁的过错呢？不知道哇！”显然，叶子的悲剧的根源在于把放纵自己的本能欲望作为追求自主和自由的出发点。作品从立意命题到人物心理和性格的刻画，都受到弗洛伊德主义，尤其是英国心理学家艾里斯（旧译霭理士）的《性心理学》的影响，强调人物的变态心理、本能欲望的冲动和压抑。有岛武郎曾在他的理论著作《爱不惜抢夺》中，把人的生活分为“习性的生活”“理智的生活”“本能的生活”三个阶段，认为只有“本能的生活”才是真正的自由的生活本源。可以说，过“本能的生活”是有岛武郎努力要实现的理想。他让笔下的人物叶子进行了这种生活的探险性的实验。结果，叶子失败了、毁灭了。有岛武郎在当时致友人的一封信中悲伤地说：“我自己也在那个作品（指《一个女人》）里痛苦地呻吟呼号着。”《一个女人》完成的四年后，作者便与他的情人——一位女记者双双情死了。

白桦派著名短篇小说家志贺直哉（1883—1971年）的浪漫主义、理想主义倾向，主要表现为追求个人自由的个性主义、同情与理解的人道主义。他的大多数小说都以私生活为题材，如《大津顺吉》（1912年）、

---

① 《一个女人》中文译本名为《叶子》，谢宜鹏译，湖南人民出版社1984年版。

《在城崎》（1917 年）、《和解》（1917 年）等，都如实反映了他与父亲在他个人婚姻问题上的冲突与和解，表现了对个性独立与婚恋自主的追求，另一部分小说如《去网走》（1910 年）、《老人》（1911 年）、《正义派》（1911 年）、《清兵卫与葫芦》（1912 年）、《学徒之神》（1920 年）等均以平凡的日常琐事为题材，表现了同情弱者，支持正义，反对压抑个性等人道主义思想。其中，《老人》写了一个年近六十的死了妻子的老人，娶了一个年轻女人作妾，并定了三年的契约。三年期就要满了，那女人虽然有自己的情人，但要按契约和老人分开，总觉得于心不忍，于是主动提出延长一年。老人高兴地答应了。一年后，女人生了一个男孩，老人明知那不会是自己的孩子，但也不怨恨那女人。而女方又提出再延长一年，老人感动得流下了眼泪。就这样，一直到老人 75 岁去世时，那女人一直待在老人身边。老人死后，女人的情人也"公然"地搬到女人所继承的老人的房子里，成了一家之主……这篇小说的题材如在一般作家手里，很容易写成讽刺或者批判之作，但在志贺直哉笔下却写成了一个颇有人情味的故事。对老人、对女人，都给予了充分的理解和同情，准确地写出了一个善良的年轻女人和一个同样善良的老人，在不正常的结合以后为对方所能够做到的一切。《学徒之神》中的贫穷的小学徒仙吉，非常想吃一个醋鱼饭团。在摊子上，因身上带的钱不够，只好把拿在手里的饭团放下。年轻的议员 A 偶尔看到此情此景，心里很不好受，便想了一个办法，在不刺伤小仙吉自尊心的情况下，带他到馆子里饱餐了一顿。吃饱了的仙吉越想越不明白为什么那人请他吃饭团，他怀疑自己遇上了菩萨或者神仙。……这篇小说写得精巧、温馨。作者也正是因为这篇小说，被誉为"小说之神"。

1923 年，随着有岛武郎的自杀和日本关东大地震，《白桦》杂志宣告停刊，白桦派文学随之解体，近代日本浪漫主义也宣告了终结。

浪漫主义在近代印度文学中的表现，与上述的日本有所不同。作为思潮与运动的浪漫主义，在印度近代文学中却没有充分发展起来，但不少作家具有浪漫主义倾向。例如有人就把印度文学的最大代表泰戈尔（详见第九章第一节）划归浪漫主义作家行列。被誉为"印度夜莺"的女诗人奈都夫人（1879—1949 年）用英语创作的诗集《金色的门槛》（1905年）、《时光之鸟》（1912 年）、《铩羽集》（1917 年）等①，以优美抒情的诗句，描绘了印度的迷人的大自然，表达了印度人的思想感情，具有浪漫主义特征。直到 1920 年代后半期，印地语文学中才形成了一个浪漫主义的诗歌流派——影像主义（一译"阴影主义"）。影像主义诗人深受西方浪漫主义诗歌和泰戈尔的影响，同时又带有唯美主义的因素。在艺术上，他们一反传统诗歌的清规戒律，使诗歌成为抒发个人感情和感受，呼唤个性解放和个人自由的有力手段。"阴影主义"有三大诗人，即杰耶辛格尔·伯勒萨德、尼拉腊和苏米德拉南登·本德。② 伯勒萨德（1899—1937 年）出生于北方邦的贝拿勒斯。他在 1918 年出版的诗集《山泉》被认为是阴影主义的开端。1925 年出版的诗集《眼泪》被认为是阴影主义的代表作。《山泉》和《眼泪》描写了带有感伤情调的恋情，也有浓厚的宗教色彩。1933 年出版的诗集《水波》，以激昂的调子呼唤着新生活的到来，歌颂黎明到来后的觉醒。阴影主义的另一位诗人尼拉腊（1896—1961年）是一位富有斗争性和反抗性的诗人。他不愿受任何束缚，他的诗歌是带有明显的革命性的浪漫主义诗歌。他的诗集《芳香》（1930 年）大胆地用自由体诗的形式进行写作，打破了旧诗的格律，运用了新的节奏和韵律，探索一种新的语言表达方式，甚至打破语言习惯。1938 年他出版了代表作诗集《无名指》，他的自由体诗从此也变得更为成熟和自然。尼拉腊的诗体现了鲜明的爱国主义、民主主义精神和追求自由自主的战斗风格。他的不调和的反抗性、澎湃的激情和所受的艰苦生活的折磨，使得他晚年精神失常。苏米德拉南登·本德（1900—1977 年）有诗集《嫩叶》（1927 年）和《时代之声》（1939 年），他的诗歌充满了明朗的乐观主义精神。他在《时代之声》中发表过一首名为《打开》的诗，这是一首充满近代精神的崭新的诗篇。它一扫前些作家萨拉特那种在传统与近代之间

---

① 奈都夫人的诗有吴岩的中文译本《金色的门槛》，从《金色的门槛》《时光之鸟》《铩羽集》三部诗集中选译，上海译文出版社 1994 年版。

② 人民文学出版社出版的刘安武译《孟加拉母亲——印度诗选》（1988 年版），选译了伯勒萨德诗歌六首、尼拉腊诗歌六首、本德诗歌十首。

犹疑徘徊的矛盾态度，表示要"毫不留情"地与"过去的礼教"决裂，"再一次重新打开"传统的禁锢，开辟新的生活。在《光明》一诗中，本德表示要清除人类心灵中"旧石器时代以来的阴霾"，让"科学知识的万道金光"，"照射那枯萎了的人类之花"。在《革命》一诗中，他热情地歌颂革命，他看到了革命的毁灭性、破坏性，更看到了革命的创造性和建设性。

印度孟加拉语文学中也出现了一位浪漫主义诗人——纳兹鲁尔·伊斯拉姆（1899—1976 年）。他是一个富有激情和斗志的诗人。他的诗歌一方面大量地从印度古代神话传说中寻找意象，一方面又受到了西方浪漫主义诗人雪莱、美国诗人惠特曼等人的影响。二十多岁时发表成名作、长诗《叛逆者》（1921 年），强烈地抒发了"叛逆者"的豪迈激情：

> 我旋转，猛冲，狂舞，
> 我跳跃，撞击，呼啸。
> 我是惊涛骇浪，
> 我风驰电掣般奔腾。
> 我为所欲为，
> 我紧抱住敌人不放，
> 我与它作殊死的搏斗。
> 我是狂人，
> 我是台风，
> 我是瘟疫，
> 我是大地的恐怖。①

这首长诗在当时的印度影响很大，很快被译成印度的各种语言，它一如中国郭沫若《女神》中的《凤凰涅槃》和《天狗》，歌颂了旧时代的

---

①　《伊斯拉姆诗选》，石真译，人民文学出版社 1979 年版，第 2-4 页。

毁灭和新时代的再生，弘扬了雄奇博大的自我，具有排山倒海、气势磅礴的力量，唱出了印度近代文学中浪漫主义的最强音。伊斯拉姆也因这首诗而被称为"叛逆诗人"。作为一个浪漫主义的叛逆诗人，伊斯拉姆是反帝、反殖的勇士，同时又是反抗封建传统的斗士。他坚决反对种姓制度，主张人人平等。后来，他受到共产主义思想影响，第一个将《国际歌》译成印地语，并在新创作的诗歌中充满向往地描绘了关于未来的独立、平等、自由的国家和社会的理想。1930 年代以后，环境的压抑、生活的贫困、理想的失落，使他的浪漫主义激情衰退了。他的诗开始表现出无可奈何的厌世、迷惘情绪。过度的忧愁使他在 1942 年患上了精神抑郁症，终日沉默无语，过早地结束了诗人生涯。

近代阿拉伯文学中的浪漫主义，总体上说也和印度一样，许多作家具有程度不同的浪漫主义倾向，表现出浪漫主义的弥漫性。作为思潮和流派的浪漫主义，则集中表现在 20 世纪初在埃及形成的被称为"创新派"（又称"笛旺派""诗集派"）的诗歌创作中。"创新派"反对复兴派诗人的复古倾向，对传统古典文学并不尊重，而对 19 世纪英国、法国的浪漫主义文学十分推崇。这个流派的诗人首先引进了西方式的自由体诗（新诗），打破了阿拉伯古典诗歌的清规戒律，在题材、形式、语言、韵律等方面都加以革新，从而创作了阿拉伯近代文学史上的第一批新诗。其中，阿卜杜·拉赫曼·舒凯里（1886—1958 年）于 1909 年出版的诗集《曙光》是这一流派的奠基作品，也是 20 世纪阿拉伯诗坛上的一个革命。在《曙光》中，舒凯里表现出了西方式的抒情风格。这是一部表现自我、抒发自我的诗集，它不是社会诗，而是诗人内心的独白。它表现诗人的思索、内心的痛苦和梦想。爱情是这部诗集的主要题材，那是一种不如意的、痛苦的爱情。诗人通过爱情来表达面对宇宙和大自然的种种感受，顽强地试图伸张自我的存在。伴随着这种自我抒发倾向的是极度的悲观情绪，认为生活沉浸在痛苦中，人类遭受着无止境的摧残和折磨。《曙光》出版后，舒凯里去英国留学。1912 年归国后，接二连三地出版诗集。他在散文方面也同样卓有建树。他仿效卢梭和夏多布里昂的《忏悔录》、缪塞的《一个世纪儿的忏悔》写了《自白》一书，书中充满了对外在事物的细致的观察和较深刻的自我剖析。创新派的另一位代表易卜拉欣·马齐尼（1889—1949 年）精通英语，除大量涉猎和借鉴英国文学外，还阅读过俄国的屠格涅夫、美国的马克·吐温等人的作品。他既是诗人、小说家，又是评论家。作为评论家，他致力于确立以感情、自我、个性为中心的近代浪漫主义文学。马齐尼是一个极度敏感的、内心充满痛苦和忧郁的作家。他在 30 年代后期出版的自传体小说《作家易卜拉欣》中，倾诉了主人公由于有碍于传统习俗而不能和自己所爱的人结婚的苦恼，对人物的各种复杂的感情、心态和他们的两性关系，都作了坦率的分析和描写，表现了主人公个性意识的觉醒。

第二节　现实主义与自然主义

东方文学中的现实主义（又译写实主义）作为一种近代文学思潮，是从西方传入的。现实主义思潮不同于东方传统文学中的写实性或写实倾向，它遵循的是一种以近代科学反映论为基础的，既具有强烈干预意识与社会批判性，又注重客观冷静的观察与描写的创作原则。当这一创作原则为许多东方作家所尊崇，并形成一种创作倾向的时候，就形成了东方文学中的现实主义思潮。东方文学中的现实主义思潮一方面接受了西方现实主义文学，特别是 19 世纪现实主义的启发与影响，也融合了东方传统文学中的写实传统，在东方各国现实社会的土壤与环境中形成了独特的现实主义文学景观。

在东方现实主义文学中，日本的写实主义在理论上最为自觉，其理论奠基人是坪内逍遥（1859—1935 年）。1885 年，坪内逍遥发表了著名的文学理论小册子《小说神髓》①，可以视为日本写实主义文学的启蒙书。《小说神髓》猛烈抨击江户时代曲亭马琴之流宣扬封建道德的"劝善惩恶"的小说。作者开门见山地指出："小说的主旨是写人情，世态风俗次之。"他认为"小说在于忠实地模写社会状况和人们的心理活动"，强调人物性格和感情的描写。这些主张显然受到了西方近代小说尤其是现实主义小说及其创作观念的影响。但《小说神髓》对小说的探讨仅仅局限在小说的写法上，未能建立起近代的新的世界观、哲学观和美学观。他的理论给人留下的印象是，近代新小说只要忠实地模写世态人情、人物的心理活动就够了。他对近代西方现实主义文学的代表司汤达、巴尔扎克等均未提及，却十分推崇日本传统的《源氏物语》和江户时代末期本居宣长的文学理论，这就使他未能摆脱传统小说观念的束缚。可以说，他的小说理论是日本的文学传统与西方近代的写实手法相结合的日本式的写实主义。

在创作上较集中地体现写实主义理论主张的是小说家二叶亭四迷（1864—1909 年）。二叶亭四迷在 1887 年发表的长篇小说《浮云》②，被现代评论者认为是宣告日本近代文学开始的钟声，是在日本"第一次运用近代小说这一文学体裁"的作品。③ 这部小说生动地描写了个性意识觉醒后知识青年的苦恼。它是第一部自觉地站在个人的角度描写社会与个人对立的小说，同时也是第一部用日本近代白话文（所谓"言文一致"的文体）写成的小说。所以，应该承认《浮云》在日本近代文学史中的开创性意义。但同时也应该指出，这是一部日本式的写实主义作品，不同于欧洲的现实主义或批判现实主义小说。它基本上是以家庭为背景，以家庭

---

① 《小说神髓》有两种译本：刘振瀛译，人民文学出版社 1991 年版；王向远译本，见《日本古典文论选译》近代卷（上），中央编译出版社 2012 年版。
② 《浮云》，石坚白、秦柯译，见人民文学出版社 1985 年版《二叶亭四迷小说集》。
③ 〔日〕西乡信纲等《日本文学史——日本文学的传统与创造》，佩珊译，人民文学出版社 1978 年版，第 238 页。

成员、情人纠葛为主线，缺乏广阔坚实的社会背景，尤其对官僚及对官僚政治机构的认识和批判显得肤浅而乏力。主人公文三对官僚政治没有透彻认识，尽管他在对本田的反感和斥责中揭露了官场阿谀奉承的习气，但这更多是出于对情敌的嫉恨，还没有达到社会批判的高度。他以传统文人的清高、矜持骂本田趋炎附势，是"狗都不如的东西"，他自己则是一个不适应崭新的近代社会和近代生活的弱者、失败者。他胸无大志，把表妹的爱情看得重于一切，只想安分守己地过小市民般的生活，到头来却连这点卑微的愿望也难以实现。所以，认为文三是日本文学中的"多余人"的典型①是不恰当的。事实上，文三远没有 19 世纪俄国文学中的"多余人"那样深刻的见识和思想。俄国文学中的"多余人"是具有进步的民主思想的、有较高文化修养的知识分子。他们在令人窒息的农奴制社会中既不能与上流社会同流合污，也不能深入民众之中，只能在愤世嫉俗、玩世不恭中消磨光阴、无所作为，成为"多余人"。而《浮云》中的内海文三只能算是个平庸的小市民。

日本近代写实主义的另一支派是以作家尾崎红叶为中心的砚友社的作家。砚友社是日本近代文学史上的第一个文学团体，由东京帝国大学预科的几个爱好文学的学生尾崎红叶、山田美妙等人组成。这一团体的突出特点是把江户时代的市井作家井原西鹤式的写实主义与坪内逍遥提倡的近代写实主义结合起来。砚友社的中坚作家是尾崎红叶（1867—1903年）。他的代表作、长篇小说《金色夜叉》（1897—1907 年）②的主题是表现金钱与爱情的矛盾。作者的用意似乎在于批判金钱主义，宣传爱情、友谊和正义，但同时又让主人公间贯一以金钱的力量对付金钱统治的社会，有意无意地宣扬了出自利己本能的报复。而且作者反复强调的不过是旧的传统道德：贞操、报恩、复仇等。女主人公阿宫最后为丈夫所嫌弃，处境十分不幸，也不免有些报应的色彩。总之，《金色夜叉》表明了尾崎

---

① 刘振瀛：《二叶亭四迷小说集·译本序》，人民文学出版社 1985 年版，第 6 页。
② 《金色夜叉》，金福译，上海译文出版社 1983 年版。

红叶写实主义小说的双重特色：抓住了时代的新的悲剧性主题，却又未能逃出传统文学的思想局限。

以坪内逍遥、二叶亭四迷、尾崎红叶等作家为代表的近代写实主义，尽管受到了西方现实主义文学的影响，但由于日本传统文学难以摆脱疏离时代与政治的审美惯性，因而与西方19世纪的现实主义比较而言，没有广阔的社会背景，空间格局较为狭小，个人与社会矛盾冲突因妥协而削弱了悲剧性，人物性格描写缺乏力度，格调偏于绵软与灰暗，缺乏从广阔的社会背景及本质上把握人生与社会真实的深刻性。这种写实主义，倒是为日后的自然主义文学的产生准备了一些条件。

在欧洲文学中，自然主义文学是现实主义文学的继承和发展，但从起源上，日本自然主义文学与西方有所不同，自然主义主要不是从写实主义，而是从浪漫主义演变而来的。自然主义的代表作家，如岛崎藤村、田山花袋等，都曾是浪漫主义诗人与作家。著名短篇小说家、散文家国木田独步（1871—1908年）的创作更明显地体现出日本近代小说由浪漫主义向自然主义的转变。独步在创作前期深受英国浪漫主义诗人华兹华斯的影响。他是作为一个浪漫主义抒情诗人登上文坛的。他在著名的散文《武藏野》里，讴歌了没有被近代工业文明所浸染的美丽幽静的大自然，充满了感伤而又浪漫的抒情性。1897年，独步发表短篇小说处女作《源叔父》，这篇作品写的是以摆渡为业的源叔，失去了妻子和独生子之后感到十分寂寞，他带着深厚的感情收养了一个流浪行乞的男孩子纪州。可是有一天，孩子忽然不辞而行，彻底绝望的源叔也因此上吊自尽了。这篇小说已具有日本自然主义的某些特征：如以社会的底层人物为主人公，以真实平凡的事件和人物为原型，以社会的阴暗面为描写对象，在客观的写实中抒发人生的痛苦和悲哀。接着，独步又发表了《牛肉和马铃薯》《少年的悲哀》《酒中日记》《女难》《穷死》《竹栅门》等优秀的短篇小说，① 进

---

① 这些作品的中文译文见金福译《国木田独步选集》，人民文学出版社1978年版。

一步显示了他的这种自然主义倾向。另一方面，由于他在个人婚姻问题上的不幸经历，使他形成了自己特有的女性观和恋爱观。他作品中的女性，几乎没有一个是理想的人物。他在临死前曾说过："女人是畜生，她学着人样而生存。将女人划归为人类，是旧派动物学家的谬见。"还说："没有肉欲的恋爱，这不是事实而是空想的。"（见真山青果的《病床录》）这种偏激的女性观和恋爱观是典型的自然主义的，为日后的自然主义作家从动物学的观点表现和描写情欲与女人提供了先例。

作为一股文学思潮的日本自然主义是 19 世纪末 20 世纪初在以法国左拉为首的自然主义文学的影响下形成的。日本自然主义的先驱作家们经历了一段对左拉的模仿时期，如 1901 年小杉天外（1865—1952 年）的《流行曲》、1902 年永井荷风的《地狱之花》①、田山花袋的《重右卫门的末日》等小说都是按照左拉的自然主义理论写成的。同时，评论界也在大肆宣传自然主义理论。小杉天外在《流行曲》的序言中指出："大自然就是大自然。它既不是善，也不是恶；既不是美，也不是丑。"因此作家的责任就是如实地描写大自然，而不要区分善恶美丑。永井荷风则在他的《地狱之花》的跋文中，主张作家要"专门描写因祖先遗传和环境带来的这种阴暗面、种种情欲、殴斗和暴行……"。1906 年至 1910 年期间，又出现了几位著名的自然主义理论家，其中最有影响的是长谷川天溪和岛村抱月。长谷川天溪（1876—1940 年）在《幻灭时代的艺术》《排除逻辑的游戏》《暴露现实之悲哀》等文章中认为现在的时代是"幻象破灭的时代"，科学所揭示的赤裸裸的真理打破了人类对宇宙、对自身以及对各种权威和偶像的神圣的"幻象"。因此他提出了"破理显实"的主张，即要作家排除一切理想，也排除文字技巧和游戏雕琢的因素，客观地、原封不动地描写现实。长谷川天溪还认为，人们在面对赤裸裸的无情的现实的时候，幻象破灭了，于是就会产生"觉醒者的悲哀"，并说："这种有增无

---

① 《地狱之花》，见谭晶华、郭洁敏译永井荷风小说集《地狱之花》，上海译文出版社 1994 年版。

减的背后的悲哀，才是近代文艺的生命。"岛村抱月（1871—1918 年）在长篇论文《文艺上的自然主义》中，全面地介绍了西方自然主义的理论，同时阐明了自己的观点。他在《代序：论人生观上的自然主义》中，主张为了保证作品的真实，作家应该凝视自己，暴露并忏悔自己的丑恶。这种主张为后来日本自然主义小说的典型样式"私小说"的形成提供了理论的基础。

第一部成熟的、具有日本特点的自然主义作品是岛崎藤村的长篇小说《破戒》（1906 年）①。《破戒》描写的是一位名叫濑川丑松的小学教师严守父亲的告诫，一直隐瞒自己的受人歧视的部落民（"秽多"）出身。这部作品通过对丑松从守戒到破戒的发展过程的描写，反映了消除等级差别、主张人权平等的近代观念与日本社会残留的封建等级意识之间的纠葛。主人公丑松的"破戒"标志着他的人权意识、平等意识的觉醒和他对身份差别制度的反抗。然而破了戒的丑松只有远走异国他乡才能生存，这又反映了近代小资产阶级知识分子的软弱，同时也说明觉醒并不意味着现状的改变。由于这部小说反映了人权平等这一重大社会问题，具有广阔的社会视野，并且生动地批判性地展现了明治社会政界、教育界、宗教界、农村等各方面的情况，所以我国的许多评论者认为《破戒》是现实主义作品。但几乎所有的日本研究者都把《破戒》看成是日本自然主义的代表作。这是因为《破戒》具备了日本自然主义文学的几个特点：第一，以真实事件为基础。作品是在实地调查基础上写成的，小说中的人物和事件都有直接或间接的原型。第二，作品采用的是主人公"告白"自己的隐私的方式。丑松的"秽多"出身在当时是不可告人的，他的"破戒"，向学生告白、忏悔，构成了小说的基本情节。第三，《破戒》通篇抒发了所谓"觉醒者的悲哀"②，体现了日本自然主义文学特有的纤弱和感伤的风格。在后来的创作中，岛崎藤村进一步地发挥了上述自然主义的

---

① 《破戒》，柯毅文、陈德文译，人民文学出版社 1982 年版。
② 岛崎藤村后来写了回忆《破戒》写作经过的文章，题为《觉醒者的悲哀》。

几个特点。他连续发表了长篇自传体小说三部曲《春》（1908 年）、《家》（1910 年）、《新生》（1918—1919 年）。其中，《春》① 取材于作者参加《文学界》时期的生活，主人公岸本舍吉就是作者自己，其他几个人物也大都是《文学界》的同仁。这部小说以真人真事为基础，以作家自我为中心，以青春理想的破灭和"觉醒者的悲哀"为主题，自然主义的特点更为突出，而且丧失了《破戒》那样广阔的社会批判性。不过，《春》毕竟描写了一群文学青年在社会中、在生活和事业上的苦斗。到了三部曲之二的《家》②，藤村便把视野收缩到他的家庭圈子内了，在谈到《家》的写作时他曾不无自负地说：《家》"对屋外发生的事情一概不写，一切都只限于屋内的情景。写了厨房，写了大门，写了庭院。只有到了能听到流水声的屋子里才写到河……运用这种笔法要写好这《家》的上下两卷，长达十二年的历史，是很不容易的"。可见，作者对作品视野的收缩是暗自得意的。三部曲的第三部《新生》③，则更进一步把披露和忏悔自己的丑恶和私生活内幕作为小说的主题。中年作家岸木舍吉丧妻后，与前来帮做家务的侄女节子发生了乱伦关系，舍吉在绝望和懊恼中到法国去了，节子也生了一个孩子。三年后，舍吉因欧洲爆发战争而回国，决心做好孩子的父亲，并希望通过宗教，求得罪孽的净化，向世间公布自己的秘密。统观岛崎藤村的自传体小说三部曲，题材视野每况愈下，而且描写平板琐碎零乱，气氛沉闷，令人难以卒读。从《破戒》到《春》《家》《新生》三部曲，标志着日本自然主义文学由社会到家庭，再到自我的收缩和滑落。

把日本自然主义文学由《破戒》的较为广阔和社会领域导向狭窄的私生活领域的始作俑者还不是岛崎藤村及自传体三部曲，而是另一位自然主义代表作家田山花袋。田山花袋（1871—1929 年）在岛崎藤村的《破

---

① 《春》，陈德文译，福建人民出版社 1984 年版。

② 《家》，枕流译，江苏人民出版社 1981 年版；另一版本为柯毅文等译《破戒·家》，人民文学出版社 1997 年版。

③ 《新生》，徐祖正译，上海北新书局 1927 年版。

戒》出版后的第二年，也就是《春》出版的前一年（1907 年）就发表了
著名的中篇小说《棉被》①。该小说描写了有妇之夫、中年作家竹中时雄
与年轻美貌的女弟子芳子的微妙关系。竹中时雄厌倦了平庸单调的日常生
活，也厌倦了自己的妻子和家庭。充满了青春活力的上门弟子芳子的到
来，唤起了他的感情和欲望。他想占有她，但碍于老师的身份和道德，丧
失了几次难得的机会。不久，芳子与一位青年大学生田中恋爱，竹中时雄
十分痛心。但他表面上仍以师长的姿态，串通芳子的守旧的父亲，硬是拆
散了他们。当芳子离京回家后，时雄对她的思恋、怀念之情日甚一日。有
一天，他来到芳子住过的房间，抱着芳子盖过的棉被，尽情地嗅着那令人
依恋的女人味。性欲、悲哀、绝望向时雄袭来，他用那被子捂住脸，哭了
起来。屋外风雨大作……《棉被》一问世，立刻引起了巨大反响。小说
取材于作家的亲身经历，极力避免虚构而写事实，赤裸裸地告白了自己的
隐私。由此，日本一种独特的、以告白的方式写身边琐事的小说——私小
说就形成了。这是日本自然主义文学的一种典型样式。评论家岛村抱月评
论说："这部小说是赤裸裸的、大胆的个人肉欲的忏悔录。……自然派的
作品，从不掩饰地描写美丑，并进一步偏向于专门描写丑恶。虽说是丑，
却是人难以克制的野性的声音。作者在书里拿理性与野性互相对照，把自
觉的近代性格的典型向大众赤裸裸地展示出来，到了令人不敢正视的地
步。这就是这部作品的生活，也就是它的价值。"的确，作者创作的主观
意图也正在于此。田山花袋在 1904 年发表的一篇题为《露骨的描写》的
文章中就提出文学应放弃一切理想化的、虚构的描写，应该"露骨再露
骨、大胆再大胆"，应该使读者面对赤裸裸的真实"感到战栗"。

日本自然主义发展到大正年间（1912—1925 年），更加偏执于《棉
被》式的私小说。这一时期出现的著名的私小说作家有葛西善藏
（1887—1928 年）、广津和郎（1891—1968 年）、宇野浩二（1891—1961

---

① 《棉被》，夏丏尊译，商务印书馆 1927 年版；黄凤英、胡毓文的新译本收入江苏
人民出版社 1987 年出版的田山花袋小说集《乡村教师》。

年）等。而且有关私小说的理论也更系统化了。私小说理论家久米正雄
（1891—1952 年）在《私小说与心境小说》一文中认为，私小说的主体必
须是"我"，只要把"我"如实地表现出来，无论怎样无聊、平凡，都是
优秀作品。私小说和自传又有不同，私小说的作者在创作时必须有一种
"心境"，即创作时的内心境界，这是区别私小说与其他非艺术作品的一
条微妙的分界线。因此，真正的私小说，必须同时又是"心境小说"。从
这种文学观出发，久米正雄认为，这种"私小说"是"艺术的正路、艺
术的基础、艺术的真髓"，而欧洲托尔斯泰、陀思妥耶夫斯基、福楼拜等
人的小说"毕竟只是伟大的通俗小说而已"。久米正雄的观点，代表了日
本文坛对私小说的共同认识。长期以来，日本人把这种"私小说"视为
最能保持"真实性"的所谓"纯文学"，而使其在文学中占正统的地位。
日本近现代的不同流派、不同风格的作家都不同程度地受到"私小说"
这种文体的影响。

在自然主义兴盛的同时，日本文坛上出现了以芥川龙之介、菊池宽为
代表的"新现实主义"。新现实主义以《新思潮》杂志为中心，继承了森
鸥外、夏目漱石的冷静把握现实、深刻分析人物心理的理智倾向，主张理
智地分析现实，艺术地反映现实，强调作品内容的深度和表现技巧的高
度。因此，这个流派又被称为"新理智派""技巧派"。新现实主义采用
了写实的手法，但不同于此前的写实主义文学的肤浅，反对自然主义文学
的琐碎单调，又不满足于白桦派的虚构的理想主义。此前的现实主义侧重
人物与社会环境的冲突，新现实主义更侧重人性内在的理智与情感的冲
突；现实主义与自然主义多取材于现实，新现实主义更喜欢取材于历史；
现实主义注重社会批判，新自然主义则注重人生批判和人性批判；自然主
义强调描写的纯客观性、平面性，新现实主义则在运用写实手法的同时，
强调以写实手段呈现人物的主观心理，并对人物的言行动机加以冷静剖
析，注重描写的深刻性。可以说，新现实主义标志着日本近代现实主义的
深化。

新现实主义的代表人物芥川龙之介（1892—1927 年）自幼受到日本和中国古典文学的熏陶，1917 年入东京帝国大学英文系。大学时代更广泛地涉猎西方文学名著，接受了 19 世纪末王尔德、法朗士、波德莱尔、斯特林堡等人的影响，后来经人介绍，参加了夏目漱石的"星期四聚会"，成为漱石的门生，在漱石的指导下进行创作，不久即成为"新思潮"派文学的中坚作家。1914 年以后，芥川龙之介相继在《新思潮》等杂志上发表了《罗生门》《鼻子》《山芋粥》《孤独地狱》《地狱图》《竹林中》《玄鹤山房》《水虎》《齿轮》《某傻子的一生》等一系列珠玉般的精致的短篇小说。他一生共写了 140 余篇短篇小说，① 几乎篇篇有新意，成为日本近代极有影响的小说家，被人称为"鬼才""奇才"。

《罗生门》（1915 年）是芥川龙之介第一篇成功的短篇小说。小说的情节取自日本古典故事集《今昔物语集》。这篇小说写古代平安朝末期，灾难迭生，京都荒凉。傍晚时分，一个被解雇的仆人走投无路时，来到京城的南门——罗生门下避雨，一边思考"是饿死呢，还是当强盗"。这时他发现楼上的死尸堆中，有一个瘦弱的老太婆在拔死人的头发。他对老太婆的这种丑恶的行为感到强烈的愤慨，抽出刀来抓住了那个老太婆。老太婆颤抖着告诉他：她拔死人的头发是为了做假发卖。"说实话，拔死人的头发，也许是缺德的事。可是，对死人这么干，那倒也活该！现在被我拔了头发的这个女人，她曾经把蛇切成四寸来长。晒干了……当干鱼去卖呢！尽管这样，别人还说这女人卖的干鱼味道好。……我倒不觉得这女人干的事就多么坏，要是不这么干，就得饿死……我要是不这么干，那也得饿死呀！"仆人听了老太婆的一番话，对"饿死呢，还是当强盗"这个问题不再犹豫不决了，他对那老太婆怒声喝道："我剥光了你的衣服，你也

---

① 自 1928 年以来，芥川龙之介作品的中文译本达二十多种，较有代表性的有文洁若等译、人民文学出版社 1981 年版《芥川龙之介小说选》；叶渭渠主编、中国世界语出版社出版的《芥川龙之介作品集》（小说卷、散文卷）；高慧勤等主编《芥川龙之介全集》全五卷，山东文艺出版社 2005 年版。

用不着恨我了吧！我要是不这么干，我也就饿死了！"说完，他迅速地剥掉老太婆的衣服，狠狠一脚把老太婆踢倒在死尸上，夹着衣服扬长而去。《罗生门》为人们揭示了这样一个道理：人的善恶行为取决于人的境遇，为求生存而损人利己是人的基本本能。在个人的生存受到威胁的情况下，正义的信念、道德的防线就会顷刻崩溃，好人与坏人、善与恶就是那样紧紧地挨在一起，难以分开。小说为了强调环境对人的影响和制约，创造出了一个特殊的气氛和环境：凄凉的空无一人的大街，灰蒙蒙的夜，布满尸体的罗生门城楼，凄厉惨叫的乌鸦，幽灵一般的老太婆。总之，罗生门是死亡和丑恶的象征，在这种只有恶行才能生存的特殊的环境中，人生中最本质、最潜在的利己的本性也最容易暴露出来。小说赤裸裸地描写了丑恶：人物与环境丑恶不堪，读后令人毛骨悚然。环境的丑恶坚定了老太婆的丑恶，老太婆的丑恶又刺激了仆人的丑恶，于是以丑恶对付丑恶，丑恶也就愈加丑恶。而丑恶的核心是弱肉强食的利己主义。

《罗生门》的发表显示了芥川龙之介的创作才华，但当时未能引起人们的充分注意。第二年（1916年）发表的《鼻子》才使芥川龙之介一举成名。文坛领袖夏目漱石盛赞这篇小说："文笔凝练，朴素平易，诙谐自然，情趣雅致，而且材料新颖，立意精到，构思谨严，令人敬佩。"并且预言："如果再写上二三十篇这样的作品，那定会成为文坛上无与伦比的作家！"当年的鲁迅先生也很欣赏这篇小说，亲自把它译成了中文。《鼻子》由僧人禅智内供的特大型长鼻子引起的喜剧性的小故事，深刻地揭示出自我的脆弱、自尊心的可悲。在社会生活中，自我意识脆弱的人往往从别人的评价中确认或否认自我价值，由于自信心不足而对社会评价过于敏感，心理状态完全为社会评价所左右。内供的鼻子与常人不同，却企图获得社会舆论对自己的正常评价，并想由此而维护自己的自尊心，于是，便造成了他与社会舆论、社会评价之间的不协调。内供的长鼻子是他个人特性的标志，突出而强烈的个性往往不能被社会认同，从而成为社会舆论的靶子；而内供的鼻子变得正常之后，业已形成的社会舆论、社会评价又不能欣然接受和适应改变了的现实，反而变本加厉地嘲笑之。小说由此而形象地反映出人在社会上无所适从的两难处境，社会习俗和社会评价对个人心理的扭曲，反映了个人得不到社会认同所造成的孤独和困惑。尤其是鼻子变得正常以后反而招致更大烦恼、鼻子再次变长后烦恼反而减轻这样一个喜剧性变化，饱含着主人公最深刻的内在悲剧——自我价值的评价是那样的虚弱无力。另一方面，《鼻子》又深刻地反映了人们那种专以别人的不幸为快慰的阴暗的利己主义心理。这是一种对他人实行心理虐待从而显示自己的力量和优越感，津津乐道于他人的缺陷从而衬托自己的完美，热衷于渲染别人的丑恶，从而掩饰或宽宥自己的丑恶的、阴暗的、可怕的，然而又是每个人都可能具有的心理。为什么有许多人愿意谈论别人的丑闻？为什么"好事不出门，恶事传千里"？原因就在于别人的丑恶可以掩饰或冲淡自己的丑恶，因为丑恶不丑恶，都是与别人比较而言的。正如芥川龙之介在小说中所指出的："人们的心里有两种互相矛盾的感情。当然，没有人对旁人的不幸不寄予同情，但是当那个人设法摆脱了不幸之后，这方面却又不知怎地觉得若有所失了。说得夸大些，甚至想让那个人再度陷入以往的不幸。"嘲笑内供的长鼻子的人是因为自己的鼻子不长，他们由内供的长鼻子反观到自己正常的鼻子，就产生了一种自豪感、优越感。这种自豪感、优越感又会不自觉地用嘲笑内供的长鼻子的方式表达出来。内供的鼻子变短了却遭到更露骨的嘲笑，是因为嘲笑者从利己主义心理出发，认定别人的丑陋与不幸是应有的，对别人的丑陋与不幸的消除反而感到不可思议和不合常情。我们可以把嘲笑者的这种利己主义心理称为"心理利己主义"。

在芥川龙之介的小说中，《竹林中》（1921 年，又译《莽丛中》《竹林深处》）占有十分重要的地位。这篇作品也取材于《今昔物语集》，但芥川作了重大加工改造以表达自己的创作意图。《竹林中》以一件人命案的当事人、见证人在法庭上的自述或自供构成全篇，而且当事人、见证人在法庭上的供述或自供又相互矛盾。情节没有结局，审讯不了了之，案件没有结论，真相模糊不清，整篇小说自始至终从悬念到悬念。作者完全退出小说，不加主观描写和议论，这样就迫使读者进入小说。由读者积极的想象和分析填补作者留下的空白。显然，作为与本案件无利害关系的见证人樵夫的证词是可靠的。樵夫所发现的现场情景表明：强盗所供的他在决斗中杀死武士是符合真情的，因为现场尸体"周围的草和树叶，给踩得很厉害"，有明显的"拼命搏斗过一番"的痕迹；而且尸体周围血流甚多，把竹子落叶都染红了，显然是大刀刺杀所致，而非用小刀他杀或自杀。问题的关键在于：为什么三个当事人的陈述会如此矛盾？武士和真砂为什么要把强盗的杀人之罪揽到自己头上？作家如此安排，意图何在？在分析人物及其心理之后，才能找到答案。武士金泽武弘由于贪财而上当，眼睁睁地看着自己的妻子被强盗奸污，而在决斗中自己又成了强盗的刀下鬼。作为一个武士，这是莫大的耻辱，足以使他无地自容。根据武士道精神，与其承认被杀不如说成自杀，因为自杀本身至少能保住一点武士的本色。年轻美貌而性格刚强的真砂被奸污后没有得到丈夫的理解与同情，而是冷冰冰的蔑视。她说这种蔑视使她"羞耻、悲哀、愤怒"。同丈夫的冷酷相对照，强盗"却用种种话来安慰她"，这就使她面临新的选择。于是对丈夫的忠诚终于动摇，自私的利己的心理使她当场提出两个男人必死一个，日后也好有所依附。由此导致强盗与她丈夫的决斗，她丈夫被强盗杀死。她之所以谎称自己杀了丈夫，主要是因为她认为在丈夫死后，与其让强盗死还不如让强盗活，如果强盗被赦免，自己还可以依附于他。强盗多襄丸为满足私欲，公然强奸杀人，并供认不讳。相比起来，那女人和武士则掩盖了自己的私欲和隐衷。正是这种利己的私欲导致了另一种形式的杀人：贪财使武士失妻而丧生，对妻子的私有欲使他对失贞的妻子冷酷嫌弃，造成对妻子的心灵的戕害。反过来，真砂为求自己的依靠，竟要求强盗把自己的丈夫杀掉，这比她亲手杀他更令人寒心。总之，小说通过当事人的自供深刻地表明：私欲导致残暴和犯罪，私欲导致虚伪，私欲使本来相爱的夫妻在生死关头反目成仇。一句话，私欲是真正的凶手和罪魁。小说促使人们对私欲这一人性中的痼疾进行认真的反省。这种对私欲的令人不敢正视的触目惊心的揭示，表明了芥川龙之介对私欲、对利己主义的深刻的否定批判，同时也流露出了芥川对人性丧失信心的迷惘情绪。

从以上对芥川的最有代表性的三个短篇小说的分析中我们可以看出，芥川龙之介的基本创作主题是对人性和社会的深刻剖析和批判，而对利己主义的暴露和批判，又是芥川文学的基本主题的内核，也可以说是他创作的出发点。从《罗生门》开始，芥川的系列作品就剖析了利己主义的各种形态：《罗生门》剖析的是弱肉强食的利己主义；《鼻子》剖析的是旁观者的心理的利己主义；《蜘蛛丝》剖析的是绝对的利己主义；《竹林中》剖析的是赤裸裸的利己主义和虚伪的利己主义；《地狱图》剖析的是唯美主义的利己主义；《阿律和孩子们》《玄鹤山房》则剖析了家庭中潜在的利己主义，等等。芥川龙之介正是通过对人的利己的本能的考察，剖析和批判人性与社会。而且，芥川对人性和社会的批判是从根本上进行的。他的作品的特色是超越对具体问题、事件的描写和评价，站在哲学和理性的高度，企图通过对具体事件和问题的描写反映人和社会最具有普遍性的本质，这就使得他的作品贯穿着一种彻底的理性精神。这种理性精神使得他决不轻易在作品中显现自我，流露自我的主观情感。他对作品中的事件和人物持一种冷峻客观的旁观者的态度，体现在作品中的幽默也是一种含着眼泪的、辛酸的幽默。与此相联系，高度的理性主义使他失去了生活的理想与热情，失去了一切信仰，由于"看破红尘"而走向怀疑主义和悲观主义。我们在他的作品中常常可以体会到一种阴森森的鬼气，一种对人的劣根性，对社会、对时代、对人生的失望和绝望。在《孤独地狱》中，他让主人公悲伤地承认自己"是一个受孤独地狱折磨的人"。在《地狱图》中，芥川通过一个画家的遭遇说明：人生就是地狱，艺术家是地狱中的一员，同时又是地狱的可怕情景的见证人、描写者和传达者，艺术家只有生活在地狱中并描写地狱才是艺术家，要超脱人生的地狱只有自杀。在《沼泽地》（1919 年）中，芥川反映了出色的艺术家不受社会承认和重视的烦恼。到了晚年，芥川的这种怀疑、悲观更为强烈。他的晚年代表作《水虎》（又译《河童》，1927 年）借一个偶然落水、进入水虎之国的疯子之口，全面地剖析和影射了资本主义社会的罪恶，触及了这个世界的人生、社会、文化艺术、经济、法律等各个领域。这是作者批判现实社会的集大成的作品。《玄鹤山房》（1927 年）描写了一个卧床垂死的画家崛越玄鹤一家的险恶的家庭关系，每个家庭成员都是自私的、利己的。主人公玄鹤看到这一切，"内心里浮着冷笑"，痛苦不已。他回顾着自己"卑鄙的一生"，企图自杀而未遂，一周之后死去。《玄鹤山房》是芥川决定自杀后写出来的，反映了作家对人生的彻底绝望。

新现实主义的另一个代表人物菊池宽（1888—1948 年）是著名小说家，也是日本近代现实主义戏剧大师。他和芥川龙之介一样，善于将冷峻的写实手法与主观的心理剖析融为一体，但两人的禀赋有所不同。芥川龙之介奉行艺术至上主义，具有强烈的厌离社会、否定社会的倾向；菊池宽则主张"生活第一，艺术第二"，主张理智克制情感，推崇理智与情感的调和，表现妥协、中和、达观之境。主要作品有文学剧本《屋顶上的狂人》《父归》《玄宗的心情》《义民甚兵卫》《藤十郎之恋》，小说《三浦重右卫门的最后》《珍珠夫人》等。其中，独幕剧《父归》（1917 年）是菊池宽的早期代表作，也是日本近代名剧。《父归》[①] 写的是恣意寻欢作乐的宗太郎，抛下贤妻和三个孩子，偕情妇放荡江湖。长子贤一郎与母亲在绝望中自杀未遂，终于历尽艰辛，把弟妹供养成人，过上了温饱生活。二十年以后，宗太郎老态龙钟，穷困潦倒，怀着愧疚，鼓足勇气返回家中，恳求收留。长子贤一郎历数父亲罪状，严正拒绝。于是父亲绝望地走出家门。但是，当父亲走了之后，硬心肠的儿子贤一郎一下子软了下来，转而跑出去寻找父亲……《父归》表现了人性、人情与理智的冲突与调和，以人物言行显示心理状态，将外在写实与心理写实完美地结合一起。

———————————

① 《父归》中文译文见田汉译《菊池宽剧选》，上海中华书局 1924 年版。

菊池宽另一部名剧《义民甚兵卫》①共有三幕。第一幕，地点弦打村的金娘家，时间文正十一年（1828 年）。饥荒年头，一饥饿的村妇向金娘求借一个萝卜，被冷酷的金娘拒绝。家中长子、平日备受继母及兄弟虐待的瘸子甚兵卫偷了锅里的几片萝卜充饥，被继母金娘大骂，并把他关进牛棚。四里八乡的饥民组织起来，决定向官府请愿免除赋税。各家各户均须出人参加。自私的金娘为了日后推脱责任，便设计将三个亲生儿子藏起来，而推出甚兵卫加入。第二幕，起义结束，官府同意免税，但同时要求弦打村查出在骚动中扔石头打死官差的人，否则将严惩庄主及所有村民。在村民大会上，庄主请求村民中有人站出来承认，但村民纷纷开脱自己。最后，只有甚兵卫老实地承认自己也和大家一起扔了石头。庄主和村民们听罢，如获救星，纷纷表示感谢，并答应在甚兵卫被处死后，奉他为神。而甚兵卫兄弟恐受株连，大骂甚兵卫愚蠢。第三幕，行刑场，甚兵卫和受到株连的继母及三个异母兄弟将受死刑。金娘鸣冤叫屈。但围观的村民则认为她多行不义，应遭报应。甚兵卫看到虐待他二十多年的继母及兄弟先他而被处死，甚为畅快。他美美地吃下了一村民为他做的从来没吃过的白米饭，等待着赴刑。……此剧剧情丝丝入扣，扣人心弦。金娘的丑恶自私令人切齿，而庄主和众村民在关键时刻明哲保身，推诿责任。只有平日被视为傻瓜、被瞧不起的甚兵卫，如实地承认自己也扔了石头，便在全村人的赞扬声中为众人作了替死鬼。甚兵卫是愚蠢行径，还是勇敢行为？是为拯救他人而甘愿作牺牲，还是为报复继母兄弟而借刀杀人？菊池宽的戏剧向读者和观众提出了问题，但决不把问题简单化，决不把生活和人物简单化，而是写出了它们应有的复杂、多义与暧昧。这正是新现实主义的高妙之处。

在印度，以宗教神话为内核的印度传统文学中严重缺乏写实主义精神，传统作家喜欢从古老的神话传说、宗教经典中撷取题材，不厌其烦地

---

① 《义民甚兵卫》中文译文见黄九如翻译的《菊池宽戏剧集》，中华书局 1934 年版。

描写神与英雄们的奇迹，而对芸芸众生的现实生活却相当冷漠，作家们对现实的介入与评判也无从谈起。进入近代之后，在西方现实主义文学的影响下，在印度启蒙主义与民族主义文学中，作家们已经开始将关注的目光转向现实的社会生活，写作手法上也由传奇转向写实，这就为后来的写实主义文学奠定了基础。圣雄甘地所倡导的关注农村与农民的生活、反对印度教种姓制度、提倡非暴力不合作的所谓"甘地主义"对作家也有很大的影响，为印度作家深入农村、描写底层小人物指明了方向。于是，20世纪初期之后，在印度主要语种的文学创作中，现实主义文学都不同程度地发展起来。

在西方影响下产生的较早的成熟的现实主义小说，是乌尔都语作家米尔札·鲁斯瓦（1858—1931 年）的长篇小说《乌姆拉奥·江·阿达》(1899 年)①，该小说描写了一个才貌双全、富有教养的女主人公阿达沦为妓女的经历，并由此反映了 19 世纪后期以勒克瑙为中心舞台的印度社会，塑造了上层社会的各色人物。萨拉特·钱德拉·查特吉（1876—1938 年）是印度孟加拉语文学中的现实主义创作原则的确立者。萨拉特的现实主义深受西方近代现实主义作家，如英国作家萨克雷、狄更斯和俄苏作家高尔基的影响，又吸收了孟加拉语作家般吉姆、泰戈尔创作的精华，在长期流浪、广泛了解社会并积累了一定的写作经验之后，他成为近代印度第一位职业作家。萨拉特在三十多年的创作生涯中，写了三十多部中长篇小说和大量短篇小说。其中，1917 年发表的长篇《伤风败俗的人》与般吉姆的《毒树》一样，描写的是家庭婚姻、寡妇改嫁的题材。这部小说没有《毒树》那样的宗教禁欲主义说教，它真实地再现了在传统观念、宗法制家族制度的压抑下，寡妇们的不幸命运及男人的无爱情、无幸福的家庭婚姻状况。这本身就包含着对旧的腐朽传统的怀疑与批判。正因为如此，小说出版后就受到保守分子的攻击，说小说是"离经叛道"的，说

---

① 该书中文名为《一个女人的遭遇》，佘菲克译，人民文学出版社 1987 年版。

作者支持的是"伤风败俗的人"。萨拉特回答说：他自己"不是要对社会伦理道德评头论足，而是要描写人的不幸痛苦"，"显示社会对男女爱情的摧残"。事实上，萨拉特确实没有达到支持"伤风败俗的人"那样的程度。小说无疑具有反抗传统封建礼教的倾向，但作者心目中的理想人物却不是勇敢追求爱情的吉尔娜而是恪守礼教的萨维德利。在长篇自传体小说《斯里甘特》（共分四部，分别写于 1917 年、1918 年、1927 年和 1933 年)① 中，更集中地表现出萨拉特思想观念中的矛盾性。主人公斯里甘特是作者本人的化身，从小顽皮，常常四处闯荡、风餐露宿，成年后曾流浪缅甸数年。在这漫长的岁月中，他曾结识过四个性格不同、遭遇各异的女人。其中有无条件地服从丈夫，逆来顺受的安娜达姐姐；有沦落风尘却具有种种传统美德的歌女拉克拉佳什弥；有遭受丈夫遗弃，又勇敢地与别人结婚的阿帕娅；有被丈夫抛弃，又遭坏人玷污，做了修女的克默尔达。斯里甘特对她们的不幸寄予了深切的同情，但他心里推崇的却是笃信旧礼教、坚守贞节的安娜达和献身于宗教的克默尔达，而对敢于抨击、反抗夫权，追求自由爱情的阿帕娅却表示了自己的鄙夷，他对出身低贱、沦为歌妓并向自己表示了爱情的拉克拉佳什弥充满了尊敬和感激，但为了避嫌，仍忍痛与她分手。斯里甘特对四位妇女的不同态度真实地反映了作者萨拉特思想的矛盾性和局限性。这部小说以斯里甘特的流浪见闻为线索，广泛地描写了 19 世纪末 20 世纪初印度社会五光十色的生活，虽然有结构松散的弱点，但对印度大自然、对印度风俗人情的出色而真实的描绘却具有散文诗般的艺术魅力，能给读者留下难忘的印象。无怪乎法国作家罗曼·罗兰读后赞叹不已，认为它是世界文学中的优秀小说。此外，萨拉特也创作了以反殖民主义为主题的作品，那就是他的长篇小说《秘密组织——道路社》（1923—1924 年)②。小说创作于 1920 年代印度民族解放运动的第二次高涨中。作者并没有像般吉姆那样宣扬激进的民族主义情绪，而是通

---

① 《斯里甘特》第一卷有中文译本，石真译，人民文学出版社 1981 年版。
② 《秘密组织——道路社》，刘国楠、刘安武译，中国文联出版公司 1985 年版。

过对几个不同人物的描绘，冷静地反映了爱国阵营内部在选择民族解放的方式、手段、途径等问题上的分歧。小说中有三个主要人物。一个是激进的民族主义者、医生萨瓦吉，一个是性格软弱的印度教和平主义者阿尔布沃，还有一个是长期接受西方教育，向往自由、平等、博爱的幸福社会的爱国女青年帕拉蒂。作者对书中三个不同人物的态度是复杂的。他肯定了医生萨瓦吉的爱国热情，而对他的激进的斗争方式显然未予赞同。他描写了阿尔布沃的怯弱造成的错误，同时又肯定了他心灵的纯正和善良。对西化比较严重的帕拉蒂，作者的同情和理解也是显而易见的。萨拉特在这部小说中真实地反映了 20 世纪初印度爱国者对民族独立方式和途径的探索，在同类小说中独具特色。

印地语文学中的现实主义的代表作家是普列姆昌德（1880—1936年）。他不但是近代印地语文学的首屈一指的人物，也是继泰戈尔之后整个印度文学的另一个高峰。普列姆昌德的小说将笔触深入到印度农村、城镇等社会基层，以西方现实主义文学的那种细致、绵密与生动，将印度近代社会中印度传统的农业文明与近代西方工业文明之间的剧烈冲撞如实描写出来。普列姆昌德出生于农村，一生大部分时间在农村度过。他目睹了西方殖民主义入侵后印度农村发生的种种变动，十分了解农村各阶层——农民、地主在这种冲撞中的复杂心态，对农民的命运和农村的前途给予了极大的关注。他的近三百篇短篇小说、十五部中长篇小说都从各个方面表现了东西方文化冲突这一重大的时代主题。对殖民主义的反抗，对近代西方资产阶级文明的否定和拒斥，对印度传统文明的眷恋、认同和正面弘扬，对传统文明中腐朽落后方面的反思和批判，构成了普列姆昌德所有作品的基本倾向。这一系列作品构成了表现印度社会，尤其是表现印度农村面貌的宏大乐章。其中有三部长篇小说是普列姆昌德不同创作时期的代表作，也是他全部创作中最有价值的作品。它们是《仁爱道院》（1922年）、《舞台》（1925 年）和《戈丹》（1936 年）。

《仁爱院》（又译《仁爱道院》）① 是普列姆昌德的早期代表作。它描写的是一个封建大家族的内部矛盾与分化，全方位地表现了以葛衍那为代表的西方文明影响下的一部分印度人的价值观念、生活方式、社会理想和以伯尔帕、拉耶、普列姆为代表的传统的印度文明观念、生产方式和社会理想的冲突。葛衍那受过高等教育，接受了西方思想，他的贪婪自私、唯利是图、冷酷无情，代表的是近代西方文明观念和用这种观念培育的人格。在《仁爱院》中，围绕着传统大家庭的分合，冲突首先在葛衍那与叔叔伯尔帕之间展开。前者以个人利益、个人幸福为本位，漠视亲属关系，迫不及待地瓦解大家庭，甚至把亲属作为财产的竞争者而极力排斥；后者则以传统的大家庭为生活的中心，把家庭荣誉、亲属之爱看得高于一切，极力维护家人的和睦与团结。前者贪婪、刻薄、毫不辞让，后者克制、宽容、平和，充满同情与怜悯。接着，作品又展示了葛衍那与岳父拉耶先生之间，也就是西方式的拜物欲、拜金主义与印度传统的豁达放情的生活方式之间的冲突。拉耶先生是印度传统的一种宗教精神的化身。他博学多才，富有朝气和生命力，笃信宗教，崇拜大神湿婆。他追求的是生活的乐趣，纵情的享受。但是这种享受决不会使他成为物质财富的奴隶，他始终是物质财富的支配者和主人。为此，拉耶先生挥金如土，为了享受，借贷巨款也在所不惜。他的这种生活方式典型地体现了马克思所指出的印度人禁欲中纵欲的两面性和矛盾性，与葛衍那所接受的西方近代资本积累时期的生活方式具有本质的不同。拉耶先生是物质财富的主人，而葛衍那是物质财富的奴隶。拉耶先生在耗费财富时达到了肉体和精神的自由，这使得他豪放、大度、慷慨、乐善好施；而葛衍那却是物质财富的奴隶，在占有和抢夺财富中失掉了人性与人格，变得偏狭、自私、贪婪、无情。

如果说，葛衍那与他叔叔伯尔帕、岳父拉耶先生之间的冲突包含了两代人之间的文化"代沟"，那么，葛衍那与普列姆兄弟俩之间的冲突则体

---

① 《仁爱院》中文全译本由周志宽翻译，上海译文出版社 1986 年版；另有周志宽等节译本《仁爱道院》，新华出版社 1983 年版。

现为同一代人之间的不同的生活选择。随着普列姆的登场，葛衍那与普列姆的这种冲突就更进一步深化了。普列姆出过国，也受过新式教育。但他"亲眼看到，那里对财产和权力的追逐达到了疯狂的程度"，因此，他感到"厌恶"，想回到家乡"过一种简朴的生活"。他的生活信条是符合传统的，那就是克己、牺牲、服务、同情、爱、怜悯和奉献。不过，普列姆又不是毫不选择地接受传统，在他身上没有宗教的迷信和偏见，他不认为出国留洋学习新知识就是背叛宗教和亵渎神灵。他试图用近代科学技术改造和推进传统的农业生产方式，用理性与知识克服农民的愚昧与虚妄。他经受住了西方文明冲击的考验，在这种冲击中他不像弟弟葛衍那那样成了俘虏，而是成为这种文明的批判的选择者，印度传统精神作为他的灵魂没有受到那种文明的浸染和伤害。他与葛衍那之间的冲突集中体现在两种社会理想与生产方式上。普列姆对传统的印度村社生活怀有深切的情感。他力图在新的历史条件下恢复传统社会中那种村民协调一致、彼此帮助、互依互存、互敬互爱的大集体生活，也就是把传统的村社生活加以改良使之继续完善和存在，而葛衍那却力图打破这种温馨平和的乡村世界。他借助政府的法律，剥夺村里那一直属于村民共有的牧场和池塘，不但剥夺了村民的正当权益，也打破了传统的牧场池塘公有的村社观念，于是导致了一场可悲的流血事件——农民默努赫愤而杀死葛衍那的管家高斯罕，而全体男性村民也被逮捕关押。由此，普列姆与葛衍那兄弟俩在维护还是破坏村民利益，维护还是破坏村社生活的秩序和原则这个问题上的冲突也公开化了。普列姆站在弟弟葛衍那的对立面，也就是站在农民一边为他们四处奔走，鸣冤上诉，而葛衍那为了维护自己的利益却极力希望维护原判。普列姆与葛衍那两兄弟之间的矛盾冲突和分化，是近代印度社会内部在西方文明的冲击下发生冲突与分化的一个象征与缩影。在作品结尾，作者理想主义地描写了农民在那场流血案件诉讼中的最后胜利，并描绘了一个没有剥削、没有压迫、土地公有、村民共同劳动、丰衣足食的理想的"仁爱院"。这个"仁爱院"突出表明了作者对西方私有制物质主义文明的拒斥，对印度传统的村社生活方式的认同倾向。

《舞台》① 写于 1928 年，普列姆昌德自己认为这是他写得最好的长篇小说。小说洋洋洒洒五十多万字，涉及许多人物和事件，但中心事件发生在 1920 年代贝拿勒斯近郊的邦德浦尔村。《舞台》通过该村双目失明的乞丐苏尔达斯为保卫自己祖传的土地而进行的斗争，反映了印度近现代社会工业文明与农业文明的激烈冲突。作者在《舞台》的开篇伊始，就对城市文明的性质作了否定性判断。他写道："城市是有钱人生活和商人做生意的地方，市郊是他们寻欢作乐、挥霍享受的去处。市中心区则是他们主要的学校和他们在公正的幌子下为欺压穷人而进行诉讼的场所。"② 在这里，城市完全等同于欺骗、剥削、享乐和放荡，简直成了罪恶的代名词。这种城市观构成了普列姆昌德对近代城市文明的基本态度。在《舞台》中，主人公苏尔达斯是传统农业文明的代表和化身。苏尔达斯生活在印度社会最具典型性的环境——传统村社，从事被印度传统文化赋予了特殊意义的"职业"——乞讨，这就使他比一般人更能集中地体现印度传统农业社会的本质特征。乞讨，这在传统的印度社会不但不被看作是羞耻的事，而且还往往与超世脱俗，与高尚、学问、修行密切结合在一起。所以苏尔达斯虽有几十亩地却既不耕种，也不出卖，而是无偿地让村民们放牧，坚决拒绝将这块土地卖给资本家建工厂。苏尔达斯清楚地知道发展工业就必然直接威胁和危害传统伦理道德。在他看来，建工厂追求的是利润而不是人的精神充实，它必然要在人们物质丰富的同时导致人的道德的堕落，剥夺人的自由的天性，破坏人与大自然的和谐关系，并使人成为机器的奴隶。因此，苏尔达斯为捍卫传统村社的生活方式，捍卫传统的伦理道德以使它不受侵犯，带领人们进行了顽强的斗争。但是，苏尔达斯的斗争方式也是传统的，是在宽恕和非暴力原则下的不妥协的斗争。他把人生看成是"舞台"，是竞技场，而不是互相杀戮的战场。因此他平日对加害

① 《舞台》，庄重译，广东人民出版社 1980 年版。
② 《舞台》，庄重译，广东人民出版社 1980 年版，第 1 页。

他的人一律采取宽容的态度，常常以德报怨。最后，当英国殖民当局的官员克拉克开枪打伤他后，他那失明的双目依然流露出"一种宽恕的目光，没有一丝愤怒或恐惧"。临死之前，他对西瓦克先生说："运动员是不会记仇的。……较量中就是受了伤、丧了命，也是不应记仇的。我对您没有什么可怨恨的。"苏尔达斯死了，他的斗争失败了，土地被征用了，邦德浦尔村被拆迁了，但作者把苏尔达斯写成了道义上的胜利者，他的死被看成是民族精神的涅槃，震撼了成千上万印度人民的灵魂。作者借人物的口指出："苏尔达斯是长存的。"群众为他竖立的塑像永远俯视着那刚刚建成的工厂，象征着传统精神文明对近代工业文明的鄙夷和傲视。

普列姆昌德在 1936 年发表了长篇小说《戈丹》①，这是他死前出版的最后一部长篇。评论家们认为《戈丹》代表了普列姆昌德的最高成就。在普列姆昌德的全部长篇小说创作中，《戈丹》鲜明地贯彻了清醒的现实主义原则，对印度农业公社及其农民的生活方式作了深刻的反思。在这里，《仁爱院》中那种对传统农村的理想化描述不见了，而代之以令人触目惊心、伤心落泪的农庄悲惨生活的忠实反映。在这里，《舞台》中的那种苏尔达斯式的对传统精神胜利法的渲染不见了，而代之以对小农传统的生存哲学所带来的不幸后果的深深哀叹。主人公何利诚实、勤劳、善良、笃信宗教，在重重社会压迫面前，他委曲求全，逆来顺受。他的生活哲学是："住在水里，不能跟鳄鱼作对。"这一切只是为了能够活下去，能实现买一头奶牛的愿望。但是，奉行这种人生哲学和传统生活方式的何利却一步步地由自耕农变为佃农，由佃农变为短工，最后在贫穷劳累中死亡。何利是印度贫苦农民的典型，他的苦难史也是千千万万印度农民的苦难史。虽然，普列姆昌德在此前的一些短篇小说中，也描绘了印度农村社会的保守、落后、腐朽与丑恶，但他始终没能从整体上彻底否定那个社会，而且对那个社会在失望中有一种深情的眷恋，他希望对那个社会进行改

---

① 《戈丹》，严绍端译，人民文学出版社 1958 年版。

良，而改良它的途径和方法是期望恢复和弘扬理想的传统精神文明。《戈丹》把这些美好的神话和对神话的期望打破了，像何利那样的构成农村生产基础的自耕农破产了，纯朴的人情被尔虞我诈所取代。何利和薄拉的奶牛交易一方出于欺骗，一方是出于利用，何利的弟弟毒死哥哥的奶牛也象征着传统的家庭观念已经崩溃，同胞之爱已变成了嫉妒与仇恨。何利的儿子戈巴尔不再像从前的儿子尊重父母那样地尊重父母了，戈巴尔与裘尼亚的夫妻生活充满了无休止的矛盾和争吵。普列姆那样的农民的"守护神"不见了，而代之以莱易、达塔丁、金古里·辛之类的"穷人的吸血鬼""魔鬼、地道的魔鬼"。他们所做的只是打劫穷人，赤裸裸的敲骨吸髓式的剥削压榨。尤其是主人公何利的旧式农民的愚昧、僵化，表明了这种农民已不再适应变化了的农村环境，等待着他的只有破产与死亡。何利的破产和死亡，意味着传统的农村生产、生活方式，传统的思想观念已走向了历史所划定的末路。尽管普列姆昌德仍然没有放弃从传统精神文明中寻找光明的努力——这一点突出地表现在《戈丹》的另一情节线索即副情节中，但他并没有真正从中找到出路。普列姆昌德对新兴地主官僚莱易老爷、糖厂经理康纳贪婪地追求财富显然是不以为然的，因此他又塑造了一个哲学家梅达先生，把他作为印度传统精神文明的弘扬者，企图在传统精神文明中寻求希望，但这些都不能为农民指出另一条现实可行、符合时代趋势的出路。《戈丹》就是这样，现实主义地反映了印度人面对受到冲击的传统农业文明所产生的复杂心态和对未来出路的艰难探索。

如果说萨拉特、普列姆昌德分别在孟加拉语和印地语文学中巩固并确立了近代现实主义，那么，拉吉·安纳德（1905—2004 年）则是印度英语文学现实主义的杰出代表。从个人经历、文学教养来说，安纳德是一个相当欧化的作家，然而他又是个地道的印度作家。因为他的全部创作都与印度人民、印度社会紧密相连。他在英国侨居期间，不断地与国内保持密切联系，并为印度杂志撰稿。他所受的西方式教养并没有使他忘记印度，丧失民族精神。相反，由于他站在高处，站在远处观察自己的祖国，对某些问题反而认识得更加深刻。

这首先表现在，安纳德是印度近代文学中对传统文化、习俗反思和批判最为深刻、最为有力的作家之一。这方面的代表作是他 1930 年创作的长篇小说《不可接触的贱民》。在印度文学史上，安纳德是第一位把巴克哈这样的"不可接触"的贱民抬到文学主人公地位的近代作家。这部小说抓住巴克哈平凡的一天，在对他的日常生活和心理活动的描述中，反映出贱民所受到的社会歧视、压迫和非人待遇，并刻画出了主人公在社会环境的强制和压抑下的忍气吞声、逆来顺受、怯弱麻木的灵魂与心态。巴克哈的麻木、不觉悟说明了种姓制度的最可怕的后果是对人的精神的戕害，而小说中的那位诗人对甘地演讲的评论也一针见血地点明了当时的政治家在解决种姓问题上的局限和矛盾。

其次，安纳德的创作对近代西方社会、文化的认识，尤其是对西方社会文化与印度社会文化之间的关系的认识，要比一般作家冷静得多，辩证得多，也深刻得多。一方面，他怀着强烈的爱国主义感情，愤怒地控诉殖民压迫的罪恶。如在长篇名作《两叶一芽》(1936 年)① 中，他无情地揭示了英国殖民者开办的茶园对印度劳工的残酷剥削、压榨和迫害。另一方面，安纳德也没有因为殖民主义的野蛮残酷就把西方文化视为洪水猛兽，而是把西方近代文化作为视察、反思落后的印度社会文化的一个基准点。他在 1939 至 1942 年间发表的长篇小说三部曲——《拉卢三部曲》（包括《村庄》《黑水洋彼岸》《镰与剑》)② 中，就成功地塑造了一个在西方近代文明的影响下成长起来的具有新思想的新一代农民的形象。三部曲的主人公是印度旁遮普邦的青年农民拉卢。他出身于自耕农家庭，在英国人办的学校里读过八年书，初步形成了作为新一代农民的新的思想观念。他常常将自己的祖国与英国相比较，痛感印度的落后，甚至羡慕英国的一切。

---

① 《两叶一芽》，黄星圻译，上海文艺出版社 1959 年版。
② 《拉卢三部曲》中的《村庄》《黑水洋彼岸》已有中文译本，王槐庭译，上海译文出版社 1983、1985 年版。

他不满足于传统的农业生产方式，对机器、新的生产工具和耕作方法很感兴趣，并想以此改变家乡的贫穷面貌。他目光敏锐，善于思考，生活在信奉锡克教的村庄，却大胆地向锡克教习俗挑战，痛骂蓄长发是落后的习俗，并进城将头发剪掉了。为此，他被强行游街示众。后来，拉卢当了兵，被派往法国参战。在法国，他和各阶层的人接触，还跟一个法国姑娘交了朋友。他目睹了法国人的生活方式和水平，相比之下，他感到法国的牛过的是"人过的日子"，而印度的人过的是"牛过的日子"。体现在《拉卢三部曲》中的作者的历史、文化观是辩证的。作者以拉卢这样一个具有近代思想意识的新农民的眼光和头脑，去观察和思考印度的落后现状和某些腐朽的传统，深刻地反映出了印度传统农业社会的黑暗、保守、僵化、凋敝和衰落。同时，作者并没有让拉卢陷于崇洋媚外的泥潭。拉卢是个具有强烈民族自尊心和民族责任感的人，在战争过程中他朦胧地看出了帝国主义战争的实质，明白了他们这些印度人是在为英国政府卖命，并最终对战争采取了否定态度。战争结束后，具有新的近代观念、广阔的阅历并经过战争的锤炼的拉卢回到家乡，积极参加农民的解放斗争，成为出色的组织领导者。这表明了作者对拉卢这样的新一代印度农民所寄托的希望。

总之，安纳德的小说所描绘的印度底层人物的众生相，作品所具有的开放的文化观念和对东、西方世界的广阔视野，尤其是对腐朽的旧传统的反叛，都大大发展了印度近代的现实主义文学。关于他的创作在印度近代文学中所占的地位，他本人也有清醒的认识。他曾说过：

> ……在我开始描写我国的游民、贱民、农民和最下层的贱民，并使他们从大小村落和小镇的偏僻里巷里活起来之前，在优雅的文学、在我们这块大陆的种种语言里，一直很少谈到或写到过他们。般吉姆·钱德拉·查特吉的小说主要是司各特式的浪漫主义的历史故事……泰戈尔的小说主要是写孟加拉省的上层贵

族和所谓"富康之家"的加尔各答社会中的中等阶层。

在萨拉特·钱德拉·查特吉的作品里由职员、小商人和比较低微的人所构成的下层中产阶级，开始以人的姿态出现了。而普列姆昌德则怀着深情，写到了北方省的破落的农民和一些小人物。

我发现我自己超出了这三位作家的范围。……在过去的印度小说里，贱民和最下层的贱民的一切现实生活是不许进入小说的禁地的。由于我的作品开辟了一片新天地，并代表一种与过去印度小说传统背道而驰的倾向。……又由于我的小说采用的形式是从西方小说的戏剧技巧里汲取来的，和东方讲故事式的叙事体裁不同。因此，我能跟上了现代小说形式的发展，我的作品也就容易被译成为主要的欧洲语言，并为人所了解。①

这显然是一个正确的自我估价，也是对印度现实主义文学发展演变的正确的概括。

在阿拉伯传统文学中，想象力丰富的传奇故事、感情直露的抒情传统，都与近代写实主义文学迥然不同。到了近代，在西方现实主义文学的影响下，最早在埃及文学中，产生了阿拉伯文学中的现实主义。1912 年，埃及作家海卡尔（1888—1956 年）在法国留学期间写出了长篇小说《宰乃白》，这是按照西方小说的标准写成的埃及和阿拉伯的第一部近代小说。在埃及与阿拉伯的文学传统中，传奇故事虽然发达，但真正的小说一直未能形成，海卡尔创作《宰乃白》没有传统可资参照，而只能完全仿效移植西方小说。作者在《宰乃白》的序言中说：这本书"是一个居住在巴黎的埃及人对祖国和祖国的人民怀念的结晶。他用笔把这种怀念表达出来，同时也表示他对巴黎和法国文学的敬佩"。小说的情节虽是常见的

---

① 《两叶一芽·印度版再版后记》1951 年版；见《两叶一芽》中文译本，上海新文艺出版社 1957 年版。

有情人不能成眷属的恋爱悲剧，但作者在故事叙述中，对埃及农村的风俗人情、自然风景和落后愚昧的现状作了细致的描写，并且十分注重人物心理的分析和表现，从而与重外部描写而不重人物内心世界刻画的阿拉伯传统的故事写法判然有别，成为近代埃及长篇小说的第一块基石。1917 年由穆罕默德·台木尔（1892—1921 年）发表的《在火车上》，则是埃及最早出现的现实主义短篇小说。此后，他的弟弟迈哈穆德·台木尔（1894—1973 年）继承了乃兄的现实主义创作方法并使之发扬光大。台木尔受哥哥的影响，青年时期又留学瑞士和法国，广泛涉猎欧洲文学，对屠格涅夫、契诃夫、莫泊桑钻研尤深，把莫泊桑视为自己的老师。回国后开始创作活动。他一生共写了十余部中长篇小说、二十余个剧本、三百余篇短篇小说。① 他是埃及短篇小说的开创者和卓越大师，被认为是"我们时代无与伦比的短篇小说的权威"。②他的创作特别是短篇小说致力于批判社会的缺陷和黑暗面，并真正确立了全方位、多角度地描写和评价现实生活的现实主义创作原则。台木尔对近代社会的丑恶现象看得透、写得深，揭露批判得也全面有力。在他的笔下，有利用所谓"人寿保险"图财害命的骗子（《人寿保险》），有打着"文明娱乐"的幌子赌博害人的赌场，有葛朗台式的贪婪吝啬的女高利贷者（《塔瓦杜德太太》），有虚伪霸道，贪婪自私，好大喜功的官僚政客沙良总督（《沙良总督的姑妈》）。其中，短篇名作《成功》在这类批判性作品中很有代表性。小说以第一人称自叙的手法，写一位报社记者曼苏鲁·拉菲欧丁"成功"的经过。起初，他写的稿子总不受编辑主任的欣赏，编辑主任说他的思想守旧过时，文章不吸引人。由于老挣不到稿费，他的妻子只好瞒着他把心爱的书卖了换饭吃。后来他偶然"开窍"，写了题为《一个屠宰厂的屠夫在一次生存意

---

① 台木尔短篇小说的中文选译本有郅溥浩译《台木尔短篇小说选》，人民出版社 1978 年版。
② 〔埃〕邵武基·戴伊夫：《阿拉伯埃及近代文学史》，人民文学出版社 1980 年版，第 302 页。

义的舞会上，扒掉他老婆的皮》的文章。这篇文章满纸胡言乱语，却得到了编辑主任的赏识，登在头版头条，他也因此受到提职加薪的奖赏。曼苏鲁"成功"了，然而在作者充满讽刺的描述中，读者可以清楚地意识到：这种"成功"实际上就是"堕落"。在对社会丑恶加以批判讽刺的同时，台木尔的小说对处于社会下层的普通人的命运寄予了深切的同情（《小耗子》《茜特·库鲁》），赞美他们的爱，肯定他们对生活的抗争（《新的世界》），以及他们做人的尊严（《心灵的悲剧》），他们所具有的善良品质（《归来》《乞丐》《夏天的假日》）。他笔下的理想人物大都是失业者、孤儿、穷女工甚至乞丐，他把他们作为高尚人格的主要体现者。因此，台木尔的现实主义文学又是真正平民化的人道主义的文学。

第九章　东西方文化的对接与大作家的创作

在东西方文化的对接中，东方文学中出现了一批世界文学水准的大作家。印度的泰戈尔、阿拉伯的纪伯伦、日本的夏目漱石、中国的鲁迅，是东方近代化文学时代的代表作家。泰戈尔的创作为东西方文化的理解、沟通和融合找到了完美的艺术形式，树立了光辉的典范；纪伯伦用阿拉伯语与英语双语写作，用"美"与"爱"沟通东西方文化；夏目漱石艺术地、多角度地表现了文化传统所带来的近代知识分子特有的悲剧性心态。他们均以自己独特的创作深化了东方近代文学。

第一节　泰戈尔：寻求东西方的相互理解与对话

罗宾德拉纳特·泰戈尔（1861—1941 年）是印度近代文学的光辉代表。他博学多才，兴趣广泛，不仅是一位杰出的诗人、小说家、戏剧家，同时也是一位著名的哲学家、音乐家、画家和社会活动家。他以自己的卓越创作，为印度近代文学的发展与深化作出了杰出的贡献。他一生共写下了五十多部诗集，三十余种散文著作，十二部中、长篇小说，近一百篇短篇小说、二十多个剧本，创作了两千多幅画、两千多首歌曲，还撰写了大量的理论、学术著作。① 他的丰富而多样的创作是东方文学史上的一个奇迹，也是世界文学史上的一个奇迹。

泰戈尔是一个很有思想深度的文学家，因此，在分析他的作品之前，必须讲一讲他的思想。泰戈尔的思想很复杂，古今东西的成分都有。但印度教正统派——吠檀多派的哲学却是他思想的核心。这派哲学主要体现在印度教经典《吠陀》《奥义书》和《吠檀多经》中。这派哲学认为：作为宇宙精神的"梵"是万物的本源，作为个体精神的"我"与梵在本质上是同一的，人生的目的就是在沉思中亲证梵我合一，摆脱轮回，实现最高的快乐。泰戈尔以吠檀多哲学为基础，提出了三种实在：一是神，二是自我，三是自然界或现象世界。他的哲学和艺术探索的中心问题是论证这三者的关系。

他认为，神或梵是三种实在中的最高实在，是宇宙中一切物质的和精神的事物的本源。泰戈尔常常把神或梵称为"最高人""超人""我的主""最高人格"或"无限"。正因为世界上的万事万物都是神或梵创造的，因此，它们虽然千差万别、形形色色，但在本质上是与神或梵相统一的，都是神或梵在不同领域、不同时间内的不同表现形式。神或梵无处不在、无时不有，它虽最高最大最抽象，但又表现在一切具体的、有限的事物和形象中。它是无限和有限、无形和有形、普遍和个别、具体与抽象、一与多的统一。它的本质是无限的宽容、博大和普遍的同情与爱。泰戈尔

---

① 自 1920 年代以来，中国大量翻译泰戈尔作品，作品集及文集有《泰戈尔作品集》（全十卷），人民文学出版社 1961 年版，1988 年再版；《泰戈尔剧作集》（全四册），冰心等译，中国戏剧出版社 1958—1959 年版；《泰戈尔全集》（全二十四卷），刘安武、倪培耕、白开元主编，河北教育出版社 2000 年版。1980 年代出版的单行本译有：《饥饿的石头》（短篇小说集），倪培耕译，漓江出版社 1983 年版；《吉檀迦利·园丁集》，冰心译，湖南人民出版社 1982 年版；《新月集·飞鸟集》，郑振铎译，湖南人民出版社 1981 年版；《沉船》，黄雨石译，外国文学出版社 1981 年版；《戈拉》，刘寿康译，人民文学出版社 1987 年版；《家庭与世界》，董友枕译，山东文艺出版社 1987 年版；《泰戈尔论文学》，倪培耕译，上海译文出版社 1988 年版，等等。

用有限解释无限，用多样性解释同一性，认为神蕴含在自然万物和个人精神中。这样，他的思想就具有通常所谓的泛神论色彩。他企图用这种泛神论摆脱传统印度教中的偶像崇拜、教派分歧、民族分歧、等级差别，在承认神的存在的前提下，建立一种以自由、平等、博爱为核心的人生宗教和社会理想。

从这种梵的统一性原则出发，泰戈尔虽然也承认自然与社会中的对立和矛盾，但他认为矛盾对立是不合理的、不真实的、暂时的，因为它不符合梵的本质，而矛盾的统一和调和却是真实的、永恒的，因为它符合梵的本质。所以，泰戈尔十分强调和谐与统一。和谐与统一正是他的哲学思想的基础。由此他提出了民族、国家之间的大同论、互助论和平等论，东西方文化互补论，提出了政治上以反对等级制度为核心的阶段调和论，美学与艺术理论上的"韵律论"和"统一性原则"，心理学上的"超越论"，即要求个人超越自我的低级欲望和私心杂念，真正体认到梵我合一，从而达到人生的最高的快乐的境界。

泰戈尔虽然孜孜追求这种统一、和谐的境界和理想，但他毕竟生活在一个风云激荡的时代，一个充满着矛盾斗争的时代，一个东西方文化剧烈冲突的时代，他的理想与现实存在着巨大的矛盾和不和谐。这些矛盾与不和谐常常扰乱他的心境，使他的思想充满许多内在的矛盾冲突。他在1924年给罗曼·罗兰的信中坦率地承认：自己的天性中也有一种经常发生的内战。他的哲学是一种唯心主义的有神论，但他又反对迷信，相信和赞美近代科学的成就；他想隐逸超脱，寻求内心的安宁，却又密切关注社会现实，不时地卷入政治漩涡；他反对民族和国家观念，高唱国际主义，但又殷切地期望印度民族独立和复兴；他痛恨英国在印度的殖民统治，却又反对群众对殖民者的暴力斗争；他反对阶级不平等和贫富悬殊，却又不主张取消私有制度；他呼吁妇女的解放，但又宣扬妇女对丈夫的忠诚与崇拜，不赞成她们走上社会；他不提倡艺术的功利和实用，却写了一些密切贴近现实，表现自己的立场、观点和态度的作品，如此等等。这一切矛盾都反映在他的全部创作中，使他的作品呈现出纷纭复杂的面貌。但是，这些丰富多彩的作品都以他的哲学思想为底蕴，都贯串着一条清晰可辨的红线，那就是：力图调和时代和社会的矛盾冲突，寻求东西方的理解和对话。

泰戈尔首先是一位伟大的抒情诗人，他在文学史上的地位，主要是由诗歌来奠定的。在他的五十多部诗集中，最有代表性、影响最大的诗集是《吉檀迦利》。

《吉檀迦利》是泰戈尔在 1912 年春夏之间，从自己的孟加拉语作品中编选翻译的一部英文散文诗集，它共收入一百零三首诗。诗集的题名"吉檀迦利"，是孟加拉语"献诗"的意思。这些诗是献给神的，是以歌颂神、敬仰神、渴求与神合一为主题的。但这部诗集并不是宣扬宗教信仰的一般的颂神诗，而是集中地表达了泰戈尔的宗教、哲学、社会、文学、美学等方面的观点以及对人生的崇高理想，展现了诗人的精神世界。

在《吉檀迦利》中，诗人用了不同的名称来称呼他心中的神，诸如"你""他""我的主""我的主人""上帝""圣者""我的神""我的朋友""我的情人""诸天之王"等等。这个神究竟是什么呢？在《吉檀迦利》第 102 首中，诗人自己说：

> 我在人前夸说我认得你，在我的作品中，他们看到了你的画像，他们走过来问我："他是谁？"我不知怎么回答。我说："真的，我说不出来。"……①

这就是泰戈尔心目中那无处不在，无时不有，在一切之中，又在一切之外，什么都是，什么都不是的"神"。它没有具体的形象，也没有固定的处所，它存在于诗人的心中，也统治着诗人的思想、行动和梦，而它却

---

① 〔印〕泰戈尔：《吉檀迦利》，谢冰心译，载《泰戈尔作品集》第 1 卷，人民文学出版社 1961 年版，第 171 页。

自己独居索处（第66首）。这个神不是高高在上的可畏可怖的独尊，他"在最贫最贱最失所的人群中歇足"，他"穿着破敝的衣服，在最贫最贱最失所的人群中行走"，"和最贫最贱最失所的人们当中没有朋友的人作伴"（第10首），他是在"锄着枯地的农夫那里，在敲石的造路工人那里，太阳下，阴雨里，他和他们同在，衣袍上蒙着尘土"（第11首）从这些诗句中可以看出：这个神的核心意象是印度传统宗教和哲学中的"梵"，即宇宙的最高实在和最高真理。《吉檀迦利》所表现的正是诗人追求与这个神合而为一的艰难而曲折的神秘的精神之旅。整部诗集的103首诗在错综复杂中显示出了一种内在的秩序感，形成了一个完整的神秘意识的系统，比较清晰地勾画出了诗人朝思暮想、梦寐以求，追寻和体验与神合一的心灵轨迹。它既是泰戈尔宗教观人生观的反映，也是泰戈尔美学观和艺术观的反映。

《吉檀迦利》所反映的是泰戈尔的宗教，用他自己的话说，就是"诗人的宗教"[1]，也就是诗人用诗歌的形式来表达宗教信仰、宗教体验和宗教情感。这种"诗人的宗教"从形式上说，并不是泰戈尔的独创。印度自古以来一直就有以诗颂神的传统，尤其是印度教的毗湿奴教派和伊斯兰教的苏菲派诗人们一向擅长用爱情诗的形式歌颂神。他们笔下的神不是抽象的，而是存在于诗人眼里的万事万物之中，具有浓厚的神秘主义色彩。但是，泰戈尔的《吉檀迦利》作为献给神的诗，不是古代颂神诗的翻版，也不是古代《奥义书》哲学的图解。它是时代精神的产物，具有不同于传统的崭新的意蕴。

《吉檀迦利》所表达的"诗人的宗教"的实质和核心是自由、平等、博爱。诗中的"神"就是自由、平等和博爱的象征。这种自由、平等、博爱是近代西方资产阶级意识形态与东方式的同情心的结合。它不像传统宗教哲学那样只追求个人内心的自由，只追求宗教许可范围内的博爱，在

---

① 〔印〕泰戈尔：《一个艺术家的宗教——泰戈尔讲演集》，康绍邦译，上海三联书店1989年版，第46页。版本下同。

种姓前提下的有条件的"平等",而是全人类的博爱和平等,是全民族的和个体精神的广泛自由。

《吉檀迦利》所表现的"诗人的宗教"也不是追求盲目的信仰和崇拜,而是追求所谓"真理"。诗人笔下的"神"又是"真理"的象征。这种"真理"不同于近代西方的自然科学、实证科学所揭示的真理,泰戈尔认为,"科学的世界是不真实的,它是力量的抽象的世界"。我们由感觉和感情所把握的世界是活生生的、真实的世界,而科学都把这个真实的世界抽象了。它扼杀了事物的多样性、丰富性和复杂性,使世界变得干干巴巴、死气沉沉,这种世界只是真实世界的影子。《吉檀迦利》的世界正是与那种科学的世界相对立的"真实的世界"。它揭示了人的丰富的情感,细腻的感受力,与大自然的和谐的关系,与万事万物的亲近感。这个世界虽然模糊甚至有些神秘,但正如泰戈尔自己所说:"清晰性不是真理的唯一方面,或者说不是真理的最重要的方面。"① 正因为它不清晰,模糊而神秘,才不像科学那样把本来就模糊和神秘的真实简化、数量化和抽象化,从而失去了事物的原貌和它们的丰富性。显而易见,在《吉檀迦利》中,泰戈尔是用东方式的精神主义的真理观反对西方的科学主义、物质主义的真理观。

《吉檀迦利》所反映的"诗人的宗教"是以人为中心的、以人为本的宗教,而不是以神为本的宗教。"神"是人的本质的对象化、象征化,而不是人的异化。换言之,"诗人的宗教"也就是"人的宗教"。正因为是"人的宗教",所以"神"被人化了,正如评论家所指出的:"如果说在什么文学作品中'神'被表现为一个不同于一尊偶像的活生生的人,那么这部作品就是《吉檀迦利》。"② 同时,《吉檀迦利》中的"我"作为"人",不是抽象的人,而是有"人格"的人。"人格"是泰戈尔经常使用的一个概念,他所谓的"人格"不同于一般伦理学意义上的人格。他

---

① 〔印〕泰戈尔:《一个艺术家的宗教——泰戈尔讲演集》,第36页。
② 〔印〕S. C. 圣笈多:《泰戈尔评传》,湖南人民出版社1984年版,第125页。

的"人格"是人的生命力的表现，是指有个性的、有感情的、具体的生气勃勃的人，是没有被近代的物质主义和科学主义扼杀的自然人格。在《吉檀迦利》中，诗人——"我"——是"人格"的典范。他是一个充满了旺盛的生命力、洋溢的情感、丰富的想象力、细腻的感受力，与大自然息息相通，与万事万物密切相连的人，而且这个人仍在孜孜不倦地、顽强不懈地追求完美的理想境界。追求与大自然、与理想的化身的"神"的合一。一句话，《吉檀迦利》中的诗人（"我"）是作者人格理想的体现。

　　与泰戈尔的"人格"理想相联系，《吉檀迦利》表现了泰戈尔的艺术观点和艺术理想。用作者的话说就是："艺术的基本目的是表现人格，而不是表现抽象的和分析的东西。"①"人格"与"无限人格"（即神）相结合，是理想的最高境界，也是艺术的最高境界。《吉檀迦利》中"我"对"神"的追求，就是"人格"对"无限人格"的追求，"我"与"神"合一的理想愿望，也是"人格"与"无限人格"相结合的理想愿望。而"人格"与"无限人格"的结合就是"美"。这种美就是"在有限之中达到无限境界的愉悦"，"美是人和自然、有限和无限统一感的表现"。②

　　基于对美的本质的这种认识，泰戈尔明确提出了"美就产生在其韵律之中"这一美学命题。韵律在泰戈尔美学思想中占有很重要的位置。这种韵律主要不是形式上的韵律，而是宇宙间的自然韵律。这种产生于宇宙间的自然韵律，来自宇宙间万事万物的和谐关系。万物虽然有矛盾、有对立，但本质是和谐的、一致的，它们遵循着同一的韵律。因此，韵律是宇宙运动的根本法则。《吉檀迦利》的"韵律"首先表现在"我"与神的关系上。这种关系是具体与无限、追求与赐予、分离与合一的对立统一的关系，但其本质是它们之间的和谐，由此而产生了内在的韵律；其次，

----

　　① 〔印〕泰戈尔：《一个艺术家的宗教——泰戈尔讲演集》，第46页。
　　② 〔印〕泰戈尔：《泰戈尔论文学·前言》，倪培耕译，上海译文出版社1988年版。

在艺术形式上，《吉檀迦利》的突出特点是在具体杂多中、在丰富变化中见韵律、见和谐的。103 首诗是一个互相联系的、和谐统一的艺术整体。我们从中可以体会到一种笼罩在全诗之上的深沉的静谧感，和由自然的韵律所产生的不加雕琢的质朴。

《吉檀迦利》于 1912 年在英国出版后，立刻引起了欧洲文坛的轰动。著名诗人叶芝和爱兹拉·庞德等极力推崇这些诗篇。第二年，瑞典皇家文学院因《吉檀迦利》而授予泰戈尔诺贝尔文学奖。《吉檀迦利》受当时西方人的欢迎绝不是偶然的。他们在这部诗集中看到了东方人的精神世界和东方的精神文明，看到了一部东方的诗歌用西方语言译出后是如何的自然和成功，这本身就是东西方文学和文化的一种有意义的交流。尤其重要的是，诗人所表现的追求精神理想的热情，所提倡的博爱与人格的理想，对当时泛滥于西方的物质主义、实利主义、科学主义以及由此而正在酝酿的人与人之间、国家与国家之间的敌对、仇视与战争，难道不是一种善良而有益的忠告吗？

同诗歌创作一样，小说创作也贯穿了泰戈尔的整个文学生涯。而且，他的小说与诗歌在思想内容上是一脉相通、相辅相成的。如果说，他的诗主要是超越现实的、理想的、主观抒情的世界，那么，小说则是密切联系现实生活，反映生活的现实的世界。他把诗歌提出的自由、平等、博爱的人生和社会理想，放在小说中使之进一步具体化，让这种理想在现实的生活中得到正反两方面的可行性的试验与探索。

泰戈尔的短篇小说大多写于 1884—1917 年这三十多年间，正好与他的诗歌创作前期、中期在时间上相一致。可以说，短篇小说是与他的诗歌最接近的。这些小说是泰戈尔诗歌思想的直接延伸。同他的诗歌一样，泰戈尔的短篇小说尽管在内容上丰富多样，但它们仍以爱、自由、平等为创作的立意与核心。如《喀布尔人》通过喀布尔人小商贩拉曼与富有之家的小姑娘敏尼之间的亲密交往，展现了一种超越民族、超越社会地位、超越年龄界限的一老一少之间的真挚的爱，一种慈父对爱女般的爱。然而，像《喀布尔人》这样从正面肯定人间之爱的小说毕竟不多，泰戈尔的大多数短篇小说是从反面，即爱的否定的方面表现爱的。他描写和反映了当时印度社会中一切与爱相敌对的东西，这些东西集中表现为封建主义和殖民主义压迫。《太阳与乌云》《履行的诺言》批判了殖民主义和洋奴主义；《饥饿的石头》以象征手法表现了封建压迫对青春和人性的摧残；《弃绝》《素芭》控诉了种姓制度的罪恶；《练习本》《河边的台阶》描述了童婚制的非人性；《活着还是死了》《摩诃摩耶》以传奇的笔法展示了守寡制、妇女陪葬制的残酷性；《还债》《海蒙提》则揭露了嫁奁制对妇女及女方家庭的摧残。

总的看来，泰戈尔的短篇小说是他诗歌思想的具体化发挥，爱、平等、自由构成了其短篇小说的思想基础。泰戈尔不是站在狭隘的民族主义立场上，站在异族仇恨的角度上去反殖民主义，他反对殖民主义是因为殖民主义剥夺了印度人民的平等自由，造成了印度的贫困、灾难和民族仇恨；泰戈尔也不可能站在历史唯物主义的高度去反封建主义，他反对封建主义是因为封建主义否定了平等，扼杀了自由，泯灭了人性和爱。在艺术上，泰戈尔短篇小说有一种"诗化"的风格，可以把这些短篇小说看作是有情节的诗。他善于把叙事性与抒情性完美地结合在一起。把浪漫的传奇性与真实的细节描写完美地结合在一起。他用诗的语言、诗的韵味、诗的激情创造了小说中特有的情境交融、余味无穷的诗化境界。他的小说结构单纯，构思精巧，情节生动，令人爱不释手。泰戈尔的短篇小说无疑属于世界上第一流的短篇小说，完全可以与莫泊桑、契诃夫、欧·亨利、芥川龙之介等人的短篇相媲美。在泰戈尔之前，孟加拉地区乃至整个印度的短篇小说还不成熟，泰戈尔是印度短篇小说的奠基人，同时也是它的艺术大厦的成功建造者。

泰戈尔的长篇小说也取得了很大成就。他早期的长篇小说描写了与短篇小说同样的题材，如《小沙子》（1901 年）以深刻的同情叙述了一位寡妇的不幸生活，《沉船》（1902 年）通过男女主人公们传奇式的阴差阳错和悲欢离合，展现了作者理想中的充满理解、同情、尊重与爱的美好的人际关系。泰戈尔 1907 年以后的中长篇小说则主要反映和描写了印度社会的基本的重大问题，即民族解放的途径问题。中长篇小说的较大的篇幅容量为泰戈尔深入描写和探讨这个问题提供了可能。长篇小说《戈拉》描写的是主人公戈拉逐渐放弃狭隘的宗教偏见的过程。小说具有强烈的论辩性。在作者看来，摆脱宗教陈规与种姓制度的束缚，弘扬博爱、同情与服务精神，是印度爱国主义者的必由之路，也是印度民族解放的必由之路。1916 年，泰戈尔发表了长篇小说《家庭与世界》，许多评论家认为这是泰戈尔最著名的长篇小说。说它最著名，是因为它尖锐地反映了作者对 1905—1908 年发生的抵制英货的所谓国货运动的看法。小说发表后引起强烈反响，毁誉不一，褒贬纷至。读过这部作品的人都可以理解，出现这种情况是必然的。

《家庭与世界》是以书中三个主人公的独白交叉组成篇章、推进情节的。这三个人物是地主兼商人尼基莱什，他的妻子莫碧拉和以尼基莱什的朋友的身份寄居在他家中的爱国鼓动家松迪博。他们三个人主要以尼基莱什的家庭为活动舞台。但这个家庭与当时的印度社会现实密切地结合在一起。于是，这里展开了一场两种思想、两种灵魂、两种人格的剧烈交锋。尼基莱什在与松迪博关于祖国解放问题的争论中，坚决反对以激烈的暴力手段逼迫一切人销毁英货。他并不拒绝参加国货运动或反对这个运动，但他无论如何不能接受宣扬狭隘民族主义情绪的"邦代马特拉姆"（母亲，向你致敬）这个口号。他说："我愿意为祖国服务，但我要崇拜的对象应当比祖国高大得多。如果我们只崇拜自己的祖国，那么，它就会遭到毁灭。"他认为，在民族工业尚不发达的时候，销毁英国布匹，就是剥光祖国人民身上仅存的衣服。使他们忍寒受冻。他反对暴力，反对破坏，认为应该把一切力量用在建设上面。显而易见，尼基莱什这个人物基本上是泰戈尔思想的体现者和传达者。泰戈尔热情地赞美他的优秀品质和高尚人格。他是一个心胸博大、修养有素、极富宽容精神的人。他虽然与松迪博在观点上格格不入，但仍和他保持朋友关系。他发现松迪博对他的妻子有非分之念，却没有让嫉妒之火烧毁理智，仍允许松迪博继续住在他家里。对妻子莫碧拉，他给予了真挚的爱，但并不限制妻子的行为和思想。甚至他发现妻子背叛了自己以后，也没有以怨报怨，反而以理解和宽容使妻子回心转意，从而扭转了夫妻关系的危机。与尼基莱什形成鲜明对比的是所谓爱国领袖、鼓动家松迪博。在国货运动中，松迪博率领一些青年到处发表慷慨激昂的演讲，鼓动群众对英国人使用暴力，销毁英货。然而，在泰戈尔笔下，松迪博不是一个真正的爱国者，而是借爱国之名进行自我表现，捞取个人资本，满足个人欲望的道德堕落的人。他以种种不正当的手段把以卖英货为生的贫苦人搞得走投无路，衣食无着，而丝毫不动怜悯之心。他假借爱国之名，肉麻地把尼基莱什的妻子莫碧拉吹捧为印度的母亲、祖国的象征，使这位从前不问政治的家庭妇女迅速地生成一种神圣感和责任感，从而成为松迪博精神上的俘虏，并险些失身于他。松迪博依靠与莫碧拉的关系，谎称他的爱国活动需要经费，竟怂恿莫碧拉偷窃丈夫的数千金币并据为己有，还支使他的追随者持枪抢劫了六千卢比。泰戈尔借一位教师的口说：松迪博这种人是"盗用祖国的概念取代良心"，去犯罪，去危害人民。

在《家庭与世界》里，泰戈尔集中地揭露了狭隘的民族主义者对国家、对人民的危害，以及他们政治上的欺骗行为与人格上的堕落。无论说这是泰戈尔的政治偏见也好，还是说这是泰戈尔对于责难他逃避爱国运动、放弃斗争的言论所作的回答也好，《家庭与世界》都集中代表着泰戈尔对民族解放途径所持有的一贯的观点——爱国首先要爱祖国的人民，关心他们的衣食住行，帮助他们摆脱愚昧和贫困；爱国是建设，不是破坏；爱国不是煽动狂热狭隘的民族主义情绪；爱国不是让人们仇恨西方，不是闭关自守，抛弃和否定西方文明；爱国不是把自己民族和国家的一切加以美化和神圣化。爱国首先要使国内的一切阶层、一切种姓的人都平等和友爱，使他们团结起来，学习其他民族，包括曾给自己的民族带来奴役和灾难的民族的长处，以发展自己，建设自己。只有这样，爱国才是实际的、真正的爱国。泰戈尔晚年在游历世界各主要国家并发表演讲时，不断地重复、强调这些观点。他反对西方的民族主义或国家主义，因为西方的民族主义使西方殖民主义者为了自己的利益而掠夺和危害其他民族；他也反对印度的民族主义，因为这种民族主义顽固地维护传统的落后的东西，致使民族和国家处于贫困和落后之中。他呼吁东西方的相互理解和对话。而他自己的全部创作便是这种对话的一部分。

统观泰戈尔一生的创作，我们对泰戈尔不禁肃然起敬。这不仅因为他是一个卓越的艺术家，他的丰富多彩的创作是世界文学宝库中的珍品，而且还因为他是一个在近代东方终生呼吁民主、自由、平等与爱的伟大的先驱者。当印度乃至整个东方社会还充满着阶级压迫、种姓歧视、宗派差别的时候，当西方殖民者为贪婪的物质欲望所驱使，疯狂地掠夺世界，到处播下民族仇恨的种子的时候，泰戈尔像一位伟大的先知和预言家，到处弘扬他那诗人的爱的宗教，弘扬自由、平等的社会理想和一种极富宽容精神的伟大的人格理想。在以《吉檀迦利》为中心的一系列诗歌与剧本中，他从梵我合一的哲学观点出发，从人的差异性、矛盾性中找到了人的共通性与和谐性，从而奠定了他的博爱的基础，并为人们展现了一条通向精神自由的途径。在他的短篇小说里，他抨击了印度社会中存在的歧视、压迫、不平等和不自由等现象的几乎所有方面。在长篇小说中，他深入地探讨了民族解放——即他所认为的为全体印度人民争自由的正确途径。在后期的诗歌、政论和演说中，他宣扬民族、国家之间、东西方之间的平等，谴责法西斯侵略。泰戈尔生活在东西方文明激烈冲突的时代，在冲突中寻求理解与对话，在冲突中寻求融合，这就是泰戈尔一生所致力的伟大的事业。他的作品为这种神圣的追求留下了永远不可磨灭的纪念。正因为如此，虽然泰戈尔在当时不为国内的狭隘的民族主义者所理解，但东西方各国人民理解他，欢迎他。他晚年每到一个国家，都受到隆重的欢迎。他的作品在全世界获得了无数读者，而且还将获得更多的读者。

第二节 纪伯伦：跨越东西方的美与爱

纪·哈·纪伯伦（1883—1931 年）诞生在黎巴嫩北方美丽的山乡贝什里。这是中东最早受西方文化影响的地区，除伊斯兰教外，许多居民信奉犹太教、基督教。纪伯伦的母亲——纪伯伦心目中爱与美的化身——就是虔诚的天主教徒，纪伯伦从小就受到阿拉伯伊斯兰文化与西方基督教文化的双重影响。当时，黎巴嫩、叙利亚的大批基督教徒，因不堪忍受奥斯曼土耳其帝国的黑暗统治和压迫，抱着寻求自由与发财致富的梦想，想方设法奔向美洲大陆侨居。纪伯伦十二岁时，也随母亲去美国，在波士顿唐人街清贫度日。1898 年，15 岁的纪伯伦只身返回祖国学习民族历史文化，了解阿拉伯社会，对土耳其奥斯曼帝国统治下的政治专制、宗教欺骗和僵死的传统有了本质上的认识，并在校内刊物上发表过批评时政的文章。1920 年纪伯伦完成学业后再次赴美。他的小妹妹、哥哥和母亲在一年内相继去世，为他们治病欠下大笔债务。从1903 年至 1908 年，纪伯伦以写文卖画为生，以微薄的稿费，与做裁缝的妹妹一起勉强维持生计。1908 年纪伯伦得到赏识他的女校长玛丽·哈斯凯尔的资助，去欧洲学习绘画，并受到法国艺术家罗丹的褒奖和的指点。罗丹曾预言："这个阿拉伯青年将成为伟大的艺术家。"纪伯伦的绘画具有浓重的浪漫主义和象征主义色彩，在阿拉伯画坛占有独特的地位。他毕生创作了约七百幅绘画精品，其中的大部分被美国艺术馆和黎巴嫩纪伯伦纪念馆收藏。1911 年，纪伯伦再次返美后长期客居纽约，从事文学与绘画创作，并逐渐成为阿拉伯侨民文学界的领袖人物。1920 年，旅居北美的阿拉伯侨民作家在美国纽约成立了自己的作家团体——"笔会",推举纪伯伦为"笔会"会长。① 由"笔会"和"笔会"解体后在南美巴西的圣保罗成立另一个文学团体"安达卢西亚社"为核心的阿拉伯侨民文学,以融会东西方的文化气概,和新奇、自由、豪放的文风,在阿拉伯近现代文学中形成了一个颇有影响的流派"旅美派"(又称"叙美派"②),纪伯伦则是旅美派的代表作家。1931年,纪伯伦因患癌症去世。

由于壮年早逝,纪伯伦的作品数量不多,文学创作上的成就也不能与印度的泰戈尔相提并论,但作为近代阿拉伯文学乃至东方文学中最早使用英语和阿拉伯双语写作的作家之一,纪伯伦将东方阿拉伯人倔强豪迈的性格和西方文化的深邃沉思结合起来,创作出了别具一格的作品,在西方尤其是美国的影响很大,因而在中国影响也很大。美国人曾称誉纪伯伦"像从东方吹来横扫西方的风暴",而他那带有强烈东方意识的作品被视为"东方赠给西方的最好礼物"。早在 1923 年,纪伯伦的五篇散文诗就先由茅盾介绍到中国,赵景深、刘庭芳也翻译过纪伯伦的作品,特别是 1931 年著名作家谢冰心翻译了《先知》,使纪伯伦在中国广为人知。1980 年以后,纪伯伦作品的各种译本在中国畅销,至 2010年,纪伯伦作品的各种译本已经有一百多种,并陆续出版了四种版本的《纪伯伦全集》③,这种现象在中国的外国文学翻译史上都是不多见的。

纪伯伦的前期创作以小说创作为主,主要有短篇小说集《音乐》(1903 年)、《草原新娘》(1905 年)、《叛逆的灵魂》(1908 年)和中篇

---

① "笔会"的秘书长(亦称顾问)是著名作家米哈依尔·努埃曼。这个团体活跃了十多年,1930 年代初以纪伯伦逝世和米哈依尔·努埃曼回国而终结。

② 即"叙利亚—美洲(美国)派",由于黎巴嫩、叙利亚在历史上属于大叙利亚地区,故称。

③ 第一种是伊宏主编、甘肃人民出版社 1994 年出版的三卷本的《纪伯伦全集》;第二种是关偁、钱满素主编五卷本《纪伯伦全集》,河北教育出版社 1996 年版;第三种是韩家瑞、李占经等译,人民文学出版社 2000 年出版的五卷本《纪伯伦全集》;第四种是李唯中译四卷本《纪伯伦全集》,百花洲文艺出版社 2007 年版。

小说《折断的翅膀》（1912 年）等。这些小说具有东方近代文学中的强烈的启蒙主义精神，揭露政治黑暗、宗教压迫，反映社会不公和人民苦难，歌颂自由爱情、表达叛逆和反抗的浪漫主义精神，是纪伯伦小说的一贯主题。

1906 年纪伯伦发表了他的第一个短篇小说集《草原新娘》，包括《历代灰烬和永恒之火》《班尼的玛尔塔》和《疯子约翰》三篇。其中，《班尼的玛尔塔》描写一个纯洁美丽的农村少女玛尔塔，被一个表面温文尔雅的骑马男人遇见并把她骗到城市，落入风尘，最后在贫病中惨死，而死后由于她妓女的身份，牧师拒绝为她祈祷，公墓也不接纳她的尸骨，只由两个穷人把她葬在无主墓地。小说表现了对被侮辱被伤害的阿拉伯女性的深切同情。《疯子约翰》描写青年牧人因牛群误入修道院领地，惨遭毒打和囚禁，在母亲交出结婚银项链和父亲证明儿子是"疯子"后，才得以开释。作者借疯子约翰之口对教会和神职人员提出了抗议："耶稣啊，他们为了他们的美名，建起了教堂、神庙，用丝绸和金子包裹。他们把你贫困的选民赤身裸体地扔在冰冷的小巷里，用袅袅的香烟和蜡烛的火苗充满天空；他们用你的神学填满信徒的腹腔，而不给他们面包；他们用赞美诗和颂扬充满整个天空，却不闻不问孤儿的呼叫和寡妇的叹息。"从而凸现了反教会的主题。

1908 年纪伯伦发表了第二部短篇小说集《叛逆的灵魂》，收录了《沃丽黛·哈妮》《新人的床》《不信教的赫利勒》《坟墓的呐喊》共四篇作品，塑造了几个叛逆性的人物形象。《沃丽黛·哈妮》的女主人公沃丽黛·哈妮敢于主宰自己的命运，大胆抛弃了豪华富有却不能让她真心热爱的丈夫，而和一个贫穷的读书青年结合。为此社会上许多人都说她是抛弃丈夫的邪恶的女人，而沃丽黛·哈妮却认为："现在，我纯洁清白。因为爱情的法典解放了我，我感到光荣，我是一个忠诚的人，不再用肉体交换面包，也不再用岁月换取衣服。是的，当人们称许我是贤惠的妻子时，我是个罪恶的淫妇；而今天，我成了纯洁高尚的人时，他们却认为我是下贱的娼妓。这是因为他们用肉体的准则来衡量灵魂，用物质的标准来裁判精神。"同样以追求自由爱情为主题的《新人的床》的女主人公是一位正在举行婚礼的新娘，她因轻信情敌之言而误以为自己所爱的青年赛里姆变心了，绝望中她与另外一个男人结婚并举行了婚礼。就在晚间婚礼的狂欢中，新娘意外得知赛里姆仍然在等着她，便趁人不注意来到柳树下与赛里姆见面，并表示愿与他私奔，赛里姆碍于名声而拒绝。新娘绝望之下用匕首刺死赛里姆，面对惊愕围观这恐怖场面的众人，新娘以匕首自杀，死在情人的身旁，这血泊也就成了"新婚的床"。两篇小说均表现了纪伯伦离经叛道的激进的反传统、反世俗的倾向。《不信教的赫里勒》中的叛逆者则是男青年赫里勒，他是一个为修道院干活的正直而有思想的青年。赫里勒因不满于修道院院长和修士们的腐化虚伪的生活，而被视为"反叛者"，被捆绑起来扔在冰天雪地之中，寡妇拉米和女儿拉希勒救了他，但村里的恶霸谢赫·阿巴斯得知后，不能容忍这样的反叛者留在村里，便把赫里勒从拉米家里抓走，当众对他进行审判处刑。但赫里勒却把审判会变成了痛斥宗教人士虚伪堕落、历数社会不公的演讲会，使聆听演讲的民众幡然醒悟，谢赫·阿巴斯也在气急败坏中，不小心透露出五年前以"造反"为由将拉米的丈夫杀害的秘密，于是谢赫成了孤家寡人，全村人拥戴赫里勒，村子变成了没有剥削压迫、劳有所得的桃源乡。该小说具有浓厚的浪漫主义、理想主义色彩，赫里勒面对村民的长篇大论的演讲，传达出了纪伯伦反教会、反社会压迫的呼声。《坟墓的呐喊》写了三个被国王判处死刑的人，一个是一位青年，他因保护自己的未婚妻免遭蹂躏而不得已杀死了一个军官；一个是一位年轻姑娘，她因在婚后同自己从小相爱的人拥抱，而被丈夫发现送交官府；一个是孩子的父亲，他被修道院辞退失业、为养活嗷嗷待哺的孩子而犯偷窃罪。在国王的判决下，这三个人被曝尸荒野。作者议论道：

　　　　一个人杀了人，这个人被人们叫做不义的凶手；当国王把
　　他处以死刑后，人们说国王是公正的君王。

　　　　一个女人背叛了她的丈夫，人们说她是淫荡的妓女；但
　　是，当国王把她赤身裸体押往城外，当众处以石击刑时，人们
　　说："这是一个高尚的君主。"

　　　　一个人企图抢掠修道院，人们说他是邪恶的小偷，当国王
　　抢掠了他的生命，人们便说："这是个仁义之君。"

　　　　流血杀人是被禁止的，但是，谁给国王这种合法权呢？

　　　　抢劫钱财是犯罪，但是，谁把抢掠灵魂当作善德？

　　　　妇女背叛是恶行，谁把以石击人看成美丽？①

　　这些质问，表明了作者对传统意识、社会舆论、法律公正的根本怀疑
和挑战。正是因为这一点，小说集《叛逆的灵魂》出版后，很快引起了
土耳其奥斯曼政府的警觉，判定该作品为"危险的、叛逆的、毒害青年
的书"，在贝鲁特中心广场当众烧毁，并以"叛逆分子"的罪名，剥夺了
纪伯伦的国籍与教籍（次年又宣布"赦免"）。

　　发表于1911年末的《折断的翅膀》是纪伯伦小说的代表作。这篇小
说取材于作者自己青年时代的初恋经历。小说在缠绵、感伤的气氛中展开
了主人公不幸的爱情经历。富家女萨勒玛与"我"相爱，却被大主教的
侄子曼苏尔强娶，但曼苏尔并不是因为爱萨勒玛而是企图继承萨勒玛父亲
的巨额遗产才同她结婚的。萨勒玛成了无爱婚姻的牺牲品。尽管她有机会
和情人逃出樊篱，但她像折断翅膀的小鸟，难以奋飞。五年后她生下一个
孩子，但孩子一降生就夭折了，她也死于难产……这部作品声泪俱下地控
诉了封建势力——教会、家族——的罪恶，是强大的封建势力造成了
"我"与萨勒玛的爱情悲剧，剥夺了他们的婚恋自由。然而，20世纪初黎

---

　　① 〔黎巴嫩〕纪伯伦：《坟墓的呐喊》，关偁译，载《纪伯伦全集》第1卷，河北
　　　　教育出版1994年版，第88-89页。

巴嫩青年刚刚开始觉醒，他们追求自由幸福的爱情，却没有为之抗争的勇气和力量。小说中的主人公被动地接受了强加给他们的命运，他们的翅膀被折断了，成了不能自由飞翔的鸟儿，只能待在笼子里，一味地悲伤和哀叹。

纪伯伦的中短篇小说，从艺术技巧上看还显得生涩。作者并不擅长遵循生活逻辑与写实手法，也不擅长表现人物的复杂性格和复杂的人物纠葛，而是着重表达人物的心理感受，抒发内心的激越感情。小说的人物性格常常是浪漫和单纯的，表现为情感压抑、内心忧愤、多情感伤、痛苦孤独。人物无论何种身份，动辄长篇大论，或如演讲，或如朗诵，显得不自然，但也因此形成了某种特色。纪伯伦喜欢将自己的思考和观点，直接借人物之口表达出来，具有明显的抒情诗、散文诗化的倾向。而这一切都是与纪伯伦早期反传统、反教会、反剥削压迫的社会批判的启蒙主义思想意图相适应的。

这种启蒙主义思想在英语散文诗集《狂人》（1918 年）和阿拉伯语散文及散文诗集《暴风集》（1921 年）中，也得到了集中体现。

《狂人·题记》中交代"我"怎样变成了"狂人"。"我"一觉醒来，"发现我的面具全被盗走"，于是失去了面具的"我"便被人们看作"狂人"，"我"也就成了"狂人"。然而"因了这狂疾，我找到了自由和安宁：因孤独而自由，因不为人知而安宁"；因为成了摘掉面具的"狂人"，才有了对社会、对人生、对宗教表达出独特感受的《狂人》。纪伯伦的《狂人》以隐喻和象征的手法，暴露了社会上的种种荒谬现象，指出所谓正人君子，实际上都是戴着假面具，不敢"赤裸于阳光下"的人；而所谓狂人，却敢于丢掉面具、直面现实。这不禁使我们想起了中国作家鲁迅在同一年（1918 年）发表的、同样蕴含着启蒙主义主题的《狂人日记》。

《暴风集》收录了纪伯伦最具现实批判性、最有力度的散文和散文诗。《掘墓人》以超现实的手法塑造了一个敢于"亵渎太阳""诅咒人类""嘲笑自然""崇拜自我"的"疯狂之神"的形象，让他喊出"我是我自己的上帝!"在《啊,黑夜》中,纪伯伦描绘了"头刺青天,脚踏大地","讽刺太阳,嘲笑白昼"的"黑夜巨人"的形象。这些形象体现了纪伯伦对陈腐传统、世俗常习的反叛姿态。在《奴隶主义》中,纪伯伦历数了人世间无所不在、到处流行的奴隶主义,"劳工是商人的奴隶,商人是士兵的奴隶,士兵是官僚的奴隶,国王是牧师的奴隶,牧师是偶像的奴隶,而偶像是魔鬼弄来竖在骷髅堆上的泥土",而在奴隶主义中,"最为奇特的是把人们的现在同他们的父辈们的过去连在一起,使他们的精神拜倒在祖先的传统前,让其成为陈旧精神的新躯壳,一堆朽骨的新坟墓",在奴隶主义的盛行中,"自由"成为瘦弱的幻影,而"自由"的子女"一个死了,被钉在十字架上;一个疯了,也死了,还有一个尚未出生"。在《同胞们》中,纪伯伦对同胞们——不觉悟的俗众大声疾呼:"你们的宗教是沽名钓誉,你们的世界是一个骗局","同胞们,我过去可怜你们的懦弱,这种可怜是懦弱者有增无减,你们越发懒惰、消极,于生活无补。如今,我见到你们的懦弱,只有憎恶与可耻的感觉。"在针砭俗众和传统文化中的奴性的同时,纪伯伦还提出打碎奴性锁链的启蒙课题。在《麻醉剂和手术刀》中,纪伯伦痛陈东方文化中的因循守旧的僵化传统,他写道:"东方是一介病夫,受到各种疾病的轮番袭击和瘟疫的不断光顾,把疾病视为习惯,把灾患当成自然";"东方的医生人数众多,守候在它的病榻旁,交谈着,商议着。他们不开根治顽症的药,而只开减轻疼痛的麻醉剂"。他强调为了根治东方的痼疾,必须拿起"手术刀"进行彻底治疗。

在横眉怒目揭露社会黑暗、慷慨激昂批判人世不公的同时,在情感激越、锋芒毕露、以叛逆为主题的启蒙主义作品外,纪伯伦的创作还有恬静、沉思的一面。在用阿拉伯语写成的散文及散文诗集《泪珠与欢笑》(一译《泪与笑》,1913 年)中,爱情、大自然、美,成为纪伯伦创作的主旋律。纪伯伦含着泪珠、发出欢笑来歌颂爱情,歌颂大自然,歌颂美。他在《泪珠与欢笑·引言》开篇就写道:"我不想用人们的欢乐换掉我心中的忧伤，也不想让发自我肺腑怆然而下的泪水变成欢笑。我希望我的生活永远是泪水和欢笑：泪水会净化我的心灵，使我明白人生的隐秘与奥妙；欢笑使我接近我的人类同胞，是我赞美主的符号。我借眼泪表达自己内心的痛悔，欢笑则是我对自己的存在感到幸运的标志。"于是纪伯伦在"泪珠与欢笑"中，体悟人生真谛、思考生死奥秘，观照人间甘苦，讴歌男女之爱。在《美》中，纪伯伦呼吁人们不要被宗教与教派所束缚，"请你们把美当作宗教，把美当作神祇崇拜……请你们相信美的神性！它是你们珍惜生命的开端，热爱幸福的源泉。请你们向美忏悔！因为美会把你们的心送到女人的宝座前，那里是一面明镜，照见你们的所作所为；美让你们回归大自然——你们生命的起源"。他甚至断言："在美的魅力和爱的理想中过了一分钟，远比在可怜的弱者献给野心勃勃的强者的光荣中度过一生，要高尚和贵重得多。"（《在世代的舞台上》）

进入不惑之年前后，纪伯伦的作品由激越的感情表达更多地转向深沉的哲学思考，用英文写出了散文与散文诗集《先驱》（1920 年）、《先知》（1923 年）、《沙与沫》（1926 年）、《人子耶稣》（1928 年）、《游子》（1932 年）等，从而迎来了他的散文诗艺术的成熟。而这种艺术上的圆熟是以他的 1923 年出版的散文诗集《先知》为标志的。

《先知》以一位来自东方的智者亚墨斯塔法，在离开他客居多年的城市之前向送行者"讲说真理"的方式，谈到了诸如爱、婚姻、孩子、施与、饮食、工作、欢乐与悲哀、居室、衣服、买卖、罪与罚、法律、自由、理性与热情、苦痛、自知、教授、友谊、谈话、时光、善恶、祈祷、逸乐、美、宗教、死等 26 个方面的问题。这些问题都是人生的一些最基本的问题，也是从古到今的哲人们所反复探讨的。应该说，纪伯伦在《先知》中对这些问题的探讨在哲理层面上并没有太多的新鲜东西。但是，《先知》的魅力不在于哲理的深刻和新颖，而在于赋予抽象枯燥的哲理说教以诗意的美。纪伯伦用诗的语言讲述哲学和真理，他把哲学变成了诗，把教诲变成了音乐。他大量运用诗歌所特有的比喻、象征、寓意、双

关、对偶和语言的模糊性、暗示性，使整个《先知》闪烁着独特的诗化
的智慧与诗意的美。

> 我说生命的确是黑暗的，除非有了激励；
> 一切的激励都是盲目的，除非有了知识；
> 一切的知识都是徒然的，除非有了工作；
> 一切的工作都是空虚的，除非有了爱。

> 你的欢乐，就是你的去了面具的悲哀。……
> 悲哀的创痕在你身上刻得越深，你越能容受更多的欢乐。

> 你们喜欢立法，
> 却也更喜欢犯法。
> 如同那在海滨游戏的孩子，勤恳地建造了沙塔，然后又嬉笑
> 地将它毁坏。

> 美是永生揽镜自照
> 但你是永生，你也是镜子。①

这些优美隽永的诗句，是诗人不懈地思索世界、思索人生的结晶。也
是诗人吸收借鉴西方思想和文学，继承东方思想和文学传统，在创作中进
行改革创新的最大收获。纪伯伦既受到阿拉伯传统文化的熏陶，又受到西
方现代文化的影响；既研究过莎士比亚、托尔斯泰、泰戈尔，又请教过布
莱克、罗丹；既吸收了基督教《圣经》的教诲，又汲取了喊出"上帝死
了"的尼采的超人哲学。东西方的这些思想和教养都体现在这本《先知》

---

① 〔黎巴嫩〕纪伯伦：《先知》，谢冰心译，载《冰心著译选集》，海峡文艺出版社
1986年版，第16页、第18页、第26页、第43页。

里。纪伯伦尤其崇拜尼采，他认为"尼采是一个无与伦比的伟人"，他十分推崇尼采的著作《查拉斯图拉如是说》。读过尼采的《查拉斯图拉如是说》，再读纪伯伦的《先知》，便会发现两者从构思布局到内容观点都有许多相似。如尼采笔下的查拉斯图拉（即袄教的创始人琐罗亚斯德）是波斯的一位圣人和先知，纪伯伦笔下的亚墨斯达法也是一位圣人和先知。查拉斯图拉和亚墨斯达法都是在客居外地十几年后，离别异乡之时对送别的人们讲述人生真理的。但是，纪伯伦的《先知》不是对《查拉斯图拉如是说》的模仿，而是在借鉴基础上的创新。《先知》中的先知虽然也是以一位民众的教导者的面目出现的，但他不像尼采的查拉斯图拉那样孤独，那样同周围的人和环境格格不入，他虽然指点民众的精神迷津，但不是高高在上的超人。先知并不像查拉斯图拉那样宣称"上帝已经死了"，彻底否定信仰，只是强调他的宗教不是某一种特定的宗教，而是带有泛神论、人本论倾向的宗教，他心目中的上帝是"人之子"，他所理解的神就是人的本质。他声称"你的日常生活，就是你的殿宇，你的宗教"。这就与古老的东方泛神论的神秘哲学相通为一了。查拉斯图拉说："我教你什么是超人：他就是这闪电，这疯狂！"① 而纪伯伦笔下的先知却推崇理性，说："上帝安息在理性中"，主张"让心灵用理性引导你们的热情"。另外，纪伯伦在《先知》中主张生与死的同一性，生活与精神的轮回性，善恶的相对性，矛盾着的事物的和谐性，人的精神宇宙的无限性（神性），以及"给予"与"贡献"和生命价值观，这些都闪烁着东方传统思想的光辉。

《先知》的文体是散文诗，在世界文学中，"散文诗"的创作历史很短。"散文诗"这一文体概念是 19 世纪法国浪漫派诗人贝特朗较早提出并运用的，接着法国诗人波德莱尔、马拉美、兰波等纷纷写作散文诗，并影响到其他欧洲国家，俄国的屠格涅夫、高尔基也写出了不少名作。在东

---

① 〔德〕尼采：《查拉斯图拉如是说》，尹溟译，文化艺术出版社 1987 年版，第 8 页。

方文学中，泰戈尔在 20 世纪初最早写作散文诗，纪伯伦曾于 1916 年与泰戈尔会过面，对泰戈尔十分崇敬，他曾在一封通信中写道："泰戈尔——一个充满世界的伟大名字"①，纪伯伦的散文诗显然受到了泰戈尔和欧洲作家的双重影响，而在以哲理为内涵这一点上，与泰戈尔的散文诗更为接近。

无论从思想上还是从文体上看，《先知》都是东西方文化、东西方文学结合而诞生的宁馨儿。这本散文诗集出版后引起了强烈轰动，《先知》中的诗句为人们所传诵，美国当时就有人把《先知》改为话剧搬上舞台。美国卡里来州一所学院的院长曾写信给纪伯伦，请求允许把《先知》中"昨日只是今日的记忆，明日只是今日的梦想"的诗句镌刻在学院的一口大钟上。可以说，纪伯伦成为有世界影响的诗人和作家，是以《先知》的问世为标志的。

纪伯伦在《暴风雨·诗人》中曾写道：

> 在这个世界上，我是个陌生人。
>
> 我用生命写的散文作诗，借生命作的诗著文。因此，我是个陌生人，我将长久是陌生人，直至命运捕获我，载我回故乡。②

这段话可以作为纪伯伦人生的写照，因为纪伯伦一生都是与强权政治、腐败社会、时代流俗做斗争的"陌生人"，一生都是弘扬"美"与"爱"的"先知"，是以"美"与"爱"沟通东方与西方的使者。

---

① 纪伯伦 1916 年 12 月 19 日致玛丽·哈斯凯尔的信，见《纪伯伦全集》（下卷），甘肃人民出版社 1994 年版，第 137 页。
② 纪伯伦：《暴风雨》，刘新泉译，载《纪伯伦全集》第 3 卷，河北教育出版社 1996 年版，第 158 页。

第三节　夏目漱石：文化冲突中的悲剧心态

　　夏目漱石（1867—1916 年）是日本近代最著名的文学家，日本近代文学的主要代表。他在短短的十二年的创作生涯中，共发表了《我是猫》（1905 年）、《哥儿》、（1906 年）、《草枕》（1906 年）、《三四郎》（1908 年）、《从那以后》（1908 年）、《门》（1910 年）、《过了春分时节》（1912 年）、《行人》（1912 年）、《心》（1914 年）、《道草》（1915 年）、《明暗》（1916 年）等 12 部中长篇小说，还有两部文学理论专著，大量散文、诗歌、评论等，为日本近代文学作出了卓越贡献，被公认为当时的文坛领袖。从 1920 年代起，我国就陆续译介夏目漱石的作品，① 夏目漱石对鲁迅等 20 世纪中国作家也产生了一定的影响。

　　漱石创作的时代，是 1868 年明治维新以后"重现了西洋约三百年的重大变动"（《三四郎》）的明治时代。以四十年的时间重演西方三百多

---

① 夏目漱石的主要作品都已有中文译本，自 1929 年崔万秋翻译的《草枕》以后，已有三十多种译本。较新的译本主要有：胡雷、由其译《我是猫》，载《夏目漱石选集》（第一卷）人民文学出版社 1958 年版；于雷译《我是猫》，译林出版社 1993 年版；刘振瀛译《我是猫》，上海译文出版社 1994 年版；陈德文译《哥儿·草枕》，海峡文艺出版社 1986 年版；刘振瀛、吴树文译《哥儿》（另收《玻璃门内》等），上海译文出版社 1987 年版；《虞美人草》，茂吕美耶译，金城出版社 2011 年版；吴树文译《爱情三部曲》（《三四郎》《后来的事》《门》），上海译文出版社 1988 年版；陈德文译《三四郎》《从此以后》《门》，载《夏目漱石小说选》（上），湖南人民出版社 1984 年版；张正立等译《心》，载《夏目漱石小说选·下》；董学昌译《心》，湖南人民出版社 1982 年版；周大勇译《心》，上海译文出版社 1983 年版；周炎辉译《心》，漓江出版社 1983 年版；柯毅文译《路边草》，上海译文出版社 1985 年版；林怀秋、刘介人译《明与暗》，海峡文艺出版社 1984 年版；于雷译《明暗》，上海译文出版社 1987 年版；李正伦、李华译《十夜之梦——夏目漱石随笔集》，华东师范大学出版社 2008 年版。

年的文明开化的过程，可想日欧两种文化的相遇和冲撞是相当剧烈的。这种文化冲突使每个人都面临着前所未有的文化抉择。如何对待、评价和协调东西方两种文化，在两种文化的冲突中如何适应和生存，是那个时代每个人都无法回避的问题。

日本的传统文化是以儒教、神道为思想基础，以皇权、家族为本位的文化。"忠君孝亲""各守本分"、服从集体是对社会成员的基本要求。因此传统文化是一种不承认个性、不尊重个人权利的文化，用《我是猫》中的话说，是一种"完全没有人格，即使有也不被承认"的文化。西方民主、自由、平等等资产阶级思想的大量涌入，冲击着这些多少年来为人们所尊崇的传统观念。知识分子们把这种新的外来文化作为参照系，反观到传统文化对个性的压抑、对自由的剥夺、对平等的否定。但是另一方面，日本的近代社会并没有建成一个理性正义的王国，也没有带来西方意义上的个性解放。随着近代化的深入，传统的包袱却越来越显示出了它的分量。1880 年代自由民权运动失败，随后，《大日本帝国宪法》和《教育敕语》相继颁布，"万世一系"的天皇成了绝对价值的化身，传统的道德规范不但未被摒弃，反而被重新强调。这对已经接受了西方民主思想的知识分子来说是一个沉重打击。正如夏目漱石在作品中所说的，当时的日本，"大谈政治自由已成为历史，鼓吹言论自由已成为过去"（《三四郎》）。社会与家庭对个人的限制一如既往，社会上畅行着"本人蒙在鼓里的包办婚姻"（《行人》），恋人间的通信还要由家长过目（《过了春分时节》）。总之，整个日本是一个"丝毫不尊重个性自由和人情的机器一般的社会"（《从那以后》）。时代的闭塞、传统的压抑，使知识分子接触西方文化后而萌生的个人主义与自由思想得不到展示的机会。同时，外来的以自我本位主义为特征的文化又带来了不可避免的弊端，即拜金主义与利己主义。这种拜金主义、利己主义与明治时代的天皇专制政治、传统积习相交错，形成了一个集东西方弊病于一身的畸形社会：人民还没有从封建枷锁下解放出来，又戴上了资本主义的镣铐；对新型的社会的期待成为泡影，又失落了一个曾经有过的和谐的东方"人伦世界"。漱石在《三四郎》中这样表达当时知识分子的愤怒呼声："我们是不堪忍受旧的日本压迫的青年，同时，我们也是不堪忍受新的西洋压迫的青年……对于我们新时代的青年来说，新的西洋压迫，无论在社会方面，还是在文艺方面，都和旧的一样，使我们感到痛苦。"

这种来自传统和西方两方面的社会的和精神的压迫，这种理想与现实之间的巨大反差，不能不在敏感多思的知识分子心理上引起强烈的冲突。夏目漱石在他十几年的创作中，站在理性与时代的高度，通过对知识分子形象的塑造，揭露社会的疾患，评估东西方文化的优劣得失，寻求现实人生的出路，全面地反映了东西方文化冲突中知识分子的苦闷彷徨、进退维谷的悲剧心态。

在漱石的作品中，东西方文化的冲突首先表现为传统知识分子的安贫乐道、重义轻利与金钱社会、拜金主义之间的冲突。拜金主义是近代资本主义商业社会的特征。资本主义的西风东渐，不可避免地要触痛深受"重义轻利"的儒家道德影响的日本知识分子那根敏感的神经，在英国留学期间生活拮据，为金钱而苦恼的夏目漱石，对金钱社会的弊端恐怕有最深的体会。为此，他对日本的前途深表忧虑。他曾说："今天的文化是可以用金钱买到的文化。金钱买到的文化难道就是最好的文化吗？若非如此，那么日本什么事都效法西洋就是愚蠢的。"① 在《我是猫》中，漱石借人物之口嘲笑、挪揄了资本家与拜金主义，说资本家"只要赚钱，什么也干得出来"，"要是没有跟金钱情死的决心，就做不了资本家"。要想赚钱，就得精通"三缺"，即"缺义理、缺人情、缺廉耻"。苦沙弥，这个灌注了作者本人的思想感情的人物，是一个"说到股票，还认为是当票"的迂腐的知识分子，他"从中学时代就讨厌资本家"。然而，苦沙弥式的文人高士们，也未能离开金钱而生活，他们最终摆脱不了金钱社会的

①　濑沼茂树：《夏目漱石》，东京大学出版社 1978 年版，第 42 页。

法则。在《从那以后》中，代助为了躲避金钱社会，保持人格的独立与尊严而什么职业也不找，什么事也不做。然而，他却靠父兄的资助而生活。于是他不能不感叹："平时用起钱来，似乎没有什么困难，但实际上却是一个最不自由的人。"《门》也表现了主人公为金钱所羁之苦。《心》的主人公则得出一个结论："无论什么样的正人君子，只要一看到金钱就立刻变成坏人。"《道草》中的健三在"当富翁，还是当伟人"的选择中犹疑不决。他痛苦地发现，自己"要做一个不受金钱支配的伟人，还有相当大的差距"。《明暗》集中描绘了人与人之间丑恶的金钱关系。主人公津田是一个被金钱腐蚀了的堕落的知识分子，他甚至认为"黄金的光辉可以产生爱情"。总的来看，夏目漱石否定了金钱社会和拜金主义，他笔下的主人公们希望过那种清高的理想生活，但又无力摆脱金钱社会的法则，甚至最终也成为拜金主义者。

其次，夏目漱石的创作反映了近代个人主义、自我本位主义与东方传统的利他、互爱的人伦道德之间的冲突。作为一个受西方文化熏陶的知识分子，漱石有着很强的独立人格与个性观念。他既提倡个人主义，又看到了近代个人主义的危害。他在1914年所作的题为《我的个人主义》的演讲中，总结了他所奉行的不损人利己、既尊重自己又尊重他人的个人主义的三个要点。第一，在发展自己个性的同时，也必须尊重别人的个性；第二，在使用自己的权利的同时，也想到随之而来的义务；第三，在显示自己的财力的同时，也要重视随之而来的责任。他还说："假如不是一个在伦理上具有一定程度修养的人，那么发展个性是毫无意义的。"这种调和着西方个人主义、权利义务学说和东方传统利他主义的理论看似辩证而合理，但毕竟是个"说起来容易"的理想，付诸实践，则非常困难。强调一切从个人出发往往会走向完全的利己主义，以自我为中心很容易导致损人利己。因此，在漱石的与此有关的所有作品中，没有哪一部作品中的人物真正摆平了个人主义与道德义务之间的关系。看一看漱石以主人公恋爱婚姻为题材的小说，就知道要在个人主义、自我中心与传统人伦道德之间取得和谐一致是多么困难。《从那以后》中的代助先是为了朋友义气，从利他出发，成全了平冈与三千代的婚姻，然而他个人的情感却为此作出了牺牲；当代助从个人情感、自然情感的角度决心与三千代结合的时候，他又与传统的道德、伦理发生了冲突。所以他感到："虽然自己顺乎自然的发展而活着，但肩上又承担着由此产生的一切重压。"在《门》中，作为代助后身的宗助，虽然饱享着"自然的夫妇"生活所赐予的"爱的恩宠"，但同时又因为"这不合伦常的男女关系"而遭到社会的无情裁判和遗弃，难以摆脱娶走朋友之妻给他带来的负罪心理。一方面，他认为自己"不是可耻的、不道德的"；另一方面，他又受着良心的苛责，"蕴藏着不可言状的痛苦"。就这样，《门》既描写了主人公对世俗道德的反抗，赞同他们的基于个人的真实自然情感基础上的抉择，又表现了他们真诚的负罪意识。这种负罪意识发展到最后，竟使《心》中"本应该是世间天生最幸福的一对"的"先生"夫妇家破人亡。

在《心》中，传统的道义感与自我本位主义、利己主义之间发生了前所未有的剧烈冲突和碰撞。"先生"的悲剧就在于他是一个具有很强的道德修养和伦理修养的人，是"伦理地生下来的人，又是伦理地长大起来的人"，这就培养了他"伦理上的洁癖"，容不得半点邪恶。基于此，他对道德问题才会有一种超乎寻常的敏感。他乐于关心他人、体谅他人，讲交往之道和朋友义气，他出钱出力诚心帮助生活困难的朋友 K。但是，先生决不是传统社会中那种无私无我的解衣推食的道德模范，他是一个生活在奉行自我本位原则的近代社会的人。用他自己的话说，他们那批人"诞生于充满自由、独立、自我的现代，恐怕谁都要成为它的牺牲"。所以，一旦当他与 K 之间发生利害冲突，他便"我的眼、我的心、我的身体，一切带'我'这个字眼的东西，不留丝毫余地地做好了准备，对准着 K"，随时准备为自我把对方一拳击倒。而一旦对方倒毙于地，先生的道义感重又复苏，从而陷入自愧自责的痛苦折磨中。

漱石在这里表现了主人公的自我中心与传统道义之间的剧烈冲突和

艰难抉择。东方与西方、传统与近代两种不同的伦理观念、价值观念，在那个时代的知识分子心中难以协调，因此形成了一种矛盾的、不稳定的、病态的近代人格。正如漱石在作品中所说的："好人在某种情况下，就会一下子变成坏人"，"恋爱是罪恶——然而又是神圣的"。这种二律背反的命题，不正深藏着作者及其人物无法摆脱的人生"怪圈"吗？漱石笔下还没有跳出这个"怪圈"的人，无一不导致精神不健全甚至精神分裂。这就是那个时代所必有的"神经症人格"。在漱石的作品里，我们看到的是一个个意识到旧道德已失去昔日神圣的光环，却又不能心安理得地认同新道德，因而无所适从、进退维谷的人；一个个意识到传统文化所造成的不适应时代的精神包袱和心理负担，又痛感不能自我更新的人；一个个千方百计在东西方文化的夹缝中确立自我，而又最终找不到合适位置的人。这就是东西方文化冲突中一批有强烈的文化意识的知识分子的悲剧宿命。

第三，夏目漱石的创作还反映了在东西方文化的冲突中，东方式的隐逸高蹈、超越逍遥与近代特有的社会剧变、人事纷繁之间的矛盾，及独善其身的清高与强烈的干预意识之间的矛盾。这种矛盾也贯穿于漱石的整个创作过程中。漱石曾在《高滨虚子著〈鸡冠花〉序》中提出"余裕"论，认为人生要"有余裕"，要有旁观的、超越世俗的精神态度。《我是猫》里面的几个知识分子自命清高，以超脱世俗的姿态，站在局外人的立场上评点人物、议论社会。其实他们根本未能脱俗，对社会上的哪怕是风吹草动的小事也保持高度的敏感。主人公苦沙弥因为学校的顽皮学生在他家外面捣乱，竟大动肝火，抓了根手杖飞跑到大街上准备大打出手。连他家的那只猫，也看出苦沙弥这些人"与他们平日所骂的俗物是一丘之貉"。猫还看出那位鼓吹"心的修行"的东方哲学家独仙先生"虽然仿佛大彻大悟的样子，其实两脚并没有离开地面一步"，他们实在是没有超脱。在《旅宿》中，漱石站在"余裕"即闲适的立场上，以对社会问题"无所触及"的态度，虚构出一个"非人情的东洋的世界"，想让他的主人公来一次超脱，寻找现实之外的艺术与美的世界。然而，外界的纷繁世事不断地侵扰这个世界，最后使主人公不得不发出这样的感叹："在这梦一般的、诗一般的春天的山村中，若以为只有啼鸟、落花与涌出的温泉那就错了。现实世界会超山越海闯进这平家后裔所住的古老的孤村里来。"非人情的美的世界就这样在现实的冲击之下大煞风景了。到了《从那以后》，主人公代助又换了一种"超脱"方式，即"无为"的方式。他认为为了保持人格的独立，只有无职无业，什么事也不干，才能与社会脱离干系。然而，他却因为靠家庭养活而失去了自由与人格。《门》中的主人公宗助的"超脱"方法是不断地搬迁，在社会上躲躲闪闪，从广岛到福冈，从福冈再到东京，最后不堪忍受苦恼，想求救于宗教，便前往镰仓参禅，却连推开寺院大门的勇气都没有，自叹自己是一个"站在门外等待日落的不幸的人"，最后只好失望而归。

夏目漱石在晚年提出了一个著名的信条，即"则天去私"，意思是依据最高法则"天"而舍弃自我。他深受东方哲学尤其是老庄思想和禅宗哲学影响，把解脱由西方近代文明和东方传统文化的冲撞所造成的一切烦恼的希望寄于一种"无我之境"，与"天"——大自然合二为一，把自我融会于茫茫宇宙。他晚年的作品就努力贯彻"则天去私"的理想。《过了春分时节》中所谓"地地道道的高等游民"松本热衷于茶道和玩赏古董，希求"陷入无我的空疏之感"。《行人》中的H君也这样劝一郎："不要把自己当作生活的中心，彻底抛开会更轻松一些。"他主张以审美的态度观照和游戏人生，用"艺术品、高山大川或美人"来填充内心，以便摆脱苦闷。在这里我们看到，漱石已由前期、中期以离开社会作为超脱方式，发展到了后期作品以抛开自我为超脱方式。然而，作品中的主人公没有能离开社会得以逍遥，也没有抛弃自我得以超脱。相反，后期作品中的人物却愈来愈执著于自我。自我与他人、自我与社会的交流与沟通的人物比前期中期作品中少了，因而自我自成一统地彻底封闭了，以至夫妻之间都像陌路人一样互不理解。一个连社会都不能超越的人，如何能超越自我？于是，"则天去私"就永远只是一个美好的幻想。时代毕竟不同了，不管是儒家的"修身"、道家的"无为",还是佛家的"无我",都不能给被赋予了近代理性的知识分子以解脱,理性不断地把他们拉回到现实的世事纷繁中来。虽对现实不堪忧烦,却又不得不生活在现实中,挣扎着,在东西方两种文化的夹缝中生存。所以,对漱石笔下的知识分子来说,苦闷、彷徨是本质的、内在的、经常的,而超然达观则是表面的、虚幻的、暂时的。

总之,漱石笔下的人物在东西方文化冲突中的苦恼、彷徨和探索,也正是漱石本人的苦恼、彷徨和探索。从本质上看,漱石是一个困守着东方精神的作家。这种东方精神来自对日本的文学艺术,尤其是汉学汉文的很高的修养。更重要的是东方的儒学、佛学和道家学说已融化于他的血液中,因此他有极强的伦理意识。他对社会问题的观察和评价,他对人的描写和反映,都基于道德伦理的角度。他认为:"具有伦理的内容才可称之为艺术,而真正的艺术必定是伦理的。"作为一个近代人,漱石企图调和东方传统的人伦道德与西方近代以个性解放为中心的道德理想,但是,漱石的孜孜探求并没有什么结果。正如他的一首汉诗所形容的"漫走东西似浮萍",一生徘徊于东西之间。但总的来看,漱石对传统东方人伦世界的眷恋越来越强,只是终究也没能在那个世界找到安宁与恬然。作为一个日本人,漱石未能像泰戈尔那样建立起宽广的胸中宇宙,他过的基本上是一种传统文人式的书斋生活,在"玻璃门内"① 观察外面的世界。独善其身,而又不忘忧天下。结果,始终是与天下世间有所隔膜。于是,他笔下的一系列人物都是与时代和社会格格不入的局外人。漱石通过这些人物形象,比较全面地揭示了东西方文化冲突中的近代知识分子在精神探求中的悲剧性的心路历程和心理状态,从而在东方近代化的文学时代中占有独特地位。

---

① 漱石有一部小品文集,名为《玻璃门内》,发表于 1915 年初,是他生病时闭居书房写成的。

第十章 近代文学的分化与终结

近代化文学时代的分化有两个显著标志：一是无产阶级文学运动的兴起，二是早期现代主义文学思潮的引进和形成。这两种文学同时出现于1920—1930年代。它们的出现造成了与既有的文坛三足鼎立的局面，从而导致了近代化文学的分化，并为近代化文学时代向多极化的世界性文学时代的过渡奠定了基础。

无产阶级文学和早期现代主义文学是从两个不同的方面对近代化文学进行否定和挑战的，无产阶级文学所反对的是近代文学的资产阶级和小资产阶级性质，现代主义文学要否定的则是近代文学的人道主义、现实主义、理想主义倾向。无产阶级作家和现代主义作家都是以革命的姿态登上文坛的。他们都以近代的文坛为旧文坛，企图在对旧文坛的反叛中创造出崭新的文学。东方无产阶级文学的思想基础是苏联化的马克思列宁主义，从理论到创作，都受到苏联不同阶段的各种无产阶级文学的影响。早期现代主义文学的思想基础是19世纪末20世纪初的生命哲学、反理性主义哲学和弗洛伊德心理学，文学榜样是欧洲各种先锋派文学。

第一节　东方无产阶级文学

东方无产阶级文学是在马克思列宁主义广泛传播、工农革命运动蓬勃发展的历史条件下诞生的。东方各国的无产阶级文学都受到苏联无产阶级文学的直接或间接的影响。东方无产阶级文学先后运用了苏联的"唯物辩证法的创作方法"和"社会主义现实主义"的创作方法，具有直接为无产阶级解放事业服务的功利性和鲜明的政治倾向性。无产阶级文学反对近代资产阶级文学中的个人主义、自由主义倾向，他们特别强调人的社会属性和阶级属性，着力塑造具有强烈的阶级意识、阶级责任感，具有斗争精神和献身精神的人物形象，主张个人服从集体，服从组织，个人首先是阶级的一员、组织的一员，人生的目的就是要为本阶级的崇高目的服务，从而体现出了一种崭新的人生价值观。

1920—1930 年代，无产阶级文学在日本、中国、朝鲜、印度、缅甸、印尼等国都不同程度地形成、发展起来。

日本无产阶级文学运动的突出特点是文艺组织众多，而且彼此论战不休，有些论战文章有利于推动文学的发展，但有的则陷入宗派主义，在无产阶级文学运动内部树敌过多。可以说，日本无产阶级文学在理论论战上倾注的精力远大于创作实践。但也涌现出了一批作家，比较重要的有叶山嘉树、小林多喜二、宫本百合子等。

叶山嘉树（1894—1945 年）是日本无产阶级文学初期的代表作家。他的创作一开始就表现出了成熟的艺术技巧，可以说，他是日本整个无产阶级文学中艺术水平最高的作家。1925 年，他发表短篇小说《卖淫妇》，对摧残、损害和侮辱人的社会发出了强烈的抗议。1926 年发表短篇名作

《水泥桶里的一封信》①，更深化了《卖淫妇》的主题。小说写的是水泥搅拌工松户与三在倒水泥时，发现水泥桶里有一个木匣，匣中有一封破布片包着的信。那信是一位姑娘写的，她在信中说：我的情人是个往粉碎机里装石头的工人，10 月 7 日那天他被卷进粉碎机中，连同石头一起被搅成了碎末。我是缝水泥袋子的女工，没想到自己缝的水泥袋竟成了情人的寿衣！她请求看信的人：如果您是工人，请不要把这桶水泥用在剧场走廊或大公馆的围墙上。松户与三回到家中读完这封信，把碗里的酒一口灌下去，大声叫道："真想喝他个酩酊大醉，把一切都砸个稀巴烂！"……《水泥桶里的一封信》以短小的篇幅，深刻而含蓄的表现手法，生动地揭示出了资本主义生产与劳动工人的对立，人与机器的对立，社会机器对人的吞噬。这就抓住了资本主义社会的实质。卷动的传送带和旋转的粉碎机是资本家压榨工人的象征，也是整个社会机器的象征。而工人的尸骨被做成水泥将被使用于公馆剧场，则表明资本主义的繁荣和剥削阶级的生活是建立在工人血肉的基础之上的。小说以一个女工饱含怨愤与哀伤的书信为主体，真切生动，催人泪下。松户与三这个人物既起到了构架情节的作用，也通过对他的描写反映了工人的繁重劳动和困苦的生活，反映了他觉醒以后复又故意寻求迷醉的愤懑而又无可奈何的心情。

　　1926 年，叶山嘉树出版了中篇小说《生活在海上的人们》②。这部作品描写的是"万寿丸"煤炭船上的船员的悲惨遭遇和进行罢工斗争的故事。主题宏伟，风格粗犷。它不仅反映了工人的苦难和反抗，也真实地描写了工人的嫖妓、酗酒等粗野和放浪的行为。在日本无产阶级作家中，叶山嘉树的作品很少有说教性的、概念化的东西，与许多作家图解政治的应时之作截然不同。

　　日本无产阶级文学的后期代表作家是小林多喜二（1903—1933 年）。

---

①　《水泥桶里的一封信》中文译文见《日本短篇小说选》，文洁若选编，人民文学出版社 1981 年版。

②　《生活在海上的人们》，徐汲平译，上海文艺出版社 1979 年版。

他的长篇小说《蟹工船》（1928 年）① 的布局构思显然受到叶山嘉树《生活在海上的人们》的启发。作者从强调无产阶级集体主义的角度出发，描写了工人阶级的群体形象，而没有塑造主人公。1932 年 8 月，小林多喜二写出了自传性中篇小说《为党生活的人》②。在这篇小说中，小林多喜二突出强调"为党生活"是个人生活的唯一价值。主人公"我"对党和革命事业鞠躬尽瘁、无私奉献是令人敬佩的。这篇作品既体现了小林多喜二创作的长处，也暴露出了他的缺陷。小说中的一个比较重要的情节在日本战后的"政治与文学的关系"的论争中受到许多人的非难——"我"的行动处于秘密状态，所以长期以和女青工笠原同居为掩护。笠原靠自己的辛勤劳动供"我"吃住，为"我"作出了很大的牺牲。但最后，"我"却以笠原不能自觉地、深刻地理解革命为理由而离弃了她，并转而倾心于一个女革命者伊藤。当代评论家平野谦认为这些描写是"一种为了目的而不择手段的侮辱人的描写"，并且认为这不单单是小林个人的弱点，而是"涉及整个马克思主义艺术运动的一条病根"（《政治和文学》）。平野谦的评论表明了现代评论者与作者在人生观、文艺观上的不同理解和分歧。但无可否认，小林作品中确有明显地图解政治概念的倾向。

在朝鲜，由于日本帝国主义的长期统治，朝鲜人民的敌人首先是日本占领者，所以朝鲜无产阶级文学是在反对日本帝国主义，争取民族解放的斗争中形成和发展起来的。在这种情况下，朝鲜无产阶级文学的团体和组织比日本要简单些，而且内部的论争也比日本少一些。20 世纪初出现的新倾向派文学是无产阶级文学的先驱。1925 年，以新倾向派作家为基础，成立了"朝鲜无产阶级艺术联盟"（简称"卡普"）。"卡普"的主要作家有李箕永、韩雪野、宋影、赵明熙、朴世永等。这个组织在艰难的环境中存在了十年（1925—1935 年）。1931 年和 1934 年，以"卡普"为核心的大多数进步作家被捕入狱，1935 年"卡普"被迫解散。

---

① 《蟹工船》，叶渭渠译，人民文学出版社 1973 年版。
② 《为党生活的人》，卞立强译，人民文学出版社 1979 年版。

　　朝鲜无产阶级文学的代表作家是李箕永（1895—1985 年），他的长篇小说《故乡》（1933 年）① 是朝鲜无产阶级文学的经典作品。小说的主人公是留学日本的青年知识分子金喜俊。他怀着忧国思乡之情，放弃个人荣华富贵的追求，返回自己的家乡元德村领导农民斗争。作者显然是有意识地在作品中表现知识分子与工农相结合以及工农联盟、阶级斗争的思想，但又不是概念化地表现这些思想。李箕永是出色的朝鲜农村风俗画的大师。小说的艺术美感主要来自作家对朝鲜风土人情的具体而生动真实的描绘。没有对朝鲜农村生活的深刻体验是断然写不出那些浓郁的乡情和真切的人物的。另一方面，作品主人公金喜俊不是一个干巴巴的革命者，作者表现了他的革命觉悟，但并没有因此而回避他作为一个普通人的丰富复杂的内心情感世界。譬如对他的爱情生活和心理的描写就是十分真实而成功的。金喜俊十四岁那年，按父母之命与一个自己并不喜欢的姑娘结了婚。现在他常常感到空虚孤独。他偷偷爱过漂亮的阴前，后来又强烈地爱上了背叛了自己家庭的二地主安承学的女儿甲淑。当他听说甲淑要与别人订婚时，他立刻嫉妒而痛苦地沉下脸来。他在与甲淑的单独会面中，含泪表白了自己的爱情。但经过痛苦的内心斗争，他终于理智地处理了自己与甲淑的关系。这些都决定了《故乡》的艺术魅力和持久的可读性。在东方各国的无产阶级文学中，《故乡》在艺术水平上可谓是一流的。

　　著名女作家姜敬爱（1906—1944 年）虽然没有参加过无产阶级作家组织，但她的作品与无产阶级文学的倾向是一致的，其代表作长篇小说《人间问题》（1934 年）② 以一个小村庄为背景，写出日本统治下朝鲜农民的悲惨生活，也写出了新一代农民的觉醒与反抗，艺术手法写实、细腻、准确，并公认为是朝鲜现代文学中的精品。

　　马克思列宁主义在东亚、东南亚地区也有一定的传播。一些国家在20 年代以后成立了共产党，无产阶级文学也不同程度地形成发展起来。

---

　　① 《故乡》，李根全、吴山译，人民文学出版社 1983 年版。

　　② 《人间问题》，江森译，人民文学出版社 1982 年版。

但南亚、东南亚国家的无产阶级文学不像东亚各国那样纯粹。作家们在接受马列主义的同时，也受到了其他非马列主义思想的影响。因此，称他们的文学为"进步文学"也许更合适些。

印度进步文学的重要作家有孟加拉语小说家玛尼克·班纳吉（1908—1965年）、乌尔都语诗人阿·沙·贾弗利（1913— ）、印地语小说家耶谢巴尔（1903—1979年）等。班纳吉1936年发表的《帕德玛河上的船夫》，对船夫和渔民的悲惨生活作了生动的描绘。1944年他加入了共产党，写了一些以共产党人的革命活动为题材的小说。但他作品的人道主义倾向一直很强，而且受到了弗洛伊德主义的较大影响。耶谢巴尔本人不是共产党党员，但他是共产党的同情者和合作者。他曾因从事进步文学活动，两次被捕入狱。他的主要作品有中长篇小说《大哥同志》（1941年）、《叛国者》（1943年）、《党员同志》（1946年）等。这些作品都具有很强的政治倾向性。

缅甸文学界在俄国十月革命后，开始介绍和宣传马克思主义。1936年左右，进步组织"我缅人协会"中的一些青年人成立了"红龙书社"，大量翻译和编撰进步书籍，宣传共产主义思想。"红龙书社"也出版了像吴登佩敏（1914—1978年）的《摩登和尚》（1937年）那样大胆揭露宗教界丑恶的长篇小说。1948年缅甸独立前后，著名作家达贡达亚（1919— ）、八莫丁昂（1920—1978年）、妙丹丁（1929— ）等公开提出了建设新文学的口号，主张新文学应是"革命的文学、反映现实的文学、人民的文学、教育的文学、进步的文学"，并以此反对"为艺术而艺术"的资产阶级艺术观点。

印度尼西亚无产阶级文学也是在反帝反封建的斗争中成长起来的。1920年代的一些进步报刊发表了许多工人诗人的作品，表现了工人阶级团结一致，推翻资本家统治的豪情壮志。马斯·马尔戈（1878—1930年）是印尼无产阶级作家中的著名人物。他是印尼最早的一批共产党员之一。他的代表作、长篇小说《自由的激情》（1924）的基本主题是表现在反殖反帝斗争中成长的革命者。主人公苏占莫是出身土著官吏家庭的青年知识分子。他对荷兰殖民统治下的黑暗现实十分不满，后在革命者沙斯特罗的引导下参加政治集会，学习革命理论，最后成为一个自觉的革命者。

西亚、北非各国由于社会制度的性质和西方资产阶级文学的深刻影响，无产阶级文学未能形成一种运动。值得提起的是土耳其著名诗人纳齐姆·希克梅特（1912—1963 年）。他的诗歌的主题是反帝、反封建和表达革命的理想信念。另外还有一些诗篇歌颂中国、印度等国的革命斗争。

总之，无产阶级文学是东方近代文学后期普遍出现的一种文学运动或文学现象，也是当时世界无产阶级文学的重要组成部分。无产阶级文学在艺术形式上并没有实行多大的变革，但在文学的思想观念上却实行了比较深刻的革命。无产阶级作家自觉地用文学这种艺术形式为本阶级的革命和解放事业服务，使文学由有闲阶级的书斋沙龙走向广大民众，从而最大限度地发挥了文学的社会功用。文学能如此为劳苦大众的进步事业服务与呐喊，这是文学本身应引为骄傲和自豪的。但是，无产阶级文学运动也确实存在一些不容回避的问题。如思想观念上的极左倾向，过分强调文学的服务性，忽视文学的内在规律，从而使文学走向非文学化，以及文学论争中的党同伐异、宗派主义，等等。

第二节　东方早期现代主义文学

1920—1930 年代，早期现代主义在东方各国都有不同程度的形成和发展。这些现代主义有相当一部分处在对西方现代主义的引进和模仿阶段。有的开始表现现代主义文学常有的世界的荒诞、危机和卑微的主题，有的引进和借鉴现代派文学的艺术手法。这些早期现代派文学为第二次世界大战后的东方各国现代派文学的兴盛和成熟奠定了基础。

在东亚地区乃至在整个东方，日本都是较早引进现代主义文学、较早形成现代主义文学团体和流派的国家，出现了新感觉派、新心理主义等现代主义文学流派，并对中国的现代主义文学产生了一定的影响。

日本的早期现代派有两个重要流派，即唯美派和新感觉派。

唯美派（又称耽美派）的永井荷风（1879—1959 年）受法国唯美主义文学的影响，他的小说表现了对近代文化的厌弃和对江户时代风俗人情的追怀。他一边在灯红酒绿的花街柳巷放荡享乐，一边寻求创作灵感，并发表了许多以花街柳巷的风流韵事为题材的"花柳小说"。如《比手腕》（1916 年）、《龟竹》（1918 年）、《梅雨前后》（1931 年）、《背阴的花》（1934 年）、《墨东绮谈》（1937 年）等。① 其中，《墨东绮谈》（又译《墨东趣话》）较有代表性。主人公大江匡是个老作家，他讨厌西方化的酒吧和女招待，而对保留了江户时代风格的秦楼楚馆流连忘返，还与一位名叫雪子的年轻艺妓结成了忘年之交。他追怀那种纯粹日本式的、古典的人情美并以此来否定现实。他对功名事业、金钱权利不感兴趣，而宁愿到妓院过"堕落"的纵情的生活。因为"在堕落的深渊里可以大量采集到瑰丽的人情之花和芬芳的泪水之果"。永井荷风的小说典型地反映了唯美主义的反现代化文明、反道德的享乐主义倾向。

日本唯美主义的集大成者是谷崎润一郎。

谷崎润一郎（1886—1965 年）出身于没落企业家家庭，23 岁时入东京帝国大学文科，后退学。在校期间是第二次复刊的《新思潮》杂志同仁。1919 年他在该杂志上发表短篇小说《文身》和《麒麟》，以唯美作家的姿态登上文坛，《文身》② 是一篇以变态的享乐主义为主题的作品。描写江户时代一个名叫清吉的文身师以欣赏被文身者的极度痛苦为乐，他

---

① 永井荷风作品的中文译本主要有：谭晶华、郭洁敏译《地狱之花》（小说集），上海译文出版社 1994 年版；谢延庄等译《舞女》（小说集），四川文艺出版社1988 年版；陈薇等译《永井荷风选集》，作家出版社 1999 年版。

② 《文身》的中文译文见《谷崎润一郎作品集·恶魔》，于雷译，中国文联出版公司 2000 年版。

的夙愿就是能用自己的全部心魂在一个美女的肌肤上文身。他终于发现了一位美丽的见习艺妓，让她闻了麻药，在她背上刺了一只巨大的母蜘蛛图案。第二天早晨，美女在入浴时痛苦地呻吟挣扎。过后，清吉请求美女让他再看一次文身，女人应诺，脱去衣服，朝阳恰好照射在文身图案上，美女的脊背灿烂炫目。这篇小说初步奠定了谷崎唯美主义的基调，即崇拜美女，并渲染一种虐待狂式的美感心理。力图表明美就存在于施虐的残忍和受虐的痛苦中。接着，谷崎又发表了《少女》（1911 年）、《恶魔》（1912年）、《情窦初开的时候》（1913 年）、《饶太郎》（1914 年）、《阿艳之死》（1915 年）、《异端者的悲哀》（1917 年）、《富美子的脚》等一系列中短篇小说。其中，《恶魔》① 用一种悖于常理的、令人作呕的手法描写了主人公用舌头舔粘在手帕上的情人的鼻涕，表达了一种与常人的感受背道而驰的所谓"恶魔主义"。《饶太郎》中的男主人公告白说："我这个人，与其被女人爱，不如被女人折磨更感到愉快。被你这样的美女拳打脚踢、连蒙带骗，比什么都高兴。假如尽可能残忍地把我折腾得死去活来，浑身流血，呻吟挣扎，那人世间就没有比这更难得的事情了。"谷崎润一郎在1925 年发表的《痴人之爱》，更具体地表现了《饶太郎》式的变态的性爱心理。《痴人之爱》② 以日本文学中常见的告白隐私的方式，描述了男主人公"我"（河合让治）与女主人公纳奥米（一译"直美"）的畸形的恋爱与婚姻。当年二十八岁的单身汉河合让治把一位十五岁的漂亮的女招待纳奥米领到家中收养起来。他被纳奥米越来越美丽的肉体所吸引，一步步地被纳奥米所征服，以至容忍她跟别的男人胡来。最后，他完全放弃了理性、道德和个人的尊严，成为纳奥米的俘虏，由一个正常的人成为变态的、色迷心窍的"痴人"，为不失去一个肉体漂亮、灵魂丑恶的"玩

---

① 《恶魔》的中文译文见林青华译《谷崎润一郎作品集·恶魔》，中国文联出版公司 2000 年版。
② 《痴人之爱》中文译本有三个：杨骚译《痴人之爱》，北新书局 1928 年版；郭来舜等译《痴人之爱》，陕西人民出版社 1988 年版；郑民钦译《痴人之爱》，见《谷崎润一郎作品集·痴人之爱》，中国文联出版公司 2000 年版。

偶"而不惜委曲求全、丑态百出。作者特别表现了女人所具有的超道德的美。纳奥米在行为和心灵上极为丑恶，但其肉体却具有不可抵御的美的诱惑力。作者企图表明：女人的美存在于对男人的残酷虐待中，女人的美在堕落中更加妖冶，也更具魅力。"美"和"恶"密不可分，美中有丑，恶中也有美。在这里，谷崎割弃了美的伦理性、社会性，从而建立起了所谓"谷崎美学"中官能美至上的审美观念。

1928 年，谷崎发表长篇小说《食蓼虫》，以一对夫妻感情生活的危机为线索，多方面地展示了日本关西地区以"文乐"为中心的古典美的艺术世界。这部小说标志着谷崎的唯美趣味由女性美向古典艺术美的转化。以前那种华丽妖冶的色彩淡薄了，而代之以优雅的古典趣味。到了1930—1940 年代，这种风格得到了进一步的发展。他连续发表了《吉野葛》（1931 年）、《盲目物语》（1931 年）、《割芦苇》（1932 年）、《春琴传》（1933 年）等富有古典风格和历史情趣的小说。这一时期他还写了著名的散文随笔《阴翳礼赞》，以优美的文笔礼赞了日本传统的古典美，阐发了日本传统的建筑艺术、各种手工艺、服装等衣食住各个方面的审美价值。从 1934 年起，谷崎用七年的时间将艰深难懂的古典巨著《源氏物语》译成了优美酣畅的日本现代语，为此他在 1949 年获得了日本政府授予的文化勋章。1940 年代，他用八年的时间写成了长篇小说《细雪》①。这部小说堪称现代版的《源氏物语》，是谷崎追求日本传统审美理想、弘扬古典美的集大成之作。小说细腻地描写了一个富裕家庭中四个女儿的日常生活和爱情经历。有人认为这是谷崎一生中的高峰之作，也有人认为这是日本近代文学中最耐读的小说。

最能体现谷崎创作特色的是 1933 年发表的中篇小说《春琴传》（又

---

① 《细雪》有两个中文译本：周逸之译本，湖南人民出版社 1985 年版；储元熹译本，上海译文出版社 1989 年版。

译《春琴抄》①）。

《春琴传》是一篇历史题材的小说，但主要情节出于作家的虚构。谷崎把引用史料与阐发性描述有机结合起来，运用古风的优雅文体，以古典美取代了《痴人之爱》那样的现代妖冶之美。江户时代的风物人情、三弦音乐构成了一个古典的美的世界。作者的高妙之处，就在于用这种历史题材，借这种古典美，表现了他一贯的主题——女性恶魔般的美和男性对此的无条件的崇拜。失明后的春琴心理变态，施虐心理日益严重，她从对男性徒弟的任意支配与打骂中享受变态的快感。而她的徒弟佐助也具有一种受虐心理，他甘愿忍受一切折磨，以做春琴的附庸和玩物为最大满足。在这里，谷崎进一步发挥了他在早期作品《文身》中所提出的"一切美的都是强者，一切丑的都是弱者"这样一个命题。春琴作为美的化身是一个强者，她在技艺上高强、性格上刚强、心理上要强。她的这种强者之美主要是在与佐助的弱者之丑的对比中展现的。美作为强者一定是征服者，丑作为弱者一定是被征服者，强者逞强的极端是对弱者的虐待。于是虐待就成为一种美，受虐待就是感受美、获得美的最极致有效的方式。作者再次表明，女性的美具有无与伦比的征服力，要想获得这种美，享受这种美，就要不惜任何代价成为这种美的奴隶。这就是谷崎美学的核心。

1950 年代以后，由于高血压症导致右手瘫痪，谷崎只好采取自己口述，请别人记录的方式写作。谷崎晚年的创作可以说是返本归源，早期创作中的恶魔般的变态倾向在《钥匙》和《疯癫老人的日记》② 等作品中又得到强化。《钥匙》（1956 年）描写了一个衰老的男人与他的中年妻子变态的性生活以及由此引起的妻子与另一位男青年的不正当关系。《疯癫老人的日记》（1961 年）则赤裸裸地描述了垂死老人的性感觉，渲染了老

---

① 《春琴传》有三个中文译本：张进等译《春琴传》，湖南人民出版社 1984 年版；吴树文译《春琴抄》，上海译文出版社 1991 年版；于雷译《春琴抄》，见《谷崎润一郎作品集·恶魔》，中国文联出版公司 2000 年版。
② 《钥匙》《疯癫老人的日记》，竺家荣译，见《谷崎润一郎作品集·疯癫老人的日记》，中国文联出版公司 2000 年版。

人对女性的彻底的不折不扣的崇拜。难以想象这样的作品出自 75 岁高龄的作家之手。四年后的 1965 年，谷崎去世，终年 79 岁。他去世前几年曾连续被推选为诺贝尔奖候选人，在国际上有很高的知名度。谷崎润一郎在四十多年的创作中努力表现古典的、肉体的、正常与反常的唯美意识。他的创作既有西方世纪末唯美主义文学的颓废，也有东方古典传统的优雅；既有唯美主义特有的超常的浪漫，也有现代人所特有的理性。他是东方近代化文学时代唯美主义集大成的作家。

如果说永井荷风、谷崎润一郎是古典风格的、官能享受型的唯美主义者，那么，佐藤春夫则是现代风格的、精神忧郁型的唯美主义者。佐藤春夫（1892—1964 年）早在明治末期就作为一个优秀诗人和评论家登上了文坛。1916 年发表处女作《西班牙犬之家》。这是一篇充满幻想情趣的童话式的短篇小说，引起了谷崎润一郎等人的注意，从此与谷崎结为知交。1918 年发表小说《田园的忧郁》，后又发表《田园的忧郁》的姊妹篇《都市的忧郁》（1922 年）等①，成为知名作家。《田园的忧郁》是佐藤春夫的代表作。作品写一个厌恶了城市生活的"他"，带着妻子、两条狗和一只猫来到武藏野南端的一个杂草丛生的村庄。但这里的日子依然单调乏味无聊。粗俗无礼的邻居、把青蛙叼进家中的猫、想挣脱锁链而狂叫的狗、连绵不断的阴雨，一切都使他烦躁不安。他怀疑自己得了忧郁症。在一个晴天里，院子里的蔷薇花开放了，他让妻子剪来蔷薇花供在桌上。然而，那花茎上却布满了无数的小虫。作品结尾写他不断地感叹：

"哦，蔷薇，你病了！"

这声音是从哪儿来的呢？是上帝的启示，是预言？

---

① 佐藤春夫的主要作品的中文译本有小说集《更生记》，吴树文、梁传宝译，海峡文艺出版社 1985 年版；《田园的忧郁》，吴树文译，上海译文出版社 1989 年版。

　　总之，这声音一直跟着他，不论他到哪儿，不论他到哪
儿……①

　　小说中的"病了"的蔷薇就是近代人的病态心灵的象征。这篇作品
突出地表现了日本近代文学中前所未有的世纪末情调。

　　新感觉派是 1920 年代中后期在日本出现的第一个现代主义文学流派。
日本在 20 世纪头十几年内，就迅速而较全面地介绍了第一次世界大战前
后出现于欧美的现代主义思潮，包括象征主义、未来派、表现主义、达达
主义、超现实主义、精神分析等。新感觉派就是在这些流派的综合影响下
产生的，是集西方各种现代主义之大成的文学流派。这个流派以 1924 年
10 月创办的《文艺时代》为中心，集中了横光利一、川端康成、片冈铁
兵、中河与一等十几个作家。这些作家以追求新感觉为主要目标，进行大
胆的艺术探索、文体改革和技巧革新，引起了文坛注目。当时的评论家千
叶龟雄在《新感觉派的诞生》一文中称他们为"新感觉派"，并为这些作
家所欣然接受。

　　川端康成在《文艺时代》的《创刊辞》中声称："创办《文艺时代》
的目的，在于新作家对老作家提出挑战。可以说这是破坏既成文坛的一场
运动。""我们的责任是在文坛上实行文艺革新，进而从根本上革新人生
中的文艺和艺术观念。"新感觉派的革新姿态引起了文坛许多作家的不满
和反对。著名作家广津和郎批判了新感觉派追求官能享受的创作倾向，生
田长江也指责新感觉派"追求生硬的、卑俗的，乃至颓废的感觉快乐的
倾向"。新感觉派作家也连续发表文章进行辩护和反驳，如横光利一的
《感觉活动》、川端康成的《新进作家的新倾向解说》、片冈铁兵的《告年
轻读者》《新感觉派如此主张》等，都阐明了他们的文学主张。这些理论
文章的核心就是主张文学革命，否定日本文学传统，全盘接受西方现代主

---

　　① 〔日〕佐藤春夫：《田园的忧郁》，吴树文译，福建人民出版社 1983 年版，第
　　289-290 页。

义文学及作为其理论基础的哲学，认为主观是唯一的真实，客观世界为自我主观的存在而存在，因此文艺的根本目的是要"表现自我"，而"表现自我"又取决于"新的感觉"。所以他们认为感觉就是将其触发对象由客观形式变为主观形式。他们强调自我感受和主观情感，贬低和否定理性、知性的价值和作用，从而走向了非理性主义。显而易见，这些理论不是日本新感觉派的独创，而是对西方现代主义理论的输入和移植。因此可以说，新感觉派在理论上缺乏建设性。但他们努力在创作实践中贯彻这些理论，强化新感觉倾向，写出了一些颇有特色的佳作。

新感觉派的重要作家有横光利一、川端康成、片冈铁兵、中河与一、今东光等。其中，横光利一和川端康成被称为"新感觉派的双璧"。其实，川端康成除短篇《感情装饰》《浅草的少男少女》和《春天的景色》等少量作品外，其他作品中的新感觉的成分并不浓厚，所以评论家伊藤整称他为"新感觉派的异端分子"。他在成名作《伊豆的舞女》以后的创作中，探索出了一条将西方现代派与日本文学传统有机结合在一起的新的创作之路，并取得了极大的成功。所以，新感觉派主要是由横光利一的作品支撑着的。

横光利一（1898—1947年）写于1923年的短篇小说《苍蝇》① 是新感觉派文学的奠基之作。一只苍蝇落到农村一个大马车店的马背上。一位农妇急急忙忙赶到车店，希望能赶快搭车到城里看望她那濒死的儿子。一个小伙子和一位姑娘也匆匆赶到车站，担心后边有人追上来，急欲坐车逃走。还有一位领着男孩的母亲和刚发了一笔小财的土绅士。他们都急着上车，而马车夫却不紧不慢地等着吃他所喜欢的刚出笼的热豆包。马车终于开动了，苍蝇也跟着马车飞起来。不料在转弯处一只车轮偏离路面，于是马车连同乘客全部坠落悬崖。那只大眼苍蝇看到了这一惨景，还听到了人马的惨叫声。接着一切复归于平静，苍蝇悠然地飞上天空。这篇小说始终

---

① 《苍蝇》，兰明译，见《日本新感觉派作品选》，作家出版社1988年版。

294

把苍蝇作为感觉客观现实的一个焦点，通过苍蝇的眼睛，再现出一幅现实的图景：炎炎赤日，蒸腾的马汗味，不同乘客的焦虑与不安的情绪，给读者留下了一种骚动不安、令人窒息的感觉。而马车坠入悬崖，则给我们以尖锐的感觉刺激。那只苍蝇悠然飞升的旁观者的逍遥，与车毁人亡的惨剧形成一种鲜明的对比，从而使整篇小说传达出对人生的崩溃感与幻灭感。川端康成曾称《苍蝇》这篇小说为"新感觉派的象征"。

1924 年，横光利一发表了短篇小说《头与腹》①，显示了作家新感觉手法的成熟。这篇小说写的是一列特快列车因故障中途突然停车，说不准何时开动，于是乘客骚动起来，是改乘另一列车返回原地，还是留在车内等候通车，人们犹豫不决。无数乘客的"头"呆然不动。而当一位大腹便便的绅士走上前去出示车票决定返回原地时，那些一动不动的乘客的"头"突然旋风般地朝桌子这边席卷过来，纷纷仿效这位绅士，于是原来的车空荡荡了。不一会儿，前方事故排除，列车又开动了，车厢里只剩下一个缠头巾的懒小伙子的"头"。在这里，作者形象地描述了为"感觉"所支配的人们的心理与行动。没有人知道出事的列车何时才能开动，也没人知道到底是在此等候还是原路返回妥当，一切皆凭"感觉"。那位大腹便便的绅士，就在此时决定了人们的感觉性选择。小说意在表明客观现实和未来前途无法凭理智把握，人们只有"跟着感觉走"。作者以"大腹"象征腰缠万贯的绅士，而"无数的头"则代表着一般乘客，从而一方面揭示了"头"对"腹"的畸形关系和依存法则，一方面又能在"头"与"腹"的对比中强化读者的想象性视觉。

横光利一发表于 1926 年的短篇《拿破仑与顽癣》② 进一步加强了对读者的感觉刺激。这篇小说不厌其烦地描写了长在拿破仑肚皮上的一块五寸见方的顽癣。这块顽癣不断地向外扩展，奇痒难耐。抓搔时会流出脓

---

① 《头与腹》，唐月梅译，见《日本新感觉派作品选》，作家出版社 1988 年版。
② 《拿破仑与顽癣》，高汝鸿译，见《日本新感觉派作品选》，作家出版社 1988 年版。

水，干了像白陶一样发白。它经常使拿破仑骚动不安，并导致他的歇斯底里。作者对这块顽癣的视觉性的反复描述，给读者留下了丑恶的感受和恶心的感觉。不仅如此，作者把这块顽癣与拿破仑的疯狂的征服欲联系起来，渲染其变态心理。他硬要和新娶的奥地利公主睡觉，想把这种平民儿子的病，"堂堂地压在那以其高贵而名闻全欧洲的赫普斯堡女儿的身上"，以征服贵族女人来显示平民儿子的力量。作者还把拿破仑的雄心勃勃的远征作了新感觉派特有的解释，认为那是受顽癣的折磨而产生的一种非理性的病态冲动的结果。因此，作者把他肚皮上的顽癣与他所征服的版图对应起来，随着拿破仑征服的版图的不断扩大，那块顽癣也逐渐扩大。这篇小说在对读者进行病态的感觉刺激方面达到令人反胃的程度。

朝鲜最早的现代主义文学流派是"创造社"。1919年2月，作家金东仁、朱耀翰、田荣泽、金焕等人在日本东京创办了朝鲜第一个文学刊物《创造》。"三·一"运动爆发后，该刊物移回国内出版。1921年5月终刊，共发行九期。这一派作家统称"创造派"。"创造派"提倡纯文学，鼓吹艺术至上，反对所谓"政治文学观"。这一派作家在创作倾向上不尽一致，唯美主义、自然主义、象征主义的倾向都有，代表作家作品有金东仁（1900— ）的《船歌》《狂画师》，田荣泽的《天痴乎？天才乎？》和朱耀翰的诗《萤火会》。1920年代，作家廉想涉、吴相淳、黄锡禹、金亿、闵泰瑗、南宫壁等13人，在汉城创办同仁刊物《废墟》，出了两期后停刊。后改为《废墟之后》复刊，1924年2月终刊。这一派作家被称为"废墟派"。这是一个颓废主义的文学流派，深受欧洲和俄国感伤主义文学的影响，认为"朝鲜是荒凉的废墟的朝鲜，我们的时代是悲痛的、烦闷的时代……我们的文学家生活在'三·一'运动的灿烂光辉已经过去的黑沉沉的夜中"。廉想涉的短篇小说《暗夜》、吴相淳的诗《虚无魂的宣言》和黄锡禹的诗《太阳的沉没》是这一派的代表作。1920年代初，朝鲜还出现了另一个颓废主义的文学流派"白潮派"，由同仁刊物《白潮》而得名。白潮派作家的创作以诗为主，除罗稻香和玄镇健外，其余都是诗人，主要作品有洪思容的《春归》，朴英熙的《感伤的废墟》，李相和的《到我的卧室去》等，他们悲观厌世，希望躲在"我的卧室"，寻找"梦的世界"。在形式上则追求文辞的华丽，有强烈的唯美倾向。

在南亚地区，印度的早期现代主义文学也有较大的规模。其主要原因是此时印度还是英国的殖民地，受英国文学的影响最为直接。在印地语文学中，诗人苏米德拉南登·本德（详见本书第八章）是现代主义诗人的先驱者，他的许多诗采用了现代派的表现手法。著名印地语小说家，被誉为"继普列姆昌德之后的第二位重要小说家"的杰南德尔·古马尔（1925— ）的创作受西方现代派小说的影响，善于发掘人物的隐微的心理世界和对人物进行心理分析，被视为印地语近代文学中心理小说的创始人。1940 年代，作家阿格利叶（1911— ）主张在文学领域内进行新的探索和实验，并提出了"实验主义"的口号，由此形成了由许多作家参加的"实验主义"文学运动。"实验主义"文学努力确立人在文学中的主体性，表现个人在现实中的痛苦与孤独的感受，为 1950—1960 年代形成的成熟的现代主义流派"新小说派"打下了基础。

印度孟加拉语文学在 1920 年代也出现了分化，现代主义文学成为文坛中的有生力量。20 年代中期，以文学杂志《浪涛》（1923—1930 年）月刊为中心的一批青年作家致力于鼓吹现代主义文学。《浪涛》派的作家声称否定一切文学传统，特别是否定以泰戈尔为代表的印度孟加拉语近代文学传统。他们认为泰戈尔已经落后于时代了，泰戈尔的存在挡住了他们的去路，是他们前进中的障碍，他们决心要使"这时代的骄阳黯然失色"。① 这些作家欣然接受了第一次世界大战前后产生于欧洲、风靡一时的达达主义、超现实主义、弗洛伊德主义等哲学和文艺思潮，他们自称为"现代主义派"或"超现代主义派"。他们的创作深受英国颓废派诗人

---

① 诗人、作家雅古玛尔·森·古普塔在《浪涛》上发表了一首诗："……泰戈尔挡住了去路/我要以自己眼里燃烧起的憎恨的火焰/使这位时代的骄阳黯然失色……。"

D·H·劳伦斯（1885—1930 年）、后期象征主义诗人 T·S·艾略特（1888—1956 年）和法国唯美主义诗人波德莱尔（1821—1861 年）等人的影响。《浪涛》杂志主编之一、代表作家古尔昌德拉·纳格（1895—1925 年）的《过路人》（1925 年）是孟加拉语文学中成功地运用意识流手法写出的第一流长篇小说。它几乎没有连贯的情节，只是表现作者对客观对象的瞬息即逝的、迷离恍惚的主观感觉。《浪涛》的另一位主编、诗人南达·达斯（1899—1954 年）师法艾略特，写出了一些打破传统诗歌规范的晦涩奇警的诗歌，在当时即遭到文坛反对派的讽刺和攻击。诗人、小说家古玛尔·森·古普塔（1903— ）是著名的弗洛伊德主义的信徒，热衷于描写变态心理和被压抑的本能冲动，由于冲犯了社会道德和人们的尊严，他的作品曾被英国殖民政府以内容"猥亵"查禁。孟加拉语进步作家玛尼克·班纳吉（1908—1965 年）的《帕德玛河上的船夫》（1936年）等小说也受到弗洛伊德主义的影响，注重描写人物性格中的恶的、阴暗的一面。1970 年代末以来又有青年一代的现代派作家崭露头角，其中有默努德·巴苏（1908— ）、阿希姆·拉耶（1904— ）等。

印度乌尔都语作家蒙塔兹·穆夫迪（1905— ）的作品按照弗洛伊德学说对人物进行精神分析。他的短篇名作《半边脸》描写了一个名叫赫米德·阿赫德尔的大学生，他在大学里和在他家所住的大院里的言行判若两人。在大学里，大家都叫他阿赫德尔，他是一个热情好动、无拘无束、自由洒脱的学生。但一走进他家院子，大家都叫他赫米德，他立刻变成了一个局促拘谨，对父老邻里彬彬有礼、规规矩矩的人。他为他的人格分裂感到困惑和痛苦，不知道自己到底是赫米德还是阿赫德尔。他在学校里爱上了一个放荡不羁、善于玩弄男性的女学生，然而家里的母亲却要给他介绍一个据说是十分贤淑文静而又规矩的姑娘。他在这两个不同的女人之间选择不定、游移彷徨。但最后决定服从母亲的意志，娶那位文静纯真的姑娘为妻。不料，这位姑娘和他在学校所爱的那个放荡的女学生原来是同一个人！这篇小说意在说明：人格都有两面性，人在不同的时间和场合中戴着不同的假面具，人为某种环境所压抑而扭曲了人格，又为某种环境所影响而使人格结构失控，于是人成了分裂的、矛盾的人，人丧失了自我的稳定性。

在中东地区，土耳其在20年代曾出现过受法国诗人波德莱尔影响的"七火炬"流派。到了1930年代，诗人内吉普·法泽尔（1905— ）的表现个人在社会中的孤独、绝望和痛苦的诗歌风靡一时。在伊朗，著名作家赫达亚特（1903—1951年）于1930年代初在德黑兰组成了一个青年文学家团体，称为拉贝（即"四人会"），研究、介绍和学习西方现代派小说，并与文坛的守旧派展开了论战。他写于1936年的中篇小说《盲枭》，从弗洛伊德主义出发，大胆描写了支配人物行动的无意识领域，揭示了人与人之间尔虞我诈的关系。在中东各国文学中，埃及的现代派文学产生较早。"创新派"（笛旺派）的诗歌创作中就有受到现代主义影响的痕迹，小说家台木尔的有些作品（如长篇小说《风口上萨尔瓦》）受到弗洛伊德主义的影响，具有象征主义与神秘主义倾向。而最有代表性的现代主义作品，则是埃及作家陶菲格·哈基姆的荒诞哲理戏剧。

陶菲格·哈基姆（1898—1987年）于1924年留学法国，在法国他阅读了大量法国及其他欧洲国家的戏剧作品。他发现西方人是把自己的戏剧建立在古希腊戏剧的基础上，于是他潜心钻研希腊戏剧。他发现希腊戏剧是从神话中取材的，是从关于人与掌握宇宙的神之间的尖锐斗争的宗教意识中取材的，悲剧就是描写这个斗争，并以无情的命运给人造成巨大痛苦为结局。陶菲格由此受到启发，决心在古老的东方神话中发掘出现代的悲剧意识。于是，中东地区的一个关于洞中人的故事引起他的注意。这个故事说，有七个人死在一个山洞里，大约过了三百年，他们又复活了。当他们把这个复活的奇迹显示给人们之后又都死去了。陶菲格根据这个故事写成了话剧《洞中人》（1933年）①。剧中人物有三个，两个曾经是朝中大

---

① 《洞中人》的第四幕已由谢秩荣翻译为中文，见季羡林主编《东方文学作品选》下册，湖南人民出版社1986年版。

臣，一个是牧羊人，还有一只猎犬。他们曾为了躲避国王的大屠杀而逃进拉基姆山洞中。三个人从沉睡中苏醒过来之后，都以为自己只睡了一夜，感到有些饿。他们走出山洞，但他们所看到的是三百年后的世界。复活过来的洞中人面对被时间改变了的现实，感到了巨大的恍惑和不适应，他们都感到他们不可能在这个变化了的崭新的现实中再活下去，结果只有死。这个剧本表明，人类的生命就是人在一定的时间内对时间的抗争。生命对抗着时间，时间也消耗着生命，时间的法则不可逆转，生命的进程也无法逆转。陶菲格以近代人特有的理性对东方传统宗教所宣扬的人死后可以复活的乐观信念表示了怀疑。我们知道，古埃及人的宗教哲学的核心就像奥西里斯神话和金字塔所显示的那样，是人的不死，是灵魂的不灭，是死者最后的"复活"，也就是人企图战胜时间，实现其永恒和不朽的意志。古埃及人的这一思想在历史的发展和宗教的更替中没有多大的变化。事实上，人类为生命的不朽所进行的努力和斗争从未停止过。在《洞中人》这一剧本里，陶菲格深刻地揭示了人在时间面前所表现出来的局限性，以及人与时间的搏斗中所显示出的悲剧性。陶菲格借剧中人物之口说，"我们都是时间之梦"，"时间让我们做梦，然后又把我们一笔勾销"，"与时间作对是无益的"。

《洞中人》所奠定的以神话的、荒诞的象征方式探讨人在时间束缚下的悲剧宿命的主题，在陶菲格此后的戏剧中得到进一步发挥。1934 年他写了著名剧本《山鲁佐德》。这个剧本是受阿拉伯故事《一千零一夜》开头第一个故事的启发写成的。他对原故事中的人物及其内涵作了很大的改造和敷衍，以表达自己的创作意图。王后山鲁佐德向国王山鲁亚尔揭示了宽广无际的知识领域，使国王摆脱了他长期沉溺其中的情欲的世界。他变了，不再追求肉欲的享受，而变成一个纯粹理性的化身，开始如饥似渴地探求宇宙和人生的奥秘。他四处寻求能够使内心得到安宁的去处，甚至企图超越时间和空间的限制，但他终于感到了这种探求的不可避免的失败，感到自己不可能摆脱时间和空间的束缚。他无可奈何地叹道："就是这个地球，不是别的东西，就是地球——这个监狱在旋转。我们没有动，没有向前进，也没有向后退；没有上升，也没有下降，而是在转圈。所有的东西都在转圈。"陶菲格在这个剧本中入木三分地揭示了人由于理性觉醒和理性过于发达所造成的苦恼。国王山鲁亚尔从他长期沉溺其中的物质和情欲的世界中摆脱出来之后，便由一个情欲的人、情感的人成为一个理性的化身。他不满足他所感觉到的东西，而是要追究人与世界的本质和奥秘。但他却由此切断了他和这个世界的最直接的联系——情感的联系，因此他与整个外在的世界变得更为隔膜了。越是清澈的东西、清晰可见的东西，他越是不能理解。与他朝夕相处的王后也就成了他的一个巨大的谜，他不但不能懂得她，而且也不能把握她。陶菲格由此对理性的价值和功能提出了怀疑。他揭露了理性的局限：首先，理性不能揭示和解释宇宙。原因在于理性是人所特有的，人有多大的局限，理性就有多大的局限，而人又生活在宇宙的时间和空间的双重束缚中。国王在感受到理性困惑的时候，企图用周游世界的方式冲破空间对人的制约，结果是扫兴而归。其次，理性也不能揭示和解释人。在王后眼里，国王是个精神失常的怪人，她不能理解山鲁亚尔理性困惑的苦恼；在国王的眼里，王后是一个深不可测的迷；在宰相眼里，王后本是一个像天仙一样纯洁的女性，却不料王后竟是一个与黑奴通奸的下流女人，这使宰相极度困惑，由此导致精神崩溃，只好自杀身亡。而像动物一样没有思想、只有欲望的黑奴，却在与王后的通奸中享受着偷吃禁果的乐趣。

陶菲格的戏剧具有荒诞派戏剧和象征主义戏剧的基本特点。他的戏剧除上述的《洞中人》《山鲁佐德》之外，还有《皮格马利翁的悲剧》（1942年）、《贤明的苏莱曼》《伊西斯》（1955年）、《食者有其粮》（1963年）等。它们都取材于古代神话特别是东方古代神话。利用神话故事或神话意象进行创作，是荒诞派、象征派文学的显著特点之一。陶菲格在神话中找到了包蕴和传达他的哲学观念的形象载体，以此来揭示理性的困惑、理性的危机和理性的局限。总之，陶菲格以神秘荒诞的神话来表达自己的哲学思想，以夸张变形的手法揭示人类心灵的苦恼与困惑，以人格的失衡与精神的失常来反映理性的危机，使他的戏剧成为东方早期现代主义文学的杰出代表。应该指出，作为东方早期现代主义作品，陶菲格的戏剧不像西方现代主义那样完全奉行反理性主义原则，剧中所表达的哲学主要来源于古代埃及的思想和东方传统思想。古代东方人认为有一个超自然的力量控制着人类，人类在这种力量面前无能为力。但陶菲格戏剧表现了人类企图超越这种力量的限制而作的尝试和努力，因此它既带有浓厚的东方意识，又带有现代人的忧患意识和主体意识。

黎巴嫩"旅美派"作家作品中也有现代主义倾向，特别是米哈依尔·努埃曼（1889—1988 年）的中篇小说《相会》（1946 年）①，将现代派手法与阿拉伯文学的传奇叙事传统结合起来，是一篇匠心独运的作品。作者以奇特的构思、隐喻式的象征、浪漫的抒情、深邃的哲理，赋予爱情这一古老的题材以新奇而迷人的魅力。男主人公雷纳里德与女主人公贝哈的两次相会是独特而奇异的，他们只以琴声为媒介，进行情感、心灵的交流，两颗心、两个生命由此而紧紧地联系在了一起。精神世界的这种交流契合像魔法一样似乎是不可思议的、神秘的，然而却又是合乎自然、合乎情感逻辑的。正如主人公雷纳里德所说："生活的魔法是一样的，但是它在各种……领域中，有各种不同的表现方法。……唯有生活才是魔法师，天地间的一切都是魔法师。"《相会》的立意也正在这里。雷纳里德和贝哈中的都是爱情的魔法，这种魔法就是情感世界的规律与必然。小说提示了爱情这一情感世界的不可思议的神秘性。这里没有功利的权衡与判断，没有任何先定的僵硬的理性观念，只是情感的直觉与心灵的相互感应，是以情感为中心的人的自由意志、自由选择。不幸的是，生活中有多少人像萨里姆那样不能理解、不能容忍这种魔法，并且像仇视恶魔一样仇视它、扼杀它。而这些人却也中了另一种魔法——即封建的等级、门第观念和婚

---

① 《相会》，程静芬译，上海译文出版社 1981 年版。

姻的价值交换观念。《相会》展示了这两种魔法之间的冲突和斗争。无奈"道高一尺，魔高一丈"，封建的魔法到底是毁灭了爱情的魔法，男女主人公只能到另一个世界——死亡的世界中"相会"。作者是立足于哲理的高度描写主人公的爱情的。他们的"相会"也意味着他们告别了一个旧的世界，走向一个新的世界。他们肉体上的死亡却是精神上觉醒的开始。他们的死亡唤醒了封建家长萨里姆的同情与理解，也必将促进一代人的真正觉醒，使他们告别传统世界，走向现代。作者把阿拉伯传统的神话故事写法与欧洲的浪漫主义小说尤其是拉丁美洲的魔幻现实主义小说的写法熔为一炉，既有对现实关系的深刻描写，又有超越生活的传奇性、象征性和神话色彩。它不止于对封建主义的批判，还艺术地阐释了生活的哲理。情节的魔幻性、怪异性强化了文学作品的陌生化效应，使一个古老的爱情主题变得新鲜而富有感染力。作者对人物的心理表现尤其令人称奇，他没有直接描写男女主人公的心理，但是，贝哈的失魂落魄，雷纳里德的琴声表达出的魔力，却比千言万语的心理分析更为生动、真切和深刻。总之，《相会》在小说艺术上所表现出的创新引人注目，它是东方罕见的魔幻现实主义佳作。

第五编　世界性的文学时代

　　第二次世界大战结束后，随着东方各国相继结束了殖民地半殖民地状态，取得了民族独立，东方各国的历史便由争取民族解放进入了和平发展时期。东方各国文学也陆续发展到了一个崭新的时代——世界性的文学时代。

　　如果说近代化时期的东方文学是在西方文学的支配性影响下产生和发展起来的，东方文学与西方文学是一种受惠和施惠的非平衡关系，那么，到了世界性文学时代，东方文学便基本上结束了以前那种单向输入的阶段，和西方文学建立了平等交流、相互影响和相互渗透的关系。这一时代东方各国的成功的作品均在保持民族风格的基础上表现了前所未有的开放性和世界性。作家们融合东西方文化和文学，创造了既具有世界的共通性又具有民族性的文学作品，这些作品借助当代先进的信息传导工具，依靠各国之间日益频繁的文化往来，依靠越来越成熟化、艺术化的文学翻译，而成为世界各民族共同的精神产品。

　　这一时代东方文学的基本特点是由冲突走向融合，文学主题由近代化文学时代的东西方文化冲突转化为东西方文化的融合。文化融合观念成为这一时代作家的基本观念，有较大影响的作家往往是文化融合型的作家。作家们以更大的自觉性努力保持与世界同期文学的一致性。现代主义作为先锋派的文学在这一时期得到东方作家更为广泛的关注，并出现一大批成熟的、有特色的东方现代派作家。现实主义文学在新的历史条件下获得进一步发展，作家们的视野更广阔，开拓更有深度，表现方法也更为多样。

另一方面，世界性的文学时代是一个平等共存、共同发展的时代，多元性是构成世界性的基本条件，也是世界性文学时代的一个重要特征。这时代的东方作家，都试图使自己独特的民族精神文化在世界性文化中获得一席之地，为世界其他民族所理解和承认。他们把鲜明的民族风格与开放的世界意识密切地结合在一起。他们在作品中大量表现本民族特有的文化传统、风俗民情、审美心理等。但这种表现不是抱残守缺的复古，也不是自我陶醉的玩味，而是站在世界文化和文学的高度对民族传统文化的再审视。文学中的民族性不是闭关排外的盾牌，而是走出国门、走向世界的通行证，是参与世界性文化与文学交流的必要的资本和条件。

越是世界性的东西越应化为民族的东西，越是民族性的东西越应努力获得世界性，这是世界性的文学时代形成和发展的总趋势。

同时，移民作家的涌现、异国题材的运用、非母语写作的兴起，使文学创作进一步冲破了国别文学与区域文学的界限，而日益汇为全球性的"世界文学"。

第十一章　现代主义的发展与现实主义的繁荣

　　现代主义作为来自西方的一种文学思潮和创作方法，在东方经历了由引进、模仿到逐渐成熟的过程。如上所述，早期东方现代主义基本上处于对西方现代主义的引进、模仿阶段。第二次世界大战前后，尤其是1950年代以后，东方作家受到了世界大战的震撼和世界性思潮的冲击，社会视野进一步开阔了，人生体验也更加深刻了。由于全球意识、世界意识的增强，使作家们得以站在全人类的高度和全世界的广度观察与思考问题，因此他们在创作中追求一种形而上学的东西，努力揭示他们所意识到的世界和人类的普遍问题，尤其是揭示现代人生的荒诞性、个人与社会的对立性、自我本身的矛盾性和分裂性，由此，东方现代主义走向了成熟。同时，现代主义又与东方古老的民族文化传统结合起来，与东方作家特有的民族心理素质结合起来，与东方各国社会现实结合起来，从而使现代主义成为东方化的现代主义。

　　现实主义仍是这一时代东方文学的最主要的创作思潮，而且在近代现实主义的基础上获得了进一步发展。现实主义的包容性越来越强，道路越来越宽。各种风格的现实主义争奇斗妍，共同繁荣。一方面，现实主义与通俗的大众文学结合在一起，产生了一大批通俗文化的现实主义作品。另一方面，现实主义更注重对现实广度的开拓和历史纵深的挖掘，特别是借鉴了现代主义的某些方法和技巧，使现实主义在主题内涵容量方面，大大加强与深化了。

第一节 东亚战后派

第二次世界大战之后，世界各国普遍出现了一批以战争为背景、为题材的作品，可统称为战后文学。东方的战后文学存在着两种不同的创作原则和创作倾向。其一，作家们以现实主义手法，站在国家和民族的角度，正面描写反侵略战争，歌颂革命英雄主义和爱国主义。如中国、朝鲜、印度、西亚北非等遭受过法西斯侵略的国家，在1950年代前后出现了一大批此类作品。其二，作家们接受了两次世界大战前后西方的各种现代主义哲学美学思潮和文学思潮的影响，他们痛感在战争中人性的沉沦和自我的丧失，于是出现了一批宣泄战争中郁积的苦闷情绪，寻求个体的超越和自由的现代主义作品。这些作品既不是近代现实主义的延续，也不是对早期现代主义的简单继承，而更多的是批判和否定战前的文学传统，大胆地、有意识地进行文学审美观念和创作方法的重大变革。其中最有代表性的是东亚的日本和韩国的"战后派文学"，可以称之为"东亚战后派"。

日本和韩国之所以能形成一个阵容较大的战后文学流派，主要原因有二。一是由于这两个国家在战后实行了资本主义制度，西方资本主义的各种先锋派的哲学、美学和文学思潮在战后进一步大量涌入，造成了作家的思想意识上的危机感，同时也形成了他们的现代意识、世界意识和革新、超越意识。二是由于对战争的深刻反省。日本军国主义是"二战"中亚洲的战争罪魁。所谓"大东亚战争"不仅给亚洲人民，也给日本人民带来了巨大的灾难。1950年朝鲜半岛爆发南北战争，战争一直持续了三年。战争结束后，日本和韩国人民，包括作家们，作为战争的参与者、受害者或目击者，痛感战争的罪恶和非人性，对战争作了深刻的反省。因而揭露战争的罪行，忏悔战争中的罪行，呼唤人性更新是日本和韩国战后派文学的基调和主流。

日本战后派文学的产生，是以 1946 年 1 月由七位评论家（平野谦、本多荒五、荒正人、埴谷雄高、山室静、佐佐木基一、小田切秀雄）创办《现代文学》① 杂志为发端，以确立"现代的自我"的文学批评为先导，强调尊重个性自由，追求文学的主体性，反对文学的功利主义，迈开了"战后派"文学的第一步。随后，在短短几年内，出现了一大批优秀作家和作品。其中有野间宏的《阴暗的图画》（1946 年）、《脸上的红月亮》（1947 年）、《真空地带》（1952 年），梅崎春生（1951—1965 年）的《樱岛》（1947 年），大冈升平（1909—1988 年）的《俘虏记》和《野火》（均 1948 年），椎名麟三（1911—1973 年）的《深夜的酒宴》和《浊流之中》（均 1947 年），中村真一郎的《在死亡的阴影下》（1946年），埴谷雄高的《亡魂》（1946—1949 年）等。他们或描写法西斯战争的残酷，揭露日本军队的丑恶内幕，或反映战后日本人对战争罪恶的反省，呼唤人性的复归，或反映战后日本社会的荒凉、混乱和迷惘，形成了日本当代文学史上最具有时代性、影响最大的创作流派。这些经历相似、思想相近的作家被统称为"战后派"。属于这个流派的作家在创作思想、艺术风格上不尽相同，但他们的主导倾向都是现代主义的。他们努力摆脱近代私小说的创作方法，大量接受和借鉴西方现代主义，具有强烈的文学革新意识。他们都以刚结束的第二次世界大战为舞台或背景，深入地剖析了战时和战后的日本人和日本社会。

野间宏（1915—1991 年）在日本战后派中很有代表性。大学毕业后，他曾于 1941 年作为补充兵被遣往中国和南洋作战，次年 11 月回国。后因发表反战言论被作为思想犯逮捕入狱，出狱后又在监视下服兵役。他是一位深受战争之害，具有刻骨铭心的战争体验的作家。野间宏 1947 年发表

---

① 原文《近代文学》。日文中的"近代"含有中文的"现代"之意，并不指"现代"之前的"近代"。

的短篇小说《脸上的红月亮》① 深刻地反映了法西斯战争对人生的扭曲和摧残，以及它给普通士兵和人民带来的不可愈合的精神创伤。主人公北山年夫和崛川仓子各自在战争中失去了宝贵的东西，战后同病相怜。然而失去的永远不可复得，又永远不能忘却。于是，巨大的失落感和心灵的创痛成为沉重的心理负担，使他们丧失了追求新生活的勇气，相怜而不能相爱。战争的悲剧在战后并没有结束，悲剧的舞台由战场转向人的内心世界，两个主人公则是这幕悲剧的主角。相比之下，北山年夫的悲剧更为深重。他为失掉亲人而伤感，更为失掉了自我而悲哀。残酷的战争环境使他失去了人性的同情、互爱和怜悯，使他对战场上的同伴见死不救。战后，随着人性的复苏，他又陷入了痛苦的自责和忏悔之中。他渴望自己能"变成好人"，努力试图自救，因而无力再救助他人，对崛川仓子也是"爱莫能助"。因为两个具有同样痛苦的人，如果结合起来只有加倍的痛苦。作品就是这样通过战争与战后、战争与个人、个人与个人、自我与自我之间的错综复杂的矛盾关系，批判和否定了法西斯战争。作品成功地使用了意识流的手法，在现实叙述和历史追忆的交叉描写中着意刻画人物的心理世界。所谓"脸上的红月亮"既是男主人公内心痛苦的幻化，也是女主人公精神创伤的表征；既是现实与历史的客观关联物，又是战争悲剧与战后精神的相互扭结的焦点。野间宏的其他重要作品还有短篇小说《残像》（1947 年）、《崩溃感觉》（1948 年），长篇小说《真空地带》（1952 年）等。这些作品的主题与《脸上的红月亮》是一致的。野间宏以《阴暗的图画》为起点的一系列作品，都富有独创性地运用了现代主义的创作原则与写作手法。他深受法国象征主义、超现实主义和意识流小说的影响，有选择地接受了乔伊斯、普鲁斯特的意识流手法和萨特的存在主义，又在一定程度上接受了马克思主义的熏陶。他试图把传统现实主义与现代主义结合起来，提出要从生理、心理、社会这三个方面把握人的所

---

① 《脸上的红月亮》，高慧勤译，见《日本短篇小说选》，中国青年出版社 1983 年版。

谓"全面体小说"理论。但他最注重的还是生理和心理，人的生理感受和心理的流动往往构成他小说的框架。

在战后派文学中，日本著名作家三岛由纪夫（1925—1970 年）是一个特异的存在，他被评论家称为"非战后派的战后派""虚假的战后派"。他的创作比一般战后派作家更为深刻复杂，在当代世界文学中具有重大影响。直到 1990 年代，国际上还掀起了"三岛由纪夫热"①。而且影响还在不断扩大，我国也在 1990 年代大量翻译出版了三岛的作品。②

三岛由纪夫出身于贵族官僚家庭，自幼接受属于贵族学校的"学习院"的教育，青年时代又受宣扬大日本民族主义和国粹主义的"日本浪漫派"的影响，使他对日本民族和作为其象征的天皇制抱有一种狂热的信念。战争期间，三岛在征兵体检时因医生误诊而未能当兵参战，这成为他终生的憾事。日本的战败及新宪法、民主政治的确立，对其他战后派作家来说是一种解放，对三岛由纪夫来说却是当头一棒，他失去了精神支

---

① 参见《日本国内外兴起新的三岛由纪夫热》，《世界文学》1991 年第 1 期。

② 三岛由纪夫的主要作品大都已经有了中文译本。大陆地区的最早译本是"文革"期间（1971—1973 年）翻译出来"供批判用"的《丰饶之海四部曲》（包括《春雪》《奔马》《晓寺》《天人五衰》）。1985 年中国文联出版公司率先出版唐月梅译《春雪》，1988 年工人出版社出版焦同仁等译《金阁寺》，1990 年中国友谊出版公司出版李芒、文静译《春雪·天人五衰》，1993 年北京师范大学出版社出版王向远译《假面的告白》等作品。此后，叶渭渠主编的三套系列作品集陆续出版。第一套是作家出版社 1994 年版《三岛由纪夫作品系列》，包括：唐月梅译《假面告白·朝骚》，唐月梅译《金阁寺》，唐月梅、许金龙译《爱的饥渴·午后曳航》，唐月梅、许金龙等译《忧国·仲夏之死》，唐月梅译《春雪》，许金龙译《奔马》，刘光宇、徐秉洁译《晓寺》，林少华译《天人五衰》，申非、许金龙译《弓月奇谈（近代能乐、歌舞伎集）》，申非、林青华等译《阿波罗之杯（散文随笔集）》。第二套是中国文联出版公司 1999 年版《三岛由纪夫小说集》全三卷，杨炳辰译卷一《禁色》、卷二《心灵的饥渴》，杨伟译卷三《镜子之家》。第三套是叶渭渠主编、中国文联出版社 1999—2000 年版《三岛由纪夫作品集》全十卷，包括杨炳辰译长篇小说《禁色》，杨伟译《镜子之家》，杨炳辰译《心灵的饥渴》，唐月梅、林青华译《恋都》（另收《肉体学校》），汪正球等译《纯白之夜》（另收《盗贼》《爱在疾驰》），唐月梅译《春雪》，唐月梅译短篇小说集《走尽的桥》，唐月梅译散文随笔集《太阳与铁》《残酷之美》。

柱，对战败和战后日本社会抱有一种深深的绝灭感。他就是带着这种绝灭感，从极右的立场出发走向战后日本文坛的。因此，他的创作一开始就显出特异性，而同其他战后派作家形成鲜明对照。他的作品没有战争场景和战争体验的描写，也没有对战争罪恶的反省，但却与战争、与日本的战败及战后日本社会有着更深刻的联系。

1949 年，他发表了自传体长篇小说《假面的告白》，从而牢固地确立了他在文坛上的地位。《假面的告白》极为坦率地对"我"的青少年时代进行了深入的剖析和告白。在这里，三岛力图从人格分裂的角度来表现"我"。"在别人看来是我的演技，但对我来说，却正是我要求还我本来面目的表现；而在人们看来是自然的我，却正是我的演技。"也就是说，伪装的一面恰是真实的一面，而自然的正常的一面，又是一种伪装。于是，"假面的告白"也就是一个变态的、分裂的真实自我的告白。这部小说奠定了三岛创作的基本的心理倾向：倒错、施虐、嗜血与趋亡。生而为男，却有异装癖，并爱慕男性，是为性倒错；生来身体瘦小孱弱，却崇尚暴力，陶醉于折磨或残暴，是为施虐；生来"血量不足"，却有强烈的梦想流血的冲动，视鲜血为"美丽的色彩"，是为嗜血；生在战时，却不惧死亡，对死亡抱有一种"甜甜的期待"，是为趋亡。《假面的告白》与日本近代以告白自我身边琐事和情绪感觉的"私小说"大异其趣，其中充满了大量的人格分析和心理分析，具有强烈的自我解剖倾向。它以变态的人物、变态的心理为描写对象，奠定了此后三岛创作的基本方向。

三岛的第二部重要的长篇小说《爱的饥渴》（1950 年）更集中地表现了施虐与趋亡的心理。女主人公悦子平日与丈夫并不和睦，但在丈夫患伤寒病生命垂危之际，她却"疯狂地在丈夫龟裂的唇上亲吻"。丈夫死后，她每夜接受公公那枯骨一般的手的爱抚，一面思恋着家中的一位年轻的园丁三郎。但当三郎强行求欢时，悦子却挥锹将他砍死。显然，这里除继续描写病态的性爱之外，还更进一步地渲染了主人公悦子的趋亡心理。在悦子看来，正因为丈夫行将死亡，所以才可爱；正因为三郎可爱，才应该使他死亡。可以说，正是作者的施虐与趋亡心理才促使悦子杀死了三郎。

这种心理到了长篇小说《禁色》（1951年）便进一步发展到变态的复仇。一辈子都被女人背叛的老作家桧俊辅，与绝不爱女人的男青年南悠一邂逅相识。于是俊辅以悠一那古希腊式的男性美为诱饵，一个接一个地向女人复仇，尽情地发泄他对女人们的仇恨。失去了"现实存在"资格的悠一，却从俊辅的复仇的情感中复活，开始有了生命。当俊辅发现自己爱上了这个美男子的时候，他承认了自己最后的失败，并在将自己的大笔的遗产赠给这个青年后自杀。《禁色》中的俊辅和悠一两个人物可以说是作者三岛的两个分身。作为一般的男性的首要的审美对象与情感对象的女性，却成了俊辅和悠一眼中的恶魔和敌人。美不是他们的审美对象，而是复仇的对象了。

从表面上看，三岛的以上三部作品表现的只是一种变态的性爱心理，但事情并非这么简单。它们不是一般的反道德的性爱颓废之作，其中有着深刻的社会根源。表现在男女关系上的这些倒错、施虐、嗜血、复仇与趋亡倾向，实际上是作者与战后日本社会之间对抗关系的一种象征和隐喻。日本评论家野口武彦在《禁色·解说》中很有见地地指出：三岛由纪夫把对战后现实的凶暴的复仇意向放进这个故事中去了。

在这种对战后社会的敌对情绪中，三岛也顺乎其然地表现了逃避绝望、寻求超越的唯美倾向。1954年6月，他又发表了中篇小说《潮骚》。这是一部浪漫的爱情小说，描写贫苦的青年渔民新治和大船主的独生女初江冲破等级门第观念，以真情、勇敢和牺牲精神获得幸福爱情的故事。但是我们应充分注意，三岛由纪夫绝不是一个反对阶级差别的民主主义者，相反，他从日本传统的贵族主义观点出发，多次抨击战后的民主主义和平民主义。这篇《潮骚》也不是一般的歌颂冲破封建门第观念的男女自由爱情的作品，它表现的是三岛对战后现实的逃避和超越。三岛曾说过，他写《潮骚》是以古希腊晚期作家朗戈斯的田园诗式的爱情小说《达夫尼斯和赫洛亚》为蓝本的，意在寻觅同现代文明隔绝的弥漫着淳朴之美的小岛。三岛在写作《潮骚》之前的 1951 年底至 1952 年上半年，曾游历欧美各国。在欧洲的美术馆和博物馆里，他亲眼看到了早已景仰的古希腊文明，对古希腊裸体人物雕塑表现出的神圣、庄严、朴素、动感和力度大为赞叹。也许在三岛眼里，业已逝去的古希腊精神和业已逝去的日本传统是相同性质的东西吧。他在《潮骚》中表现的是对世俗和流俗的反抗，是对青年男女青春和肉体的赞美。小说中写到男女主人公在篝火的映照下赤身裸体地相互拥抱的古希腊雕塑般的场面，象征着"人类童年时代的朴素的青春"。而新治冒着生命危险，泅至惊涛骇浪当中更换帆船缰绳的英勇壮举，则包含着三岛由纪夫对勇气、力量和献身、牺牲精神的赞美与向往。

不过，与战后现实格格不入的三岛由纪夫，不可能一味流连于远离现实的海岛，陶醉于《潮骚》式的理想的超越。1956 年，三岛出版了他的戏剧集《近代能乐集》，通篇宣扬了理想的虚幻和现实的徒劳。《近代能乐集》共收了三岛在 1950 至 1955 年间创作并上演的五个剧本，包括《邯郸》《绫鼓》《卒塔婆小街》《葵姬》《斑女》。这些戏剧大多取材于同名的古典能乐剧本（谣曲），三岛继承发挥了能乐所固有的"幽玄"的审美理想，把能乐的神秘的象征性与现代的理性结合在一起，取得了独特的戏剧效果。兹举《绫鼓》和《斑女》两个剧本为例。《绫鼓》写的是某法律事务所的男杂工岩吉暗中恋慕西服店的老主顾华子，一连写了三十封情书。华子在朋友的怂恿之下给岩吉回赠了一只小鼓，并附言：她若听到鼓声即赴幽会。岩吉大喜过望，奋力擂鼓，鼓却敲不响！原来小鼓上蒙的是一块绫布，岩吉悲痛自杀。深夜的灵堂上，亡灵在前来烧香的华子面前重又击敲。鼓响了，华子却硬说听不见。亡灵击鼓至一百下，绝望而隐。此时华子茫然呆立，喃喃自语道："再敲一下我就听见了……"《绫鼓》表现的是岩吉理想的破灭、爱的徒劳，更展现了他以身殉情的惨烈和悲壮！死并不是爱的结束，而是爱的深化和升华，唯有死才能使爱充满神圣的、悲壮的力量。它给观众和读者留下的，是对爱的徒劳、爱的不可能的惋惜和悲叹。

《斑女》写的是年近四十的独身女画家木田实子与美丽的女演员花子在一起生活。花子与路上相识的一位青年一见钟情。临别时，他们交换了扇子，作为日后相见的信物。花子一天天地等待着那个青年。由于等待，她变得更加美丽。不为任何人所爱的实子，把花子看成是"弥补我无望的爱，而为我出生在世上的美人"。有一天，报上刊登了花子的新闻，那青年寻迹而来，可是花子却硬是不认他，并把他赶走。就这样，一味"等待"的花子与"什么也不等待"的实子大概要永远在一起生活下去了。这个剧本生动地传达出作者对现实的态度：拒斥现实，不接受别人给予的现实，理想的现实只是一种观念的期待，它只是在虚幻的"等待"中才有存在价值。而女画家实子干脆是消极地无所等待，将无望的希望寄托于他人。但在本质上，花子的"等待"与实子的"无所等待"是一样的，那便是徒劳和虚无。

三岛由纪夫的《近代能乐集》奠定了他作为一位卓越戏剧家的地位。"近代能乐集"这一戏剧集的题名就表明了三岛要把作为古典戏剧形式的能乐加以近代化。三岛在创作中继承了能乐所具有的瑰丽阴郁、幻怪谲秘、以表现虚无与死亡为能事的古典能乐传统，同时，又渗透了现代的哲理意识和形而上的底蕴，取东方古典戏剧之精华，得西方现代化戏剧之真谛，堪称独具一格的现代荒诞剧。难怪《近代能乐集》在当代欧美各国被频频搬上舞台，备受推崇了。

三岛由纪夫在1957年出版的长篇小说《金阁寺》标志着创作的最高成就，最为突出地体现了他的思想观念、美学风格。这部小说是受1950年有人放火烧掉日本著名的古建筑金阁寺的犯罪事件的启发而写成的。但作者很大程度地撇开了事件本身的叙述，而着意塑造和表现形成于战中和战后的变态的人格与心理。主人公是一个名叫沟口的少年。他患有严重的口吃症。口吃症在他和外界之间设置了一大障碍。语言表达和交流的不畅不可避免地造成了他的内心世界与外部现实之间的离异，从而又造成了他与现实格格不入甚至是敌对仇视的心理。他喜欢历史上的暴君故事，决心"做一个口吃的、缄默不语的暴君"，让自己的默默无言"使一切残虐正当化"，把不被别人理解看成是最大的骄傲。同时，他内心的孤独也在飞快地膨胀。他目睹了他所爱慕的有为子姑娘背叛了自己的情人——一个逃兵，又与那个逃兵同归于尽的惊险场面，由此他亲眼看到了背叛、流血和死亡，并感到那场面中的有为子"澄明而美丽"，"令我心醉"。然而就在他残虐与孤独的心中却也有着美的偶像，那就是金阁。沟口的父亲——一位乡下的寺院住持——从小就告诉他：世界上最美的要数金阁了。在沟口幼小的心灵中，金阁就是一切的美，是美的实质，是超越现实的海市蜃楼。当沟口遵循父亲遗愿到金阁寺当小和尚后，面对眼前的金阁寺，他意识到金阁的美早在他存在之外就已经存在了，于是感到了一种被美排斥在外的不安和焦躁。不过那时恰在战争期间，金阁随时都有可能毁于战火，想到金阁的毁灭，沟口感到：

> 在这个世界上，我和金阁有着共同的危难，这使我得到鼓舞，因为我在自身与美的天国之间找到了一架虹桥。有了它，美的天国就再不能拒我千里，将我置之度外了。
>
> 能摧毁我的火也能焚毁金阁，这个想法真使我心醉。共同逢凶罹祸源于我们共同的厄运，金阁和我厕身的世界属于同一层次，它和我脆弱而丑陋的肉体毫无二致……①

可是战争结束了，金阁寺依然故我，它"超越了战败的冲击和民族的悲哀，或者说它是在装作超越"。自此，金阁与沟口的关系发生了变化。虽然金阁比以往任何时候都显得壮美，然而，沟口与金阁同居一个世

---

① 《金阁寺》，焦同仁、李征译，工人出版社 1988 年版，第 36 页。

界的梦想成了泡影。"美在彼而我在此",金阁作为一种永恒的不变的美,与渴望骚动、施虐和毁灭的沟口形成了截然的对峙。

沟口如何消除这种对峙状态呢?在这里,作者依然从人物的变态心理的发展中寻求解决。对沟口来说,消除与金阁的对峙状态最终手段不可能是与之统一,而只能是与之"倒错",即以自己的丑对付金阁的美,以自己虐待的恶行亵渎金阁的神圣,以自己对金阁施加毁灭来消除金阁的永恒。作者细致缜密地描述了沟口这种丑恶而可怕的变态心理的发展过程,并力图表明:沟口和金阁都生活在丑恶、虐待和毁灭的环境中,作为美与善之象征的金阁与这个环境毫不协调,美和善在这里显得苍白无力,而只有行恶的沟口才能感受到恶的可行性和作恶的愉快。正在这个时候,一个美国士兵教唆他踩了一位怀孕的妓女的肚子,他从这次作恶中感到了"一刹那间的甜美"。金阁寺的方丈却对此事不加追究,又使沟口证实了"恶的可能"。进入大学之后,沟口认识了一位叫柏木的同学,从此更深地陷入了恶。柏木具有与沟口一样的外部障碍——严重的跛足。沟口第一眼便发现了柏木身体的缺陷,认为他肉体上的缺陷"具有一种无可匹敌的美"。接着,柏木给沟口讲述了一大通惊世骇俗的行恶的哲学。柏木不以自己跛足而自卑,反而把它视为他的独特的存在并引申出一种病态的恶魔式的审美观。他"憎恨永恒的美",因而疯狂地追求瞬间的快乐。他声称自己是"怀着不被人所爱的坚定信条做爱之梦的",因而用情欲代替爱情。他在与少女的关系中阳痿,却疯狂地蹂躏了一个六十岁的老太婆。只有施虐、亵渎和犯罪才能给他带来兴奋。他一次次地以卑鄙可恶的方式搞到女人,然后再一个个地抛弃。柏木的这些行恶哲学和"现身说法",又把沟口向恶的道路上推进了一大步,沟口觉得从那以后,"一切都换了一种意味似的出现在眼前"。柏木交给他"一条从里侧达到人生的黑暗通道,这条路乍一看似乎是通往破灭的独木桥",但"它可以使自卑化为勇气,把世间所称的恶魔再度还原为纯粹的力能"。从此,沟口便开始以恶征服美、以瞬间征服永恒、以毁灭征服存在。而作为沟口的光明的一面的鹤川不但对行恶的沟口毫无约束力，自己反而脆弱地自杀。鹤川的死吹灭了沟口身边唯一一点亮光，使他完全陷入了罪恶的黑暗中。

然而，那金阁却横现在沟口与女人之间，使沟口在低劣的情欲和女人的肉体之前却步。金阁作为一种绝对的静态的观念一次又一次地妨碍沟口进入那动态的、享乐的作恶王国。于是沟口下定决心："总有一天，我要统治你。为了使你不再来干扰我，总有一天我要把你变为我的所有。"正在这时，他因偶然发现了方丈私生活的丑恶秘密而激怒了方丈。方丈宣布不再把沟口作为继承人。于是，金阁寺与沟口的现实的对立突然形成了。沟口便把由来已久的毁灭、趋亡的冲动转向了金阁。这时，一个在书中多次出现的主旋律又回荡在他的心头："左冲右突，逢人便杀。逢佛杀佛，逢祖杀祖，逢罗汉杀罗汉，逢父母杀父母，逢亲眷杀亲眷，方得解脱，不拘于物，通脱自在。"沟口终于感到，自己过去之所以总是被拒于美的门外，就是因为"杀技不足"，在障碍面前只知退却，不知毁灭。他下定决心，一定要烧掉金阁寺。终于，在一个月明风急之夜，他点燃了金阁，并在金阁的毁灭中领略了瞬间的辉煌。

如果说，《金阁寺》之前的《假面的告白》《爱的饥渴》《禁色》等小说主要是在两性关系的范围内表现变态心理，那么，《金阁寺》中主人公沟口的变态心理则主要体现在他与客观的物质的对象——金阁——的关系之中。在这里，金阁已超出了它的物质属性，成为一种象征，它象征着战败之前的日本所有的价值和最高的美。同时金阁又是"狂乱不安的造化"，它是 14 世纪末由武士将军足利义满及其幕下建造的，因此，它又是日本武士精神的结晶和象征。作者力图表明：由于战败，日本的一切传统的价值、荣耀和骄傲都丧失殆尽了，金阁的存在也变成了一种不合时宜的、静态的、与战后日本社会的和平民主秩序不相谐调的东西。作者在书中明确写道："日本的战败对我意味着什么？……它不是一种解放，断然不是。它只是不变、永恒，是融入日常中的佛教时间的复活。"于是，沟口在战后和平的气氛中感到了一种压抑和窒息的焦躁。他渴望着"行动"，这"行动"便是行恶和毁灭。在作者看来，日本的一切"美"，都应随着战败予以彻底毁灭。与其让象征日本美好传统的金阁静止地、不和谐地存在于战败后的日本，不如让它毁灭，以它作为日本传统武士道精神的祭品，在毁灭中保持它的神圣、纯洁和永恒。在这个意义上，金阁的毁灭就是金阁的永存。为了凸现这种意图，书中两次提到了"南泉斩猫"的禅宗疑难公案。方丈师傅和柏木对这个公案作了两种不同的解释。但统观全书，南泉和尚所斩掉的那只猫与其说是美的诱惑，不如说是静态的美的表征，如同金阁。柏木认为南泉斩猫是因为"美可以委身于任何人，同时不能为任何人所私有"，"纵令猫死掉了，留下的美感并没有死"。究其实质，它与沟口烧掉金阁是一样的。这种以物质的毁灭求得精神的永存的唯意志倾向，难道不正是日本传统武士在失败和绝望面前所惯常采用的自杀手段的一种变相吗？这种自杀是武士道精神的核心，它企图以肉体的毁灭求得精神上的刚正完美与超越。然而在我们看来，沟口对金阁的焚烧，连传统武士有时还会有的舍身取"义"的"壮烈"都没有了。沟口的行为无疑是作恶，是犯罪。三岛在这里宣扬的是以丑恶征服美、以犯罪对付社会，宣扬的是价值观的倒错和罪恶的可行性。一句话，宣扬的是因面对日本的战败而无可奈何的绝望所产生的反常规、反理性的疯狂！三岛由纪夫在金阁的毁灭中宣泄了这种悲哀和绝望。这是他早已具有的残暴的虐待心理的一次大爆发。这是一种自虐，不是指向个体的自虐，而是对日本传统民族精神的自虐。小说的主人公沟口，确切地说是作者三岛本人，在烧掉象征民族精神的金阁寺的自虐行为中获得了一种消极的快感。

从这种变态的虐待和趋亡心理入手，我们对三岛 1960 年代以后的小说也可作变态心理学层面的解释。1960 年代以后，三岛由纪夫公开宣扬军国主义，鼓吹恢复日本传统的武士道精神，鼓吹保卫天皇和以天皇制为中心的历史文化传统。他在短篇小说《忧国》（1960 年）中直接描写了一位军官在忠义不能两全的矛盾之中剖腹自杀，宣扬了对天皇的忠诚。但在他的最后一部多卷体长篇小说《丰饶之海》四部曲（包括《春雪》

《奔马》《晓寺》《天人五衰》，1966—1971 年）的第一部《春雪》中，却通篇描写了对天皇的"冒渎"。侯爵家的公子松枝清显与伯爵家的小姐聪子自幼要好，后又相互爱恋，但清显却对聪子忽冷忽热、若即若离。聪子把握不准清显的感情，只得接受皇上敕许与亲王定婚。这时的清显反而肆无忌惮地向属于亲王的聪子求爱，与聪子不断幽会，并使她怀孕。这种行为冒犯、亵渎了天皇，但清显却从中尝到了这种"冒渎的快乐"。狂热尊皇的三岛由纪夫在这里让主人公冒犯、亵渎天皇，这似乎不像有的评论者所说的"反映了三岛在尊皇这个问题上的矛盾和苦闷"①。实际上，三岛对天皇制的忠诚是不折不扣、绝无矛盾的。他让主人公冒犯天皇，如同沟口烧掉神圣的金阁一样，表现了一种无可奈何的自虐心态，消极地宣泄了由"神圣的"天皇制在战后丧失其神圣性而引起的价值破灭的悲哀。

值得我们注意的是，在《丰饶之海》四部曲里，作者的变态的心理描写同其狂热而反动的政治、社会与文化主张是多么密切地联系在一起。《春雪》中冒渎了天皇尊严的清显，英年而逝。十八年后在《奔马》中转生，成为一个企图以武力推翻昭和政府的法西斯军人。饭沼勋事败后面对大海剖腹自杀。前期小说的变态的毁灭趋亡倾向，在这里发展为赤裸裸的政治性的武士道的自戕。在四部曲之三的《晓寺》里，饭沼勋转生的泰国月光公主到日本留学，又沉溺于丑恶的性倒错、同性恋中。到了四部曲的最后一部《天人五衰》中，一直目睹清显——饭沼勋——月光公主转生秘密的年过半百的本多繁邦，其病态的性欲发展到了嗜虐的程度。他收养了月光公主转世的少年安永透为养子，任凭安永透对他百般虐待和折磨并以此为乐。《丰饶之海》四部曲以佛教转世轮回的构思，形象地展示了作者本人人生与思想的历程——《春雪》中的贵族纨绔少年，发展到《奔马》中的狂热的军国主义者，再发展到《晓寺》中的性变态者，最后是《天人五衰》中的阴沉沉的嗜虐狂。也就是说，狂热的政治热情与倒

---

① 参见中译本《春雪·前言》，中国文联出版公司 1986 年版。

错、虐待、嗜血、趋亡等变态心理是互为表里、互为因果的。变态心理的根源主要在于他反动的政治狂热遭到压抑后所产生的焦虑、悲哀和无可奈何的绝望。这种心理促使他在把《丰饶之海》的稿子交给出版社的当天，闯入自卫队总部剖腹自杀。

三岛由纪夫创作的复杂性也正在这里。三岛作品中的变态心理既不是一般的颓废主义，也不是有人所说的"唯美主义"。他被人划为"战后派"，但又与反对和揭露战争、期望和平与民主的战后派作家们截然相反。三岛由纪夫的小说在背德的堕落中有着清醒的理智，在唯美的颓废中有着强烈而又是反动的政治信念与追求。他小说中人物的倒错心理，是他与战后日本社会的畸形对抗关系的一种艺术的投射和隐喻；虐待（施虐与自虐）心理是他面对丧失了"神圣性"的日本传统时的一种无可奈何的愤恨情绪的发泄；嗜血心理基于他身上的残暴的武士阴魂的复活与冲动；趋亡心理则基于三岛由纪夫以毁灭、死亡求得精神上的永存的"殉教"倾向。一句话，三岛作品中的倒错、虐待、嗜血与趋亡等变态心理是日本传统武士道精神在当代社会中的畸变。

如果说，三岛由纪夫代表了日本战后派作家中的右翼，那么，1994年获得诺贝尔文学奖的大江健三郎（1935— ）则是日本战后派作家的左翼。大江健三郎在战后的 1950 年代开始写作，日本战败投降时他十岁，但战争给大江健三郎留下了深刻的印象，并对他的创作造成了巨大影响。大江健三郎受到了西方存在主义及垮掉派文学的影响，但他的"战后"意识却始终主导着他的创作，因此可以归为"战后派"作家。获得第三十九届芥川奖的成名作短篇小说《饲育》（1958 年）写战争期间一个美国黑人士兵因飞机坠毁而降落在一个小山村的故事，表现了人性之美与战争残酷的主题。《人羊》（1958 年）以战后美军占领日本为背景，描写了在一辆公共汽车上，由于"我"不小心招惹了喝醉了的美国兵，美国兵便强迫车上的日本人脱下裤子撅起屁股排成一排罚站，像羊一样供美国兵取乐，而受辱的日本人则乖乖地服从，竟无人敢于抗争。和三岛由纪夫一样，大江健三郎也不满并反抗战后社会秩序，但他的反抗是从左翼进行的。日本战后作家的左翼人士大都声称自己是民主主义者，大江也不例外。他从民主主义的信念出发，反对天皇制，在《十七岁》和续篇《政治少年之死》（1961 年）中，大江以 1960 年发生的十七岁的右翼少年山口在一次集会上当场刺杀日本左翼政党社会党委员长的著名事件为题材，描写了日本右翼对天皇及天皇制的狂热崇拜，并把这个少年的政治狂热与性亢进、性放纵的描写联系起来，显示了大江健三郎"政治与性"的奇妙结合。这两篇小说在《文学界》杂志刊登后，招致日本右翼的强烈反弹，迫使《文学界》登了谢罪广告。沿着"性与政治"的思路，大江健三郎还出版了《我们的时代》（1959 年）、《我们的性世界》（1959 年）、《青年的污名》（1960 年）、《性的人》（1963 年）、《哭号声》（1963 年）、《个人的体验》（1964 年）、《日常生活的冒险》（1964 年）等一系列作品，不断塑造反社会、反秩序、为所欲为、我行我素、走火偏执、颓废放纵的人物。从这一点看，他和石原慎太郎虽然在政治倾向上有左、右之别，但创作上却与"太阳族"非常接近。在中期以后的大部分小说里，充斥着大量的、赤裸裸的、放肆的、丑恶的性描写。作品中的主人公或者因为对社会现实不满，或者由于家庭不幸（如生了残疾儿），为寻求逃避、麻醉、自慰或反抗，而沉溺于纵欲行为中。大江喜欢不加掩饰、津津有味、自我陶醉地描写性器和性行为过程，有关性器的词汇随处可见，而且所描写的这些性行为大多是变态的。他写了乱交、乱伦、强奸、手淫、自渎、性暴露癖、同性恋等等，甚至不止一次地写到男主人公在地铁里众目睽睽之下对着女性的身体手淫时的陶醉。据说大江颇为赞赏美国作家诺曼·梅勒在《20 世纪小说中的性》一文中的话："留给二十世纪后半期作家的新大陆，只剩下性的领域了。"于是他便开始了"性"的"大陆"的探险。与此同时，他从对自己的儿子的先天畸形的忧虑这一"个人的体验"，进一步延伸到对战争及战争后遗症患者的关注，特别是广岛原子弹爆炸问题，为此他写了随笔集《广岛札记》（1965 年）等相关作品，在

《洪水涌上我的灵魂》（1973 年）等一系列小说当中，表现了对"核时代"与核武器威胁的强烈关注和不安。作为对核时代和核威胁的超越，大江在《万延元年的足球队》（1967 年）、《同时代的游戏》（1979 年）、《致令人怀念的时代的信》（1986 年）等长篇小说中，描写了带有强烈原始色彩的乌托邦世界。①

韩国文学自第二次世界大战以后，形成了鲜明的特色。三年的南北战争、南北人为分治、美军的占领、战后经济的极度萧条、李承晚独裁统治下的政治动荡，都给战后韩国文坛打上了深深的烙印，也为现代主义的形成提供了温床。1945 年大战结束至 1950 年代末出现了一大批作家。他们的作品与战争、与战后现实直接有关。这些作家被评论家称为"战后作家群"，即我们所说的"战后派"。

"战后派"作家的创作代表了韩国战后文学的主潮。"战后派"又以"六·二五"南北战争为界分为前后期两部分。"六·二五"战争之前和在战争中就已成名的作家有吴永寿、金声翰、孙昌涉、张龙鹤、韩戊淑、柳周铉、郑汉淑、康信哉、朴渊禧、孙素熙等，他们以当时的几家刊物，如《艺术朝鲜》《白民》《新天地》《文艺》等为阵地发表作品。由于韩国长期受日本帝国主义侵略和统治，然后又是被美军占领，这使他们的作品带有一种压抑、晦暗和惨淡的氛围。孙昌涉在《雨天》《未解决的一章》《血书》等作品中以强烈的感情色彩描写了主人公受到的非人的侮辱。他在作品中第一次明确使用"受虐狂"这一概念并努力加以表现。在《人间动物园抄》这部作品中，作家集中描写了受虐的病态。张龙鹤也是前期战后派颇有特色的一名作家。他在《地动说》（1950 年）、《肉囚》（1955 年）、《约翰诗集》（1955 年）和《现代的野性》（1960 年）等若干作品中运用了象征、寓言的手法，以内心独白和意识的断续流动打

---

① 大江健三郎的主要作品均已译为中文，主要译本有叶渭渠主编、光明日报出版社出版的《大江健三郎作品集》全五卷和叶渭渠主编、作家出版社出版的《大江健三郎作品集》全五卷。

破了传统小说的逻辑结构，有的作品已表明他受到了萨特的存在主义，特别是《恶心》的很大影响。

韩国战后派的后期作家主要是朴景利、鲜于辉、金东里、徐基源、河瑾灿、金光灿、金光植、宋炳洙、崔翔圭、朴敬洙、崔仁熏、郭鹤松等。这一批作家某种程度地继承了前期"战后派"的创作思想。由于多是青年作家，他们具有更鲜明的时代意识，具有一种强烈的振兴文学事业的理想。他们认为，三年的南北战争使文学和艺术几乎失去了存在的条件，战争是杀戮，根本谈不上保存和发展文学，文学是和平的事业。在这种思想支配下，他们以《思想界》《现代文学》《文学艺术》《自由文学》等刊物为基地，开辟出了文学的新天地。这一派作家大都是战争的体验者和受害者，因此他们的创作离不开战争。他们的作品有强烈的反战情绪，同时也敌视和反对朝鲜的共产主义，而乐于接受 20 世纪西方先锋派哲学和美学思想的影响，特别是弗洛伊德主义和萨特存在主义的影响。

徐基源（1930— ）是后期战后派文学中最有代表性的作家之一。他出生在汉城，1955 年之前任空军大尉，后弃武从文。1950 年代写的短篇小说《深夜的拥抱》① 是他的力作，在韩国具有很大影响，堪称是韩国的《脸上的红月亮》，很能体现"战后派"文学的特色和成就。这篇小说充满了对战争的罪恶感，对战争造成的人性堕落的痛悔与悲哀。它不是一般地描写战争的小说，而是触及了灵魂深处的自我反省与解剖。主人公"我"在灭绝人性的残酷的战争环境中感受到了精神堕落的危机，他从战场上开小差回来，想看望患肺病并已病情恶化的妻子赏姬。但是他又无颜去见赏姬，因为他感到自己罪孽深重。下火车后，他在妓院里投宿，眼前的妓女使他想起了被他强奸并杀害的姑娘，他觉得被他侮辱并杀害的那个姑娘仿佛就是赏姬。为了见赏姬，就必须具备"现在在我身上还找不到的那种价值"。这种价值就是人性的复归与重建。在战争中他不能爱，只

---

① 《深夜的拥抱》，卫为译，见《南朝鲜小说集》，上海译文出版社 1983 年版。

能杀戮，他唯有回到赏姬身边向她忏悔，他的爱才能复苏。然而从一个世界走向另一个世界，对他来说太艰难了。他原想在妓院获得暂时的安慰，可住在这儿的人也充满了与他一样的精神危机。来妓院避难的名叫选求的人，整日无所事事、苦闷空虚，他把床下的啤酒瓶里装满了尿，并自嘲地说："这是我唯一的反抗。除此之外，要反抗也没有对象。……在前线咱们朝鲜人同族之间互相杀戮，而城市里又只剩下食欲、性欲和虚荣。尿要不朝这种地方撒，我跟其它人有什么不同？"第二天，选求就跟妓女真淑商谈一起自杀的事。战场上是杀人，而这里的人却在谋求自杀。作品留给读者的是由罪恶、杀戮、亵渎、自杀和自责造成的沉重而晦暗的压抑感。作品最后写"我"终于冲出妓院，接受雨水的冲刷，决心到赏姬身边去，这给读者留下主人公灵魂再生的希望。《深夜的拥抱》大量运用意识流手法，以主人公开小差回家看望妻子为纵线，以大量的回忆、梦境和心理独白为横线，纵横交叉地安排情节结构，使小说放得开，收得拢，具有很强的艺术感染力。

第二节　现代主义文学的发展

第二次世界大战以后，由于东方各国政治制度、意识形态和文学传统的不同，对现代主义文学的存在和评价也出现了很大差异。在东亚地区，中国大陆、朝鲜民主主义人民共和国，长期以来视现代主义文学为腐朽没落的资产阶级意识形态的产物，而予以排斥和批判。中国台湾在20世纪五六十年代曾出现过现代主义兴旺发达的时期，中国大陆在1980年代才开始较全面地认识评价和介绍现代派文学，作家们才开始借鉴现代派的某些创作观念和艺术技巧。

在韩国，现代主义文学在"战后派"文学的基础上进一步发展和
成熟。1960年代，韩国文坛的存在主义文学盛行一时。萨特、加缪和
弗洛伊德的学说成了许多作家的人生和创作的哲学。在这种思潮影响
下，韩国文坛出现了所谓新感觉派。这派作家不赞同"战后派"文学
过分执著于历史，认为不能只是从"悲剧性的历史出发来感伤和哀
叹"，而应当去"探索现实与未来"，"在社会制约中创造自己的文学世
界"。这派作家十分注重语言的感觉、印象的飞跃和心理分析，宣称艺
术创作的源泉应当到"无意识"中去寻找，并且要表现梦境与幻觉。
实际上，韩国的新感觉派显然受到战前日本新感觉派的影响和启发，其
实质是西方的弗洛伊德主义、达达主义、超现实主义等现代主义流派的
混合。

在韩国1960—1970年代的现代派文学中，著名作家金承钰
（1914—　）的短篇小说《汉城，1964年冬》获得了很高的评价。《汉城
1964年冬》① 写的是寒风凛冽的1964年冬，在汉城的一家酒棚里，主
人公"我"和一个姓安的大学生、一个三十多岁的穷汉邂逅相识，彼
此攀谈聊天的情景。作者通过这三个人物在十几个小时内的谈话、心理
活动和行动，淋漓尽致地表现了青年一代惘然、失落、空虚、悲观和无
可奈何、百无聊赖的精神状态。"我"的痛苦、失落与无聊主要由出身
卑微、考试落第、军队生活的熏染和公务员的生活环境所造成。但姓安
的大学生作为富家子弟，却也有着同样的迷惘空虚的精神状态。最富有
悲剧性的是那个"汉子"，他死了老婆，满腔的痛苦无处诉说，只好花
钱求人同他一起聊天，以寻求失落后的一点点平衡。而他的那点钱竟是
医院买下他老婆的尸体所付的报酬。那汉子终因失去精神依托，不堪痛
苦的打击而自杀身亡。小说中三个人物的出身、经历和身份虽有不同，
但他们都处在同一社会氛围中，经受着同样的痛苦和折磨。小说深刻地

---

① 《汉城，1964年冬》，张培德译，见《南朝鲜小说集》，上海译文出版社1983年
版，或见《韩国现代小说选》，人民文学出版社2009年版。

表现了当时在韩国的政治高压和"城市产业化""现代化"的经济的畸形发展中青年一代的心理状态。他们或像"我"那样放浪形骸，或像"汉子"那样一死了之，或像姓安的大学生那样站在茫茫的风雪中默默地思索未来。

1960 年代前后至 1970 年代初，印度的印地语文坛上出现了一个所谓新小说派。这个流派借鉴现代主义的某些因素，提出了与以普列姆昌德为代表的近代现实主义不同的文学观念。他们认为小说是个人情感体验的记录。他们强调"体验的准确性"和"情感的真实性"。他们不重情节和人物，也不表露明显的倾向性，而只以作家本身的体验为基础，在作品中叙述使人感到痛苦、困惑和激动的事件，引导读者和作家一起面对生活、思考生活。新小说派代表作家主要有莫汉·拉盖什（1925—1972）、拉德金尔·亚德沃（1929— ）、格姆莱西沃尔（1932— ）等。其中，莫汉·拉盖什的短篇名作《又一次生活》① 很能说明新小说的特色。《又一次生活》以沉痛凝重的笔调，描写了主人公帕拉格什在情感生活、家庭生活和社会生活中的孤独与凄凉。前妻视他如同陌路人，他寻求"又一次生活"，却受挚友的蒙骗，娶了个精神病人而备受折磨。小说以家庭生活为中心，以主人公孤独的心理体验为基础，以茫然四顾的失落与迷惘为结局，反映了现实世界的冷酷无情，人际关系的疏远与淡漠和人的心灵的空虚与荒凉。显然，反映在作品中的作者的世界观主要是存在主义的。作者还特别注意运用象征手法，如包围在帕拉格什四周的大雾象征着人物心理的迷茫；以帕拉格什徘徊在大雨中，唯有一条狗跟随其后，象征人物内心世界的剧烈的骚动不安、人物前途的茫然和处境的孤独凄凉。作者认为，新小说派的小说与传统小说的主要区别在于象征手法的运用。总之，印度"新小说派"的主导倾向是现代主义的，这个流派的实质是试图使文学主观化、自我化，力图在日常生活中

---

① 《又一次生活》，倪培耕译，见《外国现代派作品选》第三册，上海文艺出版社1984 年版。

发掘人生的悲剧性，这一点与印度传统文学、近代现实主义文学很不相同。印度传统文学是神秘主义、理想主义、乐观主义的文学，印度近代现实主义文学是社会化的文学。因此可以说，新小说派的创作虽谈不上是一种"革命"，但至少是对印度传统文学的偏离。

印度和巴基斯坦的当代乌尔都语文学占主导地位的创作主潮是现实主义的，但现代主义文学也有一定地位。著名女作家库拉特·艾茵·海达尔是当代乌尔都语现代主义小说的代表作家。她的创作将西方的象征主义、表现主义、"垮掉的一代"等创作方法同印度传统的宗教观念结合在一起，取得了独特的艺术效果。海达尔的著名长篇小说《火河》（1959年）集中地体现了她的创作特色。《火河》没有统一的故事情节，结构布局完全服从于作者主观思想的表达。小说企图对印度的历史传统和现状作出广泛的哲学阐释。小说的标题"火河"寓含了作者对历史与现实的解释：生活就像一条河流，每天都流淌着新的河水，但"河"本身并没有变，生活中的一切都是重复，生活的发展是周而复始的，不可能期待它有什么新鲜东西。然而这种发展又像火焰一样有明有暗，有强有弱。为了证明这种历史哲学观，作者让书中的名叫乔达摩、桑卡尔、卡玛鲁丁和钱芭的几个主要人物在好几个世纪里重复出现，而且情节和环境也都很类似。这种描写不禁令人想起印度传统宗教所宣扬的轮回转生。那些名字相同的人物虽然在不同的时代都有各自不同的身份和境遇，但他们都感到了生活的无意义，感到了现实的幻灭和压抑，对未来也充满了迷惘和恐惧。他们没有什么理想，他们所能做的就是对国家、对人类命运的无休止的议论。《火河》比较深刻地表现了当代某些知识分子的内心生活体验，表明了作者已能相当熟练地使用现代主义创作方法，并使之与民族的历史文化传统结合起来。

现代主义在东南亚各国也有一定的市场。印度尼西亚的著名诗人凯里尔·安哇尔（1922—1949年）早在1940年代初就写了许多表现主义的诗歌，战后，他仍是印尼现代派诗坛中的旗手。他的诗深受尼采的超人哲学和荷兰表现主义诗人马尔斯曼的影响，宣扬"活力论"，强调表现自我意志和主观感受，格调高昂，情感激越，为印尼诗歌开了一代新风。在小说创作领域，印尼文坛上的现代主义在近几十年中花样翻新，追新求奇，甚至出现了既无情节，又无人物的所谓"电子小说""符号小说"等，但往往只是昙花一现，不能持久。印尼现代派小说的真正奠基人是伊万·希马杜邦（1928— ），他的《祭奠》在1969年发表后引起文坛轰动。这部小说描写的是一个画家的怪诞行为，成功地表现了社会现实使人非人化的异化现象。在伊万以后，还有三位比较著名的现代派作家。他们是布迪·达尔瓦、达纳托和布杜·威查雅。布迪·达尔瓦的小说深受卡夫卡的影响，他的代表作《批评家何迪南》（1974年）明显地受到卡夫卡《城堡》的启发，而以美国社会生活为题材的小说《奥连卡》（1980年）则使用了美国的"非虚构小说""新闻小说"的手法，出版后获得好评并获东盟文学奖。达纳托本来是学造型艺术的，他将小说艺术与造型艺术融为一体，使小说具有独特的立体效果。布杜·威查雅（1944— ）是一位荒诞派的戏剧家和多产的小说家。几乎每年都有作品获奖，也曾获"东盟文学奖"。他的主要小说有《电报》（1973年）、《车站》（1977年）等。

　　和印尼在历史文化上十分相近的马来西亚的一些作家也曾使用象征主义、表现主义、意识流等方法写作，但一般都被视为"精神病态"而受到非议。存在主义也曾影响到马来西亚文坛，但由于存在主义"存在先于本质"，"世界是荒诞的、人生是痛苦"的命题与马来西亚大多数人所信奉的宗教教义格格不入，所以，存在主义不能引起读者的赞同和共鸣。

　　中东地区阿拉伯伊斯兰各国的现代主义在当代文坛有一定影响。在当代埃及，主要的现代主义作家有艾·赫拉特和迈·图比亚。赫拉特的小说带有法国"新小说"的特点，而图比亚的小说主要是意识流式的，并大量运用了神话意象。在叙利亚，著名作家扎卡利亚·泰米尔

（1931—　）是阿拉伯地区成功地运用现代派手法创作的著名作家。他以写作荒诞派小说著称，作品主要有短篇集《白马的嘶鸣》（1959 年）、《走向海洋》（1960 年）、《灰烬中的春天》（1963 年）、《闷雷》（1970年）等。短篇小说《饥饿》① 很能体现他的创作风格。这是一篇寓意深刻的表现主义小说。作者以高度凝练的笔法、巨大的概括力、怪异的情节、奇特的梦幻，揭示了人与外部世界、人与人之间的荒诞的关系。作品所描写的每一个细节都具有某种象征性意义：画家只给“饥饿”的艾哈迈德吃画在纸上的烧鸡，表明朋友在危难之际的虚情假意；艾哈迈德梦中成了国王，吃盘中的婴儿肉，象征着社会上层的肉林酒池的生活是建立在鱼肉百姓、杀戮弱者的基础之上的；艾哈迈德与穿“黑衣服女人”的关系暗示男女之间只是一种异性互用，而没有什么爱情；女人变成长蛇缠住他的脖子，进一步揭示了男女、夫妻之间的相互争斗与伤害的关系。艾哈迈德寻找“艾哈迈德大夫”，有两重含义：一是人与人之间的陌生化。同一座楼里上下层互不相识、不相往来，这是当代城市中的一种普遍现象。二是对社会病难者的冷淡与不关心。艾哈迈德只能回到家里，对镜自语，在梦幻中得到虚假的满足。这篇小说题名“饥饿”，浅层的寓意是穷人食不果腹的“饥饿”，而深层的寓意则是精神上的“饥饿”。人情冷漠，世态炎凉，人的精神需求不能在社会中、在人群中得到满足。《饥饿》情节上的怪诞与它所揭示的深刻而真实的社会关系处在一个和谐的矛盾统一体中，充分显示了表现主义小说的艺术魅力。

　　阿拉伯国家的马格里布三国（摩洛哥、阿尔及利亚、突尼斯）和海湾地区各国的文学起步较晚，但在 1980 年代却获得了迅速发展。诗歌和小说创作中的现代主义是这些国家文学创作的重要组成部分。阿尔及利亚作家阿·哈·赫杜格于 1983 年出版的长篇小说《美女与修行者》

----

① 《饥饿》，郅溥浩译，见《外国现代派作品选》第三册，上海文艺出版社 1984年版。

被认为是马格里布 1980 年代的文学佳作。这篇小说将音乐、绘画应用于文学，并大量运用神话意象、象征和意识流等手法，打破了时空界限，展现了新思想与旧传统的冲突。这部小说已被译成欧洲多种文字，受到广泛好评。海湾地区各国随着石油资源的开发和经济的发展，文学也出现了繁荣局面。尤其是在沙特阿拉伯，青年作家们已能熟练地运用意识流等现代派小说的技巧进行创作，有些作家（如西·奥斯曼、拉吉亚·舍比卜等）的小说深刻地揭示了在经济高速发展的情况下，青年人日趋严重的心理障碍和精神危机。

在当代东方，日本的现代主义文学最为发达，现代主义流派众多，不断更迭，优秀作家作品不断涌现，而且带有强烈的民族特性。继战后派文学之后到 1980 年代，先后出现了"无赖派""太阳族""存在主义""内向的一代"、都市文学等有较大影响的现代主义和后现代主义流派。

"无赖派"文学兴盛于 1940—1950 年代。它是在战后日本既有的社会政治经济结构被摧毁，传统的价值观念被抛弃，新的价值观念和社会秩序尚未建立和形成的混乱状态下，一部分知识分子困惑、迷惘、不安和绝望的产物。"无赖派"一词，是由该派的核心作家太宰治（1909—1948 年）首先提出来的。他在 1946 年 1 月 15 日致他的文学导师井伏鳟二的一封信中说："因为我是无赖派，所以我要反抗战后的风气。"同年 5 月。他在《东西》杂志上再次著文声称："我是自由人，我是无赖派，我要反抗束缚，我要嘲笑那些正人君子们。"当时的文坛就把太宰治的这些言论称为"无赖派宣言"。与此同时，作家坂口安吾、织田佐之助又多次说过："文学本来就是游戏（戏作）。"事实上这派作家的创作近似江户时代井原西鹤等人的游戏文学，所以"无赖派"又被称为"新戏作派"。这一派作家并不是因关系密切或主张相同而结合起来的文学流派，只因为他们的文学有许多共同特征，才被评论界统称为"无赖派"或"新戏作派"。这一名称直到 1955 年评论家奥野健男发表题为《无赖派的再评价》一文后才固定下来。该派作家认为，随着日本战败，过去压抑和统治日本的一切虚伪的东西都崩溃了，但这对于人类、对于文化是有益的。因为人们由此看到了旧秩序和旧道德的伪善，过去正是这些旧的道德秩序像尘土一样遮掩了人的真实和人的美。他们愤世嫉俗，企图从旧的秩序中挣脱出来，但面对庞大的社会，他们不可能从积极的方面、从正面反抗社会，只能常常在作品中安排一些荒唐的不合常规的情节和人物来表现对社会、对传统的逆反心理。他们把放浪形骸的无赖之徒作为主人公，在对他们的肉欲、嗜酒、自杀和犯罪的描写中极力表现他们对现实的叛逆，在"堕落"中追求"自由"和"人性解放"。他们在创作观念和创作方法上也反对近代传统，反对写实主义，奉行直觉主义、反理性主义，强调人物的直觉、梦幻和无意识作用。

谈无赖派文学，首先必须提到这一派的代表作家太宰治。这位作家出身于官僚地主家庭，因自己出身剥削阶级而怀着赎罪和好奇的心理参加了左翼运动。由于左翼运动惨遭镇压和他私生活的挫折，他心灰意冷，对社会、家庭、女性、自我都感到了绝望。为了自杀，他写了遗书《晚年》（1933年），这是他的第一部作品集，试图"毫无保留地写出自己幼年的罪恶"。在三十九年的短短生涯中，他不断地酗酒，不断地搞女人，不断地写小说，也不断地自杀。第四次，也是最后一次自杀成功了，他与情人山崎富荣双双溺水情死。临死那年出版的著名的自传体中篇小说《丧失为人资格》（1948年）生动地展现了作者曲折坎坷的人生历程，并深刻地剖析了自己的变态人格。

太宰治1947年写的短篇小说《维荣的妻子》① 是他的代表作之一。男主人公大谷先生是一个放浪形骸、醉生梦死、玩世不恭、恬不知耻、暗偷明抢的无赖。这位号称"大诗人、大学者"的天才，在一家小酒

---

① 《维荣的妻子》，张嘉林译，见《维荣的妻子——当代日本小说集》，上海译文出版社1986年版。

馆里喝了三年酒，只交过一次酒钱，最后竟当着酒馆老板的面打开抽屉把人家的五千圆钞票一把抓起来，塞进口袋，趁他们吓得目瞪口呆之时，扬长而去。作为有妇之夫的大谷，在外面不断地勾引女人，搞光女人的钱财甚至衣服，然后抛弃。女主人公（作品中的"我"）目睹丈夫的所作所为，无可奈何。为了抵债，她只好到被丈夫偷了钱的那家酒馆帮工，并不加反抗地接受了一位男顾客的奸污。作品的结尾，大谷对妻子说，他之所以偷钱，是为了让妻子和孩子过个快乐的新年，所以自己不是一个"人面兽心"的人。妻子于是安慰丈夫说：不管忘恩负义也罢，人面兽心也罢，"咱们只要活着就行啦"。《维荣的妻子》体现了作家的无赖派的人生观：人就是要摆脱道德而活着，而且只有在摆脱了道德束缚的无赖的心中才有最真实的道义观念。大谷先生是个无赖，然而在他妻子看来"像我丈夫那样的人还算好的"，因为她发现来酒店喝酒的顾客"没有一个不是犯有罪过的"。事实上，那家酒店的老板也是靠做黑市生意才富起来的。

太宰治的著名中篇小说《斜阳》（1947 年）①更为全面地体现了无赖派的生活态度、生活方式、精神危机及他们的堕落与毁灭。作品描写了和子一家在日本战败后的遭遇和命运。战后，失去了经济来源的贵族小姐和子与母亲移居乡下。贫困潦倒中的和子欣赏、迷恋母亲那贵族式的优雅并怀念过去。而母亲则思念着参加战争、至今未归的儿子直治，并把儿子作为生活的信念和支柱。但直治的归来并没有给这个家庭带来欢乐，反而增加了这个家庭的危机。直治酗酒、玩女人，充满了痛苦和迷惘，最后只得自杀。和子却奇迹般地爱上了只有一面之交的直治的老师，一个酒色之徒，一个"天字第一号的明码实价的坏蛋"——小说家上原先生，并怀上了这个农民出身的、已有家室的无赖的孩子。她还为怀上这个孩子而感到光荣，并决定把这个私生子养下来，和旧道德斗

---

① 《斜阳》，张嘉林翻译，上海译文出版社 1981 年版。

争着坚持活下去。

　　这部小说思想内容极为复杂。它主要表现了贵族阶级在战后走上没落的悲哀，可以说这是一曲旧贵族在物质和精神上的挽歌。他们失去了原有的地位，但在现实中又不能重新确立自己的位置，经济上受穷，政治上受挤，思想上受压，无用场，无价值。他们也力图"摆脱自身的贵族影子"，加入民众中去。但他们在民众中只得了一个"对我彬彬有礼但却充满恶意"的旁听席。这种被时代巨变连根拔起、无所依附而又不能自已的状况给作者带来了严重的精神危机，引起了他的无限的落寞、失望和悲哀。这种情绪深深地渗透在《斜阳》里。《斜阳》中登场的四个人物代表了作者生活的四个方面。母亲代表了作者业已失去的、值得留恋的、理想化的过去，同时又象征着美好的、优雅的、感性的生活。这位贵族夫人对自己的没落与死亡有一种神秘的可怕的知觉和预感。女儿和子因不慎引起了一次小小的失火事故，这点小事却触动了母亲的悲伤，以至于每天晚上都借上厕所之机出去查看，担心火灾再次发生。这种多疑多虑的不安"更加缩短了她的寿命"。作者说母亲是"最后一个""与世无争、既不憎恨又不埋怨地度过美丽而又悲哀的一生的人"。直治这个人物代表了作者的理性的困惑与绝望。作者通过他的日记和遗书表达了对时代、社会、人生的理性思索。思索的结果便是看破红尘的幻灭与绝望——"思想？是假的。主义？是假的。秩序？是假的。诚实？真理？纯洁？全都是假的"。既然一切都是"假"的，都是虚幻的，那么，生活本身还有什么依托、什么意义呢？所以直治说："我虽然玩乐，但一点也不快乐。""我对人世间不存在任何希望了。""归结到底，除了自杀，大概没有别的办法了吧？"于是，他走上了自杀的绝路。上原先生代表了作者的纵情放浪的日常生活。这位作家体验生活的方式无非是动物性的享乐，为了摆脱现实生活给他的"无限悲哀"，他甘愿沉溺于肉欲和花天酒地之中。和子则代表着作者对传统道德伦理的背叛，是作者对现实逆反心理的集中体现。作者让这位贵族出身的女人拜倒在农民出身、被社会视为无行文人的有妇之夫上原先生的脚下，让她接二连三地给上原写求爱信，让她在自己也不知道为什么要爱上原的时候，恬不知耻地说出"让我为你生个孩子吧"这样的话。接着作者又让她主动挺身上了上原先生的床，怀上了这位无赖文人的孩子，并让她以此为骄傲和光荣。这既是作者企图摆脱贵族阴影的行为，也以艺术的夸张反映了作者对传统价值观念、等级观念的背反意识，更体现了作者作为一个贵族子弟的自嘲自虐的心理。

《斜阳》以露骨的心理分析和自白见长，是充满了现代意识的、高层次的心理小说。小说还成功地运用了一些现代派手法，例如，和子的父亲死的时候，枕边有一条小黑蛇，母亲死的时候，院子里的那条蛇也走到了生命的尽头。这里的蛇既是一种客观对应物，也是一种象征。小说中的母亲经常唠叨说："谁爱夏天开的花，谁就会在夏天死去"，这似乎是一种死亡的预感和启示。

《斜阳》中有一句话："女人就行了。女人是个呆子也没什么关系呀！"无赖派的另一位旗手坂口安吾（1922—1955 年）在其短篇小说《白痴》（1946 年）① 中表达了同样的看法。小说描写了战争期间住在城市近郊的一条商业街上的新闻记者伊泽，与一个漂亮的白痴女人（她的丈夫是个疯子）的超道德的、纯粹的肉体关系。这个女人缺乏最起码的思想和语言表达能力。伊泽对她"连一丝一毫的爱情也没有"，但却在她身上满足肉体的需要。小说极力描写那条街上的混乱、道德堕落和庸俗，表现主人公伊泽从事新闻记者这一"下流行业中的下流行业"所产生的孤独、空虚和无聊之感。他只有在白痴女人的肉体上才能得到片刻的慰藉。这篇小说可以说是坂口安吾在其著名文章《堕落论》（1946 年）中提出的理论主张的艺术实践。在那篇论文中他写到，在战后的日本社会，"人需要堕落，义士、圣女都需要堕落，这是不可阻挡

---

① 《白痴》，瞿麦、柯森耀翻译，见《维荣的妻子——当代日本小说集》，上海译文出版社 1986 年版。

的。阻挡也不能拯救人。人活着，人堕落，除此之外，没有拯救人的途径"。这种独特的"堕落论"，实际上是一种"价值颠倒说"。堕落意味着向下，堕落意味着复归，堕落就是要剥去伪善的道德的面具，返回人存在的原点，即不带任何道德伦理意义的肉欲和性欲，最后堕落到"白痴"状态。只有在这种状态里，人才能活下去。坂口安吾在《白痴》的结尾处写道：伊泽"对生活、对明天都不抱希望。抛弃了这个（白痴）女人，明天还能在什么地方，找到什么希望?"坂口安吾与太宰治的不同之处也许在于：坂口认为人可以像白痴一样，或拥抱着白痴堕落地活着，而太宰治虽也"堕落"了，却终不能堕落地活下去。

如果说日本的无赖派文学相当于美国战后的"迷惘的一代"，那么，日本的"太阳族"文学则是战后资本主义社会"垮掉的一代"的一个组成部分。"太阳族"这一名称来自石原慎太郎的著名小说《太阳的季节》。"族"在日语中是"类""类型"的意思。"太阳族"指的是属于《太阳的季节》中所描写的那一类人物；"太阳族文学"指的是《太阳的季节》那一类型的小说。因此，要讲"太阳族文学"，必须着重讲《太阳的季节》。

《太阳的季节》[①] 是作家石原慎太郎（1932— ）于 1955 年发表的中篇小说，发表后立即获得文学界新人奖，同年又获日本最有权威的芥川文学奖。该作品引起了文坛内外的巨大反响。有些人对这篇小说摇头叹息，而另一些人却称作者为"年轻一代的旗手"。那些思想空虚、能量过剩、醉生梦死的青年人甚至掀起了对石原慎太郎的狂热崇拜。《太阳的季节》是日本战后第一篇正面描写流氓痞子生活的小说。如果说无赖派文学还是抱着一种无可奈何的愧疚心理表现人物的反道德，那么，《太阳的季节》则是心安理得、理直气壮、明火执仗地反道德。战败后的日本社会秩序混乱，人们的物质生活和精神生活普遍匮乏和贫困。战

---

① 《太阳的季节》，孙玉林译，见《外国现代派作品选》第三册，上海文艺出版社 1984 年版。

争的失败使许多人悲观失望，对传统的价值观念与道德标准产生怀疑和逆反心理，继而以色情和暴力的方式宣泄郁闷，耽于淫乐、横冲直撞、破坏一切。主人公龙哉就是这类人的典型。龙哉生活的两个中心内容就是拳击和玩女人，也就是暴力和色情。他借此来发泄动物性的进攻、攫取、占有和蹂躏的本能。在他身上，人类最基本的道德观念和文明准则荡然无存，只有一味地任性而动、为所欲为。作者对主人公的流氓犯罪行为从正面加以无批判的肯定的描写，极力推崇龙哉那种无所顾忌，我行我素的"洒脱"，残忍无情的"坚毅"，表达了"太阳族"成员对所谓"行为"的渴望。他们认为凡是能从中得到满足的"行为"便是最高的道德标准，而把既有的道德标准看成是过时的无聊的东西。但他们的"行为"并没有明确的目标。这种"行为"基于一种反抗和蔑视现有一切的虚无主义情绪，于是他们行凶打人，玩弄异性，要求性的解放，倡导所谓"消灭处女"的运动。作为个人，龙哉憎恶这个道德化的社会；作为儿子，他讨厌属于"虚伪"的中产阶级的父亲；作为男人，他憎恨所有的女人（包括爱他的英子，尽管他对她也有极其复杂的感情）。他的为非作歹都是为了试图割断他与这个社会的所有情感联系，最终通过自己的"行为"彻底否定社会公德。对于《太阳的季节》所宣扬的这种可怕的人生观，作者在1956年发表的论文《价值紊乱的光荣》中作了理论上的概括。他主张不顾一切道德地尽情纵欲。他说："不管在哪个时代，只有精神还原为肉体，才能获得觉醒。在现在的文明秩序、社会机构和人类当中，要使彻底失去生活余地的人类复活其精神，我们就必须把我们的精神吸收到自己的肉体中去，而形成无精神状态，这样才有可能产生新的精神。"原来，作者石原慎太郎的深刻用心在于通过这样的反道德使战败后感觉到"失去生活余地"的日本人"复活其精神"，产生所谓"新的精神"。说到底，他笔下的人物是以无所顾忌的"行为"反抗战后逐渐固定下来的社会秩序，只不过作者一时找不到具体的突破口罢了。正如他在1956年发表的另一篇小说《行刑室》中所说的那样：“这个社会宛如一间小屋子，叫人透不过气来，我们在这里拥挤不堪……我想使出浑身的力气去撞倒它，可是不知道该撞倒什么，……”于是就只得让他笔下的人物乱撞一气了。其实在这乱撞一气的流氓行为中，隐含着破坏战后社会秩序、重建失去的战前军国主义制度的内在欲望。无怪乎这位作家自 60 年代以后便由流氓阿飞的旗手变为一个右翼政治家，一位参议院议员；无怪乎他后来出面成立军国主义组织“青岚会”，鼓吹复活军国主义，为纳粹和希特勒大唱赞歌了。在这里，我们自然可以想到他与三岛由纪夫的共同之处了。

存在主义哲学和文学早在战后不久就影响到日本，日本许多现代派作家都不同程度地具有存在主义倾向。如著名作家开高健（1930—1990年）创作的主导倾向就是存在主义的。开高健的成名作《恐慌》（1957年）是受加缪的《鼠疫》的启发写成的。小说以一场严重的鼠害为题材，着力反映了个人与社会组织的关系，社会群体组合所产生的巨大的盲目的力量。在当代日本文坛中，最集中地体现存在主义文学之特征的作家是安部公房。

安部公房（1924—1993 年）早年曾学过医，1940 年代末开始创作。1951 年，发表短篇小说《墙壁——S·卡尔玛氏的犯罪》获第 25 届芥川奖。这部小说模仿卡夫卡的笔法，反映了现代人受环境支配和摆布的可悲处境，确立了此后创作的基调和方向。同年发表的短篇小说《闯入者》①，描写由一家老小组成的“闯入者”，以“少数服从多数”的民主原则占据“我”所租居的公寓这一荒诞情节，无情地嘲笑了战后议会民主的虚伪和荒谬。此后又发表《饥饿同盟》（1954 年）、《野兽们思念故乡》（1957 年）、《第四纪冰期》（1958—1959 年）、《沙女》（1962 年）、《箱男》（1973 年）、《樱花号方舟》（1984 年）等，成为日本具有世界影响的大作家。

---

① 《闯入者》，任溶溶译，见《维荣的妻子——当代日本小说选》，上海译文出版社 1986 年版。

《沙女》① 是安部公房的主要代表作。日本评论家认为，《沙女》
在安部公房的全部作品中是最具特色、艺术手法发挥得最成功的一篇佳
作。小说在发表后第二年（1963 年）获第十四次读卖新闻奖，1968 年
又获法国最佳外国文学奖，作者根据小说改编的电影也获戛纳电影节
奖。《沙女》不仅在日本，而且在欧洲各国获得了无数读者的首肯与赞
扬。评论家对这部作品的理解也不尽相同。有人认为它讽喻的是日本战
后的异化现象，有人认为它是对日本社会非现代化本质的批判，有人则
说它是对整个人类生存状态的抽象。总之，仁者见仁，智者见智，都有
道理。在我看来，小说形象生动地表现了现代人的宿命：个人所处的不
可思议的荒诞环境，对这种环境的徒劳无益的反抗和最终不得不生活在
这种环境里。茫茫的风沙象征着现代社会的荒漠和巨大而盲目的力量，
被沙丘所掩埋的沙丘中的房屋象征着现代人的困境，而女主人公日复一
日地清理沙子，男主人公一次次绞尽脑汁的外逃和失败，都在重复古希
腊神话中的西绪弗斯式的徒劳。《沙女》还反映了这种环境中的个人与
个人的关系，尤其是男女关系的实质，即情感上的隔膜与肉体上的相互
需求，反映了社会集团势力（以"老人"为首的村人们）与个人的关
系：貌似好心的安置，实际上却是支配、愚弄与陷害。女主人公安于沙
坑生活与男主人公最终对沙坑生活的适应，表明了环境对人的巨大的同
化力量，个人在社会中的卑微感与无能感；男主人公认真研制沙丘贮水
装置，是在剥夺了自我的环境中顽强地追求自我价值的实现。

对现代社会的这种认识，来源于安部公房的存在主义世界观。他曾
热衷于海德格尔、雅斯贝尔斯和尼采的著作，也曾经历过第二次世界大
战和战后的萧条与混乱。日本的战败与父亲的去世，曾使他一度丧失了
生活信念，并在思想上形成了犹如沙漠般的荒凉感和孤独感。他在成名
作《墙壁》（1951 年）中，就开始表达这种感受。但是毋庸讳言，就他

---

① 《沙女》有两种中文译本：丁棕领译《沙女》，安徽人民出版社 1986 年版；杨
炳辰、张义素等译《安部公房文集·沙女》，珠海出版社 1997 年版。

对现代世界的这种哲学认识和文学表现来说，与西方的现代主义文学比较起来并不新鲜。安部公房不像川端康成、三岛由纪夫那样是依靠表现现代日本人身上的传统精神和审美理想而获得成功的。他与日本的传统精神联系并不密切，可以说他是一个纯粹的现代主义作家。而现代主义是产生和兴盛于西方的。一个东方作家能运用产生于西方的创作方法进行创作并令西方人耳目一新，只靠移植与模仿是不可能做到的。如果说安部公房的《墙壁》是对卡夫卡的模仿，如果说《墙壁》获得芥川奖表明了当时的日本人对这种新的创作方法的认可与接受，那么，后来的《沙女》走进西方世界，就不能简单地认为它只是成功地模仿了西方。事实上，《沙女》在思想上、艺术上都有其独到之处。最主要的特色就是它贯穿了理性主义和科学精神。我们知道，西方现代主义诸流派的总特点是它们的反理性主义，着力描写人的不可思议的下意识的梦幻，有些流派甚至热衷于重新利用古代的神话故事进行创作。他们反理性的一个重要内容便是反科学，认为科学的发展压抑了人性，科学的成果使人异化。于是，许多西方的现代主义作家们不同程度地表现出了反抗现代文明的厌世和复古的倾向。与此不同，安部公房的作品表现出了一种明显的理性与科学精神。《沙女》中体现着作者的负面价值观的是缺乏现代色彩的保守、封闭、落后和愚昧的沙丘下的村民和村庄。这些村民长久地保持着一种落后的生活方式而不加改变，重复着单调而原始的手工劳动（清理沙子）。村民们顽固地维护着这种落后的生活环境，唯恐外人改变他们的生活方式，因此对"县政府"来的人保持着高度的警觉。正面体现作者价值观念的是男主人公仁木顺平。他是一个喜爱自然科学的教师，尽管到底被沙丘的环境困住了，但他却千方百计地企图用科学征服沙丘，热心于研究沙丘中的"贮水装置"，企图改变沙丘的干燥缺水和风沙流动的状况，并以此作为理想寄托。显而易见，在这里作者是想用科学的、理性的精神来否定由保守的生活方式所造成的不文明、不开化的落后和愚昧。《沙女》中充满着许多有关生物学、物理学的议论和描写，进一步强化了作品的理性与科学的氛围。从作者的整个创作历程来看，这种理性与科学精神不是《沙女》所独有的。他的许多作品的主人公都像仁木顺平那样，是热衷于科学发明的、企图以科学改变生存环境的人。如1984年发表的长篇小说《樱花号方舟》①，主人公为了预防未来的核战争威胁而把一座废石矿建成了具有许多现代化装置的掩蔽性的"方舟"。诚然，"贮水装置"也好，"方舟"也罢，作者并不相信科学的万能，科学很可能是一种徒劳，但即使徒劳也未必无益。现代人不是把未来的成功与进步寄托于科学吗？成功与否暂且不论，它总能给人类以心理上的安慰和生存下去的希望，从而淡化了现代人的许多苦恼、绝望和孤独感。安部公房就是善于把现代人的绝望寄托在科学发明的希望中，把现代人的孤独感消融于科学的创造活动中。安部公房曾表达过这样的思想：希望是绝望的形式，绝望是希望的形式。《沙女》中的男主人公就是在绝望中寻求希望，在希望中冲淡绝望与孤独。显然，安部公房对现代的恶劣的人际关系、丑恶的人性抱有一种深深的绝望，但对现代科学却抱有一种希望。这种对绝望与希望所采取的辩证态度，使《沙女》摆脱了西方现代主义小说常见的那种灰沉沉的悲观的色调，它在对困境的描写中体现出一种明快的幽默。《沙女》的男主人公并没有因为身处困境而无所作为和彻底绝望。他努力行动，努力创造，不甘受环境的摆布，他要在力所能及的范围内试图用科学的手段改变环境。徒劳吗？也许是，也许不是。这一切，不正是现代社会、现代人所正在做的吗？总之，《沙女》中没有许多现代主义流派常见的那种对科学的反感甚至敌视科学的倾向。它充满了当代人所具有的清醒的理性精神，反映了具有科学与理性的现代人对社会的非现代化现象的困惑、反抗和为改变这种现象所作的努力。这正是《沙女》作为现代主义小说的新意之所在。

---

① 《樱花号方舟》，杨晓禹、张伟译，作家出版社1988年版。

　　1970 年代初，日本文坛出现了一个新的现代主义流派，评论家称之为"内向派"，或"内向的世代"。这一流派的主要代表人物有作家古井由吉、黑井千次、后藤明生、阿部昭、小川国夫和评论家秋山骏、柄谷行人等。这些人并没有形成一个有组织的文学团体，也没有发表过共同的文学纲领，不同的作家都有明显的创作个性，但他们在创作倾向上有较大程度的相似或相近之处。"内向派"作家受到卡夫卡为代表的表现主义的影响。他们将文学视野收缩到个体之内、主观世界之内。从这一点看，这种文学现象是近代私小说的一种回潮。但"内向派"作家有着鲜明的当代意识，出色地表现了现代化生活的某些本质方面。他们尤其受到卡夫卡的影响，把局部的写实手法同梦幻、怪诞的事结合在一起，有意造成一种沉重、朦胧的超现实的气氛，表现个人在高度发展的现代工业社会中的迷惘、苦闷和焦虑，并有意追求对现实社会的超越，具有强烈的虚无主义倾向。"内向派"作家中值得提到的重要作品有古井由吉的中篇《杏子》（1970 年）、黑井千次的短篇《时间》（1969 年）、后藤明生的长篇《夹击》（1973 年）等。总的来看，内向派作家表现的是无意义的人，在无意义的场所，过无意义的生活。这个流派标志着日本现代主义文学向后现代主义文学的转化。

　　到了 1980 年代，日本的后现代主义文学由于青年作家村上春树（1949— ）的登场而趋于成熟。村上春树的作品被称为"都市小说"，他的前期小说《听风的歌》（1979 年）、《1973 年弹珠玩具》（1980 年）、《寻羊冒险记》（1982 年）、《世界末日和冷酷的仙境》（1985 年）、《挪威的森林》（1987 年）、《舞吧，舞吧，舞吧》（1988 年）、《海边的卡夫卡》（2002 年）① 等等，都极有特色。村上春树以他那特有的轻松、悠闲、潇洒的笔调，描写了从正面欣然接受现代都市生活方式的年轻人，成功地塑造了后现代社会中"感受型""消费型"的"后

---

　　①　村上春树的大部分作品都已经有了中文译本，在已出版的诸多单行本的基础上，上海译文出版社自 2001 年起陆续出版林少华翻译的多卷本《村上春树文集》。

现代"人格。他笔下的人物都是单身汉，无妻无子，过得逍遥自在。他
们自由、自立、自为，一切都无可无不可，怎么都行，但又保持着自由
自在，身处都市的喧嚣，而又保持着寂然孤立。他们喜欢一人独处，喜
欢爵士乐、啤酒、红茶、外国小说、外国电影和唱片。寂寞时便找同样
年轻的异性伙伴聊天、兜风、谈情说爱。有时像是逢场作戏，随便做
爱，近似儿童式的天真烂漫的性游戏；有时对恋人也怀着虽不热烈执
着，但也算是缠绵难舍的情感。生活平淡无奇，工作单调乏味，于是主
人公的生活中常常出现天方夜谭般的奇遇、莫名其妙的丢失、费尽周折
的寻找、有惊无险的冒险、不了了之的结局。所有寻找、所有的行为都
只是一个"过程"，一种没有必然性，也没有充分必要性的"过程"，
因此其结果也必然是没有结果。在作品中，作者把一切都"消解"了，
人物的行为"跟着感觉走"，没有目的、没有意义，从而消解了主题，
消解了中心，消解了意义，体现出无机性、平面化、符号化的特征。村
上的小说，悠闲中有一点紧张，轻松中有一点窘迫，期待中有一点茫
然，潇洒中有一点苦涩，热情中有一丝冷漠，冷漠中有一点幽默，各种
复杂的微妙的情绪都有一点点，交织在一起，如云烟淡霞，可望而不可
触，形成了独特的叙事模式和创作风格，引起了现代读者尤其是青年人
的喜爱和共鸣，也受到了批评家和研究者的高度关注，并产生了世界性
的广泛影响。

第三节　现实主义文学的繁荣

　　现实主义是当代东方文学的主潮，并且在近代现实主义文学的基础
上获得了进一步发展。当代东方各国的现实主义大致可分为历史文化派
现实主义、社会批判派现实主义和通俗化、大众化的现实主义三个

走向。

历史文化派现实主义的基本特点是在创作中强化历史文化意识。随着时代的发展，作家们得以站在当代所能具有的高度对以往的历史进程予以展示、回顾和反思，出现了一批既具有现实的广度又具有历史纵深度的现实主义佳作。许多作品具有恢宏的史诗风格。日本作家北杜夫的《榆氏一家》、泰国作家克立·巴莫的《四朝代》、印度尼西亚作家普拉姆迪亚的《人世间》四部曲、巴基斯坦作家阿卜杜拉·侯赛因的《悲哀世代》、埃及作家纳吉布·马哈福兹的《宫间街》三部曲①，都是当代东方值得注意的史诗性的现实主义小说巨著。

北杜夫（1927— ）的长篇小说《榆氏一家》（1964 年)② 是日本近代以来不可多得的史诗性的现实主义长篇小说。这部小说在构思上受到了德国作家托马斯·曼的《布登勃洛克一家》的启发。小说中的榆氏一家是日本近代社会的一个缩影。作者通过对榆氏医院的兴衰和榆氏一家三代人的命运遭际的描述，生动地、多侧面地展现了日本明治、大正、昭和三个时期的历史进程。作者出色地把日本近代历史的发展同两次世界大战的世界形势艺术地结合在一起，把历史资料和背景巧妙地穿插于情节之中，几无遗漏地反映了日本近现代五六十年间大大小小的历史事件。

在泰国，著名政治家（泰国前总理）、作家克立·巴莫（1911— ）的长篇小说《四朝代》（1953 年)③ 是当代东方历史文化派现实主义小说的杰作。据泰国学者统计，从 1933 年到 1974 年间，泰国出版的 50 多部历史题材的长篇小说中，还没有一部堪与《四朝代》媲美。这部近百万言的巨著，通过一个皇族女子帕洛伊的一生，生动地展现了曼谷

---

① 纳吉布·马哈福兹的创作详见本书第 12 章第 2 节。

② 《榆氏一家》，郭来舜、戴粲之译，湖南人民出版社 1983 年版。

③ 《四朝代》有两个中文译本：高树榕、房英译《四朝代》，上海译文出版社 1985 年版；谦光译《四朝代》，山西人民出版社 1984 年版。

王朝五世到八世（1910—1946年）共四个朝代、几十年间的泰国社会生活。小说描写了发生在泰国的重大历史事件、皇宫的礼仪和习尚，尤其是在西方文化冲击下王朝贵族的式微。因此《四朝代》就像一部形象化的泰国近代史。作者在该书序言中说：泰国在这一历史时期曾发生过一系列重大的历史事件和变革，但是历史书籍不可能将参与和目睹这些历史事件和变革的人的思想、观点和生活细节等都一一记载下来。作者希望他的小说能"成为一部向读者提供种种历史事变的背景细节的资料汇编"。[①]而这一切又都是在对人物的生活、命运的生动具体的描绘中艺术地表现出来的。《四朝代》的故事情节是以贵族女子帕洛伊为中心展开的。她为人善良、忠诚，性情温和、慈爱、娴静和聪慧。她是旧时代一切美好的东西的象征，是传统美德的化身。而她的家庭则是封建旧家庭的缩影。然而，在现代文明的冲击和历史发展的浪潮中，这一切都走向了衰落和分化。老一代人死了、落伍了，而新一代的人要么背叛了古老的传统，要么颓唐放纵，要么卷入现代的政治漩涡中。家庭成员，甚至亲兄弟也走上不同的道路，因政治观点相左而视为仇敌。克立·巴莫形象地写出了这种变革的历史趋势。但作为一个出身宫廷皇族的作家，他又对逝去的时代表现出无可奈何的惋叹。小说结尾处，帕洛伊在临终前悲哀地对她的丈夫说："……我活得太久了……看到了想都未曾想过的、也不想看的东西……我已经活了四个朝代了……我感到疲倦，是因为好多事情我都不理解……"这实际上也是作家本人的惋叹。在某种意义上说，《四朝代》是旧时代的墓志铭，也是泰国封建社会的一曲挽歌。作者的历史文化观不仅受到其皇族出身的局限，也受到佛教的轮回报应和宿命论的影响。但是，这反倒使《四朝代》包含了更多的泰国传统民族文化的信息。

　　在独立以来的印度尼西亚当代文学中，堪称史诗性巨著的是著名作

---

　　① 《四朝代·作者序言》，高树榕、房英译，上海译文出版社1985年版，第2页。

家普拉姆迪亚·阿南达·杜尔（1925— ）的四部曲《人世间》《万国之子》《足迹》《玻璃屋》。① 这是作者在长达十五年之久的监牢生活中写成的，80 年代作者出狱后陆续出版发行。这部多卷册巨著描写的是印尼人民在荷兰殖民者的压榨之下的苦难、觉醒和反抗。作品所表现的主题和题材是东方各国近代文学中业已集中表现过的，但普拉姆迪亚在作品中投注了一个当代作家所能具有的深邃的历史眼光。作者把个人、家庭的遭遇和命运与民族压迫、历史的苦难密切联系在一起。对历史进程的深刻透视和全面把握，对人物命运的真实而富有戏剧性的表现，使四部曲在艺术上达到了很高的水平，引起了印尼国内外读书界的关注。四部曲之一的《人世间》一出版即成为畅销书，在五个月内连续四次再版，而且很快被译成了荷兰文、英文、法文、德文、日文和中文等。近几年，普拉姆迪亚还被西方一些作家提名为诺贝尔文学奖候选人。印尼评论家巴特基特里认为，四部曲"将进入世界文学之林"，并且"不会比那些荣获诺贝尔文学奖的巨著逊色"。②

巴基斯坦作家阿卜杜拉·侯赛因（1931—2015）的长篇小说《悲哀世代》③ 是一部水平很高，但在我国尚未引起充分注意的佳作。这部小说同样有着清醒的历史文化意识。作者将这部小说分为《英属印度》《印度》《分治》和《尾声》四卷。从卷名即可看出，作者所要表现的是殖民地时期、独立前后和印巴分治时期的印度和巴基斯坦的历史进程。跨越这几个历史时期的小说主人公是纳伊姆。这位农民的儿子在英国人统治时期曾应征到欧洲参加第一次世界大战，在战争中他失去了一只胳膊，英国人因此而授予他十字勋章并赏他土地。解甲归田后，他参加了国大党，替这个党宣扬非暴力不合作政策。同时，他辛勤地耕作，

---

① 《人世间》《万国之子》《足迹》已有中文译本，北京大学出版社 1982、1983、1989 年版。
② 梁立基：《普拉姆迪亚·阿南达·杜尔及其新著〈人世间〉》，参见《人世间》中文译本，北京大学出版社 1982 年版。
③ 《悲哀世代》，袁维学译，上海译文出版社 1984 年版。

并与一个富豪的女儿阿兹拉结婚。不久，他因政治活动被逮捕入狱，因此失去了十字勋章并被没收了土地，成了一个穷人。在长期的生活折磨、劳顿和悲哀的打击中，纳伊姆衰老了，也消沉了。作者把纳伊姆所生活的世代称为"悲哀世代"，也就是灾难迭生的时代。但是，在描述这"悲哀世代"的时候，作者显示了难能可贵的诗意和幽默感。这种诗意和幽默不论在情节描述或人物对话中，还是在议论中都时时显露出来，从而摆脱了平铺直叙的沉闷和单调。即使在表现重大历史事件的时候，作者也极力避免自己出面讲述，而是设法变换看问题和讲述的角度。如著名的阿姆利则惨案，在小说中是通过一个目击者、没有文化的渔夫的口说出来的。也许在印度和巴基斯坦文学中，很难再找到如此生动真实、扣人心弦的关于该惨案的描述了。

当代东方的历史文化派现实主义还表现为对民族传统文化、对乡土文化的"寻根"和反思。最近二三十年以来，随着现代工业的发展和现代生活方式的日益普及，东方许多作家把目光投注于集中地保留着民族传统文化的乡村和边区，并创作出了一大批具有深刻的历史文化意识的乡土寻根文学。这些乡土寻根文学包含着作家及现代人的复杂情感：他们把越来越被人淡漠了的民族文化再次展现在人们面前，或证实它的落后或原始，或发掘其中被忽视了的价值，或崇尚古朴和风情猎奇，或表现乡土文化的湮没，或探讨传统文化走向自新之路。一句话，他们让读者在现代中看到原始，在世界文化体系中摆正自己的民族文化的位置，在相对舒适的现代生活中不忘记曾经有过的动荡和艰辛。

乡土寻根文学在1960年代的印度印地语文学中被称为"地域派文学"或"边区文学"。这派文学由作家勒努（1921— ）的长篇小说《肮脏的边区》（1954年）而得名。印度边区文学刻意追求乡土气息，展示乡村小镇的风土人情，不同程度地表现了对传统乡土文学的追怀。这派文学盛行了十几年，直到1970年代才由盛及衰。1980年代，中国文坛也出现了相当一批"寻根"的文学作品，阿城的《棋王》（1984

年)、《遍地风流》（1985 年）、韩少功《爸爸爸》（1985 年）、郑万隆的《黄烟》《空山》《野店》（1985 年）等都是寻根文学的代表作。这些作品大都以粗犷的笔调描写了带有原始意味的民间风情，在猎奇的情趣中显示了某种程度的文化心理上的返璞归真的情调。

在当代日本，工业和城市的飞速发展，并没有淹没作家对故乡故土的深切回忆。当代著名作家水上勉（1919—2004 年）的文学基石就牢牢地根植于故乡故土之中。水上勉出身于福井县若狭地区的一个穷苦的山村，对日本的乡土文化有极为深切的体验。他的大部分作品的背景都安排在他那贫苦偏僻的家乡，他的代表作《雁寺》《越前竹偶》对读者的吸引力，与其说是来自曲折动人的故事，不如说是源于浓郁的日本乡土气息。《雁寺》（1961 年）① 是根据作者幼年在一个乡村寺院当小和尚时的经历写成的。作者不仅出色地揭示了小和尚慈念的复杂难言的内心世界，塑造了一个人格被扭曲、心理受压抑的少年叛逆者的形象，而且出色地展示了乡村寺院的独特的文化氛围。中篇名作《越前竹偶》（1963 年）② 中的"越前竹偶"作为巧夺天工的手工艺品，是乡土文化的象征。这种卓越的艺术品虽然出自长相丑陋的、贫穷的乡下竹工之手，却凝聚着农民手工艺人的善良、智慧和美的创造力。然而，这种艺术品及它所象征的乡间文化，却被城里商人的罪恶的魔爪毁坏掉了。作者就这样在一个哀感顽艳的爱情悲剧故事中，表现了乡土文化的悲剧性淹没。

日本作家对传统乡土文化的寻根和反思，还集中体现在深泽七郎（1914—1987 年）的创作中。深泽七郎的小说《楢山小调考》（1956 年）、《笛吹川》（1958 年）、《庶民英烈传》（1962 年）、《甲川摇篮曲》（1964 年）、《陆奥偶人》（1980 年）都具有浓厚的乡间文化内涵。他的

---

① 《雁寺》，何平等翻译，海峡文艺出版社 1984 年版。
② 《越前竹偶》，吴树文译，吉林人民出版社 1982 年版。

代表作《楢山小调考》① 出版后曾引起轰动，赢得了评论家的高度赞赏，并被改编成电影搬上银幕。这部小说是根据日本有关的民间故事和旧时风俗写成的。写的是信州（今长野县）的乡村，由于生活十分艰苦，粮食匮乏，人一活到七十岁，就作为废人被儿子扔到楢山去祭神。勤劳善良、身体结实的老太太阿铃眼看就要过七十岁了，为了在被儿子背上山祭神时能"体面"一些，她想方设法碰掉了自己整齐的牙齿，义无反顾地按照传统习俗让儿子背上尸首遍地、乌鸦横飞的山间，并在那里坐而等死。而村里的一位和阿铃同龄的老太太则有着强烈的求生欲望，却也被儿子强行背上山，推到了无底的悬崖之下。作品真实地描写了这一愚昧野蛮的乡村陋俗，并在描述中穿插了许多反映乡间民俗的小调、歌谣。作者在冷静客观的描述中渗透着深沉的文化反思意识。他把传统文化的野蛮消极的一面赤裸裸地展示于生活在充裕的现代物质文明中的日本读者面前。

当代印度尼西亚的乡土寻根文学带有强烈的地域性民族特色和强烈的文化反思意味。在这些地域性乡土文学中，尤其是以爪哇文化为背景的小说影响最大，因为爪哇文化是印尼多民族文化中最悠久的一种文化，近几年甚至出现了印尼文化"爪哇化"的倾向。在爪哇乡土寻根文学中，比较重要的有阿尔斯文托的长篇小说《花裙蜡染匠》（1985年），芒温威查雅的长篇小说《织巢莺》（1986年），阿赫马·多哈里（1948— ）的《爪哇舞妓》三部曲（1981年、1985年、1986年）②等，其中《爪哇舞妓》是印尼当代作家对乡土文化寻根和反思的佳作。小说描写的是杜古巴鲁村的一个年轻漂亮的舞姬斯琳蒂尔的命运盛衰。这部作品乍看上去像是一般的通俗小说，但略加品味，便可知它具有较深的文化内涵。它既是一部生动的爪哇乡村文化史，又是一部内容丰

---

① 《楢山小调考》中文译文见《日本当代小说选》（下），外国文学出版社1981年版。

② 《爪哇舞妓》，严萍、龚勋译，北岳文艺出版社1991年版。

富、饶有趣味的民俗小说。杜古巴鲁村是愚昧、迷信、贫困、封闭的爪哇乡村社会的缩影。村民们顺于自然，安于天命，恪守古训，固步自封。他们对村里的老祖宗、曾做过流氓和强盗的色鬼孟加拉顶礼膜拜，他们把煽动和宣泄人类低级性欲的"龙根舞"看成是神圣的娱乐。纯朴的社会人情，狂热的原始冲动，野蛮开放的两性关系，愚昧落伍的传统观念，复杂地交织在一起。然而，前进着的时代一次又一次地惩罚了杜古巴鲁，使它失去了值得炫耀的自尊、骄傲和体面。舞姬斯琳蒂尔的盛衰也就是杜古巴鲁村的盛衰，斯琳蒂尔的精神崩溃也就是杜古巴鲁村的崩溃。作者把杜古巴鲁的希望寄托在曾是斯琳蒂尔的情人、当过兵的、见过世面的青年拉苏斯身上。拉苏斯决心"帮助杜古巴鲁重新认清自己，然后带它到超越寰宇的万物之主面前找回失落的和谐"。

当代东方现实主义文学的另一个引人注目的新现象是社会批判派现实主义的崛起。文学对社会生活，尤其对社会政治的干预力、批判力空前强化。在近代化的文学时代，由于东方各国的主要矛盾是民族大众与外来侵略者的矛盾，面对的主要问题是文化冲突问题。这是东方近代反帝反殖文学和以文化冲突、融合为主题的文学异常发达，而社会批判的文学相对较弱的主要原因。第二次世界大战以后，随着各国的解放和独立，国内矛盾，尤其是国内的社会政治自然成为作家们首先要注意的问题。于是，1950 年代以后，东方的批判现实主义文学开始繁荣起来。

在日本传统文学中，社会批判的因素通常是微弱的、曲折含蓄的，尤其是近代"私小说"的个体封闭性限制了文学对社会问题、社会政治的关心，战争时期的法西斯统治也扼杀了文学的批判性。在战后的几十年间，社会批判派现实主义才在相对民主的社会空气中逐渐形成。这一现实主义流派的代表作家是石川达三、山崎丰子、井上靖等。

石川达三（1905—1985 年）早在 1930 年代就因写作揭露侵华日军野蛮暴行的中篇小说《活跃的士兵》（1937 年）而被判刑。第二次世界大战以后一直到 1970 年代末，石川达三创作了大量批判社会政治的作品，如长篇小说《风中芦苇》《人墙》《破碎的山河》《金环蚀》等。
《风中芦苇》（1948年）① 表现了两位正直的知识分子对军国主义政权
的反抗与抵制，有力地控诉了1940年代日本军国主义的罪恶，正如作
者自己说的，小说是"对战争时期的政府和军部的一次小小的复仇"。
《破碎的山河》（1964年）② 成功地塑造了有马胜平这个当代资本家的
形象，通过描写他不择手段的贪婪的开拓与攫取，形象地展示了当代资
本主义充满罪恶的发展史。《金环蚀》（1966年）③ 则是政治题材的小
说。作品基本情节和主要人物都有现实生活的依据和原型。两位政治家
为了竞选总裁，争夺首相宝座，拉选票，买人心，为此挪用党内公款。
为了填补亏空，寺田精心策划了一场政治与金钱的罪恶交易，围绕这场
交易又进行了尔虞我诈的政治斗争。《金环蚀》无情地揭露了日本的所
谓"金权政治"的内幕，是石川达三的小说中批判性最强、最尖锐的
一部。石川达三是日本当代社会批判现实主义文学的开创者和大手笔。
他具有一个真正的艺术家的胆略和傲骨，自称"从来没有卑躬屈膝地成
为资产阶级社会秩序的辩解者"，始终是一个对当权者持批判态度的
"在野党"。由于石川的作品具有强烈的批判性，不合乎日本传统文学
脱离社会政治的审美趣味，因而他在日本文学界并未受到应有的重视和
评价。但他在中国却有不小的名气，他的作品几乎已全部译成中文出
版。根据他的同名小说改编的电影《金环蚀》更为中国观众所熟悉。

女作家山崎丰子（1924— ）是石川达三的私淑弟子。她的长篇小
说具有强烈的社会批判性。《白色巨塔》《浮华世家》《不毛之地》分别
揭示了医学界、金融界、政界的丑恶内幕。尤其是代表作《浮华世家》
（一译《华丽家族》，1974年）④ 布局缜密宏大，情节丰富生动，全面

---

① 《风中芦苇》，金中译，黑龙江人民出版社1982年版。
② 《破碎的山河》，金中译，春风文艺出版社1984年版。
③ 《金环蚀》，金中译，湖南人民出版社1980年版。
④ 《浮华世家》，叶渭渠等译，上海译文出版社1983年版。

深刻地揭示了 1960—1970 年代日本资本主义垄断集团内部错综复杂、互相勾结利用而又互相倾轧的关系。主人公、银行经理万俵大介是个在事业上野心勃勃、利欲熏心、冷酷无情的人。为了巩固自己的利益，侵吞别人的产业，万俵大介竟使自己长子的企业破产以致使他自杀。小说触及日本体面人物的许多丑恶内幕：性关系的混乱和堕落，家庭关系的崩溃，事业中的阴谋、投机与陷害。山崎丰子曾提出"小说无禁区"的口号，敢于撕破上层大人物的体面的伪装。表现了一个作家，尤其是女作家的难能可贵的勇气。

著名作家井上靖（1907—1990 年）写了许多以中国历史为题材的历史小说，同时他也是一位十分关注现实社会问题、具有强烈的社会批判精神的作家。但井上靖的批判方式与石川达三、山崎丰子颇有不同。井上靖继承了日本传统文学的委曲婉转、寓批判于哀怨之中的美学风格，把日本传统文学的诗意抒情性与当代现实主义文学的社会性完美地统一在一起。他的小说很少有慷慨激昂的针砭时弊之词，却能在客观冷静的描述中表达出明确的倾向性，在轻松幽默的笔调中带有深刻的批判精神。井上靖常把具有时代性的社会问题，尤其是众所瞩目的社会问题作为创作的题材。他的成名作短篇小说《斗牛》（1949 年）[①] 描写了战后某报社负责人为了获取高额利润，不惜以报社命运为赌注，一意孤行地举办斗牛比赛的赌徒性格，敏锐地抓住了战后初期日本社会的动荡、混乱和由此造成的人们的投机、碰运气和非理性的心态。长篇小说《暗潮》（1950 年）描写了一个具有正义感的记者调查"下山事件"（美国占领当局嫁祸于共产党的一桩人命案）并澄清了事实真相，表现了井上靖强烈的社会正义感和直面现实的莫大勇气。《射程》（1956 年）[②] 描写的是一位青年人从搞黑市买卖发迹又破产自杀的故事，生动地反映了

---

① 《斗牛》，李德纯译，见《日本短篇小说选》，中国青年出版社 1983 年版。
② 《暗潮》《射程》，唐月梅译，外国文学出版社 1987 年版。

战后日本黑市市场的情景。长篇小说《冰壁》（1957 年）① 揭露了资本家为了追求利润，不惜伤害人命、诬陷无辜的丑闻。长篇小说《夜声》（1968 年）② 写一个退休教师沿着《万叶集》所吟咏过的地区漫游，发现昔日充满诗情画意的美好风景已被现代工业破坏得面目全非，因而不胜感伤、悲愤。井上靖作品中的主人公虽然大都带有日本民族特有的感伤风格，但他们都是关注时代和社会，不能见容于虚伪、丑恶的正直的人，是时代的批判者。

韩国文学界把社会批判派文学称之为"参与文学"。参与文学形成于 60 年代末。研究者指出，"参与文学"的形成与韩国的社会经济的发展有着密切的联系。经济发展造成的社会问题日益严重，土地兼并使大批农民流离失所；劳务出口虽然为韩国创取了巨额收益，但同时使许多为生活所迫到中东等地区出卖劳动力的工人陷于悲惨的境地；在经济繁荣的背后，存在着一支庞大的失业队伍，一些人被逼得走投无路。一方面，人们被卷进现代化高速发展的漩涡，另一方面，社会上劳资矛盾、城乡矛盾、统治者与被统治者之间的矛盾日益尖锐突出。面对这么多严重的社会弊端，一批在 60—70 年代崭露头角的中、青年作家针对"纯文学派"作家"为艺术而艺术"的陈词滥调，提出作家要"参与到群众的斗争中去"，要发挥文学的社会效应，要"成为时代的见证人"。他们以不妥协的态度对待政治的腐败和社会丑恶势力。于是，在 70 年代，"参与文学"阵容庞大，作家辈出，形成了所谓"70 年代作家群"，主要作家有全光镛（1919—1988 年）、赵世熙（1942—　）、尹兴吉（1942—　）、千世胜（1938—　）、李清俊（1936—2008 年）等。其中，全光镛的长篇小说《裸身》以 1960 年代中期韩国经济起飞为背景，描写了一个少女在生活中的苦斗与挣扎。评论界认为它是"参与文学"的有代表性的作品之一。赵世熙的短篇名作《网中九刺鱼》以新颖的

---

① 《冰壁》，周明译，上海译文出版社 1984 年版。
② 《夜声》，文洁若译，见《夜声》（小说集），上海译文出版社 1980 年版。

手法表现了 1970 年代极为尖锐的劳资矛盾。时至今日,"参与文学"仍是韩国文坛上不可忽视的流派。他们不满足于物质经济的繁荣,为争取韩国的廉洁政治与民主自由而不断呐喊。

当代印度社会批判派现实主义文学代表人物是克里山·钱达尔(1914—1979 年)。钱达尔是继普列姆昌德之后,印度文坛上首屈一指的乌尔都语作家。钱达尔的创作活动始于 1930 年代,他的短篇小说集《想象的魔力》(1937 年)和长篇小说《失败》(1944 年)① 猛烈批判了封建主义和殖民主义。第二次世界大战以后的 1950—1960 年代是钱达尔创作的高峰期。他在 1950 年代发表的短篇小说《我不能死》,以新颖的艺术形式揭示了孟加拉大饥荒的惨状和政府官员对大饥荒的麻木不仁,显示出对社会问题的执著的关切。1950 年代末出版的中篇小说《一个少女和千百个追求者》② 是钱达尔的代表作之一。小说描写的是一个令人心颤的悲惨故事。一个漂亮的吉卜赛姑娘拉基与千百个追求者之间,形成了美与丑、善与恶、贞与淫、灵与肉、诚与伪、弱与强的对比较量。拉基作为一个吉卜赛姑娘,性格泼辣倔强,嫉恶如仇,爱憎分明。为了自己的尊严、人格和爱情,她勇敢地向吉卜赛社会挑战,向整个社会挑战,顽强地反抗着那个监狱一般罪恶的社会环境。拉基的理想是要有自己的爱人而不是主人,有自己的家而不是帐篷,然而这卑微的理想却彻底幻灭了。原来所谓"爱情"不过是对美貌的追逐与玩赏,她的"家"也只能是在乞讨中流浪。在那个社会里,金钱可以支配一切,美貌可以征服金钱,然而金钱却会在瞬间丧失,美貌也不会永驻。拉基终于失掉了爱情,失掉了家,失掉了做人的权利……作者在扉页上写道:"这本书献给成千上万的那些是人,但不能像人一样活,像人一样死的人。他们没有祖国,没有土地,没有家园。"《一个少女和千百

---

① 《失败》,怡新译,北岳文艺出版社 1986 年版。
② 《一个少女和千百个追求者》有两种中文译本:庄重、荣烱译本,山西人民出版社 1982 年版;任蔚典译本,湖南人民出版社 1981 年版。

个追求者》把尖锐的社会批判性寓于丰富生动的艺术情节中，在严肃的社会主题与通俗的艺术形式之间、严格的现实主义与传奇故事之间找到了完美的契合点。

钱达尔在1960年代发表的长篇小说《一头驴子的自述》① 是作者批判社会的集大成之作。这部小说别出心裁地以一头驴子作为贯穿全书的"主人公"。这头毛驴因偶然的机会学会了说人话和读报。后来驴子便来到德里的一位贫穷的洗衣匠家里干活。不料洗衣匠在洗衣时被鳄鱼吞噬。出于同情，驴子又不得不为这位洗衣匠的无依无靠的妻子去向大官们求情。由此引起了一连串喜剧情节。这部作品以一头驴的奇特经历为线索，广泛地揭露讽刺了印度当代政界、经济界、新闻界、科技界、文学艺术界、体育界等领域的一系列社会弊端和丑恶现象，描写了社会上层的官僚主义、趋炎附势和无所作为，反映了社会下层的困苦生活。这部小说所具有的广阔的社会视野、巨大的社会信息量、尖锐的讽刺和批判力量，是当代印度文学中所罕见的。作者笔下的驴子是一个真实生动可爱的成功的艺术形象。它目光犀利、评说剀切，富有幽默感，而又"驴"性十足。在近代东方文学人化的动物形象中，只有日本作家夏目漱石笔下的猫（《我是猫》）才可与之媲美，表明了作者娴熟的写作技巧和恰到好处的艺术分寸感。

巴基斯坦作家肖克特·西迪基（1922— ）的长篇小说《真主的大地》（1957年）② 也是东方社会批判派现实主义的佳作，出版后在国内外引起强烈轰动，荣获1960年巴基斯坦最高文学奖阿达姆吉文学奖。迄今为止，《真主的大地》在国内已再版了七次，并被搬上电视荧屏，在国内外则被译成十八种文字。巴基斯坦评论家认为，这部小说连同《悲哀世代》《火河》是巴基斯坦乌尔都语文学中最杰出的三部长篇小说。肖克特·西迪基笔下的"真主的大地"，是充满了邪恶、阴谋、暴

---

① 《一头驴子的自述》，唐生元、王民锁译，山西人民出版社1982年版。
② 《真主的大地》，刘曙雄、唐孟生译，北岳文艺出版社1986年版。

力和苦难的大地。小说以勤劳善良的寡妇拉齐雅、女儿苏尔达娜和两个未成年的儿子的悲惨遭遇为中心，生动地反映了巴基斯坦独立后社会的混乱，城市底层人民水深火热的生活处境。青少年在恶劣的社会环境中的堕落，各种犯罪集团的横行肆虐，政客们的政治投机和祸国害民的勾当，不法商人的阴险狠毒和贪婪。作品在深刻地揭露和批判现实的同时，还描写了一群正直进步的知识分子想从肮脏的生活中找到出路的尝试。他们组织了"云雀社"，对底层市民教书写字，帮助他们解决生活困难。然而这些活动却遭到了以市政委员会为代表的丑恶势力的仇视。他们收买利诱不成，便施加暴力，制造流血事件。但无论如何，"云雀社"还是在血与火的考验中生存着、发展着。肖克特·西迪基对人物的性格、命运和故事情节的跌宕起伏的变化发展有惊人的驾驭力和表现才能。生动而丰富的情节和栩栩如生的细节描写使人如临其境，一旦开篇展读，即令人手不释卷，必欲一读而后快。这与时下流行的情节"淡化"的小说大异其趣，其艺术吸引力是难以抗拒的。

泰国的社会批判派现实主义文学在当代泰国文坛上占有重要地位。1960—1970年代，该派小说名作辈出，引起了普遍反响。女作家素婉妮·素坤塔（1932—1984年）的长篇小说《他的名字叫甘》① 描写一个志在乡村的青年医科大学毕业生，怎样在金钱和官僚势力的迫害下悲惨死亡的故事。女作家吉莎娜·阿索信（1931— ）的长篇小说《夕阳西下》（1972年）② 以一个野心勃勃的公务员一心向上爬，开始一帆风顺，最后一败涂地的故事，展示了上层官僚社会腐朽肮脏的生活内幕，堪称是当代泰国的官场和情场的"现形记"。著名青年作家察·高吉迪（1954— ）的长篇小说《判决》（一译《人言可畏》，1981年）③ 则独

---

① 《甘医生》，龚云宝、李自珉译，外语教学与研究出版社1980年版。
② 《夕阳西下》，谦谦、烝民译，外语教学与研究出版社1983年版。
③ 《判决》有两种中文译本：谦光译《人言可畏》，北岳文艺出版社1988年版；栾文华译《判决》，长江文艺出版社1988年版。

辟蹊径，以一个奇特的故事深刻地反映了社会舆论的盲目性与有害性。一个名叫"法"的勤奋诚实的青年，在父亲死后被人谣传与年轻的继母同居。开始时"法"不以为然，不忍心把精神不正常的继母赶出家门，但却使人言鼎沸。"法"有口难辩，逐渐被视为道德败坏者，人们对他避而远之。在痛苦和迷惘中，他借酒浇愁，不久又成了镇上有名的酒鬼，就连校工的工作也失去了。最后，"法"的肉体和精神全崩溃了，终于被社会舆论和环境夺走了年轻的生命。在 1982 年东南亚大学奖①授奖仪式的讲话中，察·高吉迪严正宣告："我不关心自己来自哪里，死后将去何方；我关心的是：作为人类的一员，我应如何和同胞们相安，以平等的人格、同等的尊严共同生存。"他提醒人们："自然灾害威胁着我们，给人们带来严重的苦难，但它毕竟只发生于一时一地。而人的某些行为带来的灾难却无所不包，无时不至。人之为害凶狠残酷却不露形迹，因而人们对此麻木不仁，习以为常，身被其祸却不以为患。"《判决》所讲述的故事正是要说明人言之可畏，舆论之可怕。舆论作为一种社会调节工具，有时是盲目的、失控的，它能遏制和谴责罪恶，也能辱没和摧残无辜，它的"判决"有时是公正的，有时是残酷荒谬的。"法"就是人言、舆论的无辜的受害者和牺牲品。这部小说的成功之处在于它从一个崭新的角度批判了社会，把人们时常感受到的人言和舆论的弊害振聋发聩地、艺术地展示在读者面前，是用心良苦的醒世之作。

就社会批判的新颖独特而言，印尼著名作家莫赫塔尔·卢比斯（1922—2004 年）的中篇小说《虎！虎！》（1975 年）② 是值得特别提及的。《虎！虎！》是一篇情节引人入胜、描写真实可信而又寓意深刻

---

① 东南亚大学奖是印尼、泰国、菲律宾、新加坡、马来西亚等东南亚国家于 1979 年设立的地区性文学奖，一年一度评选一部本地区出版的最优秀的作品，并发给奖金。察·高吉迪的《判决》1982 年获奖。
② 《虎！虎！》，羽飞、强志荣翻译，山西人民出版社 1985 年版。

的现实主义佳作。在茂密的森林中，七个采脂队员与吃人的老虎展开了殊死搏斗。在这场搏斗中，巴拉姆大叔被虎咬伤，笃信宗教的巴拉姆在极度痛苦的折磨中不停地忏悔，并在忏悔中揭露了采脂队领头人卡托克大伯以前鲜为人知的罪恶：卡托克曾在战争中残忍地枪杀了自己的同伴，还奸污了他人之妻，然后把那个女人和三个孩子统统杀死，霸占了他们的金银财宝。卡托克大伯因几十年隐瞒的罪恶被揭穿而恼火，但他仍想方设法，努力保持自己在采脂队中的领头地位。他用手中的枪强迫另外几个人也对自己以前所犯的罪行作忏悔。为了显示自己的勇敢，他声称去找老虎复仇，但他却故意绕圈子，避免与老虎遭遇。另一方面想趁机干掉同行的其他队员，以便回村后撒谎以保住自己的名声。在老虎面前，卡托克吓得魂不附体。面对他的狼狈相，平日敬畏他的队员识透了他的真面目，他们夺下了卡托克的枪，打死了老虎，并把卡托克捆在树上。在小说中，"虎"的形象象征着兽性——丑恶、残忍、狡黠和戮害。那特定的环境造成了人与"虎"之间不可避免的生死搏斗。这场搏斗首先在人的精神世界内展开。七个采脂队员都有"虎"性，他们都不同程度地犯过罪，然而真正的恶虎却是卡托克。他的"人"的画皮被撕下之后，又企图不择手段地掩饰其本来面目以保证他的权力、威望和领导人的地位，甚至企图利用手中的枪，杀人灭口，但最终原形毕露，落得了可耻的下场。莫赫塔尔·卢比斯的主观创作意图在于批判、揭露"旧秩序"时期（苏哈托执政以前的时期）领导人的本质缺陷。但是，卡托克作为领导人的丑恶、虚伪、残暴与欺骗，难道不具有普遍的意义吗？这种披着人皮招摇撞骗，道貌岸然，飞扬跋扈的"虎"，在社会上何其多也！《虎！虎！》的高明之处就在于它的批判是艺术的、象征的、影射的，作者在现实主义写实手法的基础上，融进现代主义的象征与暗示，并取得了极大的成功。这篇小说无疑是东方当代社会批判派现实主义小说中有特色的、第一流的作品。

当代东方现实主义文学的一个突出现象就是现实主义小说的大众化

和通俗化。小说这种文学样式从它产生之初就是一种庶民化、大众化的艺术，但几百年来它在发展演变过程中被很大程度地文人化了，尤其是20世纪初以来的现代主义更使小说成为一种有待评论家解说的、读起来有相当难度的严肃的文学样式了。不过近几十年来，由于东方各国商品经济的发展和书籍市场的繁荣，随着大众传播媒介的发达，小说的商品化、通俗化、大众化的趋势越来越强，出现了一大批通俗小说作家及其作品，并拥有相当数量的读者，形成了一种不可忽视的文学现象。一般地说，商品经济下的城市文化越发达，通俗文学的市场也越大，如1950年代以来的日本、印度和韩国，改革开放以来的中国大陆及其港台地区，东南亚的印尼、马来西亚、泰国等。其中，日本和印度的通俗文学阵容最大，也最有特色。

日本的通俗文学肇始于1920年代。从那时起，日本文坛即把文学分为纯文学和大众文学两部分。日本大众文学的含义比较广，一切不属于私小说性质的作品都被划为大众文学。因此，大众文学除了严格意义上的通俗文学外，还包括比较严肃的具有社会意义的现实主义作品，如石川达三、山崎丰子、井上厦（1934—2010年）、石坂洋次郎（1900—1986年）等人的作品。日本通俗文学的主要样式有推理小说、时代小说（取材于历史，而又不拘泥史实的小说）、科幻小说、幽默小说、爱情小说等。第二次世界大战结束以后，发展最快、最有成就的是推理小说。日本推理小说的奠基者是江户川乱步（1894—1965年），他的小说内容惊险，充满悬念，在读者中颇有影响。

1950年代年轻作家松本清张（1909—1992年）登上文坛。他的最大功绩是把推理小说纳入现实主义轨道。既保持了推理小说以推理破案为主线的基本特征，又强化它的社会批判价值。他的《点与线》《隔墙有眼》（均1955年）、《黑色画册》《零的焦点》（均1958年）、《日本的黑雾》（1960 年）《雾之旗》（1965 年）等一系列小说①，一改历来推理小说内容上的贫乏与平庸，摆脱了以往推理小说止于解释犯罪之谜和强调侦探的破案才能的老框子，从现实生活中提取具有时代特点的题材，不仅追究犯罪动机，而且批判促成犯罪的社会背景和社会因素，使推理小说成为既带有很强的通俗性、可读性、趣味性，同时又具有深刻的社会性、强烈的正义感与时代感和现实性、批判性的小说样式，丰富了现实主义的文学园地，开创了日本"社会派推理小说"的先河。他的创作引起了读者和文坛的普遍关注，并在全日本掀起了"松本清张热"。他的中篇名著《点与线》通过一个"情死"事件侦破过程的描写，反映了政界、企业界官僚的腐败。小说中的案情曲折复杂、跌宕起伏，调查访问柳暗花明、层层深入，逻辑推理丝丝入扣、顺理成章。读者在阅读时不得不开动脑筋参与思考和判断。这既是一种思维训练，又是一种审美享受。读者既惊叹于作者谋篇布局的巧妙，又感佩于作者对社会弊端、对卑劣人性的犀利剖析和深刻批判。小说熔思想性、趣味性于一炉，通俗而不流于平庸，奇特而不失于做作，因而被评论家称为世界十大推理小说之一。他的长篇小说《雾之旗》② 揭露了法律的虚伪和司法界的黑暗，写一个优秀的青年教师无辜含冤入狱，受害者的妹妹、天真纯洁的少女柳田桐子求助上诉无门，她在巨大的打击和悲愤中，决心以色相报复见死不救的名律师大塚先生，由此制造了一个冤案，大塚因而锒铛入狱。这部小说后来被改编成同名电影，由著名演员山口百惠、三浦友和担任主演，产生了很大的社会影响。松本清张主张文学应以"拥有广泛的读者为目的"，"把侦探小说从神出鬼没的小天地里拿到现实主义的广阔天地中来"，并宣称"文学就是暴露"，"与其追求华丽的词藻，毋宁写出真实的文字"。松本清张辛勤笔耕了三十多年，已

---

① 松本清张的大部分作品都有中文译本，从 1979 年到 2000 年，已出版各种译本达四十余种。

② 《复仇女》，吕立人译，宝文堂出版社 1987 年版。

写出五百多部（篇）作品，其中大部分是中长篇小说。他以自己的艺术实践实现了自己的文学理想，大大提高了本来属于娱乐消闲的推理小说的格调。

日本社会派推理小说的另一著名作家是森村诚一（1933— ）。1969年，他以长篇推理小说《高楼的死角》① 而一举成名，获第十五届江户川乱步奖。此后他陆续发表了上百部（篇）推理小说，成为日本近年来著名的畅销书作家。② 他的代表作是系列"证明"三部曲：《人性的证明》（1977）、《青春的证明》《野性的证明》（均1978年）。《人性的证明》③ 是三部曲中最优秀的作品。这部长篇小说1977年出版后多次再版，短期内销售三百万册。报刊、电台极力宣传，接着又被拍成电影、电视剧，几乎家喻户晓。这部小说之所以能引起如此大的反响，除了错综复杂的情节、严谨科学的推理和对社会问题的大胆暴露外，还因为它使推理小说在思想内涵上达到了前所未有的丰富、深刻的程度。小说触及人类灵魂深处的善与恶、真与伪、美与丑、爱与恨，从而深刻地剖析了人、人性及其与社会的关系。书名"人性的证明"的含义也正在这里。小说中的栋居侦探，由于少年时代痛感人性的丧失，对人性中的一切丑恶和罪行有一种本能的痛恨，这也成为他全力投入侦破乔尼被刺案件的一个内在动力。八杉恭子是个虚伪、自私和狠毒的女人。在她身上，人性，尤其是人性中的母爱微乎其微。栋居审讯八杉恭子，实际上是"证明"八杉恭子的"人性"存在与否的一次赌博。表达人类美好的母子之情的《草帽歌》终于唤起了八杉恭子久已被罪恶所淹没了的人性，从而使她坦白了自己的罪行。作者令人信服地表明，人类有人性，有真诚、同情和爱，而人丧失人性主要是因为人屈从于丑恶的社会

---

① 《高层饭店的死角》，于荣胜等译，文化艺术出版社1988年版。
② 森村诚一的大部分作品都有中文译本，从1979年到2000年，各种译本已达百余种。
③ 《人性的证明》，王智新译，江苏人民出版社1979年版。

环境。八杉恭子人性的丧失是由于她企图继续保持现有的荣誉和地位；恭平人性的堕落是因为顺从了家庭给他安排的生活环境；美国侦探凯恩当年违反人性地将小便撒在毫无抵抗的日本人身上，也是因为不得不顺从国家政权的驱使而又心怀怨怒，寻求发泄。作者从社会批判的角度展示了不合理的社会和人际关系对人性的扭曲、摧残和剥夺。因而作者对人本身并未丧失希望，他"证明"了人性或多或少地存在于每个人身上。证明了"人性"的存在，也就意味着否定了泯灭人性的社会丑恶。在这一点上，《人性的证明》达到了通俗性与深刻性、可读性与社会批判性的高度统一。

日本推理小说的其他著名作家还有西村京太郎（1930— ）、赤川次郎（1948— ）等。西村京太郎的小说《渡过愤怒的河》因改编成电影《追捕》而为人们所熟悉。赤川次郎的小说擅长描写青春少女微妙的内心世界以及在社会上的犯罪，赢得了众多的年轻读者。

日本的推理小说在近些年的畅销书中一直名列前茅，许多推理小说被改编成电影、电视剧，影响广泛，而且对周围许多国家地区的书籍市场也造成了不可忽视的冲击波。中国大陆和港台、韩国等地，近几年大量翻译出版日本推理小说。这既表明了文学的商业化倾向在东亚各国的日益强化，也表明了日本推理小说的魅力。

印度是当今世界图书出版事业和电影音像事业最为发达的国家之一，这与通俗文学的繁荣和发达具有相辅相成的关系。近些年来，印度各语言文字中没有出现具有全球性和地区性重大影响的作家，但通俗作家的队伍却很庞大。而且，通俗文学与严肃文学的界限也变得越来越模糊不清。上述的乌尔都语作家克里山·钱达尔的属于社会批判派的现实主义小说就具有相当程度的通俗文学的性格。总的说来，印度当代大众通俗文学存在着一定程度的雷同化、程式化倾向。这与印度传统文学的程式化倾向的积淀也许不无关系。看过几部印度电影的人，就可以形成一种最初印象：印度电影是优秀的、引人入胜的，但可惜的是大同小异，无非是坏人捣乱，好人磨难，善有善报，恶有恶报，最后往往大团圆。这种情况表明了民众的审美欣赏的定势制约了作家、艺术家的创造。

在这里值得提到的是印度印地语通俗作家古尔辛·南达。从现有资料看，他是当代很有影响的作家，而且也是位多产作家，迄今已出版了五十多部中长篇小说，许多小说被改编成电影或戏剧。他的长篇通俗小说《断线风筝》① 在我国翻译出版后引起很大反响，再版几次都被抢购一空。东北、河北、云南等地的一些剧团还将该小说改编成话剧、评剧等多次演出。《断线风筝》写的是一个爱情故事，其中充满着偶然的巧合、多次的磨难，而最后是有情人终成眷属。故事的基本框架未能摆脱印度通俗小说的程式化，但作者善于把偶然事件安排得合情合理，基本创作方法是现实主义的。中篇小说《湖畔盲女》② 也是一个充满曲折的爱情故事。作者成功地刻画了一位美丽、善良的盲姑娘的心理和性格。管家的女儿朱格努为了财产和地位，一心想嫁给主人的儿子瑟密尔，但瑟密尔却真心爱着从小被他父母撞伤双眼，并由他照料长大的姑娘妮露。寄人篱下的妮露因朱格努的嫉妒，虽双眼被治复明，却也只能说"我什么也看不见"，后来不辞而别。有一天，瑟密尔在湖畔树丛中偶尔听到了妮露往常弹奏过的熟悉的曲子，两人重新相逢。这篇小说歌颂了真挚的爱情，也揭示了金钱和贪欲的罪恶：瑟密尔的哥哥普尔达波为了金钱而失掉了人性和生命，而金钱也使朱格努由一个纯真骄傲的少女变成了掠夺爱情的盗贼。整篇小说在写实的描述中充满着清新的印度式的牧歌般的美，具有独特的艺术魅力。古尔辛·南达在他的小说中显示了卓越的叙事能力。应该说，他是个讲故事的能手。他的小说尽管缺乏社会批判和人性解剖的深度，但却表现了强烈的道德意识，使大众读者在娱乐消遣中获取道德上的教益。这与那些靠色情、武打、凶杀等招徕

---

① 《断线风筝》，唐生元译，山西人民出版社 1980 年版。
② 《湖畔盲女》，周志宽、王镛译，花山文艺出版社 1984 年版。

读者的下三流的通俗小说家相比，实在不可相提并论。

　　东方当代通俗文学的主流是现实主义的，但也有不同程度的游戏主义、浪漫主义的倾向。通俗文学为现实主义开辟了更为广阔的天地，它为现实主义文学的大众化、社会化作出了贡献。我们应该承认它们在当代文学史上的地位，就像承认古代的民间文学、市井文学在文学史上的地位一样。

第十二章　在传统与现代、东方与西方的
融合中走向世界

　　东方作家在近代百年间大量吸收借鉴西方文学之后，逐渐找到了一条传统与现代、东方与西方的融合之路，并在融合中创造了有东方特色的、世界一流水平的文学，一定程度地打破了西方作家独霸世界文坛的格局。在东方近代文学中一直处于领先水平的日本文学，战后进一步发展和繁荣，在西方世界也产生了相当影响，出现了川端康成、大江健三郎两位诺贝尔文学奖获奖作家；在阿拉伯埃及，纳吉布·马哈福兹获得诺贝尔奖，从一个侧面表明了埃及文学及阿拉伯文学的成就已经被西方世界所承认；在印度，英语作家纳拉扬①的作品享誉印度本土和西方，侨居国外的印度裔作家拉什迪、奈保尔②等，其创作体现了独特的印度文化与东方文化优势，在西方世界产生了很大影响。

　　本章分两节，对于在中国得到全面译介并有相当影响的日本作家川端康成、埃及作家纳吉布·马哈福兹的创作加以评述。

---

①　R·K纳拉扬（1906—2001年）用英语写作，有长篇小说《向导》等十四部长篇小说和其他作品，但由于种种原因，我国只翻译了《向导》及几个短篇。
②　萨尔曼·拉什迪（1947— ）、V·奈保尔（1932—2018年）均为印度裔英国移民作家，后者于2001年获得了诺贝尔文学奖。

第一节　日本文学与川端康成

川端康成（1899—1972 年）是当代日本具有世界性影响的大作家。1968 年他获得了诺贝尔文学奖。该奖授奖辞声称川端之所以获奖，原因之一是他"为架设东方与西方之间的精神桥梁作出了贡献"。

的确，川端康成是融合东西方文化、创造出崭新的文学从而走向世界的。他曾说过："明治以后，随着国家的开化与振兴，曾出现过伟大的文豪。但我总觉得许多人在学习和引进西方文学方面，耗费了青春和精力，大半生都忙于启蒙工作，却没有立足于东方和日本的传统，使自己的创作达到成熟的地步。他们是时代的牺牲者。"（《美的存在与发现》，1969 年）他还说："'明治百年'的日本，是否能够真正引进、是否能够模仿西方庄重而伟大的文化，特别是其精神呢？难道这还不值得认真怀疑吗？难道不应该从一开始就采取日本式的吸收法，按照日本式的爱好来学吗？……如果认为'明治百年'已将西方的精神文化消化了，那就太肤浅了。"（《日本文学之美》，1969 年）在川端康成看来，明治维新以来的日本文化和文学并没有达到东西方高度融合的境界，也没有在融合东西方文化的基础上产生成熟的作品。且不论川端的这种看法是否正确，但应该肯定地说，日本近代作家同东方各国作家一样，他们在创作中更多的是以东西方文化的冲突而不是融合为主题的。川端本人是有意识地融合东西方文化和文学并在创作中取得成功的作家。他早在 1930 年代就说过："我接受西方近代文学的洗礼，自己也做过模仿的尝试。但我的根基是东方人。从十五年前开始，我就没有迷失自己的方向。"（《文学自传》，1934 年）

川端康成是作为日本第一个现代主义流派——新感觉派的中坚分子

登上文坛的。1924 年，他与横光利一等人创办《近代文学》杂志，并以该杂志为中心鼓吹西方现代主义文学，掀起了一场"破坏既有文坛"的"革新运动"。在此期间，川端写了一篇题为《新进作家的新倾向解说》（1925 年）的文章，这实际上是新感觉派的理论宣言。在这篇文章里，川端宣扬现代西方的"表现主义的认识论"和"达达主义的思想表达方法"。但是，川端对表现主义、达达主义等的理解显然是东方式的、日本式的：

> 因为有自我，天地万物才存在。天地万物存在于自己的主观之内——以这种心情去看待事物，是强调主观的力量，是信仰主观的绝对性。……以自己的主观存在于天地万物之内的心情去看待事物，是主观的扩大，是使主观自由地流动，而且如果进一步扩展这种想法，就将变成自他一体、万物一体。天地万物失去所有的界限而融合为一个精神的一元世界……成为主客一体主义。试图以这种心情去表现事物，便是今天新作家的写作态度。

川端康成由此建立了他的新感觉派的创作理论。他主张：

> （新感觉派作家）要采取一种不同于以往的思维方法，而且要将人生的新的感受方式应用于文艺的世界。……举例来说，沙糖是甜的，以往的文学把"甜"字由舌头传到大脑，再用大脑写下"甜"字。再比如，以前是把眼睛和蔷薇作为两个东西分开写的，写为"我的眼睛看到了红蔷薇"。新作家则把眼睛和蔷薇合为一体，写成"我的眼睛就是红蔷薇"。①

---

① 川端康成：《新进作家的心倾向解说》，载东京讲谈社《日本现代文学全集》第67 卷，第 367、366 页。

　　显然，这与其说是表现主义的理论主张，不如说是以禅宗为核心的东方传统的物我合一的宇宙观和认识论。川端敏锐地发现了表现主义与东方思想的契合点，那就是强调主观感受、主观精神的绝对性和直觉的力量，而不把再现客观现实作为自己的任务。但是，在这里川端康成有意或无意地忽视了西欧的表现主义与东方传统思想的差异。首先，川端的"主客一体"的物我合一说，与表现主义的主张是根本对立的。表现主义的基本哲学观点之一，就是认为客观外界与"自我"是互相敌对、格格不入的。个人不断地反抗客观世界，客观世界也不断地压制和扭曲个人，用卡夫卡的话说，个人、自我"是这个世界的囚徒"。所以，表现主义文学所热衷表现的基本主题是个人与社会、与客观外界的矛盾对立；而川端康成却把"主客一体""物我合一"的东方传统的禅宗思想与表现主义合为一谈。其次，西欧的表现主义文学所表现和探索的往往是一些抽象的、带哲理性的社会和人生的问题，如个人与社会的关系、人的异化、人性的危机等。它是主观性的文学，更是社会性的、批判性的文学。而川端康成只字不提表现主义文学的这种思想实质，而是仅仅把表现主义作为感受世界的一种方式来看待的。他对表现主义所作的这种理解和解释显然是基于日本传统文学的超社会性、超政治性的价值观之上的。

　　川端康成的著名长篇小说《雪国》（1935—1947）集中体现了他的主观化、主客一体的新感觉派的理论主张。所以日本评论家长谷川泉认为，《雪国》是"运用新感觉派手法的典型作品"。①

　　《雪国》写的是来自东京的一位坐食祖产的中年男子岛村，三年中先后三次来到北方的"雪国"与名叫驹子的年轻艺妓见面厮混。他一边迷恋于驹子美丽的肉体，一边又陶醉于另一个山村姑娘叶子的超越世俗的美。我们没有必要概括《雪国》的情节，因为《雪国》本不是什么情节

---

① 〔日〕长谷川泉：《日本战后文学史》，李丹明译，三联书店 1989 年版，第 30 页。

小说，它几乎全部由感受性、感觉性描写组成。可以说《雪国》的世界就是主观感觉的世界，而这种感觉又都是通过男主人公岛村表现出来的。小说开头以倒叙的手法写岛村第二次来雪国与驹子相会。岛村异乎寻常地把食指伸到驹子面前说道："这家伙最记得你哪！"这就是岛村见到驹子所说的第一句话。这里作者别开生面地描写了触摸过驹子的手指保存到今天的感觉。接着，作者又描写了岛村所触觉到的驹子那"冰凉"的头发，并由这种"冰凉"头发的触觉引出了岛村对第一次见到驹子时的回忆。驹子给岛村的第一个"印象"是"出奇的洁净，使人觉得恐怕连脚丫缝儿都那么干净"。这种对驹子的肉体所作的带有联想性的"感觉"描写，无疑带有较为强烈的官能感受的色彩，由此而奠定了岛村对驹子审美感受的基调。在《雪国》中，我们到处都可以看到岛村对驹子官能美的感受，可以说，驹子是岛村眼中官能美的化身。为了突出岛村的感受，作者从来都没有脱离岛村的感觉而对驹子进行深层描写。他不写驹子的心理活动，也无意揭示一个沦落风尘的艺妓所特有的痛苦和欢乐。作者只是写岛村所看到的、感觉到的驹子。这种感觉描写的飘忽性与不确定性使企图给驹子定性的评论家们感到困惑。有人说她是一个值得同情的下层女子，有人说她是一个醉生梦死的不检点的女人，有人说她是对生活抱着严肃认真的态度而执著追求的人。我们认为，这些争论没有多大意义，与其说驹子是一个实实在在的驹子，不如说是岛村感觉到的驹子。在岛村看来，驹子那被人们看成是严肃认真地追求生活与人生的行为（认真"记日记"，认真"读小说"，认真地依恋于岛村，认真刻苦地练琴……）都体现了人生的"徒劳"。岛村把这一切都看成是"一场天真的幻梦"，并在驹子那里发现了"异样的哀愁"。他以日本传统的贵族化的趣味把驹子看成是有情趣、有修养的美丽的艺妓，一种"活的艺术品"①，强调对驹子官能美的感受。一句话，驹子是岛村感觉到的、感受中的驹子。

---

① 〔荷兰〕布鲁玛：《日本文化中的性角色》，张晓凌等译，光明日报出版社1989年版。

　　驹子主要是岛村直接视觉的对象。然而岛村还不足以在驹子身上发挥感觉的所有方面，于是川端为他设置了另一个主人公——叶子。

　　叶子第一次出现即以独特的方式吸引和调动了岛村的感觉。那是在小说的开头，岛村在去"雪国"的火车上看到了斜对面座位上的叶子。映在车窗玻璃上的先是叶子的一只眼睛，在岛村看来，"单单映出星眸一点，恰恰显得格外迷人"。

　　　　镜子的衬底，是流动着的黄昏景色。就是说，镜面的映像同镜底的景物，恰像电影上的叠印一般，不断地变换。出场人物与背景之间毫无关连。人物是透明的幻影，背景则是朦胧逝去的日暮野景，两者融合在一起，构成一幅不似人间的象征世界。尤其是姑娘的脸庞上，叠现出寒山灯火的一刹那，真是美得无可形容。岛村的心灵都为之震颤。①

　　叶子明明就坐在岛村的斜对面，并专心致志地照顾病人行男，岛村本可毫无顾忌地直接观看，但却迷醉于映在车窗上的叶子的幻影。原来，作者有意让岛村在叶子身上发挥幻觉性感受，这由此奠定了叶子这个形象的基调——虚无缥缈、朦朦胧胧。作者有意回避对叶子作直觉性的、现实官能性的描写。岛村与叶子接触不多，只几面之交而已，这就为发挥岛村对叶子的感觉性想象提供了可能。小说中几次写到岛村听到那"美得不胜悲凉"的声音。这声音就是川端热衷于赞美的少女所特有的"纯真的声音"。这种带有很大主观色彩的听觉感受，赋予了叶子以悲剧性的美感。作者决意要把叶子写成美的殉道者和悲剧人生的殉道者。小说最后一部分所描写的那场火灾，通过岛村的幻觉感受使坠火而死的叶子，在死亡中得到了人生的超脱和美的升华。那是深秋的一天晚上，岛村从村外高处看见

---

① 〔日〕川端康成：《雪国》，载高慧勤译《雪国・千鹤・古都》，漓江出版社1985年版，第6页。

了茧仓燃烧起来的大火，那茧仓挤满了看电影的人。面对这悲惨的事故，岛村却保持着隔岸观火式的逍遥，感到在他面前展现了一幅美妙的图画：地上的火光和天上的银河相互映衬着，"银河好像近在咫尺，明亮得能将岛村轻轻托起"，"银河犹如一大片极光，倾泻在岛村身上，使他感到仿佛站在地角天涯一般。虽然幽冷已极，却是惊人的明丽"。就在这时，岛村发现叶子美丽的身体从高处坠入火中，而岛村却把这一切看作是"非现实世界里的幻影"，"压根儿没想到死上去，直感到叶子的内在生命在变形"。这是一段把直觉、感觉、幻觉，把现实与非现实完美结合在一起的绝妙描写。在岛村眼中的这种感觉性意象里，银河象征着宇宙的永恒，冲天的大火象征着对人的有限生命的超度，而叶子则是把有限的生命与无限的永恒联结在一起的美的焦点。作者意在表现生命因死亡得以超脱，进入永恒，美因死亡达到极致。由此我们可以更清楚地看出川端的感觉性描写与一般的写实有多大的不同。在我们看来，叶子无非是一个普通的山村姑娘，她像小母亲那样认真照顾濒死的行男，她的性格充满着愉快、天真，喜欢唱甜美的儿歌。当岛村要离开雪国时，叶子曾请求岛村把她带到东京，甚至希望岛村能雇她当女用人。从这个意义上说，叶子的存在也是现实的、世俗的。然而现实的叶子不等于岛村感觉中的叶子，岛村的感觉赋予叶子某种虚幻性。如果说驹子是岛村官能感觉中的驹子，那么，叶子则是岛村精神感受中的叶子。前者给岛村以现实感，后者给岛村以虚幻感。现实感和虚幻感是人的感觉的两种最基本的形式——物质的和精神的形式，而岛村——或者说川端本人把精神性的幻觉看成是感觉的最高形式。这种最高形式就体现在地上的大火、天上的银河以及坠身火中的叶子所组成的那种如梦如幻的境界里。

岛村就是在这种境界里尽情地谛观人生的。显然，他对现实人生采取的是一种东方式的虚无态度。他坐食祖产，游手好闲，耽于想象，喜欢沉溺于非现实世界的幻想之中去追求和捕捉瞬间的美感。他到雪国寻欢消遣，与他从来不看西方舞蹈，但热衷于"凭借西方印刷品来写有关西方舞蹈的文章"一样，是在空虚的自我放任中寻找寄托，以求"得到一种心灵上的慰藉"。对于岛村来说，现实生活中的一切本是毫无意义的，只是当人们抱着非现实的想法徒劳无意地追求它们的时候，才对它们感到"一种虚幻的魅力"。他无目的地但却不辞辛苦地去登山是如此，他对驹子和叶子的追求也是如此。在岛村的感觉里，驹子肉体的、现实的美，一旦被占有就失去了魅力，以往的追求"如同一场幻梦"。叶子精神的、非现实的美，则始终是不可企及的，最终还是归于虚空。作者在这里表达的是人生无常、灭我为无、虚无即是解脱的思想。在作品中，作者并没有把岛村描写成玩弄女性的好色之徒，而是让岛村带着旁观者的感伤注视着惨淡的人生并从中体悟着人生的悲苦。岛村从驹子对生活的全部奉献与追求中体悟到了生活和生存的徒劳。作品有意经常把驹子的这些可以观照到的外部活动与岛村的意识活动并列在一起。一方面将驹子对生活的追求描写得纯洁、执著，一方面又让岛村不时发出"徒劳""完全是一种徒劳"的叹息。"徒劳"这个词经由岛村的口与心重复了十余次，绝不是偶然的。目的是要在读者心中唤起共鸣，进而体味到小说的深层意蕴：驹子把她所做的一切看成是实在的，她自身并未认识到人生的悲剧意义，而通过岛村的感喟，我们看清了发生在驹子身上的人生悲剧是不知其为悲剧的悲剧，不知其为徒劳的徒劳，不知其为悲哀的悲哀。唯其如此，悲剧性更深。徒劳变得更无意义。

　　岛村从叶子富有虚幻色彩的生与死中，体悟到与现实的人生截然不同的虚幻的人生。《雪国》由描写叶子超凡的美开始，以描写叶子脱俗的美告终，结尾处调动了雪的纯洁，火的花朵，银河的壮丽，把叶子的死——摆脱轮回的羁绊达到解脱的虚无——烘托为一个凄美无比的意境。岛村从叶子的死中看到的是"内在生命的变形"，是超脱悲哀的尘世，回归永恒宇宙的绝美之境。对岛村来说，叶子的死，只是新的生命的开始，美的另一种表现。由此观之，岛村的人生态度是一种投身于人生而又对人生抱有漠然的达观，寻求生存之乐趣而又视生存为徒劳虚幻，立于生存之上而又憧憬死亡之境界的东方式的虚无主义。也可以说川端是借岛村来表达自己对人生的体验。川端自幼屡遭丧失亲人的悲痛。作为一个孤儿，他更切身地体验到了人生的短暂，生存的痛苦和虚幻，感到死亡的世界与生存的世界只有一步之遥。从年轻时代起川端就像岛村那样沉溺于精神上的流浪。他笃信佛教禅宗，深受无常观影响，他说过"佛典是最大的文学，我不把经典当作宗教教义，而把它当作文学的幻想来敬重"。所以他常常把佛教的生死无常、轮回转生的信条，贯注在作品中，把死视为起点，认为死是最高的艺术，是最高的美的表现。川端康成的虚无主义，体现在岛村身上就是由实在的感觉上升为虚无的幻觉，在有限之中追求着无限，在生存（"有"）之中看到涅槃（"无"）的境界，也就是在现实的人生中看到虚幻的人生，凭借精神的体悟在生与死之间架起一座桥梁。

由上可见，《雪国》是一个主观感觉的世界。川端是从他独特的"新感觉"的角度来观察人物、描写人物的。这种"新感觉"与西方现代主义诸流派的作品有许多相同之处：它是非现实主义的，人物和环境都带有很强的主观性、精神性，它的基本情调是消极、虚无和厌世的。但是，《雪国》的感觉更主要的是东洋式的感觉、禅宗的感觉，这与西方现代主义作品具有更多的不同点：西方现代主义是社会性的，而《雪国》是超社会性的，"雪国"这个环境本身具有游离时代和一般社会的封闭性；西方现代主义是批判性的，而《雪国》继承的是日本文学"哀而不怨"的传统，不仅没有任何的社会批判，甚至不表现冲突与矛盾，从而追求东方传统的和谐之境、中和之美；西方现代主义作品中的人物往往是被社会压垮、挤扁的人，而《雪国》中的人物寻求的是超脱与逍遥；西方现代主义的基本情调是虚无主义的，那是一种价值否定的虚无、无所归依的虚无，而《雪国》中的虚无是抛却和远离现实，摆脱世俗的系累，从而发现和追求更高远的美的境界、精神的境界。正如岛村所做的那样，远离家眷，到世外桃源般的"雪国"去体味精神的逍遥、体悟精神的虚空。这种虚空是主体与客体的交融，从而灭我为无。也正是在这个意义上，川端康成才在诺贝尔奖受奖辞中郑重声明："有的评论家说我的作品是虚无的，不过这不等于西方所说的虚无主义。我觉得两者的根本精神是不同的。"

如果说《雪国》是以主观感觉为中心把外界事物写成是主观感觉的扩大，那么川端的另一部名作、中篇小说《古都》（1961年）则集中体现了主客一体、物我合一的"新感觉"的境界。这一境界具有更浓郁的日本传统的感性文化的色彩。

《古都》写的是千重子和苗子这一对孪生姐妹悲欢离合的故事。由于家庭贫寒，父母无力养活这一对双生子，不得已将千重子遗弃。千重子被绸缎批发商人佐田夫妇收养，在优裕的生活环境中长大成人。苗子虽留在父母身边，但不久父母相继去世，她只好被寄养在别人家里，从事艰苦的体力劳动。二十年过去了，两姐妹都已长大成人，可是彼此互不相识。后来因她们长相酷似，才偶尔交往起来。千重子出于同胞手足之情，十分同情苗子的艰难处境，说服养父母同意收留苗子，并一再恳请苗子到养父家居住。但苗子却宁愿独立承担生活的磨难。

和川端的其他小说一样，《古都》的故事情节也是很明了单纯的。它的价值和特色，在于把简单明了的人物、情节与日本的历史名城京都的自然风物、季节时令完美和谐地统一在一起。作者特地选取了京都这座最富有日本传统特色的城市作为故事发生的背景，在故事的推进中有机地展现了京都传统的四季景色、自然风光、名胜古迹和风俗习惯。从四季行事——赏樱、葵节、祇园节、鞍马的伐竹会、如意岳的大字篝火、时代节，到名胜古迹——平安神宫、南禅寺、御室仁和寺、北野神社、圆山公园的左阿弥、正仓院的仿古书画，再到加茂川风光、嵯峨竹林、北山杉、青莲院楠木，乃至西阵的织绵、植物园的草木花卉等，京都的一景一物、一花一草都与人物的情感起伏、思绪波动、悲欢离合、命运遭际密不可分地融合在一起。小说的首章《春花》，是从千重子家庭院中的开在老枫树干的洞里的两株紫花地丁开始着笔的。千重子发现这两株花后，感叹地说：

"上边和下边的紫花地丁彼此会不会相识，会不会相认呢？"作者此时还没有道出千重子对花感慨的含意，只是表明千重子为这两朵花所感动，引起了无限"孤寂"的感伤情绪。在《北山杉》一章又写到这两株紫花地丁了，千重子再次感叹："我也像生长在枫树干的洞里的紫花地丁。"到了"祇园节"一章又出现了同一物象，千重子凝视着那两朵花，噙着泪遐思："上下两棵小小的紫花地丁大概是千重子和苗子的象征吧？""以前不曾见面，而今晚是不是已经相认了呢？"这就点明了两株紫花地丁的隐喻象征意义。这对孪生姊妹经过春、夏几次相聚，到了深秋即将别离。在《深秋里的姐妹》一章最后一次出现那两株紫花地丁时，它们的叶子"却已经枯黄了"。在最末一章《冬之花》中，千重子和苗子最后一次相聚，千重子发出"幸福是短暂的，孤独是长久的"的叹息，两姐妹就此别离。

《古都》继承了日本古典《枕草子》《古今和歌集》以来的美学传统。表现出了对客观外界事物、对大自然、对四季变迁的敏锐的感受性和亲切感。它使川端的"新感觉"更深入地融入了日本的文化传统中。作者以人物的主观感觉为媒介，把人与自然界的紫花地丁在情感、命运上对应起来。人在自然界中悟出了自身的孤独和悲哀，自然物也被赋予了人的情感色彩。作者还由写千重子感叹紫花地丁而及于饲养在古丹壶里的孤独的金钟儿、古老的灯笼、灯笼脚上的基督像、玛丽亚没有抱婴儿等外界景物。这些描写都以千重子联想自己的出生，猜疑自己是个"弃儿"的主观感受为转移。除紫花地丁外，被投入了强烈的主观意念的自然物还有北山杉。作者从千重子喜欢观赏北山杉而开始落笔写杉。千重子和苗子的父亲可能是在劳动时从杉树上掉下摔死的，千重子觉得自己爱杉，"说不定是被父亲的灵魂召唤"，而且这对孪生姐妹的相见、相认、别离都与杉树结下了不解之缘。她们两人在杉树下避雨，更依赖于杉树的庇护和衬托。可以说，作者在杉树上寄托了千重子思父的情怀，更以杉树衬托了苗子质朴和正直的性格。在《古都》中，杉也好，紫花地丁也好，它们早已超越了客观自然物本身，而被贯注了人物的强烈的主观感觉与感情。由此达到了主观与客观、我与物、情与景的完美契合。按照川端康成"我的眼睛就是红蔷薇"的一贯主张，自然物不仅仅是人物看到的自然物，自然物本身就是人。而紫花地丁、北山杉等也就是千重子和苗子。无怪乎有的评论家说，《古都》到底主要写的是人物故事，还是京都风物，实在难以分清。事实上，这正是川端所追求的主客一体、物我合一的美的境界。

川端康成早在新感觉派的机关刊物《文艺时代》的发刊辞中就说过："政治、经济以及意识形态这类主题，其生命保持不了三五十年。这类主题几乎留不下来。"川端康成声称他要描写的是"永恒的基本主题"。什么是"永恒的基本主题"呢？他在《文学自传》中说："我没有无产阶级作家那种幸福的理想。既没有孩子，也作不了守财奴，只徒有虚名。恋爱因而便超越一切，成为我的命根子。"事实上，恋爱不仅是川端的命根子，也是他创作的根基和基本的主题。

以平安王朝为代表的日本传统文学具有强烈的性意识，其基本倾向就是以男女恋爱为主题。描写以男女爱恋为中心的各种情感体验，尤其是消极的情感体验，是日本传统文学的审美趣味。川端康成有意识地继承了这一文学传统。另一方面，"二战"以来的世界文学的基本走向是由 19 世纪前后的涉及政治、经济、社会领域走向人的情感领域、性和爱情的领域。正如当代美国著名作家诺曼·梅勒所说，20 世纪后半叶给文学冒险家留下的垦荒地只有性的领域了。川端康成有意无意地汇入了 20 世纪世界文学的这一潮流，从而在以爱情、性为题材的文学创作中找到了日本传统文学与当代世界文学的契合点。

川端康成创作中的有关爱情、性的内容，不是一般的低级庸俗的桃色之作，而是表达了深幽、复杂的审美观念，并且呈现出明显的阶段性特点。

短篇小说《伊豆的舞女》（1926 年）是川端早期创作的爱情名篇。小说的男主人公"我"是一个二十岁的高中学生，和一位十四岁的卖艺舞女薰子在伊豆汤岛邂逅，结伴而行。两个情窦初开的男女之间那种似有似无、若隐若现的爱情，犹如一曲悠扬飘渺的乐曲，形成了如诗如画的意境。他们偶然相识，又匆匆离别。当男主人公行将离去，从此天各一方，忽见舞女出现在码头上送别。那真是一幕清清淡淡、影影绰绰的寻觅，充满强烈的抒情色彩。川端康成继承了日本传统文学中的缠绵悱恻的哀怨情调，借旅途漂泊、萍水相逢中的男女之情抒发了人生的无常感。作为川端的第一篇以男女爱恋为题材的小说，《伊豆的舞女》充满了柔弱然而又是健康的纯真情感，作者甚至以纯粹审美的目光写了裸体的舞女。

　　　　这时，有个裸体女人突然从昏暗的浴室里跑了出来．站在更
　　衣室那凸出的地方，张开双臂，在喊着什么，她一丝不挂，连块
　　遮掩的毛巾也没拿。她就是舞女。她那发育健康的双腿，宛如两
　　棵小桐树。我望着她那洁白的身子，心里就像喝了一口清
　　泉水。①

　　这种不夹杂官能欲望的审美描写，在川端此后的小说中很难找到了。
　　《伊豆的舞女》中的年轻学生"我"，到了《雪国》中则发展成一个为着寻求性爱远道而来的中年男子岛村。而《伊豆的舞女》中的纯真舞姬也发展成为《雪国》中卖身的艺妓驹子。从此，川端康成一味描写那些家庭婚姻和道德规范之外的"爱"。《雪国》中的岛村是个有妇之夫，却每年一次地到"雪国"寻找家外野花。他与艺妓驹子的关系，也不过是带一点情感色彩的嫖客与妓女的关系罢了，很难说是什么"爱情"。在1950年发表的中篇小说《舞姬》中，川端强调地描写了家庭婚姻的乏味。女主人公波子奉家长之命与矢木结婚，但她与丈夫是同床异梦，心里一直念念不忘年轻时的情人竹原。她明知竹原已有妻室，即使自己同丈夫分居、离婚也不可能与竹原结合，她也知道同竹原保持那种暧昧关系是

---

　　① 〔日〕川端康成：《花的圆舞曲》，载王育林译《川端康成小说集》，湖南人民出
　　　版社1985年版，第132页。

"不合法的"，但她却仍然不断地与竹原幽会。川端在这里把人的自然情感要求与社会道德对立起来加以表现，而自然情感往往超越于社会道德。由于社会道德的制约，波子与竹原不可能得到合法的爱，但唯有这种爱的不可能性才能带来悲哀，唯有这种悲哀才能形成美，于是乎在川端笔下，美只有在社会和道德的钳制和挤压下才能产生，同时，美又超越于社会道德。

这一点在他的名作、长篇小说《千鹤》中表现得最为明显。

小说写的是菊治与太田夫人及其女儿文子的恋爱故事。菊治是个养尊处优、具有虚无思想倾向的青年，太田夫人则是菊治亡父的情妇，两人年龄相差20岁左右。但当太田夫人偶然见到菊治后，便想起菊治的父亲，并把昔日对菊治父亲的感情转移到了菊治身上。似乎在太田夫人心目中，父亲和儿子没有什么界限。而菊治也顺水推舟，和她发生了关系，并感到由衷的愉快和满足。此后不久，太田夫人服下过量安眠药自杀。但她在临死之前，又把自己的女儿文子托付给菊治。于是，菊治又把对太田夫人的爱转移到了她女儿文子身上。文子本来不赞成自己的母亲和菊治来往，可是在母亲死后却渐渐改变了态度，认为这种关系不是罪恶，而自己的母亲也是女人中的"最高名品"。

《千鹤》写的是父死子承、母死女承式的爱的转移和承续。这令我们不禁想起《源氏物语》中的源氏与继母藤壶妃子的关系。这显然是一种反文明、反道德的男女关系，但川端康成却从这种丑恶的背德行为中表现了他的美学观念。和《源氏物语》一样，川端将人物放在道德与非道德的矛盾冲突中，从而表现人物内心的悲哀。菊治一方面想摆脱太田夫人，诅咒自己"简直就是罪人"，一方面又为欲望所驱使，觉得过于绝情则于心不安。太田夫人也有类似良知与情感之间的矛盾冲突，这种不可调和的内心矛盾只有以死来得到解脱。太田夫人死后，菊治一方面想染指文子，一方面又觉得自己是"中邪"。他们都违背了道德，却又都因此产生了悲哀。而在作者笔下，悲哀和爱情是一回事。正如菊治所说；"悲哀和爱情是相同的"，而悲哀就是美。于是，《千鹤》就形成了其基本的美学公式：

背德的爱＝悲哀＝美。反公式亦能成立：美＝悲哀＝背德的爱。

美的、悲哀的爱是短暂的、虚幻的。为了突现这一点，作者通篇使用了"志野瓷"作为一个基本的象征。三四百年前流传下来的志野瓷依然如故，而曾经拥有它的人每每作古。活着的人只有面对它回忆那逝去的一切、逝去的人。志野瓷作为永恒的象征，反衬人生的虚幻、爱的虚幻和短暂。在川端看来，用以弥补短暂之爱的，是爱的承续——父死子承、母死女承。父子、母女的性爱界限和伦理界限在这里模糊不清、"浑无区别"了。文子把那件志野瓷摔掉，意味着消除了母亲与她的界限，"会有更好的志野瓷的！"文子说，不能"叫我妈的亡魂把自己给缠住"，要"想法超脱"。她摔掉了象征母亲灵魂的志野瓷，便委身于菊治，于是菊治觉得"母亲的身体妙不可言地转生在女儿身上"。这种大逆不道的乱伦的爱，恰恰弥补了生命的短暂，带来了爱的永恒，也带来超越时光、超越生命、超越道德的美。

这种美并不依附于永恒的实在，相反，这种美与死亡密不可分。太田夫人因为死亡使自己显得更美。文子说："我妈死的第二天，我就渐渐地觉得她美。这倒不是我想象出来，而是她自然而然地显得美起来。"显然，在川端康成看来，死亡并不是不可怕，但死亡却能带来深重的悲哀，而美离不开悲哀，美也就离不开死亡。

虚幻之爱是《千鹤》中所表现的另一种爱，由虚幻之爱带来了虚幻之美。菊治父亲的旧日情人千花子给菊治介绍漂亮的稻村小姐为妻。稻村小姐颇有意，菊治对稻村也很有好感。但表面上却冷冷淡淡，表示不愿结婚。当稻村小姐走了以后，菊治却又胡思乱想起来，"他觉得小姐的芳泽余香还在茶室里荡漾，甚至半夜三更里还想起身，到茶室去看看"。菊治认为，稻村小姐"永远是可望而不可及的"。在这里，稻村小姐一如《雪国》中的叶子，是一个虚幻的存在，她代表的是一种虚幻的美。菊治不打算与稻村小组结婚，与其说是因为稻村是菊治所讨厌的千花子介绍来的，不如说他认为值得憧憬的爱是不可得到的、虚幻飘渺的。

这种虚幻飘缈的爱到了川端的后期作品《山音》《湖》《睡美人》《一只胳膊》，更发展为病态的痴想和堕落的颓废。

和川端康成写作时的年龄相适应，这几部作品的主人公都是丧失了爱的机能，或丧失了爱的资格的老年人、丑陋的人。他们面对美女和青春只能做着想入非非的幻梦和妄想。《山音》（1949—1954 年）写的是 62 岁的信吾老人"精神上的放荡"。信吾已经衰老，但青春期的欲念反而复萌起来。生活在他身边的年轻的儿媳妇菊子使他想起青年时他所爱慕的他的妻子保子的姐姐。但信吾在现实生活中努力与菊子保持正常的关系，却在睡眠中不断做着涉及儿媳妇的淫乱的梦，让冲动的欲望在梦中得以发泄。作者成功地描写了老年人失去爱的支撑点后的孤独、空虚和悲哀。在中篇小说《湖》（1954 年）中，主人公桃井银平长着一双猿猴般的丑陋的脚，他企图用这双丑陋的脚去追逐美丽的女性，以克服自己的孤独、自卑，达到丑与美的统一。而银平所思慕的美丽的女性，又都像遥远的湖边上的梦幻，可望而不可及。银平的梦境回忆、幻想带来的只是瞬间的美的感受，留下的却是加倍的孤独与悲伤。

中篇小说《睡美人》（1960 年）是一部构思奇特的小说。67 岁的江口老头儿，经人介绍，五次来到所谓"睡美人旅馆"爱抚六个服安眠药后熟睡的年轻女子，面对洋溢着蓬勃的青春气息的裸体的睡美人，丧失了性机能的江口一味地耽于幻想。其中有着性的陶醉，更有青春与衰老、美与丑、生与死的强烈对比和反差。江口老人由此更感到临近死亡的恐怖，丧失青春的悲哀。江口老人对睡美人的动作并不粗野，这篇小说也远非人们想象的那样淫荡，它所抒写的是人生垂暮的悲歌，是面对着青春和美的自惭形秽，是对人生虚幻无常的怅叹。《一只胳膊》（1963）实际上是《睡美人》的一种变化和延长，但比《睡美人》更具有超现实性。一个姑娘把她的一只胳膊卸下来借给男主人公"我"使用。我把这只胳膊带到公寓单身宿舍，胳膊陪他度过了一夜。离奇的是，这只胳膊不但能脱离姑娘身体自由活动，而且能代表姑娘讲话，还可以和"我"的右臂交换，成为"我"身体上的一个有机组成部分。这只胳膊实际是女人的一种变形，或者说就是女人本身。作者让男主人公对这只胳膊任意把玩，沉浸于超现实的变态的性的幻想中。日本评论家山本健吉说得好，从《湖》开始，中经《睡美人》，川端一步步偏向荒谬，终于陷入奇想的世界中了，他把对女人身体的向往寄托在一只胳膊上，其中似乎既没有犯罪也没有什么不道德，但反而更令人嗅出不道德的味道。

川端康成的《山音》《湖》《睡美人》《一只胳膊》等后期小说在前期创作"背德=悲哀=美"的美学公式中又增加了"颓废"。这种颓废倾向带有一定的自觉性。他在 1969 年写的《日本文学之美》一文中认为：像《源氏物语》那样极端纯熟的作品都倾向于颓废。他公开强调："作家应该是无赖放浪之徒"，"要敢于有不明誉的言行，敢于写背德的作品，做不到这一点，小说家只好灭亡"。(《夕阳的原野》) 这种以颓废、背德为美的主张，一方面来自《源氏物语》，尤其是以井原西鹤为代表的江户时代"风流""好色""粹"的审美理想，另一方面也显然受到了 20 世纪前后以波德莱尔、王尔德为代表的象征主义、颓废文学的启发。同时，川端后期的这几部小说还具有明显的意识流小说的特征，小说的谋篇布局全部依托于人物的意识活动，梦境、幻觉、联想等心理活动相互交织，通常的故事情节往往被肢解得支离破碎，但川端的意识流不仅仅是对西方文学的模仿，其中渗透着强烈的东方传统的神秘主义。

川端康成在漫长的创作生涯中，努力探索东西方文化和东西方文学融合的途径。早在新感觉派文学运动期间，他就是按照日本人的思路、东方人的思路来理解现代西方文学的。他对西方文学采取的是"日本式的吸收法，按照日本式的爱好来学"(《日本文学之美》，1969)。从成名作《伊豆的舞女》开始，川端康成已经将所吸收的西方文学融化在日本传统文学的框架之中。他在创作实践中实现了他的主张："日本既是日本的，也是东方的，同时又是西方的。"(《东西方文化的桥梁》，1957 年) 如果说，西方文学对他的影响多在手法技巧方面，那么日本文学和东方文学对他的影响则主要在精神气质方面。川端康成成功地找到了东西方文化和文学的接合点，从而创造出了既具有民族性，又具有世界性，既具有传统精神，又具有现代气派的独特文学。正如日本评论家奥野健男所说："川端康成的文学明确地体现了日本美的传统，它代表日本文学走向世界是最合适的。"① 正是因为这样的原因，川端康成也深度地"走向"中国，在当代中国得到了全面的译介、评论与研究，并对中国文学创作界及文学评论界产生了一定影响。②

------

① 《日本名家评论川端康成》，参见《日本文学杂志》1983 年第 3 期。

② 自 1980 年代以来，川端康成的作品中文译本单行本有二十多种，其中重要的有：韩侍桁译《雪国》（上海文艺出版社 1981 年版）、叶渭渠、唐月梅译《古都·雪国》（山东人民出版社 1981 年版），侍桁、金福译《古都》（上海译文出版社 1985 年版），高慧勤译《雪国·千鹤·古都》（漓江人民出版社 1985 年版），陈书玉等译小说集《花的圆舞曲》（湖南人民出版社 1985 年版），叶渭渠译《川端康成小说选》（人民文学出版社 1985 年版），《川端康成谈创作》（生活·读书·新知三联书店 1988 年版），《川端康成散文选》（百花文艺出版社 1988 年版），《川端康成掌小说百篇》（北京三联书店 1989 年版），叶渭渠、唐月梅译《雪国·古都·千只鹤》（译林出版社 1996 年版）等。此外还有三种大规模的文集：第一种是叶渭渠主编、中国社会科学出版社 1996 出版的《川端康成文集》（共十卷），包括：叶渭渠、唐月梅译《雪国·古都》，叶渭渠译《伊豆的舞女》《千只鹤·睡美人》，叶渭渠、唐月梅译《名人·舞姬》，陈薇译《日兮月兮·浅草红团》，叶渭渠、唐月梅译《美的存在与发现》，叶渭渠译《山音·湖》，孔宪科、朱育春译《美丽与悲哀蒲公英》，叶渭渠译《掌小说全集》，金曙海、郭伟、张跃华译《独影自命》（创作随笔集）。第二种是叶谓渠主编、漓江出版社 1997 年版《川端康成作品》（共九种），包括：郑民钦译《东京人》（上下册），贾玉芹等译《少女开眼》，朱育春等译《生为女人》，李正伦等译《天授之子》（作品集），叶渭渠、郑民钦译《再婚的女人》（短篇集），孔宪科、杨炳辰译《彩虹几度》（中篇小说集，另收《青春追忆》《玉响》），于荣胜译《河边小镇的故事》（中篇小说集，另收《风中之路》），叶渭渠译《雪国·山音》，叶渭渠、郑民钦等译《美的存在与发现》。第三种是高慧勤主编、河北教育出版社 2000 年出版的《川端康成十卷集》，包括：高慧勤、张云多等译《雪国·名人》，高慧勤、谭晶华等译《千鹤·山音》，林少华、刘强等译《岁月·湖·琼音》，赵德远译《彩虹几度·舞姬》，高慧勤等译《古都·美丽与悲哀》，文洁若译《东京人》（上、下），金中译《生为女人》，李德纯、刘振瀛等译《伊豆舞女·水月》，魏大海等译《文学自传·哀愁》。

第二节 阿拉伯文学与纳吉布·马哈福兹

在阿拉伯文学传统中，小说作为一种自觉的文学样式出现得较晚。直到 20 世纪初期，阿拉伯小说才开始起步。由海卡尔到塔哈·侯赛因、陶菲格·哈基姆再到台木尔，阿拉伯小说由幼稚逐渐走向成熟。到了 1950 年代，一位新的小说家开始显示出大家风范，他就是纳吉布·马哈福兹（1911—2006 年）。是他把阿拉伯小说的艺术提高到了世界水平。他一生创作了三十多部中长篇小说，二十多部短篇小说集，在阿拉伯世界乃至整个世界文坛都有重要影响，在我国也得到了广泛的译介。[①] 1988 年，纳吉布·马哈福兹荣获诺贝尔文学奖，成为阿拉伯国家第一位荣膺该奖的作家。诺贝尔奖授奖评语称赞他创造了"一种适应全人类的阿拉伯叙事体艺术"。诺贝尔评审委员会在颁奖辞中这样评价他：

> 纳吉布·马哈福兹作为阿拉伯散文的一代宗师的地位无可争议。由于他在所属的文化领域的耕耘，中长篇小说和短篇小说的艺术技巧均已达到国际优秀标准。这是他融会贯通阿拉伯古典

[①] 我国出版的马哈福兹作品主要有：李唯中、关偁译《尼罗河畔的悲剧》（华山文艺出版社 1984 年版），李唯中等译《平民史诗》（湖南人民出版社 1984 年版），郅溥浩译《梅达格胡同》（上海译文出版社 1985 年版）；朱凯、李唯中、李振中译《宫间街》《思宫街》《甘露街》三部曲（湖南文艺出版社 1986 年版），袁松月、陈翔华译《人生的始末》（上海译文出版社 1989 年版），关偁译《街魂》（漓江出版社 1991 年版），葛铁鹰等译《纳吉布·马哈福兹短篇小说选萃》（华夏出版社 1989 年版）等。2003 年，上海译文出版社出版了《马哈福兹文集》共五卷，包括《开罗三部曲》《命运的嘲弄·拉杜比斯·底比斯之战》《始与末》。

文学传统、欧洲文学的灵感和个人艺术才能的结果。①

　　纳吉布·马哈福兹和川端康成一样，也是在东西文化的融合中走向世界的。马哈福兹在授奖仪式的讲话中，自豪地谈到了在埃及这片土地上存在着的和曾经存在过的两个伟大文明——古老的埃及法老文明和阿拉伯文明。他说："我命中注定出生在这两种文明的怀抱中，吮吸着它们的乳汁，汲取它们文学和艺术的养料，畅饮你们迷人的文化（指西方文化——引者注）美酒。所有这些汇聚而成的灵感——加上我个人的渴求——使文思犹如泉涌。"② 的确，在纳吉布·马哈福兹的创作中，既有对传统文化的继承光大，也大量地吸收和借鉴了欧洲思想文化。

　　尽管纳吉布作为一个当代作家，他受到过世界各种思潮的影响。但他创作思想的基础仍然是埃及和阿拉伯文化。他以古埃及伟大的文明为自豪，表示自己要成为一个古老的法老文明的"说书人"。他在接受记者来访时，希望人们把他"当作修建金字塔的工人"，③ 表明他自觉地把自己的创作看成是弘扬古代埃及伟大文明的神圣事业，这是纳吉布创作的一个基本的动力。他早期创作的许多历史小说，大都是以古埃及历史为题材的。他企图通过历史小说的创作弘扬被现代殖民主义淹没了的古埃及文明，唤起民族的自豪感。评论家们指出：纳吉布的"作品自始至终都着眼于埃及。他一直倾听着埃及的脉搏，写它的历史、它的现实。……这个有力的基点把它同我们民族的历史牢牢地联系在一起，使他成为真正的阿拉伯埃及民族之魂的建造者之一"。④ 另一方面，纳吉布从小就沉浸在宗教气氛之中，宗教的价值观、道德伦理观深深地影响着他的创作。读他的小说，我们处处可以感受到强烈的阿拉伯宗教文化的气氛。这不仅体现为

---

①　《世界文学》1989 年第 2 期。

②　《在诺贝尔奖授予仪式上的讲话》，《世界文学》1989 年第 2 期。

③　关偁：《记同纳吉布·马哈福兹的几次谈话》，《世界文学》1989 年第 2 期。

④　转引自谢秩荣：《论纳吉布·马哈福兹的三部曲》，《外国文学研究》1990 年第 2 期。

作品中俯拾皆是的祈祷赞颂或忏悔，也表现为对宗教所提倡的社会正义、平等、宽容和博大的理想精神的弘扬。他的作品充满了正义和道德的力量，《梅达格胡同》《人生始末》《尼罗河的絮语》等长篇小说批判地描写了社会的丑恶、堕落和不公，《小偷与狗》无情地谴责了背叛和不义，而《平民史诗》则正面宣扬了带有宗教平等仁爱色彩的社会政治理想。他的代表作《开罗三部曲》（包括《宫间街》《思宫街》《甘露街》）主人公，一家之长阿卜杜·贾瓦德·艾哈迈德就是按照阿拉伯的美学原则塑造的一个十分成功的典型的人物形象。在家中，在他的商铺里，艾哈迈德像"部落酋长一样"，庄重、严肃、律己、专制，具有父亲、丈夫和老板所具有的全部威严和能力。而在酒色场上他却判若两人，放荡不羁、纵情声色，长年沉溺于花天酒地的"夜生活"。但艾哈迈德并不因为自己的纵情声色而感到良心的谴责。有时良心上实在过意不去，便忏悔一番，心理也就恢复了平衡。艾哈迈德是现实生活中一类人物的典型，也是阿拉伯美学原则的集中体现者。正如埃及学者穆罕默德·高特卜所说，这种美学原则"认为人就是人，既不是动物，也不是神"。阿拉伯现实主义"是这样认识人的真实本质的：既看到他软弱的一面，也看到他强有力的一面；他有时表现得堕落，有时表现出进取。因为人类时而为泥土之性所拖累，时而又为安拉之光所映照"。①

　　纳吉布在小说的艺术形式和手法上对阿拉伯传统文学的继承更为突出。这主要表现为对小说故事情节的完整性及其传奇性的注重。在 20 世纪的严肃文学较普遍地追求"情节淡化"甚至取消情节的风气之下，纳吉布的创作使人再次感到了"故事""情节"对小说的至关重要性。他无论是前期还是后期的小说，大都可以说是"情节小说"。纳吉布对小说情节结构的探讨经历了一个从简单到复杂、从单一性到多样性的发展过程。他在 20 世纪 40 年代前后创作的一批作品大都是情节的单线推进。小说中

---

① 〔埃及〕穆罕默德·高特卜：《伊斯兰艺术风格》，一虹译，中国人民大学出版社 1990 年版，第 54 页。

都有一个完整的情节和中心的人物贯穿始终，如《新开罗》《梅达格胡同》《人生的始末》等。它们也受到了19世纪欧洲古典小说的某些影响，但单线推进的故事结构更是阿拉伯传统的故事文学的一大特色。在纳吉布60年代以后创作的小说中，则包容了更多的传统故事文学的因素。长篇小说《我们街区的孩子们》《平民史诗》《爱的时代》借用的是阿拉伯传统的文学样式"玛卡梅"的形式，《伊本·法突麦游记》采用的是阿拉伯游记故事的形式，《千夜之夜》则是对《一千零一夜》的借鉴和再创造。

纳吉布对"玛卡梅"的继承是有选择的。他舍弃了"玛卡梅"死板的文体和千篇一律的结构，而只选择"玛卡梅"中的"说话人"作为故事的讲述者。这"说话人"既是故事的讲述者，也是故事中的一个人物。作者在《爱的时代》的开端对"说话人"的特殊性作了交代；"他不是一个有所指的历史人物。既不是男的，也不是女的，无名无姓，无所爱好，也许他是低沉的或尖厉的声音的升华"，"事实上，他是用天使般的历史经纬编织出的古董"。可见，"说话人"作为故事的讲述者，既是故事的见证人，也是作者的代言者：说话人通常用第一人称的口气讲述，但设有"说话人"的小说不同于第一人称的小说。说话人与小说中的其他人物、情节保持较远的距离，他只是向读者讲述故事并时常加以评说，引导读者对书中的事件和人物进行思考和判断。

阿拉伯传统叙事文学的一大特点是其传奇性。纳吉布在《我们街区的孩子们》《平民史诗》中继承了这一传统。《平民史诗》是作者的得意之作和代表作之一。这部小说通过纳基家族十一代人的盛衰浮沉，展示了长达两个世纪的埃及社会平民生活的生动画卷。小说中十一代人的经历都具有浓厚的传奇色彩。如第一代人，纳基家族的鼻祖阿舒尔·纳基就是一个被一位双目失明的信士收养的出身神秘的人。他曾神秘地预感到一场灭顶之灾的来临。他劝告、动员邻里乡亲外出躲避死神，但人们不相信他。无奈，阿舒尔只好"携妇将雏"避居山野。半年以后，当他重归故里时，整个街区已没有一个活物了。他及全家成了街区的主人，从此繁衍生息，在整个街区内建立了一个"公正、仁爱和平等"的乌托邦式的社会。《平民史诗》在立意、手法、布局上近似拉美作家加西亚·马尔科斯的《百年孤独》，具有一定的魔幻现实主义色彩。《平民史诗》是否受到《百年孤独》的启发和影响不得而知，但它的灵感的文化源头无疑是以《一千零一夜》《昂泰拉传奇》等为代表的阿拉伯传统文学。而拉美魔幻现实主义也受到过阿拉伯传统文化和文学的影响，则是尽人皆知的。

纳吉布在小说创作中既有对阿拉伯小说传统的继承，也有对它的改革。我们知道，《一千零一夜》等阿拉伯民间故事在结构上的最大特色在于大故事套小故事的环套结构。如果略掉其框架故事（大故事），只看其中的中、小故事，那么这些中、小故事的结构就是并列式的了。纳吉布正是对《一千零一夜》的环套结构进行了这样的改造；他后期的一些作品使用了糖葫芦式的故事串的结构。如《平民史诗》，共十一章，每章都有一个标题，标题以人名居多，每一章实际都是相对独立的一篇小说，彼此又以时间、辈分为线索贯穿起来。《千夜之夜》则是纳吉布挖掘改造《一千零一夜》的一部力作。他改造了原作的环套式结构，按照糖葫芦式的结构重新改写了其中的十二个故事。应该说，这种并列式的、串式的结构是东方文学的一个传统。西方文学除 15—16 世纪的一些不太成熟的流浪汉小说外，大都重视小说内部的逻辑，重视多线交叉。对纳吉布来说，使用这样的结构既是为了适应杂志连载的需要，也与他惯常采用的小说编年体的形式密切相关。作品中每个时代、每一代人都有与之适应的事件和故事。于是不同时代的人的故事便相对独立成章。正如作家本人所说："新的文学形式不是随意产生的。它与主题、内容紧密相连。"

纳吉布的创作对西方文化和文学的吸收也是多方面的。作为一个温和的、开放的阿拉伯人，纳吉布的小说表现了许多西方的价值观念和思想观念。他曾坦率地承认，"至少在对自由的价值上"，他褒扬了西方文明。他在《获奖之后的对话》中说："我在作品中表达了自由，和人从一切桎梏中获得解放。我的作品中的主人公都以自己的行动和立场争取自由。"

譬如《开罗三部曲》，从表达自由这一角度来看，它是一部表现埃及人从不自由走向自由的探索和斗争的史诗。首先是艾哈迈德一家在封建家长专制下家庭成员的不自由，其次是整个埃及在殖民统治下的政治的不自由。第一代人艾哈迈德和艾米娜认为家庭的专制是天经地义，应该施行和应该接受的。第二代人，以凯马勒为代表，在自由和不自由中不断地探索、失败和迷惘。他从恋人阿漪黛家里发现了与他的家庭截然不同的、久已向往的自由气氛。他追求阿漪黛，既是追求爱情，也是在追求自由，然而他的追求失败了。他在政治上所信赖的华夫脱党由于在民族独立运动中妥协和媾和，也使他大失所望。他陷于失去爱情、失去政治信仰的痛苦的彷徨中，这种痛苦彷徨甚至导致了他的宗教信仰的动摇。作者曾直言不讳地说过："凯马勒的危机就是我的危机，他的大部分遭遇也是我的遭遇。"而第三代人以爱哈麦德为代表，在追求自由和个性解放的道路上目标明确、步伐也坚定了。他否定宗教，相信科学，认为今天还把一千多年前的宗教奉为神圣，"这不符合生活发展的规律"。《开罗三部曲》展示了埃及人在东西方文化冲突、融合中的思索、矛盾和探求，这是一个从"古典时代"的禁锢保守，到"浪漫时代"的渴望与激情，再到"分析时代"的理性选择的艰辛漫长的历程。正是在这个意义上，纳吉布在《我是这样写〈三部曲〉的》一文中称：《三部曲》"既代表了东方，也代表了西方"，体现了"东西方文化的融合"。

这种对自由的信念和追求，正如纳吉布所说，主要源于西方文明的自由价值观。但实际上，反对盲目信仰和宿命论，主张人的意志自由，也是阿拉伯宗教哲学的一种流派和传统。8世纪的穆尔太齐赖学派就主张人的"自由意志"。这种肯定人的主体性和自由意志的宗教哲学，是强盛的阿拔斯王朝的官方哲学。纳吉布在他的全部创作中突出了人的自由意志，他在现代西方的自由价值观与阿拉伯传统的自由价值观中找到了接合点。

纳吉布声称："政治、信念和人是我作品的三个轴，而政治又是核心的轴，我的小说中不乏政治。"① 的确，强烈的政治性是纳吉布小说的一个突出特点。在阿拉伯传统文学中，说唱、故事、传奇小说是非政治的、娱乐化的，在传统诗歌中虽有"政治诗"，但大多是诗人参与派别斗争或歌功颂德、邀功请赏之作。政治意识是一种参与意识，也是一种主人公意识，阿拉伯传统文学中缺乏的正是这种意识。利用小说在高层次上表达政治信念，则是欧洲现实主义文学的一大功能和特色。纳吉布在这方面显然受到欧洲文学的深刻影响。同时，亚非、拉美现代许多非民主国家（包括埃及）的政治常常是不尽如人意或是反动腐败的，一切有责任感、正义感的作家不可能对此视而不见。政治小说的产生是必然的。不过，纳吉布小说并不以官场或政界为舞台。他在普通人的遭遇中体现政治性。因此，他的政治倾向性虽明显，但不直露。

纳吉布对西方文学的创作方法和艺术技巧的吸收借鉴首先表现为清醒的现实主义。在阿拉伯文学中，现实主义的传统是微弱的。古代的诗歌、故事、说唱等文学形式，要么是僵硬的程式，要么是浪漫的想象和夸张。埃及现代文学接受了西方的现实主义创作原则。纳吉布的前辈海卡尔、塔哈·侯赛因、陶菲格·哈基姆等都创作了一些优秀的现实主义小说，但那些小说大多是自传性质的，尚缺乏现实主义的客观性。可以说，纳吉布是埃及文学中吸收现实主义创作方法并使之在长篇小说中臻于成熟的作家。纳吉布的现实主义小说，特别是 60 年代之前的现实主义小说，基本上是对欧洲 19 世纪现实主义文学的借鉴，真实性是他追求的一个目标。他在《我是这样写〈三部曲〉的》一文中曾谈到，他的代表作《开罗三部曲》中的人物"有百分之九十是取之于原型。有的来自我们一家，有的取自于我们的邻里和亲戚"。其他几部重要的小说，如《人生的始末》《海市蜃楼》等也都有现实生活的依据。为了追求真实性，作者特别注重细节描写。细节描述是纳吉布的一大特长，甚至有时过于琐碎，令人

① 关偁：《记同纳吉布·马哈福兹的几次谈话》，《世界文学》1989 年第 2 期。

厌倦。但细节的真实描写正是欧洲 19 世纪现实主义小说的突出特征，尤其是巴尔扎克、狄更斯、托尔斯泰等作家的作品的特征。纳吉布在许多场合谈到他喜欢这些作家。

强烈的历史感贯穿在纳吉布的几乎所有小说里，这种历史感并不来自阿拉伯的传统。阿拉伯传统文学的历史感相对来说是微弱的。传统的抒情诗、传奇故事等奉行的是阿拉伯人传统的时间观念——神秘模糊的、非连续性的、宗教的时间观念。法国学者路易·加迪曾援引另一位法国学者的话说：在阿拉伯人看来，"时间不是一种连续的'绵延'，而是瞬间的'星座'（犹如空间并不存在，而只是分散的点——原注）"。加迪认为：这种"瞬间的非连续性——它源于古代阿拉伯人的时间知觉"，"这就导致了对先后承续的事件，前后相继的瞬间……的支离破碎的幻想"。① 纳吉布的小说显然偏离了阿拉伯传统的时间观。他的小说具有严整的、线性的历史线索。《开罗三部曲》写的是三代人的故事。作者按照时间线索顺序写了老一代的衰落和新一代的成长与探索。《我们街区的孩子们》写了五代人的故事，依次讲述了五代人为理想而奋斗的经历。《平民史诗》中的十一代人的更替也是历史编年体式的。纳吉布的其他不采用这种编年体式的小说也贯注了强烈的历史感。他有意把历史事件与人们的经历、命运密切地联系在一起，从而通过个人的命运遭际反映出历史脉搏的跳动。强烈的历史感使得纳吉布的许多小说成为史诗性的巨著，用欧洲文学的术语来说，就是"长河小说"。纳吉布自述他在动笔写《开罗三部曲》之前，曾阅读了高尔斯华绥的《福尔赛世家》、托尔斯泰的《战争与和平》、托马斯·曼的《布登勃洛克一家》等作品。这些史诗性的长河小说无疑对纳吉布的创作产生了一定的影响。

严整有序的时间观、历史感和史诗风格必然要求与之相适应的小说的空间。纳吉布小说的空间观则偏离传统文学更远些。阿拉伯传统文学中的

---

① 〔法〕路易·加迪等：《文化与时间》，郑乐平等译，浙江人民出版社 1988 年版，第 274 页。

空间是开阔的、开放的、不断转换的，甚至是无限的。纳吉布也许意识到了这样的空间不利于保持时间的单线顺序。于是，他往往把小说空间视野集中到一个特定的地点或区域。《梅达格胡同》的空间是一条胡同，《开罗三部曲》的空间是一个家庭和几条街道，《米拉玛尔公寓》的空间是一所公寓，《我们街区的孩子们》和《平民史诗》的空间是一条街，《卡尔纳尔咖啡馆》的空间是一个咖啡馆，等等。时间与空间的有序和集中构成了纳吉布小说的严谨的逻辑性。

现实主义、历史感、空间感等，都决定了纳吉布是一个叙事型的作家。他的小说专注于讲故事，读者很难看到与叙事无关的纯抒情文字，也很难找到充满诗情画意的场面和情节。总体来说，他的小说是非抒情性的，而他叙事的主要手法是人物的对话。这些似乎与纳吉布的创作个性密切相关。因此，纳吉布对西方小说手法的借鉴也主要是在叙事的技巧方面。他的小说使用过传统现实主义的由作家叙述一切的第三人称，也使用过由书中的主人公叙事的第一人称。尤其是在长篇小说《米拉玛尔公寓》中，他采用了多人称角度的叙事法。《米拉玛尔公寓》以人名为标题分为五部分，由阿米尔、侯斯尼、曼苏尔、塞拉罕四个主人公充当叙事者。每个人既是当事者，又是旁观者，只描写自己的所见所闻所感。四个人的叙事互相对照和补充，组成了一个完整的故事。这部小说似乎与美国作家福克纳的《喧哗与骚动》、印度作家泰戈尔的《四个人》的叙事法大致相同。纳吉布承认他读过福克纳的作品，他受福克纳的某些启发是很可能的。

纳吉布自称他在一段时间内曾倾向于欧洲的象征主义。的确，他的有些作品具有一定的象征性。如《我们街区的孩子们》以一个街区的变迁象征人类社会由蒙昧、先知时期向科学时代的演变。书中的老祖父象征造物主，几代子孙象征着摩西、耶稣以及具有科学头脑的新人。《米拉玛尔公寓》中的公寓则象征着埃及社会。但是，纳吉布并没有在哪一部小说中完全地贯彻象征主义。他只是使用了象征与隐喻的手法，许多象征意义实际上可理解为典型意义。虽然纳吉布认为"世界上充满了现实主义，他需要（另外）寻求一种新方法"，但他本质上是个现实主义作家——一个开放的、注意吸收其他不同流派的不同观念和手法的现实主义作家。他吸收西方的一切东西都是立足于自己的民族传统和文化，符合自己的艺术个性的。纳吉布曾坦率地说："欧洲的一些新的方法也许我们永远学不会。阿拉伯固有的文化基因决定他们要选择适当的形式与本土的内容相一致。"①

纳吉布·马哈福兹作为一个阿拉伯作家而走向世界，表明了阿拉伯当代文学的成熟和崛起；纳吉布作为一个现实主义作家而受到世界的关注和推崇，又表明世界文学正在或已经向现实主义回归。纳吉布的创作道路足以说明：只有吸收了民族的、外来的乃至现代主义的有益成分，现实主义文学才可能在新的历史条件下复兴起来。

---

①　转引自李琛：《论纳·马哈福兹小说形式的演变》，《外国文学》1988 年第 4 期。

东方文学史类中文书目举要

《古代东方史》，［苏联］阿甫基耶夫著，王以铸译，生活·读书·新知三联书店 1956 年版。

《外国文学参考资料（东方部分）》，北京师范大学中文系外国文学教研组编，高等教育出版社 1959 年版。

《东方文学研究专辑》（一、二），中国社会科学院外文所编，1979、1981 年版。

《外国文学简编·亚非部分》，朱维之等主编，中国人民大学出版社 1983 年版。

《东方文学简史》（修订本），陶德臻等主编，北京出版社 1987 年版。

《简明东方文学史》，季羡林主编，北京大学出版社 1987 年版。

《东方文学 50 讲》，邓双琴等编，贵州人民出版社 1987 年版。

《东方文学史话》，彭端智、郭振乾、诸葛蔚东编著，湖北教育出版社 1986 年版。

《东方文学名著讲话》，陶德臻等主编，宁夏人民出版社 1987 年版。

《东方比较文学论文集》，卢蔚秋编，湖南文艺出版社 1987 年版。

《东方专制主义》，［美］卡尔·A·魏特夫著，徐式谷等译，中国社会科学出版社 1989 年版。

《东方艺术美学》，牛枝慧编，国际文化出版公司 1990 年版。

《新东方文学史》（古代、中古部分），梁潮、麦永雄、卢铁澎编著，广西师范大学出版社 1990 年版。

《东方社会经济形态史论》，吴泽著，上海人民出版社 1993 年版。

392

《东方文学史》（上下册），郁龙余主编、孟昭毅副主编，陕西人民出版社 1994 年版。

《东方现代文学史》（上下册），中国社会科学院外文所编，海峡文艺出版社 1994 年版。

《东方文学史》（上下册），郁龙余主编，陕西人民出版社 1994 年版。

《东方文学史》（上下册），季羡林主编，吉林教育出版社 1995 年版。

《东方文论选》，曹顺庆主编，四川人民出版社 1996 年版。

《东方戏剧美学》，孟昭毅著，昆仑出版社 1997 年版。

《东方采菁录》，吴文辉著，中山大学出版社 1997 年版。

《东方的文明》（上下册），〔美〕维尔·杜伦著，李一平等译，周宁校，青海人民出版社 1998 年版。

《东方的文明》（上下册），〔法〕雷奈·格罗塞著，常任侠、袁音译，中华书局 1999 年版。

《东方学》，〔美〕爱德华·W·萨义德著，王宇根译，生活·读书·新知三联书店 1999 年版。

《东方文学概论》，何乃英主编，中国人民大学出版社 1999 年版。

《东方戏剧论文集》，王安葵、刘桢编，巴蜀书社 1999 年版。

《东方文学史论》，黎跃进著，湖南文艺出版社 2000 年版。

《亚洲汉文学》，王晓平著，天津人民出版社 2001 年版。

《东方各国文学在中国——译介与研究史述论》，王向远著，江西教育出版社 2001 年版。

《东方文学交流史》，孟昭毅著，昆仑出版社 2001 年版。

《东方文化与东方文学》（全国中小学教师继续教育教材），广西师范大学出版社 2001 年版。

《东方文化通论》，侯传文著，山东教育出版社 2002 年版。

《东方民间文学比较研究》，张玉安、陈岗龙主编，北京大学出版社 2003 年版。

《东方美学史》（上下卷），邱紫华著，商务印书馆 2003 年版。

《东方文学：跨文化审视与说解》，王燕著，河南大学出版社 2004 年版。

《东方主义》，〔英〕齐亚乌丁·萨达尔著，马雪峰、苏敏译，吉林人民出版社

2005 年版。

《比较视野中的东方文学》（《东方文学研究集刊 2》），王邦维主编，王向远副主编，北岳文艺出版社 2005 年版。

《印象：东方戏剧叙事》，孟昭毅等著，昆仑出版社 2006 年版。

《东方民间文学概论》（全四卷），张玉安、陈岗龙等著，昆仑出版社 2006 年版。

《多元文化视野中的东方现代文学》，侯传文著，社会科学文献出版社 2007 年版。

《东方文学学科：建设与发展》（《东方文学研究集刊 3》），王邦维主编，王向远副主编，北岳文艺出版社 2007 年版。

《东方文学经典：翻译与研究》（《东方文学研究集刊 4》），王邦维主编，王向远副主编，北岳文艺出版社 2008 年版。

《东方文学研究：动态与趋势》（《东方文学研究集刊 5》），王邦维主编，王向远副主编，北岳文艺出版社 2009 年版。

《西方文明的东方起源》，[美] 约翰·霍布森著，孙建党译，山东画报出版社 2009 年版。

《东方现代民族主义文学思潮发展论》，黎跃进著，中国社会科学出版社 2011 年版。

《东方英语小说引论》，颜治强著，人民出版社 2012 年版。

《古代近东教谕文学》（上下卷），李政、李红燕、金寿福、陈贻绎著，昆仑出版社 2015 年版。

《日本文学史》，谢六逸著，上海北新书局 1929 年版，上海书店 1991 年复印版。

《现代日本文学史》，[日] 吉田精一著，齐干译，上海人民出版社 1976 年版。

《日本文学史》，[日] 西乡信纲著，佩珊译，人民文学出版社 1978 年版。

《日本戏剧概要》，王爱民、崔亚南著，中国戏剧出版社 1982 年版。

《战后日本文学史·年表》，[日] 松原新一等著，罗传开等译，上海译文出版社 1983 年版。

《日本俳句史》，彭恩华著，学林出版社 1983 年版。

《日本和歌史》，彭恩华著，学林出版社 1986 年版。

《日本近代文学史话》，［日］中村新太郎著，卞立强、俊子译，北京大学出版社 1986 年版。

《日本文学史》，吕元明著，吉林人民出版社 1987 年版。

《中日古代文学关系史稿》，严绍璗著，湖南文艺出版社 1987 年版。

《近代中日文学关系史稿》，王晓平著，湖南文艺出版社 1987 年版。

《日本文化中的性角色》，［荷兰］伊恩·布鲁玛著，张晓凌、季南译，光明日报出版社 1989 年版。

《日本文学史序说》，［日］加藤周一著，叶渭渠、唐月梅译，开明出版社 1995 年版。

《日本当代文学研究》，何乃英著，北京师范大学出版社 1997 年版。

《中日现代文学比较论》，王向远著，湖南教育出版社 1998 年版。

《"笔部队"和侵华战争——对日本侵华文学的研究与批判》，王向远著，北京师范大学出版社 1999 年版，昆仑出版社 2005 年版。

《日本文学史》，马兴国著，春风文艺出版社 2000 年版。

《日本俳句史》，郑民钦著，京华出版社 2000 年版。

《中日比较文学研究资料汇编》，饶芃子、王琢编，中国美术学院出版社 2002 年版。

《日本民族诗歌史》，郑民钦著，北京燕山出版社 2004 年版。

《日本文学史》（四卷，全六册），叶渭渠著，昆仑出版社 2000—2004 年版。

《日本文学翻译论文集》，北京日本学研究中心文学研究室编，人民文学出版社 2004 年版。

《日本文学汉译史》，王向远著，宁夏人民出版社 2007 年版。

《中国题材日本文学史》，王向远著，上海古籍出版社 2007 年版。

《日本文学》（上下编），张龙妹、曲莉著，高等教育出版社 2008 年版。

《日本戏剧史》，唐月梅著，昆仑出版社 2008 年版。

《日本汉学研究续探：文学篇》，叶国良、陈明姿编，华东师范大学出版社 2008 年版。

《日本文学思潮史》，叶渭渠著，北京大学出版社 2009 年版。

《战后日本文学史论》，李德纯著，译林出版社 2010 年版。

《日本汉文学史》（上中下册），陈福康著，上海外语教育出版社 2011 年版。

《审美日本系列》（四种，含《日本物哀》《日本幽玄》《日本风雅》《日本意气》），王向远编译，吉林出版集团 2010—2012 年版。

《日本古典文论选译》（古代、近代两卷，全四册），王向远编译，中央编译出版社 2012 年版。

《朝鲜文学史》，韦旭昇著，北京大学出版社 1986 年版。

《韩国文学史》，［韩］赵润济著，张琏瑰译，社会科学文献出版社 1998 年版。

《韩国现代文学史》，金允植等著，金香、金春植译，民族出版社 2000 年版。

《朝鲜·韩国当代文学史》，金柄珉等著，昆仑出版社 2004 年。

《蒙古国现代文学史》，史习成著，昆仑出版社 2001 年版。

《印度的发现》，［印］尼赫鲁著，齐文译，世界知识出版社 1956 年版。

《梵语文学史》，金克木著，人民文学出版社 1961 年版。

《罗摩衍那初探》，季羡林著，外国文学出版社 1979 年版。

《古代印度文艺理论文选》，金克木译，人民文学出版社 1980 年版。

《印度现代文学研究》，刘安武编选，中国社会科学出版社 1980 年版。

《印度现代文学》，黄宝生等译，外国文学出版社 1981 年版。

《印度文学》，柳无忌著，台北联经事业公司 1982 年版。

《中印文化关系史论文集》，季羡林著，生活·读书·新知三联书店 1982 年版。

《比较文化论集》，金克木著，生活·读书·新知三联书店 1984 年版。

《印度两大史诗评论汇编》，季羡林、刘安武选编 中国社会科学出版社 1984 年版。

《印度印地语文学史》，刘安武著，人民文学出版社 1987 年版。

《中印文学关系源流》，郁龙余编，湖南文艺出版社 1987 年版。

《泰戈尔论文学》，倪培耕等译，漓江出版社 1988 年版。

《印度古代文学史》，季羡林主编 北京大学出版社 1991 年版。

《乌尔都语文学史》，山蕴编译，中国社会科学出版社 1993 年版。

《印度古典诗学》，黄宝生著，北京大学出版社 1993 年版。

《20 世纪印度文学史》，石海峻著，青岛出版社 1998 年版。

《印度两大史诗研究》，刘安武译，北京大学出版社 2001 年版。

《印地语戏剧文学》，姜景奎著，中国对外翻译出版公司 2002 年版。

《中国印度比较文学论文选》，郁龙余编，中国美术学院出版社 2002 年版。

《中印文学比较研究》，薛克翘著，昆仑出版社 2003 年版。

《印度文化传统研究》，尚会鹏著，北京大学出版社 2004 年版。

《摩诃婆罗多导读》，黄宝生著，中国社会科学出版社 2005 年版。

《印度文学与中国文学比较研究》，刘安武著，中国国际广播出版社 2005 年版。

《惯于争鸣的印度人——印度人的历史、文化与身份论集》，〔印〕阿玛蒂亚·森著，刘建译，上海三联书店 2007 年版。

《印度文化史》，尚会鹏著，广西师范大学出版社 2007 年版。

《佛心梵影——中国作家与印度文化》，王向远等著，北京师范大学出版社 2007 年版。

《梵语古典诗学汇编》（上下），黄宝生译，昆仑出版社 2008 年版。

《多维视野中的印度文学文化》，姜景奎、郭童编，黄河出版传媒集团 2010 年版。

《印度文学研究集刊》（1—6 辑），上海译文出版社 1984—2003 年版。

《泰国文学史》，〔苏联〕弗·柯尔涅夫著，高长荣译，外国文学出版社 1981 年版。

《泰国文学史》，栾文华著，社会科学文献出版社 1998 年版。

《缅甸文学史》，姚秉彦、李谋、蔡祝生编著，北京大学出版社 1993 年版。

《东南亚文化发展史》，贺圣达著，云南人民出版社 1996 年版。

《世界四大文化与东南亚文学》，梁立基、李谋主编，经济日报出版社 2000 年版。

《印度尼西亚文学史》（上下册），梁立基著，昆仑出版社 2004 年版。

《印度的罗摩故事与东南亚文学》，张玉安、裴晓睿著，昆仑出版社 2005 年版。

《马来古典文学史》（上下册），〔新加坡〕廖裕芳著，张玉安等译，昆仑出版社 2011 年版。

《东南亚文学简史》，庞希云主编，人民出版社 2011 年版。

《阿拉伯文学简史》，〔英〕汉密尔顿·阿·基布著，陆孝修、姚俊德译，人民文学出版社 1980 年版。

《阿拉伯埃及近现代文学史》，[埃及] 邵武基·戴伊夫著，李振中译，人民文学出版社 1980 年版。

《阿拉伯—伊斯兰文化史》（全八册），[埃及] 艾哈迈德·爱敏著，纳训等译，商务印书馆 1982—2007 年版。

《阿拉伯文学史》，[黎巴嫩] 汉纳·法胡里著，郅溥浩译，人民文学出版社 1990 年版。

《埃及小说和戏剧文学》，[埃及] 艾哈迈德·海卡尔著，周顺贤译，上海译文出版社 1998 年版。

《阿拉伯文学史》，蔡伟良、周顺贤等著，上海外语教育出版社 1998 年版。

《阿拉伯现代文学史》，仲跻昆著，昆仑出版社 2004 年版。

《天方书话——纵谈阿拉伯文学在中国》，葛铁鹰著，首都师范大学出版社 2007 年版。

《解读天方文学——郅溥浩阿拉伯文学论文集》，郅溥浩著，宁夏人民出版社 2007 年版。

《文化转型中的阿拉伯现代文学》，林丰民著，北京大学出版社 2007 年版。

《中国与阿拉伯文学比较研究》，林丰民等著，昆仑出版社 2011 年版。

《古希伯来文学史》，朱维之主编、梁工副主编，高等教育出版社 2001 年版。

《伊朗文学论集》，陶德臻、何乃英编选，江西人民出版社 1993 年版。

《波斯文学史》，张鸿年著，北京大学出版社 1993 年版。

《波斯文学史》，张鸿年著，昆仑出版社 2003 年版。

《凤凰再生——伊朗现代新诗研究》，穆宏燕著，北京大学出版社 2004 年版。

《波斯古典诗学研究》，穆宏燕著，昆仑出版社 2011 年版。

《波斯札记》，穆宏燕著，河南大学出版社 2014 年版。

人名索引

（按字母顺序排列，人名后的阿拉伯数字为所在页码）

书名索引

（按字母顺序排列，书名后的阿拉伯数字为所在页码）

上海文艺出版社版初版后记

  虽说本书属于我个人的学术专著，但正如现代的所有产品大都包含着多层次的社会性劳动一样，本书从写作到出版都凝聚着许多人的劳动和心血。上海人民出版社的罗湘同志的赏识，是本书得以面世的契机。上海文艺出版社在学术著作出版难的情况下，毅然将本书列入出版计划。该社编审周天先生、责任编辑林爱莲同志认真反复地审阅了书稿，并提出了许多有益的修改意见。他们严谨的学术态度，细致认真的工作作风，热情弘扬学术、提携作者的无私和至诚，都给我留下了终生难忘的美好印象。我的妻子亓华自始至终地参与了本书的写作，并帮助整理誊写书稿。最后，我还要感谢我的导师、全国高校东方文学研究会会长陶德臻教授，秘书长何乃英教授。我今天的收获离不开他们多年的谆谆教诲。我要感谢我的历届学生，他们对我的鼓励是我信心与勇气的源泉。我愿意将本书献给以上提到的各位，以表达我对他们的诚挚的敬意。

王向远

1992 年 8 月于北师大

上海文艺出版社版再版后记

　　《东方文学史通论》出版已经有十多年了。十年来，中国的学术研究及东方文学教学研究取得了显著的进步，因而仅从时间上说，这本书已经成了一本旧书。尽管现在我对它总体上仍感觉满意，但假如能够修订，则会更好些。至于为什么要修订，又如何修订，在这里并非三言两语能够说清。近来看到北京大学《东方文学研究通讯》2004 年第 2 期中有湖南吉首大学杨玉珍老师的一篇书评，题为《学术创新与外国文学史教材的生命力——评〈东方文学史通论〉》，该文的最后两段扼要谈到了这个问题，不妨引述如下：

　　　　当然，今天看来，《东方文学史通论》还有一些瑕疵和遗憾。其中有一些是难以克服的，有一些是有待改进的。难以克服的局限是，作为个人撰写的多民族文学构成的东方地域性文学史，涉及面很宽，而作者的专攻有限，一些内容势必要运用第二手材料，并因此而显得一般化；有待改进的是，有些章节的内容似可以进一步调整充实，如第四编，尽管作者在该章《导论》中注意到了此时期东方文学鲜明的时代特色——启蒙文学和翻译文学的突出地位，但在具体展开中只强调东方接受西方的影响，按西方文学思潮来铺排东方文学，虽说在一定程度上反映了东方近代文学的实质，但未突出东方文学的特色。作者私下也表示过自己最不满意的是第四编，认为"东方"文学自身的主体特征凸显还不够，今后有机会想调整和修改；另外，随着时间的推移，有些新的材料也需要吸纳补充。

无论如何，《东方文学史通论》学术上的创新在众多同类书籍中是引人注目的，学术创新显然是《通论》拥有生命力的根本原因。近年来许多大学教材一拨拨走马灯似的"更新换代"，而以个人专著的身份出现的《东方文学史通论》在十年中却越来越得到读者和同行认同，并被许多同行作教材或教参。这里没有行政上的推动，也没有经济利益的诱惑，而完全是靠着它在学术上的创新。这说明，学术创新不仅是一般学术著作的生命，也应该是教材的生命；教材要保持其真正的生命力，也必须在学术上有所创新。

上引第一段话颇中肯綮。实际上近几年我一直希望找时间加以修订，并列出了修订本的详细纲目，甚至对本书责编林爱莲女士做了口头承诺，然而在一个个新的写作计划的驱赶之下，其间四次重印只能一仍其旧。这次出版社决定再版并第五次印刷，可我还是拿不出时间来修订，因而只能请出版社予以"改头换面"——将封面、装帧进行更换，使书的外观质量与21世纪中国的出版进步相适应。至于内容，依然是"一仍其旧"。这是要请读者见谅的。

王向远

2004 年 8 月 14 日

宁夏人民出版社再版后记

《东方文学史通论》写作于 20 世纪 80—90 年代之交，前后用了三年多时间。那时我不到三十岁，学术上还刚刚起步，《通论》也是我出版的第一本书。出版十几年来，至今已经再版三次（换了三次封面），重印了七次。但每次再版时，除改正错字外，都没有修订，主要原因是缺少时间。现在要将《通论》收进《王向远著作集》，为本书的修订提供了一次不能再错过的难得机会。

学术研究大体有两种路子：一种是发掘性研究，一种是建构性研究。一般而论，有些学科已有的、已知的材料较为有限，学者们的主要任务是发掘材料、积累知识，做微观的、具体的研究，这就好比是制作砖头瓦片。这种研究重材料、重实证、重个别。第二种情况，是有些学科积累到相当程度，需要从微观到宏观，从个别到一般，从材料到理论，这就好比是砖头瓦片积累多了，就动手盖房子。盖房子的人也许没有做过一块砖、一片瓦，但他的本事是利用砖瓦盖房子。这两种学术形态，不仅取决于学科研究的历史积累，也取决于研究者的兴趣和秉性。有的学者长于此而短于彼，有的学者则相反。例如在我国当代学术界，钱钟书先生是反对建构"体系"的，他认为许多建筑物往往整体垮塌，但剩下的砖头瓦块总有用处，所以他的研究主要是很具体的微观研究。但哲学家李泽厚和何新先生则相反，李先生认为钱先生虽然很有学问，却没有提出自己的独特的理论观点；何先生也认为钱先生虽学富五车，却"缺少一个总纲将各种知识加以统贯"。可见两种学术研究的路径很分明，学术价值观也很不相同。如果在上述两种路子中归类的话，我的《东方文学史通论》属于第二种研究，即宏观的、总体的、建构性的研究，也就是站在总体文学的高度，在比较研究的基础上，揭示出东方区域文学之间的联系性、整体性，总结出东方文学的基本特征和发展规律。做这样的建构性的研究，不借用别人的砖头瓦块是不行的，需要从国别文学专家的著作中学习、吸收和借鉴文学史的基本材料和知识，但这是有条件和有限度的。在文学文本的分析上，我不能人云亦云。凡需要具体评述的作品，我都仔细阅读过，并努力做出自己的分析、评论和判断，这是对一部有学术个性的文学史研究著作的基本要求。

我在一篇文章中曾经说过：区域文学史、世界文学史这种研究模式，具有天然的优势和劣势。劣势是在具体细致的研究分析上，难以超越国别文学史或专题文学史，因为每一个学者都有自己研究的"点"和"面"，不可能平均精通各国文学；优势是它可以充分运用比较文化、比较文学的方法，发挥一个研究者宏观的、体系的把握对象的能力。当然，如果做不到以自己特有的方式去"宏观地、体系地把握对象"，那么这类研究就谈不上是真正的学术研究，就很容易使学术研究成为"统编教材"的层次。本书作为以东方为范围的区域文学史、比较文学史著作，采用"通论"而不是"通史"的体例，主要宗旨是帮助读者整体地把握整个东方文学的内在联系，帮助读者形成东方文学的总体观，并由此认识东方文学与西方文学的不同特点以及东西方的不同发展规律。在十分有限的字数规模内，着重在体系性的建构，着重在国别文学史基础上做理论概括与提升，而不求各国、各民族文学史知识上的面面俱到。诚然，任何一个民族和国家的文学都有自己独特的传统，但从比较文学的立场看，不同民族与国家的文学在起源的先后、原创的强弱、影响的大小及繁荣的程度等方面，是有差异的。作为区域文学史的东方文学史通论，大体厘定各民族各国家文学在东方文学中的地位，是其基本的宗旨之一。为此就要指出并承认差异，不能像联合国开会一样国家不分大小，一律有一个席位。已有的各种西方文学史或欧洲文学史，也主要是评述希腊、罗马、英、法、德、俄等文学最为发达的几个民族国家的文学史，东方文学也应如此。根据这样的看法，本书对不同民族的文学的论述有详略之别而非面面俱到，对三大文化圈的中心民族与国家的文学论述较详，而对处于文明周边地区、受中心文明影响、起源较迟、原创度稍弱的民族文学，则较为简略。

此次修订中的最大的改动之一，是对东方文学的范围做了更严格的界定，进一步将"东方文学"作为一个文化史的、文学史的概念。东方文化是由印度文化体系、阿拉伯—伊斯兰文化体系、中华文化体系这三大相互关联而又相对独立的文化体系构成的，在三大体系之内的文学，才是我们要讲的"东方文学"。不能将"西方文学"之外的文学都称为"东方文学"，否则东方文学就会成为缺少共通文化基准的大杂烩，东方文学总体性研究、比较研究也就失去了意义。根据这样的看法，《通论》修订版将黑非洲（撒哈拉沙漠以南的黑人非洲地区）的文学部分剔除掉了。当年我是按照通行的"亚非文学"等于"东方文学"的看法将黑非洲文学纳入其中的，但一直觉得难以水乳交融。后来我曾在《东方各国文学在中国——译介与研究史述论》一书中，论述了黑非洲文化不属于东方文化、黑非洲文学也不属于东方文学的理由（见该书第310-311页），读者可以参照。此外，关于希伯来文学的东西方归属问题，也是一个难题。古代希伯来（犹太）文化无疑起源于亚洲，但后来犹太人在亚洲的家园丧失，整个民族被迫流落四方（主要是欧美），犹太文化逐渐融入了西方文化，保留在基督教《圣经》中的古代犹太人的文献，也随着基督教的传播而完全融入西方（欧美）文化，成为西方文化的一个源头和构成部分。如今的犹太人主要是欧美国家的公民，1947年恢复的以色列国虽处在亚洲，但从各个角度看它更多地属于西方国家行列。在犹太文化的东西方归属的难题没有解决之前，在修订本中，从严格的东方文学的定义出发，除对犹太文化起源时期的神话略有论及之外，融入西方文化之后的希伯来—犹太文学的有关内容则予以删除。

还需要指出的是，在东方文学中，中国文学是一个重要组成部分，但作为一部由中国人写的、给中国读者看的外国文学史中的东方文学史，中国文学史的内容没有在本书中展开，但我十分注意点明中国文学在东方文学框架体系中的位置，阐述东方各国文学与中国文学的相关性。如果读者已经具备了中国文学史的基本修养，那么读过本书之后，对中国文学在东方文学中的地位、特色与影响，则会有更清醒的认识。此外，我曾在《翻译文学导论》及有关文章中，倡导逐渐地用"中国翻译文学史"的思路来改造现有的"外国文学史"课程，这种意图在本书中多少也有所体现。本书对东方各国作家作品的筛选，对其轻重的掂量，篇幅大小的分配，主要是以该作家作品有没有中文翻译、在中国的传播与影响如何来决定的。当然，中国有没有翻译，与其在本国文学史上的地位与影响也密切相关，因而以中文译本及其在中国的影响作为选择的依据，与该作家作品在本国文学史上的地位评价并不矛盾。凡在中国有所译介的东方作家作品，本书或多或少都有涉及。译作的版本信息也采用脚注的方式注出，以便给读者提供查阅的线索。

王向远

2006年12月1日

高等教育出版社增订版后记

　　《东方文学史通论》是我的第一本书。二十年前，写这部书的直接目的是运用于本科教学。从这个意义上，它是我的课堂"讲义"。但后来出版了，学生拿到在手里，实际上就成了"教材"。

　　就教材与课堂教学的关系来说，既然学生拿到了教材，教师却依然一板一眼地照本宣科，行不行呢？我认为不行。假如那么做，绝大多数学生会觉得没有必要来听课了，自己看书即可。我在一些场合曾经反复说过：教材是为学生课前预习和课后复习而准备的，教材不能成为教师照本宣科的本子；如果拿别人写的书（教材）照本宣科，那么当大学老师实在太容易了；如果拿自己的书照本宣科，那么凡是有研究能力、能写书的人就都能登台讲课了，但事实上写书和讲课是两种不同的路数。书写不好，讲课就缺乏学术底蕴，效果不会太好；而书写得好，讲课也未必一定就好。总之，我的看法是：课程要有教材，讲课要有所"本"，但不能拘泥于教材，不能照本宣科；照别人的"本"来"宣科"固然不行，照自己的"本"来"宣科"也不行。

　　基于这样的看法，自从《东方文学史通论》正式出版以来，我就不再照它来讲课了，而是围绕着它做进一步的补充、延伸、阐释和阐发。这样一来，《通论》的基本体系和架构一直保持稳定，但几乎每年、每次的讲课，从内容和表述上，都有明显的不同。

　　我从来不认为《东方文学史通论》是一本通常意义上的"教材"，或者说，它即便作为教材，那也是另类的。如今在我国，通常的教材由多人撰写而成，还要在封面上明确注明它是教材、是什么性质的教材。这样的话，由个人撰写的、什么名头也没有的《东方文学史通论》算得上是"教材"吗？要是在近百年前，在鲁迅、梁启超、胡适等人站在大学讲台的时代，这一点完全不成问题；在如今的许多发达国家，这更不成问题。然而，现在在我们这里，却是个问题，而且是不好回答的问题。但不管怎么说，我还是坚持我在多年前说过的话："只有好的学术著作才配用作教材。"大学教授特别是人文学科的教授，应该"用自己的书，讲自己的话"，名校的教授应该首先做到这一点，这也是世界各大学的通则。

　　无论如何，《东方文学史》就是在这种不伦不类的边沿和夹缝中，自然而然使用、流传了二十年，多次再版和重印，发行数量大大超过了我当初的预期，校内外的反响还都不错。历届学生的积极反馈和热情、热烈的反应，给我上述的教学理念提供了注脚、增添了信心。我想，这大概并不是因为这本书写得好，而是因为它有自己的个性和特色。三年前，"超星视频"公司深入北师大课堂为我录制的"东方文学史"教学视频，观看者迄今已经接近二十四万人次，可知东方文学学科与课程的关注者并不很少。现在，高等教育出版社和刘新英编辑希望我将《东方文学史通论》加以修订后，拿到高教社再版，在高教社再版会凸显它的准教材的性质，我欣然从之。此次增订再版，保持宁夏人民出版社《王向远著作集·第一卷》修订版的框架结构不变，但对正文的内容及脚注做了一些增删、修改和调整，并对发现的旧版中的错误之处予以改正。同时，作为"增订版"又"增头加尾"，就是用《中国的东方文学理应成为强势学科》一文取代旧版陶德臻先生的短序。这篇文章谈了我对东方文学学科一些基本问题的看法，作为增订版序言是很合适的；然后再把我新撰写的一篇文章《中国"东方学"——概念与方法》附录于书尾。这篇文章是我今年九月初在北京大学东方文学研究中心的讲座稿，用此文殿后觉得也很合适。书

后的《东方文学史类中文书目举要》中也增加了近几年来出版的若干重
要的新著。此外，因为各章节所涉及的重要作品及其重要译本的信息都已
在脚注中注出，故将旧版附录的《名著推荐阅读书目》予以删除。

最近热衷写作"五七五"格律、完全使用俗语的"汉俳"，每日一两
首。行文至此，不由地吟咏出汉俳两首，聊寄感兴。

虽老犹未死
书籍再版如转世
重生又一次

东方文学史
通论通史又通识
不读焉能知

王向远

2012 年 9 月 31 日

卷末说明与志谢

2020年1月初，有出版界朋友建议我，将以往三十多年间出版的单行本著作予以修订，出版一套学术著作集。时值"百年未遇之大变局"的特殊时期，居家读写，时间上有保证，我觉得此事可行。于是在二十多位弟子的帮助下，将已有的作品做了编选、增补、修订或校勘，编为二十卷。6月份，当全部书稿完成排版后，被告知《"笔部队"和侵华战争》等侵华史研究的三部著作按规定须送审，且要等待许久。考虑到二十卷若缺少这三卷，就失去了"学术著作集"的完整性，于是决定放弃二十卷本的编纂出版方式，另按"文学史书系"（七种）、"比较文学三论"（三种）、"译学四书"（四种）、"东方学论集"（四种）几类不同题材，分别陆续编辑出版。其中文学史类著作先行编出，于是就有了这套"文学史书系"（七种）。

感谢我的弟子们帮忙分工负责，他们各用了两三个月的时间精心校勘。其中，"文学史书系"中，曲群校阅《东方文学史通论》和《东方文学译介与研究史》，姜毅然校阅《日本文学汉译史》，张焕香校阅《中国题材日本文学史》，郭尔雅校阅《中日现代文学关系史论》，寇淑婷校阅《中国比较文学百年史》，渠海霞校阅《中国日本文学研究史》。子曰："有事，弟子服其劳"，诚如是也！这七部书稿最后又经九州出版社责任编辑周弘博女士精心把关校改，发现并改正了不少差错，可以成为差错最

430

少的"决定版"。

　　就在这套书编校的过程中，我已于去年初冬从凛寒的北地来到温暖的南国，面对着窗外美丽的白云山，安放了一张新的书桌。现在，这套"文学史书系"就要出版了。我愿意把它献给我国外语及涉外研究的重镇——广东外语外贸大学，献给信任我、帮助我的广外的朋友和同事们，献给新成立的广外"东方学研究院"，以此为研究院这座东方学研究的殿堂添几块砖瓦。

　　　　　　　　　　　　　　　　　　王向远
　　　　　　　　　　　2020 年 7 月 16 日，于广外，白云山下